W0321271

Majgull Axelsson

Eis und Wasser, Wasser und Eis

Majgull Axelsson

Eis und Wasser, Wasser und Eis

Roman

Aus dem Schwedischen
von Christel Hildebrandt

C. Bertelsmann

Die Originalausgabe erschien 2008 unter dem Titel
»Is och vatten, vatten och is« bei Norstedts, Stockholm.

FSC
Mix
Produktgruppe aus vorbildlich
bewirtschafteten Wäldern und
anderen kontrollierten Herkünften

Zert.-Nr. SGS-COC-001940
www.fsc.org
©1996 Forest Stewardship Council

Verlagsgruppe Random House FSC-DEU-0100
Das FSC-zertifizierte Papier *Munken Premium* für dieses Buch
liefert Arctic Paper Munkedals AB, Schweden.

1. Auflage
Copyright © 2008 by Norstedts, Stockholm
Copyright © der deutschsprachigen Ausgabe 2010
beim C. Bertelsmann Verlag, München,
in der Verlagsgruppe Random House GmbH
Redaktion: Astrid Arz
Satz: Uhl+Massopust, Aalen
Druck und Bindung: GGP Media GmbH, Pößneck
Printed in Germany
ISBN 978-3-570-10041-7

www.cbertelsmann.de

Mother, you had me
But I never had you
Oh, I wanted you
but you didn't want me

John Lennon
Plastic Ono Band 1970

Oden

JEMAND IST IN ihrer Kabine gewesen.

Das weiß sie in dem Moment, als sie den Schlüssel ins Schloss steckt, weiß es, ohne es wirklich zu wissen, bereits als sie den Schlüssel herumdreht. Der Zylinder dreht sich ohne Widerstand. Aber sie hat doch abgeschlossen, als sie hinausging? Doch, ja. Sie schließt immer ab, wenn sie kommt und wenn sie geht, sie schließt sich sogar nachts ein, obwohl alle sagen, das sei gefährlich. Aber jetzt ist die Tür nicht abgeschlossen. Jemand ist in ihrer Kabine gewesen. Wieder.

Sie zögert einen Moment, schaut sich zunächst im Gang nach links und rechts um, bevor sie die Hand auf die Klinke legt. Niemand ist zu sehen, aber sie hört Musik und Stimmen aus der Nachbarkabine. Dort wohnen Magnus und Ola, einer von ihnen lacht laut, und das beruhigt sie. Magnus ist ein schweigsamer Riese mit blauen Augen, Ola ein lächelnder Matrose, der mindestens eine Stunde täglich im Fitnessraum zubringt. Die kommen, wenn sie ruft. Dessen ist sie sich sicher. So gut wie sicher.

Dennoch zögert sie noch einige Sekunden, bevor sie die Tür öffnet, bleibt dann mit gerecktem Kinn in der Türöffnung stehen und wittert wie ein Hund. Derjenige, der in ihre Kabine geht, wenn sie nicht dort ist, hinterlässt immer einen Geruch, einen leichten Hauch von Benzin oder Öl, Tabak oder Aftershave, stark genug, dass sie ihn bemerken muss, und dennoch so schwach, dass sie mit niemandem darüber reden kann.

Sie tritt über die Schwelle und bleibt erneut stehen. Schaut sich um, schnuppert noch einmal und zieht die Mundwinkel hinunter. Heute riecht es weder nach Öl oder Benzin noch nach Tabak oder Aftershave. Sondern nach Urin. Obwohl das wahrscheinlich ein viel zu vornehmer Ausdruck dafür wäre. Denn

Tatsache ist: Es stinkt nach Pisse. Das ist das hässlichste Wort, das sie kennt, aber nun mal das einzige, das den Gestank angemessen beschreibt. Jemand hat tatsächlich in ihre Kabine *gepisst.*

Die Scham überrascht sie. Sie durchzuckt ihren Körper und treibt sie dazu, sofort die Tür hinter sich zuzuwerfen. Niemand soll erfahren, wie es in ihrer Kabine riecht, niemand soll einen Grund haben zu glauben, sie würde so riechen, niemand soll ... Sie holt tief Luft und lehnt sich mit dem Rücken gegen die Tür. Zeit, sich zu besinnen. Zeit, sachlich und vernünftig zu denken. Zeit, sich umzuschauen und zu registrieren, was er dieses Mal gemacht hat.

Die Spuren seiner Anwesenheit, die er hinterlässt – denn es ist doch wohl ein Er? Es muss doch wohl ein Er sein? –, sind normalerweise deutlich genug, dass sie sehen kann, dass er da war, und dennoch so subtil, dass sie niemand anderem auffallen würden. Es hätte ja sie selbst sein können, die ihre Kulturtasche auf dem rauen Stoff des Sofas ausgekippt hat, die Decke und Laken aus der frisch bezogenen Koje herausgerissen und in einem unordentlichen Haufen wieder hineingeworfen oder den Schrank geöffnet und die saubere Unterwäsche herausgerissen hat. Doch so war es nicht. Das war jemand anderes. Jemand, der mindestens viermal in ihre Kajüte eingedrungen ist und Spuren und Gerüche hinterlassen hat.

Das Schiff krängt, und sie spreizt die Finger, drückt die Handflächen gegen die Tür hinter sich, um die Balance zu halten. Die Berührung ist eine Ermahnung. Sachlich und vernünftig, so sollte man sein. Also richtet sie sich auf und macht ein paar Schritte in die Kabine hinein, um sich einen Überblick zu verschaffen, stellt sich breitbeinig hin, um weitere Krängungen zu parieren. Sie ist erst seit acht Tagen an Bord, aber der Körper hat sich den neuen Lebensbedingungen bereits angepasst. Deshalb sitzt sie breitbeinig wie ein Mann unten in der Bar, deshalb haucht sie draußen an Deck auf die Knöchel, bevor sie die Hände in die Achselhöhlen steckt, deshalb nimmt sie zwei Stufen auf einmal, wenn sie auf weichen Gummisohlen die Treppe zur Brücke hinaufeilt, zur täglichen Besprechung mit den Forschern und dem Kapitän. Sie sagt bei diesen Besprechungen selten etwas, schüttelt nur leicht den Kopf, sodass der Pferdeschwanz im Nacken kitzelt. Nein, als Vertreterin der Künstler hat sie nichts hinzuzufügen. Das Wort selbst berührt sie peinlich. Ist sie wirklich eine Künstlerin? Dessen ist sie sich nicht so sicher. Sie weiß nur, dass sie dort sitzt, weil Marcus – und er ist wirklich ein Künstler – nicht zu diesen Treffen gehen will. Er hat keine Zeit für so etwas, ist vollauf damit beschäftigt, auf dem Schiff eine Runde nach der anderen zu drehen und vor sich hin zu murmeln. Anfangs dachte sie, er wäre manisch, aber jetzt hat sie sich ein paarmal mit ihm unterhalten und weiß, dass er ziemlich zögerlich und nachdenklich sein kann. Er ist einfach zu sehr damit beschäftigt zu schauen, sodass es den Anschein hat, als hätte er die Fähigkeit zu hören verloren. Bereits am dritten Tag hat sie aufgehört, ihm zu berichten, was am Tisch des Kapitäns gesagt wurde, denn er schaute so verwirrt drein, wenn sie es versuchte, dass ihr klar wurde, dass er die Morgenbesprechungen bereits vergessen hatte. Inzwischen nickt sie ihm nur vage lächelnd zu, wenn sie sich draußen auf Deck begegnen oder zufällig in der Messe am selben Tisch sitzen.

Vielleicht sollte sie auch aufhören, zu diesen Morgenbesprechungen zu gehen. Hat sie doch nie etwas zu sagen, und es kommt immer häufiger vor, dass sie die Konzentration verliert und nicht mehr hört, was die anderen sagen. Stattdessen lässt sie den Blick über die Runde schweifen und verweilt bei jedem Gesicht. Ist es einer von ihnen? Dieser blasse Chemiker, der jedes Mal errötet, wenn er angesprochen wird? Oder Sture, der Meteorologe, der immer mit verschränkten Armen dasitzt, als erwarte er, persönlich für Nebel und hohen Seegang angeklagt zu werden? Könnte es dieser Dozent sein, der sein langes Haar zu einem grauen Pferdeschwanz gebunden hat und dessen Namen sie sich einfach nicht merken kann? Oder ist es Fredrik mit seinen braunen Augen, der immer zwischen kontroversen Meinungen vermittelt und mit Kompromissvorschlägen kommt, ein geborener Diplomat, wie geschaffen zum Steuermann?

Nein. Das kann sie nicht glauben. Warum sollte einer dieser Männer, die jeden Morgen um den Konferenztisch des Kapitäns sitzen, in ihre Kabine gehen und seine Spuren hinterlassen wollen? Sie kennt keinen von ihnen und weiß nichts über sie, sie kennen sie nicht und wissen nur das von ihr, was in den Zeitungen stand, wenn überhaupt. Und die Frauen an dem Tisch? Kann man sich überhaupt vorstellen, dass eine fröhliche, muntere Professorin wie Ulrika auf die Idee kommen könnte, in der Unterwäsche eines anderen Menschen herumzuwühlen? Oder dass so eine ruhige Nette wie Katrin, die fünf Sprachen spricht und in Physik wie auch in Chemie promoviert hat, mit einem heimlichen Hass hinter der freundlichen Fassade herumläuft? Ganz zu schweigen von Jenny, der Vertreterin der jungen Doktoranden, die mit großem Ernst jedes einzelne Wort aufschreibt, das gesagt wird, aber schon aus geringstem Anlass wie ein Schulmädchen kichert?

Nein, das ist nicht möglich. Es kann niemand von ihnen sein. Aber dennoch steht fest, dass jemand im Laufe des Abends in ihrer Kabine gewesen ist. Das Fenster ist geschlossen. Die Tür zur Toilette steht sperrangelweit offen. Als sie die Kabine verlassen hat, um in die Bar zu gehen, war es umgekehrt. Aber mitten in all ihrer Furcht keimt ein Fünkchen Schadenfreude. Die offene Tür besagt, dass er im Badezimmer war. Also hat er ihre Nachricht erhalten. Endlich.

Vorsichtig schaut sie durch die Türöffnung. Der Klodeckel ist hochgeklappt. Ebenso die Brille. Also ein Mann. Der Duschvorhang ist vorgezogen, die weiße Folie mit den blassgelben Blumen leuchtet im Dämmerlicht der Nacht, der Seegang lässt ihn wie ein Rapsfeld im Sommerwind schwanken. Aber das ist eine Bewegung, die auch gut etwas anderes verbergen könnte. Jemand könnte hinter dem Vorhang stehen und auf sie warten, bereit…

Blödsinn. Wer immer es auch ist, er ist ein Feigling und ein Waschlappen, und sie denkt gar nicht daran, sich von seinen idiotischen Einfällen ins Bockshorn jagen zu lassen. Deshalb macht sie einen Schritt in den Raum, noch bevor sie zu Ende gedacht hat, zieht den Vorhang zur Seite und stellt fest, dass die Dusche leer ist. Erleichterung überfällt sie, sie spürt, wie ihr die Knie weich werden, und muss sich gegen die Wand lehnen, während sie ausatmet. Es dauert ein paar Sekunden, bevor sie sieht, dass die Wand an ihrer Schulter streifig ist, dass ein gelbbrauner Strich über die beigefarbene Oberfläche verläuft, ein klebriger Streifen, der vorher nicht dort gewesen ist. *Dieses Ekelschwein!* Ohne nachzudenken zieht sie sich den Pullover aus und wirft ihn durch die Türöffnung in den Raum. Sie will ihn später in der Nacht über Bord werfen, es reicht nicht, ihn zu waschen, sie will niemals wieder etwas an ihrer Haut spüren, das überhaupt nur in Berührung gekommen ist mit diesem widerlichen…

Sie umschlingt sich mit den Armen und dreht sich zum Spiegel um. Ja. Er hat ihre Mitteilung erhalten, das ist offensichtlich. Kurz bevor sie die Kajüte verließ, ist sie ins Bad gegangen und hat mit dem Lippenstift das Gleiche geschrieben, das sie in den letzten Tagen jedesmal schrieb, wenn sie die Kabine verließ: GOTT SIEHT DICH, DU SCHWEIN! Das ist eine Nachricht, die nicht gut angekommen ist. Er hat den Lippenstift über den ganzen Spiegel verschmiert, den Text mit einem Handtuch weggewischt, sodass er nicht mehr zu lesen ist, und es dann zu Boden geworfen, bevor er seine eigene Mitteilung mit demselben Lippenstift in viel größeren Buchstaben geschrieben hat: FOTZE!

Sie muss ein paarmal schlucken, um sich zu beruhigen. Eine brillante Antwort. Äußerst begabt. Und außerdem hat dieser Vollidiot ihren Lippenstift abgebrochen, das sieht sie jetzt, den einzigen Lippenstift, den sie mit auf die Expedition genommen hat, ihr absolut einziges Exemplar des Lancôme Long Lasting Juicy Rouge der Farbe Nummer 132. Sie wird ihn umbringen. Sobald sie ihn zu fassen bekommt, wird sie ihm die Ohren abschneiden und ihn dann erschlagen.

Natürlich nur unter der Bedingung, dass er sie nicht zuerst erschlägt. Und dass es kein böses Omen war, dass das Gesicht, das sie im Spiegel erblickte, so blass war, dass es aussah, als gehörte es einem ihrer eigenen Mordopfer.

Kurz hinter dem Cape Farewell ändern sie den Kurs. Der nächtliche Steuermann koppelt den Autopiloten aus und legt seine Hand auf den Steuerknüppel, einen kleinen Joystick, viel kleiner als der Schalthebel eines Autos, der die ganze gelbe Wucht des Eisbrechers Oden lenkt. Mit leichter Hand, aber dennoch ganz vorsichtig richtet er den Bug langsam Richtung Norden aus, maßvoll und beherrscht in jeder Bewegung, beim Griff um den runden Knopf des Lenkstabs, in der leichten Beuge des Ellbogengelenks, in der sanften Anspannung des Bizeps. Trotzdem will es nicht. Er lenkt zwar sein Schiff, ist jedoch nicht Herr über die Wellen des Atlantiks, die es jetzt fangen, als es sich querlegt, und mit ihm spielen, wie man mit einem sehr kleinen Kind spielt; mit vorgetäuschter Heftigkeit und großer Vorsicht heben sie seinen massigen Körper hoch in den hellgrauen Nachthimmel, um ihn gleich wieder tief in das dunklere Grau der Wellentäler eintauchen zu lassen, sie ziehen ihn hoch und lassen ihn sinken, ziehen ihn hoch und lassen ihn sinken …

Ohne es selbst zu merken, schiebt der Steuermann die Zungenspitze vor und lässt sie beim Steuern helfen, während sich die Rückenmuskeln anspannen und der Griff um den Steuerknüppel fester wird. Er ist vollkommen konzentriert, dennoch versteckt sich ein Lächeln in den Fältchen um die Augen. Genau hier will er sein. Niemals irgendwo anders. Wenn er sich ein Paradies nach dem Tod aussuchen könnte, dann müsste es genau so sein: eine ewige Nachtwache auf der Brücke der Oden, genau in dem Moment, als das Schiff dem Atlantik den Rücken zuwendet und in die Davis Strait hineinfährt, Baffin Island irgendwo an der Backbordseite und Grönlands Westküste wie ein Schatten steuerbord. Er könnte die gesamte Ewigkeit in dieser Einsamkeit verbringen, da sie die trostreiche Gewissheit birgt, dass er von Menschen umgeben ist, von vielen, aber dennoch nicht mehr, als er zählen kann, und dass die meisten ruhig in ihren Kajüten schlafen. Nur er und zwei Männer in blauen Overalls tief unten im Maschinenraum sind im Augenblick wach. Vorausgesetzt, dass nicht alle von dem Seegang aufgewacht sind natürlich, daliegen und sich an den Kojenrändern festhalten, voller Angst, herauszufallen. Was sie ruhig tun können. Hauptsache, dass niemand auf die Brücke kommt und Steuermann Leif Eriksson in seiner besten Stunde stört.

So. Das Gieren ist abgeschlossen. Der stumpfe Bug zeigt geradewegs Richtung Norden, und das Schaukeln hat aufgehört. Die Oden, dieses Femininum mit dem schwedischen Namen des männlichen Gottes Odin, rollt ruhig weiter. In offenem Fahrwasser bewegt sie sich wie eine Frau im neunten Monat oder wie ein Ringer außerhalb des Rings. Doch bald, nach nur ein paar Stunden oder Tagen, wird sie diesen unnatürlichen Zustand hinter sich lassen und ins Eis hineingleiten. Das ist ihr wahres Element, in dem sie tanzt.

Leif Erikssson schaltet den Autopiloten ein, streckt den Rücken und spürt, wie die Anspannung von ihm abfällt. Das Paradies? Verdammt, auf was für verrückte Ideen man doch spätnachts kommen kann. Es ist wohl eher anzunehmen, dass er in der Hölle landet. Aber auch dort weiß er genau, wie es aussehen wird. Es wird ein ewiger Nachmittag in diesem alten Schuppen sein, den seine Frau »Ferienhaus« nennt und von ihren Eltern geerbt hat, an einem glühend heißen Tag, an dem die Sickergrube geleert und die Fenster gestrichen werden müssen, an dem die Alte schlecht gelaunt ist und der Whisky zur Neige geht, an dem sein Teenagersohn zurück in die Stadt will, zu seinem lebenswichtigen Computer …

Ach was. All das kann er vergessen. Er wird erst in anderthalb Monaten nach Hause kommen, und dann sind die Ferien vorbei, und die Sommerhütte ist für diese Saison geschlossen. Er ist noch einmal davongekommen, auch in diesem Sommer. Und den Preis dafür hat er bereits bezahlt, seine Frau war zwei Wochen lang beleidigt, als er ihr eröffnet hatte, dass er sich zur Expedition gemeldet hatte, taute dann jedoch auf, als er andeutete, dass das Geld, all diese albernen Extraeinnahmen, zum Kauf von irgendeinem unnützen Kram verwendet werden könnte. Sie beruhigt sich jedes Mal, wenn er ihr unnütze Dinge verspricht. Er kann sich kaum noch daran erinnern, was es dieses Mal war ... Neue Kacheln in der Küche? Nein, das war letztes Jahr. Ein Heimkino, das war es. Verdammter Mist. Das bedeutete, dass er sich früher oder später durch eine Gebrauchsanweisung von mindestens 400 Seiten quälen musste. Vielleicht sollte er am nächsten Tag zu Hause anrufen und ihr vorschlagen, diesen blöden Apparat schon jetzt zu kaufen, mit Installation und allem ...

Lieber nicht. Er hat keine Lust, mit ihr zu reden. Er möchte überhaupt mit niemandem reden. Das Einzige, wozu er Lust hat: vollkommen allein sechs Treppen hoch auf der Brücke der Oden zu sitzen und den Horizont zu betrachten. Vielleicht würde ja bereits heute Nacht ein Eisberg auftauchen. Er hofft das. Eisberge werden, genau wie alles andere, größer und schöner, wenn man sie in Einsamkeit erlebt. Er blinzelt in die graue Unendlichkeit. Nein. Noch ist nichts zu sehen, und eigentlich weiß er ja auch, dass es noch zu früh ist. Morgen vielleicht ...

Das Schiff erzittert. Leif Eriksson runzelt die Stirn und beugt sich vor, sitzt ein paar Sekunden lang reglos da, mit erhobener Hand, bereit, den Steuerknüppel zu greifen, wenn das nötig ist, aber nichts passiert. Er lässt die Hand sinken und steht auf. Zeit für einen Kaffee. Und für ein paar Eintragungen ins Logbuch.

Den Becher in beiden Händen, geht er eine Runde über die Brücke, während er die weiße Nacht draußen betrachtet. Die Mittsommernachtssonne ist eine Silbermünze hinter den Wolken. Einen Moment lang wird er von einer leicht surrealen Stimmung gepackt und meint zu fliegen, dann blinzelt er schnell und sammelt sich. Er fliegt nicht, er befindet sich nur hoch über dem Meer, oben auf dem sechsten Deck, breitbeinig und sicher steht er auf dem Teppichboden. Vielleicht ist es das Licht, das ihm einen Streich spielt. Er kann voraus und nach achtern gucken, nach steuerbord und nach backbord, wenn er sich nur dreht, und dennoch sieht er nicht alles, denn vor den großen Fenstern steigt der Nebel der späten Nacht langsam zum Himmel und löst alle Konturen auf. Seine Finger sind kalt, und automatisch wirft er einen Blick auf das Thermometer, obwohl er weiß, dass die Außentemperatur nichts mit der Wärme hier oben auf der Brücke zu tun hat. Er hat hier schon in Hemdsärmeln gesessen, wenn draußen vierzig Grad minus herrschten. Die Brücke der Oden ist sicher in ihrer Unveränderlichkeit. Auch wenn der Sturm draußen heult, sind alle Geräusche hier drinnen gedämpft, und auch im schlimmsten Seegang steht die Ausrüstung sicher festgeschraubt an ihrem Platz. Normalerweise fällt nicht einmal ein Blatt Papier zu Boden, und sollte das doch passieren, dann wird es sofort von dem Nächststehenden aufgehoben. Er verzieht das Gesicht. An Land bräuchte man wohl eine Konferenz und Verhandlungen darüber, wer sich dafür krumm macht. Das ist ein Grund, warum er es vorzieht, zur See zu fahren. Man kommt um eine ganze Menge Blödsinn herum.

Die Nacht ist dunkler geworden, doch das liegt eher an mehr Wolken und Nebel als am Stand der Mittsommernachtssonne. Dennoch muss es kälter geworden sein, das kann er sehen, wenn er nach achtern schaut. Das Kielwasser, das vor ein paar Stunden noch grau und weiß schäumte, hat sich buchstäblich in Silber verwandelt. Die Wellen verlaufen nur ein paar Meter seitwärts, bevor sie auslaufen und ganz verschwinden, das ist eine zögerliche kleine Bewegung, die aufzuhören scheint, bevor sie vollständig ausgeführt wurde. Leif Eriksson nimmt einen Schluck Kaffee und folgt ihnen mit dem Blick. Eine Eishaut? Jetzt schon? Er dreht sich um und späht in Fahrtrichtung. Ja. Hier ist es ebenso. Die Wasseroberfläche glänzt wie Wasser, bewegt sich aber so gut wie gar nicht, sie befindet sich in dieser sonderbaren Zwischenphase, in der sie weder Eis noch Wasser ist.

Aha. Sieh einer an. Dann wird es bald richtiges Eis zu brechen geben. Er nickt vor sich hin und lässt sich wieder auf seinen Stuhl sinken, lehnt den Kopf gegen die Nackenstütze und richtet den Blick auf den Horizont. So bleibt er eine ganze Weile sitzen, reglos bis auf das langsame Heben und Senken der Augenlider, und endlich verstummen auch seine Gedanken.

Eine Bewegung am Rande seines Gesichtsfelds versetzt auch ihn wieder in Bewegung, er richtet sich so hastig auf, dass der kalte Kaffee fast über den Becherrand schwappt, und blinzelt aufs Deck hinunter, um besser sehen zu können. Wer ist das? Und was macht diese Frau da unten auf Deck um halb zwei Uhr nachts? Er stellt seinen Becher ab und beugt sich vor, bis er fast ans Fensterglas stößt, reibt sich mit Daumen und Zeigefinger die Augenwinkel, um besser sehen zu können. Ist das eine der Forscherinnen? Nein. Die ersten Proben werden doch nicht vor vier Uhr morgens entnommen, bis dahin schlafen sie, so tief sie nur können. Und außerdem würde keiner all dieser Chemiker oder Ozeanografen, oder wie sie sich nun alle nennen mögen, im bloßen Nachthemd an Deck herumlaufen… Denn *dass* dem so ist, kann er deutlich sehen. Die Frau, die über die vorderen Decks läuft, trägt zwar die blaue Windjacke des Polarforschungssekretariats, aber es besteht kein Zweifel, dass sie die nur über ein weißes Nachthemd gezogen und dann ihre nackten Füße in ein paar braune Stiefel gesteckt hat. Sie sieht aus wie eine verirrte Lucia, mit ausgestrecktem rechten Arm und etwas Weißem, nein, etwas Schwarzem, nein, es ist sowohl weiß als auch schwarz, was da von ihrer Hand baumelt. Sie geht ganz bis zum Vorderdeck und klettert die kleine Treppe an der Reling hoch, beugt sich über den Rand und wirft ohne das geringste Zögern das Schwarzweiße ins Meer. Dann dreht sie sich um und hüpft mit einem kindlichen Schlusssprung wieder aufs Deck, steckt ihre Hände in die Taschen und macht sich auf den Rückweg. Erst als der Wind ihr gewelltes Haar zu packen bekommt, kann Leif Eriksson sie erkennen. Das ist ja dieses blasse Wesen, diese Frau, die so durchsichtig ist wie eine rohe Krabbe und ebenso farblos. Zurückhaltend. Definitiv keine von denen, um die sich die männliche Besatzung prügelt. Es sieht aus, als spürte sie, dass sie beobachtet wird, denn plötzlich bleibt sie stehen und schaut zur Brücke hoch, hebt dann zögerlich die Hand zum Gruß. Sie kann ihn nicht sehen, das weiß er, niemand, der auf den vorderen Decks steht, kann in die Brücke hineinsehen, nicht einmal bei vollem Tageslicht, dennoch fühlt er sich veranlasst, ebenso zögerlich die Hand zur Antwort zu heben. Sekunden später ist sie verschwunden.

Leif Eriksson lässt sich wieder auf seinen Stuhl fallen und verzieht das Gesicht. Was um Himmels willen ist da eben passiert? Er wirft einen Blick auf die Uhr. 01.34 Uhr. Er müsste eine Notiz im Logbuch machen, und dafür ist der Zeitpunkt wichtig. Dann wird der Kapitän morgen die Sache übernehmen und ihr eine Lektion erteilen. Nichts darf hier ins Meer geworfen werden, das wissen doch alle. Der gesamte Eisbrecher ist ein geschlossenes System, ein System, das zwar Meerwasser fürs Labor aufsaugt, aber keinerlei menschlichen Abfall von sich gibt. Das fehlte noch. Was hätte denn ein Forschungsschiff für einen Sinn, wenn es selbst das Wasser verschmutzt, das es untersuchen will?

»Die hat sie ja wohl nicht mehr alle!«

Seine eigene Stimme überrascht ihn. Sie zittert etwas, was ihm peinlich ist, und dass ihm das peinlich ist, macht ihn noch wütender.

»Scheiße, die hat sie doch echt nicht mehr alle!«

Er nimmt seinen Becher und bringt ihn in die Pantry, kippt den kalten Kaffee aus und schenkt sich neuen nach, bevor er zurück zum Steuerknüppel geht, sich hinsetzt und zu entspannen versucht. Was ihm nicht gelingt. Plötzlich ist das Wasser draußen nur Wasser, die Küste nur eine Küste und der Himmel nur ein Himmel.

Leif Eriksson nimmt einen Schluck Kaffee. Tja. So viel zum Thema ungestörte Nachtwache. Vielen Dank auch. Vielen, vielen Dank.

Die Sonne blendet Anders, als er aufsteht, er muss blinzeln, während er aus dem Fenster guckt. Er weiß natürlich, warum. An einem Morgen vor nicht einmal einem halben Jahr hat er Eva eine kleine Privatvorlesung über dieses Thema gehalten. Mit jedem Tag, der vergeht, werden die Proteinfibern hinter der Linse im Auge immer gröber, hatte er erklärt, und je gröber sie werden, desto mehr Elastizität verliert die Linse. Eines Tages würde sie sich dann gar nicht mehr an Licht und Dunkelheit anpassen können, aber bis dahin war es noch sehr lange hin. Das hoffte er zumindest. Hoffte es, glaubte es, meinte es zu wissen.

»Willst du damit sagen, dass du blind werden wirst?«, fragte Eva damals. Sie saß auf der Bettkante und zog sich die Strumpfhose an. Er selbst stand am Fenster und knöpfte sich sein Hemd zu. Als er sie ansah, wich sie seinem Blick aus. War es das erste Mal? Nein. Ihr Blick war seinem schon seit langer Zeit verschlossen.

»Nein. Aber wenn ich lange genug lebe, werde ich den Star kriegen. Wie alle. Du auch.«

Darauf hatte sie nichts erwidert, war nur aufgestanden und hatte die Strumpfhose mit einer plumpen, stampfenden Bewegung zurechtgerückt, bevor sie ihm den Rücken zuwandte und sich zur Schranktür drehte. Er war noch eine Weile dort stehen geblieben und hatte sich dumm gefühlt. Warum musste er immer so dozieren? Sie hatte schon seit vielen Jahren aufgehört, ihm mit ihrer Bewunderung zu schmeicheln. Dann hatte er sich wieder zum Fenster umgedreht und die Jalousien hochgezogen, seine Augen dem Licht geöffnet, vor dem er vor wenigen Minuten noch zurückgewichen war. Ihm traten damals die Tränen in die Augen.

Auch jetzt treten ihm die Tränen in die Augen, aber er blinzelt sie schnell fort. Die langsame Anpassung des Auges ist abgeschlossen, er kann durch das Fenster gucken und lässt sich von dem einfangen, was er dort sieht. Ein glitzerndes Meer. Blauer Himmel. Und in weiter Ferne eine Küste, die in tiefstes Violett getaucht ist. Grönland. Er seufzt und streicht sich über den Bauch. Endlich. Acht Tage lang ist die Oden über ein bleigraues Meer getuckert, eingeklemmt unter einem ebenso bleigrauen Himmel, acht Tage lang hat er mit dem Gefühl gekämpft, dass er selbst sich in ein graues Nichts auflösen und verschwinden könnte. Noch gestern lag er den ganzen Nachmittag schwermütig und reglos in seiner Koje, nicht in der Lage, aufzustehen und irgendetwas anzupacken, was auch nur Arbeit ähnelte, nicht in der Lage, sich selbst einzureden, dass es nur vorübergehend so war, dass all das Grau weichen würde und … Aber jetzt ist es vorüber. Jetzt ist der neunte Morgen, und das Meer ist blau. Sie sind in der Nordwestpassage. Nun fängt die richtige Reise an.

Jetzt hat er es eilig, will nicht länger warten. Deshalb schnaubt er laut unter eiskaltem Wasser in der Dusche, zieht sich den Pullover über, noch bevor er sich ordentlich den Rücken abgetrocknet hat, und fährt sich mit der Hand durch das feuchte Haar, während er die Tür öffnet und auf den Gang hinaustritt. Dort ist alles wie üblich in bester Ordnung, vor jeder Kajütentür stehen grobe Schuhe und Stiefel ordentlich auf ihren Regalen, und zerfledderte Comics liegen in symmetrischen Stapeln da. Ansonsten ist es leer. Nicht ein Mensch zu sehen. Niemand sieht ihn. Deshalb geht er mit einer ausgestreckten Hand und lässt die Fingerspitzen über die Wand laufen. Sicherheitshalber.

»Es gibt eigentlich nur eine Sache zu bedenken«, hatte Folke an jenem Nachmittag im Krankenhaus gesagt. »Man muss immer eine Hand frei haben auf dem Schiff. Immer. Ganz gleich, was man macht. Du musst das bereits bei den ersten Sicherheitsinstruktionen zur Sprache bringen. Ich habe genügend gebrochene Arme und Beine gesehen, nur weil sie sich nicht richtig haben abstützen können, wenn sich das Schiff auf die Seite gelegt hat.«

Anders hatte lachen müssen. Folke bemerkte das und grinste unter seinem Schnurrbart.

»Was zum Teufel ... Nun ja, das hier ist an Land passiert.«

Folke war auf einer seiner eigenen Stationen aufgenommen worden, und hier lag er nun mit dem Bein in Streckgips, etwas benommen durch eine ungewöhnlich großzügige Dosis Schmerzmittel. Das Pflegepersonal und andere Ärzte gaben sich an seiner Tür die Klinke in die Hand, gleichzeitig schmunzelnd und voller Mitleid. Der Orthopäde war auf der Orthopädie gelandet! Armer Folke! Diesen Sommer würde er nicht ins Eis kommen.

Er hatte Anders, nur wenige Stunden nachdem er auf der Station aufgenommen worden war, angerufen. Und Anders hatte gleich beim ersten Klingeln geantwortet. Das war ihm zur Gewohnheit geworden. In den letzten Wochen war er jedes Mal zusammengezuckt, sobald es nur klingelte. Doch sie war es nicht. Sie war es nie.

»Was treibst du?«, wollte Folke wissen.

Dosensuppen aufwärmen. Aus dem Fenster starren. Überlegen, ob man den Toaster mit in die Badewanne nimmt. Das trieb er so.

»Warum?«

»Willst du ins Nördliche Eismeer fahren?«

»Nein.«

»Warum denn nicht?«

»Warum sollte ich?«

»Weil ich dir erzählt habe, wie fantastisch es ist, ins Nördliche Eismeer zu fahren.«

»Ach so. Und warum fährst du nicht selbst?«

»Mir ist ein kleines Missgeschick dazwischengekommen. Wie man so sagt.«

»Bist du verletzt?«

»Kann man wohl sagen. Rechter Schenkelknochen und Ellbogen. Dazu noch gewisse Kniekomplikationen.«

»Was ist denn passiert?«

»Eine Angeltour draußen auf dem Land. Ein glittschiger Felsen, als ich an Land gehen wollte. Aber was soll's, das Schlimmste ist, dass die Oden am Montag in See sticht ...«

Erst als er sich ins Auto setzte, um ins Krankenhaus von Helsingborg zu fahren, wurde ihm klar, dass Folke es gewusst haben musste. Warum sonst hätte er ausgerechnet Anders angerufen? Es musste doch genügend Leute geben, die sehr viel erpichter darauf waren, als Schiffsarzt auf einer wissenschaftlichen Expedition mitzufahren. Orthopäden und Chirurgen aus Folkes eigenem Krankenhaus beispielsweise. Warum sollte er sich also ausgerechnet einen blöden niedergelassenen Allgemeinarzt aussuchen, wenn er nicht gewusst hätte, dass dieser Hausarzt den ganzen Sommer in seinen vier Wänden herumlief und die Bitterkeit in sich hineinfraß? Natürlich würde kein erfolgreicher Arzt mit intakter Familie sich mit nur drei Tagen Vorbereitungszeit auf eine Polarexpedition aufmachen. Also musste er es gewusst haben. Und wenn Folke es wusste, dann wussten es auch viele andere. Es gab Anzeichen, die darauf hindeuteten, Zeichen, die er hätte sehen und verstehen müssen, die er jedoch nicht wahrgenommen hatte. Hatte nicht die älteste Sprechstundenhilfe in der Praxis letzte Woche eines Morgens den Kopf schräg gelegt und mit honigsüßer Stimme gefragt, wie es ihm eigentlich gehe? Er hatte sie mit einer Mischung aus Verachtung und Verwirrung angestarrt, ohne jedoch wirklich zu verstehen. Und hatte nicht der alte Zementfabrikant, der vom Krebs aufgefressen wurde, Anders nur ein paar Tage später auf den Rücken geklopft und ihm angestrengt fröhlich erklärt, man dürfe niemals aufgeben? *Seh'n Sie mich an! Fünfundachtzig Jahre alt und halb tot, aber aufgegeben habe ich immer noch nicht. Und das sollten Sie auch nicht tun, Anders!*

Sie wussten es. Vielleicht hatten sie es die ganze Zeit über gewusst. Vielleicht war er der Einzige in der ganzen Stadt, der keine Ahnung von Evas Verhältnis mit diesem Kerl gehabt hatte. Vielleicht hatten Patienten wie Kollegen ihn schon seit vielen Monaten voller Mitleid und Verachtung angesehen, vielleicht hatten sie schon seit über einem Jahr hinter seinem Rücken geredet und geflüstert. *Hat Eva Jansson was mit diesem Bengtsson? Meine Güte!*

Der Gedanke hatte ihn von der Straße abbiegen und auf einen kleinen Kiesweg fahren lassen. Er hatte ein Stück weiter angehalten, genau dort, wo der Weg eine Biegung machte und das Gestrüpp am dichtesten stand, dann war er ausgestiegen, um sich in den Straßengraben zu übergeben. Was ihm nicht gelang, es blieb bei trockenem Würgen. Hinterher hatte er sich eine Weile auf die Motorhaube gelehnt, sich mit seinem ganzen Gewicht auf die gestreckten Arme gestützt, die Augen geschlossen und gespürt, wie die Sonne seinen Rücken wärmte. Er konnte nicht sagen, wie lange er dort gestanden hatte. Vielleicht nur ein paar Minuten. Vielleicht eine halbe Stunde oder mehr. Das war auch unwichtig. Alles, was er wusste: Er hatte lange genug dort gestanden, um einzusehen, dass er endlich aufzuhören musste, sich selbst zu belügen. Er musste sich gezwungenermaßen selbst eingestehen, dass er jeden Tag einige Male seine Selbstbeherrschung verlor, vor Erleichterung tief aufatmete und spürte, wie es vor Erwartung in der Magengrube kribbelte – *Ich bin frei! –,* bevor die Finsternis ihn wieder überwältigte. Er trauerte, das stimmte schon, aber trauerte er wirklich um Eva? Nicht eher um all die verlorenen Tage? Oder die undurchdringliche Fassade, die er den Bewohnern von Landskrona dreißig lange Jahre gezeigt hatte?

Also war es an der Zeit, einen Entschluss zu fassen.

Doch. Er wollte weg. Er würde sich auf den Weg ins Eis machen. Solange es das noch gab.

Er hatte Glück: Die zuständige Frau in der Personalabteilung in Malmö war noch nicht nach Hause in ihr wohlverdientes Wochenende gegangen, obwohl es bereits nach drei Uhr am Nachmittag war. Sie murrte ein wenig, protestierte aber nicht wirklich. Ihm standen noch über acht Wochen Urlaub zu, und außerdem drei Wochen an Überstunden, und auch wenn das nun wirklich reichlich plötzlich kam und der Personalmangel groß war, so gab es ja bereits Vertretung an Ort und Stelle und…

Drei Tage später war er an Bord gegangen. Seine Hand hatte gezittert, als er die Jakobsleiter packte und von dem Taxiboot an Deck der Oden kletterte.

Die ersten Tage waren eintönig, aber erträglich gewesen. Er war durch das Fahrzeug gelaufen, hatte in Maschinenraum und

Werkstatt geschaut, das Labor und die Laborcontainer besucht, wo die Forscher dabei waren, ihre Ausrüstung auszupacken, und sich vorsichtig miteinander bekannt machten. Dann hatte er eine Weile neben den Vogelkundlern auf dem dritten Deck gesessen und aufs Meer hinausgestarrt und war anschließend mit leichtem Schaudern dem Koch gefolgt und hatte den Biervorrat hinter der Messe begutachtet. Am nächsten Tag hatte er sich im Krankenrevier aufgehalten und den ganzen Vormittag damit verbracht, den Medikamentenvorrat durchzugehen, während er gleichzeitig den lieben Gott anflehte, ihn doch vor Schlaganfall, Blinddarmentzündung und ernsthaften Zahnschmerzen mit Vereiterungen zu verschonen. Am Nachmittag verließen sie die Wellen der Nordsee und trafen auf die Brandung des Atlantiks, und vor seiner Tür hatte sich eine kleine Schlange grünbleicher Gestalten gebildet. Er hatte ihnen allen Pflaster gegen die Seekrankheit hinters Ohr geklebt, während er gleichzeitig versuchte, sich ihre Namen zu merken. Am dritten Tag hatte er seiner Schwester in Stockholm eine E-Mail geschickt, in der er ihr kurz und knapp berichtete, dass er diesen Sommer nicht bei ihr vorbeischauen würde, weil er – *Ist das nicht fantastisch!* – auf dem Weg ins Nördliche Eismeer war. Er hatte auf ihre Antwort nicht wieder geantwortet, eine Antwort, die viele Fragen enthielt, doch als der Kiosk nach dem Mittagessen wieder öffnete, hatte er eine Karte für das Satellitentelefon gekauft und Evas Handy angerufen. Vier Freizeichen waren erklungen, bevor ihre Stimme ihn auf dem Anrufbeantworter ermahnte, doch eine Nachricht zu hinterlassen. Er hatte aufgelegt, bevor das Piepsen kam, dann war er an Deck gegangen und hatte lange Zeit dort gestanden, die Hände in den Hosentaschen, und auf den Horizont gestarrt.

»Ist das nicht schön!«, sagte eine Frau, die vorbeihastete. Er musste sich anstrengen, um sich daran zu erinnern, dass sie Ulrika hieß. Frischgebackene Professorin in Ozeanografie.

»Ja«, sagte er. »Wirklich.«

Doch er log. Er fand das überhaupt nicht schön. Es war doch nur jede Menge Wasser.

Die Stimmung in der Messe ist heute anders, die Stimmen klingen heller, es wird mehr gelacht. Alle sind erleichtert, weil sie den grauen Atlantik hinter sich gelassen haben. Er nimmt sich sein Ei und seinen Saft und wählt sorgfältig zwischen den frisch gebackenen Brötchen aus, bevor er sich entscheidet. Vor ein paar Tagen ist ihm aufgegangen, dass die Besatzung ihren eigenen Tisch hat und dass sie es nicht schätzt, wenn sich andere ihnen aufdrängen, deshalb stellt er sein Tablett auf einen Tisch, an dem nur Forscher und Gäste sitzen, zieht den Stuhl heraus und gibt sich alle Mühe, zufrieden und entspannt zu wirken.

»Bist du auch davon aufgewacht?«, fragt eine Frau auf der anderen Tischseite, und eilig sucht er in seinem Gedächtnis nach ihrem Namen. Katrin.

»Wovon?«

»Von dem Seegang heute Nacht. Als wir den Kurs geändert haben. Ich selbst bin aus der Koje gerollt.«

Ein junger Mann neben ihr lacht. Ein Umweltforscher. Name unbekannt.

»Sag bloß Leif nichts. Sonst wird er stinksauer.«

Katrin lächelt:

»Noch saurer als üblich?«

»Ich habe versucht zu fragen, was passiert ist, aber er hat nur gefaucht…«

»Dann bist du auch aufgewacht?«

»Habe lange dagelegen und mich am Kojenrand festgehalten.«

Anders schlägt sein Ei auf. Er weiß nicht, wovon sie reden. Vielleicht hat er die ganze Nacht tief geschlafen, vielleicht hat er nur geträumt, dass er wach gelegen hat. Das ist schon früher vorgekommen.

Ulrika lächelt in ihrer Ecke:

»Heute kommen die Eisberge.«

Die Frau ihm gegenüber blinzelt:

»Bist du dir sicher?«

Susanne. So heißt sie. Bald hat er fast alle der siebenundsechzig Namen der Menschen an Bord gelernt. Also kann er noch nicht ganz senil sein.

»Fast sicher. Es ist Zeit für Eisberge. Oder was meinst du, Roland?«

Roland, Kapitän und Alleinherrscher der Oden, bleibt an ihrem Tisch stehen. Er sieht verbissen aus.

»Das ist sehr gut möglich«, sagt er und nickt Ulrika zu, bevor er Susanne fixiert. »Und mit dir möchte ich sprechen, sobald du fertiggegessen hast. Oben auf der Brücke.«

Sie sieht verwirrt aus.

»Mit mir? Wieso das?«

Rolands Augen verengen sich.

»Das erzähle ich dir, wenn wir auf der Brücke sind.«

Mit kerzengeradem Rücken verlässt er die Messe.

»Oje«, sagt Ulrika und wedelt mit der rechten Hand, als hätte sie sich verbrannt. »Oje. Das gibt Senge … Was hast du denn gemacht?«

»Ich habe gar nichts gemacht«, erwidert Susanne.

Doch ihre Stimme ist schrill, und ihre Wangen sind gerötet. Also hat sie doch etwas gemacht. Das sieht man ja.

Und dann kommt der Eisberg.

Zuerst sind es nur ein paar kleine Klumpen, die vorbeigleiten, sanft gerundete Eisinseln, die von den Wellen abgeschliffen wurden und bald ganz schmelzen werden; aber hinten am Horizont sind bereits die großen Meisterwerke zu erahnen: kleine weiße Brocken, die im Spalt zwischen dem Licht des Himmels und dem dunklen Blau des Meeres glitzern. Und an allen Decks, die acht Tage lang so gut wie menschenleer dalagen, wimmelt es jetzt von Menschen. Sie strömen aus den großen Laboratorien und den kleinen Laborcontainern herbei, von der Brücke und aus dem Maschinenraum, aus Küche und Werkstatt, aus den Kajüten und dem Raucherzimmer. Einige haben sich schon gegen die Kälte gewappnet, sich die blauen Jacken übergezogen, die Uniform der Expedition, und die Mützen tief in die Stirn gezogen, andere stehen in Pullover und dünner Hose da und ziehen die Schultern zum Schutz gegen den Wind hoch. Ihre Kameras sind bereit. Alle haben ihre Kameras gezückt. Die Luft ist schwer vor Erwartung, Gespräche werden nur vereinzelt geführt, mit gedämpfter Stimme.

Der erste richtig große Berg ist ein Amphitheater, ein funkelndes Amphitheater mit einem Fußboden aus blauem Glas. Er gleitet in einem Abstand von nur fünfzig Metern vorbei und dreht sich langsam, während die Oden passiert, gibt seine weiße Vollkommenheit preis, als wollte er zeigen, dass sein Äußeres ohne den geringsten Fleck oder Riss ist, dass nur noch das Publikum und die Schauspieler fehlen.

Die Stimmen auf der Oden verstummen. Die Kameras klicken.

Der zweite große Berg ist ein Capri en miniature, weiße Bergspitzen recken sich gen Himmel, am Außenrand schimmert eine Grotte im klarsten Blau. Unter dem Wasser ist der gewaltige Klumpen von türkisem Eis zu sehen, der die ganze Insel schwimmen lässt. Jemand erinnert sich plötzlich an das Bild aus dem Psychologiebuch über das Unterbewusstsein und muss lachen, besinnt sich aber gleich darauf und zückt wieder den Fotoapparat.

Der dritte Berg ist ein richtiger Berg, spitz und imposant, ohne jede Spur von Koketterie. Dunkle Risse klaffen wie Wunden in der weißen Hülle, und Schneelagen zeichnen blasse Blutspritzer drum herum. Er kommt ganz nah, einen Moment lang scheint der Koloss so dicht an die Oden heranzukommen, dass alle den Atem anhalten. Kurz flackern Fantasien auf. Kann die Oden umkippen? Kann ein Eisberg von dieser Größe ein Loch in den Schiffsbauch reißen, der aus drei Zentimeter massivem Metall besteht? Nein. Natürlich nicht. Sie sind auf der sicheren Seite. Der Steuermann, der ihn so nah hat herankommen lassen, weiß, was er tut. Und außerdem scheint die Nähe eine Illusion zu sein, das sieht man, als ein junger Matrose seine Hand ausstreckt, um den Berg zu berühren. Das geht nicht, der Abstand ist unendlich viel weiter als eine Männerarmlänge.

Dann haben sich alle an den Anblick gewöhnt. Die Jungs aus dem Maschinenraum ziehen die Hände aus der Tasche und stampfen stattdessen, sie wissen selbst nicht so recht, ob aus Ungeduld oder Pflichtgefühl, sie wissen nur, dass es an der Zeit ist, wieder hinunter in das Dröhnen zu gehen, das ihren Alltag bestimmt. Die Bewegung setzt sich fort: Eine der Frauen aus der Messe guckt auf die Uhr – *Mein Gott, sie muss ja die Kartoffeln aufsetzen!* –, und zwei der Forscher sehen ebenso plötzlich ein, dass es Zeit für eine Probemessung ist. Einer nach dem anderen eilt davon, die Besatzung zuerst, dann die Forscher. Ein paar von denen, die unter dem vagen Begriff »Gäste« laufen, schlendern hinterher: ein Fernsehjournalist und sein Kameramann, die beschlossen haben, auf dem vierten Deck bessere Blickwinkel zu suchen, ein Künstler mit Skizzenblock, der nach achtern geht, um dem dritten Eisberg noch eine Weile mit Blicken zu folgen.

Zum Schluss sind nur noch zwei Personen auf dem Vorderdeck. Eine Frau mit krausem Haar und ein Arzt. Leute, die momentan keine Verpflichtungen haben. Sie stehen jeder auf ihrer Fußbank, ein Stück voneinander entfernt, und beugen sich über die hohe Reling. Ein kühler Wind streift sie, kitzelt ihn in der nackten Halsgrube und hebt kurz ihr offenes Haar an.

»Wie ist es beim Kapitän gelaufen?«, will Anders wissen.

Susanne schaut auf den Horizont. Weitere Eisberge sind auf dem Weg, sie liegen glänzend wie Bergkristalle am Horizont.

»Ich habe einen Rüffel gekriegt. Offenbar habe ich das Nördliche Eismeer kontaminiert.«

Anders zieht die Augenbrauen hoch.

»Du hast das Nördliche Eismeer kontaminiert? Wie hast du das denn geschafft?«

Es dauert einen Moment, bis sie antwortet, dann wirft sie ihm einen schnellen Blick zu.

»Es hat sich so ergeben, dass ich einen Pullover ins Wasser geworfen habe. Und ein Handtuch. Aus Versehen.«

»*Es ist hat sich so ergeben,* dass du einen Pullover und ein Handtuch ins Wasser geworfen hast?«

»Aus Versehen.«

Sie klingt verärgert. Eine Weile bleibt es still. Anders blinzelt zum Horizont.

»Hast du das gesehen?«

Sie dreht den Kopf und sieht ihn an.

»Was?«

»Die Wasserfontäne. Ich glaube, da vorn ist ein Wal…«

Er sucht in seinen Taschen nach dem Fernglas, das er von Folke geliehen hat. Es ist ein Swarovski bester Qualität, über zehntausend Kronen wert, und deshalb hält er es fest umklammert. Aber er kann keinen Wal entdecken, wie angestrengt er das Fernglas auch hin und her bewegt. Vielleicht hat er sich selbst etwas vorgemacht. Darin ist er gut.

»Nein«, sagt Susanne nach einer Weile. »Ich sehe keinen Wal.«

Anders antwortet nicht, richtet stattdessen das Fernglas auf eine Insel in weiter Ferne. Bis vor Kurzem war sie dunkellila, aber im Fernglas wird sie braun. Nackte Erde. Vielleicht auch Lava. Arktische Wüste.

Er hält immer noch das Fernglas an die Augen gedrückt, als sie wieder das Wort ergreift.

»Habe ich am ersten Tag richtig gehört, stimmt es, dass du aus Landskrona kommst?«

Jetzt klingt sie nicht mehr sauer. Er lässt das Fernglas sinken.

»Du hast richtig gehört.«

»Ich bin in Landskrona geboren. Aber ich habe höchstens zehn Jahre dort gelebt.«

»Da hast du nicht viel versäumt.«

Sie lacht auf.

»Das glaube ich dir gerne.«

Ein weiterer Eisberg nähert sich, eine modernistische Skulptur mit scharfen Spitzen und klarblauen Hohlräumen. Während er vorbeitreibt, betrachten sie ihn schweigend.

»Was bist du eigentlich für ein Arzt?«, fragt Susanne schließlich.

»Allgemeinmediziner.«

Er tritt aufs Deck hinunter und steckt das Fernglas in die Tasche, macht sich bereit zu gehen. Sie steht immer noch auf ihrem Tritt, hat dem Meer jetzt aber den Rücken zugewandt.

»Das bedeutet wohl, dass du ein bisschen von allem kannst?«

Er lächelt. Das ist ja eine schmeichelhafte Art, es auszudrücken.

»Nun ja, das könnte man wohl so sagen.«

»Psychiatrie auch?«

Er beginnt zu ahnen, worauf sie hinauswill. Eine Psychotante. Auf die kann er gut verzichten.

»Doch, ja«, sagt er. »Psychiatrie auch.«

»Früher wollte ich Psychologin werden. Aber ich bin noch vor der Zulassung abgesprungen.«

Anders lächelt wieder, um zu verbergen, was er denkt – *Aber sicher doch* –, sagt aber nichts.

»Wie schön, dass wir gleich zwei Fachrichtungen auf einmal hier an Bord haben.«

Sie hüpft mit einem kindlichen Schlusssprung aufs Deck und schiebt die Hände in die Jackenärmel. Anders legt den Kopf leicht schräg und wartet auf eine Fortsetzung.

»Warum ist das schön?«, fragt er schließlich.
Sie schenkt ihm ein kurzes Lächeln.
»Einfach so.«
Und damit geht sie.

Ein paar Stunden später ist alles anders.

In der Bar herrscht Gedränge, obwohl es erst vier Uhr nachmittags ist. Magnus leert einen Krug Bier in einem Zug, es ist ein großer Krug, und das dauert seine Zeit, und um ihn drängen sich Forscher und Besatzung. Sie klatschen in die Hände, rhythmisch und laut, alle schauen Magnus und seinen Bierkrug an, sie lächeln, aber die Blicke sind leer, alle sind tief versunken in die Bewegung und den Rhythmus. Doch als der Krug leer ist und Magnus ihn triumphierend in die Luft streckt, da bricht der Jubel los. *Ja! Er hat es geschafft!*

Anders lehnt sich gegen den Bartresen und packt seinen eigenen Krug, versucht die Melodie wegzuschieben, die aus der Stereoanlage dröhnt. *I'm a man of constant sorrow...* Nein. Er ist ein leicht beschwipster praktischer Arzt, dem soeben der Schädel rasiert wurde. Vorsichtig streicht er sich über die Kopfhaut, die glatt und kühl ist unter seiner rechten Hand. Nicht, dass es so einen großen Unterschied macht, es gab ja nicht besonders viel zu rasieren, und wenn sein nackter Schädel zur Unterhaltung beiträgt, warum nicht. In seinem gesamten erwachsenen Leben – und ganz besonders seit dem Tag, als er mit leichtem Schuldgefühl eine Patientin heiratete – hat er beharrlich die professionelle Distanz gewahrt. Jetzt ist er nicht mehr verheiratet, zumindest nur noch auf dem Papier, und jetzt scheißt er auf die professionelle Distanz. Er scheißt sogar darauf, nüchtern zu bleiben. Wenn sich jemand an diesem Abend das Bein bricht, dann ist er selbst schuld. Der Doktor denkt gar nicht daran, es zu schienen oder zu gipsen. Der Doktor hat sich besoffen.

Um halb drei Uhr am Nachmittag hat die Oden den Polarkreis passiert, und eine Viertelstunde später sind König Neptun und seine Gemahlin an Bord gekommen, das heißt ein verkleideter Maschinist mit Königskrone und Dreizack und eine Frau aus der Messe in Silberbikini und mit schwarzen künstlichen Wimpern. Forscher und Gäste wurden ins Raucherzimmer gescheucht und dort mit ein paar Paletten Bier eingeschlossen, dann kamen Männer von der Besatzung, als Piraten verkleidet, herein und holten sie, einen nach dem anderen. Die Hände hinter den Rücken gefesselt, wurden sie lachend an Deck geführt, wo sie mit dem Kopf in einen Trog mit eiskaltem Meerwasser getaucht wurden; dann wurden sie in den Sportraum geführt, wo sie der verkleidete Steuermann mit einer Heckenschere erwartete. Hier sollte geschnitten werden! Der weibliche Teil der Forscher saß jammervoll mit geschlossenen Augen auf dem Boden, während ein Matrose sie an den Haaren zog und mit der Heckenschere hinter ihnen in der Luft klapperte. Vielleicht machten sie es bei den anderen Männern auch so, vielleicht war es nur Anders, der tatsächlich rasiert wurde. Und deshalb wurde er wohl mit Jubel empfangen, als er schließlich, immer noch gefesselt, in die Bar geführt wurde, um ein Glas Meerwasser zu trinken. *Guckt mal! Dem Doktor haben sie den Kopf rasiert!*

Und jetzt sind alle getauft, das Fest ist in vollem Gange, die Musik dröhnt, die Forschung ist für heute beendet, und in der Bar ist es voll. Ein paar der erfahrensten Polarfüchse haben bereits angefangen zu tanzen. Ulrika wiegt sich vor einem jungen Chemiker in den Hüften, eines der Messemädchen wirft den Kopf in den Nacken und lacht einen jungen Steuermann an, Sture versucht mit einer Sachbearbeiterin aus dem Polarsekretariat eng zu tanzen, obwohl es nicht die Musik dafür ist.

»Volle Kanne. Prost!«

»Prost.«

Ola hebt seinen Bierkrug Anders entgegen.

»Dich haben sie also rasiert?«

»Ja.«

»Ihn da hinten auch.«

Ola macht eine Kopfbewegung hin zu einem Mann mittleren Alters mit grauem Pferdeschwanz. Anders schließt die Augen und versucht sich an dessen Namen zu erinnern. Robert. Dozent in analytischer Chemie an der Universität Uppsala.

»Ach ja?«, sagt Anders. »Aber ich finde, es sieht so aus, als hätte er noch ziemlich viel Haar übrig behalten.«

In dem Augenblick zieht Robert seinen Pullover hoch und entblößt vor Jenny, der kichernden Doktorandin, seine Brust. Sie juchzt vor Überraschung. Robert lächelt zufrieden und dreht sich herum, damit alle es sehen können. Jemand hat in seine graue Brustbehaarung einen Kreis rasiert. Ein O. Wie in »Oden«.

»Der reinste Frauenmagnet, der Typ«, sagt Ola. »Trotz seines Alters.«

Ist er ironisch? Oder vom Bier benebelt? Anders nimmt einen Schluck und beschließt, das Thema zu wechseln.

»Ist das deine erste Expedition?«

Ola schüttelt den Kopf.

»Nein. Meine dritte.«

»Geht es immer so wüst zu?«

»Ich habe schon Schlimmeres erlebt. Viel Schlimmeres. Aber mal sehen, wie es zur Nacht hin wird. Das kann noch ausarten.«

Anders lässt seinen Blick schweifen. Hinten auf dem Ecksofa ist es eng. Junge Forscher und Forscherinnen und ebenso junge Besatzungsmitglieder sitzen so dicht aneinandergedrängt, dass sich jede Bewegung durch die ganze Gruppe fortpflanzt. Niemand scheint etwas dagegen zu haben. Ein amerikanischer Professor lächelt sanft, er sitzt gegenüber in einem Ledersessel, und auf seiner Armlehne versucht die einzige weibliche Matrosin das Gleichgewicht zu halten, ohne zu nahe zu kommen. In dem anderen Ledersessel sitzt Martin, mit Sofia auf den Knien. Der Maschinist und das Messemädchen. Sie sind wohl ein festes Paar, Anders hat gesehen, dass sie eine Kajüte teilen, vielleicht sind sie sogar verheiratet. Frisch verheiratet in dem Fall, denn keiner von ihnen sieht älter als fünfundzwanzig aus. In den dritten Sessel lässt sich soeben Magnus sinken, das Leder knirscht unter seinem massigen Körper, er stellt einen weiteren Krug Bier auf den Tisch und entblößt seine Zähne in einem höhnischen Grinsen über Marcus, der versucht, sich auf die Armlehne zu setzen. Es ist ganz deutlich, dass er keinen weiteren Mann so dicht neben sich haben will, und schon gar keinen Künstler mit schmalen Schultern und lockigem Haar. Marcus' Blick flackert, er steht auf, dreht ihm den Rücken zu und steuert den Bartresen an. Hinten an der Tür steht Susanne, an die Wand gelehnt. Sie hat die Hände um ein Glas Rotwein geschlossen und lässt ihren Blick über den Raum schweifen, hin und zurück, hin und zurück, als suchte sie nach etwas. Eine leichte Irritation steigt in Anders auf. Typische Problemsucherin.

»Nun komm schon, Herr Doktor! Jetzt tanzen wir!«

Ulrika zieht ihn lächelnd am Handgelenk. Eine Sekunde lang ist er versucht, den Kopf zu schütteln und Nein zu sagen, dann stellt er den Krug auf den Tresen und erwidert das Lächeln. Ulrika hat funkelnde Augen und ein breites Lächeln. Zum Teufel mit der professionellen Distanz.

»Ich bin kein Meister ...«

»Aber ich«, erklärt Ulrika. »Dann gleicht sich das ja aus.«

Es ist eng auf der Tanzfläche, so eng, dass ihre höchst zweifelhafte Meisterschaft nicht auffällt. Die Leute drängen und knuffen, jemand – ist das dieser Robert? – stößt ihr so hart den Ellbogen in den Rücken, dass sie das Gleichgewicht verliert. Anders muss beide Hände ausstrecken und sie packen, damit sie nicht hinfällt. Das ist gut. Wenn sie einander an den Händen halten, während sie so dastehen und sich schütteln, ist nicht zu sehen, wie steif er eigentlich ist. Eva hat sich in den letzten Jahren geweigert, mit ihm zu tanzen. Das sei, wie mit einem Roboter zu tanzen, hat sie gesagt. Also ist er auf dem Sofa sitzen geblieben, wenn es bei diesen Festen, zu denen sie immer eingeladen wurden, zum Tanz kam, hat sich einen Cognac genommen und unterhalten, während sie sich an einen nach dem anderen drückte. Wenn sie nach Hause kamen, wollte sie immer mit ihm schlafen. Tanzen erregte sie.

Ulrika scheint nicht erregt zu werden, sie schiebt sich nur den Pony aus der Stirn, als die Musik verstummt, wirft Robert einen wütenden Blick zu und bekommt einen ebenso wütenden zurück und ruft dann mit lauter Stimme:

»Jetzt reicht es ja wohl mit diesem Krach! Spielt mal ein paar gute alte Oldies für uns Alte!«

Anders hebt die Augenbrauen. Alte? Sie ist ja wohl kaum älter als fünfzig. Obwohl, das ist in dieser Gesellschaft vielleicht schon alt, zumindest alt genug, dass man auf sie hört. Einen Moment lang bleibt es still, während jemand zwischen den CDs sucht, dann erschallt ein vertrauter Eröffnungsakkord durch die Bar. Er lächelt und greift nach Ulrika, drückt sie fest an sich. *She belongs to me.* Ein alter Ohrwurm, der während seines letzten Jahres am Karolinska Institut acht Wochen auf der Hitliste stand.

»Ich habe diesen Song gehasst«, sagt er und legt seine Wange an Ulrikas Haar. »Wirklich gehasst.«

Sie lacht und schüttelt leicht den Kopf, die Bewegung lässt das Haar zur Seite rutschen, und als sie sich ihm wieder nähert, streift ihre Wange seine. Ein Schauer läuft ihm über den Rücken.

»Ich habe ihn geliebt.«

»Ich weiß, das haben ja wohl alle Teeniemädchen.«

»Björn Hallgren war die Antwort auf all unsere Gebete ... Zumindest für eine kurze Zeit.«

Er erstarrt, erwidert nichts. Ulrika zieht sich kurz zurück und sieht ihn an.

»Was ist denn?«

»War das Björn Hallgren?«

»Ja. Er war doch der Sänger der Typhoons. Bevor das passiert ist.«

Er hat aufgehört zu tanzen, hält sie aber immer noch fest, wiegt sich nur ein wenig hin und her, um den Schein zu wahren. Dann war es also Björn Hallgren, der diesen Song gesungen hat ... Adam in Evas verlorenem Paradies. Dass er das vergessen konnte. Andererseits wollte Eva nie diese Platten hören, wenn Anders zu Hause war, im Gegenteil, sie wurde wütend, wenn er sie nur anfasste. Vielleicht spielte sie sie, wenn er arbeitete. Irgendetwas musste sie ja tun, wenn Anders bei der Arbeit war.

»Aber vielleicht ist das nicht gerade der passendste Song hier«, sagt sie gedämpft.

Er versucht seine Stimme so neutral wie möglich klingen zu lassen.

»Warum nicht?«

»Weil seine Schwester hier ist. Und sie sieht etwas bedrückt aus.«

Ulrika dreht sich um, gibt ihm den Blick zur Tür frei. Susanne steht immer noch dort, an die Wand gelehnt, und hält ihr Glas in beiden Händen, aber jetzt hat sie die Augen geschlossen.

»Ist das seine Schwester?«

»Ja. Oder Halbschwester oder so etwas.«

»Woher weißt du das?«

»Habe ich irgendwo gelesen. Wollen wir zu ihr gehen?«

»Nein«, sagt Anders und drückt Ulrika fester an sich. »Es wird das Beste sein, wenn wir sie in Ruhe lassen.«

»Ja. Man kann ja eigentlich davon ausgehen, dass sie darüber hinweg ist«, sagt Ulrika. »Schließlich ist es schon so lange her…«

Er will gerade etwas darauf erwidern, als ein Schrei alles übertönt.

»Er blutet! O mein Gott, er blutet!«

Das ist Katrin. Sie steht an der Bar und greift sich mit der Hand an die Kehle. Neben ihr steht Robert. Seine rechte Hand ist rot von Blut. Trotzdem lässt er den Henkel des zerbrochenen Bierkrugs nicht los, steht nur reglos da und starrt auf den Bartresen. Der mit Glasscherben übersät ist.

Anders zeigt Ulrika eine Miene des Bedauerns, und sie lässt sofort seine rechte Hand los. Es hilft alles nichts. Der Doktor muss arbeiten.

NIEMAND IST IN ihrer Kajüte gewesen.

Das Fenster ist zum Meer hin geöffnet. Die Laken der Koje sind so glatt und weiß wie vorhin, bevor sie zu dem Fest gegangen ist. Der Spiegel im Bad ist sauber und glänzt. Ein leichter Duft nach Reinigungsmittel kitzelt die Schleimhäute der Nase. Ein Schauer läuft ihr über den Rücken, und sie schließt das Fenster, steht einen Moment lang nur da und betrachtet einen Eisberg, der vorbeisegelt, überlegt, wie sonderbar es doch ist, dass die Euphorie der ersten Stunden vorbei ist, dass die Augen, die ein ganzes Leben lang auf diesen unerhörten Anblick gewartet haben, sich bereits an ihn gewöhnt haben. Dann zuckt sie mit den Schultern, schlingt die Arme um sich und blinzelt ein paarmal. Versucht sich zu sammeln. Warum ist sie hierhergekommen? Was wollte sie hier tun?

Sich verstecken. Weil Blut auf dem Bartresen war.

Sich verstecken. Weil sie dieses Lied gespielt haben.

Sich vor ihren Erinnerungen verstecken, die von der Musik geweckt wurden. Sie kann spüren, wie sie sich genau in diesem Moment in ihrem Kopf drehen, sich drehen und winden, wie sie ihr ewiges Lächeln zeigen und züngeln.

Sie lässt sich auf die Koje sinken, schleudert die Schuhe von den Füßen und legt sich hin. Schließt die Augen. Sucht nach der Dunkelheit. Aber hinter ihren Augenlidern ist es gar nicht dunkel, es ist rot, eine merkwürdige rotgraue Tönung, die jedesmal, wenn ihr Herz schlägt, in einem gelben Kreis explodiert. Sie kann eine Weile das Farbspiel betrachten. Und versuchen, sich nicht zu erinnern.

»Es ist noch nichts passiert«, sagt sie laut zu sich selbst. »Bis jetzt ist noch nichts passiert.«

Das ist ein tröstlicher Gedanke. Und er ist wahr. Denn wenn

das Vergangene tatsächlich in uns lebt, wenn es unauslöschlich ist, dann betrifft das ja alles die Vergangenheit. Auch die Momente, in denen es noch nicht passiert war.

Wie die Fensternische im Treppenhaus, die allein Susanne gehörte. Niemandem sonst.

Das ist eine Selbstverständlichkeit, die der Rest der Familie akzeptiert. Niemand sonst kann schließlich aufrecht unter dem Dachbogen sitzen und die Füße auf der schmalen Fensterbank abstellen. Die anderen sind zu groß. Deshalb lächeln sie ihr nur zu, wenn sie an ihr vorbei die Treppe hinunterlaufen.

»Hallo, Ausguck«, sagt Björn, wenn er auf dünnen Ledersohlen ins Erdgeschoss hastet. »Gibt es etwas zu berichten?«

»Hallo, mein kleiner Hausspion«, sagt Inez, wenn sie an ihr vorbei zum Badezimmer eilt, die Arme voll mit frisch gewaschenen Handtüchern. »Siehst du etwas Interessantes?«

»Wie schön, dass jedenfalls einer auf diesem Fahrzeug unterwegs in die Ewigkeit Wache hält«, sagt Birger, wenn er die Treppe hinunterhinkt, in der einen Hand die Aktentasche, in der anderen die Landskrona-Posten. Susanne antwortet nicht, folgt ihm nur mit Blicken, um zu sehen, ob er wohl stolpert. Und tatsächlich, auch an diesem Tag stolpert er.

Sie lächelt ihm nach, dreht langsam den Kopf und schaut aus dem Fenster. Draußen in der Svanegatan hat bereits die Dämmerung eingesetzt. Graue Herbstdämmerung. Die Straßenlaternen haben einen Heiligenschein bekommen, und noch ist es vor dem Haus ganz leer. Es ist noch viele Jahre hin bis zu dem Tag, an dem die Mädchen kommen werden. Und noch ist nichts passiert.

Herbstabend

Die Mädchen kamen in der Dämmerung.

Anfangs, lange Zeit bevor das, was gar nicht passieren konnte, passiert war, waren es nur einige wenige, ein verlorenes Häuflein von drei oder fünf oder sieben, die aus den Schatten hervortraten und versuchten so auszusehen, als kämen sie rein zufällig vorbei und blieben aus purem Zufall auf dem Bürgersteig vor dem roten Klinkerhaus stehen. Sie wandten ihre bleichen Gesichter dem Fenster zu, während sie gleichzeitig in den Taschen nach Zigaretten und Streichhölzern suchten, blieben dann dicht beieinander stehen und ließen den Rauch im gelben Lichtkegel der Straßenlaterne aufsteigen.

»Wie die nur aussehen«, sagte Inez und zog das Rollo in der Küche zu. »Schwarze Augen und weiße Lippen. Wie die Gespenster. Man kann ja direkt Angst kriegen. Igitt.«

Sie öffnete einen Schrank und holte vier Teller heraus, reichte sie Susanne und fuhr fort:

»Und ihre Kleidung! Einige sehen aus, als waren sie aus einem Militärlager hervorgekrabbelt, und andere scharwenzeln in Minimini und Nylonstrumpfen herum. Und das Ende November! Die Strümpfe werden ihnen an den Beinen festfrieren, und sie werden eine Blasenentzündung kriegen, und das ist nicht lustig, denn wenn man eine Blasenentzündung kriegt ...«

Birger, der bereits am Küchentisch saß und auf das Essen wartete, hob die Ellbogen, damit Susanne den Teller vor ihn auf den Tisch stellen konnte.

»Keine Details bitte!«

Inez lächelte über die Schulter, während sie im Rübenmus rührte.

»Wie du willst. Aber schade. Denn ich hätte so viele interessante Details zu berichten ...«

»Davon bin ich überzeugt, meine Liebe. Aber es gibt solche und solche Gelegenheiten.«

Inez ließ einen Topfuntersetzer auf die Wachsdecke fallen.

»Und das hier ist keine Gelegenheit?«

Birger schaffte es nicht zu antworten, denn jetzt stand Björn in der Türöffnung, und Inez lächelte ihm zu, während sie ihre Schürze abband.

»Und da kommt der Schurke des Dramas ...«

»Äh?«, sagte Björn, und ließ sich auf seinen Platz am Esstisch sinken.

Inez fuhr ihm mit der Hand durch den dunklen Haarschopf.

»Aha«, sagte sie. »Feucht. Du hast dir wieder die Haare gewaschen.«

»Ach, hör auf«, erwiderte Björn.

»Es ist gefährlich, sich zu oft die Haare zu waschen.«

Björn grub tief in dem Topf mit Rübenmus.

»Ist es überhaupt nicht.«

»Du wirst früher kahl werden. Und bekommst Ohrenreißen.«

»Bitte, Inez«, sagte Birger.

Sie lachte auf.

»Ich mache doch nur Spaß.«

»Ich weiß«, nickte Birger. »Aber der Junge wird nervös.«

»Nein«, widersprach Björn. »Ich werde nicht die Bohne nervös.«

Ein Stöhnen ging durch die kleine Menge unter der Straßenlaterne, als Susanne eine Weile später die Haustür öffnete, ein Stöhnen, das sich danach sehnte, in einen Schrei überzugehen, das aber gestoppt und geschluckt wurde, als die Mädchen sahen, wer es war, der da auf der Treppe erschien. Susanne schlug mit dem üblichen Hüftschwung die Tür hinter sich zu und versuchte unberührt auszusehen, obwohl die Ameisen der Unruhe bereits unter ihrer Haut krabbelten. Sie zog den Reißverschluss ihres Parkas hoch und schob die Hände tief in die Taschen. Worauf sollte sie ihren Blick richten? Konnte sie wirklich den Kiesweg zur Gartenpforte entlang gehen, ohne diese Mädchen ein einziges Mal anzusehen? Ja, das konnte sie. Das war sogar nötig, denn würde sie den Blick heben und sie ansehen, würde sie dem pochenden Bedürfnis nicht widerstehen können, sich dafür zu entschuldigen, dass es nur sie war, die da aus dem Haus gekommen war.

»Das ist seine Schwester«, sagte eine Stimme mitten in der Gruppe. »Seine kleine Schwester.«

Susanne verzog das Gesicht und schaute auf den Kies. Natürlich. Sie wussten nicht, wie es sich tatsächlich verhielt, und wenn sie sie korrigieren wollte, würden sie nur wütend werden. Leute werden immer wütend, wenn sie feststellen, dass sie Fehler machen. Besonders Mädchen.

»Sie heißt Susanne«, sagte eine andere. »Hej, Susie! Hej!«

Sie war am Gartentor angelangt, es quietschte und jammerte, als sie es öffnete. Zwei der Mädchen drängten sich lächelnd vor, große Mädchen mit dichtem Haar und schmalen Schultern. Susanne erkannte beide wieder, wusste jedoch nicht, wie sie hießen. Die eine, diejenige mit dunklem Haar und einem rosa Tuch, das sie kunstvoll um den Hals geknotet hatte, stand meistens im Kiosk am Bahnhof. Es gab das Gerücht, dass sie ein Brötchen in ihren toupierten Haaren hatte und dass sie das Tuch um den Hals trug, um die Knutschflecken zu verdecken, die sie sich ständig holte. Die andere ging beim Friseur in der Artillerigatan in die Lehre. Sie hatte Susanne vor drei Monaten, bevor Björn eine Berühmtheit und bevor Susanne selbst zu einer nahen Verwandten einer Berühmtheit geworden war, die Haare geschnitten. Der Pony war zu dünnen Fransen hoch in der Stirn geworden, und mehrere Wochen lang vermied Susanne sorgfältig alle Spiegel im Haus. Deshalb ging sie unbewusst einen Schritt zurück, als erwartete sie, dass die Auszubildende eine Schere aus der Tasche ziehen und sich wieder ihren Pony vornehmen würde.

»Stimmt es, dass er zu Hause ist?«

Die angehende Friseuse lächelte mit weiß geschminkten Lippen und gelben Zähnen. Es roch nach Kaugummi und Zigarettenrauch aus ihrem Mund. Die Kioskverkäuferin mit den Knutschflecken senkte ihre blauen Augenlider und klimperte kurz mit starren Wimpern.

»Hat er sich schon einen Cadillac gekauft? Im Bildjournal stand, dass er sich einen Cadillac kaufen wollte.«

Susanne brachte einen leisen Ton hervor, der sowohl ein Ja als auch ein Nein bedeuten konnte. Ja, er war zu Hause. Nein, er hatte sich keinen Cadillac gekauft. Niemand hörte oder verstand sie, sie waren viel zu besessen von ihren Fragen, um Platz für Susannes Antworten zu haben. Ein blondes Mädchen mit langem Pony drängte sich nach vorn. Ein Hippie.

»Und die anderen? Wo sind die anderen Jungs?«

Susanne zuckte mit den Schultern, immer noch die Hände in den Taschen. Sie hatte keine Ahnung.

»Fahren sie am Samstag nach England? Ist das wahr?«

»Geht er heute Abend noch aus?«

»Hat er ein Mädchen oder ...«

Susanne zuckte mit den Schultern und schaute hinunter auf den Asphalt. Was sollte sie darauf antworten? Sie wusste nichts darüber, was Björn zu tun gedachte, weder am Abend noch am Samstag, sie hatten kaum miteinander reden können, seit er nach Hause gekommen war. Ein anderes Hippiemädchen drängte sich vor, sie sah merkwürdig aus, hässlich und hübsch zugleich. Susanne erkannte sie wieder. Sie ging in die erste Gymnasialklasse, altsprachlicher Zweig, und wenn es regnete, benutzte sie einen schwarzen Männerschirm statt dieser fipsigen geblümten Dinger, die sich die anderen Mädchen über den Kopf hielten. Das war auf eine unerklärliche Art und Weise respekteinflößend.

»Welches Zimmer ist seins?«, fragte sie und legte Susanne eine vierschrötige Hand auf die Schulter. Ihre Stimme war dunkel und herausfordernd. Susanne hob die Hand und ließ die Geste sprechen. Da! Oben links. In dem Zimmer mit weißen Gardinen und einer Deckenlampe aus den Vierzigern. Die Mädchen schauten hoch und seufzten wie aus einem Munde, während sich Susanne dem Griff des Hippiemädchens entwinden konnte, etwas in der Richtung murmelnd, dass sie es eilig habe, und fast davonlief.

Sie hörte nicht auf zu laufen, bis sie fast am Friedhof angekommen war, aber dort hielt sie in der Dunkelheit zwischen zwei Straßenlaternen an, stellte sich breitbeinig hin und legte eine Hand auf das Zwerchfell, als bekäme sie keine Luft mehr oder hätte einen Krampf. Sie konnte nicht sagen, warum sie geflohen war, aber sie war erleichtert, davongekommen zu sein. Mit einem tiefen Atemzug, so tief, dass er fast einem Seufzer ähnelte, schaute sie auf den glänzenden Asphalt und erinnerte sich daran, wie es war, als alles noch Normalität, Alltag und langweilige Realität gewesen war. Zu der Zeit war Björn eine Selbstverständlichkeit gewesen, eine manchmal ziemlich mürrische Selbstverständlichkeit, aber jedenfalls eine Person, die in demselben Haus wie sie lebte und die es dort immer schon gegeben hatte. So würde es nie wieder werden. Niemals wieder. Jetzt war er ein anderer, ein Wesen aus einer weit entfernten Welt, einer Welt von Stars und Glitzer, einer Welt, die so jemandem wie Susanne immer verschlossen sein würde, wie kräftig sie auch ans Tor hämmerte. Ein Schauder lief ihr über den Rücken, dann runzelte sie die Stirn über sich selbst. Was machte sie da eigentlich? Schließlich hatte sie es eilig. Also rückte sie ihre Umhängetasche aus echtem Skai zurecht, die Tasche, die sie sich über ein Jahr lang gewünscht und endlich zum Geburtstag bekommen hatte, richtete sich auf und ging los. Ingalill wartete ja. Und Fräulein Frisch.

Björn stand an der Schwelle zu seinem Zimmer und zögerte. Konnte er das Licht ausmachen? Er sehnte sich nach etwas Dunkelheit, wusste aber gleichzeitig, dass er nicht mehr frei in seinen Beschlüssen war. Jede Handlung musste vor ihrer Ausführung abgewogen und beurteilt und anschließend mit der Reaktion konfrontiert werden, die von den Mädchen auf der Straße draußen zu erwarten war. Momentan trugen sie ihn auf Händen, so hoch, dass er fast die Wolken berühren konnte, aber Karl-Erik von der Plattenfirma hatte immer und immer wieder betont, dass sie ebenso die Macht hatten, ihn fallen zu lassen. Deshalb mussten sie mit großer Sorgfalt behandelt werden. Björn musste ihnen so nahe kommen, dass ihre Träume am Leben gehalten wurden, sich aber gleichzeitig so weit auf Abstand halten, dass die Träume nicht von etwas zerstört wurden, das der Wirklichkeit ähneln könnte. Also gab es nur eins zu tun. Er strich sein Polohemd glatt und fuhr sich energisch mit der Hand durchs Haar, ging dann mit festem Schritt durch das beleuchtete Zimmer bis zum Fenster und tat so, als suchte er etwas auf dem Schreibtisch. Es dauerte nur einen Moment, bis die Mädchen ihn entdeckten und zu schreien anfingen, ein Schrei, der zwischen Jubel und Weinen angesiedelt war, ein Schrei, der ihn bereits seit Wochen verfolgte und den er insgeheim als ein Gefängnisgitter ansah. Er tat überrascht, richtete sich auf, schaute aus dem Fenster und lächelte, wobei er die Hand zum Gruß hob. Dann drehte er sich schnell um und zog sich zurück, als hätte ihn plötzlich jemand angesprochen oder als wäre er gezwungen, etwas ganz Wichtiges zu erledigen.

Nein. Er konnte das Licht nicht löschen. Nicht, solange die Mädchen vor dem Haus standen. Sie würden das als eine feindliche Handlung betrachten. Andererseits konnte er ihnen nicht erlauben, sich sattzusehen, denn dann würde er sich sofort in einen ganz normalen Jungen in einem ganz normalen Haus verwandeln, und für jemanden, der vor Kurzem die Wolken berührt hat, wäre das eine tiefe Erniedrigung. Einen Moment lang stand er unschlüssig neben dem Fenster, dann drückte er sich an die Wand und glitt vorsichtig seitwärts zur Tür, sorgfältig darauf bedacht, dass sein Schatten nicht zu sehen war. Vielleicht konnte er sich für eine Weile in Susannes Zimmer legen. Es war ja bereits dunkel. Und die Mädchen schauten nicht in diese Richtung.

Sie hatte eine neue Tagesdecke. Weiß. Spitzenartig. Sie ähnelte diesen kleinen Sterndeckchen, die seine Großmutter immer gehäkelt hatte. Vielleicht waren ja hundert kleine Großmutterdeckchen zu einem großen Geburtstagsgeschenk geworden. Ja. So konnte es sein. Und dann würde auch er bald eine neue Tagesdecke bekommen. Was nicht so schlimm wäre. Er hoffte nur, dass sie nicht schwarz-weiß sein würde. Susannes Großmutter schenkte ihm jetzt seit acht Jahren kleine weiße und schwarze Deckchen, seit er ihr als Elfjähriger anvertraut hatte, dass das die Farben des Fußballvereins von Landskrona waren und dass er in dem Verein spielen wollte, wenn er groß war. Sie waren so hässlich, dass es ihn schon fast gruselte.

Björn legte sich hin und verschränkte die Hände im Nacken, lag eine Weile reglos da und versuchte, nicht an die Mädchen vor dem Haus und an all die anderen Mädchen zu denken. Was wollten sie von ihm? Wirklich? Und warum ausgerechnet von ihm? Hinter den anderen Jungs der Band schrien sie nie so laut her, das Rufen vor dem Bühneneingang schwoll nie zu einem Gebrüll an, bevor er selbst herauskam. Das war eine Tatsache; eine Tatsache, die alle anderen fünf zu ignorieren versuchten, die aber trotzdem nervte, ärgerte und irritierte. Erst beim Proben vorgestern brach Tommy mitten in einem Stück ab und erklärte ganz cool, dass es natürlich was für sich hatte, so unglaublich schnuckelig zu sein, aber noch besser wäre es, wenn man auch noch den Ton halten könnte. Niclas und Bosse hatten dazu gelacht und Peo einen schnellen Wirbel auf der Trommel geschlagen, bevor er Björns Blick begegnete und sich damit rettete, dass er die Sticks hob und den Song noch einmal anzählte. *A-one-a-two-a-three …*

Das war ein Scheißsong. Banal. Billig. Einschmeichelnd. Aber Karl-Erik hatte beschlossen, dass er auf die nächste Single mit drauf sollte, und was Karl-Erik beschloss, wurde immer gemacht. Immer. Er war es gewesen, der vor einem halben Jahr beschlossen hatte, dass die Typhoons einschlagen sollten. Und er war es auch, der beschloss, wie das vor sich gehen sollte. Der alte Sänger musste weg, und ein neuer musste her, das war eine Bedingung, und zwar eine Bedingung, die Tommy – und damit auch Niclas, Peo und Bosse – zu akzeptieren hatte. Sie hatten nie erzählt, warum oder wie es dazu gekommen war. Als Peo Björn zu einer Probe nach Stockholm mitbrachte, nickten sie nur nach ein paar Songs und gaben ihm zu verstehen, dass sie ihn akzeptierten. Karl-Erik rieb sich bereits beim ersten Stück die Hände, gab aber mit keinem Wort preis, was er dachte. Zunächst einmal hatte er so einige Fragen zu stellen. Wie zum Teufel hielt Björn es nur in Landskrona aus, zum Beispiel? Und wie hatte Peo, der in dem einigermaßen zivilisierten Täby geboren und aufgewachsen war, bloß auf einem lokalen Rockbandwettbewerb so weit ab vom Schuss landen können? Peo räusperte sich und versuchte zu erklären, dass er seine Großmutter besucht hatte, wurde aber von einem kurzen Winken unterbrochen. Das war eine rhetorische Frage, und sollte Peo erst einmal das Wort nachschlagen müssen, dann mache das auch nichts, denn jetzt wollte Karl-Erik erst einmal ein ernstes Wort mit dem jungen Hallgren reden. Woher kam es, dass er nicht halb so fürchterlich quakte wie die meisten aus Skåne? Ach so. Die Mama kam aus Göteborg. Das war natürlich ein Vorteil. Hatte er eine gewisse musikalische Ausbildung? Nicht. Spielte er ein Instrument? Auch nicht. Konnte er Noten lesen? Auch das nicht. Und wie stand es mit Bühnenerfahrung? Mäßig. Ja, so. Aha. Ein reines Naturtalent also. Andererseits sprach ja sein Aussehen für ihn, und eine nette Stimme, also …

An einem Nachmittag, nur eine Woche später, setzten sich Björn und Birger auf die Besucherstühle in Karl-Eriks Büro in

Stockholm. Björn mit frisch gewaschenen Haaren und in seiner verwaschensten Jeans, Birger auffallend frisch vom Friseur. Er blinzelte beim Anblick der goldenen Schallplatten an den Wänden, strich kurz mit der Hand über das glänzende Palisander der Schreibtischplatte und richtete dann seinen Blick auf Karl-Erik, der sanft lächelnd zurückgelehnt auf seinem Pfauenthron von Schreibtischstuhl saß. Innerhalb nur eines Moments verwandelte Birger sich in eine Karikatur seiner selbst: ein verstaubter Studienrat für Geschichte und Politik, der umständlich, aber dennoch ohne Einwände die Bedingungen in dem Vertrag akzeptierte, der ihm vorgelegt wurde. Zwar hatte er in seiner Eigenschaft als inoffizieller Vertreter der Vormünder des Jungen so seine Bedenken gehabt, aber da Björn nun einmal – ähäm! – gewisse Symptome von Schulmüdigkeit zeigte und da es dem Jungen nun einmal so wichtig war und – nicht zu vergessen! – da es sich ja offenbar so verhielt, dass sowohl die Plattenfirma als auch die anderen Jungen in der Band außerdem sehr daran interessiert waren, dass Björn mitmachte, so hatte er beschlossen, davon abzusehen. Es gab ja Gott sei Dank heutzutage auch Erwachsenenbildung, wer also die Schule hinter sich ließ, konnte immer noch wieder in sie zurückkehren. Seine einzigen Bedenken galten der Tatsache, dass es nicht möglich gewesen war, Kontakt zu der Mutter des Jungen aufzunehmen, sie befand sich ja irgendwo weit weg auf dieser Welt, wo, das war momentan nicht herauszubekommen, aber er ging davon aus, dass sie nichts dagegen einzuwenden hätte. Was – *haha!* – der Zufall und die Plattenindustrie zusammengefügt hatten, das sollte der Mensch ja wohl nicht scheiden. Ob er den Füllfederhalter leihen dürfte?

So hatte es angefangen. Und jetzt ließ es sich nicht mehr stoppen. Björn war Mitglied der Typhoons. Nein, mehr als das. Er war der Star der Typhoons. Und trotzdem – aber das konnte er nur hier in Susannes dunklem Zimmer sich selbst eingestehen –, trotzdem gehörte er nicht dazu. Nicht wirklich. Nicht in gleichem Maße wie die anderen Jungs der Band. Die kannten sich seit der Grundschule und spielten seit vier Jahren zusammen, sie erzählten einander von ihren Erlebnissen und hatten gemeinsame Erinnerungen. Außerdem gehörte Robban zu ihnen, auch wenn sie nie über ihn sprachen, nicht einmal seinen Namen erwähnten. Aber es gab ihn. Er, der von Anfang an dabei gewesen war. Er, der nicht starb. Er, der geopfert werden musste.

Vermissten sie ihn? Oder war er ihnen peinlich?

Sowohl als auch. So war es wohl. Zumindest was Tommy betraf, und das, was Tommy dachte und fühlte, das dachten und fühlten auch Niclas, Peo und Bosse. Andererseits wusste Tommy nur zu gut, dass sie ohne Björn nie dort wären, wo sie jetzt waren. Eine Band, die in den schwedischen Top Ten nicht nur an erster, dritter und siebter Stelle stand, sondern die außerdem auch noch auf der englischen Liste auf den siebzehnten Platz gerutscht war und am Samstag im Fernsehen sein sollte. Im englischen Fernsehen. In London.

Es war fast nicht zu glauben. Aber es stimmte. Und das hatten sie Björn Hallgren zu verdanken. Björn Hallgrens Stimme. Björn Hallgrens Gesicht. Björn Hallgrens Haar.

Und dennoch, manchmal war es ziemlich ermüdend, Björn Hallgren zu sein. Deshalb schloss er die Augen und schob alle Gedanken beiseite, konzentrierte sich nur noch auf seine vier Sinne: Geruch und Gefühl, Geschmack und Gehör. Dann brauchte er für eine Weile nicht mehr Björn Hallgren zu sein, sondern konnte er selbst sein, ein Mensch ohne Namen und Alter, ein Körper, der in diesem Haus gelebt hatte, solange er sich erinnern konnte, und jeden Morgen dessen Düfte eingeatmet hatte, dessen Fingerspitzen jede Oberfläche hier kannten, dessen Zunge sich an jeden Geschmack erinnerte, dessen Ohren jeden Schritt erkannten …

Jemand schlurfte draußen auf dem Flur vorbei, und plötzlich stand Birger mit einem Stapel blauer Schreibhefte unter dem Arm in der Türöffnung. Er zog fragend die Augenbrauen hoch.

»Hier liegst du?«

»Ja.«

Eine Weile schwiegen beide. Birger lehnte sich gegen den Türrahmen.

»Geht es dir gut?«, fragte er schließlich.

»Ja.«

»Ist es so gekommen, wie du es dir vorgestellt hast?«

»Nicht wirklich.«

»Nein«, sagte Birger. »Es kommt wohl nie wirklich so, wie man glaubt, dass es werden soll. Es kann schlechter oder besser werden, aber nie wirklich so …«

Björn schloss die Augen, äußerte seinen Einwand nicht. Denn manchmal wusste man ganz genau, was kommen würde. Beispielsweise wusste er, dass Birger stolpern würde, wenn er die Treppe hinunterlief.

»Nein«, sagte Birger und schob die Schreibhefte zurecht. »Ich muss wohl mal anfangen, diese Meisterwerke hier zu korrigieren.«

»Mmmm.«

»Na, dann …«

»Ja, bis dann.«

Björn lag mit geschlossenen Augen da und wartete. Birger machte fünf Schritte den Flur entlang bis zur Treppe. Es knarrte leise, als er den Fuß auf die oberste Treppenstufe setzte, dann klackten seine Ledersohlen – die eine viel größer als die andere – auf dem abgetretenen Holz der Treppe. Björn öffnete die Augen, zählte wortlos mit. Acht, neun, zehn …

»Hilfe! Oh! Verdammte Scheiße!«

Ein dumpfes Plumpsen, als Birger fiel, ein flatterndes Geräusch, als sich die Schreibhefte über den Flurboden verbreiteten. Björn schmunzelte in der Dunkelheit. Stimmte. Gewisse Dinge trafen genau so ein, wie man es vorhersah. Was hiermit bewiesen war.

»Entschuldigt die Wortwahl«, rief Birger. »Aber ich bin offenbar gestolpert.«

Niemand antwortete. Es war vollkommen still im Haus.

Und Inez, die Susannes Mutter war, aber nicht Björns, zog die Augenbrauen hoch, während sie die Butter in die Speisekammer stellte. Aha. Dann war es also mal wieder so weit. Stolpern. Fluchen. Entschuldigen.

Die Welt war nicht vollkommen neu. Gewisse Dinge waren ganz genau so, wie sie immer gewesen waren, obwohl Björn über Nacht zum Teenie-Idol geworden war. Birgers linker Fuß, der Schuhe der Größe 44 erforderte, legte sich immer noch ein paarmal in der Woche dem rechten in den Weg, der sich bescheiden mit der Größe 39 begnügte. Das war eine Tatsache, mit der es sich eigentlich leicht leben ließ, genau wie mit der Tatsache, dass er immer zwei Paar Schuhe gleichzeitig kaufen musste, ein Paar in jeder Größe. Dagegen war es nicht genauso leicht zu schlucken, dass dreizehn nie benutzte rechte Schuhe der Größe 44 und ebenso viele linke Schuhe der Größe 39 in einer Ecke des Kellers standen. Das kam immer mal wieder beim Essen zur Sprache. Die einzelnen Schuhe durften nämlich nicht weggeworfen werden. Man konnte doch nicht vollkommen neue und unbenutzte Schuhe wegwerfen, auch wenn man niemals für sie Verwendung finden würde, behauptete Birger. Über andere Fragen war er bereit zu diskutieren und zu verhandeln, sie abzuwägen und einen Kompromiss zu finden, aber über die einzelnen Schuhe im Keller ließ er nicht mit sich reden. Sie durften nicht weggeworfen werden. Irgendwann einmal würden sie sicher noch von Nutzen sein.

Inez hatte sich so lange über die Sache mit den Schuhen geärgert, dass sie etwas gehässig wurde, wenn Birger seinen Vortrag hielt. Gewiss doch, sagte sie. Natürlich sollte er seine einzelnen Schuhe aufbewahren. Schließlich konnte doch jeden Moment eine Person auftauchen, die genau wie er war, nur umgekehrt sozusagen, ein Mann mit großem rechten und kleinem linken Fuß. Dann konnten dieser Mann und Birger miteinander Schuhe tauschen und danach glücklich bis ans Ende ihrer Tage leben. Und da dieser gesegnete Zustand ungefähr zum gleichen Zeitpunkt einträfe, an dem Pfingsten und Ostern auf einen Tag fielen …

Birger stoppte seine Gabel auf halbem Weg zum Mund.

»Was soll das?«, sagte er überrascht. »Bist du sauer?«

»Wieso sauer? Ich wollte doch nur …«

Inez brach mitten im Satz ab, sich plötzlich darüber bewusst werdend, dass sie zu weit gegangen war. Björn und Susanne fanden sie gar nicht witzig. Sie saßen mit verschlossenen Gesichtern da und schauten auf ihre Teller, so wie sie schon so oft zuvor schweigend dagesessen und auf die verblichenen Blumen auf dem Alltagsporzellan geguckt hatten, bemüht, keinen Blick auf Inez zu richten. Ihr stiegen die Tränen in die Augen, als ihr plötzlich klar wurde, dass Björn sich danach sehnte, von ihr fortzukommen, dass er am liebsten vom Tisch aufgestanden und verschwunden wäre, dass er sich wo auch immer im Haus verstecken wollte, wenn er nur außer Hörweite ihrer Stimme käme. Er fand einfach, dass sie anstrengender als üblich war. Alle drei fanden, dass sie anstrengender als üblich war.

Und vielleicht hatten sie sogar recht. In diesen Tagen war es anstrengender als sonst, Inez zu sein. Die Irritation war in ihrem ganzen Körper zu spüren, sie juckte auf der Kopfhaut, kribbelte in der Luftröhre, ließ die Nasenschleimhäute anschwellen und die trockene Haut in weiteren zehntausend unsichtbaren winzigen Rissen reißen. Es war unbeschreiblich irritierend, so irritiert zu sein, dass es nirgends Erleichterung zu finden gab. Sie hatte schon verstanden. Gestern, bevor Björn kam, hatte sie ein heißes Bad genommen und sich anschließend am ganzen Körper mit einer fetten Creme eingerieben, eine Haarpackung mit Lanolin und warmen Handtüchern gemacht und außerdem heimlich die Schlagsahne verschlungen, die übrig geblieben war, als sie die Torte gemacht hatte, die sein Willkommensgruß sein sollte. Irgendwo im Hinterkopf hatte sie gehofft, dass all das Weiße, Fette, Cremige in sie eindringen würde, von außen nach innen und von innen nach außen und sie glatt und weich und insgesamt angenehm machen würde. Doch es hatte nichts genutzt. Ihre Haut war immer noch rissig und trocken, die Kopfhaut schuppte, die Irritation juckte. Und bevor sie sich selbst zur Ordnung rufen konnte, huschte ihr der verbotene Gedanke durch den Kopf. *Er gehört mir!*

Nein. Sie durfte es sich nicht gestatten, das zu denken. Sie schloss die Augen und senkte die rissigen Hände in das heiße Abwaschwasser, stand reglos ein paar Sekunden lang da und sah, wie sie rot wurden, ließ dann ihren Blick über die sommersprossigen Unterarme wandern, während sie sich gedankenverloren auf die Unterlippe biss und ein Stück trockene Haut abzupfte. Das nackte Fleisch glänzte einen Moment lang wie eine geschälte Weintraube, bevor die Poren sich eilig mit Blut füllten. Das Schwitzen tat ihr gut, es erinnerte sie daran, dass sie sich anstrengen musste. Nicht sauer sein durfte. Sich nicht irritieren lassen durfte. Sie musste nett sein, jetzt, nachdem Björn endlich wieder zu Hause war. Nett und freundlich, sanft und verständnisvoll. Und wenn es sie ihr Leben kosten sollte.

»Ich verspreche es«, sagte sie halblaut zu sich selbst, milderte dann jedoch Worte wie auch Gedanken und wandte ihren Blick nach innen.

Und während sie sich dem Abwasch widmete, sah sie vor ihrem inneren Auge, wie Elsie – ihre Zwillingsschwester und ihr Spiegelbild, Björns Mutter, aber nicht Susannes – an Deck des amerikanischen Atomeisbrechers Twilight stand, der sich irgendwo in einem nördlichen Meer durch das Packeis drängte. Jemand legte eine grobe Hand auf Elsies Nacken, hob das krause, sonderbar farblose Haar an und gab ihr einen hastigen Kuss auf die weiße Haut darunter. Sie tat, als spürte sie es nicht, beugte sich nur ein wenig tiefer über die Reling und ließ den Eiswind in die Wangen beißen.

»A penny for your thoughts…«, sagte der Mann hinter ihrem Rücken, während er seine Arme um sie schlang und sie so fest an sich zog, dass sie sich nicht mehr rühren konnte. Sie wand sich ein wenig, doch das merkte er nicht.

»Ich denke an ein rotes Haus irgendwo.«

Der Wind riss ihre Worte mit und zerfledderte sie. Der Mann beugte sich vor und legte seinen Mund an ihr Ohr.

»*What? I couldn't hear you.*«

Die Worte kitzelten am Trommelfell. Elsie legte die Hände auf die Reling, stieß sich ab und machte sich frei.

»*Nothing. Let's go inside. It's freezing out here.*«

Inez seufzte, schloss die Augen und ließ sich tiefer in ihre Fantasie sinken.

Denn das war nur eine Fantasie. Tatsächlich saß Elsie zu diesem Zeitpunkt in einem Café der Lime Street Station in Liverpool und starrte auf eine Kachelwand. Seit sehr langer Zeit hatte sie niemand mehr in den Nacken geküsst, der Eisbrecher Twilight existierte gar nicht, den hatte sie sich nur für einen Brief an ihre Schwester vor ein paar Jahren ausgedacht und dann wieder vergessen, und sie dachte ganz und gar nicht an ein rotes Haus irgendwo. Sie dachte an die Wand vor sich. Warum kleidet man ein Café ganz mit Kacheln aus? Das konnte sie nicht begreifen. Wurden die Räume des Nachts an eine Schlachterei vermietet und dann morgens mit dem Schlauch abgespritzt? Oder veranstaltete man nächtliche Orgien, die diverse unhygienische Spuren an der Einrichtung hinterließen?

Sie schmunzelte vor sich hin und rührte in ihrer Tasse. Eine britische Orgie mit Gin und höflicher Sittenlosigkeit war vielleicht gar nicht so dumm. Wenn man nun einmal in dieser Richtung veranlagt war, hieß das. Wenn man nicht stattdessen seine Befriedigung in den eher stillen Freuden der Einsamkeit fand.

Und genau diesen Freuden konnte Elsie sich in aller Ruhe widmen, nachdem sie erst am Nachmittag abgemustert hatte und noch nicht einmal mit sich selbst ins Reine gekommen war, was sie als Nächstes unternehmen würde. Sollte sie sich nach einer Weile erheben, auf den Bahnsteig gehen, einen Zug in den Norden nach Newcastle nehmen und dann die Fähre nach Schweden, oder lieber nach Süden, nach London? Oder sollte sie lieber durch die große Glastür auf die Straße hinausgehen und sich ein Hotel in der Nähe suchen? Sie wusste es nicht. Aber sie meinte, es wäre sicher interessant zu sehen, wofür sie sich entschied. Sie wollte den Prozess der Entscheidungsfindung sehr genau verfolgen, um zu sehen, ob es die Füße, der Bauch oder irgendeine unbekannte kleine Drüse war, tief verborgen im Gehirn, die den Entschluss fasste.

Andererseits wusste sie nicht, ob es die Füße, der Bauch oder diese unbekannte Drüse war, die sie dazu gebracht hatte, nachmittags abzumustern. Vor nicht einmal einer Woche hatte sie geglaubt, dass sie nach ein paar Tagen in Liverpool noch einmal mit der M/S Nordic Star zurück über den Atlantik fahren würde. Wollte irgendwo in Kanada abmustern, mehr als ein Jahr Heuer einkassieren und dann mit einer dicken Brieftasche nach New York fahren. Sie hatte sich nach New York gesehnt. Und trotzdem hatte sie vor drei Tagen ihre Reisetasche hervorgeholt, und als sie ihre Kajüte für die letzte Nachtwache verließ, war alles gepackt und bereit. Der Kapitän freute sich nicht. Ganz im Gegenteil. Er hatte geschimpft, dass ihr buchstäblich das Haar um die Ohren sauste.

»Aber warum denn?«, fragte der Bootsmann, als sie an Deck standen und eine rauchten, während das Schiff im braunen Wasser des Mersey stampfte. »Ich dachte, dir gefällt dieses Schiff.«

Elsie verzog ihr Gesicht zu einer unglücklichen Grimasse. Sie hatte keine ehrliche Antwort parat. Natürlich gefiel ihr das Schiff. Es war tatsächlich eines der besten, auf denen sie je gewesen war, trotzdem wusste sie, dass sie ihre Meinung nicht ändern konnte.

»Ich will nach Hause«, sagte sie schließlich. »Ich bin seit über einem Jahr nicht mehr in Schweden gewesen.«

»Und du kannst nicht noch einen Monat warten?«

Elsie drückte die Kippe an der weißen Reling aus, der Wind blies die Asche davon, ließ jedoch einen schwarzen Abdruck zurück. Ohne nachzudenken, zog sie ihren Uniformärmel über die rechte Hand und wischte ihn weg, schaute dann etwas verwundert auf den Ruß auf dem blauen Gabardinestoff. Der Fleck war nicht verschwunden. Er hatte nur den Platz gewechselt.

»Ich habe einen Sohn«, sagte sie.

Der Bootsmann zog die Augenbrauen hoch.

»Tatsächlich? Wie alt ist er?«

»Neunzehn.«

»Und du hast ihn seit über einem Jahr nicht gesehen?«

»Genau.«

Der Bootsmann ließ seine Kippe in die Fluten fallen.

»Ach so«, sagte er. »Dann verstehe ich.«

Eine Weile schwiegen sie. Ein Stück entfernt waren Pier Head und die hohen Türme mit ihren Vögeln zu erahnen. Liverpools Landzeichen.

»Er wohnt bei meiner Schwester«, sagte Elsie. »Meiner Zwillingsschwester. Wir sind eineiige Zwillinge. Genau gleiche Kopien.«

Der Bootsmann zuckte mit den Achseln. Was ging das ihn an.

Aber genau genommen wusste Elsie damals ebenso wenig, ob sie in einigen Tagen nach Hause nach Schweden fahren würde, wie sie jetzt wusste, ob sie über Nacht in Liverpool bleiben würde. Vielleicht. Vielleicht auch nicht. Eigentlich hatte sie bis zum Frühling warten wollen, denn Björn sollte sein Abitur im Mai machen, und dann wollte sie natürlich dabei sein. Vorausgesetzt, dass es wirklich dazu kam. Was wiederum voraussetzte, dass er immer noch aufs Gymnasium ging und endlich etwas für seine Zensuren getan hatte. Sie wusste es nicht. Sie hatten seit Monaten nicht mehr miteinander geredet, und das letzte Mal war es ein verrauschtes Funkgespräch gewesen, bei dem beide nur einzelne Worte hatten verstehen können. Elsie hatte etwas von Nebel, Eis und Winter gerufen, die auf sie warteten, obwohl das Labradormeer glänzend und sommerblau vor dem Bullauge der Funkkabine dalag. Björn hatte erzählt, dass er der Sänger einer neuen Band geworden war, einer Band, die schon jede Menge Konzerte gegeben hatte und bald eine Platte aufnehmen wollte, aber er hatte nichts verstanden, als sie nach Zensuren und Ferienjob fragte. Anschließend hatte Inez den Hörer übernommen und lautstark erklärt, dass es ihr, Birger und Susanne gut gehe, Lydia aber langsam etwas verwirrt werde. Nicht, dass man sich momentan tatsächlich schon Sorgen machen müsse, aber Elsie solle nicht zu lange damit warten, wieder nach Hause zu kommen. Sonst werde Lydia sie nicht wiedererkennen.

Elsie wusste damals nicht so recht, was sie glauben sollte.

Lydia war nicht besonders alt, sie war noch nicht einmal in Pension gegangen, und noch vor einem Jahr war sie kristallklar im Kopf gewesen. Aber trotz allem war Inez Elsies Zwillingsschwester und früher außerdem ihre beste Freundin gewesen, der Mensch auf der Welt, von dem sie annahm, dass sie ihn am allerbesten kannte und verstand. Sollte sie sich tatsächlich etwas über die eigene Mutter zusammenlügen, nur um Elsie zu beunruhigen?

Elsie trank den letzten Schluck Kaffee und schmunzelte vor sich hin. Und ob. Das war durchaus möglich. Inez konnte sich wer weiß was ausdenken, nur um Elsie ein wenig zu quälen. Das wusste sie, nachdem sie selbst seit Jahren mit Andeutungen und Halbwahrheiten operiert hatte, um Inez zu ärgern und ihren Neid zu schüren. Wie damals, als sie nach Lydias Geburtstagsfeier zusammen abwuschen. Elsie hatte sich gegen den Spültisch gelehnt, während sie die Gläser abtrocknete und Inez mit gedämpfter Stimme anvertraute, dass schwarze Männer eine Haut hatten, die buchstäblich glatt wie Seide war, und dass alles, was man sonst noch so sagte – sie wollte nicht ins Detail gehen, aber Inez würde schon verstehen –, tatsächlich wahr war. Inez hatte Flecken am Hals bekommen und krampfhaft ins Spülbecken gestarrt.

»Du spinnst ja«, hatte sie gesagt und bewusst vermieden, Elsie anzusehen.

Elsie hatte kurz aufgelacht und ein Glas gegen die Küchenlampe gehalten, es mit halb geschlossenen Augen betrachtet.

»Du kannst mir glauben. Das ist mit das Beste, was ich erlebt habe.«

»Und wie hieß er?«

Elsie suchte eilig in ihrem Gedächtnis nach einem passenden Namen.

»Abe«, sagte sie schließlich.

Abe? Wo hatte sie das her? Der einzige Abe, den sie kannte, das war ein verschrumpelter Schotte, der vor vielen Jahren ein paar Monate lang auf demselben Schiff wie sie angeheuert hatte. Sie hatte ihm seitdem nicht einen Gedanken gewidmet. Dafür hatte es keinen Grund gegeben. Sie hatten kaum etwas miteinander zu tun gehabt, und er hatte definitiv kein passendes Objekt für erotische Fantasien abgegeben. Aber Inez hatte angebissen. Sie biss immer an, wenn Elsie sie lockte.

»Wo habt ihr euch kennengelernt?«

»In New Orleans.«

»In den Südstaaten? Konntet ihr euch denn in den Südstaaten zusammen auf der Straße zeigen?«

Elsie stellte lächelnd das letzte Glas in den Schrank, ehe sie das Geschirrtuch zusammenlegte. Inez hatte natürlich getrennte Geschirrtücher für Glas und Porzellan. Plus eines extra, das frisch gemangelt und steif auf dem Küchentisch lag, in Erwartung des Bestecks. Natürlich. Kleines Fräulein Vernünftig hatte sich in die Große Frau Perfekte Hausfrau verwandelt.

»Draußen haben wir uns nie zusammen gezeigt«, sagte Elsie und griff nach dem Porzellantuch. »Wir hatten ja auf demselben Schiff angeheuert.«

»Du spinnst ja«, sagte Inez noch einmal.

Als Kinder hatten Elsie und Inez sich gegenseitig in ihre Fantasien eingehüllt, gestützt und bestätigt, und wenn eine von ihnen sich an die Kindheit erinnerte, dann waren es die Fantasien, an die sie sich erinnerten. Die Fantasien und das Licht. Es schien, als hätten sie ihre gesamte frühe Kindheit jede in ihrem Bett liegend verbracht, in dem braun tapezierten Zimmer, das Kinderzimmer genannt wurde, als hätten sie jahrelang unter der roten Steppdecke und zwischen den weißen Laken gelegen, eingehüllt in das schmutzig gelbe Licht einer schweren Messinglampe mit Pergamentschirm, die auf einem alten Schreibtisch zwischen den Betten stand. Die Welt gab es nicht, sie hörten weder die Straßenbahnen, die auf der Straße quietschten, noch das Radio, das im Wohnzimmer flüsterte, weder Mutters murmelnde Stimme noch Vaters Husten.

»Aus Spaß hat jede von uns einen Vogel«, sagte Elsie. »Und aus Spaß fliegen wir auf ihnen …«

»Aber keine Gans«, sagte Inez. »Einen Schwan. Aus Spaß hat jede von uns einen Schwan.«

»Und dann fliegen wir ganz hoch …«

»Über einen großen Wald, einen ganz schwarzen Wald …«

»Aber mit ganz weißem Schnee auf dem Boden.«

»Und Bergen weit in der Ferne. Schwarze Berge mit weißen Spitzen.«

»Und mit einem Schloss ganz oben auf dem höchsten Berg. Aus Glas.«

Eine Weile lagen sie still da, Inez auf dem Rücken und Elsie auf dem Bauch, und sahen, wie die Schwäne ihre Kreise über dem Schloss zogen. Ein paar verschwommene Gestalten bewegten sich im Inneren. Man konnte durch das dicke Glas nicht richtig erkennen, wie sie aussahen oder was sie taten, aber ihre gebeugten Rücken und langsamen Bewegungen ließen ahnen, dass sie traurig waren.

»Die Königin weint«, sagte Inez. »Aber sie will nicht, dass man es sieht.«

»Aber der König weint nicht«, sagte Elsie.

»Er hofft.«

»Ja. Eine Wahrsagerin hat ihm gesagt, dass es Hoffnung gibt.«

»Wenn ihn nur jemand zu einem Brunnen im Wald bringt, dann wird er wieder gesund werden …«

»Aber er weiß nicht, wo der ist.«

»Und man kommt nicht aus dem Schloss heraus, wenn man nicht fliegen kann.«

»Deshalb glaubt der König nicht, dass es jemanden gibt, der ihm helfen kann. Doch dann kommen wir.«

Sie ließen den König den einen Schwan nehmen und setzten sich zusammen auf den anderen, ermahnten den König, sich gut festzuhalten, und ließen dann ihre Vögel aufsteigen. Ein paar Minuten später – nachdem der König einen Schluck Wasser aus dem verzauberten Brunnen getrunken und sofort wieder gesund geworden war – ließen sie die Vögel noch höher steigen. Sie flogen durch Wolken, die wie Zuckerwatte schmeckten, sie zupften Kometen am Schweif und berührten fast die Sterne, bevor sie den Schwänen sagten, sie sollten wieder zurück zum Schloss des Königs und zu der wartenden Königin fliegen. Diese war überglücklich, dass Elsie und Inez den König geheilt hatten. Jeden Abend wurde sie wieder genauso froh.

Wenn Lydia eine Weile später hineinschlich, um die Lampe auszuschalten, lagen Inez und Elsie mit geschlossenen Augen da. Sie sprachen nie darüber, was sie dachten, wenn es dunkel wurde, aber manchmal ließen sie es die andere erahnen:

»Warum ist Gott so dumm?«, schluchzte Inez eines Tages, als sie hingefallen war und sich wehgetan hatte.

Elsie antwortete nicht sofort, schaute sich zunächst um, um sicherzugehen, dass niemand gehört hatte, was ihre Schwester da gesagt hatte.

»Das frage ich mich auch«, sagte sie dann, während sie Inez

half, die Kieselsteine aus der Schürfwunde zu wischen. »Das frage ich mich wirklich.«

Mehr gab es dazu nicht zu sagen.

Natürlich erinnerten sie sich auch an all das andere, das, was Wirklichkeit genannt wurde, wenn auch nicht genauso deutlich. Die Welt um sie herum wurde erst richtig greifbar, als sie in die Schule kamen. Vorher hatten sie einander zugewandt in der großen Wohnung gelebt, dieselben Spiele gespielt, denselben Märchen zugehört, die gleichen Gedanken gedacht.

Sie kamen selten mit anderen Kindern zusammen, und wenn es doch einmal geschah, dann waren Inez und Elsie meistens überrascht. Andere Kinder waren merkwürdig. Sie konnten nicht spielen, nicht richtig, nicht so, wie Inez und Elsie spielten, und genau so sollte man spielen. Die Jungen waren am schlimmsten, besonders einer, der Gottfrid hieß. Er hatte immer die Nase geputzt und war mit einem nassen Kamm gekämmt worden, wenn er mit seiner Mutter kam, aber kaum war sie in der Bibliothek verschwunden, um mit Lydia Tee zu trinken, dann wurde er ganz zerzaust und ließ den Rotz laufen. Seine Vorstellung von einem richtig guten Spiel war, im Kinderzimmer herumzuwüten und alles umzuwerfen, was ihm in den Weg kam. Elsie und Inez hockten zusammengekauert auf Elsies Bett und beobachteten ihn kritisch. Warum um alles in der Welt fand er es so witzig, alle Märchenbücher so weit wie möglich ins Regal zu schieben? Oder das Spiel mit den verschiedenen Holzstäben auf dem Fußboden zu verstreuen, wenn er gar keine Lust hatte, damit zu spielen? Und warum sollte man stöhnend und keuchend auf den Schreibtisch klettern, nur um dann auf den Boden zu springen? Man konnte sich doch wehtun, das musste selbst Gottfrid begreifen. Aber offensichtlich tat er das nicht, wie er da auf dem Boden saß und den Rotz hochzog, der ihm bis auf die Oberlippe aus der Nase lief. Er war ganz einfach dumm. Ganz unfassbar dumm. Sie beschlossen, ihn zu ignorieren.

»Wollen wir Sawojäng spielen?«, fragte Elsie Inez.

Inez blinzelte, sie hatte dieses Wort noch nie zuvor gehört, wusste aber sofort, was von ihr erwartet wurde.

»Ja«, nickte sie. »Heute ist ja Donnerstag, da spielen wir immer Sawojäng.«

Gottfrid horchte auf, er stand am Puppenhaus, vollauf damit beschäftigt, den schwarzen Deckel der kleinen Toilette auf- und zuzuklappen. Das war natürlich ein ganz modernes Puppenhaus, da Ernst es selbst gebaut hatte, als er das letzte Mal im Sanatorium gewesen war. Er hatte sogar elektrisches Licht gelegt, auch wenn die Lampe nur sonntags brennen durfte. Sonst wäre die Batterie zu schnell leer.

»Was?«, fragte Gottfrid.

Inez nahm ihre Puppe in den Arm und drückte sie an sich, Elsie schob ihre Haarspange zurecht.

»Was ist Sawo...«, fragte Gottfrid. »Was du gerade gesagt hast.«

Inez warf Elsie schnell einen Blick zu.

»Er weiß nicht, was Sawojäng ist.«

Elsie zog die Augenbrauen hoch.

»Nein, natürlich nicht... Das ist doch geheim.«

»Besonders für Jungen.«

»Ja, denn Jungs begreifen ja nichts...«

Gottfrid ließ die Toilette los.

»Sieh nur«, sagte Inez. »Jetzt stellt er die Toilette ins Wohnzimmer.«

»Vielleicht haben sie ja zu Hause bei ihm die Toilette im Wohnzimmer...«

Inez lachte.

»Und den Herd im Badezimmer!«

»Stimmt das? Habt ihr die Toilette im Wohnzimmer und den Herd im Badezimmer?«

Gottfrid zog den Rotz hoch und entgegnete:

»Haben wir nicht. Aber was ist Sawo...? Was du da gesagt hast.«

»Ein Geheimnis.«

»Haben wir doch gesagt.«

»Das kein Junge erfahren darf.«

»Schon gar nicht solche, die die Toilette im Wohnzimmer haben...«

Gottfrid sah sie einen Moment lang an, betrachtete diese identischen Hallgren-Schwestern, wie sie auf dem Bett saßen, die blonden Köpfe aneinandergelehnt, Inez mit der Haarspange auf der rechten Seite und Elsie mit der Haarspange links, sie trugen die exakt gleichen weißen Blusen mit rundem Kragen und leicht gekrauste blaue Röcke. Er zögerte noch einen Augenblick, maß seine eigene Stärke gegen die ihre und wog seine Chancen ab, als Elsie und Inez ihn plötzlich beide anlächelten, zweimal ein schwarzes, ziemlich gehässiges Lächeln. Sie hatten natürlich auch gleichzeitig ihre Milchzähne verloren. Gottfrid gab auf.

»Mama!«, schrie er. »Mammaaa!«

Und seine Mama kam, stand in der Türöffnung zum Kinderzimmer und lächelte ihr bleiches Lächeln. Eine besorgte Lydia war hinter ihr zu erkennen.

»Aber Gottfrid! Was ist denn los, Gottfrid!«

Gottfrid lag auf dem Boden und zappelte mit den Beinen, verrotzter als je zuvor.

»Die sind blöd! Die haben Geheimnisse!«

Seine Mutter zog ihn hoch und zauberte ein Taschentuch aus ihrer Kleidtasche.

»Natürlich haben sie Geheimnisse«, sagte sie und putzte ihm die Nase. »Sie sind doch Zwillinge.«

Und genauso war es. Inez und Elsie waren Zwillinge, sogar eineiige Zwillinge, und das erklärte so gut wie alles. In den Augen der anderen schienen sie auf ebenso geheimnisvolle Art und Weise miteinander verbunden zu sein, wie sie von allen anderen getrennt waren. Alle kannten die Hallgren-Zwillinge, aber niemand wusste, wer Elsie war, und niemand kannte Inez. Sie waren fast immer zusammen, und wenn sie doch einmal getrennt wurden und plötzlich allein dastanden, fühlten sie sich leer und verlassen. Das Lächeln der Erwachsenen erlosch, die Blicke huschten gleichgültig über sie hinweg. Es schien, als würde die Tatsache ihres Zwillingsdaseins sie in dieser Welt verankern und ihre Existenz bekräftigen. Als Lydia sie ein paar Tage nach ihrem sechsten Geburtstag mit zum Weihnachtsmärchen des

Stadttheaters nahm, ging ein Raunen durch die Gruppe der anderen Mütter, als Inez und Elsie ihre Mäntel auszogen und ihre hellblauen Taftkleider zum Vorschein kamen – *Ooh! Was für entzückende kleine Mädchen!* –, und schnell suchten sie nach der Hand der anderen, als wollten sie das Bild noch vollkommener machen. Und als sie in der Schule zum ersten Mal aufgerufen wurden, begrüßte Fräulein Bergström sie mit einem warmen Lächeln und lernte ihre Namen sofort auswendig, auch wenn sie aus ihrem Mund wie ein einziger klangen. *Inezundelsie! Herzlich willkommen!* Ganz zu schweigen vom Obsthändler Fritzson, der fast jeden Nachmittag aus seinem Laden schaute und sich die Augen rieb, wenn sie auf dem Heimweg von der Schule vorbeigingen – *Oi! Jetzt sehe ich wohl schon doppelt!* –, nur um sie dann zu sich einzuladen, damit sie sich einen Apfel aussuchen konnten. Er legte die Frucht auf den weißen Marmor der Ladentheke und zerteilte sie mit einem scharfen Messer, schmunzelte über ihr Dankeschön und den tiefen Knicks, bevor er sich seine Brille abnahm und sie mit seiner Schürze putzte. *Nichts zu danken! Es ist mir ein Vergnügen.* Kleine Mädchen waren ja allein durch ihre Anwesenheit eine Freude in diesen trüben Tagen, und da sie auch noch zu zweit waren, war die Freude gleich doppelt.

Zwilling zu sein, das bedeutete, etwas Besonderes zu sein, buchstäblich getrennt von allen anderen zu sein. Das hatte seine Vorteile. Während die anderen Erstklässler sich ängstlich in den ersten Wochen in der Pause bei der Garderobe herumdrückten, nahmen Elsie und Inez ohne zu zögern ihre Mäntel, zogen sich die Baskenmützen über den Kopf und liefen auf den Schulhof hinaus. Wovor sollte man Angst haben? Sie waren das einzige Zwillingspaar in der ganzen Schule, und bald wussten alle, selbst die Jungs aus der siebten Klasse, diese graubleichen Dreizehnjährigen mit dicken Knien und ihren Träumen von einer Zukunft als Ladenschwengel, wer die Hallgren-Zwillinge waren, auch wenn sie sich natürlich niemals dazu herabließen, mit ihnen zu reden. Aber die Mädchen in der sechsten Klasse, die ständig an ihren Haaren herumspielten, als könnten sie sich mit bloßen Fingern in Kombination mit reiner Willenskraft

Locken ins Haar zaubern, redeten umso mehr. Sie gingen vor Inez und Elsie in die Hocke, hielten den Kopf schräg und legten in der Babysprache los. *Was waren sie doch für zwei süße kleine Schnuckelchen…* Inez und Elsie lächelten und zeigten ihre Lachgrübchen, was die großen Mädchen dazu verleitete, ihre schrillen Stimmen um noch eine Oktave höher zu schrauben. *Sooo süß!* Und dann beschlossen sie – Solveig und Ebba, Elsa und Gunhild, Signe und Inga –, dass sie, wenn sie einmal groß waren, allesamt auch Zwillinge haben wollten, niedliche weißblonde Zwillingsmädchen mit Locken und Lachgrübchen. Genau wie die Hallgren-Zwillinge.

Alle haben uns gesehen, dachte Elsie und hob die Tasse. Und dennoch …

Sie hatte vergessen, dass sie den Kaffee bereits ausgetrunken hatte. Die Hand stellte die Tasse so schnell wieder zurück auf die Untertasse, dass es leise klirrte. Jetzt hatte sich der Körper entschieden, das war offensichtlich, er hieß sie aufstehen und nach der Uniformjacke greifen, die über der Stuhllehne hing. Die rechte Hand fuhr zum Scheitel hoch und kontrollierte, ob die Schiffsmütze saß, wie sie sollte, dann beugten sich die Knie, und die linke Hand griff nach der Reisetasche. Die Füße begannen sich auf die große Glastür zuzubewegen, die auf die Lime Street hinausführte.

Aha. Dann würde sie also heute Nacht in Liverpool bleiben. Aber wer oder was diese Entscheidung getroffen hatte, davon hatte sie immer noch nicht die leiseste Ahnung.

Das Stork Hotel stammte aus einer anderen Zeit, ein Wrack mit weißer Fassade und samtroten Eingeweiden, das mitten im Königreich einer neuen Generation gestrandet war. Die Sechzigerjahre existierten hier drinnen nicht, hier gab es nichts, was auch nur annähernd an die Beatles oder den Mersey Beat erinnerte. Die Beleuchtung war gelblich dumpf, und dicke Teppiche schluckten alle Geräusche, ein Piccolo mit sehr kurz geschnittenem Haar in roter Uniform salutierte vor ihr am Eingang, und an der Rezeption wartete ein junger Portier in Jackett mit gestreifter Hose und rotem Scheuerrand am Hals vom frisch gestärkten Kragen. Mit einer angedeuteten Verbeugung überreichte er Elsie den Schlüssel. Frühstück wurde zwischen sieben und zehn serviert, aber wenn sie jetzt bereits etwas wünschte, dann …

Doch sie wünschte nichts. Das Einzige was sie wollte: in ihr Zimmer kommen. Der kleine Piccolo griff nach ihrer Reisetasche, bevor sie ihn stoppen konnte – die war doch viel zu schwer! –, und schleppte sie zum Aufzug. Er hielt ihr die Tür auf und machte eine übertriebene Verbeugung, als sie hineinging.

»*Excuse me, madam*«, sagte er und musterte ihre Uniform. »*Are you in the Navy?*«

Elsie musste lachen.

»Nein«, antwortete sie. »Ich bin Funkerin. Aber nicht bei der Navy. Auf einem ganz normalen Frachter.«

»Aha«, sagte der Junge. »Wenn ich achtzehn bin, will ich zur Marineoffiziersschule.«

»Dann willst du wohl Kapitän werden?«

»Oder Bootsmann. Mein Vater ist Bootsmann.«

»Das ist eine schwere Arbeit …«

Er warf ihr einen kurzen Blick zu. Vielleicht hatte sie ihn mit ihrer Andeutung dahingehend, wie klein und dünn er war, verletzt. Sie versuchte es mit einem Lächeln wiedergutzumachen.

»Wie heißt du?«

»Malcolm.«

»Du wirst bestimmt ein sehr tüchtiger Bootsmann, Malcolm.«

Er hielt ihr wieder die Fahrstuhltür auf, und sie trat auf einen Flur mit geblümter Auslegware hinaus. Die einigermaßen sauber war.

»Ich will die ganze Welt sehen«, sagte er. »Mein Vater war nur auf drei Kontinenten, aber ich will alle fünf sehen. Auf wie vielen Kontinenten waren Sie schon, Madam?«

Sie überlegte, während er die Tür zu ihrem Zimmer aufschloss.

»Vier«, sagte sie dann und trat ein. »Europa, Asien, Australien und Amerika. Plus Nordpol.«

»Der Nordpol! Ich würde alles dafür geben, um an den Nordpol zu kommen. War es dort fantastisch?«

Sie lächelte. Erkannte den Traum wieder.

»Ja. Wirklich fantastisch.«

»Große Eisberge?«

»Nein, dort nicht. Ganz normales, flaches Eis. Aber das kann auch schön sein, besonders im Sommer. Dann gibt es so etwas wie kleine Seen auf dem Eis, kleine aquamarinfarbene Seen …«

»Aqua … was?«

Elsie zog sich die Jacke aus und schaute sich um. Das Hotelzimmer war sehr geblümt. Rote Rosen auf dem Teppich, rosafarbene an der Wand, beige auf der Gardine.

»Himmelblau. So blau wie der Himmel an einem richtig schönen Sommertag. Als ich es das erste Mal sah, war schönes Wetter, und deshalb glaubte ich, der Himmel würde sich spiegeln und dem Eis die Farbe geben, aber schon am nächsten Tag sah ich, dass die Seen genauso blau waren, als es bewölkt war. Sie waren dann sogar noch schöner.«

Der Junge stand in strammer Habachthaltung da, kniff nur ein wenig die Augen zusammen, als versuchte er, weit in die Ferne zu schauen. Elsie warf ihm einen flüchtigen Blick zu, während sie sich aufs Bett sinken ließ. Die Matratze schien hart zu sein, aber das störte sie momentan nicht, im Augenblick war sie ja mit einem kleinen Piccolo am Nordpol.

»Dann habe ich erfahren, dass es die Zeit ist, die diese Farbe schafft. Denn mit jedem Jahr wird das Eis blauer… In Schweden, dort, wo ich herkomme, da ist das Eis immer weiß, denn es schmilzt im Sommer, aber oben im Nördlichen Eismeer ist es blau. Richtig blau. Es schmilzt nie, nur im Sommer bilden sich diese kleinen Seen. Blaue Seen in weißem Schnee, das sieht aus, als hätte jemand ein riesiges Puzzle in Blau und Weiß gelegt…«

Sie öffnete die Handtasche und suchte nach ihrem Portemonnaie. Zeit fürs Trinkgeld. Aber Malcolm schien das nicht zu bemerken.

»Haben Sie Eisbären gesehen, Madam?«

Sie holte ein paar Pennys heraus und streckte ihm die Hand entgegen.

»Ja, aber nicht am Nordpol. Dort können nicht einmal Eisbären leben. Die gibt es weiter südlich.«

Sie schüttelte leicht die Hand, sodass die Münzen klirrten. Er zwinkerte und streckte ihr seine gewölbte rechte Hand entgegen.

»Später einmal werde ich dorthin fahren«, sagte er.

Elsie lächelte ihn an.

»Wie alt bist du, Malcolm?«

»Fünfzehn.«

Fünfzehn? Sie hätte ihn auf zwölf geschätzt. Höchstens. Aber das sagte sie natürlich nicht.

»Dann hast du noch Zeit. Du wirst es schaffen, den Nordpol und alle fünf Kontinente zu sehen.«

»Ja«, nickte Malcolm ernst und schob sich das Trinkgeld in die Hosentasche. »Ich finde, man sollte es auf jeden Fall versuchen. Wo man sowieso schon mal hier ist.«

Elsie zog die Augenbrauen hoch.

»Hier?«

»Auf der Erde«, sagte Malcolm und verbeugte sich schnell. »Man sollte doch so viel wie möglich sehen, solange man hier auf der Erde ist.«

Als er gegangen war, schaltete sie die Deckenlampe aus und die kleine Wandlampe an, blieb dann eine ganze Weile einfach nur sitzen, zog sich die Haarnadeln aus dem Haarknoten, rieb sich die Kopfhaut und schüttelte das offene Haar, dass es im Nacken kitzelte, bevor sie sich hinlegte, die Hände hinter dem Kopf, und die Schatten des Stucks an der Decke betrachtete. Es war sehr still, so still, dass sie plötzlich nervös wurde und sich zurück auf ihr Schiff und zu dem beruhigenden Herzschlag der Motoren sehnte. Es war nie leicht, an Land zu gehen, tatsächlich wurde es mit jedem Mal schwieriger, sich an all die Straßen und Häuser zu gewöhnen, all die Farben und Dinge, alles, was plötzlich auftauchte und ebenso plötzlich wieder verschwand, alle Gesichter und Kleider, alle Stimmen und Geräusche und – nicht zuletzt – diese Stille, die manchmal so absolut sein konnte, dass sie Elsie aus ihrem Tiefschlaf weckte und sie einen atemlosen Moment lang glauben ließ, der Albtraum aus ihrer Kindheit wäre Wirklichkeit geworden, sie wäre ganz allein auf der Welt, alle, sogar Inez, hätten vergessen, dass es sie gab, und wären woandershin gegangen.

Das Leben an Bord war in jeder Hinsicht einfacher. Himmel und Meer wechselten zwar die Farbe, aber der Horizont lag dort, wo er hingehörte, Pflichten gab es nicht viele und sie waren nachvollziehbar, die Hierarchie definiert und nicht in Frage zu stellen. Wenn die Wache beendet war, schloss sie die Tür hinter sich in einer Kajüte, die einfach und sauber wie eine Klosterzelle war. Das war eine Welt, in der Augen und Sinne ausruhen konnten, in der die Atemzüge langsam und die Gedanken von Ruhe erfüllt wurden … Vorausgesetzt natürlich, dass es endlich allen in der Besatzung aufgegangen war, vom Kapitän bis zum Schiffsjungen, dass sie nicht daran dachte, mit einem von ihnen zu schlafen. Mit keinem einzigen.

Bereits in den ersten Monaten auf See lernte sie, dass es nicht genügte, nur Nein zu sagen, dass dieses Nein ihren Gesichtsausdruck und ihren Tonfall von dem Moment an prägen musste, an dem sie an Bord ging und von da an viele Monate lang. Jedes Lächeln konnte zu einem Klopfen an ihrer Kajütentür spät in der Nacht führen, jedes Lachen dazu, dass jemand versuchte, sie in eine Ecke zu drängen und seine Lippen auf ihre zu pressen, jeder kurze Blickkontakt dazu, dass fremde Hände sich plötzlich um ihre Brust schlossen und ein bärtiges Kinn sich an ihrem Nacken rieb. Sie hatte sich oft freikämpfen müssen, hochrot und mit Tränen in den Augen, während die Angst in der Magengrube flatterte und ihre Stimme voller Panik war. Trotzdem waren es nicht die emsigen Hände und der keuchende Atem, die sie am meisten fürchtete. Es war die Wut danach. Das waren Männer, die so in ihrer eigenen Lust gefangen waren, dass sie diejenige verabscheuten, die sie weckte. Deshalb musste jede Frau, die vermeiden wollte, verabscheut zu werden, Abstand von dem Wunsch nehmen, geliebt zu werden, sie musste ihre eigene Sehnsucht verschließen, ihre eigene Begierde einkapseln und versiegeln, sonst würde ihr bald höhnisches Geflüster folgen, dieses Geflüster, das stets der Stewardess oder der Funkerin folgte, die einmal die Tür ihrer Kajüte geöffnet hatte. *Die Nutte vom Kapitän! Die Hure des Steuermanns! Nilssons Flittchen!* Die gleichen Worte, wie sie auch in Landskrona einem Mädchen hinterhergetuschelt wurden, das …

Nein. Allein der Gedanke an diese Worte ließ es in ihrem ganzen Körper kribbeln, sie wollte nicht daran denken, nicht daran erinnert werden, dass es sie gab. Plötzlich durchzuckte es sie. *Björn!* Sie sehnte sich nach Björn. Deshalb setzte sie sich mit einem Ruck auf und griff nach dem Telefon, wählte ohne lange nachzudenken die Nummer der Zentrale.

»Ich möchte gern ein Auslandsgespräch anmelden«, sagte sie. »Nach Landskrona. In Schweden.«

»*Oh, dear*«, sagte die Telefonistin. »Ich fürchte, ich habe den Namen der Stadt nicht richtig verstanden. Könnten Sie ihn buchstabieren?«

»Nicht nötig«, sagte Elsie. »Ich habe die Vorwahl …«

Sobald sie den Hörer aufgelegt hatte, bereute sie ihre Tat, aber da war es zu spät. Eine Reihe von Telefonistinnen hatte bereits ihre Arbeit begonnen, von der Zentrale im Stork Hotel in Liverpool nach London, von London nach Stockholm, von Stockholm nach Landskrona. Sie konnte sie vor sich sehen, wie sie mit ihren Kopfhörern und Telefonstöpseln dasaßen, eine lange Reihe heftig dauergewellter Damen und Mädchen mit schwarzen Lidstrichen, die ihre Wirklichkeit in nicht einmal zehn Minuten mit der Björns verbinden sollten.

»Er gehört mir«, sagte sie halblaut vor sich hin. »Er gehört wirklich mir.«

Inez nahm den Hörer ab.

Sie war gerade mit den Armen voller Wäsche aus dem Keller gekommen, als das Klingeln sie aufhielt. Sie schnaubte. Sicher war das so ein Mädchen, oder – noch schlimmer – mehrere Mädchen, die atemlos und kichernd darum bitten würden, mit Björn sprechen zu dürfen. Das Gerücht, dass er für ein paar Tage daheim war, hatte sich schnell verbreitet. Als sie von der Schule nach Hause gekommen war, klingelte es die ganze Zeit, und jedes Mal war es ein anderes Mädchen, das mit Björn reden wollte. Die vier ersten Male kam er ans Telefon, hörte geduldig dem Kichern und Stammeln der Mädchen zu und antwortete mit irgendwelchen freundlichen Phrasen, aber als es das fünfte Mal klingelte, seufzte er und bat Inez, nicht ranzugehen. Sie saßen sich eine Weile schweigend am Küchentisch gegenüber und hörten, wie das Telefon immer und immer wieder klingelte. Als es endlich verstummte, stand Inez auf, ging auf den Flur und nahm den Hörer ab. Sie legte ihn erst wieder auf, als die Standuhr im Wohnzimmer achtmal schlug. Alle wussten ja, dass man nach acht Uhr abends nicht mehr anrufen durfte, das sollten zumindest alle wissen. Obwohl, diese Mädchen …

Trotzdem konnte sie dem Impuls zu antworten nicht widerstehen, wenn auch in sehr verhaltenem Ton. Die Telefonistin war genauso förmlich:

»Ein Gespräch aus Liverpool. Einen Augenblick.«

Liverpool? Inez ließ sich langsam auf den Stuhl neben dem Telefontischchen sinken. In einer vorsichtige Bewegung, weil sie die Wäsche nicht zerknittern wollte.

Das meiste war zwar Trikotstoff, und der knittert nicht, aber es waren Björns Sachen, und sie wollte all die sorgfältig gebügelten Unterhosen und Unterhemden in einem ordentlichen Stapel auf sein Bett legen. Das war eine Botschaft. Sie wollte, dass ihm klar war, wie sehr sie sich darüber freute, dass er endlich wieder daheim war, dass er ihr verzieh, dass er ihr so viel bedeutete, dass er ihr …

»Inez?«

Die vertraute Stimme ließ es in ihrem Magen grummeln, aber sie sammelte sich schnell und antwortete im gleichen Ton:

»Elsie?«

»Ja. Wie geht es euch?«

Ein Hauch von Triumph durchfuhr ihren Körper. Sie wusste es nicht! Elsie hatte keine Ahnung, was mit ihrem eigenen Sohn passiert war.

»Danke, gut. Gewissen Teilen der Familie geht es sogar besser als je zuvor.«

Einen Moment lang blieb es still.

»Was meinst du damit?«

»Björn hat seinen Durchbruch geschafft.«

Elsie verstand immer noch nicht:

»Seinen Durchbruch? Worin hat er seinen Durchbruch geschafft?«

»Mit seinem Orchester. Seinem Poporchester. Sie stehen jetzt seit vier Wochen auf Platz eins von … wie heißt das noch, von dieser Hitparade. Und nach England soll er auch. Bist du nicht gerade in England?«

»Ja, schon …«

»Er soll dahin kommen. Sie werden schon am Samstag nach London fliegen. Und im Fernsehen auftreten.«

»Aber …«

Elsie verstummte, offensichtlich sprachlos. Inez lächelte das schwarze Bakelit des Hörers an.

»In allen Zeitungen schreiben sie über ihn.«

Keine Antwort. Inez beugte sich über den Hörer, hielt ihn sich dicht an den Mund:

»Hallo! Bist du noch da?«

Es knisterte ein wenig in der Leitung, vielleicht hörte die Telefonistin mit, vielleicht hatte sie die ganze Zeit mitgehört. Die

Leute waren so neugierig, ihre Neugier kannte keine Grenzen! Inez' Stimme wurde schärfer:

»Elsie! Hörst du mich?«

Ein leises Räuspern.

»Ich bin noch dran. Ich war nur so überrascht. Ist er da? Kann ich mit ihm sprechen?«

»Natürlich.«

Inez legte die Hand auf den Hörer und rief nach oben.

»Björn! Telefon für dich. Es ist Elsie.«

Elsie, wohlgemerkt. Nicht *deine Mama*. Das hatte sie nun davon. Inez schloss kurz die Augen und horchte auf Björns Schritte im ersten Stock, bevor sie weiterredete:

»Er ist auf dem Weg. Und wie geht es dir? Kommst du bald mal nach Hause?«

»Ich weiß es nicht«, antwortete Elsie. »Wir werden sehen.«

Inez verzog kurz das Gesicht. Natürlich.

Björn huschte auf Strümpfen die Treppe herunter, streckte die Hand bereits nach dem Hörer aus, bevor er unten angekommen war, und rief lächelnd:

»Hast du gehört?«

Er wandte Inez den Rücken zu und klemmte sich den Hörer zwischen Schulter und Ohr. Sie legte vorsichtig den Stapel mit frisch gebügelter Unterwäsche auf die unterste Treppenstufe und ging in die Küche. Sie wollte in der Nähe bleiben. Schließlich hatte sie jedes Recht der Welt, in der Nähe zu bleiben, auch wenn es ihr natürlich niemals in den Sinn kommen wurde, heimlich zu lauschen. Nie im Leben. Heimlich lauschen, das war ordinär, und ordinäre Dinge sollte man vermeiden, wenn schon nicht aus moralischen Gründen, dann aus reinem Selbsterhaltungstrieb. Ein Mensch, der ordinäre Dinge tat, wurde per definitionem selbst ordinär, und Inez genügte es, sich allein das Wort ins Gedächtnis zu rufen. Ordinär. Igitt.

Björn lachte draußen auf dem Flur, und sie ging zur Spüle, um etwas zu finden, mit dem sie klappern konnte, damit sie nichts hörte, ein noch nicht abgewaschenes Glas beispielsweise, das sie auf den Boden des Spülbeckens stoßen konnte, während sie es mit heißem Wasser abspülte, aber es gab natürlich nichts. Sie hatte die Küche vor nicht einmal einer Stunde in perfektem Zustand hinterlassen, und so war sie immer noch. Die Geschirrablage trocken und sauber, der Spültisch glänzte, die schwarzen Herdplatten makellos, ohne einen Fleck, das weiße Emaille drum herum ebenso. Aber hatte sie den Küchentisch wirklich ordentlich abgewischt? Sie griff nach dem Wischlappen, der zum Trocknen über dem Wasserhahn hing, und strich in langsamen Unendlichkeitszeichen über die graue Resopalplatte. Das Unendlichkeitszeichen war die Grundlage alles Saubermachens, das erklärte sie in jedem Herbstschuljahr gleich am Anfang ihren Schülerinnen. Man musste den Putzlappen, den Scheuerlappen, den Besen und den Staubsauger im Muster einer liegenden Acht führen, ganz gleich, was man auch tat, es gab keine bessere Art, sicher zu sein, dass man überall hinkam und dass es wirklich sauber wurde…

Jetzt lachte Björn wieder. Wie lustig er und Elsie es doch hatten. Und wie lange sie miteinander sprachen. Nicht, dass sie neidisch war, aber man durfte sich ja wohl fragen, wie Elsie es sich leisten konnte, ein so langes Telefongespräch aus dem Ausland zu führen. Ganz zu schweigen von all den Geschenken, Kleidungsstücken, Parfüms und dunkelroten Lippenstiften, mit denen sie um sich zu werfen pflegte, wenn sie sich denn einmal dazu herabließ, aufzutauchen…

Inez ließ den Wischlappen fallen, plumpste auf einen Küchenstuhl und schloss die Augen. Was war mit ihr los? Hatte sie sich nicht selbst versprochen, lieb und nett zu sein? Warum konnte sie ihr eigenes Versprechen nicht halten? Das musste sie doch. Sie musste froh und freundlich sein, auch in ihrem Inneren, sie durfte keine bösen Gedanken denken, sich nicht selbst in Wut und Gehässigkeit verlieren, nicht der juckenden Verärgerung nachgeben. Sie musste sich selbst gegenüber wachsam sein, sehr wachsam, sie musste auf jedes Wort und ihren Tonfall achten, auf jede Geste und jeden Gedanken, sonst würde sie Björn verlieren. Und sie wollte ihn nicht verlieren. Sie würde es nicht ertragen, Björn zu verlieren.

Elsie zu verlieren, das war ein langer Prozess gewesen. Lang und zeitweise quälend. Inez konnte nicht sagen, wann es angefangen hatte, manchmal glaubte sie, dass es bereits an dem Tag geschah, an dem sie in die Welt hinausrutschten, Inez zuerst und Elsie unmittelbar danach. Ernst behauptete immer, Elsie hätte Inez bei der Geburt an der Hacke festgehalten, aber das war eine Behauptung, die Lydia nur dazu brachte, die Augenbrauen hochzuziehen. Blödsinn. So war es ganz und gar nicht gewesen. Und außerdem konnte Ernst überhaupt nichts darüber wissen, wie es war, als Inez und Elsie geboren wurden, er war ja nicht einmal in der Nähe gewesen. Bereits als Lydia im vierten Monat war, war er ins Orups Sanatorium außerhalb von Höör eingeliefert worden, und dort blieb er so lange, dass Inez und Elsie schon stehen und gehen konnten, als sie ihren Vater das erste Mal sahen. Die Ärzte hielten es nämlich für keine gute Idee, einen Patienten mit postprimärer Tuberkulose nach Hause in eine Wohnung zu schicken – wie groß sie auch immer war –, in der es zwei Säuglinge gab. Zwar gehörten Inez und Elsie zu den Ersten in Schweden, die eine Tuberkuloseimpfung erhielten, dafür hatte Lydia gesorgt, aber trotzdem war es das Beste, auf Nummer sicher zu gehen.

Inez und Elsie waren sich nie sicher gewesen, was eigentlich ihre früheste Erinnerung an Ernst war. Vielleicht gab es gar keine richtige Erinnerung, vielleicht hatten sie sich nur Bilder geschaffen zu dem, was Lydia erzählte. Denn wie sollte sich eine Einjährige an den bellenden Husten ihres Vaters erinnern oder eine Zweijährige an seine glänzenden Augen? Und waren sie tatsächlich ins Badezimmer gekommen, als dort das ganze Waschbecken voll mit Blut war? Das erschien unwahrscheinlich. Nicht nur Lydia, sondern auch alle anderen Erwachsenen waren ja sorgsam darauf bedacht, sie vor Ansteckung zu schützen. Wenn sie zu Besuch ins Sanatorium fuhren, durften sie nicht einmal in die Nähe des Gebäudes selbst gehen, das wussten Inez und Elsie beide noch mit Sicherheit, wenn auch ihre frühesten Erinnerungen daran traumartig und diffus waren. Bei Inez standen an erster Stelle die gelb-weiß karierten Kleider, die Elsie und sie für die Reise bekommen hatten. Ihre gesamte Erinnerung an den ersten Besuch in Orup war von diesen Karos überdeckt. Wie ein Gitter lagen sie über dem Park, über dem weißen Haus und über Ernsts bleichem Gesicht, während er sich über das Balkongeländer beugte und seinen Mädchen zuwinkte.

Die richtige Erinnerung, die wirklich ihre eigene war, handelte nicht von Husten und Blutstürzen, sie handelte von dem anderen, dem Merkwürdigen, das immer, ein paar Monate nachdem Ernst aus dem Sanatorium nach Hause gekommen war, geschah. Schrille Schreie, die mitten in der Nacht durch die Wohnung hallten. Ein Sack voller Geschenke, der auf dem Kinderzimmerboden ausgeleert wurde, obwohl es weder Weihnachten noch Geburtstag war. Lydias zögerliches Lächeln, wenn Ernst auf die Knie fiel und ihr die Füße küsste. Das leichte Zittern in ihrer Stimme, wenn sie die Arme um Inez und Elsie legte, sie an sich drückte und versicherte:

»Papa macht nur Spaß, Mädchen! Er macht nur Spaß.«

Wenn der Husten zurückkam, nahm der Spaß ab. Manchmal dauerte es ein paar Wochen, manchmal ein paar Monate, aber das Muster war immer gleich. Ernst wurde zwischen den Hustenattacken immer stiller, immer grauer, immer magerer, bis er sich eines Tages morgens weigerte, aus dem Bett aufzustehen. Was hatte das noch für einen Sinn? Er war doch sowieso verurteilt, er würde bald sterben, es gab keine Hoffnung … Wenn er zum Krankenwagen hinausgetragen wurde, hob er nicht einmal die Hand zum Abschied, schloss nur die Augen und zog sich in sich selbst zurück. Ein weiteres Jahr im Sanatorium erwartete ihn. Wenn er Glück hatte.

Sein Architekturbüro machte Konkurs, als die Mädchen acht Jahre alt waren, aber das erfuhren sie erst viele Jahre später. Sie wussten nur, dass Lydia an einer Mädchenschule zu arbeiten anfing, dass sie Englisch und Französisch unterrichtete und dass sich das Küchenmädchen Anna-Lisa nachmittags um sie kümmern sollte. Das war ein rundliches, puppenhaftes Mädchen mit roten Wangen und glänzenden blauen Augen – laut Ernst ein richtiges Prachtexemplar von einem schwedischen Landei – aber mundfaul und mürrisch. Wenn Inez und Elsie von der Schule nach Hause kamen, gab sie ihnen am Küchentisch Wecken und Kakao; die beiden Mädchen saßen mit baumelnden Beinen auf ihren Stühlen und stopften sich den Mund mit Essen voll, während sie Anna-Lisa betrachteten. Anna-Lisa war der einzige Mensch auf der Welt, den es in keiner Weise zu interessieren schien, dass Inez und Elsie nicht nur eineiige Zwillinge waren, sondern außerdem noch Lachgrübchen und Locken hatten. Nachdem sie den Mädchen den Kakao eingegossen hatte, sah sie die beiden nicht einmal mehr an, legte nur ein Holzscheit im Herd nach, streckte sich, rieb sich den Rücken, und wenn die Mädchen einen Knicks machten und sich fürs Essen bedankten, antwortete sie mit einem misstrauischen Blick, als glaubte sie, dass sie sie ärgern wollten, bevor sie auf die Tür zeigte und sagte:

»Ja, ja. Und jetzt Hausaufgaben!«

Ein paar Stunden später kam Lydia von ihrer eigenen Schule nach Hause und ließ sich in einen Stuhl im Flur fallen. Sie blieb eine Weile reglos dort sitzen und starrte mit leerem Blick vor sich hin, dann beugte sie sich vor, um die Schnürsenkel zu öffnen, umfasste ihre Beine und massierte sie, diese Beine, die immer in dicken braunen Strümpfen steckten, bevor sie aufsah, ihre Töchter entdeckte und ihre Gesichtszüge wieder ordnete. Man musste fröhlich sein. Man durfte sich nicht in Kummer und Sorgen vergraben, wie müde und traurig man auch war.

»Guten Tag, meine Mädchen«, sagte sie. »Habt ihr etwas zu essen gekriegt?«

Inez und Elsie nickten, während sie in ihren Schottenkaro-Alltagskleidern mit weißen Kragen vor ihrer Mutter standen, sauber, gesund und ordentlich, wenn auch mit ein wenig zu vielen Stopfstellen an den Strümpfen und mit ein paar lockigen Strähnen, die sich aus den Zöpfen gelöst hatten.

»Bald sind Osterferien«, sagte Lydia. »Dann fahren wir nach Orup.«

In allen Ferien fuhren sie ins Sanatorium, selbst in den Putzferien, und jedes Mal mussten sie schon um halb sechs Uhr morgens aufstehen, jede in der Küche ein Glas Milch hinunterstürzen und ein Brot in sich hineinstopfen, während Lydia in der Wohnung herumlief und alles Mögliche zusammensuchte, ein neu erschienenes Buch, das Papa vielleicht haben wollte, oder einen alten Pullover, den er bestimmt vermisste. Noch bevor die Mädchen auf dem Flur erschienen, hatte sie sich den Hut aufgesetzt und den Mantel zugeknöpft, stand dann mit der Hand auf der Türklinke da und ermahnte sie. Sie mussten sich beeilen! Sie durften nicht zu spät zum Zug kommen. Papa wartete auf sie, und wenn sie nicht genau zum verabredeten Zeitpunkt ankamen, würde er sich Sorgen machen, und das war nicht gut für ihn, überhaupt nicht gut …

Einzig und allein während der Fahrt nach Orup vergaß Lydia, ihre Nervosität zu verbergen, dafür vergaß sie es dann aber auch vollständig. Bereits wenn der Zug Göteborg verließ, fing sie an, sich wegen des Umsteigens in Lund Sorgen zu machen, ihre Hände flatterten, ihre Stimme wurde schrill. Sie hatten nur sieben Minuten dafür, und wenn sie es nun nicht schaffen würden, von einem Bahnsteig zum anderen zu kommen! Ja, das war gut möglich, denn der Bahnhof von Lund war größer, als man dachte, und hatte viele Bahnsteige, deshalb mussten die Mädchen ihr versprechen, zu gehorchen und brav zu sein, zu laufen, wenn Lydia ihnen sagte, sie müssten laufen, aber auch gut aufzupassen, damit sie nicht auf die Gleise fielen. Denn nichts war gefährlicher, als wenn man auf die Gleise fiel, das wussten sie doch, oder? Deshalb mussten sie versprechen, auf Mama zu hören, sich wirklich zu beeilen und dabei die ganze Zeit auf Mama zu hören …

Vielleicht war es diese Nervosität, die die ersten kleinen Risse in das Band schnitt, das Inez und Elsie zusammenhielt, diese Unruhe, die nie erwähnt werden durfte, die es aber dennoch immer gab, die Unruhe wuchs von Tag zu Tag, von Woche zu Woche, von Monat zu Monat und war schließlich so schwer, dass die eine Schwester nicht mit ansehen mochte, wie viel die andere trug, weil sie sich dann selbst eingestehen müsste, dass sie selbst unter der gleichen Last schwankte.

Das wurde nie so deutlich wie in dem Moment, wenn sie im Park von Orup allein gelassen wurden, wenn Lydia ihnen nach einigen zerstreuten Ermahnungen den Rücken zugewandt hatte und auf das große Gebäude zuging. Sobald sie ihren Fuß auf die erste Treppenstufe setzte, lösten Inez und Elsie ihre Hände voneinander und drehten sich halb voneinander weg, fingen an, ziellos über Grasflächen und Kieswege zu schlendern.

»Der Warteraum des Todes«, murmelte Elsie und zupfte an ihrem Mantelärmel. Es war bereits Oktober, und vor einigen Wochen hatte Lydia die Mäntel vom letzten Jahr vom Dachboden heruntergeholt und erklärt, dass sie noch einen weiteren Winter lang halten mussten.

»Was hast du gesagt?«, fragte Inez mit steifem Rücken. Sie betrachtete ihre Schwester mit kritischem Blick. Elsies Mantel hatte einen schiefen Saum. Sie hatten ihre Mäntel selbst auslassen müssen, da sie inzwischen dreizehn und also groß genug waren, aber Elsie hatte weder richtig abgemessen noch geheftet, bevor sie nähte. Zu nachlässig. Wie üblich.

»Was hast du gesagt?«, wiederholte Inez.

»Das geht dich gar nichts an …«

»Du hast gesagt, der Warteraum des Todes.«

»So heißt ein Buch.«

»Gar nicht.«

»Wohl. Das steht im Schwedischbuch.«

Inez erwiderte nichts, zog ihren Schuh durch den Kies und legte so einen Streifen brauner, feuchter Erde unter dem Grau frei. Elsie schob die Hände in die Taschen und runzelte die Stirn.

»Mein Gott, bist du kindisch.«

Inez sagte immer noch nichts, zog nur weiter ihren Fuß durch den Kies. Das wurde eine Wunde, dachte sie, eine Wunde in der Erde selbst.

»Der Warteraum des Todes«, wiederholte Elsie nun, dieses Mal aber mit klarer Stimme. »Es handelt von einem Sanatorium.«

Inez hielt ihren Blick auf den braunen Strich fixiert.

»Papa ist fast wieder gesund.«

Elsie schnaubte nur.

»Ach ja? Und warum ist er dann hier?«

»Weil er in Skåne geboren ist. Er will da sein, wo er geboren ist.«

Wieder schnaubte Elsie, drehte sich um und murmelte etwas, während sie jetzt auch mit dem Fuß in den Kies trat. Inez erstarrte. Sie hatte nicht genau verstanden, was Elsie gesagt hatte, wusste es aber trotzdem. *Will er da sterben, wo er geboren wurde?*

»Was hast du gesagt?«

»Geht dich nichts an.«

»Ich werde es Mama sagen …«

»Du hast doch gar nichts verstanden.«

»Ich habe genug gehört. Ich werde Mama alles sagen.«

Elsie seufzte.

»Bestimmt. Das glaube ich gern. So mutig, wie du bist.«

»Rotzgöre.«

»Selber.«

Dann schnieften sie beide und drehten einander den Rücken zu.

Einsamkeit war eine neue Erfahrung. Daheim in Göteborg hatte das seine Vorteile. Es war schön, dass es ab und zu um sie herum still war, dass sie den Kopf heben konnten, wenn sie über ihren Schulbüchern saßen und diesem Neuen lauschen, das plötzlich die Wohnung erfüllte. Die Stille hatte viele Nuancen, sie konnte weich wie verblichener Baumwollstoff sein, sie konnte summen und sausen oder den eigenen Herzschlag widerhallen lassen. Plötzlich konnte Inez hören, was sie dachte, sie konnte sogar die Augen schließen und einen Gedanken bis zum Ende verfolgen. Das war äußerst angenehm. Und noch angenehmer wurde es, wenn sie die Tatsache bedachte, dass nicht einmal Elsie wissen konnte, was sie dachte. Deshalb konnte sie sich so einige Freiheiten nehmen, sie konnte beispielsweise ganz still dasitzen und so tun, als hörte sie Radio, während sie gleichzeitig ihre Schwester verprügelte, ihr das Gesicht zerkratzte und sie einen Affen nannte.

Andererseits hatte auch Elsie ihre Geheimnisse. Warum flüsterte sie mit Mama im Badezimmer? Und warum nahm sie am nächsten Tag nicht den Turnbeutel mit zur Schule? Inez ließ sich nicht dazu herab, zu fragen, aber ein kleiner Verdacht keimte bereits auf dem Schulweg in ihr. Würde Elsie heute an der Turnhallenwand sitzen, zusammen mit den Mädchen, die einmal im Monat zur Sportlehrerin gingen und mit ihr flüsterten? War das tatsächlich möglich? Wie konnte das mit Elsie geschehen, wenn es mit ihr selbst noch nicht geschehen war?

Aber es war tatsächlich geschehen. Das war zu sehen. Elsie eilte Inez einige Schritte voraus, den Rücken plötzlich kerzengerade, und ohne ihre Schwester eines Blickes zu würdigen. Als sie den Schulhof erreicht hatten, lief sie gleich zu Asta, einer widerlichen Person, die bereits breite Hüften und einen wogenden Busen hatte, und flüsterte mit ihr. Asta lächelte ihr falsches kleines Lächeln und legte den Kopf schief, schob dann ihren Arm unter Elsies. Inez trat gegen einen kleinen Stein und wandte ihnen den Rücken zu. Lächerlich! Genau das waren sie. Alberne Vierzehnjährige, die spielten, sie wären richtige Frauen …

Es dauerte acht Monate, bis sie selbst endlich einen Grund hatte, mit der Sportlehrerin zu flüstern, und zu diesem Zeitpunkt war alles anders geworden. Elsie hatte eine Brust bekommen, einen richtigen Busen, der in Büstenhaltern aus lachsrosa Satin versteckt wurde, während Inez immer noch jeden Morgen nur ein weißes Baumwollhemd überzog. Außerdem waren sie umgezogen. Sie wohnten nicht mehr in einer großen Wohnung in Vasastan in Göteborg, sondern in einer engen kleinen Wohnung in Landskrona. Auf dem Heimweg vom Osterbesuch in Orup, bei dem Inez und Elsie mehrere Stunden frierend im Park hatten stehen müssen, hatte Lydia die Tür zu ihrem Abteil geschlossen und ihnen mit ernster Stimme erklärt, dass es so nicht weitergehe. Es war nicht eine Krone mehr auf dem Bankkonto, das kleine Erbe, das ihre Eltern ihr hinterlassen hatten, war aufgebraucht, und ihr Gehalt als Vertretung in der Mädchenschule reichte nicht aus, um eine große Wohnung in Göteborg mit Haushaltshilfe und allem zu halten. Ganz zu schweigen von den monatlichen festen Kosten und den Schulbüchern, Kleidern, Schuhen, Lebensmitteln und Eisenbahnfahrkarten. Leider. Sie mussten den Gürtel enger schnallen. Anna-Lisa war bereits gekündigt worden, und Lydia hatte sich schon um eine feste Stelle als Lehrerin in der Schule von Landskrona beworben und sie bekommen, eine Stelle, die mehrere hundert Kronen im Jahr mehr einbrachte. Sie würden umziehen, sobald die Sommerferien anfingen. Jetzt ging es nur noch darum, eine passende Wohnung zu finden, aber das würde bestimmt klappen. Ernst hatte bereits mit einigen alten Freunden aus der Lundzeit geredet, Freunde, die in der Gegend wohnten und die sicher …

Umziehen? Inez und Elsie hatten sie angestarrt, ohne ein Wort zu sagen, um sich dann plötzlich einander zuzuwenden und ihr eigenes Entsetzen im Gesicht der Schwester zu betrachten. In diesem Augenblick war das Band zwischen ihnen wieder genauso stark wie früher.

»Meint Frau Mama das ernst?«, fragte Inez.

Lydia zog sich die Handschuhe aus und griff schnell nach der Brosche am Jackenrevers.

»Natürlich meine ich das ernst.«

»Wir sind noch nie in Landskrona gewesen«, sagte Elsie.

»Das ist mir schon klar«, erwiderte Lydia. »Ich selbst bin auch noch nie dort gewesen.«

»Wir dachten, Frau Mama mag Skåne nicht«, sagte Inez.

»Frau Mama hat doch immer gesagt, dass Göteborg viel netter ist«, sagte Elsie.

Lydia bekam glänzende Augen und zog ein Taschentuch hervor, fuhr sich damit über die Nase und räusperte sich.

»Das ist gut möglich. Aber es gibt für mich in Göteborg keine Arbeit. Vielleicht ziehen wir ja wieder zurück, wenn Papa gesund ist. Er hat schon angefangen, ein Haus für uns zu entwerfen.«

Lydia schlug die Beine übereinander und verschränkte die Hände auf einem Knie. Lächelte. Elsie versuchte ihr Lächeln zu erwidern, doch das gelang ihr nicht so recht. Inez imitierte die Bewegungen der Mutter, aber sie schaffte es nicht, genauso kerzengerade dazusitzen.

»Nun ja«, sagte sie und hob ihr Kinn dabei ein wenig. »Frau Mama sagt doch immer, es kommt nicht darauf an, was das Leben bringt, sondern darauf, wie man es nimmt.«

Lydias Lächeln wurde noch breiter.

»Genau«, nickte sie. »Das stimmt. Es geht nur darum, wie man es nimmt.«

Aber sie nahmen es nicht besonders gut. Keine von ihnen. Bereits in den ersten Wochen in Landskrona vergaß Lydia immer häufiger, froh auszusehen, und Inez und Elsie begannen, sich offen gegenseitig anzufauchen.

Ihr neues Zimmer war nicht einmal halb so groß wie das Kinderzimmer in Göteborg, es barg nichts außer ihren Betten und einem kleinen Nachttisch. Der war wiederum so klein, dass auf ihm nur Platz für die alte Messinglampe mit ihrem Pergamentschirm war. Die Betten standen jedes an einer Wand, trotzdem musste man nur die Hand ausstrecken, wenn man in einem lag, um das andere zu berühren. Nicht, dass Inez oder Elsie überhaupt auch nur in den Sinn kam, die Hand nacheinander auszustrecken, im Gegenteil: Der Abstand zwischen ihnen wurde immer größer, seitdem sie einander gezwungenermaßen so dicht auf die Pelle rückten.

»Halt deine Sachen in Ordnung«, zischte Inez, hob einen Kleiderstapel von ihrem Bett auf und ließ ihn zu Boden fallen. Elsie verzog die Oberlippe.

»Benimm dich nicht wie ein Baby!«

Sie beugte sich über den Stapel auf dem Boden und zog einen BH heraus, legte ihn zusammen, ein Körbchen ins andere. Inez schnaubte.

»Genau genommen bin ich älter als du.«

»Aber sicher. Ganze zwei Minuten. Nicht, dass man davon etwas merken würde.«

»Du bist eklig.«

»Du bist neidisch.«

»Pah! Worauf denn?«

»Das weißt du genau«, sagte Elsie und ging mit ihrem BH auf den Flur, um ihn in den Schrank zu stopfen.

Auch der Rest der Wohnung war zu klein. Nichts passte. Die Möbel waren zu groß und wuchtig in ihrer zurückhaltenden Neuen Sachlichkeit, und das Licht aus den großen Fenstern entblößte unbarmherzig ihre Makel. In dem großen Schlafzimmer drängte sich das Doppelbett gegen Lydias wackligen Schreibtisch, die Tagesdecke sah plötzlich verblichen aus, und der Volant hatte sich an mehreren Stellen gelöst. Im Wohnzimmer drückte der Esstisch gegen das abgenutzte Plüschsofa, und draußen im Flur musste man den Bauch einziehen, um zwischen den Bücherregalen und Ernsts geerbtem Schreibtisch aus dem 18. Jahrhundert durchzukommen. Es gab nicht einmal ein Badezimmer. Wer baden wollte, musste sich ein Handtuch unter den Arm klemmen und in den Keller hinuntergehen, in einen kalten kleinen Verschlag, den sich alle Mieter des Hauses teilten. Wobei es eigentlich gar nicht so viele waren, es wohnten nur drei Familien im Haus. Plus zwei Krankenschwestern, die jeweils ein Zimmer mit Kochgelegenheit oben in der Mansarde bewohnten. Lydia hatte die Mädchen bereits am ersten Abend zu einer kurzen Vorstellungsrunde gezwungen, sie hatten an einer Tür nach der anderen geklingelt, Hände geschüttelt und geknickst, während Lydia hinter ihnen stand, den Kopf schräg und mit zuvorkommendem Gesichtsausdruck. Sie sah weniger zuvorkommend aus, als sie in ihre eigene Wohnung zurückgekommen waren und sie hören musste, wie die Mädchen sich über den Dialekt der Nachbarn lustig machten. Diese Faxen konnten sie sich gleich mal abgewöhnen! Sofort!

Erst nach drei Wochen bekamen sie einen Telefonanschluss, aber als er endlich installiert war, rief Lydia sofort Ernst in Orup an. Er wollte anschließend gern mit den Mädchen sprechen, sie drückten die Köpfe aneinander und hörten, wie er eine kleine Lobeshymne auf Landskrona hielt. Dort würde es ihnen ganz bestimmt gefallen! Landskrona war Göteborg ja so ähnlich, genau genommen war es ein Göteborg in Miniaturausgabe mit seiner Werft, seinem Westküstenlicht und dem Meer, das nicht weit entfernt lag.

Inez und Elsie konnten diese Ähnlichkeit nicht so recht erkennen. Man nehme nur mal die Männer. In Göteborg gab es Männer, die waren Damenfriseure und Schneider, Professoren und Erfinder, Künstler und Schauspieler … alle Arten. Während es in Landskrona so schien, als gäbe es nur Männer, die auf der Werft arbeiteten. Wenn morgens die Sirene ertönte, füllten sich die Straßen mit radelnden Werftarbeitern, hunderten oder tausenden, alle im Blaumann, die Brotdose auf dem Gepäckträger, Männer, die auf dem Werftgelände verschwanden und die Stadt den Frauen überließen, und wenn die Sirene nachmittags erneut ertönte, strömten sie wie ein riesiger Fischschwarm wieder heraus. So war es in Göteborg niemals gewesen, dort war die Werft zwar groß, viel größer als in Landskrona, aber sie schluckte nicht die gesamte männliche Bevölkerung. Hier jedoch schien die ganze Stadt aus Gefangenen der Werft zu bestehen. Außerdem gab es in Göteborg keine Schrebergärten mitten in der Stadt. Die gab es aber in Landskrona, kleine Puppenhäuschen mit Blumenrabatten und Gemüsebeeten, nur wenige hundert Meter vom Markt entfernt, der wohl als das Zentrum der Stadt anzusehen war. Äußerst merkwürdig. Und das Meer? Konnte man den Öresund wirklich mit einem richtigen Meer vergleichen, wie beispielsweise die Nordsee vor Göteborg? Nein, ganz und gar nicht. Dänemark lag viel zu nah. Außerdem war es zu seicht, zu sandig und roch viel zu sehr nach verrottetem Tang. In Göteborg dagegen …

Alles um sie herum hatte sich verändert, und noch waren sie zu jung, um zu begreifen, dass es so bleiben würde, dass alles immer anders sein würde, ganz gleich, was auch geschah. Stattdessen träumten sie davon, eines Tages wieder umzuziehen, so wie andere von Lottogewinnen und der plötzlich auftauchenden großen Liebe träumen. Schon am nächsten Tag konnte alles wieder wie früher sein. Papa wäre wieder gesund, und dann würden sie sofort zurück nach Göteborg in die große Wohnung ziehen. Und wie würden die Klassenkameraden lachen, wenn sie ihnen von ihrem Ausflug in einen Ort erzählten, in dem die Einwohner an ihren eigenen Vokalen fast erstickten.

»Nein«, sagte Lydia eines Tages. »Jetzt reicht es. Jetzt halte ich euer Gequengel nicht mehr aus! Raus mit euch!«

Inez brach ihren Einwand mitten im Satz ab. Elsie fiel die Kinnlade herunter. Lydia, die sonst niemals … Aber jetzt stand sie von ihrem Schreibtisch auf, an dem sie tagein, tagaus gesessen und das kommende Schulhalbjahr vorbereitet hatte, stand vor ihnen, die Hände in die Hüften gestemmt wie eine richtige Waschfrau, und schrie:

»Hört ihr schlecht? Raus! Verschwindet!«

Damit wurde es zur Gewohnheit, dass sie fortgingen, wenn Lydia sich an ihren Schreibtisch setzte, und nach einer Woche war es zur täglichen Befreiung geworden. Sobald sie mit der vormittäglichen Hausarbeit fertig waren, murmelten Inez und Elsie ein kurzes Adieu und verschwanden. Sie gingen Seite an Seite, bis sie vom Schlafzimmerfenster nicht mehr zu sehen waren. Dann nickten sie sich kurz zu und trennten sich. Das hatten sie nicht vereinbart, darüber musste gar kein Wort verloren werden. Das war einfach selbstverständlich. Sie brauchten die Zeit, sich voneinander zu erholen.

Inez strebte sofort dem Svandammen zu, ein Buch unter dem einen und eine kleine Decke unter dem anderen Arm; sie hatte einen Platz unter einer alten Weide gefunden, an dem sie sich vor der Welt verstecken konnte. Es war, als säße sie geschützt in einem Vogelbauer, einem magischen Käfig, der es ihr ermöglichte, die Menschen zu sehen, die auf der anderen Seite der herabhängenden Zweige vorbeigingen, sie selbst jedoch unsichtbar machte. Manchmal vergaß sie ihr Buch und versank in Träume. Wenn nun jemand – ein Junge, der bald in der Oberstufe anfangen würde, beispielsweise – eines Tages den Weidenvorhang beiseiteschieben und sie entdecken würde …

Aber der Junge kam natürlich nie. Er nahm einen anderen Weg und fand stattdessen ihre Schwester.

Inez blinzelte. Das Telefongespräch war offensichtlich beendet. Björn stand lächelnd in der offenen Tür.

»Mama und ich werden uns in London treffen!«

Inez wrang sorgfältig das Wischtuch aus, obwohl das gar nicht nötig war, und hängte es über den Wasserhahn. Die Haut auf ihren Wangen spannte, während sie das Lächeln erwiderte.

»Wirklich? Wie schön.«

»Ich werde Karl-Erik anrufen und ihn bitten, für sie ein Zimmer in unserem Hotel zu besorgen.«

»Das klingt ja schön. Schließlich ist es lange her, dass ihr euch gesehen habt.«

»Ja. Sie hatte keine Ahnung, dass ich …«

»Nein. Natürlich nicht. Aber sie hat sich doch sicher gefreut?«

»Klar. Aber sie macht sich ein wenig Sorgen wegen der Sache mit der Schule.«

»Ja, jaja. Aber sie selbst hat ja auch vor dem Abitur abgebrochen.«

»Ja. Und ich habe ihr gesagt, dass es jetzt ja auch Gymnasien für Erwachsene gibt.«

»Wusste sie das nicht?«

Falsche Antwort. Björn witterte Kritik.

»Woher sollte sie das denn wissen?«

Inez versuchte erneut zu lächeln.

»Ich meinte nur …«

»Ach«, wehrte Björn ab und drehte ihr den Rücken zu. »Ich gehe eine Weile raus. Ich brauche frische Luft.«

Inez blieb stehen und lehnte sich an den Spültisch. Plötzlich war sie nicht mehr in der Lage, sich zu bewegen. Aber sie konnte ihre Stimme noch erheben:

»Kannst du das? Kannst du wirklich rausgehen?«

»Natürlich kann ich das«, erwiderte Björn aus dem Flur. »Sie sind ja jetzt weg. Alle.«

Und dann öffnete er die Haustür und verschwand.

Ingalill wartete am Midhemsvägen, genau wie sie verabredet hatten, aber sie drehte Susanne den Rücken zu und ging bereits los, bevor diese bei ihr angelangt war.

»Wir müssen uns beeilen«, rief sie über die Schulter. »Es ist schon fünf vor halb.«

Susanne begann zu laufen. Ihre Schultertasche schlug gegen die Hüfte.

»Ich weiß. Aber da waren so viele Mädchen...«

Ingalill blieb stehen und drehte sich um.

»Was für Mädchen?«

Susanne hatte sie endlich eingeholt. Sie blieb auch stehen und schnappte nach Luft, dann passte sie sich Ingalills Schritt an. Was nicht so einfach war. Ingalill war größer und machte größere Schritte.

»Einfach eine Menge Mädchen. Die vor unserem Haus standen.«

Ingalill runzelte die Stirn.

»Wer war dabei?«

Susanne zuckte mit den Schultern.

»Die aus dem Kiosk am Bahnhof. Und die vom altsprachlichen Zweig mit dem Männerregenschirm. Und noch ein paar. Ich weiß nicht, wie sie heißen.«

»Was wollten die vor eurem Haus?«

Susanne ging langsam die Luft aus.

»Sie haben auf Björn gewartet.«

»Warum denn?«

Warum? Na, das war vielleicht eine Frage.

»Was weiß ich.«

Eine Weile schwiegen beide. Nur ihre Schritte auf dem Asphalt waren zu hören.

»Ich möchte wissen, ob sie sich heute Abend an den Lehrplan hält«, sagte Ingalill zum Schluss.

Susanne zuckte mit den Schultern.

»Das ist doch egal.«

»Wenn man einen Kursus gibt, dann sollte man sich an den Lehrplan halten.«

»Aber alle finden es doch viel schöner, sich zu schminken.«

»Das gehört nicht hierher«, sagte Ingalill.

Susanne verzog hinter ihrem Rücken das Gesicht. Sie waren angekommen, und Ingalill war bereits auf dem Weg die Treppe hinunter in die Kellerräume, die ABF für »Fräulein Frisch« gemietet hatte. Es war ein sehr beliebter Kursus, so beliebt, dass man zwei Gruppen hatte bilden müssen und für den nächsten Kurs eine Warteliste eingerichtet hatte.

Frau Salomonsson hatte nur an zwei Abenden in der Woche Zeit, den Kurs zu leiten. Schließlich musste sie sich ja um ihre Parfümerie kümmern. Außerdem war sie keine normale Kursleiterin, das merkte man. Bereits am ersten Abend hatte sie nur kurz den Lehrplan durchgeblättert und ihn dann mit einem Achselzucken zur Seite geworfen. Alle wussten ja wohl, dass man die Zähne putzen und sich unter den Achseln waschen sollte. Hingegen wussten längst nicht alle – erklärte sie und beugte mit einem kleinen Stöhnen ihren stramm geschnürten Körper, um eine große Beautybox auf den Tisch zu hieven –, wie man sich schminkte. Aber das sollten sie jetzt lernen. Ein zaghaftes Lächeln breitete sich unter den Vierzehnjährigen um den Tisch herum aus. Endlich!

Seitdem waren alle Kursusabende nach dem gleichen Muster verlaufen. Frau Salomonsson, mollig, mit viel Haarspray und sorgfältig geschminkt, wogte in den Raum, schwer beladen mit Produkten und Gratispröbchen aus ihrem Geschäft. Die Mädchen stellten kleine Spiegel auf dem Tisch vor sich auf und warteten auf die Einleitung. Frau Salomonsson saß reglos da, bis sie vollkommen still waren, reckte dann einen sorgfältig manikürten Zeigefinger in die Luft und setzte zu ihrer einleitenden Proklamation an:

»Gute Reinigung, meine jungen Damen, ist die Grundlage

aller Schönheitspflege. Und da genügt es nicht mit Wasser und Seife, müsst ihr wissen. Ganz gleich, was in den Büchern steht.«

Sie warf dem Lehrbuch einen verächtlichen Blick zu, das einzige Exemplar, das Ingalill trotzig neben ihrem Spiegel liegen hatte. Alle anderen nahmen ihre Lehrbücher gar nicht mehr mit. Susanne hatte ein paarmal in ihrem geblättert und sich seufzend gefragt, wie man so ein spannendes Thema nur so langweilig präsentieren konnte. Sie war der gleichen Meinung wie Frau Salomonsson. Wer musste lernen, dass man Äpfel essen und die Unterwäsche wechseln sollte? Das wussten ja wohl alle. Aber Susanne wollte lernen, hübsch zu sein, so hübsch, dass die Jungs in der Schule nach Luft schnappten, wenn sie sie sahen, so hübsch, dass sie nie wieder an sich selbst zweifeln musste, so hübsch, dass sie mit kerzengeradem Rücken über die Schulflure gehen und allen in die Augen sehen konnte …

»Und deshalb, meine jungen Damen, ist es notwendig, sich eine gute Reinigungscreme zu besorgen. Wie beispielsweise *Soil Absorbing*. Das ist die allerbeste.«

Sie ließ das Fläschchen am Tisch herumgehen, und ein Mädchen nach dem anderen träufelte sich etwas von der milchig weißen Flüssigkeit auf die Fingerspitzen, bevor sie vorsichtig versuchten, sie im Gesicht zu verreiben. Frau Salomonsson stand auf und ging um den Tisch, die Hände auf dem Rücken wie eine richtige Lehrerin. Sie sprach langsam und deutlich:

»Ich habe gehört, dass es Mädchen geben soll, die von *Soil Absorbing* erst Pickel bekommen. Ich möchte betonen, dass das nicht ein Fehler der Creme ist. Ganz im Gegenteil, das ist ein Zeichen dafür, wie effektiv sie ist, dass sie die Unreinheiten geradezu aus der Haut herauszieht, und dann können Mitesser entstehen. Deshalb sollte man dann nicht aufhören, sie zu benutzen, sondern sich stattdessen in Geduld üben. Nach ein paar Wochen gibt sich das.«

Aber bei Ingalill hatte es sich nicht gegeben. Ihre Pickel waren schlimmer als je zuvor. Frau Salomonsson fasste sie bereits am dritten Kursabend unters Kinn:

»Benutzt du wirklich *Soil Absorbing*?«

Ingalill senkte die Augenlider über feuchten Augen und murmelte eine Antwort. Ja. Susanne nickte bestätigend. Ingalill hatte sich wirklich eine kleine Flasche in Frau Salomonssons Geschäft gekauft und sie fleißig benutzt, das wusste sie. Aber jetzt war die Flasche bald aufgebraucht, und die Pickel waren schlimmer denn je. Das Problem war, dass Ingalill es sich niemals würde leisten können, eine neue Flasche zu kaufen. Sie bekam nicht einmal Taschengeld, denn ihre Mutter war geschieden und hatte keine richtige Arbeit. Sie putzte abends Büros, aber nicht so viele, dass es für Reinigungscremes und Lippenstift reichte. Nur wenn der Vater auftauchte und betrunken genug war, bekam Ingalill mal eigenes Geld, aber darüber durfte man nicht sprechen. Vielleicht saß er auch gerade auf dem Trockenen, und es war gar nicht mit ihm zu rechnen.

»Du musst wirklich sehr unreine Haut haben«, sagte Frau Salomonsson und schüttelte besorgt den Kopf. »Sehr unrein. Du solltest vielleicht außerdem noch ein Gesichtswasser nehmen, ein richtig starkes Gesichtswasser ...«

Susanne brauchte kein Gesichtswasser. Sie hatte keine Mitesser, dafür war ihr Gesicht aber auch das Einzige, was in Ordnung war. Ansonsten hatte sie nicht viel zu bieten, dachte sie und blinzelte ihr Spiegelbild an. Die Wangen waren zu rund, die Sommersprossen zu zahlreich und die Augen zu klein. Ganz zu schweigen von der albernen Nase, die hartnäckig nach oben zeigte. Ingalill sagte immer, sie sehe aus wie ein Baby.

Aber für solche Gedanken hatte sie im Augenblick keine Zeit, denn jetzt wogte Frau Salomonsson in den Raum. Sie hatte eine Überraschung dabei, eine äußerst schlanke, blonde Überraschung, und schnaubte ein wenig vor Begeisterung, als sie sie vorstellte:

»Das hier ist meine Tochter Eva. Sie ist achtzehn Jahre alt und soll heute Abend mitmachen, denn sie fürchtet, dass ich modisch nicht so ganz up to date bin ...«

Alle erkannten Eva wieder, alle waren schon einmal in Frau Salomonssons Laden in der Stora Norregatan gewesen und hatten sie hinter dem Tresen stehen sehen, in einem hocheleganten rosa Nylonkittel von Toni-Lee, den weißen Kragen zur Hälfte hochgestellt und die Ärmel nonchalant zu drei Vierteln hochgekrempelt. Sie war immer perfekt geschminkt und manikürt, mit frisch gewaschenem Haar, frisch frisiert, immer gut duftend und leise, und gerade deshalb fürchteten sie sich ein wenig vor ihr. Ab und zu, besonders wenn ein paar jüngere Mädchen in Gruppen in den Laden kamen, konnte sie Blicke abschießen, dass sie ganz verlegen wurden. Aber jetzt nicht. Jetzt stand sie hinter ihrer Mutter und zeigte in einem freundlichen Lächeln ihre weißen Zähne.

«Eyeliner«, sagte sie mit leicht belegter Stimme und ließ ihren Blick um den Tisch gleiten, als suchte sie jemanden. »Eyeliner ist eine Erfindung, von der ältere Damen nicht allzu viel verstehen.«

Frau Salomonsson schnaubte in gespielter Empörung.

»Ältere Damen! Na, besten Dank auch.«

Eva schob ihren Arm unter den ihrer Mutter und stupste sie kameradschaftlich an.

»Ich mache doch nur Spaß.«

Frau Salomonsson schaute ihre Tochter an und legte ihre Hand auf deren Hand.

»Ich weiß ja, Eva. Ich weiß.«

»Aber wäre es nicht einfach schön, wenn alle einmal sagen könnten, wie sie heißen?«, sagte Eva und ließ ihren Blick noch einmal die Runde machen. »Damit ich weiß, wer wer ist.«

Sie suchte sich Susanne aus. Nicht Britt-Marie. Nicht Ann. Nicht Lillemor oder Ingalill oder eine der anderen. Sondern Susanne.

»Jetzt wollen wir mal sehen«, sagte Eva, öffnete ihre Beautybox und suchte darin herum. »Seht ihr, was ich hier habe? Das ist ein Haarband, das ich aus einem kaputten Nylonstrumpf gemacht habe. Man schneidet einfach ein fünf Zentimeter langes Stück ab, und dann kann man es benutzen, um das Haar aus dem Gesicht fernzuhalten, während man sich schminkt.«

Sie schob das Strumpfstück über Susannes Kopf und entblößte so die weiße Stirn.

»Du bist eigentlich richtig hübsch«, sagte sie und sah Susannes Spiegelbild ernst an. »Eine wunderschöne Haut. Aber hell, vielleicht eine Spur zu hell …«

Und schon fing sie an, die Grundierungscreme herauszudrücken.

Susanne blieb vor dem Spiegel in der Garderobe stehen und musterte ihr Gesicht, während sie den Parka anzog. Sah sie aus wie ein Mädchen, dessen Bruder – oder Cousin oder wie man das nun nennen sollte – auf Platz eins der Top Ten war? Ja. Auf jeden Fall. Sie erkannte sich selbst kaum wieder, aber das, was sie sah, gefiel ihr. Eva hatte einen dicken Strich am Lidrand entlanggezogen und ihn mit einem kalligrafischen Fischgrätenstrich abgeschlossen. Sie war es auch gewesen, die die schwarze Wimperntusche und den perlmuttglänzenden rosa Farbton für die Lippen ausgesucht hatte. Und deshalb sah Susanne endlich aus wie ein richtiger Teenager, eine langhaarige Twiggy oder eine sehr junge, blonde Jane Asher. Das war Evas Verdienst. Es war Eva, die sie von einem unansehnlichen Riesenbaby in ein richtig niedliches Mädchen verwandelt hatte. Ja. Tatsächlich. Richtig niedlich.

Aber Ingalill war natürlich sauer. Ingalill war in letzter Zeit immer sauer.

Susanne zog sich die Stiefel an und seufzte leise. Ingalill war schon sauer gewesen, als Susanne ankam, und das hatte sich nicht geändert, als Eva anfing, Susanne zu schminken. Jetzt stand sie mit tief in die Stirn gezogener Mütze da und knöpfte sich den Mantel zu.

»Willst du noch lange dein Spiegelbild bewundern?«, fragte sie.

Susanne schob die Kapuze ihres Parkas zurecht. Die anderen Mädchen waren bereits draußen auf der Treppe, als Eva und ihre Mutter aus dem Kursraum kamen. Beide lächelten Susanne an.

»Das ist wohl nicht verwunderlich, dass sie sich im Spiegel betrachtet«, sagte Frau Salomonsson. »Wo sie so hübsch geworden ist …«

»Hier, für dich«, sagte Eva und reichte ihr eine kleine Papiertüte. Susanne wollte schon einen Knicks machen, konnte sich aber in letzter Minute noch beherrschen.

»Danke schön.«

»Das sind nur ein paar Gratisproben. Und der Eyeliner, den ich an dir benutzt habe. Damit kannst du zu Hause üben.«

»Danke, vielen, vielen Dank.«

Eva lachte, als hätte Susanne etwas Witziges gesagt.

»Nichts zu danken. Wo wohnst du?«

Susanne hätte fast wieder einen Knicks gemacht. Jetzt musste sie sich aber zusammenreißen. Eva war ja nur ein paar Jahre älter.

»In der Svanegatan.«

»Na, so ein Zufall. Ich will gerade in die Svanegatan. Zu einer Freundin. Wollen wir zusammen gehen?«

Jetzt war es nicht mehr zu vermeiden. Jetzt machte Susanne einen Knicks, wenn auch nur einen winzigen, nur so wenig, dass der Impuls ihren Körper verlassen konnte. Eva schien nichts zu bemerken, aber Ingalill, die an der Treppe wartete, schnaubte leise.

»Ich gehe jetzt«, sagte sie mit lauter Stimme. »Hörst du, Susanne? Ich gehe jetzt nach Hause.«

Susanne winkte ihr eilig zu.

»Ja, tschüs. Wir sehen uns morgen.«

DRAUSSEN WARTETE DIE Dunkelheit, eine kalte, windstille Dunkelheit, die nur von einer kugeligen kleinen Laterne vor den Unterrichtsräumen durchbrochen wurde. Susanne richtete ihren Blick auf sie, während Eva ihr Fahrrad aufschloss und es aus dem Fahrradständer zog. Es war ein pinkfarbenes Fahrrad. Susanne wusste nicht einmal, dass es pinkfarbene Fahrräder gab.

Eva war nicht wie die anderen großen Mädchen, es gab nichts Forderndes, nichts Verächtliches an ihr, nichts Einschmeichelndes oder Neugieriges. Sie schob nur ihr Fahrrad, während sie nebeneinander hergingen, und sagte zunächst kein Wort über Björn. Stattdessen fing sie an, von sich zu erzählen, zuerst mit leiser Stimme, dann immer lebhafter. Sie hatte schon ein paarmal überlegt, ob sie sich nicht für ein Schönheitsinstitut in Stockholm bewerben und sich dort richtig zur Kosmetikerin ausbilden lassen sollte, gleichzeitig fand sie aber, das war ein ziemlich oberflächlicher Beruf. Im Grunde genommen. Vielleicht wäre es besser, Krankenschwester zu werden, das war ja der Beruf, von dem sie geträumt hatte, als sie noch klein war. Sie hatte den Realschulabschluss und ein Zeugnis, das dafür reichte, aber dann waren da ja ihre Mutter und ihr Geschäft, sie wollte ihre Mutter nicht mit der ganzen Verantwortung allein lassen. Hatte Susanne eigentlich einen Traumberuf? Und wie kam es, dass sie eleganter als alle anderen sprach? War sie weiter nördlich geboren? Und war sie genauso musikalisch wie ihr Bruder? Denn Eva hatte doch richtig gehört, als die anderen Mädchen geflüstert hatten, dass Susanne Björn Hallgrens Schwester war? Susanne antwortete mit einem kurzen Seitenblick:

»Ich bin nicht seine Schwester. Nicht richtig. Aber wir sind zusammen aufgewachsen.«

Eva sah überrascht aus:

»Stimmt das? Aber wo sind dann deine Eltern?«

»Das sind meine Eltern, bei denen wir wohnen. Björns Mutter fährt zur See, deshalb wohnt er bei uns. Das war schon immer so.«

Eva nickte nachdenklich, eine Weile blieb es still. Nur das Geräusch ihrer Sohlen auf dem Kies des Fußwegs war zu hören.

»Ich habe mir immer Geschwister gewünscht«, sagte Eva dann. »Eine niedliche kleine Schwester. Oder einen großen Bruder.«

Susanne murmelte etwas als Antwort, schob die Hände tiefer in die Taschen und strich mit der rechten Hand über die Papiertüte mit den Gratispröbchen. Es war ihr nie in den Sinn gekommen, sich Geschwister zu wünschen. Vielleicht stimmte etwas nicht mit ihr. Aber Eva merkte nichts, lächelte nur und schaute ein wenig verträumt vor sich hin.

»Aber wenn dein Cousin immer bei euch zu Hause gewohnt hat, dann ist er doch so etwas wie dein großer Bruder. Praktisch gesehen.«

Ein Ausweg. Susanne seufzte unmerklich vor Erleichterung.

»Ja. Schon. Das ist er wohl.«

»Du Glückspilz.«

Sie blieben eine Weile vor der Pforte stehen und unterhielten sich noch. Eva war vor ein paar Jahren in dieselbe Schule wie Susanne gegangen und wollte nun wissen, welche Lehrer Susanne hatte und was sie von ihnen hielt. Das offene Lächeln besiegte Susannes Schüchternheit, sie wurde immer lebhafter und erzählte, dass ihr Vater Studienrat in Geschichte und Politik war – Birger Simonsson, genau der – und dass ihre Mutter Hauswirtschaftslehrerin in der Tuppaschule war, was aber das Leben nicht gerade einfacher machte. Ganz im Gegenteil. Wenn sie oder Björn mal versuchten, etwas gegen die anderen Lehrer zu sagen, gab es jedes Mal einen regelrechten Aufstand. Aber einige der Lehrer in der Oberstufe waren richtige Idioten, das war doch gar nicht zu leugnen. Beispielsweise diese eklige Ingeborg, die Chemielehrerin, die so oft mitten im Unterricht in Gedanken versank und anfing, sich über den Busen zu streicheln.

Ganz zu schweigen von dem Feuchten Franz, der nicht für Ordnung sorgen konnte, sondern immer wieder auf Deutsch losbrüllte, weil er ja nun einmal Deutsch unterrichtete. Eva nickte kichernd:

»Ich weiß. Den habe ich auch gehabt. *Ruhe! Habe ich nicht gesagt, dass Sie schweigen sollen!*«

Ihr Rücken beugte sich, und für einen Moment war er genauso krumm wie der Rücken des Feuchten Franz, ihre Hände fuchtelten halb geballt in der Luft herum, während die Stimme zitterte und zu einem ängstlichen Schimpfen wurde. Susanne musste laut lachen. Genau so. Auf den Punkt getroffen.

»Was ist denn hier so witzig?«

Susanne drehte sich um. Björn stand auf der Treppe und zündete sich eine Zigarette an.

»Das ist Eva. Sie kann den Feuchten Franz perfekt nachmachen.«

»Oh. Das will ich sehen.«

Björn schlenderte langsam den Gartenweg hinunter. Er hatte seinen alten Dufflecoat zugeknöpft und die Kapuze hochgeschlagen. Niemand, der nicht bereits wusste, wer er war, hätte ihn erkannt. Aber Eva wusste es, trotzdem schien sie nicht so lächerlich überwältigt zu sein wie die anderen Mädchen, sie lächelte nur und zeigte ihm ein offenes Gesicht.

»Wiederholung?«, sagte sie. »Nun ja, ich weiß nicht. Was kriege ich dafür?«

»Nichts«, antwortete Björn. »Aber ich habe den Feuchten Franz gehasst.«

Er setzte sich die Kapuze ab und legte den Arm um Susanne, drückte sie leicht an sich und sprach leise zu ihr.

»Am besten gehst du rein. Es ist schon halb neun, und Inez ist auf dem Kriegspfad.«

Susanne seufzte. Eva legte den Kopf schräg:

»Musst du schon reingehen? Wie schade. Aber wir sehen uns nächste Woche, nicht wahr?«

Susanne nickte stumm.

»Schön«, sagte Eva. »Und du bist wirklich richtig hübsch geworden.«

Björn beugte sich vor und musterte Susannes Gesicht.

»Ja«, bestätigte er und klang fast verwundert. »Das stimmt wirklich.«

»Danke«, sagte Susanne und gab sich alle Mühe, keinen Knicks zu machen.

Inez stand im Flur, als sie hereinkam, lehnte die Stirn gegen das kleine Fenster und spähte nach draußen.

»Wer ist das da?«

»Eva«, sagte Susanne und zog sich die Schuhe mit den Kreppsohlen aus, ohne die Schnürsenkel zu öffnen.

»Was für eine Eva?«

»Eva Salomonsson. Ihre Mutter leitet den Kursus.«

»Diese Person mit dem Parfümladen?«

»Mmm.«

»Aber das Mädchen ist doch wohl älter als du?«

»Sie ist achtzehn.«

»Woher kennt sie Björn?«

»Sie kennen sich nicht.«

»Ach so. Und warum stehen sie dann am Zaun und unterhalten sich?«

»Weil ich dort mit ihr gestanden habe, als Björn herausgekommen ist. Und dann haben wir alle drei miteinander geredet. Aber weil es schon halb neun ist, musste ich rein ...«

»Raffiniertes Mädchen.«

»Was?«

»Nichts.«

Inez drehte sich schnell zu Susanne um, schaute sie an und verzog das Gesicht:

»Du siehst aus wie eine geschminkte Leiche.«

Und dann lachte sie. Denn das war ja nur ein Scherz gewesen.

Sie musste die Schminke, die sie von Eva bekommen hatte, verstecken. Das war nur logisch, so selbstverständlich, dass sie den Gedanken nicht einmal denken musste. Sobald sie die Schwelle zu ihrem Zimmer überschritten hatte, schob sie die Tür hinter sich zu, ließ sich auf die Knie fallen und tastete unter der Matratze. Sie musste nicht nachsehen, um ihr Versteck zu finden, es genügte, die Fingerspitzen gegen das weiche Äußere stoßen zu lassen und es hervorzuziehen. Das Tagebuch war noch da, das fühlte sie durch den dünnen Baumwollstoff, trotzdem zitterte ihre Hand etwas, als sie an der Schnur zog.

Sie setzte sich aufs Bett und öffnete den alten Sportbeutel. Der war ganz abgenutzt, die gedrehten Kordeln aus Baumwollgarn waren an einigen Stellen so dünn, dass nur noch ein paar Fäden alles zusammenhielten, und die Stiche in dem weißen Monogramm lösten sich. EH sollte bald zu FH werden, aber das war nur gut so. Dann würde niemand sehen können, dass Susanne den alten Turnbeutel ihrer Tante in Beschlag genommen hatte, niemand würde sie wegen Diebstahls anklagen können. Denn sie hatte ihn ja nicht gestohlen. Nicht richtig. Sie hatte nur eine Sache in Gebrauch genommen, die an dem Tag, als sie den Schreibtisch bekam, darin lag. Und wenn sie Elsies Schreibtisch bekam, dann bekam sie ja wohl auch das, was darinnen lag? Ja, so musste es sein. Andererseits wusste man ja nie, wie Inez die Sache sehen würde, deshalb war es am besten, das Geheimnis weiter geheim zu halten.

Sie hatte nicht viel in dem Beutel. Ein altes Foto von einem Jungen, in den sie einmal verliebt gewesen war, als sie in die Sechste ging. Eine winzig kleine Parfümflasche, die Elsie vor langer Zeit hatte wegwerfen wollen. Sie war leer, aber der Duft hielt sich noch in ihr, und das war ein Duft, der viele Bilder in sich barg: ein Nachtclub in Paris, ein rotes Abendkleid in New York und ein schneller Abschied auf einem Flugplatz … Der Duft überdeckte sogar den Ledergeruch des roten Einbands ihres Tagebuchs, und dieses Tagebuch war das größte und wichtigste Geheimnis in dem Beutel. Susanne zog es ganz vorsichtig heraus und legte es sich auf den Schoß, ließ es dort liegen, während sie sorgfältig den Turnbeutel zusammenlegte und sich unter den rechten Schenkel schob. Dann wäre er nicht zu sehen, wenn jemand plötzlich die Tür öffnete. Und das Tagebuch konnte sie in Windeseile unter den Pullover stopfen.

»Du denkst wie ein Detektiv«, hatte Ingalill einmal gesagt. »Du hast immer ein Alibi …«

Obwohl das gar nicht stimmte, das wusste Susanne schon damals. Denn es waren ja nicht die Detektive, die ein Alibi brauchten. Sondern die Mörder.

Jetzt drehte und wendete sie das Tagebuch und strich mit dem Zeigefinger über ihren Spiontrick. Sie klebte immer ganz unten ein winziges Stückchen Klebeband fest, ein ganz, ganz winziges Stückchen, das sich lösen und herunterfallen würde, wenn jemand Unbefugtes das Tagebuch öffnen sollte. Ihr gefiel das Gewicht des Wortes: *unbefugt*. Unbefugte haben keinen Zutritt. Recht geschieht es ihnen.

Aber die Unbefugten hatten das Tagebuch nicht angerührt, das fühlte sie. Das Klebeband war noch dort, wo sie es vor ein paar Tagen befestigt hatte. Andererseits konnte man ja nie wirklich sicher sein. Es war schließlich möglich, dass die Unbefugten herausbekommen hatten, was sie tat, und deshalb das Klebeband wieder an Ort und Stelle geklebt hatten, nachdem sie heimlich gelesen hatten … Aber so durfte man nicht denken. Sonst wurde man verrückt.

Susanne blätterte etwas unschlüssig in ihrem Tagebuch. Sollte sie etwas darüber schreiben, was heute Abend passiert war? Über die Mädchen vor dem Haus? Über Eva? Darüber, wie merkwürdig es war, ausgewählt zu werden? Über ihr neues Gesicht?

Nein. Das wollte sie nicht. Wenn sie es aufschrieb, würde die Erinnerung zerstört und nur noch das Geschriebene bleiben, und das war ein Abend, an den sie sich wirklich erinnern wollte. Deshalb legte sie das Tagebuch zur Seite, schob die Hand unter den Pullover und holte die kleine Tüte hervor, die sie von Eva bekommen und die sie schnell in ihren BH geschoben hatte, als sie die Pforte hinter sich geschlossen hatte und auf das Haus zugegangen war.

Es lagen fünf kleine Tuben in der Tüte, zwei Lippenstifte in Plastikhülsen, ein richtiger Eyeliner und drei – drei! – Röhrchen mit Parfüm. Es waren Gratisproben, das war trotz des schwachen Lichts zu erkennen, denn alles bis auf den Eyeliner war winzig klein. Die Lippenstifte waren kaum länger als zwei Zentimeter, als sie sie aus den Hülsen drehte, und keine der Tuben war länger als ihr kleiner Finger. Aber das machte nichts. Ganz im Gegenteil. Als Susanne noch klein war, konnte sie sich nichts Schöneres denken, als mit Inez' und Elsies altem Puppenhaus zu spielen. Es durchfuhr sie ein Schauer des Entzückens, wenn sie einen kleinen Liegestuhl in Miniatur aufklappte oder einen Tisch mit einem mikroskopisch kleinen Teeservice deckte. Evas Geschenke waren eine Fortsetzung des alten Spiels, es schien, als hätte sie bereits im Voraus gewusst, dass Susanne immer noch alles liebte, was Puppenhausgröße hatte.

Sie betrachtete mit einem Seufzer ihren Schatz. Würde sie es wagen, ihn Inez zu zeigen? Nein, das ging nicht, wenn sie nun wütend wurde und alles konfiszierte? Aber sie wollte auch nicht alles nur unter der Matratze verstecken, dann konnte sie all das Neue gar nicht benutzen. Dann würde sie Eva enttäuschen. Und Susanne wollte Eva nicht enttäuschen.

Die Schultasche, natürlich. Sie würde einen Lippenstift und eine kleine Tube mit Make-up aussuchen und sie in die Tasche ihres Schulranzens stecken. Das war perfekt. Dann konnte sie sich in der Telefonzelle auf dem Weg zur Schule schminken und toll aussehen, wenn sie in der Schule ankam.

Jetzt musste sie aber Licht machen, sonst konnte sie keinen Lippenstift aussuchen, also stand sie auf und streckte sich nach der Schmucklampe auf der Fensterbank, hielt aber mitten in der Bewegung inne. Björn und Eva standen noch hinter der Pforte. Sie sahen aus wie ein Paar in einem Film, er mit seinem glänzenden dunklen Haar und sie mit ihrem hellen Gesicht, sie unterhielten sich, rauchten und lachten, als würden sie sich schon eine Ewigkeit kennen. Und als Susanne die Lampe einschaltete, drehten sie ihr das Gesicht zu, lächelten und hoben beide die Hand zum Gruß. Als ob sie sie mochten. Als ob beide sie wirklich gern mochten.

Warum war ihr plötzlich nach Weinen zumute?

Weil sie ein Idiot war natürlich. Wie Ingalill gesagt hätte. Obwohl, nein, das nicht, das war etwas, was Ingalill vor ein oder zwei Jahren gesagt hätte. Jetzt würde sie eher behaupten, dass Susanne hoffnungslos sentimental sei. Mit Betonung auf *hoffnungslos*.

Jetzt sagte Björn etwas zu Eva, die nickte, lächelte, und die beiden winkten Susanne noch einmal zu, bevor sie ihr den Rücken zukehrten und fortgingen. Eva hatte die Hände in die Taschen gesteckt, ihr blonder Kopf war die ganze Zeit in Bewegung, als würde sie etwas äußerst Wichtiges erzählen, etwas, das mit viel Nicken und Kopfschütteln betont werden musste. Björn schien ihr intensiv zuzuhören, während er mit der einen Hand die Kapuze hochzog und mit der anderen das pinkfarbene Fahrrad schob.

Susanne folgte ihnen mit dem Blick, während sie langsam in der Dunkelheit verschwanden.

Sie hörten das Meer, konnten es jedoch nicht sehen. Der Abend lag schwer über dem Öresund, eine frische, schärfere Kühle schloss sich um Björns Hände, mit denen er Evas Fahrradlenker hielt. Das machte nichts. Er genoss diese raue Kälte, genoss sie so intensiv, dass er einen Atemzug lang alles, was seine Person betraf, vergaß – *Bin ich krank gewesen?* –, bis ihm wieder einfiel, warum er so selten frische Luft bekam. Vom Glück getroffen war er. Seit Monaten in Autos und Hotels, in Clubs und Lokale eingesperrt. Aber jetzt nicht. Jetzt war er frei, er war daheim, und er ging mit einem Mädchen am Ufer entlang, Linjen, diese Strandpromenade, die junge Verliebte in Landskrona immer entlanggegangen waren. Die Abstände zwischen den Laternen, die den schmalen Kiesweg beleuchteten, waren groß, aber das machte nichts. Es gefiel ihm, vom Licht ins Dunkel zu gehen und aus dem Dunkel wieder ins Licht, Eva anzusehen, wenn sich ein Laternenpfahl näherte, und selbst nicht gesehen zu werden, wenn sie die Lampe hinter sich ließen. Er kannte sowohl die Dunkelheit als auch das Licht hier, sie waren an vielen späten Abenden Linjen entlanggeradelt, er wusste, dass die Zitadelle sich irgendwo links hinter dem Wallgraben versteckte und dass er nur den Kopf ein wenig nach rechts drehen musste, um auf der anderen Seite des Wassers den fernen Sternenhimmel zu sehen, der Kopenhagen genannt wurde.

»Eis«, sagte er und blieb an einer Pfütze stehen.

»Oh«, sagte Eva und bohrte einen spitzen Stiefelabsatz in die dünne Oberfläche, die mit leisem Knirschen zerbrach. Die Risse bildeten ein weißes Spinnengewebe. Björn lachte und tat es ihr gleich, aber seine Hacke war nicht klein und spitz, deshalb brach das gesamte Eis, verlor seine Farbe und wurde in kleine Scherben in einer braunen Brühe verwandelt.

»Glaubst du, das ist ein Instinkt?«, fragte Eva.

»Was?«

»Na, dass man in jeder Pfütze, die man sieht, das Eis kaputt machen muss.«

»Muss man das?«

»Ich muss das. Und du offenbar auch.«

Er lächelte sie an, wich nicht mehr ihrem Blick aus.

»Wir sind uns wohl ziemlich ähnlich.«

Ein kurzes Lächeln, dann war sie diejenige, die dem Blick auswich.

»Kann sein.«

Sie gingen weiter, aber jetzt langsamer und mit längeren Pausen im Gespräch.

Noch hatte sie kein Wort über die Typhoons gesagt. Nicht ein einziges Wort. Das war schön und gleichzeitig irritierend in einer Art und Weise, die er selbst nicht richtig beschreiben konnte. In letzter Zeit hatte ja nicht gerade ein Mangel an Mädchen geherrscht, die über die Typhoons hatten reden wollen. Es hatte sie überall gegeben, im Hotel und in den Clubs, in den Freilichtarenen und auf den Festplätzen, in Gröna Lund und Liseberg, vor der Plattenfirma und im Tourneebus. In einer Raststätte vor Gränna drängte sich sogar eine ganze Schulklasse auf Klassenfahrt, zumindest der weibliche Teil der Klasse, vor den Toilettentüren und versuchte hineinzugucken. Als Björn sie sah, wurde er blass vor Übelkeit und weigerte sich hinauszugehen. Peo, der mit auf der Toilette gewesen war, grinste natürlich, aber als er schließlich begriff, dass es ernst war, drängte er sich durch die Mädchenschar und suchte Hasse, ihren *Roadie*. Peo wie auch Hasse konnten durch einen Trupp Mädchen gehen, ohne gekratzt zu werden und ohne dass ihnen die Kleider zerrissen wurden. Björn konnte das nicht, und er war es leid, jeden Abend die Kratzwunden in Desinfektionsmittel zu baden. Ein Teil dieser Bräute war ziemlich giftig, so giftig, dass sich die Wunde bereits nach wenigen Minuten zu entzünden begann, nachdem sie ihm ihre scharfen Nägel durch die Haut gezogen hatten.

Andererseits hatte er ja auch einiges davon gehabt. Was erwartet wurde, das war ihm schon klar, und er hatte den Erwartungen entsprochen. Er hatte in nur zwei Monaten mit sieben verschiedenen Mädchen geschlafen, einer Ann-Marie aus Växjö, einer Margareta aus Norrköping, einer Agneta aus Stockholm und einer Liselott aus Sundsvall. Wie die anderen drei hießen, daran konnte er sich nicht mehr erinnern, aber er wusste noch, dass das Mädchen aus Jönköping die Tochter des Stadtarchitekten war. Das hatte sie mindestens viermal im Laufe der Nacht wiederholt, auch während sie miteinander schliefen, als würde die Macht ihres Vaters über die Stadtplanungen sie besonders anziehend machen. Aber vielleicht war es nur ihre Themenwahl, die etwas außergewöhnlich war, denn die meisten Bräute redeten ununterbrochen, sogar während sie sich auszogen, was schon ein bemerkenswerter Anblick sein konnte. Diese Margareta hatte einen BH getragen, der ihre Brust wie die Spitzen von Atomstreitwaffen hatte aussehen lassen, und Liselott trug einen Hüfthalter, der aussah, als gehörte er ihrer Mutter. Alle redeten sie über die Typhoons und die Erfolge der Typhoons, über andere Bands und andere Stars, über ihre eigenen Träume von Erfolg und – zumindest in zwei Fällen – davon, mit welchen anderen Popstars sie gerne schlafen wollten. Paul McCartney zum Beispiel. Und Herman von den Herman's Hermits. Und dann eine erschrockene Miene: Oje, bist du jetzt sauer? Das wollte ich nicht… Mein Gott. Was für Hohlköpfe es doch gab!

Eva sah ihn an:

»Was hast du gesagt?«

»Ich habe nichts gesagt. Nur gedacht.«

»Ach so.«

Sie fragte nicht weiter, versuchte nicht, etwas zu erraten oder ihn auszuquetschen. Ein gutes Zeichen. Wenn es nicht daran lag, dass sie ihn und das, wofür er stand, eigentlich verachtete, fand, er wäre lächerlich, ebenso lächerlich wie die Musik der Typhoons und ihre viel zu jungen Fans. Andererseits konnte es natürlich auch sein, dass sie tatsächlich gar nicht wusste, wer er war. In dem Fall war das ein schlechtes Zeichen. Dann war sie vielleicht einfach nur gleichgültig und desinteressiert. Dann war er vielleicht nur ein Typ, wer auch immer, mit dem sie hier entlanglief, um nicht allein gehen zu müssen. Er schaute schnell auf die Uhr.

»Schade.«

»Was?«

»Das es schon nach neun ist. Sonst hätten wir ja eine Tasse Kaffee trinken können. Aber um diese Uhrzeit ist sicher alles schon zu.«

»Kannst du das denn?«

»Was kann ich?«

»Na, einfach Kaffee trinken gehen. Wirst du dann nicht von einem Haufen Mädchen überrannt?«

Gut. Dann wusste sie jedenfalls, wer er war. Er zuckte mit den Schultern.

»So schlimm ist es nicht.«

Sie schenkte ihm ein kurzes Lächeln:

»Wirklich nicht? Denn wenn man sieht, wie diese Mädchen losstürmen, dann sieht es schon ziemlich schlimm aus.«

Fast hätte er mitten im Schritt angehalten, überwand jedoch den Impuls und ging weiter.

»Wieso? Hast du das schon mal gesehen?«

»Natürlich. Schon öfter. Ich mag Musik.«

»Meine Musik?«

Oh. Das hätte er nicht sagen sollen. Vielleicht fand sie, er würde um Lob betteln. Aber in diesem Fall ließ sie es sich jedenfalls nicht anmerken, ihre Stimme klang ernst, als sie antwortete:

»Jede Art von Musik. Nicht, dass ich besonders musikalisch bin. Aber Musik, das ist eine wichtige Sache. Es sind ja Gefühle. Oder?«

Was sollte man darauf antworten? Ein Hauch von Unbehagen lief ihm den Rücken hinunter, er murmelte etwas und zuckte nur wieder mit den Schultern. Sie gingen so langsam, dass das Licht der Fahrradlampe nur ab und zu aufflackerte. Ohne zu wissen, warum, beugte er sich vor und klappte den Dynamo vom Reifen. Sie waren am Strandpavillon vorbeigegangen, bald würden sie den Hafen und die Stadt erreichen.

»Wo wohnst du?«

Jetzt lächelte sie wieder, ihre Augen funkelten.

»Wieso?«

Er konnte diesem Lächeln nicht widerstehen, er musste es erwidern:

»Nun ja, ich dachte, dass du auf dem Weg nach Hause bist. Und dass ich dich begleite.«

Sie lachte auf.

»Na gut. Wenn du meinst, dass du das schaffst.«

»Ist es so weit?«

Wieder funkelte ihr Blick:

»Oben beim Krankenhaus.«

Er guckte verwundert.

»Warum sind wir dann hier gegangen? Das ist doch ein Umweg.«

Sie fasste seinen Arm und legte kurz die Wange an seinen Dufflecoat:

»Aber du wolltest es doch«, sagte sie lachend. »Und ich wollte, weil du es wolltest.«

Da blieb er unter einer Laterne stehen, beugte sich vor und küsste sie.

»Ich glaube, ich gehe ins Bett«, sagte Birger und umfasste die Armlehnen seines Sessels.

Inez wandte ihren Blick vom Fernseher ab.

»Ja, tu das.«

»Und du?«

»Ich bin noch nicht müde.«

Birger blieb sitzen, bereit aufzustehen, ohne wirklich Anstalten dazu zu machen.

»Willst du auf ihn warten?«

Inez warf ihm einen zerstreuten Blick zu und versuchte gleichgültig auszusehen.

»Was? Nein. Ich bin nur noch nicht müde.«

Birger stand immer noch nicht auf:

»Aber sonst bist du um diese Uhrzeit immer müde.«

Inez musste tief Luft holen, um ihre Verärgerung zu unterdrücken. Ruhig und freundlich. Sie musste ruhig bleiben.

»Schön möglich. Aber heute Abend nicht.«

Eine Weile blieb es still. Auch ohne ihn anzusehen, trotzdem wusste sie, dass er immer noch in derselben Haltung verharrte. So machte er es immer, wenn er seinen Willen durchsetzen wollte. Alle glaubten, sie wäre die Starke von beiden, da sie es war, die am lautesten und am meisten redete, doch so war es gar nicht. Sie waren wie Glas und Gummi. Sie war aus Glas, mit fester Außenhülle, aber zerbrechlich. Birger war aus Gummi. Aus dickem Gummi. Er war weich und nachgiebig, konnte aber nicht kaputtgehen. Er ertrug alles. Hielt alles aus. Besiegte alle.

Und dabei war Birger einmal als jemand ganz anderer geboren worden. Er sollte gar kein außergewöhnlich zielstrebiger Studienrat für Geschichte und Politik werden, sondern ein pessimistischer Schuster, Ebenbild und Nachfolger seines Vaters, ein Mensch, der jede Hoffnung verweigerte. Das war ein Erbe, unendlich viel bedeutsamer als das Geld vom Hof seiner Großeltern mütterlicherseits, diese zehntausend Kronen, die auf einem Konto der Landskrona Sparbank lagen und niemals angerührt werden durften, nicht einmal, als sein Vater irgendwann im Alter von über fünfzig neue Zähne brauchte. Da kaute der Alte lieber drei Jahre lang in Wasser eingeweichtes Brot, während er einen Fünfkronenschein nach dem anderen in ein verstaubtes Weckglas legte, das in der hintersten Ecke seiner höhlenartigen Werkstatt stand. Als endlich genug für ein Gebiss zusammengespart war, hatte er fast vergessen, wie man kaute.

Daheim bei dem Schuhmacher war Trübsinn das wichtigste Prinzip, dicht gefolgt von Misstrauen. Neidische Götter wachten Tag und Nacht über dem Haus, bereit, sofort zuzuschlagen, sobald jemand zu laut lachte oder zu ausschweifende Träume träumte. Deshalb brach Birgers Mutter in Tränen aus, als er im Alter von zehn Jahren seine Lehrerin überredet hatte, mit zu ihm nach Hause zu gehen, um ihrerseits die Eltern zu überreden, ihn auf die Oberschule gehen zu lassen. Das war eine wohlüberlegte Strategie, wie er Inez viele Jahre später erklärte. Schon als Zehnjähriger hatte er gewusst, dass er studieren wollte, aber er hatte auch gewusst, dass sein Vater ihm niemals erlauben würde, sich für die Oberschule zu bewerben, wenn nicht eine höhere Autorität ihre Finger mit im Spiel hatte. Nicht, dass diese Lehrerin viel Autorität gehabt hätte, sie war eine der Religiösen, wie man die Leute in Landskrona nannte, die in die Kirche der Pfingstgemeinde gingen, und von dem Schuster, der Atheist und Sozialist war, hieß es, dass er die Religiösen verachtete. Aber Birger wusste schon damals, dass das nur leeres Geschwätz war. Denn im Grunde genommen hatte der Schuster immer Angst, sobald ein Mensch, der nur die geringste Ausbildung hatte – ein mittlerer Schulabschluss genügte –, sich der Werkstatt näherte. Erst wenn solche Kunden die Tür wieder hinter sich geschlossen hatten, wurde er laut und fing an, auf die arrogante Oberklasse zu schimpfen.

Inez hatte so oft an diese Geschichte gedacht, dass sie alles vor sich sehen konnte. Sie wusste, dass es ihre eigenen Bilder waren und dass sie vielleicht überhaupt nichts mit dem zu tun hatten, was wirklich passiert war. Trotzdem konnte sie die Überzeugung nicht abschütteln, dass es genauso gewesen war. Also steht eine blasse, magere Frau mit Knoten im Nacken schüchtern von einem Fuß auf den anderen trippelnd auf dem frisch gewaschenen Flickenteppich in der Küche von Birgers Mutter. Sie ist unsicher und will im Grunde genommen gar nicht, denn für so ungemein begabt hält sie diesen Schustersohn ja eigentlich gar nicht, er ist nur sehr fleißig und ungewöhnlich beharrlich, so hartnäckig, dass sie gar nicht so recht sagen kann, wie es dazu kam, dass er ihren Widerstand gebrochen und sie dazu gebracht hat, sich auf diese Expedition aufzumachen. Aber ein Versprechen ist ein Versprechen, besonders für jemanden, dem Jesus begegnet ist, deshalb räuspert sie sich schließlich und ergreift das Wort.

Am Spültisch steht die Mutter des Jungen und wischt sich mit dem Schürzenzipfel die Augenwinkel, ihr ist es peinlich, dass sie diejenige ist, die sie nun einmal ist und dass sie hier wohnt, wo sie wohnt, dass ihr die Nase läuft und dass im Spülbecken Kartoffelschalen liegen, dass der Schuster eine Zeitung auf den Küchentisch geworfen hat – das sieht ja so schlampig aus – und dass ihr Sohn sie hintergangen hat, indem er ohne Vorwarnung seine Lehrerin mit nach Hause gebracht hat, ohne ihr die Möglichkeit zu geben, den Boden noch einmal zu schrubben und die Gardinen zu waschen.

Und am Küchentisch sitzt ein unrasierter Schuhmacher und saugt die Wangen ein, er murmelt etwas von Schulgeld und teuren Büchern, aber nur bis zu dem Moment, als die Lehrerin des Jungen anfängt, von der Foreningen Jultomtarna, dem Verein der Weihnachtsmänner, zu erzählen und ihrer Großzügigkeit gegenüber minderbemittelten Jungen. Vor langer Zeit war der Schuster einmal gezwungen gewesen, in einem gestreiften Anzug von der Wohlfahrt herumzulaufen, und seit dieser Zeit hasst er den Verein der Weihnachtsmänner so tief und von ganzem Herzen, dass er sich schließlich aufrichtet, dann aufsteht und sich mit den Knöcheln auf dem Küchentisch abstützt. Er ist – *verflucht noch mal* – nicht so arm, wie er aussieht. Und ohne richtig zu wissen, wie es vor sich geht, gelingt es ihm im nächsten Satz, sich selbst davon zu überzeugen, dass er es sich natürlich leisten kann, den Bengel in die Schule zu schicken, und wenn es bis zum Abitur sein muss. Das sollen sie nur sehen, die alten Weiber im Verein der Weihnachtsmänner und alle anderen Weiber in der Stadt!

Und an der Tür steht ein sehr aufmerksamer zehnjähriger Junge in kurzer Hose und selbst gestrickten Kniestrümpfen, hält seine Mütze umklammert und lässt den Blick von einem zum anderen wandern. Er sagt nichts, aber er lenkt sie alle. So ist er, und das ist seine Macht. So ist er immer gewesen.

Dennoch reagierte Birger mit einem gewissen Beben, als die aufsehenerregenden Hallgren-Zwillinge mit ihren lockigen Haarschöpfen und wippenden Röcken irgendwann Ende der Vierzigerjahre in der Oberschule von Landskrona auftauchten, aber das war ein Beben, das sich schnell in Faszination und eiserne Entschlossenheit verwandelte. Eine von ihnen musste er haben. Ob nun Elsie oder Inez, spielte keine Rolle, das hat Elsie immer gewusst, Hauptsache, es war eine von beiden.

Nicht, dass er der Einzige war, der diesen Entschluss gefasst hätte; das hatten mindestens vier aus dem zweiten Jahrgang und sechs aus dem ersten bereits im ersten Halbjahr. Die meisten hatten unendlich viel bessere Voraussetzungen als Birger. Einige waren sehr gut erzogen und konnten sich in einer Art aufführen, dass die Mädchen vor Begeisterung erröteten, andere waren wohlhabend und selbstsicher, wieder andere sahen nicht schlecht aus, und überdies war der eine oder andere bereits mit Filmstarcharme und instinktiven Verführungskünsten ausgestattet. Birger war weder das eine noch das andere. Er war ein ziemlich tollpatschiger Schüler des zweiten Jahrgangs, der ständig über seine eigenen Füße stolperte, da der eine aufgehört hatte zu wachsen, als ihn im Alter von zwölf Jahren die Kinderlähmung ereilt hatte. Er war von kurzem Wuchs und gewöhnlich, und außerdem hatte er die Tendenz, die Leute zu langweilen, indem er in allen Einzelheiten ausführte, was er gerade in der Schule gelernt hatte. Als es ihm endlich gelang, Inez in die Konditorei einzuladen, was erst Anfang des Sommersemesters im dritten Schuljahr klappte, erklärte er ihr fast dreißig Minuten lang, welche Umstände zur Französischen Revolution geführt hatten, aber das machte nichts, denn zu diesem Zeitpunkt war die Katastrophe bereits eingetroffen, und alle anderen Verehrer waren abgesprungen. Birger hatte den längsten Atem, wie immer. Er ließ nie von einer Sache ab. Er siegte und brachte fünf Jahre später aus Lund einen Phil. mag. und Inez als seine Ehefrau mit nach Hause.

Während der ersten Jahre nach der Hochzeit kam es vor, dass Inez ihre Handarbeit sinken ließ, wenn sie neben Birger auf dem grauen Sofa im Wohnzimmer saß, und ihn mit einer gewissen Verwunderung betrachtete. Wie war es möglich, dass er immer siegte, dass er sie hatte besiegen können, genau wie er früher die Kinderlähmung und den Schuster besiegt hatte, die Schule und die Universität und wie er inzwischen die ganze Zeit den Schulleiter und das Kollegium besiegte? Er wurde nie laut und äußerte selten seine Meinung, im Gegenteil, er hörte zu und legte den Kopf schräg, lächelte und nickte und warf dann einen Satz ein, eine Frage oder eine Feststellung, die sie verstummen und an der eigenen Meinung zweifeln ließ. Hinterher konnte sie sich nur selten daran erinnern, was genau er gesagt hatte. Sie merkte nur, dass sie Tag für Tag, Jahr für Jahr Dinge tat, die sie eigentlich nicht tun wollte und die sie nie hatte tun wollen. Wie kam es beispielsweise, dass sie auf der Hauswirtschaftsschule gelandet war? Sie hatte sich doch nie fürs Einkochen und Entsaften interessiert, sie hatte geplant, an der Universität von Lund zu studieren. Aber war es wirklich gerecht, Birger die Schuld daran zu geben? Er hatte doch genickt und ihr zugestimmt, als sie davon gesprochen hatte, welche Freude die Literaturgeschichte ihr bereiten würde – *Stell dir vor, den ganzen Tag Romane lesen!* –, ihr die Hand gedrückt und ihr sogar die Knöchel geküsst, bevor er den Kopf schräg gelegt und dann mit gedämpfter Stimme zwei Worte gesagt hatte:

»Und Björn?«

Das war ein Gedanke, den zu denken sie sich in ihrer Lage nicht erlaubt hatte, eine Erinnerung an die drängende Entscheidung, die ihr bevorstand, die sie versucht hatte, vor sich zu verbergen und aufzuschieben. Was jetzt nicht mehr möglich war. Sie starrte Birger an und blinzelte die Tränen fort, sah das Unausweichliche in dem, was er gesagt hatte, und fügte sich. Lund lag nur vierzig Kilometer entfernt, dennoch war es eine andere Welt, eine Welt, in der es Anfang der Fünfziger absolut undenkbar war, dass eine Studentin einen kleinen Jungen bei sich hatte, auch wenn sie beweisen konnte, dass dieser Junge nicht ihrem eigenen Lotterleben entsprungen war, sondern dem ihrer Schwester. Björn bei Elsie und Lydia zu lassen war genauso undenkbar. Vielleicht würden sie ihn ins Kinderheim stecken. Vielleicht würden sie ihn zur Adoption freigeben. Nicht, dass eine von ihnen so etwas offen gesagt hatte, dennoch wusste Inez, dass sie so dachten, dass Lydia so gedacht hatte, als sie Elsie fortschickte, um in aller Heimlichkeit zu gebären, und dass auch Elsie selbst so gedacht hatte, als sie zurückkam, ohne jede Tatkraft und Lebenslust. Beide hatten eine Art, mit Björn umzugehen, ohne ihn anzusehen, die entlarvend war, leise zu seufzen, wenn er schrie und Inez mit gerunzelter Stirn zu beobachten, wenn sie ihn fest an sich drückte und ihm mit dem Mund über den flaumigen Schädel fuhr. Sie wollten ihn ihr wegnehmen. Und das würde sie nicht überleben.

»Es gibt eine Hauswirtschaftsschule in Landskrona«, sagte Birger im gleichen gedämpften Tonfall. »Mit einem Extrazweig für die, die Hauswirtschaftslehrerinnen werden wollen.«

»Ja«, sagte Inez und blinzelte erneut. »Da hast du recht.«

Diese Antwort prägte ihr Leben. Aber das begriff sie damals noch nicht. Erst viele Jahre später kam ihr in den Sinn, dass es andere Antworten gegeben hätte, bessere Antworten. Denn es gab ja auch in Landskrona ein richtiges Lehrerinnenseminar. Und eine Schule für Krankenschwestern. Aber damals wäre es ihr nie eingefallen, es schien, als gäbe es nur einen einzigen Weg zu gehen, und das war der Weg, den Birger ihr gewiesen hatte. Er hatte den Beschluss für sie gefasst, aber das begriff sie nicht. Sie glaubte, dass andere Kräfte am Werk waren, mächtige Kräfte, die kein Mensch auf der ganzen Welt bekämpfen könnte.

Denn nicht einmal Birger konnte ja wohl die Liebe und den Tod besiegen?

Liebe und Tod, beide hatten ein breites Lächeln, aber die Liebe hatte außerdem noch unreine Haut und einen offenen Mantel. Inez sah ihn eigentlich nur ein einziges Mal, und dabei nur ganz kurz, bevor das Lächeln verlosch und er in den Schatten verschwand.

»Elsie?«, fragte sie zögerlich einen anderen Schatten. »Bist du das?«

Die Antwort ließ eine Weile auf sich warten, dann glitt Elsie in den kleinen Lichtkegel an der Pforte. Sie hatte keine Mütze auf, ihr Haar war zerzaust.

»Ja, ich bin's.«

Über anderthalb Jahre waren vergangen, seit sie nach Landskrona gezogen waren, und in dieser Zeit war das Schweigen zwischen ihnen hart wie Stein geworden. Sie fauchten einander nicht mehr an, waren im Gegenteil meist ausgesucht höflich zueinander, sie sprachen leise über die Schule und die Hausaufgaben, über Lydia und Ernst, über Klassenkameraden und Lehrer, aber ohne der anderen wirklich Zugang zum eigenen Leben zu gestatten. Beide hatten ihre Geheimnisse, auch wenn Inez sich immer wieder vorstellte, dass Elsies Geheimnisse viel geheimer waren als ihre eigenen. Elsie war es auch, die am heftigsten protestierte, wenn Lydia wollte, dass sie gleiche Kleider trugen. Wie an diesem Abend, als Lydia ihnen vorgeschlagen hatte, zum Schulball doch ihre blauen Wollkleider zu tragen. Elsie hatte sich sofort widersetzt. Nie im Leben! Wenn Inez das blaue Kleid anzog, dann würde Elsie das karierte nehmen. Oder umgekehrt. Das war ihr gleich, wenn sie nur nicht in der gleichen Kleidung wie ihre Schwester herumlaufen musste. Sie hatte es so satt. Sie war eine eigenständige Person.

Und jetzt stand Inez in einem karierten Kleid unter dem Mantel da und schaute Elsie an, die ein blaues Kleid unter ihrem trug. Sie hatten sich getrennt, sobald sie an der Schule angekommen waren, und dann war Elsie verschwunden. Inez hatte sich zwischen den Tänzen umgeschaut, aber ihre Schwester unter all den anderen Gymnasiasten in der Sporthalle nicht entdecken können.

»Willst du nicht reingehen?«, fragte sie jetzt.

»Noch nicht.«

»Aber ...«

»Ich komme gleich«, sagte Elsie. »Sag, dass ich meine Schuhe vergessen habe und noch mal zurückgehen musste. Oder sonst was.«

Inez warf einen Blick auf den Schatten hinter der Schwester.

»Ich weiß nicht ...«

Elsie zuckte mit den Schultern:

»Dann halt nicht.«

Der Schatten hinter ihr bewegte sich kaum wahrnehmbar, eine Hand, die in eine Tasche gesteckt, ein Gewicht, das verlagert wurde, doch das genügte, dass Elsie sich zurückzog und selbst in einen Schatten verwandelte. Inez wandte sich ab, drückte die Tür mit der Schulter auf und huschte ins Treppenhaus.

Langsam und widerstrebend ging sie die Treppen hinauf, als müsste sie sich dazu zwingen, während sie zuerst die Handschuhe auszog und dann das Halstuch löste. Auf halbem Weg blieb sie stehen und schaute auf die Uhr. Fünf vor elf. Elsie hatte also eine Spanne von fünf Minuten draußen vor der Pforte, fünf Minuten, die sie vor Strafe und Verdammnis schützten, vorausgesetzt, es war tatsächlich Strafe und Verdammnis, was hinter der Wohnungstür auf sie wartete. Es konnten ebenso gut Festlaune und Lobeshymnen sein, ganz gleich, zu welcher Tageszeit sie nun aufzutauchen sich bequemte. Das war unvorhersehbar. Alles um sie her war mittlerweile unvorhersehbar. Dann fiel es ihr ein, und sie schmunzelte vor sich hin: Ernst war ja nicht zu Hause. Er war am Nachmittag nach Göteborg gefahren, um einigen alten Kollegen ein Projekt vorzustellen, und würde erst am nächsten Tag zurückkommen.

Ernst war schließlich doch noch gesund geworden, und dennoch war er gar nicht gesund. Denn vor sechs Monaten war er in Landskrona mit offenen Armen und einem Ärzteattest aufgetaucht, das besagte, dass er tatsächlich gerettet war. Vollständig frei von Tuberkelbakterien, dank einer neuen, revolutionären Kombinationsbehandlung. Es lebe die Chemotherapie! Es lebe die moderne Wissenschaft! Das Leben konnte von Neuem beginnen.

Während der ersten Wochen waren die Mädchen ihm gegenüber etwas schüchtern gewesen. Schließlich hatte er seit vielen Jahren nicht mehr mit ihnen zusammengelebt und nie die neue Wohnung besucht, aber er war unkompliziert im Umgang, offen und freundlich und hatte stets gute Laune. Seine Begeisterung war ansteckend, sein Eifer ebenso, und mit jedem Tag, der verging, schien er noch lebhafter zu werden. Es war, als hätte er im Laufe der Jahre eine ganze Schatzkiste an Plänen, Scherzen und Ideen im Sanatorium angesammelt, jetzt öffnete er sie und ließ den Inhalt funkeln. Lydia lächelte, und die Mädchen lachten über seine Einfälle, aber nach ein paar Monaten wurde seine ständige Fröhlichkeit ein wenig ermüdend. Es war anstrengend, nie in Ruhe am Küchentisch sitzen und seine Hausaufgaben machen zu können, die ganze Zeit von Ernst unterbrochen zu werden, der wie der Kuckuck in einer Kuckucksuhr auftauchte – wie Elsie es eines Morgens auf dem Weg zur Schule einmal ausdrückte –, um ihnen das eine oder andere mitzuteilen. Sie würden so bald wie möglich nach Malmö ziehen, denn in Malmö gab es Architekturbüros, die Leute suchten. Nein, er wollte sein eigenes eröffnen, und jetzt wollte er nur noch wissen, ob ihre Hoheiten, die Gräfinnen Inez und Elsie, immer noch zurück nach Göteborg wollten oder ob sie in Skåne zu bleiben wünschten. Sie sollten entscheiden, er stand voll und ganz zu ihrer Verfügung. Die Villa, die er bereits in Orup entworfen hatte und die bald gebaut werden sollte, ganz gleich, wohin sie nun zogen, hatte viele Vorteile – nun ja, wenn er ehrlich sein sollte, dann war sie wirklich ein kleines Meisterwerk –, aber jetzt wollte er von den Mädchen wissen, ob sie etwas dagegen hätten, in einem kleinen Turm übereinander zu wohnen. Was ja bedeutete, dass eine einen besseren Blick hatte als die andere, aber das konnte man vielleicht dadurch regeln, dass sie jeden Monat das Zimmer tauschten. Oder? Ach, wie langweilig sie doch waren, hockten immer nur über ihren Büchern. Er hatte zu leben gewusst, als er noch jung war…

Nach ein paar Monaten bekam Lydia tiefe Ringe unter den Augen und zwei scharfe Falten zwischen den Augenbrauen. Außerdem lief sie die ganze Zeit mit einem entschuldigenden Lächeln herum, beide Hände um eine Tasse Kaffee geklammert. Sie brauchte Kaffee, viel Kaffee, sonst würde sie sich ganz einfach nicht wach halten können. Die Mädchen wussten, woran das lag, wussten aber gleichzeitig, dass man nicht darüber reden konnte. Lydia bekam ja keine Nacht genug Schlaf. Ernst brauchte immer weniger Nachtschlaf – der Rekord lag bei eineinviertel Stunden –, und wenn er nicht mit seinen Plänen und Projekten beschäftigt war, dann wollte er lieben, lautstark, lange und intensiv. Inez und Elsie wachten beide von seinem Gebrüll auf, aber sie redeten nie darüber, zogen sich nur die Kissen über ihre Gesichter, an denen der Ekel abzulesen war, und versuchten die Geräusche auszusperren.

Aber heute Nacht würde es auf jeden Fall ruhig bleiben, dachte Inez, als sie die Hand auf die Klinke der Wohnungstür legte. Vorausgesetzt, dass Ernst nicht irgendeine glänzende Idee kam, während er sich in Göteborg befand. Dann konnte er irgendwann gegen drei Uhr anrufen und erklären, dass er beschlossen hatte, auf irgendeinem Schiff nach Südamerika oder nach Indien zu fahren. Was ihr nur recht wäre. Sie würde ihn nicht einmal vermissen.

Lydia hatte sich bereits ihr Nachthemd angezogen und sich fürs Bett zurechtgemacht, war aber noch nicht schlafen gegangen. Sie saß in Morgenmantel und Pantoffeln am Schreibtisch. Korrigierte sicher Aufsätze. Sie korrigierte immer Aufsätze.

»Wo hast du Elsie?«, fragte sie und schaute Inez über die Brille hinweg an.

»Sie kommt gleich«, antwortete Inez und drehte ihr den Rücken zu, während sie den Mantel aufhängte. »Sie hat ihre Schuhe vergessen…«

Lydia erwiderte nichts, nickte nur und beugte sich wieder über die Hefte. Inez lehnte sich an die Wand und zog die Überschuhe aus. Ihr ganzes Leben lang würde sie sich an diesen Augenblick erinnern, ihre eigene weiße Hand an der grauen Tapete, der Mantel, der auf seinem Bügel schaukelte, als sie dagegenstieß, wie sie das Gesicht verzog, als sie feststellte, dass sie eine Laufmasche im Strumpf hatte. Das war die dritte in einem Monat. Und die Strümpfe zum Maschenaufnehmen abzugeben war teuer …

In dem Moment klingelte es an der Tür. Inez hielt inne, warf dann einen Blick ins Schlafzimmer. Lydia saß mit offenem Mund da, stand aber nicht auf, ließ ihren Füllfederhalter nicht los. Erstaunt. Genauso erstaunt wie Inez. Wer konnte so schlecht erzogen sein und um elf Uhr abends an der Tür klingeln?

Es gab natürlich nur eine Antwort auf diese Frage, das wusste sie, auch wenn sie es sich nicht erlaubte, den Gedanken zu Ende zu denken. Das konnte nur der sein, der kommt, wann er es will. Die Gestalt mit dem breitesten Grinsen überhaupt.

Sie trat einen Schritt zur Tür und öffnete. Draußen standen ein Pfarrer und ein Polizist.

»Guten Abend«, sagte der Pfarrer. »Entschuldigen Sie die Störung. Ist Frau Hallgren wohl zu Hause?«

Inez schloss die Augen, während sie einen Knicks machte und die beiden hereinließ, doch das nutzte nichts. Sie konnte die Ohren nicht vor Lydias Schrei aus dem Schlafzimmer verschließen. Auch sie hatte verstanden.

Ernst hatte sich vor eine Straßenbahn gestellt und war überfahren worden. Das war unbegreiflich, aber eine Tatsache. Es war ein paar hundert Meter vom Bahnhof entfernt passiert. Er hatte auf dem Bürgersteig gestanden, den Hut in den Nacken geschoben, und sich umgeschaut, als er plötzlich einen Schritt auf die Straße gemacht hatte, direkt auf die Straßenbahnschienen. Das war ein ruhiger Schritt gewesen, wie die Augenzeugen berichteten, er hatte sich nicht davorgestürzt, ganz und gar nicht, das durften sie nicht glauben. Es hatte eher so ausgesehen, als hätte er nach dem richtigen Weg gesucht. Aber die Straßenbahn war nur ein paar Meter entfernt gewesen, und der Fahrer – der übrigens einen schweren Schock erlitten hatte – hatte keine Chance gehabt zu bremsen. Ob der Architekt Hallgren vielleicht Probleme mit den Augen hatte?

Lydia saß reglos auf dem Plüschsofa, ohne ein Wort zu sagen. Inez nahm ihre Hand und streichelte sie, schüttelte dann den Kopf.

»Nein«, antwortete sie leise. »Mit den Augen nicht.«

Birger hatte zwar den Griff um die Armlehnen gelockert und war auf seinen Sessel zurückgesunken, hatte aber noch nicht aufgegeben.

»Ich wusste gar nicht, dass du dich für Elektronengehirne interessierst«, sagte er und legte den Kopf schräg.

Inez richtete sich auf, es dauerte ein paar Sekunden, bevor sie sah, dass das Technische Magazin im Fernsehen lief. In der Sendung ging es um Elektronengehirne.

»Ich habe nachgedacht«, sagte sie.

Birger lächelte:

»Das ist mir schon klar. Aber wäre es nicht langsam an der Zeit, ins Bett zu gehen?«

Inez war selbst verwundert über ihren Widerstand.

»Geh du nur«, sagte sie in ihrem freundlichsten Ton. »Ich finde das mit den Elektronengehirnen interessant. Sehr interessant.«

Birger schaute zunächst verwundert drein, dann zuckte er mit den Schultern.

»Ja«, sagte er schließlich, »das könnte schon etwas sein, womit man sich beschäftigen sollte.«

Er richtete seinen Blick auf den Bildschirm.

»Aber ehrlich gesagt«, fuhr er dann fort, »glaube ich nicht, dass ich das verstehe. Du etwa?«

Inez schloss die Augen und gab auf. Sie würde ihn an diesem Abend nicht loswerden. Nicht, bevor er eingeschlafen war.

»Nein«, sagte sie und stieß unwillkürlich einen leisen Seufzer aus. »Du hast sicher recht. Es ist wohl Zeit, ins Bett zu gehen.«

Die Nacht wölbte sich um das rote Ziegelhaus. Der Raureif kroch in den Garten, glitt über den Rasen und glasierte jeden Halm, fing jeden Wassertropfen in der dunklen Erde der Beete ein, trennte ihn von den anderen und verwandelte ihn in einen Diamanten, kroch dann gewandt wie eine Eidechse über die Stämme der Bäume und malte die dunklen Konturen der Zweige funkelnd silberweiß.

Inez lag im Schlafzimmer wach und starrte in die Dunkelheit. Birger schlief bereits tief neben ihr, er murmelte etwas und bewegte die Füße. Vielleicht lief er im Traum, jagte oder wurde gejagt. Was ja auch gleich war. Am nächsten Morgen würde er sowieso behaupten, dass er nicht geträumt habe, sein ganzes Leben lang behauptete er, dass er noch niemals geträumt habe. Inez hatte viele Vorträge über das Unwahrscheinliche so einer Behauptung gehalten, aber das hatte ihn nie gestört. Er träumte nie. Punkt. Ende. Aus.

Sie selbst lag reglos da, ein Arm über dem Kopf, und atmete möglichst langsam. Diese Haltung selbst war eine Lüge, eine alte Lüge, die sie sich angewöhnt hatte, als die Kinder noch klein waren. Zu der Zeit war sie gezwungen gewesen, so zu tun, als schliefe sie, um Birger auf Abstand zu halten, das war die einzige Möglichkeit, seine Hände, seine Stimme und seine Sturheit auf Abstand zu halten. Und Inez brauchte jeden Abend einen Moment für sich allein, einen kurzen Zeitraum, in dem sie sich der annähern konnte, die sie wirklich war. Tagsüber war sie fröhlich, voller Tatendrang und schlagfertig, eine Frau mit rosigen Wangen und lachenden Augen, fleißig und zuverlässig, eine moderne Mutter mit dem Einkaufskorb auf dem Fahrrad, eine Hauswirtschaftslehrerin, die niemals Probleme mit der Disziplin in der Klasse hatte. Aber in den Nächten, kurz bevor sie einschlief, wurde sie zögerlich und unentschlossen, verwundert und stellte alles in Frage. Vielleicht war sie nicht einmal eine Frau. Vielleicht war sie nur ein kleines Mädchen, ein ziemlich ängstliches und mutloses kleines Mädchen, das nie wirklich begriff, was da um es herum geschah und das oft die Tränen hinunterschlucken musste.

Denn dieses Mädchen gab es immer noch, es lebte in Inez und mit Inez, versteckte sich aber sorgfältig und zeigte tagsüber nie sein Gesicht. Es sagte nie etwas, nicht einmal, wenn es dunkel war und Birger schlief. Nur die Nächte hatten Stimmungen, dort, wo die Tage Worte hatten, aber es waren die Stimmungen, die Inez zwangen, stundenlang wach zu liegen, in die Dunkelheit zu blinzeln und immer wieder zu versuchen, den Kloß im Hals hinunterzuschlucken. Sie wusste nicht, warum es so war. Wollte es auch gar nicht wissen.

Diese Nacht war es wie immer, und doch anders. Sie lauschte aufmerksamer als sonst in die Stille. Vor einer Weile hatte die Standuhr im Wohnzimmer zwölfmal geschlagen. Also musste er auf dem Weg sein, jeden Moment könnte sie die Pforte quietschen und seine Schritte auf dem Kiesweg im Garten knirschen hören.

Sollte sie aufstehen und auf ihn warten? Ihm ein paar Brote schmieren? Ihm ein Glas Milch eingießen?

Nein. Er wollte ihre Fürsorge nicht. Er würde nur wütend werden, wenn Inez in der Küche saß und auf ihn wartete, er wäre ja sogar schon wütend, wenn er wüsste, dass sie wach in der Dunkelheit lag und auf seine Schritte lauschte.

Was nur natürlich war. Das wusste sie. Es wäre das Gleiche gewesen, wenn er wirklich ihr Sohn gewesen wäre. Er war ja dabei, erwachsen zu werden, und wo er nun einmal sowieso nur ihr Neffe war, war es gar nicht anders zu erwarten. Er gehörte ihr nicht. Das musste sie im Kopf behalten. Das durfte sie niemals vergessen.

Und trotzdem gehörte er ihr. Er gehörte ihr seit dem Moment, als sie ihn zum ersten Mal gesehen hatte, an diesem regnerischen Nachmittag im April vor neunzehn Jahren, als eine aschgraue Elsie nach Hause gekommen war und ein kleines Bündel auf das Bett ihrer Schwester gelegt hatte.

»Ich will nicht«, hatte sie gesagt, während sie sich die Handschuhe auszog. »Es war ein Fehler, ihn mit hierher zu nehmen. Ich habe geglaubt, dass ich es will, aber ich will wirklich nicht…«

Sie war eine Fremde gewesen. Ein wildfremder Mensch, der nicht die geringste Ähnlichkeit mit ihrer eigenen Zwillingsschwester gehabt hatte. Ihre Stimme war leise und tonlos gewesen, das Haar schlaff, der Rücken leicht gebeugt. Inez starrte sie an, aber Elsie merkte es gar nicht. Sie knöpfte sich nur den Mantel auf, zog ihn sich aus und ließ ihn fallen, strich sich mit der Hand über den Kopf, dass der zerknautschte Hut herunterrutschte und auf dem Boden landete, zog sich dann Schuhe und Überschuhe mit einer einzigen Bewegung aus und legte sich auf ihr Bett. Das seit über acht Monaten unbenutzt geblieben war.

»Ich habe geglaubt, dass ich es will«, wiederholte sie. »Aber sie hatten recht. Ich will wirklich nicht.«

Inez hatte immer noch keinen Ton von sich gegeben, sie stand stumm und reglos da und schaute zuerst ihre Schwester an und dann den sorgfältig gewickelten Kokon, der auf ihrem eigenen Bett lag. Elsie redete nicht mehr, sie hatte ein Zierkissen übers Gesicht gezogen und atmete in den braunen Stoff. Inez ließ sich auf die eigene Bettkante sinken und beugte sich ein wenig über den Kokon. Da war nicht viel zu erkennen, nur eine kleine Nase und ein paar geschlossene Augen. Ganz vorsichtig begann sie die äußerste Lage zu lösen. Es war eine blaue Wolldecke, und sie war so raffiniert gewickelt, dass man sie fast nicht öffnen konnte. Die nächste Schicht bestand aus einem grauen Tuch, auch dieses aus Wolle, aber so abgewetzt, dass Inez ihre Finger durch das dünne Gewebe erkennen konnte. Die dritte Lage bestand aus einem Baumwolltuch, einem hellblauen Baumwolltuch, das mit kleinen weißen Katzen bedruckt war. Offenbar war es neu. Sie fasste es mit den Fingerspitzen und wickelte es auf.

Er war vollkommen. Noch heute konnte sie sich daran erinnern, dass sie genau so gedacht hatte. Vollkommen. Der kleine runde Fuß mit den Perlen von Zehen. Die drallen Beinchen. Der kleine Bauch, der sich im Takt der tiefen Atemzüge des Schlafs hob und senkte. Die halb geöffneten Hände, die aussahen wie Blumen kurz vor dem Aufblühen. Die schwarzen Wimpern, die einen Schatten auf seine Wangen warfen. Die fein gezeichneten Lippen.

Ohne nachzudenken, beugte sie sich über ihn und küsste den halb geöffneten Mund. Sein Speichel schmeckte wie Quellwasser. Nein. Sie änderte sofort ihre Meinung: Sein Speichel schmeckte wie der Traum eines Menschen von Quellwasser. Es gab keine Quelle auf der ganzen Welt, die so ein Wasser hervorbringen konnte …

Er schlug die Augen auf und schaute sie mit dunkelblauem Porzellanblick an, schrie nicht, bewegte sich nicht, er lag nur reglos auf ihrem Bett, die Arme und Beine in der Art der Säuglinge angezogen, und sah sie an. Sie strich ihm vorsichtig mit dem Zeigefinger über die Wange. Er war so klein. Nie zuvor hatte sie einen so kleinen Menschen aus nächster Nähe gesehen, und nie zuvor einen so vollkommenen.

Plötzlich wollte sie einfach nur weinen. Sie schniefte und versuchte die Tränen wegzublinzeln – das war ja lächerlich, sie konnte doch nicht hier sitzen und heulen –, aber es nutzte nichts. Schnell suchte sie im Ärmel ihres Pullovers nach dem Taschentuch, putzte sich vernehmlich die Nase und erinnerte sich selbst daran, dass sie erst vor einer Woche in ihr Tagebuch einen langen Sermon über die Wörter geschrieben hatte, die sie am meisten verabscheute, all die Wörter, die mit »Sen« anfingen. »Sensation« zum Beispiel. Sensationen waren nichts anderes als Naschereien für Tratschmäuler, Leute, die sich hechelnd und die Augen verdrehend stundenlang das Maul zerreißen konnten über Dinge, die sie gar nichts angingen. Und in dieser Stadt, in dieser armseligen kleinen Stadt, in der sie unglücklicherweise gelandet war, würzten die Klatschmäuler ihre Kommentare voller Begeisterung mit triefender Sentimentalität. *Diese armen Mädchen, die unglücklicherweise ihren Vater verloren hatten … Und die arme Witwe, deren Tochter auch noch in dieses Unglück geraten war!* Wie schrecklich, wie schrecklich! Oje, oje! Ganz zu schweigen von dem Wort »sensibel«, das ständig zwischen den Mädchen in der Abschlussklasse hin und her flog. Alle sollten jetzt sensibel sein, halb blind und sensibel, dazu noch sensuell und sinnlich, denn alle wollten natürlich den Pony so über einem Auge hängend tragen wie Rita Hayworth, als sie Gilda spielte, auch wenn das bedeutete, dass sie sich in ihrer Umgebung vortasten mussten. Und wenn das nicht genügte, dann musste man sich auch noch die ganze Zeit lüstern benehmen. Die albernsten Mädchen waren durchaus in der Lage, geschult lasziv zu seufzen, ganz gleich, ob sie nun über lateinische Verben oder Rübenmus mit Eisbein redeten. Ganz zu schweigen davon, wie sie sich aufführten, wenn die Rede auf Jungen kam. Sie waren *verliiiebt!!!* Sie *liiiebten!!!* Alle, bis auf Inez. Und so sollte es bleiben. Sie hatte sich geschworen, sich selbst an dem Tag ins Bein zu beißen – und gelenkig genug war sie dazu, das wusste sie, sie hatte es sogar probiert –, an dem sie selbst anfangen würde, sich etwas aus Sensationen, Sentimentalität und Sensibilität zu machen. Obwohl die Gefahr nicht besonders groß war. Sie war achtzehn Jahre und acht Monate alt, war mit einem Jungen zusammen, der Birger hieß, und war vor ihm mit ein paar anderen Jungen zusammen gewesen, aber bis jetzt war sie noch nie verliebt gewesen. Bis jetzt. Wieder putzte sie sich die Nase. Doch. Leider. Sie musste es zugeben. Sie hatte sich verliebt. Sie liebte. Und derjenige, den sie liebte, das war ein Junge von drei Monaten, ein kleines Wesen mit gestricktem Windelhöschen und einer hellblauen Socke an dem einen Fuß. Ohne ihn aus den Augen zu lassen, tastete sie mit der Hand nach dem anderen Strumpf, fand ihn und zog ihn vorsichtig an, band das dünne Seidenband zu einer ordentlichen Schleife und seufzte. Das war es, was sie von dem Leben wollte. Nur das. Nichts sonst. Obwohl das nicht bedeutete – das schwor sie sich, während sie sich noch einmal die Nase putzte –, dass sie vorhatte, sensationell, sentimental oder sensibel zu werden.

Sie warf einen kurzen Blick auf ihre Schwester. Das schau sich einer an! So ging es einem, wenn man seine Vernunft außer Acht und sich von diesen Worten vereinnahmen ließ, es endete doch nur damit, dass man auf einem Bett lag, mit einem Zierkissen auf dem Gesicht, und so zu tun versuchte, als gäbe es einen gar nicht.

Inez nahm ihr eigenes Zierkissen und legte es neben den Jungen; sie wusste nicht, ob er groß genug war, um sich umzudrehen und vom Bett zu rollen, aber sie wollte keinerlei Risiko eingehen. Dann hob sie Elsies Mantel und Hut vom Boden auf, nahm Schuhe und Überschuhe in die andere Hand und ging damit auf den Flur hinaus. Als sie zurückkam, war der Junge wieder eingeschlafen, sie wickelte ihm die blaue Baumwolldecke um die bloßen Beinchen und setzte sich dann zu ihrer Schwester auf die Bettkante.

»Also«, sagte sie leise. »Was genau willst du nicht?«

Unter dem Kissen war ein Gemurmel zu hören.

»Ich verstehe nicht«, sagte Inez. »Nimm das Kissen weg.«

Elsie zog das Kissen vom Mund, bedeckte aber immer noch ihre Augen damit.

»Ich will ihn nicht haben«, sagte sie. »Ich will ihn einfach nicht haben.«

»Aber ich will ihn haben«, sagte Inez.

Elsie zog das Kissen ganz weg und sah sie an.

»Er gehört dir nicht.«

»Das weiß ich. Aber ich will ihn haben.«

»Du spinnst ja«, sagte Elsie und verbarg erneut ihr Gesicht.

Das war das längste Gespräch, das sie seit fast einem Jahr geführt hatten.

Er stand am Zaun und schaute zu den Sternen hinauf. Zitterte ein wenig.

Der Dufflecoat war offen, und er spürte, wie ihm die kalte Luft unter den Pullover kroch, trotzdem knöpfte er ihn nicht zu. Die Finger waren steif, aber das war auch gleich, denn er hatte nicht vor, sie zu bewegen. Er wollte nur noch eine Weile unter den Sternen stehen bleiben. Ganz still. Ganz allein. Ganz ohne ein Wort.

Aber die Worte ließen sich nicht auslöschen. Sie blitzten in seinem Bewusstsein auf, erstrahlten, funkelten und erloschen wieder. *Frei. Frieden. Ewigkeit.* Er schüttelte leicht den Kopf, um sie zu vertreiben, aber es half nichts. Das lange Haar berührte seine Wangen, streichelte sie. *Ewig. Frieden. Freiheit.* Vielleicht wurde er ja gläubig. Oder verrückt.

Er senkte den Blick und schaute sich um. Die Worte waren erloschen, aber immer noch gab es etwas in der Dunkelheit, in der Stille um ihn her, das nicht gestört werden durfte. Er wollte die Pforte nicht öffnen, ihr Quietschen nicht hören. Er wollte nicht den Weg zum Haus gehen, nicht seine eigenen Schritte über den Kies knirschen hören.

Deshalb glitt er ganz vorsichtig über den Zaun in den Garten. Seine groben Schuhe – Sohlen wie Traktorreifen – hinterließen schwarze Spuren auf dem weißen Gras. Er blieb stehen und betrachtete sie im Schein der Straßenlaterne draußen, sah, wie schnell sich das heruntergetretene Gras wieder aufrichtete und wie schnell der Frost es wieder weiß färbte. Als wäre er niemals hier gegangen. Als gäbe es ihn gar nicht.

Er schmunzelte vor sich hin, während er den Dufflecoat enger um den Körper zog. Es gab ihn. Selten war er dieser Sache sicherer gewesen als heute Nacht. Vielleicht würde es ihn ewig geben.

Warten

Eine zerschnittene Hand. Natürlich. Ganz nach dem Gesetz, dass immer das Schlimmste eintritt.

Hände, das ist nichts, was man mal eben so zusammenflickt. Zu Hause in der Notaufnahme hätte Anders es gar nicht erst versucht, er hätte nur die Blutung gestillt und dann zugesehen, dass der Patient schneller bei einem Handchirurgen landete, als er seine Personenkennziffer herunterleiern konnte. In dem Bereich herumzuwühlen, der die für den manuellen Bewegungsapparat eines Menschen notwendigen empfindlichsten Teile enthält, gehört nicht einmal zum Alltag eines normalen Chirurgen. Die Handchirurgen haben ihre eigene Station im Universitätskrankenhaus, ihre eigene Kultur und ihre eigenen Konferenzen, sie sind Mikrochirurgen und Spezialisten und würden eine Person wie Anders Jansson als kaum qualifizierter ansehen als irgendeinen Pfadfinder. Andererseits herrscht starker Mangel an Handchirurgen im Nördlichen Eismeer, und ein Hubschraubertransport nach Kanada kostet fünfundzwanzigtausend die Stunde. Mindestens. Das kommt nur in Frage, wenn es um Leben oder Tod geht.

Und hier geht es nicht um Leben oder Tod. Sondern um den Erhalt der Beweglichkeit der rechten Hand.

Robert hält endlich den Mund und hat die Augen geschlossen, er liegt reglos auf der grünen Pritsche und atmet ruhig. Der erste Schock scheint vorüber zu sein, und die Betäubung beginnt wohl zu wirken. Außerdem tut der Alkohol sicher das Seine. Es hat sich herausgestellt, dass Robert betrunkener war, als es den Anschein hatte, er hing schwer zwischen Ola und Anders, als sie ihn halb stützend, halb tragend zur Krankenstation transportierten, aber da war er jedenfalls noch still. Erst als sie ihn endlich auf die Pritsche bugsiert hatten und er seine eigene blutige Hand herunterbaumeln sah, da fing er an zu schreien. Anders hatte Ola bitten müssen, ihn festzuhalten, während er selbst das anrichtete, was er an Nadeln, Pinzetten und Fäden brauchte.

»Lass mich los, du hässlicher Teufel!«, schrie Robert hinter seinem Rücken.

Anders warf einen Blick über die Schulter. Ola stand über Robert gebeugt und drückte seine Schulter auf das grüne Gewebe, versuchte aber gleichzeitig den eigenen Oberkörper zur Seite zu drehen und das Gesicht abzuwenden. Er sah angewidert aus. Der provisorische Verband – ein sauberes Küchenhandtuch, das in der Bar herumgelegen hatte – war abgefallen, und Robert wedelte mit der rechten Hand herum, dass das Blut nur so spritzte. Ola hatte bereits drei rote Flecken auf dem Pullover und einen an der Wange.

»Loslassen! Lass mich endlich los, verdammt noch mal!«

Aber Ola ließ nicht los, schaute nur zu Anders hinüber.

»Er muss gut getankt haben, um so breit zu werden.«

Anders nickte und faltete ein grünes Operationstuch auseinander. Ein Gedanke durchfuhr ihn – *Was mache ich, wenn die Sachen aufgebraucht sind?* –, er schob ihn aber schnell wieder beiseite. Folke hatte den Sanitätsbereich mit allem bestückt, was das Herz begehrte, und noch ein bisschen mehr. Er holte tief Luft, schloss die Augen und versuchte sich an die Namen sämtlicher vierundzwanzig Handknochen zu erinnern, die Lage der Strecksehnen, des Medianusnervs und den Verlauf der Speichenarterie, nur um eine Sekunde lang in eine Erinnerung an eine Vorlesung bei dem alten Professor Hillén abzutauchen, eine Vorlesung, bei der der Alte seine eigenen faltigen, braun gefleckten Hände als Beispiel für die vollkommene Hand verwendet hatte …

»Scheiße, lass mich los! Verdammtes Arschloch! Du Mörderschwein!«

Roberts Stimme wurde schriller, und er zappelte und versuchte sich aus Olas Griff zu befreien, doch da legte sich Ola mit seinem gesamten Gewicht auf ihn und grinste schadenfroh.

»Nun beruhige dich mal. Denn jetzt kommt Anders mit der Spritze.«

»Das ist nur eine leichte Betäubung«, sagte Anders. »Kein Grund, sich Sorgen zu machen.«

»Ich mache mir keine Sorgen«, schimpfte Robert.

»Gut. Aber bevor ich dir die Spritze gebe, möchte ich, dass du beide Hände zu Fäusten ballst und sie dann wieder öffnest.«

»Nur wenn er mich loslässt!«

Ola richtete sich auf.

»Ich habe dich doch schon losgelassen.«

Roberts Blick wurde unstet, einige Sekunden lang sah es aus, als würde er mit verdrehten Augäpfeln in Ohnmacht fallen, dann schien er neue Kraft zu sammeln und hielt beide Hände hoch in die Luft. Die samtweiße linke Hand mit den sorgfältig manikürten Nägeln, Farbe und Form fast feminin, öffnete und schloss sich, wie sie sollte, während die rot verschmierte rechte Hand, auf der das Blut bereits in den Fingergelenken eingetrocknet war, sich nicht schließen ließ. Robert sah überrascht aus, starrte seine Hände an und öffnete sie noch einmal, versuchte sie erneut zu schließen. Es ging nicht. Der kleine Finger der rechten Hand spreizte sich ab.

Anders fluchte innerlich – *Scheiße, so ein Mist!* –, während er sich um eine ausdruckslose Miene bemühte. Natürlich. War ja klar, dass er eine durchtrennte Sehne geliefert bekommen musste. Nicht einmal die geschicktesten Handchirurgen konnten immer garantieren, dass die Beweglichkeit wiederhergestellt wurde, wenn eine Sehne durchtrennt war. Außerdem gab es die Frage, wie es mit dem Gefühl bestellt war ... Nicht, dass er etwas daran ändern konnte. Jetzt ging es darum, die Blutung aufzuhalten.

»Wie geht es dir?«

Robert holte tief Luft, als die Nadel eindrang.

»Ist schon in Ordnung«, sagte er und schloss die Augen. »Aber kannst du nicht diesem hässlichen Idioten sagen, er soll abhauen?«

»Wird gemacht«, sagte Anders und schaute Ola an. »Du hast es gehört.«

Ola trat einen Schritt zurück und verzog das Gesicht.

»Warum behauptet er, ich sei hässlich?«

»Weil du es bist, natürlich«, antwortete Robert, ohne die Augen zu öffnen. »Du hässlicher Idiot.«

Seither ist es still gewesen. Robert hatte in einer Art Dämmerzustand dagelegen, und Ola hatte in einer Ecke gehockt und vor sich hin gestarrt, während Anders Glassplitter aus der größten Wunde herauszog. Es blutet immer noch, aber nicht mehr so stark, und die Speichenarterie scheint trotz allem unverletzt zu sein. Jetzt geht es nur darum, jeden einzelnen der millimetergroßen Splitter zu finden, die in der Wunde stecken, einen nach dem anderen freizulegen und mit der Pinzette herauszuholen. Plötzlich durchströmt seinen Körper wohlige Wärme. Warum hat er sich Sorgen gemacht? Er kann das doch.

»Was für ein Mistglas, das da zerbrochen ist«, sagt er mit verhaltener Stimme.

Niemand antwortet. Vielleicht ist Ola in seiner Ecke eingeschlafen. Anders wirft einen schnellen Blick in seine Richtung und ist verblüfft. Ola ist weg. Er ist fortgegangen. Vielleicht hat es ihn tiefer verletzt, hässlich genannt zu werden, als Anders gedacht hat. Einen Moment lang regt sich das schlechte Gewissen in seinen Eingeweiden. Ola ist doch gar nicht hässlich. Im Gegenteil. Er ist ein richtig ansehnlicher Matrose Mitte dreißig, dunkel und muskulös, auf jeden Fall viel ansehnlicher als Robert, wie er hier auf der Pritsche liegt, mit seinem langen grauen Haar, zerzaust und strähnig, und mit einem Gesicht, das einem runzligen Alten gehören könnte. Anders hätte vielleicht etwas sagen sollen, als Robert so herumfluchte. Andererseits ist es nicht gerade seine Aufgabe, alle bei guter Laune zu halten, sondern vielmehr, dafür zu sorgen, dass Robert nicht mehr als nötig in seiner Bewegungsfähigkeit eingeschränkt sein wird. Er beugt sich tiefer über die Wunde und mustert sie genau, säubert sie noch einmal mit Kochsalzlösung und schiebt die Lampe zurecht, damit er besser sehen kann.

»Brauchst du Hilfe?«

Das ist Ulrika. Obwohl er mit dem Rücken zur Tür sitzt, meint er dennoch sehen zu können, wie sie sich gegen den Türpfosten lehnt. Dunkel, mit braunen Augen. Blasse Erinnerung an

Sommersprossen auf dem Nasenrücken. Klare Augen. Schwere Brust. Er wirft kurz einen Blick über die Schulter.

»Ja bitte. Das wäre nicht schlecht.«

»Was soll ich tun?«

»Zieh dir ein Paar Handschuhe an und hilf mir, seine Hand zu halten. Ich komme nicht richtig ran.«

Sie findet die Packung mit den Plastikhandschuhen, ohne suchen oder fragen zu müssen, zieht mit verblüffender Routine ein Paar über und lässt sich dann an Anders' Seite nieder.

»Wie soll ich sie halten?«

»Wenn du sie ein bisschen aufdrehen könntest, dann komme ich hier an die Seite ...«

Er fasst die Wundränder und drückt, die Wunde öffnet sich wie ein erstaunter Mund. Eine dreieckige kleine Scherbe verbirgt sich dort tief drinnen. Die hätte er ohne Ulrikas Hilfe niemals entdeckt.

»Wie konnte das passieren?«, fragt Ulrika leise. »Hat er die Hand in die Scherben gedrückt?«

Anders packt die kleine Scherbe mit der Pinzette und lässt sie in die Schale fallen, beugt sich wieder über die Wunde und sucht nach den Sehnen und den Sehnenscheiden.

»Keine Ahnung.«

Ulrika macht eine kleine Bewegung, als ob es ihr unangenehm wäre, er spürt das, auch wenn er es nicht sieht.

»Oje. Er scheint nichts zu spüren.«

Anders erwidert nichts. Beugt sich nur über die Wunde und lässt sie aufklappen, säubert sie noch einmal und stochert vorsichtig mit der Pinzette. Sieht er die Sehne? Ja, da ist sie. Zumindest die eine Seite. Er nickt schweigend und setzt sich zurecht.

»Kannst du hier drücken?«, fragt er und zeigt.

Ulrike gibt keine Antwort, nickt nur und tut, was von ihr gewünscht wird. Anders sucht ein wenig mit der Pinzette in der Wunde und findet das andere Ende der Sehne. Jetzt kommt es darauf an. Er zieht sie hervor und lässt die Nadel eindringen. Roberts kleiner Finger krümmt sich, er schlägt die Augen auf.

»Scheiße, was machst du?«, fragt er. Dann schließt er schnell wieder die Augen.

Anders seufzt. Zeit für eine neue Betäubung.

Eine Stunde später steht er allein auf dem Vordeck. Der Abend ist nasskalt und diesig, aber der Wind hat sich gelegt. Das Schiff schaukelt nicht mehr so stark wie vorher, und keine riesigen Wasserkaskaden schlagen über den Bug. Außerhalb des Fahrzeugs ist die Welt grau geworden: Die Wolken hängen tief, das Meer glänzt wie geschmolzenes Metall, ein paar vereinzelte Schollen grauweißen Eises treiben vorbei. Am Horizont ist ein Schatten zu erahnen. Eine Wolke vielleicht. Schwer von Schnee.

Ulrika sitzt jetzt bei Robert, und dort bleibt sie sitzen, bis Anders zurück ist. Sie haben einander geholfen, ihn in sitzende Stellung zu bekommen, haben jeder einen Arm um ihn gelegt, ihn so in Anders' Schlafkajüte gebracht und ihn dort in das Krankenbett gelegt, das frisch bezogen und bereit neben seiner eigenen Koje steht, seit er an Bord gegangen ist. Nicht wegen der Wunde, die hat aufgehört zu bluten, und schon gar nicht aus dem Grund, weil Robert so betrunken ist, sondern um Anders' willen, damit Anders seine Unruhe los wird. Er sah keine andere Möglichkeit, als dafür zu sorgen, dass er Robert ständig unter seiner Aufsicht hat.

Ulrika deckte Robert zu und wandte sich dann zu Anders um.

»Bist du müde?«

Er wusste nicht, was er antworten sollte, schüttelte nur den Kopf. War das Müdigkeit? Das Gefühl, als hätte ihn jemand mit einem offenen Feuer unter der Haut gebrannt? Ja. Nein. Das war etwas anderes.

»Du bist blass«, sagte Ulrika. »Willst du nicht etwas essen?«

Sie hatte recht, er musste etwas essen, schließlich hatte er das Abendessen versäumt. Und dann musste er schlafen. Tief und lange.

»Ja«, nickte er und war selbst erstaunt, das seine Stimme genau wie immer klang. »Kannst du bei ihm bleiben, bis ich zurück bin?«

Beim Essen ging es ihm langsam besser, er hatte geradezu gespürt, wie der Blutzuckerspiegel stieg und damit sein Optimismus. Er hatte genau das getan, was getan werden musste, was jeder Handchirurg auch getan hätte. Er hatte die Sehne in der klaffenden Wunde zusammengenäht, alle Glasscherben herausgesucht, ordentlich gesäubert und die eine Wunde mit acht Stichen, die andere mit sechs und die dritte mit vier Stichen vernäht. Was konnte man sonst noch verlangen?

Nach dem Essen hatte er sich nach frischer Luft gesehnt und war an Deck gegangen. Jetzt steht er allein am Bug und lehnt sich gegen die Reling, sieht und spürt, dass das Schiff offenbar an Fahrt verliert. Vielleicht liegt das am Eis. Sie sind in einen Gürtel mit vielen Eisschollen gekommen, kleine und große, bunt durcheinander. Es macht schläfrig, zu sehen, wie sie vor dem Bug zur Seite gleiten, der Blick heftet sich an sie. Ein paar von ihnen tauchen zuerst ins Meer und kommen dann mit abgespültem Schnee wieder hoch, klarblau und glänzend, als wären sie …

»Hallo auch.«

Das Herz beginnt zu rasen. Das ist eine rein physische Reaktion, die Anders überrascht und die er schnell sich selbst gegenüber verteidigt. Er dachte ja, er sei allein an Deck. Aber das ist er offensichtlich nicht. Ola steht ein Stück entfernt, er hat eine Zigarette in der linken Hand und ein Glas mit einer bernsteinfarbenen Flüssigkeit in der rechten. Und er lächelt.

»Habe ich dich erschreckt?«

Anders verzieht entschuldigend das Gesicht.

»Ich war nur gerade in Gedanken …«

Ola nimmt einen Schluck aus seinem Glas und kneift die Augen zusammen:

»Na, ist er zusammengeflickt?«

»Ja.«

Ola nickt und wendet den Blick ab, zieht dann lange an seiner Zigarette. Der Rauch verschwindet fast sofort, als er ihn wieder ausstößt.

»Gut.«

Eine Weile bleibt es still, Anders sucht nach Worten, etwas,

was nichts mit Robert zu tun hat oder damit, was an diesem Abend passiert ist, aber ihm fällt nichts ein. Ola spricht als Erster wieder.

»Das ist vielleicht ein hinterhältiger Schurke, dieser …«

Anders zieht die Augenbrauen hoch.

»Weil er behauptet hat, du seist hässlich? Das war doch nur das Gerede von einem Besoffenen.«

Ola wirft ihm nur kurz einen Blick zu.

»Ach, da scheiß ich doch drauf.«

Anders erwidert nichts, zuckt nur mit den Schultern. Das nutzt nichts. Ola hat seinen Blick abgewandt, spricht aber weiter.

»Solche habe ich schon häufiger gesehen …«

»Ach ja?«

»Diesen Typ erkenne ich sofort wieder. Sobald er an Bord kommt.«

Eine Weile schweigen beide, und Anders überlegt kurz, ob er weggehen soll, doch er bewegt sich nicht, bleibt reglos stehen und sieht Ola an, der wieder sein Glas erhoben hat, aber den Blick weit in die Ferne richtet.

»Solche Typen sind nicht … Hoppla!«

Das Schiff legt sich zur Seite und hält an. Das ist nur eine kleine Bewegung, doch sie genügt, um Ola aus dem Gleichgewicht zu bringen. Er streckt die linke Hand aus und greift nach der Reling, gleichzeitig gelingt es ihm, so zu parieren, dass nicht ein Tropfen Whisky aus seinem Glas verschüttet wird.

»Elegant«, sagt Anders lächelnd.

Ola grinst.

»Nicht wahr?«

»Warum halten wir an?«

»Resolute. Die Insel da hinten. Da wartet der Eislotse.«

Anders dreht sich um und blickt zum Horizont. Was eben noch wie eine sehr dunkle Wolke aussah, hat sich auf die Wasseroberfläche gesenkt und in eine Insel verwandelt. Eine schwarze Insel.

»Und wann kommt er?«

»Morgen«, erklärt Ola. »Wenn es heller ist. Wenn der Hubschrauber landen kann.«

Eine Weile bleibt es still, sie stehen nebeneinander und schauen zur Insel.

»Weißt du was von …«

Olas Stimme klingt plötzlich anders, fester als vorher und trotzdem gedämpfter, aber er beendet seinen Satz nicht. Anders wartet einen Moment, hakt dann nach:

»Ja?«

Zunächst antwortet Ola nicht. Er steht reglos da und starrt auf die Insel, bis er plötzlich mit den Schultern zuckt und sagt:

»Ach. Ich habe vergessen, was ich sagen wollte.«

Ach so. Wogegen Anders absolut nichts hat. Langsam fängt er an, am unbedeckten Kopf zu frieren.

»Ich muss jetzt reingehen«, sagt er und steckt die Hände in die Taschen. »Wir sehen uns.«

Ola schnippt seine Kippe über die Reling und starrt weiter auf die Insel am Horizont.

»Wird wohl so sein«, sagt er.

Wie lange soll sie noch hier sitzen?

Mit kerzengeradem Rücken, beide Hände zwischen die Oberschenkel geklemmt. Mit starrem Blick. Ohne dass es eigentlich etwas anzustarren gibt in ihrer äußerst aufgeräumten Kabine. Sie ist so ordentlich, dass sie fast schon unbewohnt aussieht. Die Schranktüren sind zu und abgeschlossen. Alle Oberflächen sauber und kahl. Ihr Laptop ist zwischen Stuhllehne und Schreibtisch festgeklemmt, und alles wird von einem straffen Spannseil an Ort und Stelle gehalten. Es könnte ein Orkan kommen, ohne dass sich etwas hier drinnen bewegte, die ganze Oden könnte in die Luft gehoben, ein paarmal herumgewirbelt und wieder ins Wasser geworfen werden und so diverse Stöße abbekommen, ohne dass sich hier etwas veränderte. Doch, natürlich. Das Bettzeug würde herumflattern. Und sie selbst würde wie ein Pingpongball zwischen Decke und Wänden hin und her gestoßen werden.

Aber es wird keinen Orkan geben, im Gegenteil, in dem grauen Dunst draußen vor dem Fenster regt sich kein Lüftchen. Das Meer liegt grau wie Eisen zwischen weißen Schollen, dunkle Wolken hängen schwer darüber, Nebel und Nieselregen verhüllen den Horizont. Es scheint, als wäre der Himmel nicht mehr in der Lage, weiter oben zu bleiben, als hätte er beschlossen, herabzusinken und sich wie eine Filzdecke über die Erde zu legen, als wollte er sie daran erinnern, dass diese Reise ein Irrtum ist, dass es eine Illusion war zu glauben, man könnte die Welt eine Zeit lang verlassen. Das Nördliche Eismeer liegt in der Welt. Der Eisbrecher Oden gehört zur Welt. Wer die Welt verlassen will, hat nur einen Ausweg. Aber sie hat sich selbst geschworen, nicht daran zu denken.

»Reiß dich zusammen«, sagt sie laut zu sich selbst und drückt die Fäuste gegen die Augen, reibt so fest, dass die rote Dunkelheit schwarz wird. Als sie die Augen wieder öffnet, stellt sie fest, dass das Schiff offenbar angehalten hat. Es ist ganz still, alles, was sie hört, ist gedämpfte Musik von irgendwoher. Das Fest ist offenbar wieder in Gang gekommen. Gut. Dann muss sie nicht länger hier sitzen und Löcher in die Luft starren. Dann kann sie sich wie ein normaler Mensch benehmen, einer, der in der Gegenwart lebt. Vernünftig. Ganz normal. Sie muss sich einfach nur kämmen, wieder nach unten gehen und sich mit den anderen unterhalten. Da es jetzt sowieso zu früh zum Schlafen und zu spät zum Arbeiten ist und da ihre Gedanken die ganze Zeit zurück in die Vergangenheit fliehen wollen.

»Das reicht jetzt«, sagt sie laut zu sich selbst.

Und offenbar ist es genau das, was sie hören musste, denn im nächsten Moment ist sie im Badezimmer und wäscht sich unter fließendem Wasser, malt sich die Lippen mit dem, was vom Lippenstift noch übrig ist, ohne demjenigen auch nur einen Gedanken zu schenken, der ihn abgebrochen hat, und bürstet sich das Haar. Das geht in null Komma nichts. Sie lächelt ihr Spiegelbild an, während sie sich mit Parfüm einsprüht. So. Jetzt ist sie hübsch genug. Und in der Hosentasche liegt etwas, das wie ein Springmesser aussieht, für den Fall, dass sie zu hübsch sein sollte. Nicht, dass das Risiko besonders hoch wäre, aber trotzdem …

Susanne trägt immer dieses Springmesser, das eigentlich etwas ganz anderes ist, bei sich. Das tut sie, seit sie funfzehn war und bebend in Björns Zimmer ging, das Zimmer, das damals bereits seit über einem halben Jahr nicht mehr bewohnt wurde. Das Springmesser lag in seiner schwarzen Tourneereisetasche, die leer und verstaubt auf dem Boden seines Schranks stand. Sie selbst hatte an diesem Tag Fieber und befand sich in diesem sonderbaren Zustand, in dem die Haut einen Zentimeter über Muskeln und Knochen schwebt. Das machte alles unwirklich. Traumartig.

Und hinterher erschien es ihr wirklich wie ein Traum, dass sie die verschlossene Tür zu Björns Zimmer zum ersten Mal seit mehreren Monaten geöffnet hatte und dass sie in ihrem Nachthemd in dem kalten Vormittagslicht mitten im Raum stand und sich umschaute. Es dauerte eine Weile, bis ihr aufging, dass Inez das Zimmer umgeräumt hatte, es zu einem Gedenkraum eher für den Gymnasiasten als für das Idol gemacht hatte. Die Schulbücher lagen in einem ordentlichen Stapel auf dem Schreibtisch, als könnte er jeden Moment kommen und sich dransetzen, um Hausaufgaben zu machen, aber es gab kein einziges Bild von den Typhoons an den Wänden und nicht eine einzige Platte in dem Schallplattenständer. Susanne drehte sich langsam herum und stellte fest, dass sie vor dem Schrank stand. Einen Moment lang starrte sie die Tür an, bis sie sich schließlich dazu entschloss, die Hand auszustrecken, den Schlüssel umzudrehen und zu öffnen.

Es schien, als stünde die Zeit hier drinnen still. Hier hingen Björns leicht abgetragene Hemden aus der Zeit, als er noch aufs Gymnasium ging, seine alte Cordjacke und sein schöner schwarzer Lambswoolpullover. Auf dem obersten Regalbrett lag ein weißes T-Shirt, sorgfältig gebügelt und so ordentlich zusammengelegt, dass es aussah wie für den Verkauf, neben seinen ebenso blendend weißen Unterhosen, auch die gefaltet und gebügelt. Und auf dem Boden stand seine Tourneereisetasche, der große schwarze Lederbeutel, der fast ein Jahr lang so etwas wie ein Zuhause für ihn bedeutet hatte. Die Silberzähne waren in einer Art Hohnlachen aufgesperrt, und sie ließ sich davor auf die Knie sinken, schob eine Hand in den Schlund und suchte im Inneren nach etwas, was auch immer, das Björn wieder wirklich werden lassen könnte.

Das Springmesser lag zur Hälfte unter die schwarze Bodenplatte aus Pappe eingeklemmt. Es war ganz schmal, und als sie zum ersten Mal das kühle Metall an den Fingerspitzen fühlte, glaubte sie, es handle sich um einen Stift. Es dauerte eine Weile, es hervorzuholen, und als sie es schließlich in der Hand hatte, war ihr zunächst nicht klar, was das eigentlich war. Ein kleines Metallgerät mit einer Kerbe fast über die ganze Länge und einem kleinen Knopf ganz unten. Kein Stift. Sie drückte mit dem Daumen auf den Knopf, doch nichts geschah, nur dass sie so herumfummelte, dass das Ding zu Boden fiel. Nicht, dass das schlimm gewesen wäre. Trotzdem hob sie es schnell auf, verbarg es in ihrer Hand und eilte zurück in ihr Zimmer, in ihr Bett. Erst als sie eine ganze Weile reglos dagelegen und darauf gewartet hatte, dass jemand, wer auch immer, die Tür öffnen und sie vorwurfsvoll anschauen würde, traute sie sich, die Augen zu öffnen und das Ding näher anzusehen.

Was war das eigentlich?

Ein kleines Stück silberglänzendes Metall. Eine Kerbe. Ein Knopf am Ende. Sie drückte mit dem Fingernagel darauf, dieses Mal fest und energisch, und in dem Moment fuhr die Klinge heraus, eine dünne, schmale Klinge mit rauer Oberfläche und einer ziemlich scharfen Spitze. Das hätte ein Springmesser sein können, wenn nicht die Schneide gefehlt hätte. Es war ganz einfach eine Nagelfeile, eine lange Nagelfeile, die aussah wie ein Springmesser. Nicht, dass Susanne jemals ein Springmesser gesehen hätte. Sie hatte nur davon gehört, und in ihrem Kopf gab es deshalb irgendwelche unklaren Vorstellungen und merkwürdigen Assoziationen. Mackie Messer beispielsweise. Italienische Mafiamänner. Und das Bild von jemandem, der einem anderen Menschen ein Springmesser in den Bauch presste und dann auf den Knopf drückte ...

Aber was wollte Björn mit einer Nagelfeile, die aussah wie ein Springmesser?

Und woher hatte er sie? War das ein Geschenk von einem seiner Fans? Oder von Eva? War sie es, die sie aus dem Geschäft mitgebracht hatte? Björn würde so etwas nie kaufen, das stand fest. So viel wusste sie.

Susanne drückte die Klinge der Nagelfeile wieder hinein, umschloss das Springmesser mit der Hand, schob dann die Hand unter das Kopfkissen, während sie sich auf die Seite drehte und die Augen schloss. Und plötzlich war er da, plötzlich stand er vor ihr in ihrem Zimmer. Nein, er stand irgendwo auf einem Weg, einem Kiesweg, der durch einen Wald verlief, aber er sah sie, er sah Susanne genauso deutlich, wie sie ihn sah, und er lächelte und hob die Hand zum Gruß. *Ich verzeihe dir,* sagte diese Geste. *Du bist meine kleine Schwester, und ich verzeihe dir ...*

Einen Moment lang bleibt Susanne reglos stehen und starrt ihr Spiegelbild an, dann verzieht sie das Gesicht und wendet sich ab. Was passiert ist, ist passiert, und außerdem schon vor langer, langer Zeit. In einer anderen Welt, einer Welt, die es nicht mehr gibt, einer Welt, an die sich die Mehrheit der Menschen, die heute existieren, gar nicht mehr erinnern kann. Sie sind zu jung. Oder noch gar nicht geboren.

Das Fest, genau. Sie wollte doch runter zum Fest gehen.

Es wird immer noch getanzt, aber jetzt sind nur doch die Eifrigsten dabei. Junge Seeleute und ebenso junge Forscher und Forscherinnen gleiten über die Tanzfläche, mit geschlossenen Augen und streichelnden Händen, eng aneinandergedrückt. Ein paar alte Polarfüchse hängen am Bartresen, Susanne muss blinzeln, um zu sehen, wer es ist. Leif Eriksson. Der Steuermann. Und der Saure Sture. Der Meteorologe. Auf dem Ledersofa sitzt Lars, einer der Ornithologen. Mit ihm könnte sie sich unterhalten, aber er schläft.

Nein, hier gibt es niemanden, mit dem sie Kontakt aufnehmen könnte. Jedenfalls niemand für sie.

Sie überschreitet die Schwelle zur Bar gar nicht, bleibt einen Moment lang im Flur stehen, dreht sich dann um und geht. Sie will lieber zur Bibliothek – was für ein hochtrabender Name für die sechs vollgestopften Bücherregale, die in der Messe stehen – und sich etwas zum Lesen heraussuchen. Aus dem Raucherzimmer sind Stimmen zu vernehmen, als sie vorbeigeht, und einen Moment lang ist sie versucht hineinzuschauen, aber zum einen hat sie seit acht Jahren nicht mehr geraucht, und zum anderen …

»Hallo!«

Der Mann vor ihr zeigt ein breites Lächeln. Sie erwidert sein Lächeln, während sie in allen Ecken und Windungen ihres Gehirns nach seiner Identität sucht. Wer ist er? Forscher oder Besatzungsmitglied? Sie findet keine Antwort.

»Hallo.«

»Susanne? Nicht wahr?«

Sie nickt stumm. Der Mann vor ihr hat weißes Haar und

blaue Augen, glänzende blaue Augen, die etwas zu oft blinzeln. Er hat vergessen, einen der Knöpfe seines Hemds zu schließen, über seinem Magen klafft es etwas auf. Vielleicht ist er ein wenig betrunken.

»Komm doch mit ins Raucherzimmer.«

Sie macht eine entschuldigende kleine Bewegung mit dem Kopf, ein kurzes Nicken, das sich in dem Versuch, an ihm vorbeizukommen, im Rest des Körpers fortpflanzt.

»Nein. Ich rauche nicht…«

Ohne sich von der Stelle zu bewegen, bewegt er sich auf eine eigenartige Art und Weise doch. Versperrt den Weg. Er ist groß und kräftig. Sie müsste sich an die Wand quetschen, wenn sie an ihm vorbeiwollte.

»Ist doch egal. Komm trotzdem rein.«

Er legt den Arm um sie, schiebt sie mit sanfter Gewalt zur Türöffnung. Sie greift schnell zu dem Springmesser in ihrer Hosentasche, lächelt aber gleichzeitig höflich den fremden Mann an und windet sich aus seinem Griff. Es ist lange her, dass fremde Hände auf ihrer Schulter etwas Verlockendes, Lusterregendes an sich hatten. Aber der Mann hinter ihr gibt nicht so schnell auf, kaum ist sie ihm entwischt, liegt sein Arm schon wieder auf ihrer Schulter. Er umfasst sie leicht mit der rechten Hand und breitet den linken Arm aus, als sie über die Schwelle treten:

»Das ist Susanne.«

Im Raucherzimmer sitzt ein kleines Grüppchen. Zwei halb schlafende Männer aus dem Maschinenraum, jeder in einem Sessel. Sofia aus der Messe auf dem Schoß ihres ständigen Begleiters Martin in einem dritten. Ein paar junge amerikanische Doktoranden auf dem einen Sofa. Plus Vincent, der für die Reparaturen an der Maschine zuständig ist, ein alter Mann, weit übers Pensionsalter hinaus, in dem zweiten.

»Hallo Susanne«, sagt er.

Susanne nickt lächelnd, während sie ihren Blick über den Raum schweifen lässt. Hier drinnen ist sie bisher noch nicht gewesen, allein der Gestank hat sie schnell vorbeieilen lassen, aber jetzt ist das Fenster einen Spalt weit geöffnet und der Gestank zu einem Duft geworden. Einem richtig guten Duft. Und der Raum sieht gemütlich aus. Wohnlich. Vertraut. Bis auf die überquellenden Aschenbecher natürlich.

»*Move*«, sagt der Mann an ihrer Seite zu den amerikanischen Doktoranden, und eilig rutschen sie zur Seite. Susanne lässt sich neben ihnen nieder und lächelt entschuldigend, der Mann hinter ihr zwängt sich neben sie, sodass sie gezwungen sind, noch ein Stück weiterzurutschen.

»Wisst ihr, warum wir halten?«, möchte Susanne wissen.

»Der Eislotse«, erklärt der Mann an ihrer Seite. »Er wird morgen an Bord kommen …«

»Von Resolute«, fügt Martin hinzu.

Susanne nickt schweigend. Der Mann neben ihr klopft eine Zigarette aus der Packung und hält sie ihr hin – die Geste sieht aus wie eine Reklame aus den Sechzigerjahren –, und sie sieht plötzlich ihre eigene Hand, wie die sich ausstreckt und nach der Zigarette greift. Es prickelt vor Wohlbehagen in ihrem Körper, hunderttausende, nein, Millionen Neuronen recken sich und schauen sich verschlafen um – *Nikotin? Ist das wirklich Nikotin?* –, während sie sich die Zigarette zwischen die Lippen steckt, sich vorbeugt und von dem Namenlosen neben ihr Feuer geben lässt.

Oh.

Der Genuss breitet sich wie ein Fächer in ihrem Körper aus. Susanne schließt die Augen. Dass sie so gierig aufs Rauchen ist. Dass sie acht lange Jahre lang mit dieser Gier nach Nikotin herumgelaufen ist. Davon hatte sie keine Ahnung.

»Entschlossen«, sagt der Mann neben ihr.

»Was?«

Das ist Sofia. Das muss Sofia sein, das weiß sie, auch wenn sie sie nicht sehen kann. Sie will die Augen bei einem weiteren Zug noch geschlossen halten. Dann wird sie sich an der Bar ein Glas Wein holen.

»Resolute. Das bedeutet entschlossen.«

Das ist Martin. Susanne öffnet die Augen und sieht ihn an. Er ist schön. Olivfarbene Haut. Braune Augen. Sofia erhascht ihren Blick.

»Was ist los mit dir?«

»Nichts. Außer dass ich seit acht Jahren nicht mehr geraucht habe.«

Sie schließt die Augen und nimmt einen dritten Zug. Das Erlebnis verändert sich: Der Genuss ist tiefer, aber gleichzeitig weckt der Tabakgeschmack eine leichte Übelkeit in ihr, die sich kurz im Magen bemerkbar macht. Nichts Besorgniserregendes.

»Stimmt das?«

Der Mann neben ihr legt den Arm auf die Rückenlehne hinter ihr. Sie lässt es zu. Warum nicht?

»Das stimmt.«

»Mein Gott. Wenn ich das gewusst hätte ...«

Sie öffnet die Augen und lächelt ihn an.

»Mach dir keine Gedanken. Ich rauche nur die eine hier.«

»Sicher?«

»Sicher. Und vielleicht noch eine.«

Er lacht kurz auf und schüttelt den Kopf. Susannes Lächeln wird breiter. Irgendwo in ihrem Kopf hockt eine kleine Frau und will sich gerade erheben, um zu protestieren. *Rauchen ist tödlich!* Susanne schubst sie, dass sie umfällt. Na und? Wir gehen doch immer dem Tode entgegen, wo wir auch gehen und stehen, und wenn eine einzige Zigarette sie dazu bringt, sich leicht und glücklich zu fühlen, sich selbst und ihr Leben zu vergessen, um wie viel glücklicher wird sie dann nicht werden, wenn sie zwanzig geraucht hat? Oder zwanzigtausend?

»Möchte sonst noch jemand was?«

Das ist Vincent, er hat sich halb hochgezogen und greift nach seinem leeren Bierglas.

»Ja«, sagt Susanne. »Ein Glas Weißwein.« Als er gegangen ist, wird es still, und das ist gut. Der Körper braucht seine Zeit um zu genießen, er ist jetzt vollkommen entspannt, die Haut ist glatt wie ein abgewetzter Handschuh, die Muskeln warm und schwer von Blut. Sie lehnt sich zurück und lässt ihren Nacken auf dem Arm des fremden Mannes ruhen. Ein Gedanke flattert vorbei – *Jemand kommt immer wieder in meine Kajüte. Kann er es sein?* –, und sie betrachtet ihn ohne Furcht. Und wenn es so wäre? Was könnte sie dagegen tun?

»Hier«, sagt Vincent und stellt ein Glas vor sie. Sie richtet sich auf.

»Hast du es auf meinen Namen angeschrieben?«

»Natürlich. Kein Problem.«

Sie nickt stumm und hebt das Glas, schaut sich um, während sie trinkt. Die beiden Männer aus dem Maschinenraum sind jetzt richtig eingeschlafen, ihre Köpfe liegen schräg, einem von ihnen hängen die Arme zu beiden Seiten über die Sessellehnen herunter. Die beiden Amerikaner rauchen schweigend. Martin und Sofia mühen sich aus ihrem Sessel hoch, Susanne beobachtet die beiden, während sie den letzten Rest Zigarettenrauch inhaliert, hebt dann die Hand zu einem stummen Gruß.

»Oh«, sagt sie, als sie sich vorbeugt, um die Kippe auszudrücken. »Ich hatte ja keine Ahnung …«

Der Mann neben ihr hat langsamer geraucht, aber er ahmt ihre Bewegung nach, beugt sich über den Tisch vor und drückt seine halb gerauchte Zigarette aus. Er guckt sie ernst an.

»Keine Ahnung – wovon?«

»Dass ich solche Lust aufs Rauchen hatte.«

»Hätte ich das gewusst, ich hätte niemals …«

Sie rutscht ein wenig zur Seite, schiebt noch einmal zehn Zentimeter Luft zwischen sich und ihn.

»Mir sind schon früher Zigaretten angeboten worden. Aber da habe ich immer abgelehnt. Und jetzt habe ich eine angenommen.«

Eine Weile bleibt es still, sie sitzen reglos nebeneinander auf dem Sofa. Er hat immer noch seinen linken Arm hinter Susanne ausgestreckt, aber jetzt lehnt sie sich nicht mehr dagegen, jetzt hat sie sich ein wenig zur Seite gedreht und betrachtet ihn. Das Profil ist grob, die Nase breit und stumpf, das Kinn rund und energisch. Zunächst bemerkt er es nicht, sitzt nur ruhig da und starrt ausdruckslos vor sich hin, bis sie eine kleine Bewegung macht. Da dreht er den Kopf und hält den Blick auf sie gerichtet, betrachtet sie so lange, bis sie schließlich seinem Blick ausweicht.

»Wollen wir an Deck gehen?«, fragt er dann.

Draußen ist Nacht. Eine dämmerungsgraue Polarnacht. Sie drehen langsame Runden auf dem Schiff, den Reißverschluss fast bis zum Kinn hochgezogen, die Hände tief in den Jackentaschen vergraben. Bis auf leise Musikfetzen, die ab und zu aus der Bar dringen, ist es sehr still.

Jetzt weiß sie, wie er heißt. John Nordström. Als sie in ihrer Kajüte war, um ihre Jacke zu holen, hat sie die Personengalerie aufgeschlagen, die in der Mappe mit den Schiffsdaten liegt, die alle bekommen haben, und da war er. John Nordström. Professor an der Universität von Göteborg. Zwei Jahre jünger als sie.

Sie gehen im Gleichschritt, wenn auch mit einem halben Meter Abstand zwischen sich. Ihre Gummisohlen trommeln gedämpft aufs Deck. Die Daunenjacken rascheln, wenn die Ärmel am Körper entlangstreifen.

»Fast habe ich das Gefühl, ich würde dich kennen«, sagt John plötzlich.

Susanne wendet sich zu ihm um und betrachtet sein Profil. Er müsste sich mal die Haare schneiden lassen, das dichte weiße Haar steht vom Kragen ab.

»Tatsächlich?«

Er wirft ihr einen Blick zu, lächelt.

»Ich lese gern Kriminalromane.«

Ach so. Sie nickt.

»Ich verstehe.«

»Besonders deine.«

Sie lächelt ihr freundlichstes Lächeln. Das Berufslächeln.

»Danke. Das ist schön zu hören.«

Wieder wird es still. Was soll sie sagen? Sie räuspert sich:

»Und du?«

Er antwortet nicht, schweigend gehen sie eine Weile nebeneinander her.

»Du solltest etwas anderes schreiben«, sagt John plötzlich.

Susanne bleibt abrupt stehen, holt tief Luft, geht dann weiter.

»Ach ja.«

Sie hört selbst, wie das klingt. Hochnäsig.

»Etwas, das nicht unbedingt ein Krimi ist …«

»Aber du hast doch gerade gesagt, dass du Krimis magst.«

»Nicht nur.«

Er ist stehen geblieben und wühlt in seinen Taschen nach seinen Zigaretten, während er über das Eis und Wasser blickt. Susanne folgt seinen Bewegungen mit dem Blick und spürt, wie sie ein Schauer der Sucht nach mehr Nikotin durchläuft. Sie könnte ja morgen wieder aufhören. Ja. Durchaus. Aber gerade jetzt im Augenblick will sie rauchen, gerade jetzt greifen ihre Finger eifrig nach einer Zigarette in dem Päckchen, das er ihr hinhält.

»Ja«, sagt er, während er ihr Feuer gibt. »Etwas anderes.«

Die Wut durchfährt sie – *Hör endlich damit auf!* –, aber sie schluckt sie zusammen mit dem ersten Zug herunter. Jetzt registriert sie den Tabakgeschmack nicht mehr. Merkwürdig.

»Mal sehen«, sagt sie diplomatisch und tritt einen Schritt vor. Vorsichtig, das schon, aber trotzdem ist es ein Schritt. Er steht ein paar Sekunden reglos da und schaut auf das Grau um sie herum, bevor er ihr folgt.

»Wie kommt es, dass du hier bist?«

Sie zuckt mit den Schultern, hat plötzlich keine Lust, ihm etwas zu erzählen, schon gar nichts von Elsie, der Frau, die zur See fuhr.

»Ich habe mich um das Künstlerprogramm beworben. Und bin angenommen worden. Das ist alles.«

Sie wirft ihm einen hastigen Blick zu. Er nickt.

»Dann gibt es also einen Krimi an Bord der Oden?«

Ihre Wut fährt wie ein Zischen durch den Körper. *Verfluchter Kerl!* Warum kann er nicht mit dem Generve aufhören!

Sie sind jetzt an der Treppe hinauf zum Vorderdeck angekommen, und sie drängt sich schnell vor ihn, darauf bedacht, ihm den Rücken zuzukehren. Sie will nur noch zu Ende rauchen und dann zusehen, dass sie zurück in ihre Kajüte kommt. Und morgen und jeden folgenden Tag wird sie darauf achten, sich von ihm fernzuhalten. Ihre eigenen Zigaretten kaufen. Nie an seinem Tisch in der Messe sitzen. Nur aus der Entfernung lächeln und nicken.

Er geht langsam die Treppe hinter ihr hinauf, bleibt dann plötzlich stehen. Es dauert einen Moment, bevor sie versteht, warum. Stille. Einen Moment lang ist die Welt um sie her vollkommen still, kein Motorengeräusch, keine Musik, kein Laut, weder vom Wind noch vom Wasser, bis ein leiser Basston aus der Bar herausdringt und ihn dazu bringt, sich wieder zu bewegen.

»Hast du das gehört?«, fragt er.

Sie nickt, antwortet aber nicht. Er scheint das nicht zu merken, nimmt zwei Stufen auf einmal und ist schon neben ihr auf dem Vorderdeck.

»Das kommt nicht oft vor«, sagt er lächelnd.

»Nein«, nickt Susanne.

Es ist leer auf dem Vorderdeck, aber in den Labors brennt Licht. Jemand bewegt sich da drinnen. Ein Doktorand vermutlich, zu schüchtern oder zu ehrgeizig, um mit den anderen unten in der Bar zu feiern. Als sie den Bug erreichen, stellen sie sich ein Stück voneinander entfernt jeweils auf ein Trittbrett.

»Der letzte freie Abend«, sagt John nach einer Weile.

Susanne nickt, sieht ihn jedoch nicht an, sie richtet ihren Blick auf den dunklen Schatten am Horizont. Offenbar eine Insel. Mit kleinen weißen Würfeln unten am Strand. Das müssen Häuser sein. Vielleicht sogar große Häuser. Wie Scheunen. Oder kleine. Wie die Häuser in den Schrebergärten in Landskrona. Das ist nicht zu erkennen. Der Abstand ist zu groß, und es gibt nichts, woran man sie messen könnte. Nicht einen Baum. Nicht einen Strauch.

John spricht weiter:

»Ab morgen muss ich den Computer Tag und Nacht überprüfen.«

Der Einwand rutscht ihr heraus:

»Das geht doch gar nicht.«

Er wendet sich ihr lächelnd zu.

»Nein. Ich habe ja noch ein paar Doktoranden. Wir wechseln uns ab.«

Sie wirft ihm einen schnellen Blick zu.

»Was ist das für ein Computer?«

»Ein Grundcomputer. So könnte man es wohl bezeichnen. Ich soll Karten von dem Meeresgrund im Peel Sound oder Viscount

Melville Sound erstellen. Welchen Weg wir nun auch einschlagen. Aber eigentlich geht es nur darum, die Ausrüstung zu testen. Das Wichtige sind die Karten hinten beim Lomonossow-Rücken.«

Sie wendet sich ihm ganz zu, vergisst ihre Vorsätze.

»Das möchte ich sehen.«

»Na klar.«

Er nickt und tritt näher, lässt dann seine Kippe ins Meer fallen. Zuerst schwimmt sie, dann verschwindet sie unter einer Scholle. Susanne versucht ihre Wut wieder in den Griff zu bekommen, was ihr aber nicht ganz gelingt. Sie tritt auch einen Schritt zur Seite, um den Abstand zwischen ihnen wieder zu vergrößern, und betrachtet die Kippe, die sie in der Hand hält. Noch ein Zug. Oder zwei. Dann wird sie sie ins Meer fallen lassen, in dieses eisengraue Meer mit seinen weißen Schollen, und sie wird hunderte, vielleicht tausende Meter hinabsinken, bis sie einen Meeresgrund erreicht, von dem Susanne nichts weiß. Vielleicht aus Kies. Oder Sand. Oder eine ganz andere Welt voller Gewächse und Wesen, die kein Menschenauge je gesehen hat. Durchsichtig. Phosphoreszierend. Geleeartig. Wesen mit riesigen Mäulern, deren einzige Funktion es ist zu fressen, bis zu dem Augenblick, in dem sie selbst gefressen werden. Kleine, rote, wurmartige Dinge, die sich auch nach Millionen von Jahren noch nicht haben entscheiden können, ob sie Pflanzen oder Tiere sind. Dunkelblaue Quallen, durch die Finsternis schwebend, blinkend wie kleine Leuchtfeuer.

»Guck mal«, sagt John plötzlich. »Siehst du?«

»Was denn?«

»Das Licht. Jemand geht da mit einer Lampe herum. Drüben auf der Insel.«

Sie richtet ihren Blick auf die Insel. Das Licht ist ganz deutlich, man sieht es in etwas schaukeln, das die Hand eines Menschen sein muss. Aber der Mensch, der es trägt, den sieht man nicht. Da ist nur ein kleines Licht, das sich auf dem Weg zum Strand hinunterbewegt. Auf dieser Insel gibt es keine Lebewesen. Abgesehen von den Menschen natürlich. Eine kleine Gruppe Inuit, die in einer Stadt mitten im Nichts leben. Einer Stadt mit dem Namen Entschlossenheit. Resolute.

Susanne und John stehen schweigend da und sehen, wie sich das kleine Licht bewegt, folgen seiner Wanderung durch die graue Dämmerung hinunter zu dem dunklen Strand, sehen es eine Weile am Ufer hin- und hergleiten, um dann wieder langsam den Hügel hinaufzuschaukeln. Plötzlich ist es fort.

Susanne dreht sich um, schaut John an. Er spürt ihren Blick und erwidert ihn. Ein Gedanke blitzt auf, vielleicht denken sie ihn gleichzeitig. *Was mache ich hier mit diesem Fremden?*

Beide machen unwillkürlich einen Schritt zurück. Susanne schiebt die Hände in ihre Jackenärmel. John zieht den bereits geschlossenen Reißverschluss noch höher, als wollte er sichergehen, dass seine Kehle nicht zu sehen ist. Susanne lächelt kurz.

»Nun«, sagt sie dann und tritt ein wenig von einem Fuß auf den anderen. »Nun ist es wohl langsam Zeit, hineinzugehen und sich schlafen zu legen. Vielen Dank für die Begleitung.«

Johns Blick flackert.

»Gleichfalls vielen Dank«, sagt er dann. »Und gute Nacht.«

Anders wacht auf, schläft ein und wacht wieder auf.

Vielleicht liegt es daran, dass er nicht allein in seiner Kabine ist, daran, dass ein anderer Mensch in dem Krankenbett neben seiner eigenen Koje liegt. Er richtet sich halb auf, stützt sich auf die Ellbogen und schaut über das hochgezogene Gitter. Robert schläft immer noch. Es sieht aus, als träumte er, seine Augen bewegen sich schnell unter den Lidern, und plötzlich hebt er die verletzte Hand, hält sie zehn Zentimeter übers Kissen, bevor er das Gesicht verzieht und sie dann wieder sinken lässt. Vielleicht hat er Schmerzen. Anders wirft einen Blick auf die Uhr. Halb fünf. Da wird die Betäubung ihre Wirkung verloren haben. Und der Kater sammelt seine Kräfte.

Er klopft aufs Kopfkissen und legt sich wieder hin, schließt die Augen und versucht wieder einzuschlafen. Das geht nicht. Er wechselt die Stellung und versucht es erneut, strengt sich an, jeden Gedanken aus dem Kopf zu vertreiben, aber das ist natürlich unmöglich, denn unter den oberflächlichen Gedanken gibt es andere Gedanken, wortlose Bilder, die ihm durch den Kopf schwirren – *Evas Lächeln früher, als sie noch jung waren, ihr Hohngelächter, ihr Rücken und Nacken* –, und die will er weder sehen noch an sie erinnert werden. Er dreht sich wieder auf den Rücken und zählt rückwärts, ab tausend, gibt aber bereits irgendwo um achthundertfünfzig auf. Es besteht keine Chance, wieder einzuschlafen. Er schlägt die Augen auf und schaut an die Decke. Er ist nicht mehr müde, das ist alles. Wenn da nicht diese Stille wäre, die ihn wach hält. Das Schiff liegt immer noch still, und es ist nicht ein Laut zu hören. Die Musik aus der Bar hat endlich aufgehört. Alle schlafen jetzt.

»Oh!«, sagt Robert mit vollkommen klarer Stimme, einer

Stimme, die viel heller ist als die, mit der er spricht, wenn er wach ist. »Ooh!«

Anders ist sofort auf den Beinen, sieht aber noch im selben Moment, als er sich über das Krankenbett beugt, dass Robert weiter so tief schläft wie zuvor. Er lässt sich wieder auf die eigene Koje sinken und bleibt dort sitzen, reibt sich ein wenig das Gesicht, bis er plötzlich die Arme um sich selbst schlingt. Es ist kalt in der Kabine, viel kälter als gestern. Vor dem Fenster ist die Welt immer noch grau von Nebel und Nieselregen. Er steht auf und geht zum Schrank, öffnet ihn ganz leise, zieht sich den Bademantel und ein paar Strümpfe an, bleibt dann stehen, die Hände in den Taschen. Was soll er jetzt tun? Das Buch, das er am gestrigen Abend in der Schiffsbibliothek gefunden hat, ist mehr als langweilig. Bleibt der Computer. Er kann eine Mail schicken. An irgendjemanden. An wen auch immer.

Äußerst vorsichtig löst er das Spannseil, das den Stuhl an seinem Platz am Schreibtisch hält, hebt ihn dann an, um ihn geräuschlos herausziehen zu können, setzt sich und öffnet seinen Laptop, denkt sogar daran, den Ton vorher herunterzudrehen. Ein merkwürdiges Gefühl, als sich die Mailbox stumm öffnet. Als wäre nichts von all dem wirklich.

Aber natürlich ist es wirklich. Er hat drei neue Nachrichten. Eine von seiner Schwester. Und zwei von Bengt Bengtsson. Er beugt sich näher über den Schirm, schließt die Augen und reibt sich die Stirn, aber die Tatsache bleibt bestehen, als er die Augen wieder öffnet. Er hat drei Mails. Zwei davon von Bengt Bengtsson. Die Betreffzeile ist bei keiner Mail ausgefüllt.

Er lehnt sich auf seinem Stuhl zurück und versucht sich zu konzentrieren, schließt noch einmal die Augen und öffnet sie wieder. Es nutzt nichts. Der Name ist mit einem Gesicht gekoppelt. Bengt Bengtssons. Der Mann, der einst Landskrona ärmer verließ als je einer zuvor und jetzt zurückgekommen ist, wohlhabender als jeder andere. Der Mann, der das größte der großen alten Häuser am Strandvägen gekauft hat, es entkernen und grundsanieren hat lassen und der außerdem die Baugenehmigung für ein Poolhaus bekommen hat, nur wenige Meter vom Ufer des Öresunds entfernt. Der Mann, der über ein Jahr lang eine heimliche Affäre mit Eva hatte. Der Mann, der jetzt mit ihr zusammenlebt. Vollkommen offen. Vor aller Augen. Der Mann, der also Anders erniedrigt …

Blödsinn. Anders zwinkert und setzt sich gerade hin. Er hat doch kein einziges Mal an diesen Kerl gedacht, seit er an Bord gegangen ist, hat ihn beiseitegeschoben und ihn aus seinem Gehirn verwiesen, und das gedenkt er weiterhin zu tun. Und Eva? Ehrlich gesagt war er doch froh, sie los zu sein. Zumindest meistens. Also beugt er sich näher über den Schirm und liest die Mail seiner Schwester:

»Hallo lieber Bruder. Tut mir leid, dich noch einmal stören zu müssen, aber ich wollte dir nur mitteilen, dass Eva vor einer Weile angerufen hat und von mir wissen wollte, wo du bist. Sie hat mir erzählt, dass ihr euch getrennt habt. Mit ziemlich scharfer Stimme, wenn man das so sagen kann. Was ist denn passiert? Ich habe ihr deine Mailadresse gegeben. Hoffe, das ist okay. Pass auf dich auf und lass von dir hören, wenn du kannst. Lisbeth.«

Aha. Das erklärt so einiges. Hinter ihm stöhnt Robert wieder, aber Anders dreht sich nicht um, schaut nicht nach, lässt nur den Cursor eine Zeile tiefer gleiten.

»Lieber Anders. Habe deine Adresse von deiner Schwester. Wo bist du eigentlich? Und wann kommst du nach Hause? Es gibt Dinge, über die wir reden sollten. Ich wäre dir dankbar, wenn du mich so bald wie möglich anrufen könntest. Oder auf diese Mail antworten. Oder mir zumindest eine Telefonnummer mailen, unter der ich dich erreichen kann. Das ist wichtig! Es ist nicht immer alles das, wonach es aussieht. Liebe Grüße. Eva.«

Robert stöhnt erneut auf. Ohne lange zu überlegen, steht Anders auf und tritt ans Bett. Robert schläft immer noch, aber das weiße Morgenlicht von dem Bullauge der Kajüte scheint direkt auf seine untere Gesichtshälfte. Die Haut ist grau und bleich und der Hals sieht körnig aus. Ja. Anders nickt vor sich hin wie ein Erwachsener, der aufmunternd den Beobachtungen eines Kindes zustimmt. Das ist der richtige Ausdruck. Das trifft es auf den Punkt. Es sieht tatsächlich so aus, als hätte jemand dagesessen und zehntausend kleine Körner – Sagokörner vielleicht oder Reiskörner – in die weiße Haut unter Roberts Bartstoppeln eingenäht. Das ist wohl das Alter. Vielleicht hat er in einem bestimmten Licht die gleichen Körner unter dem Kinn. Er zieht die Gardine vor und betrachtet Robert noch einmal. Die weiße Haut wird rosa von der Farbe der Gardine. Und die Körner sind weg. Fast ganz weg.

Er geht zurück an den Computer und schiebt den Cursor auf die nächste Zeile.

»Anders! Warum antwortest du nicht? Es ist jetzt schon mehrere Stunden her, seit ich das letzte Mal gemailt habe, und du hast immer noch nicht geantwortet. Hoffentlich ist alles in Ordnung mit dir …«

Anders schaut unwillkürlich auf seine Uhr. Zehn vor fünf. Was bildet sie sich ein? Dass er die ganze Nacht hindurch am Computer sitzt und auf ihre Mail wartet?

»… und dass du nicht glaubst, dass ich nur Ärger machen will. So ist es nicht. Definitiv nicht. Ich finde nur, wir sollten uns aussprechen über das hier, bevor wir irgendwelche Entscheidungen treffen. Wir haben ja trotz allem mehr als fünfundzwanzig Jahre zusammengelebt, und ich möchte nicht, dass wir Feinde werden. Oder keine Freunde mehr sind. Ich möchte, dass wir Freunde bleiben, dass wir wie vernünftige Menschen miteinander reden und wirklich das sagen können, was wir auf dem Herzen haben. Deine Eva.«

Anders lehnt sich auf seinem Stuhl zurück, starrt die Wand an und fährt sich mit der Hand übers Kinn. Er muss sich rasieren. Das kommt ihm in den Sinn. Das ist alles, woran er im Augenblick denken kann.

Nach einer Weile schaltet er den Computer aus, klappt ihn zu und steht auf, schiebt geräuschlos den Stuhl unter den Schreibtisch und macht ihn fest, bleibt dann an der Stirnseite des Krankenbetts stehen und starrt wieder vor sich hin, versucht einen Gedanken zu fassen.

Was wollte er noch?

Sich rasieren.

Genau, das war es.

Im nächsten Augenblick steht er im Badezimmer und sieht sich selbst in die Augen. Sein Blick sieht aus wie immer, möglicherweise könnte man sagen, dass die Pupillen eine Spur zu groß sind. Was kein Wunder ist, wenn man bedenkt, wie dunkel es in der Kajüte ist, aber er meint sogar sehen zu können, wie sie sich zusammenziehen, wie sie sich mit jeder Sekunde um einen Zehntelmillimeter im Licht der Badezimmerlampe verkleinern …

Nein. Er muss sich zusammenreißen.

Er greift nach der Sprayflasche mit Rasierschaum und sprüht sich welchen in die Hand, während er ein paarmal tief durchatmet. Sie hat also von sich hören lassen. Nach – wie lange ist es jetzt her? – gut vier Wochen hat sie endlich von sich hören lassen. Großartig. Nach dem Tag, als er in ein Haus mit vier leeren Schränken zurückkam, einer geleerten Vitrine – was darin gestanden hatte, daran konnte er sich nicht mehr erinnern – und einem Wohnzimmer ohne Bilder und zuerst glaubte, es wären Einbrecher gewesen. Was für ein Idiot er doch war! Wie ein Wahnsinniger ist er herumgerannt und hat ihren Namen gerufen, voller Angst, sie könnte irgendwo verletzt oder tot liegen. Ja. Er konnte sich an seine Fantasien genauso deutlich erinnern wie an das, was wirklich passiert war: das Bild in seinem Kopf, als er die Hand nach der Klinke der Badezimmertür ausstreckte und das vor sich sah, von dem er glaubte, er würde es zu sehen bekommen, wenn er öffnete – *Eva in einer Blutlache auf dem Boden!* –, und seine vollkommen überwältigende Verwunderung, als er die Tür öffnete und sah, dass das Badezimmer leer war. Er erinnert sich sogar daran, wie er ein paarmal blinzeln musste, um sich davon zu überzeugen, dass sie tatsächlich nicht dort war, dass sie nicht auf dem blau-weiß karierten Fliesenboden lag und mit leerem Blick an die Decke starrte.

Enttäuschung!

Dieses Wort flattert kurz durch seinen Kopf und lässt ihn innehalten, gerade als er den Rasierschaum auf die Haut klopfen will. Er sieht es seinem Spiegelbild an, sieht, wie er mit erhobener Hand dasteht und plötzlich vor seinem eigenen Blick zurückweicht.

Scheiß drauf. Er reißt sich zusammen und sieht sich selbst in die Augen. Und wenn es so gewesen wäre? Wer hätte ihn dafür anklagen können? Niemand. Absolut niemand. Was auch immer er in diesem kurzen Augenblick gefühlt hat, es ging schnell vorüber, sehr schnell. Denn dort, genau in diesen Momenten im Badezimmer, dort hatte er es begriffen. Er hatte den Badezimmerschrank geöffnet und gesehen, dass ihre Regale leer waren. Ausgeräumt. Alle ihre Tuben und Dosen waren fort, alles, was es noch gab, war ein schmutziges Zahnputzglas, ein Glas, das er herausnahm und anschaute, nur um zu sehen, dass eine graue Schicht den Boden bedeckte. Eine eklige graue Schicht, im Kontrast zu allem anderen im Badezimmer, diesem glänzenden, blitzblanken Raum. Er hatte dieses Glas angestarrt und war dann auf den WC-Sitz gesunken. *Eva!*

Der Brief hatte auf dem Küchentisch gelegen. Oder besser gesagt: der Zettel. Es waren ja nur ein paar Zeilen, Worte, an die er sich jetzt nicht mehr erinnern konnte, Worte, an die er sich übrigens nie wieder würde erinnern können, da er den Zettel zusammengeknüllt und weggeworfen hatte, gleich nachdem er ihn gelesen hatte. Er war zu widerlich, zu voll mit Illustriertenfloskeln. An Bengt Bengtssons Namen erinnerte er sich noch. Und dass es Anders', sein eigener Fehler gewesen sei. Dass sie gezwungen gewesen sei, ihre Liebe zu suchen …

Er schneidet seinem Spiegelbild eine Grimasse. Oh, Scheiße. Igitt. Er will nicht an diesen Zettel denken, und er will nicht daran denken, wie er sich danach verhalten hat. Wie er fast weinte. Wie er sie auf ihrem Handy anrief, das abgeschaltet war und blieb. Wie er ein paar Tage später auf Bengt Bengtssons Hausanschluss anrief, jeweils zwischen den Patienten, immer tagsüber, nie irgendwann am Abend, als hätte er Gründe, Angst vor diesem Knilch zu haben, als wäre er der Liebhaber und Bengt Bengtsson der betrogene Ehemann gewesen, und wie Eva den Hörer auflegte, sobald sie hörte, wer dran war …

Und jetzt schreibt sie. Und will reden. Will, dass sie Freunde sind.

Vielen Dank. Danke, allerverbindlichsten verdammten Dank. Er reckt den Hals und lässt den Rasierhobel über die Bartstoppeln gleiten, genießt das Gefühl der Sauberkeit, das jedem Strich folgt. Er weiß, wie sie tickt, weiß genau, wie viel sie sich selbst und allen anderen vorzulügen bereit ist. Er hat fast fünfunddreißig Jahre mit ihren Lügen gelebt, und er hat genug davon ertragen müssen, er hat genug an Lügen für ein ganzes Leben. Man nehme nur die Zeit. Sie hat immer hinsichtlich der Zeit gelogen, es scheint, als wäre sie nicht in der Lage, sich selbst einzugestehen, dass die Zeit in dem Tempo vergeht, in dem sie nun einmal vergeht. Sie haben nicht fünfundzwanzig Jahre lang zusammengelebt. Sondern einunddreißig Jahre, das heißt, eher fünfunddreißig als fünfundzwanzig, und dreißig Jahre waren sie verheiratet. Tatsächlich ereignete sich ihr dreißigster Hochzeitstag knapp einen Monat, bevor sie ihn verlassen hat, und an jenem Tag, nein, in jener Nacht …

Er lässt den Rasierer sinken und hält sich am Waschbecken fest. Ganz ruhig. Nicht zu schnell atmen. Einfach nur hier stehen, kühl analysierend, und zu verstehen versuchen, was sie da eigentlich schreibt. *Es ist nicht immer alles das, wonach es aussieht.* Aha. Und was bedeutet das? Dass sie nicht mit Bengt Bengtsson zusammenlebt? Und was will sie? Wirklich?

Die Antwort ist glasklar. Sie will sowohl ihn als auch Bengt Bengtsson. Sie will, dass Anders immer noch am Rande ihres Lebens existiert, stets bereit zu trösten und zu verstehen für den Fall, dass Bengt Bengtsson nicht bereit sein sollte, ständig zu trösten und zu verstehen. Es könnte natürlich auch sein, dass sie ihn bei ihren Essenseinladungen am Strandvägen als Statussymbol haben will – *mein Ex-Mann!* Einen Moment lang kann er es direkt vor sich sehen, sieht, wie Eva sich dicht an Bengt Bengtsson schmiegt und ihn dazu bringt, ihr den Arm um die

Taille zu legen, wie sie in diesem neu eingerichteten Salon steht und ihre Gäste anlächelt, besonders ihn, der er am Rande der Gruppe steht und versucht, sein Gesicht unter Kontrolle zu halten.

Natürlich. So will sie es haben. Er kann sogar das Lächeln in ihrer Stimme hören: *Mein Mann und mein Ex-Mann. Wir sind alle drei so gute Freunde!*

Nein. Er macht seinen Rücken gerade und betrachtet sich selbst im Spiegel. Das wird nicht passieren. Er denkt gar nicht daran, es dazu kommen zu lassen.

»Nein«, sagt er laut zu sich selbst. »Niemals.«

Der Morgen ist trostlos, und der Vormittag wird noch trostloser.

Bereits beim Frühstück macht sich eine lustlose Stimmung breit. Am Tisch der Besatzung herrschen von Anfang an Schweigen und schlechte Stimmung, und das wird nicht besser, als ein paar leicht verkaterte Forscher auftauchen. Ein Teil von ihnen grüßt kaum, und das wird registriert, auch wenn niemand dazu eine Bemerkung fallen lässt, aber Blicke werden gewechselt, und das genügt. Die jüngeren Forscher kippen nur ein wenig Kaffee in sich hinein, einige von ihnen, weil ihnen noch etwas übel ist, andere, weil sie leicht wie Luft sind nach einer Nacht voller Liebe. Aber allen ist gemeinsam, dass sie ungeduldig sind. Sie wollen an Deck kommen und die CTD-Rosette so schnell wie möglich ins Wasser lassen, während die Älteren versuchen, nicht zu deutlich zu zeigen, wie gering ihr Enthusiasmus ist. Sie wissen, was die Jüngeren nicht wissen, dass die Probeentnahmen heute in erster Linie einen pädagogischen Wert haben, aber keiner von ihnen kann sich aufraffen, das laut zu sagen. Sie bleiben nur etwas länger als üblich über ihren Kaffeetassen sitzen, lange genug, dass sich die Ungeduld der Jüngeren in offene Verärgerung wandelt. Schließlich stehen sie auf und ziehen sich langsam aus der Messe zurück, und kaum sind sie gegangen, da stehen auch die Fernsehjournalisten und einige der anderen Gäste auf und folgen ihnen.

Als Anders zum Frühstück hinunterkommt, ist der Esssaal fast leer. Nur zwei schlecht gelaunte Seeleute sitzen am Tisch der Besatzung und eine einsame Susanne an einem anderen. Eier gibt es nicht mehr, und auch von dem Haferbrei befindet sich nur noch ein winziger Klecks am Boden des Topfes. Er kratzt, so viel er kann, heraus und legt etwas Brot und Käse dazu, um sich dann, nicht ohne einen leisen Seufzer, zu Susanne an den Tisch zu setzen. Er sucht den Platz sorgfältig aus: mit dem Rücken nach achtern, da sie mit dem Rücken zum Bug sitzt, aber nicht genau der Platz ihr gegenüber. Sondern vis-à-vis. Vielleicht begreift sie ja, dass das bedeutet, dass er nicht reden will.

»Hallo«, sagt er trotzdem in einem Versuch, freundlicher zu wirken, als er sich fühlt.

Sie schaut blinzelnd auf, als würde sie jetzt erst bemerken, dass er hier ist.

»Oh, hallo«, sagt sie dann.

Eine Weile schweigen beide. Anders konzentriert sich auf seinen Brei, er will um jeden Preis vermeiden, an das zu denken, was ihm die ganze Zeit durch den Kopf geht. Eva und ihre Mail. Er hat nicht geantwortet. Und obwohl er tatsächlich langsamer geworden ist, als er an der Kajüte mit dem Satellitentelefon vorbeiging, ist er nicht stehen geblieben. Er hat sich davon abhalten können, hineinzugehen und ihre Nummer zu wählen. Das ist das erste Mal. Das allererste Mal in fast fünfunddreißig Jahren, dass er nicht von sich hat hören lassen, obwohl Eva ihn darum gebeten hat. Es ist zwar erst halb zehn, aber er weiß, dass es so bleiben wird. Er wird nicht auf ihre Mail antworten, und er wird sie nicht anrufen. Nicht heute. Vielleicht morgen auch nicht. Vielleicht nie wieder.

Das lässt ihn mit sich selbst zufrieden sein. Aber es macht ihn auch ein wenig nervos. Denn wie wird sein Leben aussehen ohne Eva? Und warum fühlt er sich so leer ohne sie? Warum sollte er nicht allein leben können? Oder sogar mit jemand anderem?

Nein. Er will nicht daran denken. Er muss an etwas anderes denken. Hier und jetzt.

Susanne ist keine große Hilfe. Sie sitzt schweigend da, beide Hände um ihre Tasse, und schaut in die Ferne. Es ist Anders, der schließlich den Teller von sich schiebt, sich nach seiner Kaffeetasse reckt und eine Konversation einleitet.

»Wo sind all die Leute?«

Sie blinzelt erneut und sieht ihn an, etwas verwundert, als hätte sie vergessen, dass er hier sitzt, an ihrem Tisch.

»Die sind an Deck. Bereiten die Rosette vor, nehme ich an.«

Anders hat seine Tasse angehoben, trinkt aber nicht.

»Die Rosette?«

Sie lächelt ein wenig.

»Wasserproben. Sie haben da so ein Ding, das ins Meer versenkt werden soll, um Proben zu entnehmen, jetzt, wo wir nicht fahren. Das wird Rosette genannt.«

Er verzieht das Gesicht.

»Warum das? Ich dachte, es wird die ganze Zeit Wasser ins Labor gepumpt…«

Sie nickt.

»Das schon. Aber das hier ist etwas anderes. Sie entnehmen Proben auf verschiedenen Levels im Meer. Um Salzgehalt und Temperaturen und so zu überprüfen. Aber so genau weiß ich das auch nicht. Ich gebe nur wieder, was Ulrika erzählt hat. Ich glaube nicht, dass ich alles verstanden habe.«

Sie stellt ihre Tasse ab und schaut weg. Aber Anders lässt nicht locker:

»Warum wird es Rosette genannt?«

Sie sieht ihn an.

»Das weiß ich nicht.«

Einen Moment lang bleibt es still, beide wenden den Blick ab.

»Wie geht es deinem Patienten?«, fragt Susanne dann.

Anders antwortet mit einem Achselzucken.

»Nicht besonders. Er ist vor einer Weile aufgewacht, und da ging es ihm ziemlich schlecht.«

»Der Kater.«

Das ist keine Frage. Eher eine Feststellung.

»Tja. Und dann hat er natürlich Schmerzen. In der Hand.«

»Ja. Kann ich mir denken.«

»Aber jetzt ist er in seine eigene Kajüte gegangen und hat sich dort hingelegt.«

»Aha.«

Sie scheint nicht besonders interessiert zu sein, und wieder verstummen beide. Einen Moment lang fällt ihm ein, dass Susanne die Schwester von Björn Hallgren ist, und ebenso schnell überlegt er, ob er sie danach fragen sollte. Vielleicht spürt sie das und will ihm zuvorkommen. Plötzlich steht sie auf und geht zur Kaffeemaschine, füllt langsam ihre Tasse und kommt dann zurück.

»Das klang richtig schön«, sagt sie dann.

Er schaut auf, betrachtet sie. Sie sieht heute anders aus. Ihre Augen glänzen. Ihre Wangen sind leicht gerötet, nicht viel, aber es genügt, dass sie nicht mehr so problembeladen aussieht.

»Was?«

»Was Ulrika von den verschiedenen Höhenbereichen im Meer erzählt hat. Das klang, als gäbe es im Meer viele Meere, alle mit unterschiedlichem Salzgehalt und anderer Temperatur. Als läge das Wasser in Schichten und würde sich für etwas anderes ausgeben. Metall. Oder ein schwimmendes Gesteinslager.«

Sie hält inne, sieht verlegen aus, bevor sie schnell ihre Tasse anhebt und in großen Schlucken trinkt. Anders weicht mit dem Blick aus, will sie nicht in noch größere Verlegenheit bringen.

»Das ist ein schönes Bild«, sagt er.

»Ja«, sagt sie und lächelt ihm plötzlich direkt ins Gesicht. »Das ist wirklich ein sehr schönes Bild.«

Die Welt draußen ist immer noch vom Nebel verdeckt, aber inzwischen in der weißen Nuance des Tages. Trotzdem erscheint der Nebel jetzt dicker als in der Nacht. Der Horizont ist nicht zu erkennen, man kann nur wenige Meter von dem Meer um das Schiff herum sehen.

Draußen auf dem Achterdeck hängt ein Matrose an einem hohen Kran und versucht die Kette zu befestigen, die die Rosette halten soll. Das ist nicht einfach. Ulrika steht darunter, ruft Anweisungen und wedelt mit den Armen, alle anderen Forscher halten respektvollen Abstand, bis die Kette fest sitzt und ordentlich gespannt ist, da laufen sie vor, jeder zu seinen Flaschen.

John steht ein Stuck entfernt und betrachtet das Ganze. Er raucht. Als Susanne an Deck kommt, bleibt sie etwas abseits stehen und beobachtet ihn. Er sieht heute älter aus. Grauer. Selbst die Haare sind eher grau als weiß. Rasch streicht sie sich über das eigene Haar, dieses krause, sandfarbene Haar, das offenbar nie seine Farbe oder Beschaffenheit ändert. Sieht sie genauso alt aus? Oder noch älter? Der Gedanke ist ihr unangenehm, er hat etwas von Scham an sich, und deshalb versucht sie ihn wegzuschieben, doch darunter verbirgt sich ein anderer. Warum machen die das?, denkt sie plötzlich. Warum wollen Menschen das Meer wiegen und messen?

Sie schüttelt schnell den Kopf über sich selbst, geht dann zu John und klopft ihm auf den Rücken.

»Hallo«, sagt sie lächelnd, als er sich umdreht. »Hast du eine Zigarette für mich? Nur bis der Schiffsshop öffnet?«

Er verzieht das Gesicht zu etwas zwischen einem Lächeln und einer Grimasse.

»Oh, Scheiße.«

Susanne tritt einen Schritt zurück.

»Bitte?«

»Ich habe dich auf Abwege geführt. Entschuldige.«

Susanne schiebt die Hände in die Taschen und zieht die Schultern hoch. Es kribbelt unter der Haut vor Lust zu rauchen. Sie grinst breit:

»Ach. Kein Problem. Ich höre auf, sobald ich will.«

Er hört das, was er hören will:

»Sobald du an Land kommst?«

»Genau.«

Endlich zieht er das Päckchen aus der Tasche. Sie zwingt sich, die Hände in den Taschen zu lassen, spielt und dreht an dem Springmesser, bis er die Bewegung ausgeführt hat. Dann zieht sie die Hand heraus, greift nach einer Zigarette und beugt sich über sein Feuerzeug. Der Genuss ist größer als gestern, aber da lauert noch etwas darunter. Etwas, das eine Bürde und eine Erleichterung zugleich ist. Sie nimmt noch einen Zug und wendet sich dann John zu.

»Hast du mit deinen Computerbildern angefangen?«

Er schüttelt den Kopf.

»Erst wenn wir wieder losfahren.«

Er zuckt mit den Schultern und guckt zur Rosette. Die hängt jetzt in der Luft, hinter ihr ist es weiß vom Nebel.

»Und wann wird das sein?«

»Keine Ahnung. Das hängt wohl davon ab, wann wir losfahren können. Was wiederum vom Eislotsen abhängt. Die Frage ist, wann er rüberkommen kann …«

Susanne verzieht leicht das Gesicht, sagt jedoch nichts. Beide stehen reglos da und sehen, wie die Rosette einen Moment lang an ihrer Kette baumelt, bis sie ins Meer versenkt wird. Sie gleitet mit einem Plumps ins Wasser, dann rasselt die Kette, und die Winde beginnt sich zu drehen. Susanne zieht die Schultern hoch. Es ist kalt.

»Du denkst an den Nebel?«

»Ja«, sagt John. »Ich denke an den Nebel.«

Aber der Nebel lichtet sich nicht, im Gegenteil, es zieht im Laufe des Vormittags weiter zu, und er scheint immer dichter zu werden. Ungeduld breitet sich auf dem Schiff aus. Im Labor wird festgestellt, dass dort der Quecksilbergehalt der Luft unverhältnismäßig hoch ist, und bei einer eilig einberufenen Besprechung wird beschlossen, dass es Viktors Schuld ist, die Schuld des schüchternen, jungen Doktoranden, der über Quecksilber forscht. Er muss irgendwie ein Leck verursacht haben, und es nutzt nichts, als er versucht zu erklären, dass er das wirklich nicht getan haben kann, dass all sein Quecksilber in sicherer Verwahrung ist. Er muss raus! Er kann seine Sachen nehmen und in seinem kleinen Container verschwinden, wie schwierig und lästig es dort auch ist. Man kann einfach nicht riskieren, dass die Proben der anderen kontaminiert werden. So! Verschwinde!

Oben sitzt Lars frierend auf dem vierten Deck und starrt in den Nebel. Nicht ein Vogel zu sehen, in welche Richtung er sein Fernglas auch wendet, während Göran, der im Radarcontainer auf dem Achterdeck hockt, hartnäckig per Walkie-Talkie behauptet, dass sich ein Schwarm Möwen um das Schiff herum bewegt.

»Ich sehe sie nicht«, zischt Lars in die Muschel. »Over!«

»Auf Viertel vor zwei«, ruft Göran. »Und ganz dicht bei dir! Over!«

»Ist mir scheißegal. Sie sind nicht zu sehen. Over!«

»Warum bist du denn so sauer? Over!«

»Ich bin nicht sauer. Ich sehe nur ganz einfach keine Möwen. Und höre genauso wenig. Over!«

»Dann scheiß drauf. Over!«

»Genau das tue ich. Over!«

Bernhard und Eduardo, der Fernsehjournalist und sein Kameramann, geraten oben auf der Brücke in einen offenen Streit. Forscher und Besatzung hören demonstrativ weg. Alle sind plötzlich emsig damit beschäftigt, auf ihre Computermonitore zu starren, Aufzeichnungen im Logbuch zu machen oder den Nebel mit ihren Ferngläsern zu durchdringen – während sie ganz genau hinhören. Nicht, dass auch nur einer verstehen würde, worum es bei dem Streit eigentlich geht.

»Habe ich doch gesagt!«, schimpft Bernhard.

»Ich weiß ja wohl, was du gesagt hast«, faucht Eduardo. »Aber ich sage, das geht nicht.«

»Gib mir die Kamera!«

»Den Teufel werde ich tun. Die ist eine halbe Million wert. Und sie gehört mir.«

»Und wer hat die Bürgschaft übernommen? Hä?«

Er will gerade die Hand heben und die Kamera an sich reißen, als Fredrik eingreift; er schaut lächelnd von seinem Radarschirm auf.

»Mittagspause«, sagt er. »Vielleicht könntet ihr mit euren Gewaltausbrüchen bis nach dem Essen warten.«

Bernhard und Eduardo schauen sich um und werden sich plötzlich der Tatsache bewusst, dass sie nicht allein sind. Bernhard fährt sich schnell mit der Hand durchs Haar, Eduardo drückt sich die Kamera an die Brust. Beide schauen ein wenig betreten drein.

»Außerdem«, fährt Fredrik fort, »sieht es so aus, als würde der Nebel sich bald lichten.«

Und er hat recht. Kurz nach dem Mittagessen, als Susanne mit einem ureigenen Päckchen Marlboro in einer Hand und einem frisch erstandenen Feuerzeug in der anderen auftaucht, beginnt sich der Nebel tatsächlich zu lichten. Wind kommt auf. Die weißen Nebelschleier werden dünn wie Tüllgardinen und reißen auf, die Welt öffnet sich nach draußen. Das Wasser sieht aus wie gestern, dunkel und metallisch, aber die Schollen auf ihm sind weißer geworden. Bald wird man bis zur Insel sehen können.

Susanne hängt über der Reling, genießt mit der einen Hälfte ihres Ichs und versucht zu ignorieren, was in der anderen Hälfte vorgeht. Sie weiß ja, dass es lebensgefährlich ist zu rauchen, genau genommen weiß sie es mit jeder Zelle ihres Körpers, sie kann sogar erahnen, wie schmerzhaft es ist, am Rauchen zu sterben, dennoch genießt sie es. Sie nimmt einen tiefen Zug und schließt die Augen. Sie wird bald wieder aufhören. Sobald die Stange, die sie gekauft hat, zu Ende ist.

Als sie die Augen wieder öffnet, kann sie bis zur Insel sehen. Heute ist es dort dunkelgrau.

Ein paar Stunden später steigt der Hubschrauber von Resolute auf, und wieder einmal wird es voll auf dem Vorderdeck; Besatzung, Forscher und Gäste drängen sich an der Reling und beobachten, wie das, was aus der Entfernung aussah wie eine kleine Eintagsfliege, immer größere Gestalt annimmt und eine immer kräftigere rote Farbe bekommt. Sie drehen den Kopf gen Himmel, als es über sie hinwegfliegt, wie Kinder in einer früheren, an Flugobjekten armen Zeit, und sehen, wie es Sekunden später hinter dem sechsstöckigen Hochhaus der Oden verschwindet, um achtern auf dem Hubschrauberdeck zu landen.

Dann zieht es alle in die Messe. Der Nachmittagskaffee wartet.

»Warst du schon mal in diesen Gewässern?«, fragt Anders Ulrika, als sie in der Schlange stehen.

Sie dreht sich um und sieht ihn an, zuerst ein wenig überrascht, dann lächelnd.

»Ach, hallo!«

»Selber hallo. Und – warst du?«

Sie balanciert ihre Tasse an einen Tisch, bevor sie antwortet. Er folgt ihr. Als sie die Tasse auf den Tisch stellt, sieht er, dass sie am Mittelfinger der linken Hand einen dünnen Ring trägt. Mit einem kleinen blauen Stein. Bedeutet das, dass sie verheiratet ist?

Sie zieht den Stuhl heraus und schüttelt den Kopf.

»An anderen Punkten im Nördlichen Eismeer. Aber noch nie genau hier.«

»Und der Eislotse weiß, wohin man fahren muss?«

Sie lacht auf.

»Das glaube ich nicht. Nach allem, was ich gehört habe, ist seit fünf Jahren niemand mehr durch den Peel Sund gefahren. Und durch den Viscount Melville Sound nicht seit acht Jahren.«

Er nickt scheinbar zustimmend, während er sich an die Karte zu erinnern versucht.

»Ich dachte, das wäre bereits geklärt. Wer entscheidet, welche Route es wird?«

»Roland will durch den Viscount Melville Sound. Aber nur, um sich als Macho zu beweisen. Das Eis ist dort ziemlich dick. Wir werden sehen, was der Eislotse sagt. Wie geht es deinem Patienten?«

»Ich glaube, er schläft. Er ist heute Morgen in seine eigene Kabine gegangen, und seither habe ich ihn nicht mehr gesehen.«

»Hm«, macht Ulrika. »Ich frage mich, ob sich jemand um seine Proben kümmert.«

»Keine Ahnung«, sagt Anders.

Der Eislotse taucht nach einer Viertelstunde auf. Roland begleitet ihn in die Messe, ausnahmsweise einmal in Schlips und Kragen unter dem blauen Uniformpullover und mit einem verbindlichen Lächeln. Der Eislotse ist ein großer, hagerer und sehr gepflegter Mann, nicht nur größer, sondern auch hagerer und gepflegter als Roland, und er setzt ein ebenso verbindliches Lächeln auf, während Roland Marias frisch gebackene Heißwecken empfiehlt. Eine schwedische Spezialität! Sehr gut. Anschließend lassen die beiden sich an einem Tisch voller Forscher und Gäste nieder, und das verbindliche Lächeln breitet sich über weitere vierzehn Gesichter aus. Gleichzeitig wechseln alle vom Schwedischen ins Englische, und neugierige Fragen beginnen auf den Neuankömmling einzuprasseln. Wie lange hat er auf Resolute gewartet? Und welche Route wird es nun? Peel

Sound oder Viscount Melville Sound? Der schwere Weg oder der noch schwerere?

»*We'll see*«, sagt der Eislotse diplomatisch und beißt von der frisch gebackenen Wecke ab, nickt dann freundlich Roland zu. Er hatte recht. Das ist wirklich eine ungewöhnlich gute Heißwecke.

Die Maschinen werden erst nach einigen weiteren Stunden Wartezeit angeworfen, während denen sich der Eislotse und Roland oben auf der Brücke über die Seekarte beugen und ihre Kräfte messen. Sie reden leise und ungemein höflich, aber ihr Lächeln verliert zunächst seine Verbindlichkeit und erlischt dann nach und nach ganz. Der Eislotse kann den Viscount Melville Sound wirklich nicht empfehlen. Es ist lange her, seit jemand dort gefahren ist, und damals war es, darauf muss er leider hinweisen, ein Atomeisbrecher. Niemand kann sagen, was passieren wird, wenn sich ein gewöhnlicher Eisbrecher dem Eis dort stellt. Er kann es natürlich nicht *verbieten*, dass die Oden diese Route einschlägt, aber wenn sie sich festfahren, dann ist es so, und die Kosten, um Leute und Schiff wieder zu befreien, sind beträchtlich …

Roland seinerseits möchte nur darauf hinweisen, dass die Oden stärker ist als jeder andere nicht-atomgetriebene Eisbrecher und dass das Schiff zeitweise, wenn auch nicht immer, das muss er ebenfalls zugeben, aber bei mehreren Gelegenheiten damit überrascht hat, dass es sich durch das gröbste Eis durchkämpfen kann, nicht zuletzt um den Nordpol herum. Denn er hat doch schon erwähnt, dass die Oden viermal am Nordpol gewesen ist? Und dass man auf dieser Expedition hier das fünfte Mal vorbereitet?

»Ja«, sagt der Eislotse. »Aber trotzdem … Das Eis im Viscount Melville Sound kann bis zu sieben Meter dick sein. Oder so.«

»Hm«, macht Roland.

Sie stehen reglos da, jeder eine Hand auf den Tisch gestützt. Über eine Minute lang herrscht Schweigen. Dann richtet Roland sich auf und lächelt ein schmales kleines Lächeln. Die Entscheidung ist getroffen. Es wird der Peel Sound.

»Genau genommen«, sagt der Eislotse, wendet den Blick von Roland ab und schaut durch die riesigen Fenster der Brücke. »Genau genommen ist noch nie ein Schiff zu dieser Jahreszeit durch den Peel Sound gefahren.«

»*Well*«, sagt Roland. »Dann hoffen wir, dass es gut geht.«

Ein leichter Stoß geht durch das Schiff, als es sich bewegt, ein leichter Stoß, der in alle Richtungen als Startsignal fungiert. Ulrika beugt sich über den Frischwassereinlauf im Labor und justiert die Einstellungen. Anders säubert eine Schürfwunde bei einem der Männer im Maschinenraum und klebt ein Pflaster drauf. Vincent schaltet die Drehbank in seiner Werkstatt ein und macht einen ersten Versuch, eine Mutter zu kopieren. Fredrik befestigt einen gelb-schwarz gestreiften Stab an der Reling an Backbord, ein Stab, der den Abstand zum Eis messen soll. John schiebt einen Schlüssel ins Schloss seines Materialcontainers und öffnet die Tür mit einem leisen Lächeln, als wollte er den »Fisch« den beiden Doktoranden und den beiden Matrosen vorstellen, die helfen sollen, ihn an Deck zu schleppen. Keiner von ihnen erwidert das Lächeln, wortlos sind sie darauf konzentriert, das schwere Instrument in die richtige Lage zu bekommen. Es soll vor Mittag ins Meer, und bis dahin muss kontrolliert werden, ob die Elektronik auch so funktioniert, wie sie soll.

Die Oden dreht ab und biegt in den Peel Sound ein. Hinter ihr verwandelt sich die schwarze Insel Resolute in eine graue Wolke, die sich schwer auf den Horizont senkt.

Am nächsten Morgen ist die Oden endlich im Eis. In dem richtigen Eis, das Mitte Juli tief und schwer zwischen den Inseln liegt. Fünf Meter dick und ohne einen Riss. Fünf Meter dick und ohne Platz für die mächtigen Blöcke, die das Fahrzeug herausbricht und zur Seite zu schieben versucht.

»Zäh«, sagt Roland bei der Morgenbesprechung und schaut in die Runde. »Eine ungewöhnliche Konsistenz. Wie Gummi.«

Ulrika runzelt die Stirn.

»Schwer zu brechen?«

»Sehr schwer.«

Einen Moment lang bleibt es still. Vor den Fenstern strahlt eine ansichtskartenschöne Winterlandschaft. Der Himmel ist hoch und blau, mit vereinzelten weißen Wölkchen, und das Eis darunter gibt sein Bestes, ihm nachzueifern, was jedoch nicht so recht gelingen will. Das wird fast zu einem Negativ: eine weiße Fläche mit blauen Seen von Schmelzwasser, wie ein weißer Eishimmel mit blauen Wolken.

»Wir werden heute wohl kaum mehr als drei, vier Knoten erreichen«, sagt Roland. »Dann müssen wir sehen, ob es ein Stück weiter besser wird.«

Keiner sagt etwas darauf.

»Ja, das war wohl alles.«

Der Collegeblock wird zugeklappt. Stühle schurren gedämpft über den Boden. Jemand hilft dem an der Hand verbundenen Robert, den Stuhl unter den Tisch zu schieben, und bekommt ein freundliches Nicken als Dank. Die Morgensitzung ist beendet.

Hinterher stellt sich Susanne an den Bug und lässt sich von dem brechenden Eis hypnotisieren. Die Sonne funkelt in den kleinen Schmelzwasserpfützen draußen auf dem Eis. Der Horizont ist ein weiter Kreis um sie herum, ein Kreis ohne Anfang oder Ende, und alles, was sie sieht, ist dieses Weiß und Blau, ein blau-weißer Himmel über weiß-blauem Eis. Sie kann nicht anders, sie muss lächeln. Jetzt ist sie endlich am Ziel ihrer Träume angekommen. Außerhalb der Welt. In dem sicheren Vakuum, in der vollkommenen Ereignislosigkeit, die sie ihr ganzes Leben lang gesucht und gescheut hat. In diesem Moment würde es ihr nicht das Geringste ausmachen, wenn sie nie wieder ein Haus, eine Zeitung oder eine Straßenlaterne sehen würde, wenn sie nie wieder auf ein Fest gehen, neue Strümpfe kaufen oder mit einem anderen Menschen reden könnte. Sie ist bereit, der gesamten Zivilisation abzuschwören nur für den Genuss, allein ganz vorn am Bug eines Eisbrechers zu stehen und zu sehen, wie er sich durch das Eis drängt.

Sie hängt über der Reling und starrt nach unten, sieht, wie das Wasser von der Oden über das Eis gespült wird und wie der gewölbte Bug anschließend auf die feuchte Oberfläche gleitet und sie hinunterdrückt. Ein Riss läuft schnell ein paar Meter nach vorn, ohne jedoch das Eis zu brechen, er öffnet nur eine kleine Wunde an der Oberfläche, eine feuchte kleine Wunde, die türkisfarbene Eingeweide freilegt. Die Oden fährt einige Meter zurück und nimmt noch einmal Anlauf, wirft sich erneut mit ihren neuntausend Tonnen drauf, und jetzt geschieht es endlich. Das Eis bricht in einem gewaltigen Schock, wird zu riesenhaften Eisschollen verwandelt, die sich widerstrebend zur Seite wälzen. Einen Moment lang entblößen sie ihre glasblauen Körper, bevor sie in das schwarze Wasser unter dem Schiff gesogen werden, um Sekunden später an Backbord oder Steuerbord wieder an die Oberfläche zu steigen, nackt und riesig, wütend und rachsüchtig, aber dabei vollkommen machtlos. Die Oden schiebt sich vor, bricht auf und zerbricht das, was jahrzehntelang geschlossen und verborgen war. Kleine Wasserfälle rinnen in den ersten Sekunden die Ränder der Eisschollen hinunter. Dann ist es plötzlich vorbei. Das gebrochene Eis wendet sein verletztes Innere gen Himmel und bleibt so liegen. Hinter dem Schiff schließt es sich zu einem Wall zusammen: ein Wall, der in nur wenigen Stunden so hart gefroren sein wird, dass es unmöglich ist hindurchzukommen.

Susanne wendet ihr Gesicht der Sonne entgegen und schließt die Augen, genießt ebenso intensiv das Brummen der Maschinen und der Eismühle der Oden, wie sie zuvor die Stille in ihrer Kajüte genossen hat. Hierhin war sie also auf dem Weg. Das war es, wonach sie sich gesehnt hat. Nach dem angenehmen Gefühl, Eis zu brechen, die Stille in der Arktis zu zerschlagen, hinter sich eine Wunde in einer Landschaft zu hinterlassen, die jahrelang ungestört und unberührt dagelegen hat. Bei diesem Gedanken muss sie schmunzeln. Vielleicht nicht so ganz. Aber etwas in der Richtung.

Als sie wieder die Augen öffnet, bleibt ihr Blick an einem kleinen gelben Punkt draußen auf dem Eis hängen. Es dauert ein Weilchen, bis sie begreift, dass es ein Eisbär ist. Ihr erster Eisbär. Sie hebt das Fernglas und stellt es ein. Der Bär steht ein Stück entfernt mit offenem Maul da, steif und reglos, als wäre er ausgestopft, und starrt die Oden an, bis er sich ganz, ganz langsam auf die Hinterbeine erhebt.

Er starrt Susanne an, und Susanne starrt zurück.

Eine Minute später ist das Deck wieder einmal voll mit Leuten, Kameras klicken, alle drängen sich an der Reling, reden und lachen. Der Bär ist näher gekommen, mit einwärts gedrehten Tatzen ist er direkt auf den Bug zugetrottet, aber jetzt ist er stehen geblieben und hat sich wieder auf die Hinterbeine gestellt, steht mit kerzengeradem Rücken dort und starrt sie an.

»Das muss ein Männchen sein!«

»Ich glaube, noch ziemlich jung.«

»Die jungen Männchen sind die schlimmsten. Richtig lebensgefährlich. Auf Spitzbergen ...«

»Ja. Das muss ein Männchen sein, jung, dumm und übertrieben mutig.«

»Obwohl es auch Weibchen gibt, die einen ausgebildeten Penis haben.«

»Wieso das?«

»Durch die Chemikalien, glaube ich. Alles wird ja hier hochgespült.«

»Droht er uns? Steht er deshalb auf den Hinterbeinen?«

»Nein. Er guckt nur. Wenn er uns drohen will, dann dreht er uns die Seite zu.«

»Und krümmt den Rücken.«

»Aber das wird er nicht tun. Er begreift nicht, dass die Oden größer ist ...«

»Woher weißt du das?«

»So ist das eben. Sie haben ja nichts, wovor sie Angst haben müssen, überhaupt keine natürlichen Feinde.«

»Scheiße, wir werden ihn überfahren ...«

»Nein, er wird sich schon trollen, wenn er genug geguckt hat.«

In dem Moment verliert der Bär das Interesse an der Oden, stellt sich auf alle viere und trampelt ein paarmal auf der Stelle, bevor er ihnen den Rücken zukehrt und davontrottet.

»Er war schön«, sagt John zu Susanne. Sie lächelt zur Antwort:

»Ja«, sagt sie. »Sehr schön.«

Eine Weile bleibt es still, sie schauen beide übers Eis. Der Bär ist plötzlich weg. Niemand weiß, wohin er gegangen ist.

»Wie läuft es mit dem Kartieren?«, fragt Susanne.

»Nicht so gut«, sagt John. »Das Eis zerrt an den Ketten, es ist schwer, den Fisch an Ort und Stelle zu halten.«

»Den Fisch?«

»Das Messinstrument.«

»Ach so«, sagt Susanne.

Dennoch hält er sein Versprechen und nimmt Susanne auf einen pädagogischen Rundgang mit. Sie bleiben eine Weile achtern stehen und schauen auf das zerbrochene Eis hinunter, sehen, wie es an den Ketten zieht und zerrt, die den Fisch weit dort unten an Ort und Stelle halten sollen. John sieht besorgt aus, als er sich mit festem Griff um die Kette weit vorbeugt und hinunterschaut:

»Das Risiko besteht, dass es ganz zerstört wird«, sagt er.

Susanne nickt, hört aber eigentlich gar nicht zu. Sie starrt auf den Eiswall, den sie hinter sich lassen, und auf das niedrige, offene Achterdeck. Hier gibt es keine Reling. Und das Schiff liegt so tief, dass sie problemlos hinunterklettern könnte, sie würde ihren Fuß auf einen der enormen Blöcke setzen können und sich an ihm festhalten, während sie vorsichtig auf das unzerstörte Eis daneben kletterte. Und dann könnte sie dort stehen bleiben, würde vollkommen reglos dort stehen bleiben und nur zusehen, wie das Schiff am Horizont verschwände …

Und dann? Tja. Das Schiff fährt wahrscheinlich nicht schneller, als sie laufen könnte. Natürlich vorausgesetzt, dass sie nicht auf einen Eisbären träfe. Sie lächelt in sich hinein und wendet sich John zu. Er redet, aber sie hat nicht gehört, was er gesagt hat.

»… jedenfalls auf den Computern.«

Er geht los. Aha. Dann wollen sie wohl zu seinem Container gehen und sich die Computer ansehen. Sie schiebt die Hände in die Taschen und folgt ihm.

Die Bilder sind nicht fertig. Vorläufig erscheinen nur Ziffern und Striche auf dem Bildschirm, Ziffern und Striche, die Susanne vollkommen unbegreiflich sind. Einer von Johns Doktoranden versucht zu erklären, aber seine Sprache ist unverständlich. Chirp? Sonar? Fächerecholot? Sie nickt trotzdem und lächelt vorsichtig, tut, als wäre sie vollkommen der gleichen Meinung, bis John eingreift. Er hat einen anderen Computer eingeschaltet:

»Komm her, Susanne«, sagt er. »Hier kannst du sehen, wie sie später aussehen werden …«

Das Bild sieht aus wie aus einem Computerspiel. Grellgelbe Berge. Giftgrüner Boden. Knallrote Hügel.

»Was ist das?«

»Eine Bucht in Stockholms Schärengürtel«, sagt John. Er lässt das Bild nicht aus den Augen. Susanne steht dicht hinter ihm, so dicht, dass sie seine Körperwärme spüren kann. Sie legt den Kopf schräg und versucht nicht zu zeigen, wie enttäuscht sie ist. Die Bilder offenbaren zwar eine verborgene Wirklichkeit, aber nicht so, wie sie sich das vorgestellt hat. Das sind keine Fotografien, sondern digitalisierte Zeichnungen. Keine Pflanzen, keine Unterwasserwesen, kein versunkenes Atlantis.

»Die Farben geben die Tiefe an«, sagt John. »Rot ist flach, Grün tief. Und Blau ist richtig tief.«

Sie nickt stumm hinter seinem Rücken, beugt sich dann vor und gibt sich interessiert.

Der Besuch im Labor wird zum Auslöser, aber es dauert eine Weile, bis sie das merkt. Erst als sie wieder in ihre Kabine gegangen ist, merkt sie, dass sich Figuren in ihrem Kopf bewegen. Sie kann sie sehen. Sie kann hören, wie sie miteinander reden. Sie lächelt ihr Spiegelbild an. Endlich. Sie kann arbeiten. Sie muss arbeiten.

Mit einer hastigen Bewegung zieht sie das Gummiband ab, das ihren Pferdeschwanz hält, und schüttelt ihr Haar. Eine Zehntelsekunde lang meint sie Elsies Gesicht im Spiegel erahnen zu können – die gleichen Farben, die gleiche Falte zwischen den Augenbrauen, der gleiche schmale Blick –, bevor sie sich umdreht, um an den Schreibtisch zu gehen.

Sie hält mitten im Schritt inne. Es dauert eine Weile, bis sie begreift, was sie sieht. Da liegt etwas in der Koje. Ein Frauenkörper ohne Frau.

Ein Paar dunkelblaue Socken, ordentlich in beide Richtungen zeigend.

Ein weißer Baumwollslip darüber.

Ein weißer BH, die Körbchen mit etwas ebenso Weißem ausgefüllt, Servietten vielleicht oder Toilettenpapier …

Ein stramm zugezogener Gürtel, dort, wo der Hals sein sollte.

Und ein Gesicht, grob auf das Kopfkissen gezeichnet. Ein Comicgesicht mit schwarzen Kreuzen statt der Augen und einem dunkelroten, weit aufgerissenen Mund.

Wieder ist jemand in ihrer Kajüte gewesen. Aber dieses Mal hat er keinen Geruch hinterlassen.

Ein Wintertag

Die Bilder der Nacht bewegten sich immer noch hinter seinen Augenlidern: Ein blondes Mädchen lief einen Weg entlang, hinter ihm stieß ein schwarzer Vogel herab, und aus dem Nirgendwo stieg das Wort »Nirgendwo« auf und verwirrte ihn. Er musste sich mit der Hand über die Augen fahren, um die Bilder zu verscheuchen, als er sein Portemonnaie aus der Gesäßtasche gezogen hatte.

»Alles in Ordnung?«, fragte der Taxifahrer.

»Ist schon okay«, sagte Björn. »Ich bin nur noch nicht richtig wach.«

Ein blondes Mädchen lief einen… Er kniff die Augen zusammen und öffnete sie wieder. Lächelte ein wenig, zwang sich, das zu sehen, was er wirklich sah. Straßenlaternen. Die Sofia-Albertina-Kirche, die hinter dem Schneeregen zu erahnen war. Ein dicker Mann in schwarzer Lederjacke, der leicht mit den Schultern zuckte, während er nach Wechselgeld in seinem Portemonnaie suchte.

»Ja. Scheiße, nee. Um diese Uhrzeit würde man lieber schön im Bett liegen…«

Björn verscheuchte den schwarzen Vogel und zwang sich zu einer Antwort.

»Aber das geht bestimmt vorbei.«

»Ja«, sagte der Taxifahrer und reichte ihm das Wechselgeld. »Wird wohl so sein. Na dann.«

Das Haar war nach dem Duschen noch nicht wieder trocken, die Feuchtigkeit lag wie ein kalter Helm über der Kopfhaut. Das Wort *Nirgendwo* segelte vorbei, aber er ließ sich nicht von ihm einfangen und verwirren, zog lieber die Kapuze hoch, während das Taxi anfuhr und verschwand, und schaute dann auf den Hafen. Die Fähre lag am Kai, sie hatte die ganze Nacht schon dort gelegen, aber bis jetzt waren noch keine Passagiere an Bord gelassen worden. Sie standen in einer kleinen Schlange, eine Gruppe frierender Männer mit hochgeschlagenen Kragen. Er beobachtete sie einen Moment lang, aber nein, da bestand keine Gefahr. Keiner von ihnen würde ihn wiedererkennen, also beugte er sich nach unten, packte seine Tasche und ging auf sie zu. Niemand drehte sich um. Niemand sah ihn an. Er stellte sich hinten an, schob die Hände tief in die Taschen des Dufflecoats, stand reglos wie die anderen da und starrte in die Dunkelheit. Genoss es, niemand zu sein. Genoss es, dabei zu wissen, dass er kein Niemand war. Er war der Sänger der Typhoons und so sehr ein Star, wie es in Schweden nur möglich war. Und jetzt würde er die Fähre über den Sund nehmen und dann ein Taxi nach Kastrup. Er hätte bereits eingecheckt und wäre bereit, wenn die anderen Jungs mit dem Flugzeug aus Stockholm landeten.

Ein blondes Mädchen lief einen Weg entlang, ein schwarzer Vogel stieß hinter ihr herab, und aus dem Nirgendwo stieg das Wort *Nirgendwo* auf und verwirrte ihn. Er schüttelte den Kopf, um diese Bilder zu vertreiben, und schniefte dann kurz, um sich selbst daran zu erinnern, dass er wach war, dass er bereits seit über einer Dreiviertelstunde wach war. Warum konnte er diesen Traum trotzdem nicht abschüttelen? Wovon handelte er?

Er suchte in seinen Taschen nach den Zigaretten und drehte sich halb zur Seite, schützte die Flamme des Feuerzeugs mit seiner hohlen Hand. Vielleicht hatte es mit dem Text zu tun, diesem Text, den er bereits so oft gesungen hatte und den er an diesem Abend im englischen Fernsehen singen sollte. Er bewegte tonlos die Lippen: *Once there was a girl that I…* Lampenfieber durchschoss ihn. Und wenn er jetzt alles verpatzte? Wenn er plötzlich keinen Ton mehr herausbrachte? Oder wenn er den Einsatz verpasste, wenn er plötzlich wie ein Idiot im englischen Fernsehen stand und seinen Einstieg in einen Song nicht fand, den er schon Hunderte von Malen gesungen hatte?

Er schloss die Augen und nahm einen tiefen Zug. Das würde nicht passieren. Es war noch nie passiert, und das würde auch dieses Mal nicht passieren. Er war Björn Hallgren. Das durfte er nicht vergessen. Und Björn Hallgren verpatzte nichts. Es ging nur darum, sich das ins Gedächtnis zu rufen. Er veränderte die Haltung, wechselte den Schwerpunkt von der linken Hüfte auf die rechte und blies den Rauch aus, sah, wie er sich wie eine kleine weiße Wolke in der Dunkelheit ausbreitete. Aber, dachte er und musste bei diesem vertrauten Gedanken leicht schmunzeln, wer ist eigentlich Björn Hallgren?

Das elternlose Kind ... Die Worte huschten so schnell durch seinen Kopf, dass er nicht dagegen ankam, es dauerte eine Sekunde oder zwei, bevor es ihm gelang, sie wieder zu vertreiben. Er war schließlich nicht elternlos. Er hatte ja eine Mutter, die er außerdem heute treffen sollte. Und irgendwo hatte er ja wohl auch einen Vater, auch wenn es lange her war, dass er überhaupt an diesen Idioten gedacht hatte. Fantasien aus seiner Kindheit regten sich im Hinterkopf – ein König, ein Fußballspieler, eine Berühmtheit –, und er verzog das Gesicht. Sicher. Verdammt, es war viel wahrscheinlicher, dass sein Vater ein alter Alki war oder ein Seemann auf Frührente. Vielleicht würde ihm bald klar werden, dass er der Papa eines Popstars war, vielleicht würde er auftauchen wie andere verschwundene Väter vor ihm und seinen *claim to fame* fordern. Aber Björn dachte gar nicht daran, sich mit ihm zu treffen. Er würde auf keine diesbezüglichen Fragen der Journalisten antworten, und wenn er es doch täte – aber nur *wenn* –, dann würde er betonen, dass der Beitrag des alten Knaben höchst marginal war. Eine Spermie. Und dass das nicht genügte, um sich mit Björn Hallgren treffen zu dürfen. Ganz und gar nicht.

Er steckte sich die Zigarette wieder in den Mund und stellte fest, dass sie erloschen war. Er hatte nicht darauf geachtet, sie in seiner Hand geschützt zu halten, damit der Regen sie nicht traf. Scheiß drauf. Er warf die Kippe weg und zog die Schultern hoch. Also: Wer war Björn Hallgren nun? Er musste wieder lächeln.

Vor einem Jahr war Björn Hallgren eine achtzehnjährige Unschuld gewesen. Ein ziemlich nervöser Typ mit schlechten Noten, der des Nachts wach lag und darüber nachdachte, ob er jemals mit einem Mädchen schlafen würde, einer von der ängstlichen Sorte, der sich auf den Schulfesten, bei denen er und seine

Kumpel aus der Band Moonlighters immer spielten, nie von der Bühne hinunterwagte, ein ängstlicher Hosenscheißer, der sich einfach nicht traute, nach einem der Mädchen zu greifen, die schmachtend da unten standen… Bis diese Ann-Sofie ihn in Helsingborg mehr oder weniger in die Mädchenumkleide hinter der Turnhalle gezerrt und die Sache geregelt hatte. In zwei Minuten war es vorbei gewesen, aber dabei hatte es sich um äußerst denkwürdige zwei Minuten gehandelt. Zumindest für ihn.

Hinterher war er wie ausgewechselt gewesen. Die Jungs in der Band hatten das gemerkt und ihn angegrinst. Die Mädchen in der Schule hatten ihm schöne Augen gemacht. Und Inez hatte ihn eine ganze Woche lang mit ihren Blicken verfolgt. Sie hatte die ganze Zeit eine Falte auf der Stirn, eine kleine Falte, die verriet, ihr war nicht entgangen, dass er sich selbst von der Leine gelassen und sich herumgetrieben hatte. Nur Susanne und Birger hatten nichts gemerkt, aber so war es ja immer. Susanne war zu klein. Und Birger hatte ein eingeschränktes Blickfeld. Hatte er immer schon gehabt.

Wer also war Björn Hallgren? Wenn man nun von dieser Sache mit dem Popstar absah. War er nur der Junge, der mit Ann-Sofie geschlafen hatte? Nein. Er war der Junge, der seitdem mit sieben Mädchen geschlafen hatte – nein, acht! Und außerdem war er der Junge, der gestern in einer Einfahrt auf der Stora Norregatan gleich neben Salomonssons Parfümerie lässig an die Wand gelehnt gestanden hatte, der Junge, der gesehen hatte, wie Evas Gesicht erstrahlte und zu leuchten begann, sobald sie aus dem Laden kam und ihn erblickte.

»Björn!«

Er zuckte zusammen und drehte sich um, blinzelte die Vorstellung fort, dass er offenbar Menschen mit bloßer Gedankenkraft herbeizaubern konnte, starrte sie dann an.

»Eva? Bist du das?«

Heute strahlte sie nicht, leuchtete auch nicht. Sie war blass, fast weiß im Gesicht, und hatte große schwarze Augen. Oder schwarz geschminkte.

»Ja«, sagte sie atemlos, bevor sie, offenbar von plötzlicher Schüchternheit übermannt, die Augen niederschlug. »Ich bin's.«

»Was machst du hier?«

Er hörte selbst, wie unfreundlich das klang, und versuchte schnell, es mit einer Entschuldigung abzumildern.

»Es ist ja noch so früh.«

Mit großen, feuchten Augen schaute sie zu ihm auf.

»Ich wollte dich nur begleiten. Zum Flugzeug.«

Björn zog die Schultern hoch und trat einen kleinen Schritt zurück. Das war eine kaum merkliche Bewegung, ein heimliches Abstand-Wahren, aber sie genügte, dass Evas Gesicht für einen Moment vollkommen ausdruckslos wurde. Dann lächelte sie plötzlich, ein strahlend weißes Lächeln, gefolgt von einem übermütigen Aufblitzen in den Augen.

»Ach, ich mache doch nur Spaß. Ich muss sowieso heute nach Kopenhagen. Und da habe ich gedacht, es trifft sich doch gut, wenn ich dich erst mal begleite.«

Er ließ die Schultern sinken, aber der Rücken war immer noch angespannt und steif. Er trat nicht wieder näher.

»Was willst du denn in Kopenhagen?«

Wieder lächelte sie:

»Freunde treffen. Und in Geschäfte gehen. Kleider kaufen.«

»Davon hast du gestern nichts gesagt...«

Sie zuckte mit den Schultern und warf ihm einen schnellen Blick zu:

»Ein Mädchen darf ja wohl seine Geheimnisse haben...«

In dem Moment kam Bewegung in die Schlange. Zeit, an Bord zu gehen. Eva schob ihren Arm unter seinen und ließ ihre Wange über den Mantelärmel streifen.

»Aber wenn du keine Begleitung haben möchtest, dann kann ich bis zur nächsten Fähre warten«, sagte sie.

Björn fuhr sich schnell mit der Zunge über die Lippen und sah sie lächelnd an:

»Nein«, antwortete er. »Natürlich kommst du mit mir.«

Elsie setzte sich auf die Sofakante, umklammerte ihre Handtasche und schaute sich um.

Es waren viele Leute in der Lobby, Menschen jeden Alters und jeder Nationalität liefen hin und her, sie gingen ein und aus, die Treppen hinauf und wieder hinunter, setzten sich auf eines der dunkelroten Plüschsofas und standen wieder auf, warfen einen Blick auf sich selbst in einem der goldgerahmten Spiegel, bevor sie sich den Rücken zuwandten und mit hastiger Geste einen Piccolo zu sich heranwinkten, einen jungen oder alten Mann, angetan mit einer leicht abgetragenen Fantasieuniform in Rot und Gold. Hinter dem Rezeptionstresen standen vier Männer in altmodischen Jacketts und eine junge Frau in einem schwarzen Kostüm. Zwei von ihnen beugten sich vor und hörten mit ernstem Gesicht den Gästen auf der anderen Seite des Tresens zu, die anderen drei standen mit gesenktem Blick über Papiere und Ordner gebeugt. Die Frau in dem schwarzen Kostüm lächelte eine ältere Dame an, aber diese erwiderte das Lächeln nicht, warf der Frau nur einen schnellen Blick zu, während sie ihre Handtasche öffnete, drehte sich dann halb weg.

Es war sehr still. Die Geräusche drangen von außen herein – Autos auf der Straße und Klaviermusik in der Bar –, aber in der Lobby selbst war so gut wie nichts zu hören. Man konnte sehen, dass Menschen miteinander sprachen, aber wenn man nur ein paar Meter entfernt stand, ließ sich unmöglich verstehen, was sie sagten. Vielleicht war der Architekt zufällig auf den Goldenen Schnitt gestoßen, als er den Raum skizzierte, oder Höhe und Breite waren exakt berechnet worden, um alle Geräusche zu dämpfen. Wenn es nun doch an der Auslegware lag? Oder daran, dass man automatisch die Stimme senkte, wenn man die Lobby betrat. Um nicht zu stören. Um das Spiel mitzuspielen.

Denn es war ein Spiel, das hier vor sich ging. Eine stumme Übereinkunft zwischen all den Menschen, die hier verkehrten. *In diesem Augenblick bin ich jemand anderer, genau jetzt wohne ich in dieser Welt, die niemand von uns gesehen hat, die aber dennoch alle besucht haben.* Der Mann, der sich da hinten über den Empfangstresen beugte, sah zwar aus wie ein englischer Oberst, war aber sicher Direktor irgendeiner Brauerei. Oder vielleicht einer Baufirma. Und die Frau, die gerade aufstand und sich den Rock glatt strich, sah zwar aus wie ein amerikanischer Filmstar, war aber tatsächlich ein frisch gebackenes Callgirl, das sich Sorgen machte, möglicherweise den Mann nicht zu erkennen, der sie hierher bestellt hatte. Ganz zu schweigen von dem Paar mit Hakennase auf dem Sofa daneben. Sie sahen aus wie britischer Landadel, er in einem Anzug aus Harris-Tweed und sie in einer Kaschmirjacke, aber der Reiseführer auf ihrem Schoß war auf Spanisch. Vielleicht waren es Argentinier. Andere Lateinamerikaner pflegten ja zu sagen, dass Argentinier eigentlich Italiener waren, die Spanisch sprachen und sich einbildeten, Engländer zu sein. Die Frau erwiderte Elsies Blick, lächelte kurz und legte gleichzeitig ihre Hand auf den Reiseführer, als wollte sie den verräterischen Text verbergen.

Und sie selbst? Sie ließ den Blick zum Spiegel auf der anderen Seite des Raums gleiten und betrachtete sich selbst. Eine nicht mehr ganz junge beigefarbene Frau. Gekleidet in Twinset und engen Rock, hellblau und dunkelblau, eine schwarze Handtasche auf dem Schoß. Sie hatte eine Lehrerin sein können. Vielleicht sogar eine Dozentin aus Oxford oder Cambridge. Oder eine Gesellschafterin, wenn man davon ausging, dass es immer noch Gesellschafterinnen gab, dass irgendwo in einem der Zimmer im Strand Palace Hotel in London eine alte Dame saß und ihre Ohrringe anlegte, während ihre Gesellschafterin in der Lobby saß und auf sie wartete …

Aber so war es ja nicht. Elsie holte tief Luft und rutschte tiefer ins Sofa, lehnte den Rücken gegen die Lehne und ließ die Schultern sinken. Schwedische Funkerin. In Zivil. Eingecheckt in einem Hotel, das etwas teurer war als jedes andere Hotel, in dem sie bisher gewohnt hatte. Stumm auf ihren Sohn wartend.

Einen Sohn, den sie seit über einem Jahr nicht mehr gesehen hatte. Das Spiegelbild schüttelte fast unmerklich den Kopf, und sie schaute sofort weg, ließ ihren Blick über die Lobby schweifen auf der Suche nach etwas anderem, was sie ansehen und worüber sie sich Gedanken machen konnte. Der Brauereidirektor schob seine Brieftasche in die Innentasche seines Jacketts und strich sich mit der Hand über den Schnurrbart. Das Mädchen, das aussah wie ein Filmstar, ging Arm in Arm mit einem Mann in einem dunkelgrauen Anzug zum Fahrstuhl, und das Paar auf dem Sofa daneben stand plötzlich auf und ging zum Ausgang. Ein Portier in langem roten Mantel ließ wie salutierend die Hand die Krempe seines schwarzen Hutes berühren.

Elsie warf einen Blick auf die Uhr. Es waren erst fünf Minuten vergangen, seit sie in die Lobby hinuntergekommen war. Das Flugzeug aus Kopenhagen war noch nicht einmal gelandet. Er würde frühestens in einer Stunde hier sein, vielleicht erst in zwei. Sie sollte aufstehen und hinausgehen. *The Strand* entlang spazieren gehen. Einen Park in der Nähe aufsuchen. Oder in die Oxford Street und wieder zurückeilen. Kleider kaufen. Wenn sonst nichts, konnte sie zumindest immer Kleider kaufen …

Dennoch bewegte sie sich nicht, saß reglos da und betrachtete ihr Spiegelbild an der Wand gegenüber, wünschte sich kurz, sie könnte sich selbst davon überzeugen, dass sie tatsächlich Dozentin aus Oxford oder Lehrerin an einer *public school* war oder – wenn es denn gar nicht anders ging – Gesellschafterin einer ekligen englischen Tussi und dass diese Überzeugung so stark wäre, dass sie die Wirklichkeit verändern könnte. Gern wollte sie was auch immer sein, nur nicht das, was sie tatsächlich war.

Eine Frau, die andere im Stich ließ.

Eine Frau, die weglief.

Eine Mutter, die nie …

Sie setzte sich auf und schob die Gedanken beiseite, richtete ihren Blick stattdessen auf einen Mann, der durch den Raum ging, einen richtig gut aussehenden Mann, wenn man die etwas grobe Sorte mochte, und das war ja der Fall. Es war ein Mann, der aussah, als könnte er seinen maßgeschneiderten Anzug sprengen, nur indem er die Muskeln eine Spur anspannte, ein Mann mit ausgeprägter Kinnpartie und einer Schmalzlocke in der Stirn, einer Locke, die sich rein zufällig dort befand, einer Locke, die nach vorn gefallen war, ohne dass er es gemerkt hatte, genau wie eine Locke immer nach vorn fiel bei …

Nein. Sie stand im selben Moment auf, in dem ihr der Gedanke durch den Kopf fuhr, sah ihre eigene Bewegung im Spiegel und ihren eigenen leicht verängstigten Gesichtsausdruck. *So nicht! Niemals!* Sekunden später war es vorbei. Die Frau im Spiegel lächelte sie ruhig an und zog sich den Mantel an, hängte sich die Tasche über die Schulter und drehte sich um, ging zum Ausgang. Das Merkwürdige war, dass sie das Gefühl hatte, als hätte sie ein Auge im Nacken zusätzlich bekommen, es war, als könnte sie ihren eigenen Rücken im Spiegel hinter sich sehen, während sie ging …

Sie schloss die Augen und holte tief Luft, verscheuchte alle Gedanken bis auf einen. Ein Spaziergang. Das war es, was sie brauchte.

Die Luft draußen war so kühl, dass sie ihr den Atem nahm, so kühl, dass sie sonderbarerweise sauber erschien, trotz der Autos, die sich auf den Fahrbahnen drängelten. Sie hörte sie, sah sie aber nicht direkt, denn gerade als sie auf den Bürgersteig trat und den Baldachin des Hotels hinter sich ließ, brach die Sonne in einem Wolkenspalt hervor und zwang sie zu blinzeln. Sie hielt sich eine Hand über die Augen, wandte sich dann nach rechts und ging los. Trafalgar Square. Dorthin wollte sie jedenfalls. Und zurück.

Die Sonne war nur kurz aufgeblitzt, jetzt war sie bereits verschwunden, und der Himmel hing tief über den Straßen. Es wehte so kalt, dass ihre Knie bereits nach wenigen hundert Metern eisig wurden. Das machte nichts. Im Gegenteil. Wer friert, denkt nicht. Wenn sie nur genügend fror, konnte sie sich vielleicht einbilden, alle Zeit der Welt zu haben, nicht nur eine Stunde oder zwei, bis zu dem Moment, in dem sie ihren Sohn wiedersehen sollte … Eine Fantasie flatterte schnell vorbei. Sie sah sich selbst von dem dunkelroten Sofa aufstehen und ihn aus der Entfernung betrachten, sah sich erröten und mit zitternder Hand den Rock glatt streichen, schob dann jedoch den Gedanken entschlossen beiseite und betrachtete ihre Umgebung.

Es war ein ganz gewöhnlicher Freitagvormittag in London, ein Tag Anfang Dezember, der allen anderen Tagen glich, an denen sie hier herumgelaufen war, kurz nachdem sie abgemustert hatte oder kurz bevor sie angeheuert hatte, und dennoch war alles anders. Es dauerte eine Weile, bis sie begriff, woran es lag. Die Mode. Als sie das letzte Mal in London gewesen war – wann war das? –, hatten die jungen Mädchen immer noch toupiertes Haar, hohe Absätze und glockige, steife Röcke getragen. Jetzt gab es nicht ein einziges solches Mädchen mehr in der Stadt. Alle trugen lange glatte Haare, flache Absätze und kurze Mäntel. Sehr kurze Mäntel. Manche reichten nur knapp über den unteren Rand des Slips.

Elsie warf einen kurzen Blick auf ihr Spiegelbild in einem Schaufenster. Sah sie altmodisch aus in ihrem alten Mantel? Sie konnte es nicht sagen. Vermutlich. Andererseits war sie ja auch nicht mehr so jung, und es gab kein Gesetz, nach dem Frauen, die auf die Vierzig zugingen, der Mode folgen mussten. Sie konnten sich ruhig darauf vorbereiten, alte Schachteln zu werden, und das erst recht, wenn sie keine Lust hatten, sich dem Spott auszusetzen, der immer den Frauen nachhing – die Gedanken machten einen großen Bogen um das Wort *ältere,* denn so alt war sie ja nun auch nicht –, die versuchten, sich jünger zu machen, als sie waren. Obwohl es eigentlich gleich war. Man konnte auch dafür verspottet werden, eine alte Schachtel zu sein. Man konnte für alles Mögliche verspottet werden. Solange man kein Mann war, verstand sich. Dann streifte man sich einfach das Kostüm über, das von der Gesellschaft und dem Klassenstatus vorgegeben war. Anzug und Melone, wenn man zum Wirtschaftsprüfer oder höheren Beamten geboren war. Jacke und Pullover, wenn man Matrose oder gewöhnlicher Arbeiter war. Ein alter Seemannsscherz kam ihr in den Sinn: *Wie nennt man einen Liverpooler im Anzug? Den Angeklagten.*

Elsie schaute zu Boden, um ihr Lächeln zu verbergen, aber das war nicht so einfach. Es lag immer noch auf der Lauer, als sie den Blick wieder hob und ein Teenagermädchen erblickte, das direkt auf sie zukam, ein Mädchen mit großen, schwarz geschminkten Augen, das eine weiße Spitzenstrumpfhose mit einer breiten Laufmasche trug, einen knallrosa Mantel, nur wenige Zentimeter länger als eine Jacke, mit dem Rand des winterlichen Schmutzes an den Ärmeln. Sie sah aus wie eine kleine Lumpenpuppe, eine abgegriffene, kaputt geliebte Puppe, von ihrer sechsjährigen Besitzerin mit ihren allerschönsten Kleidern ausstaffiert. Elsie konnte ein breites Lächeln nicht unterdrücken. Ihre Blicke begegneten sich, und einen Moment lang sahen sie einander in die Augen, sahen und verstanden alles falsch. Der Mund des jungen Mädchens öffnete sich, sie sah offen verletzt aus und schaute weg, als wäre es ihr tatsächlich peinlich, bevor sie schneller ging und vorbei war. Elsies Lächeln erlosch, eine Sekunde lang hätte sie sich am liebsten umgedreht und wäre hinter dem Mädchen hergelaufen, hätte sie am Arm gefasst und ihr gesagt, dass es nicht so gemeint gewesen war. Ganz und gar nicht! Aber das tat sie natürlich nicht. Sie schob nur die Hände in die Manteltaschen und zog die Schultern hoch, als säße dort die Schuld, die sie gern abschütteln und zu Boden fallen lassen wollte. Was natürlich nichts half. Das hatte noch nie geholfen.

Dann kam endlich der Trafalgar Square in Sicht, sie stand am Zebrastreifen und schaute über den Platz, während sie darauf wartete, dass es grün wurde. Der Platz sah ungewöhnlich leer aus, zwar scharten sich die Tauben um die Nelsonsäule, aber nur etwa zehn Menschen bewegten sich auf dem grauen Terrain. Vermutlich Touristen. Und der eine oder andere Engländer auf dem Weg zur Arbeit. Oder zum Zahnarzt. Oder zu einer Geliebten, die …

»*Come on, luv*«, sagte ein Mann hinter ihrem Rücken. Sie schaute auf, bemerkte, dass die Ampel auf Grün umgesprungen war, und ging los. Nicht, dass sie eigentlich wusste, was sie hier zu tun hatte. Was sollte man überhaupt auf sehenswerten Plätzen machen, außer dazustehen und sie eine Weile anzuschauen? Die Zeit vergehen lassen, die Sekunden und Minuten vorbeiticken lassen, sich näher an den Rand des Grabs und das große Vergessen bringen lassen.

Ach was. Sie zog erneut die Schultern hoch und schüttelte sich. Das war doch lächerlich, eine richtig lächerliche Art und Weise zu denken. Sie hatte doch einen Spaziergang gebraucht, oder? Waren es nicht Spaziergänge gewesen, die sie am meisten auf See vermisst hatte? Denn ganz gleich, wie viele Runden sie an Deck lief, es wurde nie zu so etwas wie einem Spaziergang an Land, und schon gar nicht zu einem Spaziergang durch London zum Trafalgar Square.

»*Excuse us, miss*«, sagte plötzlich eine Stimme. »*Could you?*«

Ein junges Mädchen stand neben ihr und hielt ihr einen Fotoapparat hin, eine junge Frau mit dunklem Haar und hellem Lächeln, und dicht neben ihr stand eine vollkommen ähnliche Frau. Sie waren identisch. Sie hatten sogar den Scheitel auf der gleichen Seite, und sie waren gleich gekleidet in altmodische Jacken und Faltenröcke. Auf keinen Fall Londoner. Touristinnen aus Italien oder Spanien, nach den Heiligenmedaillons zu urteilen, die sie um den Hals trugen. Und Zwillinge. Garantiert eineiige Zwillinge.

Sie lächelte zur Antwort. Aber selbstverständlich. Die beiden jungen Frauen, Schwestern legten einander den Arm um die Schulter, lehnten die Köpfe gegeneinander und lächelten in die Kamera. Und während Elsie die Kamera anhob und sie sich vors Auge hielt, brannte es vor Sehnsucht in ihr. *Früher einmal hatte auch ich …*

Auf ihrem Rückweg fing es an zu regnen, ein feiner, schmutziger Londonregen, der sich seinen Weg zwischen den einzelnen Haaren auf ihrem Kopf bahnte und bald ihre Frisur ruinieren würde. Ohne groß nachzudenken, schob sie die Hand in die Halsöffnung ihres Mantels und ließ die Finger nach einem Tuch suchen, das nicht da war, dann warf sie einen kurzen Blick auf die Uhr und traf eine Entscheidung. Eine Tasse Kaffee. Im nächsten Moment entdeckte sie ein Schild. *Tea Room.* Sie schmunzelte vor sich hin. Es war, als hätten ihre Gedanken es hervorgelockt.

Sie ließ sich an einem Fenstertisch nieder und öffnete den Mantel, schaute sich um. Sie war fast allein im Raum. An einem Tisch ein Stück weiter ins Lokal hinein waren zwei ältere

Damen in ein leises Gespräch vertieft, ansonsten war es leer. Auf der Straße draußen hatte der Regen zugenommen, die Leute hasteten vorbei, eine Frau mit einer Plastikhaube auf dem Kopf, ein Mann mit Regenschirm, ein Junge, der den Kragen seiner Jacke hochgeschlagen, sie aber nicht zugeknöpft hatte. Wie viele Menschen es doch auf der Welt gab! Und jeder Einzelne war die Hauptperson in seiner eigenen Geschichte, angefüllt mit seinen eigenen Worten und seinen eigenen Erinnerungen, aber auch mit der halb verdrängten Gewissheit, dass all das eines Tages ausgelöscht wäre, aufhören würde zu existieren, dass es das nicht mehr gäbe. Die Stadt würde weiterleben, die Kaufhäuser jeden Morgen ihre Türen öffnen, Kaffee würde serviert werden, Zeitungen gedruckt, Geld den Besitzer wechseln, Kleider genäht werden, um dann abgetragen und weggeworfen zu werden, aber jeder Einzelne von denen, die dieses Leben erschufen, wäre auf dem Weg zum Tode. Niemand kam davon.

Elsie schloss die Augen. Was war nur heute mit ihr los? Warum dachte sie die ganze Zeit an Dinge, an die kein vernünftiger Mensch denken sollte?

Sie schaute in ihren Kaffee, als könnte sie in ihm die Antwort lesen, und seufzte dann so laut, dass die beiden Frauen weiter hinten ihr Gespräch unterbrachen und sie einen Moment lang ansahen. Sie versuchte ihnen ein beruhigendes Lächeln zuzuwerfen und hob ihre Tasse. Worauf die beiden den Blick wieder abwendeten und ihr Gespräch erneut aufnahmen.

Unruhe. Das war natürlich die Antwort. Sie war unruhig. Ängstlich. Nervös. Hatte Angst vor der Begegnung, die ihr bevorstand. Wie sie immer vor ihren Treffen mit Björn unruhig gewesen war. Angst gehabt hatte, dass er dieses Mal, ausgerechnet dieses Mal, die beiden Fragen stellen würde, die er nie gestellt hatte, diese beiden Fragen, die zwischen ihnen standen, die immer schon zwischen ihnen gestanden hatten und die mit jedem Jahr, das verging, anschwollen und immer größer wurden. Bald würden sie sich nicht mehr im selben Haus aufhalten können, die unausgesprochenen Fragen würden den gesamten Raum beanspruchen.

Vielleicht wurde es Zeit, sie endlich zu beantworten.

»London«, sagte Tommy lächelnd.

»*Yes!*«, erwiderte Peo und lehnte sich zurück, strich mit der Hand über den Ledersitz. »London.«

Björn sagte nichts, saß nur lächelnd auf dem heruntergeklappten Notsitz mit dem Rücken zum Fahrer.

»Zum Str-a-a-a-nd Palace Hotel«, sagte Niclas.

»Strandpalast«, sagte Bosse und hielt sich am Türgriff fest, um das Gleichgewicht zu halten, während die schwarze Limousine der Plattengesellschaft anfuhr und aus der Auffahrt auf die Straße bog. Er saß auch auf einem Notsitz.

»Noch jemand außer mir, der hier schon mal gewesen ist?«, fragte Tommy und wühlte in seiner Tasche nach Zigaretten.

Keiner antwortete, keiner schüttelte auch nur den Kopf, da die Frage schon früher gestellt und beantwortet worden war und da die Antwort außerdem Tommy einen Pluspunkt und den anderen Minuspunkte einbrachte. Alle guckten aus dem Fenster und starrten stumm auf die fremde Welt da draußen. Nur eine Sache war wie gehabt: das schwarze Taxi hinter ihnen. Mit Reporter und Fotograf vom Bildjournal.

Vielleicht lag es daran, dass er zu wenig geschlafen hatte. Oder daran, dass er nervös war. Wieder Lampenfieber hatte. Aber es war ein merkwürdiges Gefühl, so, als wäre nichts wirklich. Es schien, als führen sie durch einen Tagtraum. Als wäre er selbst zu einer Traumfigur geworden. Als könnte er sich die anderen Jungs wegdenken, als säße Karl-Erik nicht neben dem Fahrer der Plattenfirma vorn auf dem Beifahrersitz …

Er blinzelte und schaute sich um, sog alle Farben in sich auf – Tommys leuchtend rote Jacke, Peos schwarzen Hemdkragen, Bosses weißblondes Haar – und alle Details hinter dem Wagenfenster. Reihenhäuser aus roten Ziegeln. Handgemalte Schilder über den Geschäften. Ein Mädchen in blauem Mantel und weißen Strümpfen. Eine Frau mit einem Tuch um den Kopf und einer schwarzen Einkaufstasche. Das war wirklich. Alles. Er musste sich daran erinnern. Er durfte sich selbst nicht erlauben zu glauben, dass es nur ein Traum wäre. Das, was niemals hätte passieren können, war tatsächlich passiert. Es passierte jetzt, in diesem Augenblick.

»Nun, Jungs«, fragte Karl-Erik vom Beifahrersitz aus. »Ein gutes Gefühl?«

»Ein saugutes Gefühl«, sagte Tommy und zündete sich eine Zigarette an.

»Fantastisch«, sagte Peo.

»Gigantisch«, sagte Niclas.

»Einfach saustark«, sagte Bosse.

Einen Moment lang blieb es still.

»Und, Hallgren?«, fragte Karl-Erik.

Björn blinzelte.

»Doch. Echt toll.«

»Du vermisst das Mädchen nicht?«

Tommy grinste. Björn fuhr sich mit der Hand durchs Haar.

»Was?«

Karl-Erik klang amüsiert.

»Na, dieses Mädchen in Kastrup.«

»Ach die«, sagte Björn.

»Wie heißt sie?«

»Eva.«

Eine Weile blieb es still. Björn starrte aus dem Fenster.

»Ist das dein Mädchen?«, fragte Peo schließlich.

Björn veränderte seine Haltung, wusste nicht so recht, was er antworten sollte. War sie sein Mädchen? Nein. Doch. In gewisser Weise wohl schon. In gewisser Weise hatte sie sich dazu gemacht, indem sie morgens an der Fähre aufgetaucht war. Oder als sie sich ihm am Flughafen an den Hals geworfen hatte, genau in dem Moment, als der Fotograf vom Bildjournal die Kamera hob. Wenn Karl-Erik nicht eingegriffen hätte, dann wäre sie in der nächsten Ausgabe dabei gewesen. Was nicht gut gewesen wäre. Gar nicht gut.

»Das ist nur ein Mädchen«, sagte er.

Tommy grinste.

»Ööh«, machte er und stieß Peo in die Seite. »Das ist nur ein Mädchen.«

Peo erwiderte das Grinsen.

»Ach so, ein Mädchen.«

Er hörte das Schmunzeln in Karl-Eriks Stimme:

»Und jetzt wartet deine Mutter im Hotel auf dich.«

Wie toll. So langsam wurde er zum Hanswurst der Gruppe. Er richtete sich auf und suchte in seiner Jackentasche nach den Zigaretten.

»Ja. Wird sie wohl.«

»Ist es lange her, seit ihr euch gesehen habt?«

Es war ein Jahr, zwei Wochen und vier Tage her. Aber das konnte er ja nicht sagen, stattdessen zuckte er nonchalant mit den Schultern.

»Ein Jahr wohl«, sagte er. »Glaube ich.«

Dann beugte er sich über das Feuerzeug, das Tommy ihm hinhielt.

»Wann ist noch mal die Probe?«, fragte er.

»Um sechs Uhr«, sagte Karl-Erik. »Aber wir müssen spätestens um halb fünf da sein. Nur dass ihr das wisst.«

Sie saß auf einem roten Plüschsofa in der Lobby und stand sofort auf, als er den Raum betrat, blieb einen Moment lang reglos stehen und schaute ihn einfach nur an, bevor sie sich schnell den Rock glatt strich und unsicher lächelte. Er blieb mitten in der Bewegung stehen, ebenso still, versuchte seinen Blick daran zu gewöhnen, dass das hier Elsie war, den Blick, der ansonsten so an Inez gewöhnt war. Eigentlich waren sie sich gar nicht mehr so ähnlich. Inez hatte kurze, lockige Haare, Elsie hatte ihr Haar irgendwie hochgesteckt. Inez lief meistens in irgendetwas Geblümtem herum, etwas, das möglicherweise ein Kleid sein sollte, das man aber ebenso gut als Kittel bezeichnen konnte – den Unterschied hatte er nie so recht verstanden –, während Elsie mit engem Rock, Pullover und Strickjacke bekleidet war. Wie ein Mädchen. Sie trug sogar eine Goldkette. Er wusste, dass Inez die gleiche Kette besaß, aber er wusste auch, dass sie sie nur zu feierlichen Anlässen trug. Und Inez war nah. Elsie weit weg. Nein. Er schloss die Augen und zwang sich, richtig zu denken. Elsie war nah. Und Inez weit weg. Jedenfalls im Augenblick.

Er breitete die Arme aus und lächelte. Ein richtig selbstsicheres Lächeln hinter einer richtig selbstsicheren Bewegung. Eine Bewegung, die perfekt passte.

»Mein Mütterchen«, sagte er.

Sie trat einen Schritt vor und blieb dann wieder stehen.

»Björn.«

Ihre Stimme zitterte, er spürte mehr, als dass er sah, wie die anderen Jungs stehen blieben und ihre Blicke auf sie richteten, wie sie jeden Tonfall und jede Bewegung registrierten. Jetzt hieß es, das Gleichgewicht zu halten. Nicht zu angespannt zu wirken. *Cool.* Das war das Wort. *Cool,* so sollte man sein.

Elsie hatte feuchte Augen bekommen und eilte nun auf ihn zu, fiel in seine offenen Arme, und einen Moment lang registrierte er, dass er seit ihrer letzten Begegnung mindestens fünf Zentimeter gewachsen sein musste. Da waren sie gleich groß gewesen, jetzt war er so viel größer, dass sie ihren Kopf etwas in den Nacken legen musste, um ihn anzusehen, wenn sie so dicht beisammenstanden. Sie merkte es auch, trat einen Schritt zurück und lächelte.

»Du bist gewachsen!«

Er erwiderte ihr Lächeln.

»Ach was. Du bist es, die geschrumpft ist.«

Das war die richtige Antwort, die Antwort, die die Welt wieder in Bewegung versetzte, die alles wieder wirklich erscheinen ließ. Elsie lachte und trat einen Schritt zurück, die Jungs aus der Band lachten mit, Björn drehte sich um und stellte alle drei vor, während Karl-Erik einen Schritt vortrat und sich in die Brust warf.

»Und das hier ist Karl-Erik«, sagte Björn. »Von der Plattenfirma.«

»Und dein Manager«, sagte Karl-Erik und führte kurz Elsies Hand an seinen Mund. Elsie starrte ihn überrascht an, ehe sie auflachte.

Anschließend das Essen. Gemeinsamer Lunch. Karl-Erik ging voran in den großen Speisesaal, die anderen folgten ihm, Elsie als Erste in der Reihe, Björn als Letzter. Es war ein großer, dunkler Raum mit bleiverglasten Buntglasfenstern, dunklen Möbeln und steifen weißen Tischdecken. Nicht gerade ein Raum, der zu einer Popband passte, wie Björn dachte, während er sich zwischen zwei Tischen hindurchzwängte. Wobei natürlich die Frage war, wie ein Raum aussehen musste, damit er zu einer Popband passte. Er zuckte kurz über sich selbst die Schultern, während der Oberkellner an einem runden Tisch stehen blieb, sich leicht Richtung Karl-Erik verneigte, der mit einem knappen Nicken antwortete – der Tisch war genehmigt – und sich dann Elsie zuwandte und ihr einen Stuhl herauszog. Sie zögerte einen Moment, suchte mit Blicken nach Björn, bevor sie sich zu fügen schien, die Augen niederschlug und sich setzte. Niclas landete an ihrer linken Seite, Björn sah, wie sie ihm rasch einen Blick zuwarf, ehe sie wieder aufschaute und ihn selbst ansah. Er zuckte wieder kurz mit den Schultern – *nichts zu machen* –, bevor er seinen eigenen Stuhl herauszog und sich setzte. Sie verzog ein wenig den Mund – *aber ich bin enttäuscht* – und beugte sich dann über die Speisekarte, die ihr der Oberkellner reichte. Björn wandte den Blick ab.

Während alle auf den Weinkellner warteten, war es still. Sehr still.

»Sie fahren also zur See?«, fragte Karl-Erik schließlich.

Elsie trank einen Schluck Wasser.

»Ja.«

»Ich bin in meiner Jugend auch zur See gefahren.«

Sie wandte sich ihm zu und versuchte zu lächeln.

»Tatsächlich. Und wie weit sind Sie gekommen?«

Karl-Erik verzog das Gesicht.

»Nur bis Stockholms Schärengürtel. Und zwar auf den Waxholmsfährschiffen.«

Tommy lachte als Erster, und da Tommy lachte, lachten auch Niclas, Peo und Bosse. Elsie sah überrascht aus, dann stimmte auch sie ein, während Björn sich damit begnügte, das Kinn auf die Hände zu stützen und zu lächeln. An der Tür sah er

Reporter und Fotograf vom Bildjournal, unsicher von einem Fuß auf den anderen tretend, als trauten sie sich nicht in den Speisesaal. Mats, so hieß der Reporter. Ein halbstarker Typ, der oft rot wurde. Er war nur ein paar Jahre älter als Björn und auch noch nie in London gewesen. Vielleicht hatte er noch nie ein Restaurant betreten. So sah es fast aus. Obwohl der Fotograf älter und weltgewandter war. Jetzt trat er endlich über die Schwelle und kam zu ihnen, das schwere Blitzlichtgerät über einer Schulter, beide Hände um seine Leica geschlossen. Mats stolperte hinterher, seine Wangen glühten. Das hätte ich sein können, dachte Björn. Ich hätte Mats sein können. Aber ich bin es nicht. Ich bin Björn Hallgren. Ich bin Björn Hallgren geworden.

Karl-Erik brach seinen Satz ab und schaute den Fotografen an:

»Mensch, Jonsson«, sagte er. »Haben wir euch vergessen?«

Der Fotograf antwortete nicht, hob nur die Kamera und richtete sie auf Björn, der wiederum automatisch das Kinn anhob und der Kamera ein kleines Lächeln schenkte. Das würde ein gutes Bild werden. Alle Bilder von ihm waren gut. Viel besser als die Wirklichkeit.

»Wir brauchen einen neuen Tisch«, sagte Karl-Erik. »Die Presse muss ja auch etwas zu essen haben.«

Er winkte dem Kellner, der sofort zum Oberkellner eilte, der wiederum fast im Laufschritt herbeigeeilt kam. Ein neuer Tisch? Selbstverständlich. Unbenutzte Servietten wurden zurück auf den Tisch gelegt, Stühle zurückgeschoben, alle standen auf und marschierten noch einmal in einer Reihe zum anderen Ende des Speisesaals. Der Oberkellner stellte sich an einen größeren Tisch und hob fragend die Augenbrauen, Karl-Erik nickte noch einmal. Genehmigt.

Dieses Mal stellte sich Elsie dicht neben Björn, so dicht, dass es ganz natürlich erscheinen musste, dass sie an Karl-Eriks linker Seite nebeneinandersaßen, während Mats und Jonsson zu seiner Rechten platziert wurden.

Elsie wartete, bis das Gespräch um sie herum in Gang gekommen war, dann strich sie die neue Serviette auf dem Schoß glatt, richtete ihren Blick auf ihr Glas und fragte mit leiser Stimme:

»Alles in Ordnung?«

Es brannte in Björns Bauch. Das war ein kurzer Schmerz, der kam und verschwand und keine Spuren hinterließ, während er nach seiner eigenen Serviette griff.

»Alles ist perfekt«, sagte er lächelnd. »Wie du siehst.«

»Und wie läuft es mit Inez und Birger?«

Er reichte ihr den Brotkorb. Das war eine bewusste Geste, eine Erwachsenengeste. Denn er war jetzt erwachsen. Selbstständig und materiell unabhängig. Berühmter, als sie jemals gewesen war. Oder werden würde.

»Na, wohl so wie immer. Ungefähr.«

Sie griff nach einem kleinen Brötchen, ließ es aber sofort wieder los.

»Oi, das ist aber heiß!«

Er erwiderte nichts, schob nur seine eigene Hand zwischen das Brot und zog dasselbe Brötchen hervor, ließ es dann auf ihren Teller fallen. Es war wirklich sehr heiß, aber nicht so heiß, dass er es nicht hätte anfassen können, ohne sich den leichten Schmerz am Gesicht ansehen zu lassen. *Ich kann*, dachte er schnell. *Du kannst nicht.* Er lächelte sie kurz an, um diese Gedanken zu verbergen.

»Frisch gebacken.«

Sie sah ihn nicht an, starrte nur auf das Brötchen auf ihrem Teller und sprach immer noch sehr leise.

»Wie ist es zu all dem gekommen?«

Er lächelte jetzt breiter, ließ sie aber auf eine Antwort warten. Einige Bilder tauchten in seiner Erinnerung auf, flatterten vorbei, er sah den Zaun vor dem Haus in Landskrona, konnte den Eisengeschmack auf seiner Zunge spüren und wusste, obwohl er es eigentlich gar nicht wissen konnte, dass es sich um einen Tag handelte, an dem er noch klein war und gerade festgestellt hatte, dass alle anderen Kinder eine Mama und einen Papa hatten. Und was hatte er? Eine Inez und einen Birger. Sekunden später war er mehrere Jahre älter und ging an dem Kinderheim in Landskrona vorbei, einem grauen Haus mit grauem Balkon und einigen weißen Eisenbetten im Sonnenlicht, und die Gewissheit, dass er hier hätte landen sollen, dass sie ihn früher einmal hierherbringen wollte, sickerte langsam in seinen Körper ein, erfüllte ihn, füllte jede einzelne Zelle in ihm. Er blinzelte, um die Erinnerung zu vertreiben, zwang sich, an all das andere zu denken, an das Gute, das, was schön war, das, was es ihm ermöglicht hatte, jetzt in einem Hotel in London zu sitzen und es sich leisten zu können, was auch immer auf der Speisekarte auszusuchen. Wie er in der Sechsten Theater gespielt hatte. Wie er Inez besiegt und seine Haare hatte wachsen lassen. Wie er vor der ganzen Klasse gestanden und zum ersten Mal gesungen hatte, *Love Me Tender* war es gewesen, und wie er sich mit seinem halben Ich tief in der Melodie befunden, mit der anderen Hälfte gesehen hatte, wie einige Mädchen sich plötzlich gerade hinsetzten und ihn mit weit aufgerissenen Augen anschauten, weit geöffnete Augen, die in die Zukunft sehen konnten, Augen, die bereits damals verrieten, dass ein Tag wie heute kommen würde.

Er nahm seine Serviette und breitete sie über seinen Schoß aus, strich mit der Hand darüber. Elsie hatte den Kopf gehoben und ihn betrachtet, aber jetzt wandte sie den Blick wieder ab, schaute auf ihren Teller und sagte:

»Ich wusste nicht einmal, dass du singen kannst …«

Er grinste als Antwort:

»Es gibt immer noch Leute, die sich fragen, ob ich es wirklich kann …«

So machte man es. So machten es alle Erwachsenen. Antworteten mit einem Scherz. Ließen den Ernst zu Boden tropfen, dass er aufgesaugt wurde und in dem roten Flausch verschwand. Aber gleichzeitig brannte es wieder in seinem Magen, und er senkte schnell den Blick, schaute auch auf seinen Teller und versuchte das Bild von Inez zu vertreiben, dieser Inez, die einen Moment lang in Elsies Gesicht zu sehen gewesen war. Eine junge Inez. Oder zumindest eine jüngere. Eine Inez, die ihn ohne diesen Zweifel ansah, ohne diese Angst, die wie ein Schleier seit mehreren Jahren vor ihrem Gesicht hing. Die Inez, an die er sich kaum erinnern konnte. Er räusperte sich und wollte gerade etwas sagen, als er merkte, dass er gar nichts zu sagen wusste. Nicht zu Elsie. Inez hätte er das eine oder andere zu sagen gehabt. Aber Elsie nichts. Absolut nichts.

Die Luft zwischen ihnen vibrierte. Sie wartete, dass er noch etwas sagen würde, hielt die Luft an und wartete, immer noch, ohne ihn anzusehen, und als er nichts sagte, sah sie langsam auf und öffnete den Mund. Er selbst wandte schnell den Kopf ab und beugte sich über sein Brot, schnitt emsig daran herum, damit sein Blick nicht von ihrem eingefangen werden konnte.

Karl-Erik rettete sie. Er neigte sich lächelnd zu Elsie hinüber:

»Sie kommen doch heute Abend mit?«, fragte er.

Sie schaute zu ihm auf und erwiderte sein Lächeln.

»Ja, gern«, antwortete sie. »Wenn ich darf.«

»JETZT SIND SIE seit zwei Stunden da«, sagte Eva und schaute auf ihre Uhr.

Susanne warf einen Blick auf die eigene Uhr. Sie waren seit einer Stunde da, aber sie dachte gar nicht daran, etwas darüber zu sagen, nickte nur. Zustimmend. Es wäre ja etwas lächerlich, darauf hinzuweisen, dass die Uhr in London eine Stunde weniger anzeigte als in Landskrona. Als ob Eva das nicht wüsste.

Eva hatte sie bereits gegen zehn Uhr angerufen und mit einer neuen, etwas atemlosen Stimme gesprochen. Ob sie sich treffen könnten, wenn ihre Mutter sie in der Parfümerie ablöste? So gegen halb eins? Susanne war noch nicht einmal angezogen, es war ja Samstag, und immer noch empfand sie es als einen gewissen Luxus, samstags freizuhaben. Sie hatte gerade festgestellt, dass der Genuss noch größer wurde, wenn man den Morgen mit Haarewaschen und Fingernägelfeilen verbrachte, deshalb stand sie im Bademantel am Telefon. Es war reines Glück, dass Inez gerade mit einem Haufen Wäsche im Keller verschwunden war, sodass sie nicht hörte, wie atemlos Susanne klang, als sie zusagte. Dann hatte sie den ganzen Vormittag damit verbracht, Inez nicht aus den Augen zu lassen, und sobald sich die Tür hinter ihr schloss – sie wollte zunächst zu Lydia und dann auf den Markt, natürlich, samstags ging sie immer zu Lydia und auf den Markt –, hatte Susanne sich beeilt, den Beutel, den sie von Eva geschenkt bekommen hatte, hervorzuholen. Sie hatte fast eine halbe Stunde gebraucht, um sich zu schminken, und es war hübsch geworden, richtig hübsch, aber bis jetzt hatte Eva noch kein Wort über ihr Gesicht verloren. Was Susanne enttäuschte und sie gleichzeitig beschämte, auch wenn sie nicht recht wusste, wofür sie sich eigentlich schämte.

»Ich glaube, ich möchte ein Stück Kuchen«, sagte Eva. Jetzt

klang ihre Stimme wieder fast normal. Susanne nickte erneut, dachte aber gleichzeitig an das Geld in ihrem Portemonnaie. Würde es für einen Kuchen reichen?

»Wie viel kostet das denn?«, fragte sie vorsichtig.

Eva lächelte, ein warmes, freundliches Lächeln. Fast erwachsen.

»Ich bezahle das. Mach dir keine Sorgen.«

»Ich dachte nur …«

»Kein Problem. Ich bezahle.«

Eine Weile blieb es still. Eine Kellnerin in schwarzem Kleid und weißem Schürzchen räumte Geschirr von dem Nachbartisch ab, sie antwortete mit einem Nicken, als Eva eine Geste in ihre Richtung machte. Sie würde gleich kommen. Eva lächelte ihr hinterher, faltete dann die Hände und schob sie sich unter das Kinn, schaute Susanne an und lächelte noch breiter.

»Ich wusste gar nicht, dass er so groß ist.«

Susanne schaute verwirrt:

»Wer?«

»Tommy. Dass er so groß ist.«

Susanne nickte. Einer der Jungs aus der Band war sehr groß, das wusste sie, aber sie hatte nie darauf geachtet, dass es der war, der Tommy hieß. Doch jetzt wusste sie es, und ab jetzt würde sie es nicht mehr vergessen.

»Doch, stimmt. Er ist groß.«

»Wie oft hast du sie getroffen?«

Susanne wand sich ein wenig schuldbewusst.

»Nur einmal. Als sie vor einem Monat in Malmö gespielt haben. Da waren wir alle zusammen dort.«

Evas Augenbrauen sprangen in die Höhe:

»Deine Eltern auch?«

Susanne nickte stumm

»Ich war auch dort«, sagte Eva. »Aber ich habe keinen guten Platz mehr gekriegt …«

Die Kellnerin stand plötzlich an ihrem Tisch. Eva lächelte sie an.

»Zwei Kaffee bitte. Und zwei Prinzessinnentörtchen.«

Sie warf Susanne einen Blick zu. Oder? Susanne nickte erneut, sah, wie Eva der Kellnerin noch ein Lächeln schenkte und sich die Jacke aufknöpfte. Susanne schaute sich schnell um, sie war noch nie vorher in dieser Konditorei gewesen, tatsächlich war sie mit ihren vierzehn Jahren überhaupt noch nie in Landskrona in einer Konditorei gewesen. In Malmö einmal, in Lund zweimal und in Kopenhagen viermal. Aber noch nie in Landskrona. Inez fand, das war nicht nötig. Kaffee hatten sie schließlich zu Hause.

»Warst du auch hinter der Bühne?«

Susanne schaute auf und lächelte bei dem Gedanken.

»Ja. Wir durften hinter die Bühne, bevor sie anfingen. Um guten Tag zu sagen.«

Aber es war nicht viel aus der Begrüßung geworden. Björn war ganz anders als sonst gewesen, hatte laut und schrill geredet, während er sich umzog, als wollte er verhindern, dass jemand anderer einen Stich bekam. Und die anderen Jungs in der Band hatten sich kaum sehen lassen. Der lange Tommy war draußen auf dem Flur vorbeigegangen und hatte die Hand zum Gruß gehoben, die anderen drei waren ins Zimmer gekommen und hatten Inez und Birger die Hand geschüttelt, waren dann aber wieder gegangen, ohne sich zu unterhalten. Einer von ihnen hatte kein Hemd an, nur ein kleines Frotteehandtuch, das er sich um den Hals geworfen hatte. Er hieß Peo. Zumindest glaubte sie es. Er hatte ihr nicht die Hand gegeben, sie nur zu einem angedeuteten Winken in ihre Richtung erhoben, als er durch die Tür hinaushuschte. Sie hatte zurückgewinkt und war sich dabei unglaublich dumm vorgekommen.

Hinterher waren sie hinausgegangen, um sich das Konzert anzuhören. Sie hatten ganz vorn gesessen und sich nicht einen Millimeter von ihrem Platz bewegt, als die Mädchen anfingen, zur Bühne zu stürmen. Inez und Birger hatten einander nur mit hochgezogenen Augenbrauen angeschaut, eine Miene, die wohl als ironisch bezeichnet werden konnte. Susanne selbst hatte die Lehnen ihres Stuhls fest umklammert und versucht sich festzuhalten, sie hatte wie in einem kleinen Boot im Sturm gesessen, bemüht, nicht ins Wasser zu fallen, während ein älteres Mädchen buchstäblich über sie hinweggeklettert war. Sie konnte sich immer noch an ihre Verblüffung erinnern während der Sekunden, als ihr Kopf sich unter dem Rock dieses Mädchens befand, diesen Augenblick, als sie den weißen Unterrock und den Spalt zwischen den Strümpfen und dem Slip sehen konnte. Im nächsten Moment stellte das Mädchen einen Absatz auf ihren Oberschenkel, einen Absatz, der schrecklich wehtat und einen kleinen blauen Fleck hinterließ, der erst nach über einer Woche verschwand.

Inez und Birger hatten geschmunzelt und im Auto auf dem Heimweg darüber gesprochen, aber sie selbst hatte kein einziges Wort herausgebracht. Sie wusste nicht, ob sie froh oder traurig darüber war, dass sie dabei gewesen war. Oder ob sie nur vollkommen erschöpft war. Die Musik hatte sie gepackt, es war das reine Vergnügen, im ganzen Körper zu spüren, wie der Bass pumpte, die Augen zu schließen und die tiefe Stimme zu hören, die aus Björns Kehle strömte, eine Stimme, die den ganzen Saal füllte, die sich zur Decke hinaufschraubte und unter die Stühle schmiegte und die überhaupt keine Ähnlichkeit mit der Stimme hatte, mit der er sprach, und buchstäblich zu fühlen, wie das Trommelfell vibrierte, als der lange Gitarrist sein Solo spielte. Aber gleichzeitig war es erschreckend gewesen zu sehen, wie die Mädchen nach vorn stürmten, wie sie johlten und sich auf die Bühne warfen – eine von ihnen schaffte es halb hinauf, bevor ein Ordner ihre Beine zu packen bekam und sie hinunterzog – und wie andere stocksteif stehen blieben, Björn anstarrten und nur weinten. Warum weinten sie? Und was hatte das Mädchen vorgehabt zu tun, wenn sie es wirklich bis auf die Bühne geschafft hätte?

»Meine Güte, was die glotzen! Die wissen bestimmt, wer wir sind.«

Eva beugte sich über den Tisch und flüsterte. Susanne schaute sich verwirrt um.

»Wer denn?«

»Die Mädchen da hinten.«

Eva machte eine fast unsichtbare Bewegung mit dem Kopf, der Susanne mit dem Blick folgte. Da saß eine Gruppe Mädchen in einer Ecke, vier Stück, aber keine von ihnen glotzte.

Eine von ihnen hatte Susanne nur einen Blick zugeworfen, bevor sie sich nach vorn beugte und den anderen etwas zuflüsterte. Aber Eva hatte bereits das Interesse verloren.

»Ich bin ihm gefolgt«, sagte Eva. »Ich war bis Kastrup bei ihm.«

Susanne erwiderte nichts, da sie nicht wusste, was sie darauf hätte sagen sollen.

»Wir haben auf der Fähre gefrühstückt.«

Susanne versuchte sich zu konzentrieren.

»Ach ja?«

»Er hat gesagt, dass deine Mutter Haferbrei gekocht hat, bevor er losgefahren ist. Aber dass er nur einen Löffel davon gegessen hat. Was man ja gut verstehen kann. Haferbrei!«

»Sie kocht immer Haferbrei.«

»Aber Björn mag den nicht.«

Eva zog eine Zigarette aus ihrem Päckchen und zündete sie an. Susanne beobachtete sie, sah, wie Eva das Streichholz weiterbrennen ließ, nachdem sie die Zigarette angezündet hatte, und wie sie ihren Blick auf die zitternde Flamme richtete.

»Ich weiß«, sagte sie dann. »Ich mag auch keinen. Aber das hilft nichts.«

Eva hörte sie nicht, sie hielt ihren glänzenden Blick auf das erloschene Hölzchen gerichtet.

»Ich musste mich beeilen, wieder nach Hause zu kommen. Habe mich in Kastrup in den Bus gesetzt. Und bin dann geflitzt wie ein Elch, um die Fähre noch zu erreichen. Dann habe ich ein Taxi genommen, um nach Landskrona zurückzukommen.«

Die Kellnerin stellte eine Tasse vor Eva, lächelte dann Susanne an, während sie weiter servierte. Susanne fragte sich, was dieses Lächeln bedeuten sollte. Fand sie, Susanne sähe ziemlich jung aus? Wie ein Kind? Oder erkannte sie sie wieder? Wusste sie, dass Susanne die Schwester – na ja, die Cousine – von Björn Hallgren war?

Eva starrte auf ihren Kuchen, piekste ein wenig mit der Gabel in das grüne Marzipan. Sie schaute düster drein.

»Mein Muttchen mag es nicht, wenn ich ein Taxi nehme. Unter uns: Sie ist ziemlich geizig.«

Susanne nickte, sagte aber nichts. Muttchen? Es war schwer sich vorzustellen, dass Eva Frau Salomonsson als Muttchen bezeichnete. Das wäre so, als würde sie Inez mit Mama anreden. Undenkbar. Es war das reine Wunder, dass sie ihre Eltern überhaupt duzen durfte. Inez duzte Lydia ja bis heute noch nicht. Eva legte das Streichholz in den Aschenbecher und senkte ihre Stimme:

»Ich habe erst um Viertel nach zehn geöffnet. Und da hatte ich noch nicht einmal meinen Kittel an.«

Susanne sah ein, dass sie etwas sagen musste. Was auch immer.

»Oi«, machte sie schließlich.

Eva ließ ein stolzes Lächeln über ihr Gesicht huschen.

»Ja. Aber ich glaube, das hat niemand gemerkt. Die Leute kommen ja meistens nicht vor halb elf.«

Susanne aß ein Stückchen von ihrem Prinzessinnentörtchen und nickte, spürte, wie sich die Süße in ihrem Gaumen ausbreitete.

»Das nächste Mal werde ich mitkommen dürfen«, sagte Eva.

Susanne schluckte und riss die Augen auf.

»Tatsächlich?«

Eva nickte lächelnd.

»Hat er gesagt. Er hat gesagt, das nächste Mal, wenn er nach London fliegt, kann ich mitkommen.«

»Ach.«

Das war ein kleiner Seufzer, ein vollkommen unfreiwilliger kleiner Seufzer, der Eva zu gefallen schien. Sie drückte schnell ihre Zigarette aus und legte dann ihre Hand auf Susannes.

»Keine Sorge«, sagte sie mit einem noch breiteren Lächeln. »Wir werden schon eine Möglichkeit finden, dass du auch mitkommen kannst.«

»Ach du lieber Gott«, sagte Inez und lockerte ihren Schal. »Wie lange soll das hier denn noch gehen?«

Lydia lächelte fein, während sie sich gegen den Türpfosten lehnte und mit den Schultern zuckte, die Arme immer noch vor der Brust verschränkt.

»Noch eine Woche. Ungefähr.«

Inez zog sich die Stiefel aus, blieb aber einen Moment lang mit ihnen in der Hand stehen und suchte nach einem Platz, um sie abzustellen. Schließlich ließ sie sie auf einen Werkzeugkasten fallen. Sie zog sich den Mantel aus und hängte ihn auf, dann stützte sie sich an der Wand ab und suchte sich ihren Weg zwischen einem Stapel Kartons und dem Flurspiegel.

»Sie hätten während der Renovierung bei uns wohnen sollen«, sagte sie und schaute in das dunkle Badezimmer. Die Rohre hingen in der Luft. Die Wände waren mit etwas Braunem bedeckt. Konnten das Hartfaserplatten sein? Konnte man tatsächlich Hartfaserplatten in einem Badezimmer haben?

»Das geht schon«, sagte Lydia. »Du möchtest doch sicher einen Kaffee, oder?«

»Können Sie denn Kaffee kochen?«

»Ja, natürlich. Die Küche ist ja fast fertig.«

Sie drehte sich um und ging in die Küche. Inez folgte ihr und stieg über einen weiteren Karton, blieb dann direkt vor der Küchentür stehen und schaute sich um. Das Fenster saß an seiner alten Stelle, aber der gesamte Rest war verändert. Neue Schränke und Schubläden. Ein grüner Herd. Und ein ebenso grüner Kühl-und Gefrierschrank. Aber noch fehlten die Kacheln über der Spüle und die Arbeitsplatte.

»Avocado«, sagte sie und ließ sich auf einen Stuhl am Küchentisch sinken.

»Wie bitte?«

Lydia hob fragend die Augenbrauen, während sie Wasser einfüllte. Sie sah tadellos aus wie immer. Als wäre sie gerade eben aus dem Kühlschrank geholt worden. Weiße Bluse. Grauer Kostümrock. Frisch geputzte schwarze Schuhe mit Trotteurabsatz. Sorgfältig hochgestecktes graues Haar. Inez fuhr sich schnell mit der Hand über das eigene Haar und zog die Zehen in ihren Strümpfen zusammen.

»Die Farbe von Herd und Kühlschrank. Die heißt Avocado.«

Lydia zuckte wieder mit den Schultern.

»Ach so. Ja, gut möglich. Ich nehme nur das, was ich so bekomme.«

Was absolut nicht stimmte, und das wussten beide. Lydia würde das ganze Badezimmer gekachelt bekommen, nicht nur einen Streifen über der Badewanne wie die anderen Mieter. Und außerdem war es ihr gelungen, sich ein weiteres Zimmer der Wohnung nebenan zu besorgen, nachdem die alte Mieterin schließlich gestorben war und sie doch ein ganzes Zimmer verloren hatte, das frühere Zimmer der Mädchen, jetzt, wo endlich alle Wohnungen ein Badezimmer bekamen. Sie hatte nicht einmal für ihr Anliegen kämpfen müssen: Bertilsson, dem das Haus gehörte, hatte ihre Wünsche notiert, obwohl sie nur in sorgfältig gewählten Nebensätzen formuliert worden waren, und sie dann als fertigen Vorschlag präsentiert. Alles, was Lydia noch zu tun hatte, war zu nicken. Vielleicht hatte sie auch einen Nebensatz über einen grünen Herd fallen lassen. Inez wusste es nicht, aber sie dachte gar nicht daran zu fragen. Lydia war nicht die Person, die man überhaupt nach etwas fragte. Aber bald, sehr bald, würde sie alt werden, und dann …

»Ist Björn aufgebrochen?«, fragte Lydia und stellte Inez eine Tasse hin.

»Ja. Heute ganz früh.«

»Von Kastrup aus?«

»Ja.«

Lydia warf einen Blick auf ihre Armbanduhr.

»Dann ist er wohl schon angekommen …«

Inez schaute auf ihre eigene Uhr.

»Ja. Bestimmt.«

»Und hat wohl schon Elsie getroffen.«

Inez ließ ihren Blick aus dem Fenster schweifen und erwiderte eigentlich nichts darauf, ließ nur ein leises Geräusch aus der Kehle vernehmen. Was als Zustimmung gedeutet werden konnte. Oder auch als Einwand. Was genau genommen nicht so wichtig war. Lydia warf ihr einen kurzen Blick zu, während sie Kaffee einschenkte.

»Ja, ja«, sagte sie dann und ließ sich auch am Tisch nieder, griff nach ihrer eigenen Kaffeetasse. »Das wird schon gut gehen.«

Wird es das? Der Gedanke fauchte, und Inez hob schnell ihre Kaffeetasse, um sich hinter ihr zu verstecken. Lydia lächelte leicht auf der anderen Seite des Tisches und schob einen kleinen Teller mit Keksen auf Inez' Seite. Eine Serviette lag unter den Keksen, eine kleine japanische Serviette aus Reispapier, mit rosa Rändern und blauen Blümchen. Inez sah sie an und blinzelte. Nicht traurig sein. Es gab keinen Grund, traurig zu sein.

»Wie geht es ihm? Finanziell, meine ich?«

Lydia legte den Kopf schräg. Inez löste ihren Blick von der Serviette und schaute auf.

»Ich weiß es nicht. Ich denke, es läuft ziemlich gut. Birger kümmert sich darum.«

»Birger?«, fragte Lydia. »Ja, ja natürlich.«

»Birger kann gut mit Geld umgehen«, sagte Inez.

»Das glaube ich wohl«, sagte Lydia und zeigte ihr säuerlichstes Lächeln.

Inez schloss die Augen, öffnete sie gleich wieder. Ruhig, ganz ruhig. Sie griff nach einem Keks, einem kleinen, bröckeligen Keks aus Mürbeteig, und hätte ihn fast in den Kaffee getunkt, als ihr einfiel, wo sie war. Lydia nahm natürlich keinen Keks, sie rührte nur mit einem Teelöffel in ihrer Tasse herum, obwohl sie gar keinen Zucker genommen hatte.

»Und Birger geht es gut?«, fragte sie dann.

Das war ja auch eine merkwürdige Frage. Lydia und Birger mussten sich doch vor nicht einmal vierundzwanzig Stunden gesehen haben, schließlich unterrichteten sie an derselben

Schule und verbrachten alle Pausen im selben Lehrerzimmer. Obwohl Inez keine Ahnung hatte, wie oft sie eigentlich miteinander sprachen, weder Lydia noch Birger waren besonders erpicht darauf, von ihren Kontakten in der Schule zu berichten.

»Ja, danke«, sagte sie nach einem Moment des Schweigens. »Birger geht es gut.«

»Und Susanne?«

Inez biss vorsichtig ein kleines Stückchen vom Keks ab; ein zarter kleiner Krümelregen fiel in ihre Kaffeetasse.

»Ja, auch«, sagte sie schließlich. »Susanne geht es auch gut.«

»Sie kam gestern geschminkt in die Schule«, sagte Lydia. »Stark geschminkt.«

Inez hob ihre Tasse hoch, um Zeit zum Nachdenken zu haben. Susanne geschminkt? In der Schule? Ruhig. Nur ruhig bleiben.

»Nun ja«, sagte sie dann und stellte ihre Tasse ab. »Im Augenblick probiert sie so einiges aus.«

Lydia hob ihre Tasse und schaute Inez in die Augen.

»Ja. Das ist das Alter.«

»Ja. Das ist es wohl. Und dann ist ja da dieser Kursus.«

»Welcher Kursus?«

»Ein Arbeitskreis über die Kunst, sich richtig zu schminken.« Lydia zog die Augenbrauen hoch.

»Ach, tatsächlich?«, wieder mit einem feinen Lächeln. »Na, dann können wir nur hoffen, dass es anschlägt. Letztendlich.«

Der Keks war aufgegessen. Inez starrte in ihre halb volle Kaffeetasse und versuchte auf etwas zu kommen, was sie noch sagen konnte, kam aber auf nichts. Lydia drehte den Kopf zur Seite und schaute aus dem Fenster. Der morgendliche Schneeregen hatte aufgehört, aber es war draußen kaum heller geworden. Dezemberdunkelheit. Lydia und Inez saßen ein Weilchen schweigend da, ohne einander anzusehen.

»Kommt sie mit ihm nach Hause?«, fragte Lydia schließlich.

Inez schaute auf, fragend.

»Wer?«

»Elsie. Kommt sie mit Björn nach Hause?«

Inez ließ ein wenig die Schultern sinken, und einen Moment

lang schien es ihr, als könnte sie sich selbst von außen sehen, eine knochenlose Person, über einen Stuhl ausgegossen. Eine Lumpenpuppe, so voller Überdruss, dass sie kaum den Kopf aufrecht halten konnte. Eine Schwester, die genug hatte von ihrer Schwester. Eine Ehefrau, die genug hatte von ihrem Mann. Eine Mutter, die genug hatte von ihrer Tochter. Eine Tochter, die genug hatte von ihrer Mutter. Eine Pflichtbewusste, die genug hatte von ihren Pflichten. Ein Mensch, der genug davon hatte, ein Mensch zu sein.

Sie nahm all ihre Kraft zusammen, richtete sich auf und strich sich die Haare aus der Stirn.

»Ich habe keine Ahnung.«

Zwischen Lydias Augenbrauen zeigte sich eine Falte.

»Aber du hast doch gestern noch mit ihr gesprochen.«

Inez sah ihrer Mutter in die Augen, der Überdruss war plötzlich wie weggeblasen. Was sie jetzt fühlte, das war etwas anderes, etwas ebenso Lebensnotwendiges wie das Mark in ihren Knochen und etwas ebenso Unsichtbares, etwas, das sie am Leben hielt und dem man dennoch am besten keine Gedanken widmete.

»Stimmt.«

»Und, hast du sie nicht gefragt?«

»Natürlich habe ich sie gefragt.«

»Und was hat sie gesagt?«

»Dass sie es noch nicht wisse, natürlich.«

Lydia erwiderte nichts. Inez hob ihre Kaffeetasse an.

»Sie können sie ja selbst fragen. Sie wohnt im Strand Palace Hotel in London. Ich habe die Telefonnummer.«

Endlich wich Lydia ihrem Blick aus.

»Nein«, sagte sie. »So habe ich es nicht gemeint. Ich habe mich nur gefragt.«

Inez' Absätze klapperten laut auf dem Marmor der Treppenstufen, als sie ging. Das war schön, das war ein Geräusch, das zu dem Tag passte, ja, zu ihrem ganzen Leben. Sie schob die Glastür im Hauseingang auf, blieb dann aber auf dem Bürgersteig stehen und zog ihr Tuch heraus, faltete es sorgfältig zu einem Dreieck und band es sich um den Kopf, schloss alle

Knöpfe ihres Mantels und zog sich ihre Handschuhe an. So. Jetzt war sie zu allem bereit, was auch kommen mochte. Versucht es nur, dachte sie düster. Kommt doch. Wenn ihr euch traut.

Sie schüttelte den Gedanken wieder ab und ging los, mit weit ausholenden Schritten und geradem Rücken. Die Handtasche schlug ihr gegen die Hüfte, und nach kurzer Zeit geriet sie außer Atem, aber nicht so sehr, dass sie langsamer hätte werden müssen. Stattdessen zog sie jeden Schritt noch ein wenig weiter in die Länge und stellte mit einer gewissen Zufriedenheit fest, dass sie zumindest nicht schwitzte. Vielleicht waren es die Flüche, die sie abkühlten, diese Flüche, die mit jedem Schritt, den sie machte, an die Oberfläche stiegen. *Scheiße. Verdammter Mist. Verflucht.* Sie musste lächeln und nickte einem bekannten Gesicht auf der anderen Straßenseite zu, einem Gesicht ohne Namen, das vermutlich einem Elternteil irgendeiner dieser verfluchten Schülerinnen gehörte, mit denen sie sich herumschlagen musste, einer dieser kleinen Idioten, die kaum wussten, wo bei ihnen zu Hause der Herd stand, eines dieser albernen Kichermädchen, die glaubten, sie seien so etwas ganz Besonderes, dass sie nie im Leben Essen kochen müssten. Ha! Als kleiner Teenager konnte man sich das noch einbilden, aber wenn man erst zwanzig war und ein Kind hatte, dann stand man auf jeden Fall am Herd. Da alle Kerle offensichtlich erblich bedingt nur dazu taugten, den Mund aufzureißen und herumzuschreien, und da sie immer nur noch nörgeliger und lauter wurden, wenn man ihnen nicht alle vier Stunden das Maul mit Essen stopfte.

Ich gehe, dachte Inez. Ich schmeiße alles hin und haue einfach ab.

Der Gedanke war so fremd, dass sie mitten im Gehen anhielt, auf der Stelle festfror und einige Sekunden lang nur vor sich hin starrte, bevor sie sich eilig nach links wandte, einem Schaufenster zu. Es dauerte einen Moment, bis ihr klar wurde, dass es eine Papierhandlung war, dass sie auf irgendwelche Musterkarten starrte. *Danke für die Anteilnahme sowie für das ehrende Geleit zur letzten Ruhestätte meines Gatten.*

Die Glückliche, dachte sie spontan, bekam aber sofort so heftige Gewissensbisse, dass sie sich umschauen musste. Auf der anderen Straßenseite gingen einige Frauen, aber sie guckten nicht in ihre Richtung, konnten ihre Gedanken nicht lesen.

Sie nahm ihren Weg wieder auf, aber jetzt langsamer und mit kleineren Schritten. Sie musste sich beruhigen. War gezwungen, sich zu beherrschen. War gezwungen, ebenso ruhig und nett zu sein wie zu der Zeit, als Björn zu Hause war. Denn zum Schluss war es ihr tatsächlich geglückt, sie hatte nicht ein Wort dazu gesagt, dass er noch spätabends verschwand, und hatte so getan, als hätte sie nicht wach gelegen und gewartet, bis er schließlich mitten in der Nacht nach Hause kam. Hatte keinen Kommentar abgegeben, als er sich weigerte, morgens die Hafergrütze zu essen, die sie gekocht hatte, und hatte nur gelächelt und sich seinem Wunsch gefügt, dass sie ihn nicht zur Fähre begleiten sollte. Sie war ruhig und nett gewesen, auch als er seinen Dufflecoat anzog und einen Schal um den Hals wickelte, hatte sich zurückgehalten, als sie schon fast einen Schritt vorgetreten wäre und die Arme um ihn geschlungen hätte, hatte stattdessen nur die Hand zu einem Winken gehoben. Tschüs dann. Mach es gut. Und grüße Elsie. Er hatte zurückgewunken, aber nur ganz kurz, dann hatte er die Tür geschlossen und war fort gewesen.

Und was blieb jetzt? Zehntausend Kartoffeln schälen. Fünfzehntausend Frikadellen formen. Zwanzigtausend Brotscheiben schneiden. Millionen Liter Milch aus dem Laden holen. Jahrzehnte von Tagen, Stunden, Minuten und Sekunden leben. Sinnlos. Stumm. Tot.

Ich will nicht! Will nicht! Will nicht!

Der Schrei in ihr ließ ihre Knie weich werden, kurze Zeit fürchtete sie, mitten auf dem Bürgersteig zusammenzubrechen, doch dann bekam sie ihre Wut wieder in den Griff und zwang sich, schneller zu gehen. Wer kümmerte sich darum, was sie wollte? Niemand. Birger nicht. Lydia nicht. Susanne nicht. Björn nicht. Nicht einmal sie selbst. Sie konnte schreien und schimpfen, so viel sie wollte, sie dachte trotzdem nicht daran, aufzugeben. Einen Moment lang flatterte ein Fantasiebild vorbei, sie sah sich selbst platt auf dem Bürgersteig liegen und wie eine trotzige Zweijährige mit den Beinen zappeln. Laut schnaubte sie über sich selbst. Ja, ja. Und wozu sollte das gut sein?

Aber ich will nicht! Ich will wirklich nicht!

Inez wankte, riss sich jedoch zusammen und ging noch schneller, drängte sich mit einem entschuldigenden Lächeln an zwei alten Frauen vorbei, die Arm in Arm den Bürgersteig entlanggingen, und schob den Riemen ihrer Schultertasche hoch. Fast eine Minute verging, bis sie merkte, dass sie fast lief, und sich rasch etwas bremste. Schnell, aber nicht zu schnell. Jetzt lag die Tuppaschule vor ihr, noch so ein roter Backsteinpalast in dieser Stadt voller roter Backsteinpaläste, und für kurze Zeit ließ sie die Erkenntnis zu, dass dieses Gebäude der Ort auf Erden war, an dem sie sich am allerunwohlsten fühlte, obwohl es wie ein Märchenschloss aussah. Dann drängte sich ihr ein Tagtraum auf, sie sah sich selbst irgendwo an einem Schreibtisch sitzen, in Lund, und sie war Universitätslektorin, nein, Dozentin für Literaturgeschichte, und es war ein Samstagnachmittag, aber da sie alleinstehend war, hatte sie bereits ihre Wohnung sauber gemacht und nur ein belegtes Brot zu Mittag gegessen. Jetzt konnte sie sich den Rest des Tages ihrer Forschung widmen. Einen Moment lang überlegte sie, worüber sie wohl forschen würde, vielleicht über Selma Lagerlöf und deren zwölf Jahre in – ausgerechnet – Landskrona, schob dann jedoch diesen Gedanken beiseite und erlaubte sich einen Rundgang durch die Wohnung. Drei Zimmer, Küche, Bad nur für sie. Ein Schlafzimmer, ein Wohnzimmer und ein Arbeitszimmer. Offener Kamin im Wohnzimmer. Ein Badezimmer mit gebügelten Handtüchern, unbenutzt und sorgsam mit ihren Initialen geschmückt. Eine kleine Lampe im Fenster des Arbeitszimmers, eine kleine dänische Lampe mit weißem, gefälteltem Schirm, die einzige brennende Lampe in der ganzen Straße …

Ach was. Sie blieb am Zebrastreifen stehen und ließ ein Auto vorbeifahren. War hatte es für einen Sinn, von einem Leben zu träumen, das nie das ihre werden würde? Sie war keine Dozentin für Literaturgeschichte und würde es auch nie werden, sie hatte ihre Entscheidung vor neunzehn Jahren getroffen, die Früchte davon genossen, und jetzt saß sie mit den Abfällen hier. Sie war Birgers Ehefrau und Susannes Mutter, Lydias Tochter und – sie verzog verächtlich das Gesicht über sich selbst –

Björns Stiefmutter. Oder Tante. Eine Stiefmutter oder Tante, von der er nicht einmal besonders begeistert war. Eine, die ihn bremsen wollte, ihn festhalten, ihn zwingen, zu Hause zu bleiben und für alle Zeit das zu bleiben, was er weder sein wollte noch konnte. Ihr Sohn. Ihr eigener geliebter Sohn.

Aber er ist weg!

Sie zwang sich, die Hand zu einem Gruß zu heben, als eine Kollegin auf der anderen Straßenseite entlangging, zwang sich, zu lächeln und vollkommen unbeteiligt dreinzusehen. Die Hauswirtschaftslehrerin macht einen kräftigenden Spaziergang, bevor sie zum Markt geht, sie trägt ein hübsches Tuch von Hermès um den Kopf und eine Tasche aus echtem Leder über der Schulter. Sie hebt eine behandschuhte Hand und schenkt einer Kollegin – einer blonden Volksschullehrerin – ein freundliches, offenes Lächeln. Es durfte nicht zu erkennen sein, dass sie trauerte. Was auch immer geschah, das durfte niemand sehen. Sie schob erneut ihre Tasche hoch und forschte einen Moment lang nach ihrer Wut, blieb dann wieder stehen und wandte sich einem Schaufenster zu, verharrte eine Weile reglos und betrachtete ihr eigenes Spiegelbild, bevor ihr klar wurde, dass sich hinter der Scheibe eine Konditorei befand. Und ganz hinten sah sie einen Rücken, den sie erkannte.

Susanne. Ihre Tochter. Und ihr gegenüber saß dieses Mädchen, das …

Inez drehte sich schnell um und ging mit geradem Rücken über die Straße, dann schnellen Schrittes weiter über den Markt, ohne stehen zu bleiben und all das zu kaufen, was auf ihrer Liste stand.

Die Mädchen standen vor dem Studio, sie drängelten und kreischten. Elsie betrachtete sie, während sich die schwarze Limousine langsam durch die Gruppe drängte und sie auseinandertrieb. Einige von ihnen beugten sich herunter, legten ihre rosa Handflächen auf die Fensterscheiben und ihre bleichen Gesichter waren dahinter zu erkennen, während sie liefen, um mit dem Auto auf gleicher Höhe zu bleiben. *Who is it? I don't know, I think it's…*

Björn saß mit geradem Rücken auf einem der Notsitze, hielt sich mit einer Hand an einem Lederriemen fest, der von der Decke baumelte, und starrte schweigend vor sich hin. Er war blass, und das stand ihm, die dunklen Augen erschienen groß und glänzend in dem weißen Gesicht. Vielleicht wirkte er durch die schwarze Kleidung noch blasser, den Polokragen seines Pullovers, den langen Mantel mit dem großen Kragen. Er war als Einziger ganz in Schwarz gekleidet, die anderen Jungs zeigten mehr Farbe. Da war beispielsweise Tommy in einem roten Hemd unter einer schwarzen Lederjacke. Und einer der anderen hatte eine türkisfarbene Hose an. Das sah idiotisch aus.

Jetzt waren sie alle fünf verstummt, saßen schweigend stocksteif da und starrten vor sich hin, so als traute sich keiner, den Kopf zu drehen und aus dem Fenster zu gucken, als wollte es keiner riskieren, den Blicken der Mädchen draußen zu begegnen, als traute sich keiner, auf die Brüste zu schauen, die an den Scheiben platt gedrückt wurden, die Lächeln, die das Coupé erhellten, die Zunge, die zwischen den Lippen des Mädchens ganz hinten aufzuckte.

Vielleicht waren sie einfach nur nervös. Und vielleicht war Björn der Nervöseste von allen.

Karl-Erik schwieg ausnahmsweise auch einmal. Er saß neben

ihr, so dicht, dass sein Oberschenkel die ganze Zeit gegen ihren gepresst wurde, aber er schwieg auf eine andere Art und Weise als die Jungs. Er musterte die Mädchen draußen mit einem Lächeln, nickte ab und zu vor sich hin wie ein Lehrer, der wortlos ein paar tüchtige Schüler ermuntert. Gut gemacht. Wirklich gut gemacht.

Plötzlich wurde es um sie herum dunkel. Sie waren durch ein Tor gefahren, hinter ihnen wurde eine Tür geschlossen. Die Schreie verstummten, jemand seufzte schwer. Sekunden später wurde es wieder hell, und sie fuhren auf einen Hof.

»Okay, Jungs«, sagte Karl-Erik. »Es wird Playback.«

Tommy zog sich halb hoch.

»Scheiße, Mann, was soll …«

Karl-Erik hob die Hand:

»Du hast gehört, was ich gesagt habe. Playback.«

Tommy ließ sich wieder auf seinen Stuhl sinken, beugte sich vor, sodass ihm das Haar nach vorn fiel und sein Gesicht verbarg. Er sah aus wie ein Kind. Ein Kind, das dabei war aufzugeben.

»Aber du hast doch versprochen …«

Karl-Erik zuckte mit den Schultern und steckte die Hände in die Hosentaschen.

»Ich habe versprochen, zu tun, was ich kann. Aber in dieser Sendung spielen alle Playback. So ist es nun einmal.«

»Trotzdem«, sagte Niclas.

Elsie schaute ihn an, und ihr fiel auf, dass sie ihn bis zu diesem Moment nicht viel mehr als seinen Namen sagen gehört hatte. Er war tadellos gekleidet, mit weißem Hemd, geblümtem Schlips und glänzenden schwarzen Schuhen. Jetzt fuhr er sich mit der Hand durch das frisch gewaschene Haar und sah Karl-Erik mit ernster Miene an.

»Hast du wirklich alles versucht?«

Karl-Erik lehnte sich an die Wand und bedachte Niclas mit einem kühlen Blick.

»Alle spielen Playback in dieser Sendung. Manfred Mann hat es gemacht. Die Stones. Sogar die Beatles. Was spricht also dagegen, dass die Typhoons es genauso machen?«

Tommy sprang auf seine langen Beine hoch, er trat gegen

einen Papierkorb, aber nur schwach, nur so viel, dass er ein paar Zentimeter weiterrutschte.

»Scheiße, warum sind wir dann hier, hä? Es hätte ja genügt, ihnen eine Platte zu schicken.«

Karl-Erik seufzte, richtete sich auf und verschränkte die Arme vor der Brust. Er sah nun eher wie ein Lehrer aus, wenn auch ein ungewöhnlich flotter Lehrer.

»Du musst dich nicht dümmer stellen, als du bist, Tommy. Du weißt verdammt gut, warum wir hier sind.«

Einen Moment lang blieb es still. Elsie merkte, dass sie den Atem anhielt, sie schloss die Augen und zwang sich zu einem tiefen Atemzug, ehe sie sich an die Wand zurücklehnte. Es gab nur drei Stühle in dem kleinen Raum, und die waren bereits von Tommy, Niclas und diesem Peo in der türkisen Hose belegt. Björn saß in der Fensternische und kaute an einem Fingernagel, es sah aus, als hörte er gar nicht zu, und Bosse stand mit geschlossenen Augen da, lehnte sich an die Wand ihr gegenüber. Er war so weißblond, dass sie sich fragte, ob er sich vielleicht Wasserstoffsuperoxid ins Haar gekippt hatte.

»Außerdem«, sagte Karl-Erik und runzelte die Stirn, während er Tommy ansah. »Außerdem solltest du verdammt dankbar dafür sein, dass wir hier sind.«

Tommy wandte den Blick ab und verzog das Gesicht. Was er dachte, war ihm anzusehen: dankbar!

Es blieb noch eine Weile still. Karl-Erik stand breitbeinig mitten im Raum, immer noch mit verschränkten Armen, und nahm sie ins Visier, einen nach dem anderen. Keiner von ihnen sah ihn an. Björn starrte auf etwas draußen vor dem Fenster und kaute immer noch an seinem Nagel.

»Sind wir uns einig?«

Karl-Eriks Stimme war um eine Oktave gesunken. Vielleicht hatte er erwartet, dass das Schweigen anhalten würde, aber Björn nahm plötzlich den Finger aus dem Mund und sagte:

»Ich weiß nicht, wie man das macht.«

Die anderen starrten ihn an, aber Björn schien das gar nicht zu bemerken. Er schaute immer noch aus dem Fenster.

»Wir haben noch nie Playback gespielt. Wie macht man das?«

Tommy richtete sich auf und zog die Augenbrauen hoch, ließ dann mit einem leichten Lächeln seinen Blick in der Runde kreisen. Auch die anderen lächelten. Bosse zog sogar die Augenbrauen genau wie Tommy hoch. Elsie stellte fest, dass sie sich auf die Unterlippe gebissen hatte, ließ los und fuhr sich mit der Zunge über die schmerzende Stelle.

»Tja«, sagte Tommy und wandte sich direkt an Karl-Erik. »Du hörst ja selbst.«

Das Studio war groß und schwarz. Ganz vorn stand eine kleine Bühne, im Augenblick noch leer, denn es waren noch mehrere Stunden bis zur Sendung, aber unten vor der Bühne drängte sich bereits jetzt ein Teil des Publikums. Das war eine Gruppe auffallend gut aussehender Teenager, mit frisch gewaschenen Haaren, nach Shampoo duftend und nach dem neuesten Trend gekleidet. Elsies Gedanken wanderten kurz zu dem Mädchen, das sie am Vormittag gesehen hatte, die kleine Lumpenpuppe in dem schmuddeligen rosa Mantel mit der breiten Laufmasche in den weißen Strümpfen. Sie würde hier niemals Zutritt bekommen. Falsche Sorte. Andererseits wäre sie selbst auch fast nicht hereingekommen, ein Ordner hatte sie an der Tür aufgehalten, und erst nach Karl-Eriks Eingreifen war ihr der Zutritt erlaubt worden. Gleichzeitig hatte der Wachmann ihr ganz genau die Bedingungen erklärt. Elsie musste aufpassen, dass sie nicht ins Bild kam, sie durfte sich nicht so über ihren Sohn begeistern, dass sie in den Lichtkegel trat, der unterhalb der Bühne war und gezeigt wurde. In dieser Sendung durfte niemand zu sehen sein, der älter als fünfundzwanzig war. Die Illusion musste aufrechterhalten werden. Die Jugend war das Einzige, was existierte. Sorgfältig ausgesuchte Jugend.

Einige Scheinwerfer huschten über das Publikum vor der Bühne und tauchten Haar und Haut der Jugendlichen in wechselnde Farben, von einem hellen, fast eisblauen Ton bis zu warmem Orange.

»Sie testen das Licht«, sagte jemand neben Elsie. Auf Schwedisch.

Sie drehte den Kopf und sah einen jungen Mann neben sich

stehen, aber es dauerte einen Moment, bis ihr einfiel, wer es war. Mats. Dieser ganz junge Journalist vom Bildjournal. Sie nickte lächelnd, aber ihr fiel nichts ein, was sie hätte erwidern können. Mats warf ihr einen Blick zu, der ihren ganzen Körper abtastete, bevor er fortfuhr:

»Haben Sie sie schon mal gehört? *Live*, meine ich?«

Elsie lächelte bedauernd.

»Nein. Leider nicht. Ich fahre ja zur See, wissen Sie.«

»Aber Sie sind doch Björns Mutter, nicht wahr? Seine richtige Mutter?«

Elsie wich seinem Blick aus:

»Doch, ja. Aber Björn ist bei meiner Schwester aufgewachsen. Wir sind Zwillinge. Genau gleiche Kopien.«

Warum sagte sie das immer? Warum war das der Spruch, der ihr immer als Erstes auf der Zunge lag, wenn jemand sie nach Björn fragte? Sie hörte doch selbst, wie das klang. Wie eine Verteidigung. Außerdem war Inez wohl kaum länger eine identische Kopie von ihr, das war sie schon seit Jahrzehnten nicht mehr. Sie war zu einer Fremden geworden, einer verbitterten, mürrischen Fremden, die Björn mit Beschlag belegt hatte und so tat, als wäre sie seine Mutter. Weshalb sie sich auch weigerte, die Unterhaltszahlungen anzunehmen. Die ganze Zeit über hatte sie das Geld auf ein Konto eingezahlt, ein Konto auf Björns Namen. Als handelte es sich um eine Art Schadensersatz, nicht um das Geld für den Unterhalt und seine Ausbildung …

»Und der Vater?«, fragte Mats. »Wer ist sein Vater?«

Einen Moment lang tat sich der Boden vor Elsie auf. Sie stand reglos da und starrte in die tiefe Finsternis, diese Finsternis, der sie so geschickt auszuweichen pflegte, nicht nur heute, sondern jeden Tag. Sie schloss die Augen, aber langsam, sehr viel langsamer als je zuvor, als wäre sie überzeugt davon, dass die geringste Bewegung, das kleinste Zucken des Augenlids sie fallen ließe. Dann schloss sich das schwarze Loch, sie konnte es spüren, wusste aber gleichzeitig, dass es nur an der Oberfläche geschah, dass die große Dunkelheit unter einer dünnen Schicht aus Zement und Malerfarbe lauerte. Sie öffnete die Augen und schaute Mats an. Er war der Erste. Niemand hatte ihr diese Frage gestellt seit dem Tag, an dem Björn geboren wurde. Vorher, ja, aber hinterher nicht mehr. Lydia nicht. Inez nicht. Nicht einmal dieser nervige Mann vom Jugendamt. Niemand. Nicht einmal Björn selbst. Aber jetzt stand dieser junge Journalist hier dicht neben ihr und stellte sie in einem ganz normalen Gesprächston, ohne zu begreifen, dass das eine Frage war, die man nicht stellte. Eine verbotene Frage. Jetzt sah sie außerdem, dass er einen Notizblock in der einen Hand hielt und einen Stift in der anderen. Er lächelte ein wenig, aber unter ihrem Blick erlosch sein Lächeln langsam. Elsie holte tief Luft.

»Interviewen Sie mich?«

Sie hörte ihre eigene Stimme. Sie war kühl. Geradezu eiskalt. Mats fuhr sich rasch mit der Zunge über die Oberlippe.

»Also, ich ...«

Elsie wandte den Blick nicht von ihm ab.

»Stimmt das? Habe ich recht? Versuchen Sie mich zu interviewen?«

Mats' Wangen wurden dunkler, er errötete so heftig, dass es sogar in dem schwachen Widerschein des Lichts von der Bühne zu erkennen war.

»Ich wollte nur ...«

Er war aus dem Konzept gekommen, und einen Atemzug lang sah er vollkommen verunsichert aus, dann riss er sich zusammen, klappte den Notizblock zu und suchte in seinen Taschen. Er zog eine Päckchen Zigaretten hervor und wühlte in der anderen Tasche weiter, vermutlich nach Streichhölzern. Die Röte war verschwunden, als er sich ihr wieder zuwandte und mit vollkommen normaler Stimme sagte:

»Ich dachte nur ... Wir müssen ja in jeder Nummer etwas über ihn bringen. So bekannt wie er ist.«

Elsie nickte.

»Ja«, sagte sie. »Ich verstehe. Aber ich möchte auf keinen Fall interviewt werden.«

Mats zuckte mit den Schultern und zündete ein Streichholz an.

»Na gut. Dann nicht. Obwohl ich nicht verstehe, warum nicht.«

Elsie wandte ihren Blick ab.

»Das brauchen Sie auch nicht.«

»SUSANNE«, RIEF BIRGER unten vom Flur. »Du hast Besuch.«

Besuch? Susanne starrte ihr Spiegelbild an. Kleine Reste von schwarzem Eyeliner saßen noch in dem Winkel des rechten Auges. Sie riss ein Stückchen Watte ab, befeuchtete es unter dem Wasserhahn und begann zu reiben, während sie rief:

»Ich komme gleich.«

Es war natürlich Ingalill, die unten auf dem Flur wartete. Eine Ingalill, die vermutlich noch saurer war als sonst, weil Susanne nichts von sich hatte hören lassen. Sonst rief sie doch immer am Samstagvormittag an, damit sie verabreden konnten, was sie am Nachmittag machen wollten, aber heute hatte sie es nicht getan. Sie hatte nicht angerufen, sie hatte nicht einmal daran gedacht, anzurufen. Und jetzt stand Ingalill unten auf ihrem Flur und sah beleidigt aus. Wie man vermuten konnte.

»Susanne!«

»Ja, ich komme ja schon! Ich bin schon unterwegs!«

Ihre Stimme war schärfer als sonst, sie war sicher, dass man das durch die Badezimmertür bis unten auf den Flur hören konnte. Wäre Inez zu Hause, so hätte sie sich niemals getraut, so zu rufen, aber sie war ja nicht da, und deshalb hörte Susanne sich ungefähr so an, wie sie wollte. Vor Birger hatte sie keine Angst. Sie blieb stehen. Inzwischen dachte sie an die beiden als Inez und Birger, nicht mehr als Mama und Papa. Nun ja. Das war vielleicht ganz normal. Sie warf einen letzten Blick in den Spiegel. Vom Make-up war nichts mehr zu sehen, aber das Haar war länger geworden. Der Pony reichte inzwischen schon über die Augenbrauen. Sie hatte vor, es dabei zu belassen. Das war eine Botschaft an Ingalill wie auch an Inez, eine klare Aussage, wenn auch ohne Worte. Susanne war eine andere geworden. Eine, die nicht daran dachte, sich weiter herumschubsen zu lassen. Weder von ihrer sogenannten besten Freundin noch von ihrer sogenannten Mutter. Falls die sogenannte Mutter irgendwann aufzutauchen beliebte.

Draußen war es bereits dunkel. Das merkte sie, als sie auf den oberen Flur trat. Die Straßenlaternen auf dem Bürgersteig waren eingeschaltet, und sie warf einen kurzen Blick auf die Uhr. Halb vier. Wo blieb Inez eigentlich? Um diese Uhrzeit war der Markt doch schon längst geräumt, und alle Geschäfte hatten geschlossen … Na, auch egal.

Sie ging langsam die Treppe hinunter, vielleicht zu langsam. Ingalill stand direkt hinter der Tür, in ihrem üblichen alten Mantel. Der braun war. Hässlich braun, um ehrlich zu sein. Sie selbst trug keinen Mantel mehr, sie hatte Anfang des Herbsts einen Parka bekommen, und wie sie jetzt Ingalill dort stehen saß, glühte der Triumph in ihr. Ingalill war alles, was Susanne nicht war. Groß und kräftig. Pickelig. Mit kurz geschnittenem, gelocktem Haar. Sie selbst hatte sich in den letzten Monaten verwandelt, und plötzlich erschreckte sie all das Neue nicht mehr. Sie, die immer eine graue, alltägliche kleine Maus gewesen war, versteckt unter anderen grauen, alltäglichen Mäusen, war plötzlich ein Mädchen, dem die Blicke folgten, wo sie auch ging. Jetzt, in diesem Augenblick, konnte sie das zum ersten Mal vor sich selbst zugeben. Selbst die Gymnasiasten aus dem letzten Jahrgang und Lehrer, die sie nie gehabt hatte, sahen ihr hinterher, wenn sie ihr Tablett durch die Kantine balancierte oder die Treppen hinauflief, um rechtzeitig zur nächsten Stunde zu kommen. Und als sie mit Inez in die Stadt gegangen war, um einen neuen Wintermantel zu kaufen, in der Woche, nachdem die Typhoons zum ersten Mal in die Top Ten gelangt waren, hatte sie das Gefühl gehabt, als würde sich jeder Mensch, der ihnen begegnete, anstrengen müssen, sie nicht anzustarren. Was nicht allen gelang. Bei Cema hatte Frau Jacobsson, die bekannt war für ihren Riecher für Geld, mit den Nasenflügeln gebebt, als sie den Laden betraten. Und während Susanne einen Mantel nach dem anderen anprobierte, hatte sie das Gefühl, als schauten die anderen Kunden heimlich zu ihr herüber. Sie versuchte, sich selbst mit deren Augen zu sehen und sah bald ein, dass ein normaler Mantel nicht möglich war. Schließlich entschied sie sich für einen schwarzen Parka mit beigefarbenem Futter, nicht, weil sie ihn besonders hübsch fand, sondern aus lauter Furcht, womöglich etwas Falsches, Hässliches oder Unmodernes auszusuchen, dessen Plumpheit allein einen Schatten auf Björns Bild werfen könnte. Als sie das Geschäft verließen, begegneten sie Monika Andersson, die auch in der Svanegatan wohnte, sie war fünf Jahre älter als Susanne und hatte sich noch nie zuvor herabgelassen, sie zu grüßen, aber jetzt warf sie ihren Kopf in einer Art Nicken herum und schaute dann weg, als wäre sie plötzlich schüchtern geworden.

Sie wusste also, wer Susanne war. Alle wussten plötzlich, wer Susanne war. Und seitdem waren zwei Monate vergangen, nein, fast zweieinhalb, und alles hatte sich noch mehr verändert. Der Parka war hübsch geworden. Sie selbst war hübsch geworden. Zumindest fast. Bald würde sie es vielleicht sogar schaffen, Leuten zu widersprechen. Ganz offen.

»Hallo«, sagte sie zu Ingalill. Lächelte aber nicht dabei.

Ingalills Blick flackerte. Als wäre sie unsicher. Das war auch neu.

»Hallo.«

Einen Moment lang schwiegen beide. Ingalill schluckte:

»Wollen wir eine Runde drehen?«

Susanne antwortete nicht sofort. Eine Sekunde lang erinnerte sie sich an alle Gemeinheiten von Ingalill im Laufe der Jahre, all ihre spitzen Bemerkungen, ihren ständig überheblichen Ton, und plötzlich hatte sie Lust, es ihr heimzuzahlen, sollte sich diese blöde Kuh doch genauso dumm und unterlegen fühlen wie sie sich selbst tausendmal, nein, zehntausendmal gefühlt hatte. Gleichzeitig war da ein anderes Gefühl in ihrem Bauch, ein vertrautes Gefühl. Ingalill hatte nichts von dem, was Susanne hatte. Kein Haus. Keinen Parka. Keinen großen Bruder. Keine Eltern mit Geld. Keine Eva. Vielleicht war es nicht so verwunderlich, dass sie mit ihren guten Noten so protzte. Sie hatte ja nichts anderes, womit sie protzen konnte.

»Ich weiß nicht …«

Ingalill räusperte sich. Sie war wirklich unsicher.

»Wahrscheinlich gibt es schon Weihnachtsbeleuchtung…«
Susanne lehnte sich ans Treppengeländer.
»Ich habe keine Lust, Schaufenster anzugucken.«
»Wir können ja die Linje entlanggehen.«
Susanne zuckte mit den Schultern.
»Von mir aus.«

Sie gingen schweigend nebeneinander in die Dunkelheit hinaus, sagten kein Wort, bis sie die erste Straßenlaterne auf Linjen erreicht hatten.

»Du hast heute nicht angerufen«, sagte Ingalill.

Susanne warf ihr einen kurzen Blick zu, aber Ingalill sah sie nicht an. Sie ging leicht vornübergebeugt, als wollte sie ihre Größe kaschieren, und ihr Haar wehte im Wind. Warum hatte sie so eine Jungsfrisur? Warum versuchte sie gar nicht erst auszusehen wie normale Mädchen?

»Nein«, antwortete Susanne und biss sich auf die Unterlippe. Das war die falsche Antwort. Fast, als würde sie zugeben, dass etwas passiert war. Sie schob die Hände in die Taschen ihres Parkas und suchte nach einem Ausweg. Es gab keinen. Sie musste es durchstehen.

»Ich habe gewartet«, sagte Ingalill. Ihre Stimme war jetzt kräftiger. Sie klang nicht mehr so unsicher. Aber Susanne hatte nicht vor, sich ins Bockshorn jagen zu lassen.

»Und warum hast du dann nicht angerufen?«

»Habe ich. Aber bei euch ist niemand rangegangen.«

Eine Weile schwiegen wieder beide. Nichts war zu hören als ihre Schuhsohlen, die über den Kies knirschten.

»Stimmt«, sagte Susanne schließlich. »Ich war eine Weile weg.«

Wieder eine lange Pause. Ingalill wartete, dass sie es erklären würde. Aber das hatte sie nicht vor. Ingalill sollte gezwungen sein zu fragen. Auch wenn es ihr noch so schwerfiel.

»Wo warst du?«, fragte sie schließlich.

Susanne tat so, als hätte sie nicht verstanden.

»Entschuldige«, sagte sie. »Was hast du gesagt?«

Ingalill zischte:

»Ich habe gefragt, wo du warst!«

Jetzt war Ingalill wieder ganz die Alte. Der gleiche leicht höhnische Ton wie immer. Susanne spürte, wie sich die Kälte in ihrem Körper ausbreitete. Das war nicht die normale Winterkälte, sie hatte nichts zu tun mit dem kalten Wind vom Öresund oder mit der Tatsache, dass sie ihre Handschuhe vergessen hatte. Das hier war etwas anderes. Eine ganz neue Art von Kälte, die das Rückgrat hinaufkroch, im Bauch kitzelte und plötzlich den Kopf ausfüllte. Sie hatte Angst. Aber nicht so viel wie früher. Genau genommen hatte sie weniger Angst als jemals zuvor. Sie warf den Kopf zurück.

»Ich war Kaffee trinken. Mit Eva.«

»Welche Eva?«

Sie zierte sich. Ingalill wusste nur zu gut, welche Eva es war.

»Eva Salomonsson.«

Ingalill erwiderte nicht sofort etwas, stattdessen bog sie ab, auf einen kleinen Pfad, der zu einem Aussichtsplatz am Meer führte. Susanne folgte ihr mit schnellen Schritten, damit sie wieder an ihre Seite kam. Nie wieder wollte sie zwei Schritte hinter Ingalill hertrotten. Die Zeiten waren vorbei. Das Licht um sie veränderte sich, es gab keine Straßenbeleuchtung, aber hier schien es, als leuchtete das Meer, als verbreitete es ein graues Dämmerlicht über den schmalen Weg, den sie entlanggingen. Auf der anderen Seite des Wassers funkelte Kopenhagen. Eine andere Welt. Ein Hauch von Sehnsucht keimte in Susanne auf, sie wollte dorthin, sie wollte achtzehn sein und groß genug, um an einem Abend wie diesem nach Kopenhagen zu fahren …

»Dir ist doch wohl klar, dass sie dich ausnutzt?«

Ingalill war stehen geblieben. Sie hatte sich halb abgewandt und schaute übers Wasser. Susanne ging einen Schritt weiter. An Ingalill vorbei. Stellte sich vor sie und versperrte ihr die Aussicht.

»Was meinst du damit?«

Ihre Stimme klang nicht wie sonst. Es war eine erwachsene Stimme. Eine Lehrerinnenstimme. Sie holte tief Luft, um weiterzusprechen, aber Ingalill kam ihr zuvor.

»Nun ja, dir ist doch wohl klar, dass Eva Salomonsson niemals mit dir Kaffee trinken gegangen wäre, wenn du nicht Björn Hallgrens Schwester wärst.«

Susanne wusste nicht, was sie darauf erwidern sollte. Sie drehte sich nur um und richtete ihren Blick wieder auf Kopenhagen. Weigerte sich, Ingalill anzusehen.

»Und dir ist ja wohl klar, dass sie bereits wusste, wer du bist, bevor sie ihre Mutter zu diesem Kursus begleitet hat. Oder? Und dass sie dich deshalb beim Schminken ausgesucht hat. Damit sie sich hinterher an dich ranmachen konnte. Um Björn kennenzulernen. Was ihr ja auch geglückt zu sein scheint.«

Susanne biss sich auf die Lippen, sagte aber immer noch nichts.

»Du bist so arrogant geworden«, sagte Ingalill hinter ihrem Rücken. »Merkst du das eigentlich? Verdammt arrogant. Aber wie kommst du drauf, dass du einen Grund für Arroganz hättest? Hä? Du bist es doch nicht, die in den Top Ten gelandet ist. Oder nach England reisen darf.«

Susanne stand reglos da. Jeder einzelne Muskel ihres Körpers war angespannt, die Hände steckten zu Fäusten geballt in den Taschen, der Rücken war steif wie ein Besenstiel. Aber sie hatte keine Tränen in den Augen. Zum ersten Mal in ihrem Leben nahm sie Ingalills Wahrheiten entgegen, ohne dass ihr die Tränen aufstiegen. Ingalill senkte ihre Stimme, jetzt flüsterte sie fast. Voller Verachtung.

»Ich habe ja immer gewusst, dass du nicht besonders schlau bist«, sagte sie. »Das war mir schon klar. Aber dass du so dumm sein kannst, dass du plumpe Einschmeichelei nicht erkennst, das hätte ich nicht von dir gedacht.«

Susanne schloss ein paar Sekunden lang die Augen und wusste, dass nichts mehr sein würde wie zuvor, wenn sie sie wieder öffnete. Einen Moment lang grämte sie sich über sich selbst und ihr eigenes Leben, über das, was sie gewesen war und was sie werden musste, sah ihr eigenes kindliches Mitleid mit Ingalill wie einen Schneekristall schmelzen und sich in einen Tropfen Wasser verwandeln, einen kleinen Tropfen, der schnell verdampfte und verschwand. So. Jetzt war er fort. Sie öffnete die Augen, blieb eine Sekunde lang reglos stehen, bevor sie sich umdrehte.

»Wie oft hast du mich schon als dumm bezeichnet?«

Ingalill kam aus dem Konzept. Sie war es nicht gewohnt, unterbrochen zu werden.

»Weißt du das? Vielleicht genauso oft, wie dein Vater deine Mutter als dumm bezeichnet hat?«

Da fiel der erste Stein in der Mauer, in dieser Mauer des Schweigens, die Ingalills Geheimnisse umschlossen hatte, seit sie in die erste Klasse gingen. Susanne konnte zusehen, wie es geschah: Sie sah, wie ein dunkelroter Ziegelstein zersplitterte und zu Pulver zerfiel, wie sich die Risse auf die anderen Steine übertrugen, wie diese Sekunden später bröckelten und fielen, und plötzlich lag all das, was bisher geheim gewesen war, offen zutage. Ingalills Vater war nicht länger ein Held, der Shakespeare zitieren konnte und der sich bewusst dafür entschieden hatte, einer oberflächlichen Karriere und materiellen Dingen zu entsagen. Sondern ein arbeitsloser Alkoholiker, ein vollgeschissener Säufer, der mit den anderen Säufern im Theaterpark herumsaß. Ein Kerl, der außerdem Ingalills Mutter schlug, der sie einmal so übel zugerichtet hatte, dass sie fast gestorben wäre. Ingalill hatte ihr das nie verziehen. Die Scheidung auch nicht. In Ingalills Welt war ihr Papa Opfer der Gemeinheiten ihrer Mutter. Aber jetzt existierte diese Welt nicht länger. Susanne hatte ein Loch in die Mauer geschlagen, und Ingalill hatte dabei zugesehen. Das war ihrem Gesicht abzulesen, als sie schnell einen Schritt zurücktrat. Susanne musste grinsen, es war ein hässliches Grinsen, das konnte sie selbst spüren. Eine Mimik, die sie hässlich machte. Und gefährlich. Richtig gefährlich. Sie verwandelte das Grinsen in ein Lächeln:

»Hat er das nicht immer gebrüllt? Hä? Bevor er sie verprügelt hat? Dass sie dumm ist?«

Susanne ging einen Schritt näher. Ein Gedanke blitzte auf. Plötzlich stellte sie fest, dass Ingalill nicht mehr so viel größer war als sie selbst. Susanne reichte ihr bis zum Kinn. Aber das lag vielleicht daran, dass nicht mehr *sie* sich duckte, sondern Ingalill.

»Ich habe ihn einmal gehört. Als du pinkeln warst. Und du klingst genau wie er. Weißt du das? Vielleicht wirst du mal wie er … Aber es kann ja sein, dass du gar nichts dagegen hast. Dein Vater ist ja so genial.«

Sie lachte laut auf:

»Das hast du mir doch so oft erzählt. Aber ehrlich gesagt, er klang nicht so furchtbar genial, als die Polizei ihn im Herbst aufgegriffen hat … Er klang einfach nur besoffen. Hat geflucht und geschrien und so. Kein Wort von Shakespeare.«

Ingalill wich noch einen Schritt zurück, aber Susanne folgte ihr.

»Ich bin da gerade vorbeigegangen. Mit meiner Mutter.«

Ingalills Stimme zitterte:

»Das ist nicht wahr!«

Susanne konnte ihr Lächeln nicht unterdrücken:

»Doch. Natürlich ist das wahr. Wir waren gerade beim Theater. Aber ich habe meiner Mutter versprechen müssen, dir nichts davon zu sagen. Weil du einem so leidtun kannst. Deshalb habe ich nichts gesagt.«

»Du lügst.«

Ingalills Stimme war scharf geworden. Fast schrill. Das hatte einen merkwürdigen Effekt auf Susanne, ließ eine wohlige Wärme ihren ganzen Körper durchströmen. Vom Bauch bis in die Handgelenke. Bis in die Zehen. Und bis in die Wangen. Es schien, als wäre der Blutkreislauf nach einer wer weiß wie langen Pause wieder in Gang gekommen. Sie hatte keine Angst mehr. Absolut keine Angst.

»Ich lüge nicht. Du bist diejenige, die lügt. Du hast immer gelogen.«

Sogar ihre Stimme klang ruhig. Susanne schob ihre Hände in die Taschen und legte den Kopf schräg, sie konnte nicht an sich halten, die Worte flossen einfach so aus ihr heraus.

»Was glaubst du denn, warum ich dich habe machen lassen? Hä? Du mit deinem ewigen Genörgel an allem, was ich habe, und allem, was ich tue. Weil du mir leidgetan hast. Kapierst du das nicht? Ich, die Dumme, habe dich bemitleidet, dich mit deinen so unglaublich tollen Zensuren, die du ja so schrecklich begabt bist. Aber wer von uns beiden ist eigentlich die Dumme? Hä? Und wer ist hier hässlich? Wer ist eigentlich am hässlichsten von uns beiden?«

Langsam trat eine Träne in Ingalills rechtes Auge. Sie zwinkerte, sodass sie hinabfiel, sagte aber nichts und rührte sich nicht. Susanne trat einen Schritt zurück und warf ihr einen verächtlichen Blick zu.

»Ich bin nicht dumm, Ingalill. Ich bin nie dumm gewesen. Ich habe bessere Noten als du, in Schwedisch und auch in Englisch. Und genauso gute in Geschichte. Nur in Mathe und Chemie stichst du mich aus. Aber wer braucht schon Mathe und Chemie? Kannst du mir das sagen?«

Susanne starrte Ingalill einen Moment lang wortlos an. Was für ein Trampeltier sie doch war! Wie hässlich! Wie unerhört hässlich! Und jetzt noch besonders, wo sie eine Grimasse schnitt, um die Tränen zu unterdrücken. Und den Rotz hochzog. Tatsächlich. Sie zog die Nase hoch. Susanne verzog angewidert das Gesicht, drehte auf dem Absatz um und ging los. Es überraschte sie selbst, aber sie konnte nichts daran ändern. Der Körper hatte entschieden. Die Füße hatten entschieden. Sie gingen einfach los und nahmen den Rest von Susanne mit sich. Trotzdem gelang es ihr, im Lauf kurz innezuhalten und über die Schulter zu rufen:

»Und du bist mir scheißegal, Ingalill. Du bist mir so was von scheißegal.«

Ingalill antwortete nicht. Stand nur schwarz wie ein Schatten da, das Gesicht zum Meer gewandt.

BALD, DACHTE BJÖRN. Bald passiert es.

Er holte tief Luft, schloss und öffnete die Hände, schüttelte den Kopf, dass ihn das Haar im Nacken kitzelte. Niclas stand direkt vor ihm, er war blass, ein paar Schweißtropfen glitzerten auf seiner Oberlippe. Tommy hatte ihnen den Rücken zugekehrt, aber man sah ihm an, dass auch er angespannt war, er hielt sich aufrechter als üblich und rührte sich nicht. Peo stand ebenso kerzengerade direkt hinter ihm, aber nicht erstarrt; er hielt seine Sticks, als säße er bereits hinter den Trommeln, bewegte sie pausenlos, als spielte er bereits einen Song, den niemand der anderen hören konnte, und dazu zuckte sein Körper immer wieder, als folgte er einem ganz anderen Rhythmus. Eigentlich wirkte nur Bosse vollkommen entspannt, er stand mit den Händen in den Taschen da und versuchte nicht einmal hinter die schwarzen Kulissen zu gucken, stand einfach nur da und sah aus, als dächte er an etwas anderes.

»Hals- und Beinbruch«, sagte Karl-Erik mit gedämpfter Stimme hinter ihnen. Keiner antwortete darauf oder sah ihn auch nur an. Sie waren vollauf damit beschäftigt, zu hören, was der Moderator da draußen sagte. Mike hieß er. Er hatte eine merkwürdige Frisur, wie sie noch keiner von ihnen zuvor gesehen hatte, oben auf dem Kopf kurz geschnitten, der Pony genauso kurz, während der Rest des Haars bis auf die Schultern fiel, und er redete ein breiiges Englisch, das nur schwer zu verstehen war.

»Did I tell you that I love you«, rief er jetzt, und das Publikum antwortete mit einem Schrei.

Sie sollten zuerst spielen. Nach ihnen kämen dann zwei englische Bands. Zwei sehr bekannte englische Bands. Sie hatten die Mitglieder der einen Band vor einer Weile begrüßt. Tommys Hand hatte gezittert, als er sie Eric Burdon reichte, und Björn hatte ihn hinterher mit genau dem gleichen Lächeln angelächelt, mit dem Tommy ihn im Probenraum vor den Proben bedacht hatte. Tommy hatte kurz weggeschaut, sich dann aber wieder gefangen und etwas Verächtliches über das Playbackspielen gesagt. Niemand hatte etwas darauf erwidert, es schien, als wäre seine Äußerung einfach zu Boden gefallen, die Jungs von den Animals hatten sich bereits umgedreht und unterhielten sich untereinander. Recht geschah es diesem Idioten.

Björn hatte nichts gegen Playback. Jetzt nicht mehr, nachdem er es probiert hatte. Im Gegenteil, es war eine Erleichterung, nicht so singen zu müssen, dass es zu hören war, dass Mikrofon und Verstärker abgeschaltet waren und eine dicke Gummidecke auf den Trommeln lag. Er musste nur darauf achten, ganz genauso vor sich hin zu singen, wie er auf der Platte sang. Aber Tommy war wütend, weil er kein Extrasolo würde hinlegen können, eine dieser Varianten, die er gern bei ihren Auftritten vorführte. Er hielt sich für ein Genie, ein musikalisches Genie, und hatte gehofft, dass die Welt es an diesem Tag erfahren würde.

»... and here they are, all the way from Sweden ...«

Mikes Stimme ging in schrillem Kreischen unter. Das Publikum war in Hochform.

Jetzt, dachte Björn. Jetzt passiert es.

Tommy machte einen Schritt auf die Bühne und hob eine Hand zum Publikum. Peo folgte ihm, ließ sich hinter dem Schlagzeug nieder und wedelte zur Begrüßung mit seinen Sticks. Niclas und Bosse huschten direkt hinter ihm heran, nur Björn wartete, wartete, bis sie sich die Gitarren umgehängt hatten, dann hob er beide Hände, trat auf und lächelte schnell das Publikum an.

»... and Bjorn Hallgren«, rief Mike.

Das Publikum antwortete mit einem Schrei. Als ob sie wüssten, wer er war.

Er hielt das ausgeschaltete Mikrofon dicht vor den Mund, so dicht, dass er fast fühlen konnte, wie das kühle Metall seine

Lippen berührte. Er sang, aber nicht besonders laut, nicht so laut, dass jemand außer ihm es hätte hören können. Er sang vor sich hin, ganz einfach. Der Gedanke war angenehm, ließ ihn nach dem ersten Refrain lächeln, und das Lächeln wurde augenblicklich mit einem lauten Raunen des Publikums beantwortet. Er ließ das Mikrofon kurz sinken, hob es dann wieder hoch und schloss halb die Augen, ließ den Blick über die Mädchen gleiten, die ganz vorn standen, Mädchen, deren Gesichter die ganze Zeit die Farbe wechselten, da die Scheinwerfer, die über sie hinwegfegten, die ganze Zeit die Farbe wechselten, und er ließ seinen Blick bei einer verweilen. Das Traummädchen. Ein schlankes, blondes Mädchen mit langem Pony und rotem Kleid. So eine, dachte er und zwang sich, den Blick abzuwenden, direkt in die Kamera zu gucken, die hinter ihr schwebte, und wieder loszusingen. So ein Mädchen möchte ich haben. Wenn ich überhaupt eine haben will, wenn es nicht genügt, hier auf Abstand zu stehen und sie und hundert andere Bräute zu sehen … Der Blick glitt zurück zu ihr, und sie lächelte ihn an. Es war ein zaghaftes Lächeln, fast zitternd, und ihn durchfuhr ein reines Glücksempfinden. Sekunden später hatte er sie vergessen. Er drehte sich in eine andere Richtung und schloss die Augenlider wieder halb, aber das Gefühl blieb, es vibrierte in ihm, lief ihm wie ein Prickeln übers Rückgrat, dass sich die Härchen auf seinen Armen aufrichteten. Er senkte den Kopf und ließ den Blick über das Publikum direkt vor der Bühne wandern, sah ein Mädchen mit dunklem Haar, das sich die Hände vor den Mund gepresst hatte, als wollte sie einen Schrei unterdrücken, sah einen langen Typen mit richtig langem Haar, Haar, das ihm weit den Rücken hinunterreichte. Der Typ beobachtete ihn mit ernster Miene, nickte im Takt der Musik, vielleicht nickte er auch nur, um seine Zustimmung zu zeigen. Er sah einen anderen Jungen, einen Jungen mit halb langem Pagenkopf, genau wie er selbst, der mit den Schultern im Takt zuckte und mit den Hüften wackelte wie ein Mädchen.

Jetzt zog Tommy sein Solo durch, dieses kurze Solo, das mit auf der Platte war, und Björn drehte sich halb zur Seite, stand mit gesenktem Mikrofon da und wippte im Takt, tat so, als würde er die Vorführung dieses Idioten tatsächlich genießen, bevor er der Band wieder den Rücken zuwandte und erneut zu singen anfing. Er hörte seine eigene Stimme nicht mehr, oder besser gesagt, genau das tat er, er hörte seine eigene, aufgenommene Stimme, aber nicht die, mit der er gerade sang.

Ich bin ein Spiegel, dachte Björn und trat einen Schritt näher an die Rampe heran. Mich gibt es nicht. Ich bin nur ihr Spiegelbild. Aber ich liebe das hier. Jetzt, in diesem Augenblick, liebe ich es wirklich.

Und dann war es vorbei. Schluss. Aus. Plötzlich stand er hinten zwischen den schwarzen Kulissen und starrte in Richtung Bühne, hörte eher, als dass er sah, wie das Publikum, das ihm eben noch zugejubelt hatte, jetzt umso lauter Eric Burdon bejubelte. Und sie hatten allen Grund dafür. Das hier war etwas ganz anderes als der seichte Popbrei, den sie selbst zustande gebracht hatten. Das hier war Musik. Richtige Musik. Außerdem war Burdons Stimme etwas ganz Besonderes. Sie war wie ein Porträt seiner Person, ein untersetzter, kräftiger Kerl mit einer untersetzten, kräftigen Stimme.

Björn trat einen Schritt vor und stieß mit dem Ellbogen gegen jemanden. Tommy drehte sich zu ihm um, sein Gesicht war vollkommen leer, ohne jede Spur von Hohn oder Überheblichkeit.

»Oh, Scheiße«, sagte er mit gedämpfter Stimme. »Scheiße, sind die gut.«

Björn nickte.

»Ja. Verdammt gut.«

Jemand legte ihm eine Hand auf die Schulter.

»Nix da«, sagte Karl-Erik. »Ihr seid viel besser.«

Björn machte eine kleine Bewegung, eine äußerst diskrete kleine Drehung, durch die er aus Karl-Eriks Griff herauskam.

»Nein«, sagte er. »Das sind wir nicht.«

Tommy nickte neben ihm.

»Nein«, sagte er in exakt dem gleichen Ton. »Das sind wir wirklich nicht.«

»STELL DICH NICHT so an«, sagte Inez laut zu sich selbst. Sekunden später schaute sie sich ängstlich um. Das verstimmte sie. Diese Bewegung war genauso falsch wie der Gedanke, den sie gedacht hatte, bevor sie angefangen hatte, mit sich selbst zu reden. Sie wusste doch, dass es niemanden gab, der sie gehört hatte. Es war menschenleer auf dem Pier. Es war menschenleer in ganz Borstahusen.

Warum also hatte sie versucht, sich selbst zu belügen? Warum hatte sie sich erlaubt, den Gedanken zu denken: *Wo bin ich?* Sie wusste doch nur zu gut, wo sie war. Sie war an einem Ort, an dem sie schon hundertmal zuvor gewesen war, an einem Platz, an dem sie sich tagein, tagaus gesonnt hatte, Woche für Woche, als Björn und Susanne noch zu klein waren, um allein baden zu gehen. Am Pier in Borstahusen. Das Fischerdorf vor Landskrona. Auch wenn es jetzt Winter und dunkel um sie her war, aber nicht so dunkel, dass sie nicht sehen konnte, wo sie ging. Außerdem war es windig und eiskalt, aber nicht kalt genug, dass sie umkehren und nach Hause gehen müsste. Sie schlug nur den Mantelkragen hoch und schob die Hände in die Ärmel. Lieber erfrieren als nach Hause gehen.

Was jedoch so auch nicht stimmte. Sie war weit davon entfernt, zu erfrieren. Aber sie wollte eine Zeit lang hier reglos stehen bleiben, bis sie aufhörte, sich selbst zu belügen. Das war eine Strafe. Eine gerechte Strafe. Eine Strafe, die zu verhängen und zu verbüßen ihr außerdem gefiel. Ein Genuss.

Ach was. Was war nur mit ihr los? Warum konnte sie sich selbst gegenüber nicht ehrlich sein? War sie nicht immer ein ehrlicher Mensch gewesen? Rechtschaffen. Wahrheitsliebend. Warum um alles in der Welt stand sie also jetzt hier im Wind und belog sich selbst, während sie auf das schwarze Wasser hinausstarrte, Wasser, das über den Rand des Kais schlug und den Asphalt nass machte? Sie sollte nach Hause gehen. Genau das sollte sie tun. Nach Hause gehen und Essen kochen für den nimmersatten Birger und die immer gleich mürrische Susanne, nach Hause, sich aufs Fernsehsofa setzen und auf irgendetwas stieren, was auch immer es sein mochte, was da als Samstagsunterhaltung gezeigt wurde. Nach Hause, um dann dort zu hocken und sich über Birgers Glucksen und Brummen zu ärgern und …

Liebte sie ihn? Nein. Das hatte sie nie getan.

Sie schloss die Augen. Das war ein wahrer Gedanke. Ehrlich. Und trotzdem ein Gedanke, den sie nie zuvor zu denken gewagt hatte.

Und Susanne? Liebte sie sie?

Der Wind frischte auf, und Inez zwang sich, die Augen zu öffnen; rasch wich sie ein paar Schritte zurück. Zwang sich dann erneut, still zu stehen und sich dagegenzustemmen. Zwang sich zu einer Antwort.

Liebe ich Susanne? Ja. Doch. Das tue ich wohl.

Ihr Kopf sank hinunter. Sie schaute auf ihre Stiefel. Ihre schwarzen, blank geputzten Lederstiefel. Dachte kurz an ihre eiskalten Zehen, in einem Versuch, sich selbst zu entkommen.

Und?

Tja.

Warum hatte Susanne mit diesem Mädchen in der Konditorei gesessen? Mit diesem viel älteren Mädchen. Dieser achtzehnjährigen Eva Salomonsson. Natürlich gab es nur eine Antwort auf diese Frage, und das war eine unangenehme Antwort, die juckte und zwickte und sie Susanne gegenüber sowohl Mitleid als auch Neid empfinden ließ. Eva war natürlich nicht darauf aus, sich mit Susanne anzufreunden. Sie war hinter Björn her. Oder besser gesagt, hinter Björns Berühmtheit.

Inez schnaubte so laut, dass sie es selbst hören konnte, trotz des Winds. Berühmtheit. Was war es, das die Leute so nach Berühmtheit streben ließ? Es schien, als hätte dieser ganze Wahnsinnsherbst Björn verändert, hatte ihn glauben lassen, dass er wirklich der war, der er zu sein schien, als hätte alles, was in den Zeitungen gestanden hatte, ihn dazu gebracht, die Türen hinter sich zu schließen, als wäre er aufs Neue geboren, als hätte er nie …

Ein Gesicht flatterte in ihrer Erinnerung vorbei. Glänzend dunkles Haar. Ein weißes Lachen. Dralle Ärmchen, die sich ihr entgegenstreckten. Ein kleiner Björn. Einer, der gern auf ihrem Schoß saß, der seinen Kopf an ihre Brust lehnte, der sich in ihren Armen in den Schlaf wiegen ließ. Was machte er jetzt? Jetzt, in diesem Moment?

Diese Frage brachte sie dazu, den Mantelärmel ein wenig hochzuschieben und auf ihr Handgelenk zu gucken, aber bereits da wusste sie, dass das eine alberne Geste war, sinnlos, an der Grenze zu einer Lüge. Die Uhr war in dieser Dunkelheit doch gar nicht zu erkennen, das wusste sie, auch wenn die Ziffern phosphoreszieren sollten. Das hatte doch noch nie funktioniert. Und außerdem war es ganz gleich, wie spät es war. Selbst wenn sie bis auf die Mikrosekunde gewusst hätte, wie spät es war, hätte sie trotzdem nicht gewusst, was Björn gerade jetzt tat. Abgesehen davon, dass er in London war. Mit Elsie. Seiner Mutter. Seiner richtigen Mutter.

»Ich sollte nach Hause gehen«, sagte sie laut zu sich selbst und korrigierte sich im nächsten Moment. »Ich muss nach Hause gehen.«

Dennoch rührte sie sich nicht, blieb mit flatterndem Schal stehen, die Hände in die Ärmel geschoben, und starrte über das Wasser. Die Insel Ven lag wie ein dunkler Fleck zwischen Schweden und Dänemark, und sie betrachtete die vertraute Silhouette. Wie dunkel es da draußen jetzt sein musste. Nicht eine einzige Straßenlaterne, nur ein paar kleine, blinkende gelbe Lichter von den Häusern … Nein, das stimmte nicht. Eines der kleinen Lichter bewegte sich. Tat es das wirklich? Doch, ja. Jemand war mit einer Taschenlampe auf dem Weg hinunter zum Strand. Sie lächelte: Vielleicht war sie doch nicht ganz allein auf der Welt. Andere Menschen standen an anderen Stränden und versuchten, sich über das eine oder andere klar zu werden.

Der Gedanke brachte sie dazu, sich umzudrehen und über den Strand zu schauen. Es war Abend in Borstahusen. In einigen der kleinen länglichen Häuser brannte Licht. Es wohnten immer noch ein paar Fischer hier, sie hatte ihre zum Trocknen aufgehängten Netze auf dem Platz vor dem Pier gesehen, als sie gekommen war. Der Wind hob ihren Schal im Nacken an, sodass ihr die Eiseskälte unter den hochgeschlagenen Kragen kroch und sie weiter zum Strand trieb.

Wie lange würde sie für den Heimweg brauchen? Eine halbe Stunde. Mindestens. Oder Dreiviertel. Weil sie mit schleppendem Schritt ging. Und was sollte sie sagen, wenn sie nach Hause kam? Konnte sie sagen, dass sie draußen auf dem Pier in Borstahusen gestanden hatte, an einem Tag im Dezember, dass sie über eine halbe Stunde dort im Wind gestanden und versucht hatte, sich nicht länger selbst zu belügen? Besten Dank. Sie wusste genau, was passieren würde, wenn sie das täte, Birger würde anfangen und nicht mehr aufhören zu reden, und nach einer halben Stunde wäre ihre eigene Erinnerung ausgelöscht und durch etwas ersetzt worden, das er konstruiert hätte. Vermutlich würde es darum gehen, dass sie Bewegung brauchte, dass sie deshalb zu einem richtig langen Spaziergang aufgebrochen war … Ja. Das klang hölzern genug.

Und was sollte sie zum Essen kochen, nachdem sie auf dem Markt gar nichts eingekauft hatte? Eine Sekunde lang flimmerte ein Fantasiebild vorbei, sie sah Birger und Susanne am Küchentisch sitzen, Messer und Gabel erhoben, und schweigend die Tür anstarren. Vollkommen passiv. Die Münder wie Vogeljunge aufgesperrt. Darauf wartend, dass sie kommen und sie mit Essen vollstopfen würde, wie sie sie immer mit Essen vollgestopft hatte.

Scheiß auf die beiden, dachte sie in dem Moment, als sie den Fuß auf den Platz vor den Häuserfronten setzte.

Ja. So verhielt es sich tatsächlich. Sie hatte sie satt. Alle beide. Sie wollte abhauen.

Der Gedanke war bereits so vertraut und zugleich so absurd, dass sie darüber schmunzeln musste. Ach, tatsächlich. Und wohin, wenn man denn fragen durfte? Der Wind nahm erneut an Stärke zu, zerrte an ihrem Mantel und ließ das Schulterstück flattern, und sie konnte mehr spüren als sehen, dass ganz in ihrer Nähe ein Fischernetz im Wind tanzte.

»Ich muss nach Hause gehen«, sagte sie noch einmal laut zu sich selbst, blieb trotzdem stehen und hielt sich an dem Pfosten direkt neben ihr fest. Der Wind packte das Fischernetz und ließ es über ihr Gesicht fahren. Sie hob die Hand und zog es weg, ohne darüber nachzudenken, was sie tat. Sie war gezwungen, nach Hause zu gehen. Aber sie wollte nicht. Sie wollte ganz und gar nicht.

Das war die Wahrheit. Das war alles, was sie über sich selbst und ihr Leben sagen konnte, in diesem Augenblick, ohne im Geringsten zu lügen.

Dennoch ging sie dann natürlich los. Sie vergewisserte sich sogar, dass die Handtasche richtig über der Schulter hing, zupfte an den Handschuhen und zog sie ein wenig fester, ergriff den Schal an beiden Enden, um zu überprüfen, ob er auch richtig geknotet war, aber das änderte nichts an der Tatsache. Sie wollte nicht nach Hause gehen. Das war eine Tatsache, und zwar eine Tatsache, die sie nicht länger ignorieren konnte.

Jetzt war sie auf der Kopfsteinpflasterstraße angekommen, und ein Stück entfernt brannte die erste Straßenlaterne, der sie auf dem Hinweg versucht hatte auszuweichen. Aber jetzt dachte sie gar nicht daran, sich länger zu verstecken, jetzt wollte sie geradewegs durch das schmutzig gelbe Licht hindurch und ins Dunkel auf der anderen Seite gehen. Denn jetzt war sie eine andere. Eine, die sich selbst eingestanden hatte, dass ein Teil des Lebens beendet war. Björn war jetzt fort. Für immer. Er war erwachsen und berühmt geworden und nach England gereist. Er würde Elsie treffen. Und auch wenn beide, Björn und Elsie, zurück nach Landskrona kämen, so würde es nie wieder wie früher werden. Er würde nie wieder auf ihrem Schoß sitzen. Er würde nie wieder an ihrer Brust einschlafen.

Also blieb noch der Rest des Lebens. Ihres Lebens. Und sie hatte nicht vor, ihn zu vergeuden. Sie dachte gar nicht daran, es sich zu gestatten, ihn zu vergeuden. Und es gab nur eine Sache, die sie wollte, abgesehen von der unmöglichen, die Uhr zurückzudrehen und auf ewig mit einem kleinen Björn zu leben.

Es gab auch Erwachsene, die in Lund studierten. Das wusste

sie, und auch wenn Birger einmal höhnisch gelacht hatte, als er von dem ehemaligen Werftarbeiter erzählte, der plötzlich in der Schule auftauchte, mit einem Studienratsabschluss in Physik und Chemie und einem ganzen Sack mit Studienschulden auf dem Buckel – *im Alter von 43!* –, so war ihr das vollkommen gleich. Es war machbar. Andere hatten es auch gemacht. Was sprach also dagegen, dass sie es nicht auch schaffen könnte? Einen Moment lang flatterte wieder die alte Wunschvorstellung vorbei, von einer Dozentinnenstelle an der Universität und einer kleinen Drei-Zimmer-Wohnung in Lund, aber sie widerstand der Versuchung, sich ihr hinzugeben. So würde es nicht kommen. Es gab tausend andere Möglichkeiten, aber nicht diese …

Sie würde gezwungen sein zu pendeln. Natürlich. Sie konnte ein paar Tage in der Woche zu den Vorlesungen und Seminaren in Lund pendeln und die übrige Zeit zu Hause sitzen und lernen. Vielleicht konnte sie in Elsies Zimmer oben auf dem Dachboden lernen, in dem Zimmer, das seit Jahren nicht benutzt wurde, das Inez nur ab und zu betrat, um Staub zu wischen und zu saugen. Sie könnte es sogar neu einrichten. Das alte Bett und den Toilettentisch rauswerfen und einen Schreibtisch kaufen, einen richtig schönen Schreibtisch und eine dänische Lampe mit gefälteltem Schirm …

Inez blieb stehen und schloss die Augen. Was bildete sie sich ein? Woher sollte sie das Geld für einen Schreibtisch nehmen? Oder für eine dänische Lampe? Alles Ersparte lag auf einem Bankkonto unter Birgers Namen, und allein der Gedanke, er könnte sich vorstellen, etwas abzuheben, damit sie sich einen Schreibtisch und eine Lampe kaufte, war undenkbar. Er hatte noch nie eine Öre von diesem Konto abgehoben, sondern hütete das Sparbuch ganz im Gegenteil eifersüchtig wie ein Drache seinen Schatz. Jeden Monat musste sie ihm einen Hunderter in die Hand geben, einen Hunderter, den er zu seinen eigenen Hundertern in seine Brieftasche steckte, bevor er sich den Mantel zuknöpfte und zur Bank ging, um es einzuzahlen. Und das Sonderbare war, dass der Hunderter, sobald er ihre eigene Brieftasche verlassen hatte, aufhörte, ihrer zu sein. Er wurde zu seinem. Allein der Gedanke, etwas von ihm zu erbitten, zu fordern oder zu begehren, erzeugte bei ihr physische Übelkeit. Sie konnte vor sich sehen, wie er die Lippen schürzte, wie er …

Ich verabscheue ihn, dachte sie und öffnete die Augen. Ich bin tatsächlich eine Frau, die ihren Mann verabscheut.

Das überraschte sie. Und bereitete ihr Schuldgefühle.

Er sass im Wohnzimmer, als sie nach Hause kam, stand aber sofort auf, als er sie hörte, und kam auf den Flur, blieb in der Tür zur Garderobe stehen und schaute ihr zu, wie sie sich die Stiefel auszog. Die Hände in den Hosentaschen. Die Lesebrille auf der Nase. Mit einer Miene, die Besorgnis auszudrücken schien.

»Hallo«, sagte er nach einer Weile.

Sie wandte den Blick ab, schaute stattdessen auf das Schuhregal und suchte ihre Hausschuhe. Sie trug immer Hausschuhe. Sie fand es ordinär, auf Strümpfen herumzulaufen, so wie Birger.

»Hallo.«

»Wo warst du?«

Sie wollte ihn immer noch nicht ansehen, richtete ihren Blick stattdessen auf das eigene Gesicht im Spiegel. Ihr bleiches Gesicht. Ihr hässliches Gesicht. Ihr liebloses Verräterinnengesicht.

»Spazieren.«

Er erwiderte nicht gleich etwas, wippte zunächst auf den Fußballen und versuchte zu lächeln:

»Ich wollte schon die Funkstreife alarmieren.«

Sie warf ihm einen schnellen Blick zu und drängte sich dann an ihm vorbei, ging mit festem Schritt in die Küche, ohne etwas zu sagen. Er folgte ihr.

»Um dich als vermisst zu melden.«

Sie betrat die Küche, griff nach der Schürze und band sie sich um. Jetzt spürte sie, wie steif ihre Finger waren. Dass sie bis auf die Knochen durchgefroren war. Birger stand jetzt in der Küchentür. Er hatte die Hände aus den Hosentaschen genommen, sie hingen an den Seiten herunter. Unbeholfen. Er runzelte die Stirn.

»Ist was?«

Sie drehte ihm den Rücken zu und öffnete den Gefrierschrank. Log:

»Was?«

Er räusperte sich.

»Ist was?«

Sie suchte im Gefrierschrank. Und tatsächlich, da lag das tiefgefrorene Hühnerfrikassee. Das konnte sie auftauen. Sie presste fest die Lippen aufeinander – *sag jetzt nichts!* –, bevor sie sich umdrehte und ihn anschaute. Mein Mann, dachte sie. Diese Gestalt da ist tatsächlich mein Mann.

»Wo ist Susanne?«

Er stand immer noch in der Tür, immer noch mit hängenden Armen, bevor er plötzlich ihren Blick auffing, den Rücken straffte und die Hände in die Taschen steckte.

»Sie ist weggegangen. Mit Ingalill.«

Inez wich dem Blick aus, öffnete die Packung und kippte den Inhalt in einen Topf.

»Ach so.«

Es war zu früh, um den Tisch zu decken, aber sie war gezwungen, den Schrank zu öffnen und ein paar Teller herauszuholen. Was auch immer, nur um ihn nicht ansehen zu müssen.

Aber als sie sich umdrehte, stand er nicht mehr in der Tür.

Scheidung. Das Wort an sich war unangenehm. Eklig wie schmutzige Unterwäsche. Sie hatte es nie zuvor gedacht. Nie hier in der Küche. Nie im Zusammenhang mit sich selbst. Nicht wie etwas, dass ihr und Birger zustoßen könnte.

Aber jetzt, während sie einen Topf mit Wasser auf den Herd stellte und den Reis abmaß, dachte sie daran. Probierte das Wort aus. Schmeckte es. Packte es in verschiedene Sätze.

Ich will mich scheiden lassen.

Ich hätte gerne eine Scheidung.

Es tut mir leid, lieber Birger, aber ich möchte nun mal die Scheidung.

Nein. Das ging nicht. Das würde sie nicht über die Lippen bringen. Es war ganz und gar unmöglich.

Nach einer Weile ging wieder die Tür. Susanne kam nach Hause. Inez konnte hören, wie sie in der Garderobe rumorte, sich die Stiefel auszog und sie laut auf den Boden pfefferte, wie die Bügel klapperten, während sie ihre Jacke aufhängte, und wie sie etwas murmelte, ohne jedoch wirklich zu grüßen.

Natürlich wieder mürrisch. Wie immer.

Inez wandte sich dem Herd zu und fing an, den tiefgefrorenen Klumpen im Topf umzurühren, stellte die Hitze herunter und starrte an die Wand. Was würde aus Susanne werden, wenn sie sich von Birger scheiden ließ? Kurz blitzte eine Erinnerung in ihr auf: Sie sah sich selbst und Elsie stumm und reglos dastehen und in den winzigen Raum starren, der ihrer werden sollte, hörte Lydias angestrengt munteres Geplapper hinter ihrem Rücken. *Seht ihr, das wird bestimmt hübsch! Natürlich wird das hübsch!*

Nein. Das konnte sie Susanne nicht antun. Niemals.

Inez zündete eine Kerze an, nachdem der Tisch gedeckt war, blieb dann reglos stehen, die Streichholzschachtel in der Hand, bevor sie sie in die Schürzentasche steckte und rief:

»Essen ist fertig!«

Keine Antwort. Es war still im Haus. Sehr still.

Der Duft vom Herd war vielversprechend. Daran gab es keinen Zweifel. Und das Hühnerfrikassee war lecker, dennoch hatte sie Schuldgefühle, weil sie es sich so leicht gemacht hatte, viel zu leicht, und das ärgerte sie. Warum durfte sie sich keinen Samstag freinehmen? Wie alle anderen? Sie wurde lauter:

»Ich habe gesagt: Essen ist fertig!«

Das genügte. Sie konnte hören, wie Susanne im Waschbecken im Badezimmer Wasser laufen ließ und Birger im Wohnzimmer die Zeitung zusammenfaltete. Eine kleine Gemeinheit regte sich im Hinterkopf – *hoffentlich ist es nicht zu anstrengend für ihn, sich bis in die Küche zu schleppen!* –, aber sie schob sie schnell beiseite, band sich die Schürze ab und hängte sie an ihren Platz, setzte sich dann an den Küchentisch.

Birger kam zuerst herein. Er sah sie nicht an, richtete seinen Blick auf den Esstisch, rieb sich die Hände, wie er es immer tat, während er zu seinem Stuhl schlurfte. Ein Fantasiebild huschte durch Inez' Kopf. Sie sah sich selbst über den sorgfältig gedeckten Küchentisch gebeugt und ihn anfauchen. Wie eine Katze. Vielleicht spürte er das, vielleicht warf er ihr deshalb schnell einen Blick zu und wich dann ebenso schnell mit seinem Blick wieder aus. Susanne kam gleich nach ihm, sie schaute keinen von beiden an, schob sich nur eine Haarsträhne aus dem Gesicht und hinters Ohr.

»Hallo«, sagte Inez.

Susanne zog ihren Stuhl heraus und setzte sich.

»Hallo«, sagte sie geistesabwesend.

Wieder wurde es still. Inez beobachtete Birger, während er sich ganz selbstverständlich als Erster bediente. Er füllte seinen Teller auf, ohne sie anzusehen.

Mit dem werde ich fertig, dachte sie. Das schaffe ich. Wenn ich mich nur anstrenge.

Susanne streckte sich nach dem Reis.

Mit der auch. Das wird nicht so schwer.

Inez schenkte sich Milch in ihr Glas, legte sich dann die Serviette auf den Schoß und sagte:

»Ich habe etwas beschlossen.«

Sie hielten in ihrer Bewegung inne. Alle beide. Ließen die Gabeln sinken und sahen sie endlich an.

»PROST«, SAGTE KARL-ERIK. »Und es tut mir leid.«

Elsie betupfte sich die Oberlippe mit der Serviette und hob dann ihr Glas.

»Dafür gibt es keinen Grund.«

Er legte den Kopf schräg.

»Wirklich nicht?«

»Wirklich nicht.«

Karl-Erik stellte die Ellbogen auf den Tisch und beugte sich vor.

»Ich gehe eigentlich nie mit. Ab und zu müssen sie die Erwachsenen auch mal los sein.«

Elsie lächelte, sagte jedoch nichts dazu.

»Denn im Grunde genommen sind sie doch noch Kinder«, fuhr Karl-Erik fort. »Richtige Gören. Unter uns gesagt. Und ihre Partys können ziemlich ermüdend sein.«

Elsie lächelte immer noch. Das war ein höfliches Lächeln, ein Lächeln mit geschlossenen Lippen, das mehr verbarg, als es preisgab. Aber vielleicht war trotz allem eine Äußerung notwendig.

»Das kann ich mir denken.«

»Und heute Abend wird es bestimmt schlimmer als üblich...«

Elsies Lächeln erlosch. Karl-Erik runzelte die Stirn und hob die Hand in einer Stoppgeste.

»Aber deshalb brauchen Sie sich keine Sorgen zu machen. Björn trinkt nie zu viel. Niemals. Raucht auch kein Gras. Das weiß ich absolut sicher. Er ist ein solider Bursche. Ungewöhnlich solide.«

Elsie ließ ihr Lächeln wieder aufglimmen. Wie lange würde sie es mit diesem Kerl noch ertragen? Hatte er geplant, Vorspeise, Hauptgericht und Dessert zu essen? Und konnte sie in diesem Fall eventuell schon abhauen, bevor das Dessert kam? Nein. Das konnte sie nicht. Dazu war sie zu wohlerzogen.

»Danke«, sagte sie. »Das ist gut zu hören.«

Er sah zufrieden aus.

An dem Essen war nichts auszusetzen. Im Gegenteil. Und das Restaurant war gemütlich, mit karierten Tischdecken und Kerzen in leeren Weinflaschen. Es sah tatsächlich eher so aus, als befänden sie sich in Paris als in London. Abgesehen von der üppigen Kellnerin mit steif gespraytem Haar und einem schrillen Lachen. Das konnte nur englische Arbeiterklasse sein.

Karl-Erik plapperte weiter. Alles, was sie tun musste, war lächeln, nicken und ab und zu die eine oder andere Frage einflechten. Nicht, dass das so leicht war, schließlich redete er über eine Welt, die sie nicht kannte, und über Leute, von denen sie noch nie gehört hatte. Andererseits hatte sie jahrelange Erfahrung darin, mit Männern über Dinge zu reden, von denen sie nichts verstand, und über Leute, von denen sie noch nie zuvor gehört hatte. Aber der Unterschied war, dass sie sonst nie nur zu zweit mit ihnen war. Sie ging nie mit jemandem von der Besatzung aus, wenn sie nicht mindestens zu dritt waren. Niemals. Seit vielen Jahren hatte sie nicht mehr allein mit einem Mann in einem Restaurant gesessen. Bis heute Abend. Ein Schaudern überlief sie. Sie wusste nicht, was sie alles versäumt hatte. Aber sie wusste definitiv, was sie damit vermieden hatte.

»Oder?«, fragte Karl-Erik.

Sie blinzelte und starrte ihn einen Moment lang an, bevor sie ihr Gesicht wieder unter Kontrolle hatte und lächelte. Sie hatte keine Ahnung, wovon er sprach, nahm aber an, dass sie ihm zustimmen sollte.

»Ja. Auf jeden Fall.«

»Na prima. Dann werde ich das morgen regeln.«

Mein Gott! Womit hatte sie sich da einverstanden erklärt?

»Obwohl …«

Ihre Stimme zitterte. Karl-Erik hielt sein Glas auf halber Höhe.

»Ach was. Ich rufe einfach meine Sekretärin an. Das geht auf

Firmenkosten, wissen Sie. Und Sie wollen doch sowieso nach Hause, nicht wahr?«

Nach Hause? Wollte er ihre Heimreise buchen?

»Ja, aber ich weiß nicht…«

Er trank einen Schluck Wein.

»Aber ich. Sie fahren mit uns.«

Aha. Damit war das entschieden. Sie würde nach Hause fahren. Oder zumindest nach Schweden.

Nach dem Essen zog er eine Zigarre heraus und wickelte sorgfältig das Zellophan ab, während die Kellnerin die Teller abräumte. Elsie ließ den Blick durchs Fenster gleiten. Draußen war es dunkel. Der Asphalt glänzte, wenn ein Auto vorbeifuhr. Vielleicht regnete es ja.

»Sie reden nicht viel«, sagte Karl-Erik und zündete sich seine Zigarre an. »Genau wie Ihr Sohn.«

Elsie richtete sich auf und versuchte sich zusammenzunehmen.

»Wahrscheinlich bin ich nur ein bisschen müde.«

»Aber Sie wollen doch noch ein Dessert?«

Seufz. Dann also auch noch Dessert. Wieder her mit dem höflichen Lächeln.

»Wenn Sie möchten, dann…«

»Habe ich mir doch gedacht. Alle Damen möchten Dessert. Meine Frau…«

»Sie sind verheiratet?«

Karl-Erik verzog das Gesicht.

»Gewesen.«

Eine Weile schwiegen beide Mit gesenktem Blick.

»Nun«, sagte Karl-Erik schließlich. »Erzählen Sie.«

Elsie war so überrascht, dass sie zu lächeln vergaß.

»Erzählen? Was soll ich erzählen?«

»Wer Sie sind«, sagte Karl-Erik. »Was Sie gemacht haben. Erzählen Sie mir von Ihrem Leben.«

»Björns Vater heißt Jörgen«, sagte Elsie.

Nein. Das hatte sie ja wohl nicht wirklich gesagt. Das konnte sie nicht gesagt haben. Das war nicht möglich.

Hinterher konnte sie sich nicht mehr daran erinnern, wie es tatsächlich gewesen war. Als sie im Bad des Hotelzimmers vor dem Spiegel stand und sich die Haarnadeln aus der Hochsteckfrisur zog, versuchte sich es sich ins Gedächtnis zu rufen, aber es wollte ihr nicht gelingen. Die Gedanken flogen die ganze Zeit zurück zu diesem Satz. *Björns Vater heißt Jörgen.*

Sie ließ sich auf den Toilettensitz sinken, die Haarbürste in der Hand. Sie konnte das nicht gesagt haben. Sie konnte nicht das gesagt haben, was sie sich bis zu diesem Tag keinem einzigen Menschen zu sagen gestattet hatte. Inez nicht. Lydia nicht. Nicht einmal Björn selbst. Aber zu Karl-Erik hatte sie es gesagt. Einem wildfremden Menschen.

Sie stand auf und schaute ihr Spiegelbild an. Das war nicht schön. Das Haar hing herunter. Die Wimperntusche war abgewaschen. Der Lippenstift abgeleckt. Sie sah blass und fahl aus, mit grauem Gesicht, grau um die Lippen und mit kleinen Schweinchenaugen, die immer kleiner wurden, je länger sie in sie hineinstarrte. Oje. Sie wandte sich ab und zog sich den Bademantel an, löschte das Licht, noch bevor sie das Bad verlassen hatte, um sich selbst nicht mehr sehen zu müssen, aber das Erste, was sie sah, als sie ins Zimmer trat, war eine unscharfe Gestalt in dem schwarzen Fenster. Wieder ihr Spiegelbild. Sofort ging sie hin und zog die Gardinen vor, drehte sich dann um, bereit, etwas Nützliches zu tun. Etwas, das sie von allen Gedanken ablenken würde.

Nein. Sie hatte es nicht gesagt. Sie war sich dessen fast sicher. Und wenn sie es doch gesagt hatte, dann hatte Karl-Erik es jedenfalls nicht gehört. Dessen war sie sich vollkommen sicher. Sonst hätte er auf dem Heimweg ja wohl nicht gelacht und Scherze gemacht. Oder ihr unten in der Lobby einen Kuss auf die Wange gegeben. Nein. Das war alles nur Einbildung. Und daran war dieser Mats schuld. Er war es gewesen, der diese Frage gestellt hatte, die ihre Erinnerungen wieder aufgewühlt hatte. Blödsinn. Reiner Blödsinn. Sie zog den Gürtel des Bademantels enger und schaute sich um. Etwas Nützliches also. Aber was? Die Kleider waren weggeräumt und hingen ordentlich auf ihren Bügeln im Schrank. Slips und Strümpfe waren frisch gewaschen und hingen zum Trocknen im Badezimmer. Die Reisetasche stand leer und verschlossen an der Wand. Die Schuhe hatte sie am Nachmittag geputzt. Alle drei Paar.

Björns Vater heißt Jörgen.

Gab es kein Radio im Zimmer? Nein. Offensichtlich nicht. Und von einem Fernseher konnte natürlich keine Rede sein. Das Buch auf dem Nachttisch hatte sie letzte Nacht zum dritten Mal gelesen, als sie nicht schlafen konnte. Es war miserabel. Richtig schlecht. Eine total lächerliche Geschichte über einen Verführer …

Verführt. Das war das Wort, das sie hinterher für sich selbst benutzt hatte. Sie hatte an sich selbst als an ein Mädchen gedacht, das verführt worden war. Aber Tatsache war ja, dass da gar nicht so viel Verführung im Spiel gewesen war. Tatsache war, dass er sie ins Gras geschubst hatte. Dass er sie ins Gesicht geschlagen hatte, bis sie Nasenbluten bekam. Dass er ihre Kehle gepackt und so fest zugedrückt hatte, dass sie hinterher Blutergüsse gehabt hatte …

Nein. Nicht so denken. Sich nicht erinnern. Nicht sich selbst zwingen, sich zu vergegenwärtigen, wie sie … *Nein!*

Doch es nutzte nichts. Sie stand mitten im Zimmer und konnte spüren, wie es noch einmal passierte, wie sie mit Jörgens Arm um ihre Schulter durch den Svandamspark ging. Es war still, vollkommen still zwischen ihnen, und sie ließ ihre Gedanken im gleichen langsamen Takt wandern, wie sie spazierten. Sie streiften den Schulball, von dem sie sich kurz zuvor weggestohlen hatte. Jörgen hatte lieber draußen auf dem Schulhof gewartet, als hereinzukommen, er hatte im Schatten unter einem Baum gestanden und ernst dreingeschaut, bis sie kam. Da zeigte er sein breites Lächeln, dieses warme, offene Lächeln, das nur ihr gehörte. Einen Moment lang hatte sie überlegt, warum er nicht zum Ball hereinkommen wollte, warum er sich nie mit ihr vor anderen zeigte, aber in der nächsten Sekunde hatte sie sich mit dem Gedanken getröstet, dass er nun einmal vier Jahre älter war und sicherlich keinen Wert auf den Umgang mit jeder Menge von Gymnasiasten legte. Abgesehen von ihr. Mit ihr wollte er tatsächlich zusammen sein. Sie lehnte ihren Kopf an seine Schulter, der Tweed seines Mantels scheuerte leicht an ihrer Wange, und sie seufzte zufrieden. Er reagierte darauf, indem er sie an sich drückte.

Es war dunkel im Park. Herbstdunkel. Auf der anderen Seite vom Svandammen konnte man in einigen Villen Licht sehen, aber auf dieser Seite war es dunkel. Man sah nicht einmal den Wasserturm ein Stück entfernt, nur eine Laterne im Park davor. Das war schön. Sie seufzte zufrieden. Sie war ein Mädchen, das zusammen mit einem Jungen durch den Park ging, nein, mit einem jungen Mann, und alles war still, friedlich und schön um sie her. Sie musste weder an ihren verrückten Vater noch an ihre sonderbare Mutter denken, noch an ihre ewig beleidigte Schwester, die immer nur nörgelte und an allem etwas auszusetzen hatte, was Elsie sagte und tat, die nicht einmal wusste, warum sie meckerte. Aber Elsie wusste es. Neid. Das war der Grund. Inez beneidete Elsie, obwohl sie gar nicht wusste, was sie eigentlich beneidete, jetzt, nachdem sie ihren BH fast genauso gut ausfüllte wie ihre Schwester. Sie hatte Inez gegenüber nie ein Wort über Jörgen fallen lassen. Sie hatte auch zu keinem anderen Menschen je ein Wort über ihn gesagt. Er war ihr Geheimnis. Und sie war seines. Aber es war ein glühend heißes Geheimnis, eines, das sie erstrahlen, erbeben und leuchten ließ, ohne dass jemand anderer als er selbst wusste, warum sie strahlte, erbebte und leuchtete. Aber sie sahen das Licht. Sie spürten die Hitze. Sie sahen das Licht und spürten die Hitze, und deshalb beneideten sie sie.

Jörgen war es gewesen, der es so hatte haben wollen, gleich von Anfang an. Er hatte etwas dahingehend bemerkt, dass er auf der Liste der Vertretungslehrer stand und es deshalb nicht gut wäre, ja, ausgesprochen schlecht, wenn jemand sie zusammen sähe. Deshalb hielten sie sich also verborgen, wenn er nach Landskrona kam, um seine Eltern zu besuchen. Er wohnte ja in Lund. Studierte Medizin und wollte Arzt werden. Und Elsie, hatte er eines Abends vor ein paar Wochen geflüstert, sollte seine kleine Arztfrau werden …

An diesem Abend hatte er mit ihr schlafen wollen. Hatte sie darum angebettelt, fast geweint, als sie stumm den Kopf geschüttelt hatte, hatte sie sogar bei den Schultern gepackt und geschüttelt, und dennoch hatte sie nichts anderes tun können, als Nein zu sagen. Hinterher hatte es ihr leid getan, und sie hatte sich Selbstvorwürfe gemacht. Vielleicht hätte sie doch Ja sagen sollen. Schließlich liebte er sie. Und sie liebte ihn. Und sie wollte doch nicht, dass er es so schwer hatte.

Vielleicht dachte er auch in diesem Moment daran. Vielleicht war das der Grund, dass er sie fester bei den Schultern fasste und sie auf den Rasen schob, auf den man eigentlich nicht gehen durfte, zu einer Weide ganz in der Nähe. Die hatte noch nicht ihre Blätter verloren, sie konnte spüren, wie sie sie berührten, als er die Zweige teilte und ihr etwas zuflüsterte, aber sie hörte nicht, was er sagte, hörte nur seine Stimme und stellte sich vor, wie die Weidenblätter aussahen, wie sie braun und trocken geworden waren und sich einrollten. Bald würden sie wie alte, eingetrocknete Erbsenschoten aussehen, dachte sie und wandte sich ihm zu, lächelte und stellte sich vor, dass er ihr Lächeln erwiderte.

Aber vielleicht tat er das gar nicht.

Hinterher konnte sie sich glasklar daran erinnern, was passiert war, obwohl sie nicht so recht glauben konnte, dass es wirklich passiert war oder dass Jörgen wirklich dort gewesen war. Ein Fremder packte sie an den Haaren, und Sekunden später lag sie auf der Erde, auf einem Lager aus Weidenlaub, das unter ihr raschelte, und einen Moment lang war das alles, was sie registrierte. Das Rascheln. Sekunden später konnte sie spüren, wie sie derselbe Fremde ins Gesicht schlug. Die Kehle wurde ihr zugeschnürt, jemand packte sie am Hals, und seine Daumen trafen sich mitten auf ihrer Gurgel. Ihre eigenen Hände fuhren hoch und versuchten den Griff zu lockern, aber das ging nicht, weil sie keine Luft bekam. Etwas lief ihr in die Kehle – Schleim? War das Schleim? – und verstopfte sie so, dass sie keine Luft mehr bekam, etwas Weiches, Warmes, Salziges. *Blut!* Das war Blut. Und im selben Augenblick ließ der Fremde mit einer Hand los und schob sie unter ihren Rock, fummelte dort unten herum, bis er ihn über die Oberschenkel hochgezogen hatte, legte ihr dann die andere Hand aufs Gesicht, verschloss damit Mund und Nasenlöcher, und sie schüttelte den Kopf, versuchte sich zu befreien, um nach Luft zu schnappen, und gleichzeitig dachte sie an ihre Unterhose, hoffte innerlich, flehte zu Gott, dass ihre Unterhose in Ordnung war, dass sie nicht ausgeleiert war oder Spuren von Menstruationsblut aufwies, dann drang er in sie ein. Zerriss sie. Und beide wurden ruhig, lagen einen Moment lang reglos da, bevor er plötzlich ihren Hals küsste und flüsterte:

»Ich liebe dich, Elsie. Ich liebe dich …«

Das war Jörgens Stimme. Das war eindeutig Jörgens Stimme.

Hinterher hatte er geweint. Geweint und sie um Verzeihung gebeten, hatte so schwer auf ihr gelegen, dass sie kaum atmen konnte. Dennoch hatte sie die Arme um ihn geschlungen und ihn noch fester an sich gedrückt, hatte vollkommen reglos dagelegen und ihre Wangen von seinen Tränen befeuchten lassen. Natürlich verzieh sie ihm. Sie würde es ihm sagen. Sobald sie wieder reden konnte, würde sie es ihm sagen.

Aber es dauerte, bis sie die Sprache wiederfand. Zuerst standen sie auf, und Elsie stellte fest, dass sie einen Schuh verloren hatte, ihr Fuß sank durch das trockene Laub bis auf die schwarze Erde und sie konnte fühlen, wie kalt sie war, wie sich die Zehen krümmten und zusammenzogen, und sie hob das Bein und stützte sich am Baum ab, während sie sich bückte und den Boden absuchte, mit der Hand nach dem Schuh suchte. Da war er. Von der Bewegung wurde ihr schwindlig, und sie sank wieder zu Boden, lehnte sich mit dem Rücken gegen den Baumstamm und zog den Schuh an, spürte, wie die Kälte ihr durch den Mantel kroch, durch den Rock, durch ihre feuchte Unterhose und sie verwandelte, sie eiskalt machte, während sie den Schuh über den Fuß zog und zuband. Dann stand sie auf, immer noch mit einer Hand am Baum, und zog den Rest ihrer Kleidung zurecht, hörte eher, als dass sie sah, dass Jörgen ihr den Rücken zudrehte und den Reißverschluss im Hosenschlitz hochzog.

In diesem Moment stand die Erde still. Eine Mikrosekunde lang wurde alles um sie herum vollkommen still, und die Dunkelheit, die gerade noch eine ganz normale Herbstdunkelheit gewesen war, wurde tiefer und schwarz wie Samt.

Jetzt bin ich schwanger geworden, dachte Elsie. Genau in diesem Moment bin ich schwanger geworden.

Sie hatte erst wieder sprechen können, als sie vor ihrer Pforte standen. Jörgen hatte eigentlich auch nichts gesagt. Er hatte sich nur eine Zigarette angezündet und sie unter den Arm gegriffen, sie geführt, als wäre sie krank oder behindert und müsste geführt werden, bis sie auf die Straße kamen und zu ihrem Haus gingen. Da legte er den Arm um sie und drückte sie an sich.

»Geht es dir gut?«, fragte er leise.

Sie nickte zur Antwort. Setzte einen Fuß vor den anderen.

»Sicher?«

Sie nickte noch einmal. Jetzt konnte sie ihr eigenes Haus sehen. Jörgen warf seine Kippe weg und blieb stehen, bevor sie ins Licht vor der Pforte kamen. Er ließ ihre Schultern los und wollte gerade etwas sagen, als jemand anderer sprach.

»Elsie? Bist du das?«

Das war Inez. Sie stand im Licht des Hauseingangs und spähte unsicher ins Dunkel. Jörgen machte schnell einen Schritt weiter in die Schatten hinein. Elsie trat vor, sah ihre Schwester an, diese zweite Ausgabe ihrer selbst. Sie war äußerst ordentlich gekämmt unter der Baskenmütze. Das Halstuch sorgfältig geknotet. Der Gürtel ihres Trenchcoats fest zugeknotet.

Unschuld, dachte Elsie Sie ist immer noch die reine Unschuld.

»Ja, ich bin's.«

Sie sah, wie Inez ihren Blick auf die Schatten richtete, wie sie nach Jörgen suchte, und sie ahnte eher, als dass sie sehen konnte, dass er sich weggedreht hatte.

»Willst du nicht reinkommen?«

»Noch nicht.«

»Aber …«

Jörgen bewegte sich hinter ihr, sie konnte seine Ungeduld spüren und ließ sie sofort zu ihrer eigenen werden. »Ich komme gleich. Sag, dass ich meine Schuhe vergessen habe und deshalb noch mal zurückgehen musste. Oder sonst was.«

Dann drehte sie sich um und verschwand in den Schatten, ging auf Jörgen zu.

Björn tanzte. Er hatte die Arme um Caroline gelegt und drückte sie fest an sich, genoss es, ihren Körper so dicht an seinem zu spüren, die Brust, die Hüften, den leicht gerundeten Bauch, ihre Wange an seiner, ihren Atem in seinem Ohr. Irgendwo im Hintergrund war ein Lachen zu hören, Tommys Lachen und Peos schrille Stimme. Seine Stimme wurde immer schrill, wenn er betrunken war, und das war etwas, das er gern Caroline erzählt hätte, wenn ihm nur eingefallen wäre, wie »schrill« auf Englisch hieß. Oder wenn er es über sich gebracht hätte, sie loszulassen. Aber das konnte er nicht. Er wollte sie für immer festhalten, mit ihr verschmelzen, ihr siamesischer Zwilling werden. Sie trug ein rotes Kleid und einen langen Pony. Sie roch gut nach Seife und irgendeinem Parfüm …

»Oh, Scheiße«, rief jemand auf Schwedisch. »Oh, Scheiße, wenn bloß Robban …«

Das war Niclas. Besoffen. Oder vollkommen stoned. Was ja aufs Gleiche hinauslief.

Die Musik war zu Ende, und Caroline befreite sich aus seiner Umarmung, lächelte ihn an. Er erwiderte ihr Lächeln und griff nach ihrer Hand. Wollte sie nicht wieder loslassen bis zum nächsten Morgen.

Es klingelte. Elsie zuckte zusammen und wachte auf. Schaute sich um. Gedämpftes Licht von einer kleinen Bettlampe, roter Teppichboden, an der Wand ein Druck mit einem strohgedeckten Haus. Es dauerte eine Weile, bis sie begriff, wo sie war, und während dieses Moments klingelte das Telefon noch einmal. Sie griff danach, drückte sich den schwarzen Hörer ans Ohr.

»Hallo?«

Einen Augenblick lang war es still. Dann hörte sie eine vorsichtige Stimme. Fast flüsternd.

»Elsie?«

»Inez?«

»Ja.«

Wieder war es still. Angst flackerte auf. Elsie holte tief Luft.

»Ist etwas passiert?«

»Aber nein. Ich wollte nur …«

Wieder Schweigen.

»Ja?«, fragte Elsie.

Inez' Stimme wurde lauter. Ähnelte fast wieder der Stimme, mit der sie sonst immer sprach.

»Ich wollte eigentlich nur Björn anrufen und ihn fragen, wie es ihm geht. Aber er ist nicht rangegangen. Und da habe ich deinen Namen gesagt.«

»Ja.«

»Und du warst da.«

Elsie schloss die Augen. Verzeih mir irgendwann, dachte sie. Verzeih mir, dass ich ihn geboren habe. Verzeih mir, das ich ihn dir gegeben habe …

»Ja. Björn ist auf irgendeiner Party«, sagte sie und mühte sich, aus dem Bett zu kommen, stand auf und stellte sich stramm neben das Bett. Warum, das wusste sie selbst nicht.

»Ach so.«

Inez' Stimme klang unbeteiligt. Als wäre ihr das nicht so wichtig.

»Eine Nachfeier.«

Elsie ließ sich auf die Bettkante sinken, strich mit der freien Hand über das weiße Laken. Bald würde sie wieder schlafen. Richtig tief schlafen.

»Wie ist es gelaufen?«

»Der Auftritt? Doch, ja. Ich glaube, er ist ziemlich gut gelaufen. Obwohl sie Playback spielen mussten.«

»Was?«

»Playback. Dann wird die Platte gespielt, und sie tun nur so, als ob sie spielen und singen.«

Einen Moment lang war es wieder still.

»Wie merkwürdig«, sagte Inez dann.

Elsie lächelte das schwarze Bakelit an, war aber darauf bedacht, dass ihr Lächeln nicht in der Stimme zu hören war.

»Ja. Das kann man wohl sagen.«

Wieder war es still, dann räusperte sich Inez.

»Und jetzt ist er auf einer Feier?«

»Ja.«

»Ohne dich?«

Elsie nickte.

»Ja.«

»Und was hast du heute Abend gemacht?«

»Ich war essen. Mit diesem Karl-Erik.«

»Hm.«

Dieses Geräusch konnte alles Mögliche bedeuten. Aber mehr sagte Inez nicht.

»Ich werde mit ihm nach Hause kommen«, sagte Elsie schließlich, nur um das Schweigen zu brechen. »Ich komme nach Landskrona. Kann ich wie immer bei euch wohnen?«

»Ja«, sagte Inez. »Das wird schon gehen. Vorläufig.«

Elsie spitzte die Ohren und setzte sich aufrecht hin.

»Was meinst du damit?«

»Dein Zimmer«, erklärte Inez. »Ich habe vor, es zu renovieren. Zum Herbst hin.«

Dein Zimmer? Es dauerte eine Sekunde, bis Elsie begriff, welches Zimmer Inez damit meinte. Diese kleine Dachkammer mit den abgelegten alten Möbeln. Einem alten Bett aus ihrem Mädchenzimmer bei Lydia zu Hause. Der großen Tischlampe, die in ihrem Zimmer in Göteborg gestanden hatte. Strandgut aus der Vergangenheit. Sie strich sich eine Haarsträhne aus dem Gesicht.

»Ich wusste nicht, dass das mein Zimmer war. Ich dachte, das wäre euer Gästezimmer.«

»Du bist der einzige Gast, der je bei uns übernachtet hat. Aber ich habe vor, es zum Sommer umzuräumen.«

Etwas Neues war in Inez' Stimme gekommen. Ein fremder Tonfall. Schüchtern, aber stolz. Fast triumphierend.

»Ach …«

»Das soll mein Arbeitszimmer werden. Wenn ich anfange, in Lund Literaturgeschichte zu studieren. Im nächsten Herbst.«

Jetzt sprach sie stoßweise, als fiele es ihr schwer zu atmen. Elsie runzelte die Stirn und suchte nach den richtigen Worten. Fand sie:

»Wie schön. Das hast du doch schon immer gewollt.«

Es blieb zunächst still.

»Findest du?«

»Ja.«

»Wirklich?«

»Auf jeden Fall.«

»Birger findet das auch. Er sagt, es sei an der Zeit, dass ich endlich das tue, was ich immer schon tun wollte. Ich hätte nie gedacht, dass er das sagen würde.«

Die Stimme gehörte plötzlich einem kleinen Mädchen. Einem ziemlich überraschten, ängstlichen kleinen Mädchen. Elsie gab sich alle Mühe, wie immer zu klingen.

»Natürlich findet er das.«

Inez' Stimme wurde wieder erwachsen und etwas besorgt.

»Aber wo willst du wohnen, wenn ich dein Zimmer nehme?«

Elsie zuckte mit den Schultern. Darüber wollte sie sich keine Gedanken machen.

»Das wird sich schon finden.«

Inez' Stimme lebte auf. Sie hatte eine Idee.

»Es gibt eine freie Ein-Zimmer-Wohnung in Lydias Haus. Direkt neben ihrer Wohnung. Die Nachbarin ist gestorben. Ich kann mit Bertilsson reden.«

»Mit wem?«

»Dem Hausbesitzer, weißt du. Er lässt sie momentan gerade renovieren.«

Elsie verzog das Gesicht. Wollte sie wieder in diesem Haus wohnen? Wollte sie Lydias Nachbarin sein? Nein, danke. Lieber nicht.

»Danke, aber …«

»Du kannst es dir jetzt doch leisten. Wo Björn sich selbst versorgen kann. Jetzt brauchst du ja keinen Unterhalt mehr für ihn zu zahlen.«

»Ja, ich weiß, aber …«

»Und vergiss nicht, dass Wohnungsmangel herrscht. Es ist nicht so leicht, eine Ein-Zimmer-Wohnung zu finden. Mit Bad und richtiger Küche.«

»Ja, aber …«

»Na prima. Dann werde ich mit ihm reden. Das wird bestimmt ganz toll, du wirst sehen.«

Elsie blieb reglos sitzen, nachdem sie den Hörer aufgelegt hatte. Plötzlich hellwach. Nun ja. Dann war sie also Mieterin einer Wohnung. Denn der Vermieter würde keine Möglichkeit haben, zu entkommen, wenn Inez und Lydia ihm mit vereinten Kräften zu Leibe rückten. Er würde gezwungen sein, diese Ein-Zimmer-Wohnung an Elsie zu vermieten, ob er nun wollte oder nicht, ja, sogar unabhängig davon, ob Elsie sie mieten wollte oder nicht. Sie hatten nicht die geringste Chance, weder sie noch dieser Bertilsson.

Eine eigene Wohnung. Ein Zuhause. Was würde sie damit machen?

Sie würde werden wie alle anderen. Ein Mensch mit Anker. Ein Flüchtling, dessen Flucht ein Ende hatte.

Der Gedanke ließ sie aufstöhnen, und beim nächsten Atemzug wurde ihr klar, dass es ein Aufschluchzen war, dass sie kurz davor war, in Tränen auszubrechen, doch rasch stand sie auf und reckte sich. Blödsinn. Warum sollte sie wegen einer Ein-Zimmer-Wohnung in Landskrona Tränen vergießen? Eine Ein-Zimmer-Wohnung, in der sie vielleicht – aber nur vielleicht! – ein paarmal im Jahr wohnte. Sie dachte ja nicht daran, eine Landratte zu werden. Alles Mögliche konnte passieren, nur das nicht. Den größten Teil des Jahres würde diese Wohnung leerstehen, unbewohnt, mit zugezogenen Jalousien, und der Staub würde fallen, still und leise wie der erste Schnee …

Wie lange war es her, dass sie ein Zuhause gehabt hatte? Oder auch nur ein Zimmer, das sie ihr Eigen nennen konnte?

Während ihrer Funkerausbildung. In Kalmar. Vor achtzehn Jahren. Oder siebzehn.

Es war ein ganz hübsches kleines Zimmer im Erdgeschoss einer alten Villa gewesen. Mit eigenem Eingang. Nett möbliert mit zwei Sesseln und einem kleinen runden Couchtisch. Plus einem merkwürdigen Schreibtisch, hochklappbar, sodass man ihn in einen Schrank verwandeln konnte, wenn man verbergen wollte, dass man lernte. Und dann ein Bett, bequemer als alle anderen Betten, die sie je gehabt hatte, ein Bett, in dem sie den ganzen ersten Sonntag verschlafen hatte … Ja. So war es gewesen. Sie war erst gegen vier Uhr nachmittags aufgewacht, und das war nicht unbemerkt geblieben, wie ihr klar wurde, als ein kleiner Junge durch den Garten lief, sobald sie das Rollo hochzog, und rief: *Mama, das Mädchen ist jetzt wach!*

Und das war sie. Hellwach. Eine vollkommen andere Person als die, die am Abend zuvor eingeschlafen war. Ein neuer Mensch, der alles Alte vergessen hatte, einer, der sich an Lydia, Inez und Björn nur als Figuren in einer Geschichte erinnerte, von diffusem Aussehen und Charakter, eine Person, die außerdem ahnte, dass es früher einmal einen Vater in derselben Geschichte gegeben hatte, sich jetzt aber nicht mehr so recht erinnern konnte, wie er ausgesehen hatte, wie er hieß oder wohin er verschwunden war. Selbst Jörgen hatte sich verwandelt, während sie schlief. Er war nicht mehr der große Schmerz in ihrem Leben, nicht der große Verräter, nicht einmal ein Lügner. Er war nur erfunden. Eine Fantasiefigur. Zur Hälfte von sich selbst und zur Hälfte von ihr erfunden. Es lohnte sich gar nicht, an ihn zu denken. Sie würde vergessen, dass sie bereits am Tag nach den Geschehnissen im Park versucht hatte, seine Adresse herauszufinden, dass sie ihn anrufen oder ihm schreiben wollte, ihm erzählen, dass ihr Vater tot war, dass er bereits tot gewesen war, als sie einander in die Arme gefallen waren, auch wenn sie das eigentlich nicht wirklich gemacht hatten. Aber es gab keinen Studenten an der medizinischen Fakultät in Lund mit Namen Jörgen, wie ihr eine Sekretärin ziemlich schnippisch erklärte. Nicht einen einzigen. Und im Telefonbuch von Landskrona gab es nur drei Vilhelmssons, einen Busfahrer, eine Witwe und einen Studienrat, aber keiner von ihnen hatte jemals etwas von einem Jörgen gehört, das versicherte die Witwe ziemlich spitz, der Busfahrer gleichgültig und der Studienrat mit einem Hauch von Neugier in der Stimme. Erst im vierten Monat, als ihr Bauch allmählich zu sehen, die Verzweiflung vollkommen war und die Stunde für das Geständnis und die Bestrafung sich näherte, erhielt sie Antwort auf ihre Fragen. Da hatte sie einen Schultag geschwänzt und den Zug nach Lund genommen. Das war ein unerhörtes Vergehen, aber notwendig, und ein Vergehen, das trotz allem eine Spur von Erleichterung enthielt, da sie wusste, dass alles ans Licht käme, wenn sie entdeckt werden würde. Sie war stundenlang in den Straßen herumgelaufen, in fremden Straßen mit Häusern, die sie nie zuvor gesehen hatte, und hatte fremde Menschen angesehen, bis sie plötzlich ein bekanntes Gesicht entdeckte. Abrupt blieb sie stehen und versuchte zu begreifen, was sie da sah. Jörgen? Das war doch Jörgen! Aber er stand an einem Ort, wo sie nicht erwartet hatte, ihn zu sehen. Hinter dem Tresen in einem Herrenausstattungsgeschäft. Ein Herrenausstatter, der auch noch Vilhelmsson & Sohn hieß.

Mittlerweile, nach all den Jahren, sah sie sich selbst wie eine Comicfigur, wie sie draußen vor diesem Schaufenster stand, eine glotzende Comicfigur mit aufgerissenem Mund und einer Sprechblase über dem Kopf. »PAFF!«, stand in der Blase. Wie immer in einem Comic, wenn die Träume einer Figur zerplatzten. Aber diese Comicfigur war sich nicht bewusst, dass sie eine Comicfigur war, ganz im Gegenteil, sie glaubte, ein lebendiger Mensch zu sein, und deshalb schob sie die Glastür zum Laden auf und ging hinein, immer noch mit offenem Mund, wie anzunehmen war, und ging auf ihn zu. Nur um zu sehen, ob er es auch wirklich war. Nur um seine Stimme zu hören. Nur um sein Mienenspiel in allen Einzelheiten zu studieren, wenn er sie entdeckte, die erste Überraschung, einen Moment der Scham, die schnell besiegte Lust, einfach wegzulaufen, der kurze Blick nach links, der verriet, dass der ältere Mann ein Stück weiter, der gerade einem Kunden half, einen Mantel anzuprobieren, sein Vater war, und dann, nur einen Augenlidschlag später, der Triumph in seinem Blick, als ihm wieder einfiel, wer er war und wer sie eigentlich war, der Plan, der geboren wurde, der Rücken, der sich streckte und die linke Hand, die über den Tresen nach vorn geschoben wurde, diese linke Hand mit dem glänzenden Verlobungsring. Und dann das Lächeln, dieses richtig widerliche Lächeln, das sie tatsächlich wiedererkannte, dieses Lächeln, das sie schon zuvor gesehen hatte, ohne es je deutlich registriert zu haben, und das sie jetzt zurückschrecken ließ, während Jörgen sich vorbeugte und fragte:

»Und womit kann ich der jungen Dame dienen?«

Das war er. Das war seine Hand. Seine Lippen. Seine Stimme. Und einen Augenblick lang, nur einen einzigen Atemzug lang sah sie, spürte sie, wusste sie, dass er gefährlich war, sehr gefährlich, dass er der gefährlichste Mensch war, dem sie jemals begegnet war, und sie murmelte etwas in der Richtung, dass es ein Irrtum war, dass sie sich verlaufen hatte, es tut mir leid, bitte entschuldigen Sie die Störung, und im nächsten Moment war sie wieder draußen auf der Straße. Und sie lief. Lief den ganzen Weg bis zum Bahnhof, lief weiter, als sie in Landskrona angekommen war, durchlief das Wöchnerinnenheim und die Geburt, lief zurück nach Landskrona, lief immerzu herum in einer Art Endlos-Panik, lief zum Schluss nach Kalmar bis in dieses Zimmer zur Untermiete und dieses Bett, in dem sie endlich hatte vergessen können. Denn das stimmte. Jörgen war jetzt weg. Nur eine Erfindung. Ein Fantasiemonster. Jemand, der ihr niemals wieder wehtun könnte.

Aber warum hatte sie damals so große Angst gehabt? Was hatte sie sich denn vorgestellt, was er ihr hätte tun können?

Und jetzt, viele Jahre später, schlang Elsie die Arme um den eigenen Leib und ließ sich auf das Bett zurücksinken, saß in ihrer eigenen Umarmung da und wiegte sich einige Male hin und her, bis sie selbst merkte, was sie da tat, wie das aussah, dass sie sich wie eine Wahnsinnige benahm.

»Verdammter Idiot!«

Das klang wie ein Fauchen. Sie löste den Griff um sich selbst und zwinkerte schnell die Feuchtigkeit aus ihren Augen fort, die sich nur deshalb gesammelt hatte, weil sie minutenlang ohne zu blinzeln vor sich hin gestarrt hatte, stand dann auf und versuchte, wieder in der Wirklichkeit anzukommen. Sie befand sich nicht in Kalmar. Sie war in London. Zusammen mit ihrem Sohn. Einem Sohn, der außerdem noch berühmt war, einer, nach dem die Mädchen kreischten, ein junger Bursche mit Geld auf der Bank und einem vorbildlichen Auftreten. Ein Sohn also, auf den man stolz sein konnte. Kein Schandfleck.

Scham. Das Wort war nicht länger zu vermeiden. Sie war gezwungen, es zuzugeben. Sie hatte sich seiner geschämt. Sich für seine bloße Existenz geschämt. Sie war vor ihm geflohen. Und sie hatte Angst vor ihm gehabt, da er Jörgens Sohn war. Und das war ihr erst jetzt, nachdem er neunzehn Jahre alt geworden war, klar geworden. Sie schlug sich die Hände vors Gesicht, verkroch sich vor sich selbst, während die Scham in Wellen über sie hinwegschwappte.

»Großer Gott«, wimmerte sie vor sich hin. »Oh, großer Gott …«

»HERE?«, FRAGTE BJÖRN, als das Taxi vor dem roten Reihenhaus anhielt.

»Here«, bestätigte Caroline.

Sie wandte sich ihm lächelnd zu, das war ein Lächeln, so verlockend, dass ihm schwindlig wurde und er einen Moment lang überrascht darüber war, dass es menschenmöglich sein konnte, so schön zu sein, so seidenweich, so wohlriechend…

»Please«, sagte er. »Geh nicht. Lass mich nicht allein.«

Sie lachte auf:

»Please what?«

Er hatte Schwedisch gesprochen. Und das war wohl auch besser so, denn er wollte doch gar nicht, dass sie wusste und verstand.

»Sehen wir uns morgen?«, fragte er stattdessen auf Englisch.

Sie lächelte noch mehr.

»Natürlich sehen wir uns morgen… Das haben wir doch schon verabredet.«

»Und dann kommst du nach Schweden, ich kann dir…«

Sie gab ihm einen Kuss auf die Wange.

»Wir werden sehen. Lass uns morgen darüber reden.«

Er versuchte sich zu beherrschen, nahm ihre rechte Hand zwischen seine beiden Hände und küsste die Fingerspitzen.

»Bis bald«, sagte er.

»Ja«, nickte sie. »Bis morgen.«

Und dann huschte sie aus dem Auto und sprang die drei Treppenstufen hinauf zur Haustür.

Die Fahrt zurück ins Hotel war lang und angenehm. Im Auto war es dunkel und ganz still. Der Fahrer war ein Schatten, ein breiter Schatten, der nichts sagte, bis sie wieder im Zentrum waren und das Licht der Stadt erneut um sie herum aufblitzte.

»Strand Palace Hotel war das, nicht wahr?«

»Ja«, bestätigte Björn.

»Das ist ein gutes Hotel.«

»Ja. Stimmt.«

»Sehr gut.«

Eine Weile blieb es still, dann beugte Björn sich vor und umfasste die Rückenlehne des Vordersitzes.

»Entschuldigen Sie, aber das Viertel eben ...«

Er hörte selbst, wie jung er klang. Und der Fahrer hörte es auch, das war seinem Tonfall anzumerken, als er antwortete.

»In dem das Mädchen wohnt?«

»Was ist das für ein Viertel?«

Der Fahrer zuckte mit den Schultern.

»Schwer zu sagen in diesen Zeiten. Früher hätte ich gesagt, das ist eine gutbürgerliche Wohngegend, aber jetzt... Ich weiß nicht so recht.«

»Aha.«

Der Fahrer schaltete herunter.

»Die renovieren da diverse Häuser. Das werden Appartements, kleine Wohnungen für junge Menschen ...«

Björn konnte sich nicht zurückhalten.

»Was meinen Sie, ob sie in so einer wohnt?«

Der Fahrer zuckte noch einmal mit den Schultern.

»Ich habe keine Ahnung«, sagte er. »Aber sie war süß. Das war sie wirklich. Verdammt süß.«

»Hey, *Lover Boy!*«

Björn drehte sich um, während er in der Rezeption stand. Der Zimmerschlüssel lag bereits in seiner Hand. Bosse kam gerade herein, mit etwas schwankendem Gang, und Peo, der hinter ihm kam, streckte eine Hand aus und hielt sie ein paar Zentimeter hinter Bosses Rücken.

»Du bist also doch nach Hause gekommen«, sagte er zu Björn.

»Ja«, nickte Björn. »Wo sind die anderen?«

»Ich habe nicht die geringste Ahnung«, sagte Peo. »Und es ist mir auch scheißegal. Jetzt muss ich erst mal schlafen.«

Bosse machte einen Seitenschritt und nuschelte:

»Aber Scheiße, was ..«

Peo warf ihm einen Blick zu:

»Und er muss auch schlafen.«

Björn hob die Augenbrauen und nickte Bosse zu.

»Brauchst du Hilfe?«

Peo zögerte kurz.

»Ja«, sagte er dann. »Ja, gern.«

Bosse ließ sich auf eines der roten Sofas sinken, während Peo die Schlüssel holte, saß da und verdrehte kurz die Augen, bis Björn sich über ihn beugte und sagte:

»Komm. Wir wollen nach oben.«

Bosse zwinkerte ein paarmal, stand dann aus eigener Kraft auf, stellte sich vor Björn, legte ihm die Hände auf die Schultern und nuschelte:

»Scheiße, wie schaffst du das nur?«

Björn lächelte:

»Was schaffe ich?«

»All die Bräute abzuschleppen. Oh, Scheiße, wie schaffst du das?«

Björns Lächeln erlosch.

»Das geht dich einen Scheißdreck an«, sagte er mit gedämpfter Stimme. »Das geht dich verdammt noch mal einen feuchten Scheißdreck an.«

Durch das Eis

»Anders«, fragt Ulrika, »hast du einen Moment Zeit?«

Er schaut auf, und einen Atemzug lang sieht er ihr direkt in die Augen. Ein Gedanke fährt ihm durch den Kopf. *Es gibt sie! Ulrika gibt es tatsächlich!* Er lächelt. Kann das Lächeln einfach nicht unterdrücken. Sie hat braune Augen. Ihr Blick ist ernst, aber vollkommen offen und unverstellt.

»Nimm eine Tasse Kaffee«, sagt er und zieht den Stuhl neben sich heraus. »Roland wollte gerade erzählen …«

»Später«, sagt sie. »Ich glaube, du musst kommen. Jetzt. Sofort.«

Erst da merkt er, dass sie offenbar seine Hilfe braucht. Er steht wortlos auf und nickt den anderen am Kaffeetisch zu. Ulrika geht mit kleinen, schnellen Schritten durch die Messe und fängt an zu reden, sobald sie auf dem Gang sind, aber mit so leiser Stimme, dass er sich hinunterbeugen muss, um zu hören, was sie sagt.

»Es geht um Susanne …«

Sie verstummt, und er verspürt den Impuls, ihr den Arm um die Schulter zu legen, kann sich im letzten Moment jedoch beherrschen.

»Ja?«

»Sie hat sich erbrochen. Vor dem Labor.«

»Ist sie seekrank?«

Ulrika wirft ihm einen Blick zu.

»Nein. Außerdem haben wir keinen Seegang.«

Er kommt sich dumm vor. Sie hat ja recht. Es ist kein Seegang, aber schnell fällt ihm ein Argument ein, um seine Annahme zu untermauern.

»Sie haben vor einer Weile gepumpt. Es gibt Leute, die davon seekrank werden.«

Sie nickt. Stimmt. Sie weiß, dass es Leute gibt, die seekrank werden, wenn der Steuermann das ganze Schiff von einer Seite auf die andere schaukeln lässt, um das härteste Eis zu brechen.

»Aber das hier ist etwas anderes. Sie wirkt ein wenig …«

»Ein wenig was?«

»Merkwürdig.«

Aha. Dann sind es wohl *die Nerven*, denkt er kurz, unterdrückt diesen Gedanken jedoch schnell. Er muss vorurteilsfrei bleiben.

»Und wo ist sie?«

»Auf dem Vorderdeck. Vor dem Labor.«

Sie sitzt auf dem Deck, die Beine angezogen, den Kopf auf die Knie gelegt. Eine Sekunde lang packt ihn die Wut, und er will ihr sagen, dass sie aufstehen soll, nicht mit einer dünnen Jeans direkt auf dem kalten Deck sitzen, sie belehren, dass es nun einmal gute Gründe gibt, weshalb Frauen ihren Unterleib nicht der Kälte aussetzen sollen, und der Hauptgrund heißt Harnwegsinfektion, sieht aber in dem Moment, wie Ulrika sich neben Susanne hockt und ihr die Hand auf den Kopf legt. Das ist eine schlichte, aber so zärtliche Geste, dass die Wut verraucht und er mit hängenden Armen vor ihnen stehen bleibt. Susannes Haar ist offen, es verbirgt ihr Gesicht. Sie trägt keine Stiefel. Auch keine Jacke, nur einen dünnen blauen Pullover. Und ein Stück entfernt liegt ihr Erbrochenes. Er lässt sich auch in die Hocke sinken:

»Hallo«, sagt er. »Wie geht es?«

Sie murmelt etwas, so leise, dass er nichts hören kann.

»Kannst du mich angucken?«, fragt er.

Sie antwortet etwas Unverständliches. Er legt ihr die Hand auf die Stirn – eiskalt und feucht – und hebt vorsichtig ihren Kopf an. Einen Moment lang starrt sie ihn an, dann schließen sich langsam wieder ihre Augen. Er lässt los.

»Wir müssen sie reinbringen«, sagt er zu Ulrika.

Ulrika nickt und fasst Susannes rechten Arm. Er nimmt den linken. Es gelingt ihnen, Susanne halb in die Senkrechte zu hieven, ehe sie mit einer kleinen Bewegung ihrem Griff entgleitet und wieder aufs Deck hinuntersackt.

»Will nicht…«, sagt sie.

Anders und Ulrika schauen sich einen Moment lang an, dann beugen sie sich hinunter, packen erneut jeder einen Arm und ziehen sie hoch.

»Du musst«, sagt Ulrika.

Susanne ist sehr blass. Kleine Schweißtropfen laufen ihr über die Nase.

Als sie in den Gang hineinkommen, wird sie gefügiger, fängt an zu gehen, wenn auch mit kleinen Schritten und halb geschlossenen Augen.

»Mir ist nur übel geworden«, sagt sie, als sie in den Behandlungsraum kommen. »Jetzt ist wieder alles gut.«

Anders schaut sie an. Er findet nicht, dass es gut aussieht. Ganz und gar nicht. Sie schwitzt immer noch und ist leichenblass im Gesicht, die rechte Hand zittert etwas, und auf der Brust hat sie Flecken von dem Erbrochenen.

»Ja, schon, aber ich möchte dich trotzdem für alle Fälle untersuchen«, sagt er. »Und wenn nur, um mich selbst zu beruhigen. Setz dich hierhin.«

Er streicht mit der Hand über die Pritsche, und sie setzt sich, aber dabei entdeckt sie die Flecken auf ihrer Brust.

»Oje«, sagt sie und zieht sich den Pullover aus. Das ist eine hastige Bewegung, genügt aber, ihren Wangen wieder etwas Farbe zu verleihen. Dann scheint sie aufzuwachen. Sie zwinkert ein paarmal, sieht zuerst Anders an, dann Ulrika, wischt sich schließlich mit der Hand über den Nasenrücken. Sie trägt einen schwarzen BH, die Haut am Bauch ist sehr weiß. Als hätte sie hier nie Sonnenstrahlen abbekommen.

»Habe ich mich übergeben?«

Ulrika lächelt sie an, sagt jedoch nichts. Anders nickt.

»Ja. Lässt du mich mal hinter dein Ohr gucken?«

Ihre Hand fährt hoch, hinters Ohr.

»Das Pflaster gegen Seekrankheit ist noch da.«

»Ja, aber…«

Sie sieht ihn an und scheint sich zu friedlichem Verhalten durchzuringen, hebt nur langsam die Hand und mit ihr das

Haar, er beugt sich vor und drückt mit dem Zeigefinger auf das Pflaster, ohne eigentlich zu wissen, warum.

»Kannst du dich bitte einmal hinlegen?«, fragt er dann und greift nach dem Stethoskop. Sie gehorcht widerspruchslos, er beugt sich vor und setzt den kleinen Kopf links an ihrer Brust an. Es klopft regelmäßig da drinnen, nur ein klein wenig schneller als normal.

»Ich hole mal rasch einen sauberen Pullover aus deiner Kabine«, sagt Ulrika hinter ihrem Rücken.

Ihr Herz beginnt zu rasen.

»Nein«, sagt sie. »Nein …«

Aber Ulrika ist bereits verschwunden.

»Aber warum?«, fragt Ulrika eine Weile später.

Sie stehen alle drei in Susannes Kabine. Susanne hat die Tür hinter ihnen geschlossen, ist aber nur wenige Schritte hineingegangen, steht da, den Rücken gegen die Schranktür gepresst.

»Ich weiß es nicht«, sagt sie. »Ich habe wirklich keine Ahnung.«

Die Frau ohne Körper liegt immer noch in der Koje. Die blauen Kniestrümpfe zeigen immer noch in beide Richtungen, und sie liegen so weit voneinander entfernt, dass es aussieht, als würde sie die Beine spreizen. Der Slip ist glatt und weiß. Er sieht neu aus, genau wie der BH.

»Ist das deine Unterwäsche?«

Anders ist überrascht, seine eigene Stimme zu hören. Er ist überrascht, dass er in dieser Kabine steht, dass er tatsächlich das sieht, was er sieht.

»Ja.«

Susanne bemüht sich, ganz normal zu klingen, das hört man, aber es nutzt nichts. Ihre Stimme ist dünn wie ein Faden.

»Auch dein Gürtel?«

Sie nickt, sagt aber nichts. Ulrika tritt einen Schritt vor und streckt die Hand nach dem Kopfkissen aus, hält jedoch inne, bevor sie es berührt, und zieht ihre Hand zurück.

»Kreuze statt der Augen«, sagt sie halblaut. »Und ein Gürtel um den Hals …«

Susanne ist wieder weiß im Gesicht geworden, tastet mit den Fingern nach der Schranktür. Vielleicht fällt sie gleich in Ohnmacht. Oder muss sich erneut übergeben.

»Setz dich«, sagt Anders und löst das Spannseil, das den Stuhl am Schreibtisch festhält. Sie lässt sich niedersinken, ohne zu merken, dass er es nicht mehr schafft, den Laptop wegzunehmen, aber das macht nichts, da sie sich gleich darauf vorbeugt und den Kopf zwischen die Knie presst. Das ist eine Bewegung, die er wiedererkennt, eine Bewegung, die ihm eigenartigerweise mehr Vertrauen zu ihr einflößt. Er zieht den Computer hinter ihrem Rücken weg und legt ihn auf den Schreibtisch.

»Ist das ein Scherz?«, fragt er dann.

Ein leises Geräusch kommt von Susanne, Ulrika geht einen Schritt auf sie zu und legt ihr die Hand auf den Rücken.

»Nein«, sagt sie. »Das ist kein Scherz. Wir müssen es Roland melden.«

»Nein«, sagt Susanne und richtet sich auf. »Nein, bitte ...«

»Natürlich müssen wir das melden«, sagt Ulrika.

Trotzdem geht keiner, um Roland zu holen. Stattdessen bleibt es eine Weile still, und in der Stille sinken Ulrika und dann auch Anders aufs Sofa, sie sitzen dort halb vorgebeugt und starren auf die Koje und die Frau ohne Körper. Versuchen zu verstehen, was sie sehen.

»Ich hatte abgeschlossen«, sagt Susanne schließlich, »ich schließe immer ab.«

Ulrika nickt, Anders schweigt und rührt sich nicht.

»Ich schließe immer ab, seit das angefangen hat.«

»Angefangen?«

Ulrikas Stimme klingt auch dünn. Susanne nickt.

»Er war schon früher hier. Und hat alles Mögliche gemacht.«

Anders räuspert sich.

»Was hat er gemacht?«

»Das Bett zerwühlt. Alles aus dem Schrank herausgerissen. An die Wände gepisst ...«

»An die Wände gepisst?«

»Ja. Deshalb habe ich den Pullover ins Meer geworfen. Und das Handtuch. Und hab Ärger mit Roland bekommen.«

»Aber, mein Gott …«

Es klingt, als traute Ulrika ihren Ohren nicht. Gut. Dann geht es nicht nur ihm so. Susanne merkt das, sie richtet sich schnell auf und schiebt sich die Haare aus der Stirn.

»Aber ich habe nichts gesagt. Ich hätte heute auch nichts gesagt, wenn nicht …«

Ulrika nickt.

»Ich verstehe.«

Was versteht sie? Anders wirft ihr einen schnellen Blick zu, doch sie sieht ihn nicht an, schaut stattdessen auf die Koje.

»Igitt«, sagt sie dann.

»Igitt, ja«, sagt Susanne, und ein kleines Lächeln huscht kurz über ihr Gesicht, während die linke Hand in die Hosentasche schlüpft und ein Haargummi herauszieht, mit dem sie sich schnell einen Pferdeschwanz bindet, ehe sie aufsteht. Jetzt sieht sie aus wie immer. Blass, aber nicht krankhaft bleich.

»Ich habe einen sehr niedrigen Blutdruck«, sagt sie. »Da kippt man manchmal um. Oder einem wird übel.«

Dann macht sie zwei Schritte hin zur Koje und zerstört die Frau ohne Körper mit ein paar hastigen Bewegungen, dreht sich um, den Arm voller Kleider, und sieht die beiden an.

»Danke für die Hilfe«, sagt sie. »Ich gehe jetzt raus und mache an Deck sauber.«

Zunächst wissen Anders und Ulrika nicht so recht, wohin sie gehen sollen. Sie bleiben auf dem Gang stehen und schauen Susanne zu, wie sie die Tür zur Besenkammer öffnet, Wasser in einen Eimer laufen lässt und einen Mopp holt. Sie wirft ihnen einen hastigen Blick zu, als sie wieder herauskommt, lächelt vorsichtig.

»Jetzt ist es gut«, sagt sie. »Alles, wie es sein soll.«

Was bedeutet, dass sie möchte, dass sie jetzt gehen und sie in Ruhe lassen, aber weder Anders noch Ulrika können sich dazu durchringen. Sie bleiben einfach stehen, wo sie sind, mit hängenden Armen, und sehen sie an. Dafür bewegt sich jemand weiter hinten auf dem Gang. Anders dreht sich um und sieht Robert aus seiner Kabine kommen. Er bleibt stehen, die gesunde Hand auf der Türklinke, und betrachtet die drei.

»Großreinemachen?«

Susanne wirft Anders einen raschen Blick zu, einen Blick ohne jedes Flehen, aber mit einer deutlichen Botschaft. *Sag nichts!* Dann wendet sie sich mit einem Lächeln Robert zu.

»Ja, es ist mal an der Zeit.«

Er erwidert ihr Lächeln.

»Wenn du mit deiner Kajüte fertig bist, kannst du gern bei meiner weitermachen ...«

Ihr Lächeln wird noch breiter:

»Ich glaube nicht, dass du dir das leisten kannst ...«

Er lacht:

»Nein. Das ist wohl wahr. Ein armer Forscher hat nicht viel zu bieten. Da muss ich wohl selbst sauber machen.«

Susanne erwidert nichts, rührt sich aber auch nicht vom Fleck, kerzengerade und mit höflichem Lächeln hält sie den Moppstiel umklammert, während sie darauf wartet, dass Robert vorbeigeht. Aber Robert tut ihr nicht den Gefallen, sondern bleibt mit erwartungsvollem Lächeln neben den Dreien stehen. Eine sonderbare Stimmung. Als warteten alle, aber keiner von ihnen wüsste, worauf. Schließlich streckt Anders die Hand aus und berührt Roberts Verband. Der ist schmutzig geworden.

»Ich glaube, das müssen wir uns mal ansehen«, sagt er.

Robert zieht die Augenbrauen hoch.

»Jetzt?«

Anders nickt.

»Jetzt.«

Dann nickt er Susanne und Ulrika kurz zu, geht los und bringt mit seiner Bewegung Robert dazu, vor ihm herzugehen. Treibt ihn wie ein Tier vor sich her.

Scheisse, denkt Susanne, als sie mit ihrem ganzen Gewicht die Tür zum Deck aufstemmt. Verfluchte Scheiße, Mist, Kacke, verdammt.

Sie steigt über die hohe Schwelle und hört den Wind pfeifen, spürt, wie er ihr Haar erfasst und die Strähnen packt, die nicht fest im Pferdeschwanz sitzen, wie er nach ihrer halb offenen Jacke greift und sie flattern lässt, wie er sich seinen Weg unter das saubere T-Shirt bahnt und eiskalt über ihren Bauch fährt.

Oh, Scheiße!

Aber das Fluchen nutzt nichts. Keine Flüche auf der ganzen Welt können das Geschehene ungeschehen machen. Dass Ulrika und Anders die Frau ohne Körper gesehen haben, hat selbst ihnen ihre missliche Lage deutlich und real vor Augen geführt. Jetzt kann sie sich nicht mehr verstecken. Sie steht nackt da. Entblößt. Gut sichtbar. Aber so darf sie nicht denken. Tatsache ist, dass sie es sich überhaupt nicht erlauben kann zu denken. Also weg damit.

Sie stellt Wischmopp und Eimer ab und zieht den Reißverschluss ihrer Jacke ganz hoch, beeilt sich, das alles hier erledigt zu bekommen, damit die ganze Geschichte endlich zu den Akten gelegt und vergessen werden kann, ergreift dann wieder den Mopp, taucht ihn in den Eimer und geht die fünf Schritte zu dem Erbrochenen, wischt, holt den Eimer, spült aus und wischt immer und immer wieder. Zum Schluss packt sie den Eimergriff und geht zur Reling, zögert einen Augenblick, bevor sie den Eimer anhebt und das schmutzige Wasser über das Innere des Eises schwappen lässt, das gerade aufgebrochen und gen Himmel gewendet wurde, um gleich im nächsten Moment, wieder ins Wasser hinabgestoßen, abgespült und gesäubert zu werden. Ein paar braune Klümpchen bleiben an der türkisfarbenen Oberfläche haften, gelbliches Wasser rinnt über all das eiskalte Saubere, und sie steht wie festgefroren da und starrt hinab, sieht, wie sich das gebrochene Eis herumwälzt und wie der Schmutz, ihr Schmutz, der das geschlossene System der Oden nicht verlassen darf, langsam in die Dunkelheit unter dem Eis getrieben wird. Dann ist es vorbei. Die Frau ohne Körper ist weg. Das Erbrochene ist weg. Die ganze Geschichte wäre eigentlich vorbei, wenn nicht Anders und Ulrika es gesehen hätten …

Scham.

Nein. Das stimmt nicht. Auf keinen Fall. Denn sie hat sich doch für nichts zu schämen. Oder? Sie hat doch nichts getan. Ihr war nur ein wenig schlecht. Sie hat sich kurz übergeben, aber alles selbst wieder sauber gemacht. Und jetzt wird sie den schmutzigen Pullover und einiges an Unterwäsche und vielleicht sogar ein beschmiertes Kopfkissen nehmen, ein Kopfkissen mit albernen Kreuzen anstelle von Augen, alles in den Waschraum bringen und eine oder zwei Maschinen waschen. Und danach wird sie hinunter in den Speiseraum gehen, zu Abend essen und sich den heutigen Vortrag anhören, sie wird dort in der Messe unter allen anderen sitzen, wird genauso sein wie alle anderen, wird sich in eine lächelnde, ganz normale und plaudernde Außenhülle verwandeln und ihr Inneres vollkommen leer und frei machen. Das ist nicht schwer. Das hat sie schon hundertmal gemacht. Oder tausendmal.

Die Tür zum Gang ist schwer zu öffnen, sogar schwerer als sonst, und dabei bekommt sie plötzlich Angst, es könnte sich wiederholen, die Übelkeit könnte wieder hochkommen, und sie müsste sich erneut übergeben; doch dann holt sie tief Luft und fasst einen Entschluss. So wird es nicht sein. Dieses Mal nicht. Nie wieder.

Sie muss ein wenig über ihre eigenen Gedanken schmunzeln, als sie Eimer und Wischmopp durch den Gang trägt. Irgendwo tief in ihrem Kopf sitzt eine allmächtige Einjährige auf ihrem Windelpopo und ist felsenfest davon überzeugt, dass sie alles entscheiden kann, eine energische kleine Weltherrscherin, die sich weigert, sich mit den Gegebenheiten der Realität abzufinden. Wenn sie beschlossen hat, sich niemals wieder zu übergeben, dann wird sie sich auch nicht übergeben, ganz gleich, was die Fünfjährige, die Sechzehnjährige, die Fünfunddreißigjährige oder die Fünfzigjährige, die sich alle neben ihr drängeln, über Seekrankheit, Magen- und Darmgrippe und – wenn auch mit abgewandtem Blick und ganz leiser Stimme – über zu hohen Alkoholkonsum zu sagen haben. Sollen sie doch sagen, was sie wollen. Sie wird sich nie wieder übergeben.

Sie spült den Mopp sehr sorgfältig aus, während sie ihre jüngeren Ichs betrachtet. Die Einjährige ist die Einzige, die ihr in die Augen schaut. Sie trägt ein rotes Strickkleidchen mit einer Seidenschleife unter dem Kinn und erwidert ernst den Blick ihres älteren Ichs, während die Fünfjährige sich bereits abwendet und so tut, als wäre sie mit einer Puppe beschäftigt, die Sechzehnjährige ihre Trauer in sich verschließt, die Fünfunddreißigjährige tief in die Augen eines Mannes blickt und die Fünfzigjährige vorgibt, vollauf mit der Lektüre eines Buches beschäftigt zu sein. Susanne schnaubt verächtlich über sie. Was bilden sie sich ein? Als wüsste sie nicht alles über sie, als könnte sie die Scham nicht spüren, die sie dazu bringt, den Blick abzuwenden. Sie können nichts vor ihr verbergen. Sie weiß alles.

Nicht wert zu …

Nein. Weg mit Inez und ihrer schrillen Stimme. Sie war ja damals hysterisch. Wusste nicht, was sie sagte. Außerdem hat Susanne das schon häufig genug durchgekaut, das ist eine ausgetretene Spur von Selbstmitleid, die sie ganz gewiss nicht noch einmal betreten will. Sie stellt Mopp und Eimer an Ort und Stelle und löscht das Licht in der Besenkammer, steht Sekunden später auf dem Gang und schließt die Augen. Was wollte sie noch mal machen? Ach ja. Waschen. Was bedeutet, dass sie in ihre Kabine zurückgehen und die Schmutzwäsche holen muss. Und nein, sie denkt gar nicht daran, der Angst nachzugeben, ihre Hand sucht zwar sofort in der Tasche nach dem Springmesser und umklammert es, aber das heißt noch lange nicht, dass ihre Angst so groß wäre, dass sie nicht in ihre eigene Kabine gehen und die Wäsche holen will. Von wegen. Eine Drohung ist eine Sache, und die Frau ohne Körper war definitiv als eine Drohung anzusehen, aber einen Ledergürtel um einen fiktiven Hals zu ziehen ist etwas ganz anderes, als ihn ihr um den eigenen Hals zu schlingen. Außerdem ist sie ohne zu zögern bereit, das Springmesser zu benutzen, mit oder ohne Schneide. Um einen Angreifer in die Augen zu stechen, ist keine Schneide nötig …

Sie schließt die Augen. Muss sich konzentrieren. Die Gewaltfantasien kann sie sich für ihr nächstes Buch aufsparen.

Dennoch durchfährt sie eine Welle der Angst, als sie die Hand auf die Türklinke legt, und eine Sekunde lang drängt sich ihr die Erinnerung auf, was vor nicht einmal zwei Stunden passiert ist, als sie vor Arbeitseifer fast platzte, als die Figuren ihres neuen Romans angefangen hatten, sich in ihrem Hinterkopf zu rühren, als Elsie sie plötzlich im Spiegel angeschaut und sie sich umgedreht und die Frau ohne Körper entdeckt hatte. Wie ihr dann das Blut buchstäblich aus dem Kopf nach unten sackte, sie spürte, wie es geschah, wie sich jede einzelne Ader öffnete, als würden sie das Maul aufreißen, und sie plötzlich das Gefühl hatte zu fallen, so als würde sie aufrecht stehend fallen, hundert Meter, tausend Meter, zehntausend Meter, bis alles grau und neblig war. An mehr erinnert sie sich nicht. Sie weiß nicht, wie sie an Deck gekommen ist. Sie erinnert sich nicht daran, wie sie sich tatsächlich übergeben hat. Und sie hat keine Ahnung, wie lange sie da draußen gesessen hat, bis Ulrika vorbeikam …

Was auch unwichtig ist. Hier und jetzt. Die Schmutzwäsche holen. Sie in die Waschmaschine stopfen. Aber zuallererst: Die Tür öffnen.

Und dann tut sie es. Sie drückt die Klinke zu ihrer eigenen Kabine hinunter und öffnet die Tür.

Vielleicht ist ja doch etwas dran an dieser Seemannsregel, denkt sie später, als sie die Wäsche in die Maschine stopft. Vielleicht ist es besser, nicht hinter sich abzuschließen, die Tür sperrangelweit offen stehen zu lassen und nur den Vorhang vorzuziehen, wenn man allein sein will. Wie es die Seeleute tun, aber niemals die Forscher oder die Gäste. Die Seeleute wissen, wie wichtig es ist, alle wecken zu können, wenn es auf dem Schiff brennt. Dann läuft ein Matrose durch die Gänge, hämmert an alle

Türen und ruft, hat man ihnen erklärt. Susanne kann es vor sich sehen, sie kann sich vorstellen, wie Ola durch den Gang rennt, wie er mit der Faust gegen alle verschlossenen Türen hämmert, und sie aufreißt, aber ihre Tür kann er nicht öffnen. Er fasst nur den Griff an und stellt fest, dass abgeschlossen ist, bevor er weiterläuft. Und sie selbst dreht sich in ihrer Kabine nur im Schlaf auf die andere Seite und merkt nicht, wie Rauch und Gase hereinsickern …

Drei Minuten dauert es, bis man stirbt. Nur drei Minuten.

Andererseits, denkt sie, als sie den Waschraum verlässt und die Tür hinter sich schließt, fällt ihr die Vorstellung schwer, in einer Kabine mit weit offen stehender Tür schlafen zu können. Sie zwinkert ein paarmal und versucht es vor sich zu sehen, aber das geht nicht. Alles, was sie sieht: Wie sie reglos im Bett liegt und auf ihren heimlichen Besucher wartet. Aber dann, ganz früh am Morgen, genau in dem Augenblick, als sich die graue Nacht in eine ebenso graue Dämmerung verwandelt, da wird sie schnell die Augen schließen, und genau in dem Augenblick huscht jemand hinter dem Vorhang herein, und Sekunden später wird sie davon aufwachen, dass er ihr einen Gürtel um den Hals gezogen hat, ihn so festzieht, dass …

Sie bleibt abrupt stehen. Ihre Hand hebt sich zitternd und legt sich um den Hals, schützt ihn gegen den Angriff, und sie spürt, wie die Welt wieder vor ihren Augen flimmert. Aber dieses Mal ist sie darauf vorbereitet, jetzt weiß sie, was sie erwartet, wenn sie nachgibt. Also hastet sie weiter bis zur Treppe und geht hinauf zur Brücke, statt hinunter in die Messe und zum Essen. Alles, nur damit der Blutdruck nicht erneut absackt. Denn sie will sich nicht wieder übergeben. Nie wieder.

Und es hilft. Als sie die sechs Treppen hinaufgegangen ist, huscht ihr ein schwarzer Schatten über die Augen. Sekunden später ist er fort. Das ist das Zeichen. Ihr Blutdruck ist wieder normal. Also öffnet sie gar nicht erst die weiße Tür zur Brücke, dreht sich nur um und läuft die Treppen wieder hinunter. Es ist Zeit, etwas zu essen. Und sie hat Hunger. Ihr Magen ist vollkommen leer.

Anders dreht sich um, bleibt einen Moment lang reglos stehen und balanciert sein beladenes Tablett, bis er ihren Rücken sieht. Sie sitzt an einem Tisch ganz hinten in der Messe und redet mit diesem John, oder – besser gesagt – John redet mit ihr, und sie nickt so intensiv, dass eine kleine Locke aus ihrem Haar den blau gekleideten Rücken auf und nieder wippt. Sture sitzt an Johns rechter Seite und sieht mürrisch aus, sogar noch saurer als üblich, und neben Ulrika sitzt Jenny und nickt im Takt mit ihrer Professorin. Aber der Stuhl links von ihr ist noch frei. Und alle anderen Tische sind voll besetzt. Oder zumindest fast voll besetzt. Da ist es nur logisch, sich hierhin zu setzen. Neben Ulrika.

Sie nickt ihm zu, lächelt kurz, als er den Stuhl herauszieht, aber mehr auch nicht. Dann sieht sie wieder John an, der weiterredet. Anders hört nur mit halbem Ohr hin. *Der Fisch?* Welcher Fisch?

Lars, der Vogelkundler, kommt gerade herein, er nimmt seine Mütze ab und stopft sie sich in die Tasche, will sich auch die Jacke mit einer schnellen Bewegung ausziehen, als ihm einfällt, dass man keine Straßenkleidung mit in die Messe nehmen darf. Also kehrt er auf dem Absatz um und stößt fast mit Susanne zusammen, die eben über die Schwelle tritt. Sie schreit auf und weicht aus, zeigt aber gleichzeitig ein strahlendes Lächeln, ein vollkommen offenes, fröhliches Lächeln, das Lars ein leises Lachen entlockt. Gleich darauf erlischt ihr Lächeln, und sie wirft Anders einen Blick zu. Der vollkommen leer ist. Sie sieht ihn an, wie man einen Fremden ansieht, einen obendrein ziemlich uninteressanten Fremden, einen, den man nie wiedersehen wird, bevor sie ihm den Rücken kehrt und sich ein Tablett nimmt.

Anders fühlt sich verletzt und ein wenig beschämt. Das ist

doch lächerlich. Was hat er erwartet? Dass sie an seiner Seite gehen und ihn bewundern würde, als wäre er Androkles und sie der ewig dankbare Löwe?

»Oder?«, fragt Ulrika im nächsten Moment und legt ihm die Hand auf den Arm. »Stimmt doch, oder?«

Er wendet sich um, sieht sie an.

»Tut mir leid«, sagt er. »Ich habe nicht gehört, worüber ihr geredet habt.«

»Nun ja«, sagt Roland etwas später und steckt die Hände in die Hosentaschen, während sein Blick über das Publikum wandert. Sie sitzen alle ganz hinten in der Messe versammelt, an die fünfzig Personen, alle, die jetzt gerade nicht im Maschinenraum, in der Küche oder in irgendeinem Labor arbeiten müssen, und haben ihm ihre höflich-erwartungsvollen Gesichter zugewandt. Es ist Zeit für den täglichen Vortrag. Ein Nachzügler schrammt mit seinem Stuhl. Roland räuspert sich, hebt die Stimme.

»Leider ist es jetzt so, dass Katrin, die heute Abend die Vorlesung halten sollte, ein Problem mit ihrer Stimme hat …«

Katrin sitzt nur zwei Stühle entfernt und lächelt unsicher, als Anders sich ihr zuwendet. Das ist ein zögerliches kleines Schulschwänzerlächeln, das sie mit einer Geste an die Kehle begleitet, und er beruhigt sie gleich dadurch, dass er ein sicheres Arztlächeln zurückschickt. Er hat nicht vor, sich aufzudrängen. Wenn sie wirklich ein Problem mit der Stimme hätte und etwas daran ändern wollte, dann wäre sie zu ihm gekommen, das weiß er, aber wenn es nun so ist, dass sie sich trotz ihrer allgemeinen Forscherbrillanz nicht einmal traut, selbst vor dieser kleinen Gruppe von Kollegen, Seeleuten und anderen zu reden, dann kann er nichts daran ändern. Susanne sitzt neben ihr, guckt jedoch nicht in seine Richtung. Sie sitzt leicht vorgebeugt mit um ein Knie verschränkten Händen da und starrt Roland entschlossen an.

»Und deshalb hat Ulrika stattdessen zugesagt, uns einige Bilder zu zeigen und von einer Expedition vor ein paar Jahren zu berichten …«

Anders setzt sich gerade hin. Und jetzt sieht er endlich Ulrika, die hinter Roland steht, über ihren Computer gebeugt, auf einige Knöpfe drückt und zur Projektionsleinwand im Hintergrund hochschaut. Ein Bild taucht auf: tiefblaue Finsternis mit einigen dicken Säulen im Vordergrund.

»*Black smokers*«, sagt Ulrika. »Oder *Black chimneys*. Die Säulenstädte des Meeresgrundes. Wie ihr wollt.«

Es wird ganz still in der Messe. Ulrika macht eine Kunstpause und schaut sich um, zeigt ein kurzes Lächeln. Ihre Stimme ist heller als sonst.

»Ich habe eine davon gesehen. Das ist jetzt mehrere Jahre her, aber trotzdem ... Ich war mit Alvin unten, einem amerikanischen Mini-U-Boot, im Pazifischen Ozean an einem der Punkte, wo die Kontinentalsockel aufeinandertreffen. Es hat nur sechs Stunden gedauert, aber diese sechs Stunden waren wie ...«

Sie verstummt und erfasst ihr Publikum mit Blicken, schaut es an, als würde sie jeden Einzelnen abschätzen und prüfen, holt dann Luft und sieht aus, als fasste sie einen Entschluss. Ihre Stimme sinkt auf die übliche Lage, und sie steckt die Hände in die Taschen, um deutlich zu zeigen, wie entspannt sie ist.

»Wissenschaftlich hat das wahrscheinlich nicht so viel gebracht, aber es sind einige ganz schöne Bilder dabei herausgekommen, deshalb habe ich gedacht, die könnte ich euch heute Abend als Ersatz zeigen.«

Und dann gleitet sie in ihren üblichen Vorlesungston. Lächelt anfangs kurz, als sie vom Mini-U-Boot berichtet. »Das ist so eng an Bord, dass man sich nicht bewegen kann, und vom Auf-die-Toilette-Gehen kann gar keine Rede sein. Man sitzt die ganze Zeit in der gleichen Position, ist da drinnen eingesperrt, es ist also nichts für Leute mit einer Veranlagung zu Klaustrophobie, aber was man dann sieht, wenn man da liegt, das ist alle Mühen wert. Die Welten des Meeresbodens sind voller Überraschungen. Das ist fantastisch. Einfach einzigartig. Besonders die Säulenstädte. Obwohl der schwedische Name eigentlich vollkommen falsch ist, denn es handelt sich weder um Säulen noch um Städte. Es ist kein versunkenes Atlantis, auch wenn Fantasien in dieser Richtung verlockend sind. Es sind einfach

Heißwasserquellen, ungewöhnlich mineralreiche Heißwasserquellen. Die Säulen sind hohle Röhren, die von den Mineralen gebaut wurden, die zusammen mit dem heißen Wasser aus den Rissen in dem Erdinneren unter dem Meeresboden hochgedrückt wurden. Aber das macht sie ja nicht weniger interessant. Und die schwefelreichen Gegenden sind besonders interessant, da sich dort manchmal ein ganzer Teppich von Schwefelbakterien bildet« – sie zeigt ein Foto mit etwas Weißem, Unscharfem – »der wiederum andere Organismen anlockt…«

Eine Bewegung weiter hinten in der Reihe zieht Anders' Blick auf sich. Susanne hat sich aufrecht hingesetzt, bleibt so gerade sitzen. Jetzt umfasst sie die Stuhllehnen und reckt sich, es sieht aus, als wollte sie aufstehen und näher an die Bilder herangehen, die vorn auf der Leinwand vorbeiflackern. Sie sieht aus wie immer, vielleicht ein wenig ordentlicher als üblich, und nichts deutet darauf hin, dass sie sich bedroht fühlen könnte. Im Gegenteil. Sie wirkt zufrieden, fröhlich und äußerst interessiert. Ganz ungewöhnlich interessiert, wie man meinen könnte, zumindest im Vergleich zu Katrin, die daneben sitzt, mit schuldbewusst umherirrendem Blick, während sie sich ab und zu räuspert. Alibiräuspern, wie zu vermuten ist. Aber die Wirkung bleibt nicht aus, das weiß er. Wenn sie noch ein wenig weitermacht, wird sie richtig heiser sein, wenn der Vortrag beendet ist.

Er dreht sich um und schaut wieder Ulrika an. Sie hat einen weißen Zeigestock in der Hand, während sie spricht, lässt ihn von der linken in die rechte Hand wandern und wieder zurück.

»… und um die großen Säulen herum hat man jede Menge von Leben gefunden, sowohl Pflanzen als auch Tiere, die ohne Licht und Photosynthese auskommen. Und deshalb könnten die Gebiete um diese großen Heißwasserquellen sehr gut die Orte sein, an denen das Leben einst entstanden ist. Obwohl man das natürlich nicht sicher weiß. Es könnte ja auch sein, dass das Leben auf einer noch tieferen Ebene entstanden ist, dass es bereits in dem heißen Wasser Leben gab, das in diesen Gebieten aus dem Meeresboden herausgesprudelt ist…«

Eine Woge ruhiger Freude durchspült Anders plötzlich und

legt sich wie ein Gewicht in seinen Körper, ein sehr angenehmes Gewicht, das ihn mit der Welt und der Wirklichkeit verbindet. Ulrika gibt es. Er hat sie gefunden. Da vorn steht sie, eine frisch gebackene Professorin in Ozeanografie mit braunen Augen und Sommersprossen, lässig gekleidet in weite Hose und abgetragenen Fleece-Pullover, und redet von der Entstehung des Lebens. Sachlich. Ruhig. Wissenschaftlich.

Und plötzlich wird ihm bewusst, dass er den ganzen Tag noch nicht an Eva gedacht hat. Nicht ein einziges Mal.

Aber das hält nicht lange an. Als er anschließend in seine Kabine kommt und den Computer einschaltet, bleibt ihm keine andere Wahl. Eva hat vier Mails geschickt. Alle sind mit kleinen Ausrufungszeichen versehen. Er kann ihren sorgfältig manikürten Zeigefinger sehen, wie er über den Tasten des Computers schwebt. Da ist das Ausrufungszeichen. *Zack!*

Er fängt mit der vierten Mail an. Die sie als letzte abgeschickt hat.

»Lieber Anders. Du musst entschuldigen, aber jetzt werde ich langsam wirklich böse. Ich weiß ja, dass du mir antworten kannst, da deine hochverehrte Schwester sich dazu herabgelassen hat, mir zu berichten, dass sie eine Mail von dir bekommen hat. Also tu nicht so. Ich weiß, dass du das hier liest, und ich muss sagen, ich finde es die Höhe – WIRKLICH DIE HÖHE –, dass du dich weigerst zu antworten. Aber das ist so typisch, so verdammt typisch für dich. Ja, ich war untreu! Ja, ich habe dich verlassen! Aber das hast du doch einzig und allein dir selbst zuzuschreiben, und das weißt du!! Ich hatte meine Gründe, das wissen die Götter, und wenn nicht die, dann soll zumindest ganz Landskrona wissen, was für ein verdammt dröger Scheißkerl du bist! Verlass dich drauf!!! Ich hatte geglaubt – treudoof wie ich bin –, dass wir zumindest nach der Scheidung eine vernünftige Beziehung führen könnten, aber du dummer IDIOT lässt es ja nicht einmal zur Scheidung kommen, denn du musst natürlich abhauen und dich unerreichbar machen, bevor die Papiere überhaupt unterschrieben sind. Stell dir vor: Es gibt

noch andere Menschen außer dir, die Pläne haben! Wir wollten nach Paris fahren und dort im August heiraten, aber da hast du uns ja einen Strich durch die Rechnung gemacht, indem du einfach verschwunden bist! Oh, Scheiße, sage ich nur! Verdammte Scheiße!!! Eva.«

Anders legt den Kopf schräg, während er liest, und erst nachdem er zu Ende gelesen hat, stellt er fest, dass das die gleiche Haltung ist, die er jedesmal eingenommen hat, wenn er von Eva ausgeschimpft wurde. Fünfundzwanzig Jahre lang hat er mit schräg gelegtem Kopf dagestanden und ihren Wutausbrüchen zugehört.

Er schiebt den Cursor auf die dritte Mail, bleibt dann aber einen Moment einfach so sitzen, ohne sie zu öffnen, bis er den Cursor noch weiter nach oben fahren lässt. *Delete. Delete. Delete.* So. Jetzt sind sie weg. Alle drei. Jetzt schwebt ihre Wut irgendwo anders herum und wird dort für alle Zeiten schweben, ohne jemals ihr Ziel zu erreichen. Und jetzt wird er auf ihre vierte Mail antworten. Ohne den Kopf schräg zu legen.

Er sitzt noch einen Moment lang reglos da und starrt vor sich hin, dann fängt er an zu schreiben.

»Eva. Tut mir leid, dass es dich so aufgebracht hat, dass ich nicht geantwortet habe. Was die Scheidung betrifft, so habe ich keine Einwände. Leider habe ich keine Papiere diesbezüglich gesehen und weiß deshalb nicht, was ich unterschreiben soll. Jedoch werde ich unverzüglich eine Mail an Jonas Lindberg in Malmö schicken, vielleicht erinnerst du dich noch an ihn. Er hat uns einmal vor zwanzig Jahren besucht, ich meine mich jedoch zu erinnern, dass du ihn nicht mochtest. Aber da er Anwalt und ein alter Freund aus Lund ist, habe ich vor, ihm Vollmacht zu erteilen, die ganze Sache in meinem Namen zu erledigen. Anders.«

Und schon klickt er auf den Button und schickt die Mail ab. Er schließt die Augen und bleibt eine Weile reglos sitzen, versucht etwas zu fühlen. Trauer. Erleichterung. Wut. Aber in ihm herrscht Leere. Er fühlt nichts, außer den leisen Wunsch, die Kabine zu verlassen, an Deck zu gehen und das Eis anzuschauen. Er öffnet die Augen und schaut sich um, blinzelt einige Male.

Ich sehe, denkt er, aber im gleichen Moment ist dieser Gedanke ihm peinlich. Natürlich sieht er. Er hatte immer gute Augen. Und dann steht er auf und versucht nicht darauf zu achten, dass er sich auch leichter fühlt. Viel leichter. Er schaltet einfach den Computer aus, sichert ihn zwischen Stuhl und Tisch, überprüft, dass das Spannseil, das ihn an Ort und Stelle halten soll, auch wirklich richtig sitzt. Dann greift er nach seiner blauen Jacke und geht zur Tür.

DRAUSSEN AN DECK weht ein kräftiger Wind. Und es nieselt. Anders bleibt an der Tür stehen, zieht sich die Kapuze über den Kopf und schiebt die Hände tief in die Taschen. Es hilft nichts, auch wenn er die Schultern hochzieht und sich vorbeugt. Der Regen trifft ihn wie tausend Eisnadeln an den Wangen, der Wind streicht mit eisiger Hand über die Halsgrube, aber schon bald stellt er fest, dass ihn das gar nicht stört. Die Schultern sinken. Nein. Es stört ihn wirklich überhaupt nicht. Der Regen und die Kälte, die in diesem Moment seine Laune trüben sollten, die existieren gar nicht. Können gar nicht existieren.

Jetzt bin ich frei, denkt er. Endlich.

Trotzdem betrachtet er seinen eigenen Gedanken mit einer gewissen Skepsis. Warum ist er all die Jahre bei ihr geblieben, wenn es das eigentlich ist, was er wollte? Warum wäre er weiterhin bei ihr geblieben, wenn sie nicht gegangen wäre? Denn das wäre er. In einem parallelen Universum, einem der Millionen Universen, die bei jeder menschlichen Entscheidung entstehen, laut seiner eigenen höchst fantasievollen Deutung der Multiversentheorien der Physik, ist sie nicht gegangen. Da sitzen sie in einem Straßencafé in einer italienischen Kleinstadt und machen Urlaub. Eva ist sauer, weil er nicht froh ist. Und sie hat recht. Er ist nicht froh, weil er nie froh ist. Und Eva ist sauer, weil sie immer sauer ist. So sieht ihr Leben aus. So sah sein Leben bis vor einem Monat aus.

Er schüttelt den Kopf und geht nach achtern, immer noch die Hände in den Taschen. Gewaltige graublaue Blöcke erheben sich und kippen nur wenige Meter neben ihm um. Die Eismühle der Oden dröhnt und donnert. Der Lärm umschließt ihn, errichtet Wände um seine Gedanken. Er überquert das Achterdeck, mit gesenktem Kopf, starrt nach unten, um nicht über irgendein Kabel oder Drahtseil zu stolpern, und stößt aus Versehen mit einer Schulter gegen einen roten Container, doch auch das bringt ihn nicht dazu, die Hände aus den Taschen zu nehmen. Er schüttelt sich nur und geht weiter. Und dann kommt er endlich an. Schließlich steht er am offenen Heck der Oden und betrachtet das, was hinter dem Schiff liegt. Einige Meter offenes Kielwasser und dahinter ein gefrorener Wall aus gebrochenem Eis, das wie eine Mauer in der Landschaft liegt. Eine Mauer, die dort liegen bleiben wird bis zu dem Tag, an dem die Erderwärmung so weit fortgeschritten ist, dass das Eis nur noch eine Erinnerung, ein Märchen ist…

Eis ist eine Unordnung, die wie eine Ordnung aussieht, denkt er und muss schmunzeln. Das hat er irgendwo gelesen. Denn molekular ist Eis tatsächlich viel beweglicher als Wasser. Aber hier nicht. Hinter der Oden sieht das gebrochene Eis wirklich genauso aus wie die Unordnung, die es ist.

Das Kielwasser ist sehr dunkel. Fast schwarz. Der feine Regen bildet einen Nebel, einen Nebel, der in Grau und Weiß übergeht. Das sind Evas Farben. Die Farben der ursprünglichen Eva, die Farben, mit denen sie sich umgab, als er sie das erste Mal sah. Für einen Moment ist er wieder ein junger Mann, ein Arzt in der Ausbildung, der seine sechs Monate in der psychiatrischen Klinik absolviert, ein fast fertig ausgebildeter Arzt, der noch nicht viel gesehen und nichts verstanden hat und deshalb vollen Ernstes überlegt, sich auf Psychiatrie zu spezialisieren. Er steht in einer Türöffnung von Sankt Mikaels, der großen psychiatrischen Klinik südlich von Stockholm, die bereits seit über siebzig Jahren existiert, aber nur noch vierzehn Jahre vor sich hat, und schaut in einen grauen und weißen Raum. Darin liegt eine Patientin mit geschlossenen Augen. Schläft sie? Ja, davon ist er überzeugt, auch wenn er viel später in seinem Leben diese Beobachtung des ersten Augenblicks immer wieder in Frage stellen wird, aber jetzt, in diesem Moment, ist er der festen Überzeugung, dass sie schläft. Sie liegt auf dem Rücken, der eine Ärmel des Krankenhausnachthemds ist so hochgeschoben, dass ihr linker Arm entblößt ist. Er beschreibt eine weiße Kurve auf der grauen Krankenhausdecke, und ihre Haut ist so dünn, dass er bereits auf einige Meter Entfernung die blauen Linien der Adern sehen zu können meint. Ihr Haar ist sehr blond und schön gekämmt, es glänzt leicht golden. Die Wangen sind weiß und werden leicht von schwarzen Wimpern beschattet, und die Lippen – diese halb geöffneten Lippen! – sind so blass rosa, dass es aussieht, als hätten sie gar keine Farbe.

Eine Märchenprinzessin, denkt er und gibt sich in Gedanken sofort darauf einen Schubs. Was ist das für ein Blödsinn! Er ist schließlich als ihr neuer Arzt gekommen, er darf und will sie als nichts anderes betrachten als eine Patientin. Eine Patientin, die obendrein noch von der Polizei gebracht wurde, zwei blassen Polizisten, die absolut davon überzeugt waren, dass sie verrückt war. Sie hatte ja eine Schlägerei angezettelt. Sie war ein Mädchen, ein ganz normal kräftiges Mädchen, und dennoch war sie vor zwei Abenden aufgegriffen worden, als sie einen englischen Popstar verprügelte. Der lag jetzt im Karolinska Krankenhaus mit zwei gebrochenen Fingern, einer angeknacksten Rippe und einem ziemlich ramponierten Selbstbewusstsein. Auf der Station wurde bereits über sie geredet, einige der jüngsten Aushilfspflegerinnen meinten sie wiederzuerkennen, flüsterten, dass sie es doch war, die vor ein paar Jahren mit Björn Hallgren zusammen gewesen war. Damals. Als es passiert war. Da hatte er sie einfach zurechtweisen müssen, hatte sich geräuspert und versucht, streng zu klingen, die Hände in die Tasche des weißen Arztkittels geschoben. Man tratscht nicht über Patienten, und schon gar nicht in der Psychiatrie. Und jetzt stand er vor ihr, im selben weißen Kittel, und versuchte sich selbst gegenüber genauso streng zu bleiben. Seine Aufgabe ist es, nicht sentimental zu werden. Seine Aufgabe ist es, ein für alle Mal die Diagnose zu stellen und die richtige Therapie zu finden. Eine heimliche Fantasie von großem Erfolg flattert so schnell durch seine Gedanken, dass er sie gar nicht bemerkt, erst später, viele Jahre später, wird er sich daran erinnern. Also räuspert er sich stattdessen. Also klopft er leicht an den Türpfosten. Also macht er schließlich einen Schritt hinein in ihr Einzelzimmer und lächelt, wie er hofft, ein freundliches, vertrauenerweckendes Arztlächeln.

»Fräulein Salomonsson«, sagt er leise und fühlt sich gleichzeitig etwas albern. »Fräulein« ist kein Wort, das seine Generation benutzt, aber der Oberarzt Sandström war in diesem Punkt sehr entschieden. Niemand duzt in diesem Krankenhaus einen Patienten.

Eva schlägt die Augen auf und schaut ihn an. Ihre Augen glänzen.

»Herr Doktor«, sagt sie mit schwacher Stimme. »Helfen Sie mir!«

Fünfunddreißig Jahre später steht er auf dem Achterdeck des Eisbrechers Oden und schließt bei dieser Erinnerung die Augen. Was hat er damals gedacht? Hat er überhaupt etwas gedacht? Irgendwo in seinem Kopf muss ihm doch bewusst gewesen sein, was da passierte, das weiß er, das kann er sich selbst gegenüber nicht mehr leugnen, aber er weiß noch genau, wie es in ihm vor Begeisterung prickelte, als er es geschehen ließ. Er ging immer häufiger zu ihr ins Zimmer, hatte etwas bei ihr zu tun, auch wenn er überhaupt nichts dort zu tun hatte. Nach ein paar Tagen fing er damit an, sich auf ihren Besucherstuhl zu setzen, und nach weiteren Tagen begann er insgeheim eine Gesprächstherapie, eine informelle Gesprächstherapie, wie er sich sagte, denn er hatte ja keine Ausbildung in Psychotherapie.

»Ich bin nicht verrückt«, sagte Eva eines der ersten Male, als er an ihrem Bett saß. »Du musst mir glauben. Ich bin nicht verrückt.«

»Ich weiß«, erwiderte er. »Aber du bist zerbrechlich.«

Das Wort gefiel ihr, das war offensichtlich, es ließ sie leise seufzen und sich tiefer in die Kissen fallen.

»Ja. Zerbrechlich.«

»Und das, was passiert ist …«

Die Tränen stiegen ihr in die Augen, und sie zwinkerte, sodass sie überliefen und ihr über die weißen Wangen rannen. Anders registrierte glückselig, dass sie weinen konnte, ohne zu schluchzen und ohne hässlich das Gesicht zu verziehen, schob diesen Gedanken aber sofort beiseite. Eva flüsterte fast:

»Ich möchte nicht darüber reden …«

Einen Moment lang schwieg er.

»Aber vielleicht musst du das. Früher oder später.«

Sie suchte nach seiner Hand, doch er schloss rasch die Finger in einem letzten Versuch, sich zu schützen, konnte jedoch nicht ignorieren, wie ihn eine Gänsehaut überfuhr. *Ich will*, dachte er, ohne sich zu trauen zu formulieren, was er wollte. Sekunden später öffnete er die Hand wieder, saß mit offener Handfläche da und sah, wie sich ihre weiße Hand dareinschmiegte.

»Noch nicht«, sagte sie leise. »Später. Aber jetzt noch nicht.«

Dann hob sie rasch seine Hand und strich sich langsam damit über die Lippen.

Und dann passierte es. Ein Kuss. Sie bekam an seinem freien Abend Ausgang. Essen in einem Hotel in einer etliche Kilometer entfernten Stadt und anschließend ein Doppelzimmer. Die Seligkeit aller Seligkeiten. Gefolgt von dem anderen. Dem, was kommen musste.

»Bleiben Sie noch«, sagte der Oberarzt Sandström einige Monate später nach der Ärztekonferenz. Anders, der gerade aufstehen wollte, ließ die Armlehnen los und sank zurück, während sich sein Blick gleichzeitig an den drei Assistenzärzten festhakte, die auf dem Weg zur Tür waren und sich nicht losreißen konnten. Eine von ihnen, eine Frau in den Vierzigern, drehte sich um und schüttelte verstohlen den Kopf. Es war nur eine kleine Bewegung, sehr verhalten und diskret, aber sie genügte, um ihm einen kalten Schauer über den Rücken zu jagen. Gleich darauf setzte er sich aufrecht hin und sah den Oberarzt Sandström an.

»Ja?«

Sandström beobachtete ihn über seine runden Brillengläser hinweg und blieb einen Moment lang schweigend sitzen.

»Sie können sich also eine Zukunft in der Psychiatrie vorstellen, Doktor Jansson?«

Anders schluckte.

»Wie bitte?«

Sandström beugte sich vor und klopfte mit dem Zeigefinger auf den Konferenztisch:

»Ich habe gefragt, ob Sie sich eine Zukunft in der Psychiatrie vorstellen können, Doktor Jansson!«

Anders räusperte sich, versuchte seine Stimme zu finden:

»Ja, schon, aber ich habe noch …«

»… noch einige Praktika zu absolvieren. Ja. Das weiß ich. Und das ist wahrscheinlich nur ein Glück.«

»Wie bitte?«

»Entschuldigen Sie, aber hören Sie schlecht? Ich habe gesagt, dass das wahrscheinlich nur ein Glück ist.«

Anders holte tief Luft, als wollte er etwas erwidern, aber es kam nichts von ihm. Er saß schweigend da und versuchte seinen Blick ruhig zu halten.

»Allgemeinmedizin, das wäre vielleicht etwas«, sagte Sandström. »Oder Chirurgie. Vielleicht sogar Orthopädie. Auf jeden Fall etwas, das auf einfachem Wissen aufbaut. Auf Mechanik. Ein Monteursjob.«

Sandström stand auf und sammelte seine Papiere ein. Anders saß immer noch reglos da und sah ihn an.

»Ich bin mir schon bewusst, dass die Psychiatrie kein so hohes Ansehen unter den jungen Medizinern hat«, fuhr Sandström fort. »Aber ich weiß auch, dass es ein Zweig ist, der nicht nur mechanische Kenntnisse erfordert. Sondern auch Intelligenz. Ziemlich geschärfte Intelligenz.«

Anders ließ einen leisen Laut vernehmen, aber Sandström hob die Hand und bremste ihn so.

»Ich bin mir sicher, dass der junge Herr Doktor eine andere Spezialisierung finden wird. Und von jetzt an ist Fräulein Salomonsson meine Patientin. Ich persönlich bin der Meinung, Sie sollten die Lehrbücher der Psychiatrie noch einmal hervorholen und Ihre Aufmerksamkeit vor allem dem Kapitel über histrionische Persönlichkeitsstörungen widmen.«

Er fegte durch den Raum, legte eine Hand auf die Türklinke, drehte sich dann noch einmal lächelnd um.

»Oder schlicht und einfach den Kapiteln, die von emotional instabilen Persönlichkeiten handeln. Guten Tag.«

Dann öffnete er die Tür und verschwand.

Anders öffnet die Augen und schüttelt sich, wirft einen letzten Blick auf das Kielwasser und das Eis, dreht sich dann um und geht zum Bug. Er muss sich bewegen. Er hat noch nie still stehen können, wenn er sich an diesen Moment erinnerte. Er hat sich genau genommen niemals gestattet, gründlich darüber nachzudenken, obwohl er so glasklar in seinem Gedächtnis verzeichnet ist, dass er sich ganz deutlich an jedes einzelne Detail erinnern kann. Sandström trug einen hässlichen Schlips unter dem weißen Kittel, einen grauen Vierzigerjahreschlips mit weinroten Streifen, dessen Knoten etwas schief saß, und eine kleine Strähne seines nach hinten gekämmten Haars fiel ihm immer wieder in die Stirn, obwohl er ebenso oft die rechte Hand hob und sie zurückstrich. Anders selbst hatte einen Füllfederhalter mit Schildpattmuster in der rechten Hand gehalten, einen sehr schönen Füller von Parker, den er zum Abitur bekommen hatte und der auf irgendeine mysteriöse Art und Weise genau damals verschwand, den er auch nie wiederfinden konnte, obwohl er mehrere Male in den Konferenzraum zurückging und nach ihm suchte. Aber zu seinen Lehrbüchern der Psychiatrie war er nie zurückgekehrt. Im Gegenteil, er gewöhnte sich an, ein verächtliches Lächeln zwar zurückzuhalten, es aber doch in seinem Blick ahnen zu lassen, wenn die Rede auf die Psychiatrie kam. Er war doch nicht Arzt geworden, um sich um jede Menge von Verrückten zu kümmern. Er war Arzt geworden, weil er kranke Menschen heilen wollte. Und deshalb, sagte er sich nach und nach, hatte er sich für die Allgemeinmedizin entschieden. Das passte zu ihm, erklärte er anderen jungen Ärzten. Ein breites Spezialfach. In das in der Zukunft große Summen für die Forschung gesteckt werden würden, davon war er überzeugt, und vielleicht würde er ja …

Nicht intelligent genug!

Das Wort trifft ihn wie eine Ohrfeige, und es trifft ihn so heftig, dass er stehen bleiben und nach Atem ringen muss. Das war es, was Sandström meinte. Dass er dumm war. Bescheuert. Und obwohl Anders niemals, nicht während einer einzigen Millisekunde in all den Jahren, die seitdem vergangen waren, den Gedanken so weit an sich hat herankommen lassen, dass er seine

Ruhe stören konnte, ließ er sich doch davon überzeugen. In einem einzigen Augenblick wurde sein gesamtes Selbstbild zerstört, er war nicht mehr Klassenbester, kein begabter Student, kein junger Mediziner mit Forscherambitionen, er war höchstens strebsames Mittelmaß, hatte es mit purem Fleiß geschafft, durch die Arztausbildung zu kommen. Das war der Grund, warum er alle Ambitionen abgelegt hat. Deshalb ist er in der Notaufnahme in Landskrona gelandet. Deshalb ist er dort geblieben. All die Jahre.

Er bleibt an der Treppe zum Vorderdeck stehen, packt das Geländer so fest, dass die Knöchel weiß hervortreten, und holt noch einmal tief Luft. *Eva!* Gibt es etwas in seinem Leben, an dem sie nicht schuld ist? Ihr gemeinsames Leben huscht vorbei, er sieht sie lachen, er sieht sie mit aufgestütztem Kopf am Küchentisch sitzen und weinen. Er sieht sie voller Wut eine Vase nach ihm werfen, es ist eine schwere Vase, die er von seiner Mutter geerbt hat, und in ihr sind auch noch Blumen, zehn verblühte Tulpen, deren rote Blütenblätter sich von den Stielen lösen und für eine Millisekunde eine Mauer zwischen ihnen errichten, bevor er sich selbst zur Seite wirft und beide rettet, sich selbst und sie, und er sieht zum Schluss ihr weißes Gesicht und die schwarzen Augen, als sie sich nach ihm umdreht und ihn voller Verachtung betrachtet. Und gleichzeitig weiß er, obwohl er es damals sich selbst nicht eingestand, dass er diese Verachtung teilte.

Der Wind hat seine Kapuze zu fassen gekriegt, weht sie herunter, und der eiskalte Wind brennt auf seinem kahlen Schädel, zwingt ihn dazu, sich einen Moment zu ducken. Dann weckt er ihn. Tröstet ihn. Sie haben ja nie Kinder bekommen. Und erst jetzt, während er an Deck des Eisbrechers Oden steht und über die graublaue Eislandschaft blickt, kann er sich selbst eingestehen, dass das nicht nur ein Grund zur Trauer war, sondern auch eine Erleichterung. Denn was hätte jemand wie Eva nicht alles mit einem kleinen Kind machen können? Und wie hätte er sie daran hindern sollen? Er hatte sie doch an nichts hindern können. Er wusste ganz einfach nicht, wie man das machte. War wohl nicht intelligent genug dafür.

Er richtet sich auf und blinzelt. Schaut sich um, bevor er die Treppe hinaufgeht. Vielleicht war es nur die Verachtung, die sie zusammenhielt, ihre Verachtung seiner Person und seine Selbstverachtung. Oben auf dem Vorderdeck bleibt er wieder stehen und setzt sich die Kapuze auf, lässt dann die Hand in die Gesäßtasche seiner Jeans gleiten, sucht die Brieftasche. Er zieht sie heraus und öffnet sie, nimmt das alte Foto, das eine junge Eva zeigt, blond und lächelnd, aus einer Plastikhülle. Er zieht es heraus, während er wieder losgeht, schaut es nicht an, richtet seinen Blick stattdessen auf das Labor.

Ulrika. Vielleicht könnte sie …

In dem Moment wird die Tür geöffnet, und da steht sie, mit braunen Augen, Sommersprossen, lächelnd.

»Hallo«, sagt sie. »Willst du reinkommen?«

Dann bricht die Nacht über dem Nördlichen Eismeer herein. Eine Nacht, die mit Regen, Nebel und Wind anfängt. Die Welt ist grau. Graue Wolken hängen tief am Himmel. Graubraune Inseln sind am Horizont zu erahnen. Graublaues Eis wird aufgebrochen und bildet eine Mauer um das Schiff herum. Aber auf das Deck der Oden fällt ein Foto, dessen Farben nur langsam verblasst sind. Eine pastellfarbenes junges Mädchen lächelt in die Kamera. Ihre Wangen sind nur eine Spur zu hell, und ihre Lippen glänzen lachsrosa, aber die Augen sind immer noch schwarz, der Blick intensiv.

Der Regen klebt das Foto an Deck. Jemand tritt schwer darauf, als wollte er es noch fester kleben. Dann bleibt es stundenlang dort liegen, und die ganze Zeit lächelt das Mädchen den Himmel an, lächelt, dass der Regen eintrocknet, lächelt, dass der Wind sich legt, lächelt, dass die Wolken aufreißen müssen und die graue Nacht in einen strahlenden Wintertag mitten im Sommer verwandeln, lächelt, dass …

Jemand geht übers Deck. Bleibt stehen und betrachtet das Foto einen Moment lang, schaut sich dann um, will sehen, ob sonst noch jemand da ist, jemand, der vielleicht etwas weiß, sieht aber niemanden, beugt sich dann hinunter und hebt es auf, streicht mit einem Handschuh über die feuchte Oberfläche und nimmt dann das Bild mit hinein. Zieht die Handschuhe aus und geht zum Treffpunkt der Oden, dem Punkt, an dem alle vorbeigehen müssen, wenn sie zur Messe wollen, befestigt das feuchte Bild auf der Magnettafel und schreibt mit rotem Filzstift darunter: »WER HAT DAS VERLOREN?«

Das darf nicht wahr sein!

Susanne bleibt vor der Anschlagtafel stehen und starrt das Foto an. Sie erkennt es wieder. Sie selbst hat es gemacht, hat es vor langer, langer Zeit aufgenommen, aber damals waren zwei Personen auf dem Foto. Fast der gesamte Björn ist jetzt weg, jemand hat ihn abgeschnitten, und das Einzige, was man von ihm noch sehen kann, ist seine Hand auf Evas Schulter. Eva gefiel das Bild, es gefiel ihr so gut, dass sie darum bat, es behalten zu dürfen, und Susanne lächelte, denn das war noch in der Zeit, als sie Eva anlächelte, und überließ ihr den einzigen Abzug.

Und jetzt hängt er hier an der Infotafel der Oden. Das darf nicht wahr sein. Das ist ganz einfach nicht möglich.

Ein leichter Duft dringt aus der Messe, frisch gekochter Kaffee und frisch gebackenes Brot, und für den Bruchteil einer Sekunde ist sie versucht, dann sieht sie ein: Das geht nicht. Sie kann nicht den Treffpunkt verlassen, bevor sie eine Antwort auf die Frage unter dem Foto hat, die mit Großbuchstaben dort geschrieben steht…

»WER HAT DAS VERLOREN?«

Sie lässt sich auf eine an der Wand festgeschraubte Bank sinken, mit geradem Rücken, die Hände im Schoß gefaltet, und starrt vor sich hin, bis sie Schritte auf der Treppe hört und jemanden, der kichert. Augenblicklich verändert sie ihre Haltung, nimmt sich ein Papier von der Infotafel und schlägt die Beine übereinander, tut so, als läse sie, hebt nur kurz den Kopf und lächelt, als Ola und Jenny auftauchen. Die lassen sich los und erwidern ihr Lächeln, nach allem zu urteilen etwas beschämt, aber nicht so beschämt, dass sie sich nicht gleich wieder bei der Hand nehmen, noch bevor sie auf dem Gang zur Messe verschwunden sind.

Sekunden später kommt Katrin. Sie sieht unglücklich aus, solange sie glaubt, dass sie allein ist, lässt den Kopf hängen, macht den Rücken krumm. Es sieht aus, als hätte ihr jemand ein unsichtbares Joch um die Schultern gelegt, aber als sie Susanne erblickt, richtet sie sich sofort auf und lächelt. Susanne hebt den Blick von dem Papier, es geht darauf wohl um irgendeine Umfrage, die das Seefahrtsamt durchführen will, und erwidert das Lächeln. Katrin fasst sich an den Hals und zuckt mit den Schultern. Susanne versteht nicht, was sie meint, lächelt aber weiter.

Der saure Sture kommt als Nächster. Er nickt nur kurz, stellt sich dann breitbeinig mitten auf den Gang und starrt auf den Monitor an der Stirnseite, kontrolliert offenbar, ob die Wetterangaben stimmen, brummt dann etwas Unverständliches und verschwindet Richtung Messe. Danach bleibt es über eine Minute lang still, so ruhig und so still, als hätte die Welt aufgehört zu existieren, ehe plötzlich irgendwo eine Tür ins Schloss fällt und mehrere Stimmen zu hören sind, männliche und weibliche. Schritte laufen die Treppe herunter, und dann taucht eine ganze Gruppe auf, Vincent und Eduardo, ein paar amerikanische Forscherinnen und Robert mit einem blendend weißen Verband um seine verletzte Hand, und sie lachen und reden so angeregt, dass sie kaum Susanne grüßen können. Vincent hebt nur die Hand, als sie vorbeigehen, bevor er neben eine der Amerikanerinnen huscht und etwas sagt. Ein Scherz vermutlich, denn sie lacht, und Robert wirft Vincent einen Blick aus schmalen Augen zu, bevor er lächelt und etwas sagt, was die Amerikanerin noch lauter lachen lässt.

»Hier sitzt du?«

Susanne dreht den Kopf. John steht dicht neben ihr. Er lächelt, aber nicht breit genug, um zu kaschieren, wie müde er ist. Er hat leichte Ringe unter den Augen. Sie versucht das Lächeln zu erwidern.

»Ja.«

»Hast du schon gefrühstückt?«

»Nein. Noch nicht.«

Er steckt die Hände in die Hosentaschen und macht eine Bewegung mit dem Oberkörper, als versuchte er, mit den Schultern die Richtung anzuzeigen.

»Kommst du mit?«

Susanne schüttelt leicht den Kopf und hängt die Umfrage des Seefahrtsamtes zurück an die Wand, nimmt sich die tägliche Zusammenfassung der Nachrichtenagenturmeldungen herunter.

»Gleich…«

Sie versucht zu lesen, aber das klappt nicht. John bleibt bei ihr stehen, tritt auf der Stelle, bis er sich plötzlich aufrichtet und geht. Susanne schaut ihm nach und öffnet den Mund, wie um seinen Namen zu rufen, schließt ihn aber gleich wieder. Warum sollte sie ihn rufen?

Leise Geräusche dringen aus der Messe, während sie die Nachrichtenzusammenfassung liest, Klirren von Porzellan und Besteck, Lachen, ein gedämpftes Rauschen – wie von vielen Menschen, die einander einen guten Morgen wünschen, und einen Moment lang meint Susanne sie vor sich zu sehen, sie mit den Augen jedes Einzelnen betrachten zu können. Dann kneift sie die Augenlider zusammen und zwingt sich wieder dorthin zurück, wo sie tatsächlich ist. Zur Anschlagtafel. Wartend. Ohne eigentlich zu wissen, worauf. Sie versucht sich auf die Nachrichten zu konzentrieren, aber schon die erste Schlagzeile – 42 TOTE BEI NEUEM SPRENGSTOFFATTENTAT – bedeutet ihr nichts als Worte, es gelingt ihr nicht, den Zusammenhang im Text zu erfassen.

Jemand hat ein Satellitenfoto neben Evas Foto gehängt, ein Bild, das ihren Weg zeigt. Das Schiff ist nicht zu sehen, dazu ist es zu klein, aber seine Spur im Eis zeichnet eine dünne schwarze Linie auf der weißen Oberfläche ab. Unter das Bild hat jemand mit demselben roten Filzschreiber einen triumphalen Ausruf geschrieben: WIR SIND VOM ALL AUS ZU SEHEN! Kurz steigen Susannes Gedanken nach oben, schweben dort neben dem Satelliten, sie schaut hinunter auf die weiße Kappe des Planeten und den schwarzen Strich, lässt dann ihren Blick weiter in das große Dunkel darüber gleiten, ein unendliches Nichts mit kleinen, leuchtenden Punkten von etwas, und dann hört sie sich selbst seufzen, und bevor sie es verhindern kann, huscht ihr der wohlbekannte Gedanke durch den Kopf, den fernzuhalten sie so viel Zeit und Kraft geopfert hat: Warum ist der Himmel leer?

Sie streckt sich und macht eine Bewegung mit dem Oberkörper, beobachtet sich aber selbst dabei, und es ist ihr peinlich. O ja. Sie weiß es. *Warum ist der Himmel leer?* ist nicht nur eine ehrliche Frage, eine, die sie immer in sich getragen hat. Es war auch der Titel ihres ersten Buches. Einer Gedichtsammlung, die erschien, noch während sie zur Universität ging, ein dünnes kleines Bändchen, das nur auf einer einzigen Kulturseite besprochen wurde, aber dort mit so einer süffisanten Verachtung, dass sie nicht nur beschloss, nie mehr, niemals mehr auch nur ein Wort zu schreiben, sondern auch ihr Studium abbrach und einen Job als Putzfrau im Öresundhotel in Landskrona annahm. Das war ein Exil, das auf sie gewartet hatte, war sie doch bis obenhin voll mit alter Trauer und neuer Scham, ein Exil, das über ein Jahr andauerte, ein inneres Exil, in dem sie nur den Weg zwischen dem Hotel und der halb leeren Zwei-Zimmer-Wohnung im Koppargården ging, die sie gemietet hatte, als die Gemeinde die Mieten in einem verzweifelten Versuch senkte, die Finanzen der kommunalen Wohnungsbaugenossenschaft zu retten, und ein Exil, das erst an dem Tag beendet wurde, als sie auf dem Heimweg von ihrer Arbeit grußlos an Elsie vorbeigegangen war.

Sie hatte die Zwillingsschwester ihrer eigenen Mutter nicht erkannt. Sie hatte sich nicht einmal umgedreht, als die Tante ihren Namen rief. Sie hatte sich nur geschüttelt, sich frei gemacht, als die Tante sie beim Arm fasste. Sie brauchte Hilfe. Und die bekam sie. Elsie bezahlte die Therapie. Inez und Birger erfuhren nie etwas davon …

Jemand ist auf der Treppe, jemand, der mit leichtem Schritt läuft und der vor sich hin summt, ein zufriedener, erleichterter, glücklicher Mensch, der die drei Schritte bis zum Odenplatz schnell absolviert, als liefe er. Es ist der Arzt. Anders. Er lächelt Susanne zu, während er an den Manschetten zupft, sodass eine weiße Stoffkante unter der blauen Wolle seines Pulloverärmels hervorlugt, er ist so sauber und frisch gebügelt, dass er wie eine Waschmittelreklame aussieht, und sein Lächeln ist so glücklich, dass sie sich wundert.

»Hast du im Lotto gewonnen?«

Die Frage rutscht ihr so schnell heraus, dass sie selbst überrascht ist, aber er scheint sie nicht falsch aufzufassen, bleibt nur stehen und zeigt ein noch breiteres Lächeln.

»Ja, allerdings. Hast du etwa eine Niete gezogen?«

Sie muss auch lachen.

»Das weiß ich nicht. Ich wusste ja nicht einmal, dass überhaupt eine Ziehung war.«

Er fährt sich mit der Hand über seinen kahlen Schädel, ein Duft nach Seife schlägt ihr entgegen.

»Ja, man weiß ja nie ... Vielleicht gibt es noch mehrere Ziehungen. Wollen wir hoffen.«

Susanne steht halb auf und macht Anstalten, die Nachrichtensammlung wieder an die Tafel zu hängen. Anders beobachtet sie.

»Ist das der heutige Ersatz für eine Zeitung?«

Susanne unterbricht ihr Vorhaben und hält ihm die weißen Blätter hin, er wirft ihr einen raschen Blick zu, als er sie entgegennimmt, und fragt, die Augen auf den Text gerichtet, in bemüht beiläufigem Ton:

»Keine Besonderheiten in der Kabine heute Nacht?«

Susanne lässt sich wieder auf der Bank nieder und schüttelt den Kopf.

»Nein.«

Er kann sich offenbar auch nicht auf die Nachrichten konzentrieren, sein Blick huscht nur darüber hinweg, dann streckt er sich zur Anschlagtafel und greift nach einem Magneten, hält aber plötzlich inne. Susanne folgt seinem Blick. Eva. »WER HAT DAS VERLOREN?«

Anders nimmt den Magneten. Plötzlich ist er nicht mehr so prickelnd morgenfrisch, sein Gesicht sieht nicht mehr aus, als hätte er im Lotto gewonnen. Er ist etwas blass geworden. Seine Stirn wird feucht. Er nimmt das Foto herunter, sieht es jedoch nicht an, faltet es nur zusammen und zerreißt es in vier Teile, nimmt dann das Wischtuch und wischt den roten Text weg, ehe er sich wieder umdreht und Susannes Blick begegnet. Sie ist aufgestanden.

»Und woher kennst du Eva?«, fragt sie.

Des Frühlings Licht und Dunkelheit

Inez schlug die Augen auf. Die Sonne drang durch die halb geöffnete Jalousie und malte Streifen auf die rote Decke, ganz dünne, helle Streifen mit scharfen Kanten. Sie blieb still liegen und betrachtete sie eine Weile, während sie sich anstrengte, im gleichen Takt wie Birger zu atmen. Er schlief hinter ihrem Rücken. Es war ein leichter Schlaf, schnell zu unterbrechen, mit einer bloßen Bewegung oder einem Räuspern, aber Inez bewegte sich nicht und räusperte sich nicht. Sie wollte, dass er weiterschlief, sie wollte diese Zeit für sich allein haben.

Wie spät war es? Nicht einmal sechs. Sie hob die Decke ein wenig und streckte sich vorsichtig.

Birger murmelte plötzlich etwas im Schlaf, es klang, als diskutierte er, aber ohne dass sie ihn richtig verstehen konnte, dann schnappte er nach Luft und begann zu wimmern. Inez schmunzelte vor sich hin. Was für ein Glück, dass Birger nie träumte ...

Das Wimmern wurde lauter und zu einem Jammern, ein schriller Laut, der bald in Weinen oder Aufwachen übergehen würde, wenn sie dem nicht einen Riegel vorschob, also drehte sie sich um und stieß ihn leicht an der Schulter an. Das genügte. Der Albtraum ließ von ihm, und er drehte ihr den Rücken zu, schmatzte einige Male und schluckte, bevor er so tief wieder in den Schlaf fiel, dass sie ihn nicht einmal mehr atmen hören konnte. Gut so.

Heute war Walpurgisnacht, also hatte sie den halben Tag frei. Nur die Hälfte der sonst üblichen Anzahl an eingebildeten Teenagern bekäme heute Unterricht in der Kunst zu putzen, zu waschen und einem Kerl das Maul mit Essen zu stopfen. Inez schmunzelte zur Decke und streckte sich noch einmal. Nur noch gut ein Monat bis zu den Ferien. Ihr definitiv letzter Monat als Hauswirtschaftslehrerin. Wenn sie in ein paar Jahren zurück zur Schule käme, dann als Studienrätin für Schwedisch und Englisch. Oder als Oberstudienrätin. Obwohl, Letzteres traute sie sich nicht laut zu sagen. Dann bestand das Risiko, dass aus Birgers Mitwirkung Konkurrenzstreben würde, und sich dem auszusetzen, dazu hatte sie absolut keine Lust. Jedenfalls noch nicht. Zuvor galt es andere Gefechte auszukämpfen.

Aber einen dieser Kämpfe hatte sie bereits ausgefochten und gewonnen. Am vergangenen Samstag war Elsie endlich in ihre neue Wohnung gezogen. War die Nachbarin ihrer Mutter geworden statt die Untermieterin ihrer Schwester. Vier Monate lang hatte sie sich mit all ihrem Widerstreben und ihrer Zögerlichkeit in der Dachkammer festgebissen. Zwei Monate lang hatte sie darauf gewartet, dass die Renovierung der neuen Wohnung fertig wurde, und zwei weitere Monate hatte sie damit vertrödelt, sich zu wundern, was alles so angeschafft werden musste, um dort wohnen zu können. Käsehobel und Sofa, Spiegel und Duschvorhang, Küchentisch und Töpfe ... von den Vorhängen ganz zu schweigen. Inez seufzte schwer, so schwer, dass eine kleine Lücke in Birgers Schlaf entstand, blieb dann reglos liegen und wartete, dass er in seine nicht existierenden Träume zurückfallen würde.

Vielleicht waren es ja die Vorhänge, die Elsie schließlich in Bewegung versetzt hatten, und die Tatsache, dass Inez sie aus purer Verzweiflung selbst genäht und aufgehängt hatte. Elsie hatte danebengestanden und fast pausenlos Einwände vorgebracht, aber Inez war immer wortkarger geworden, und zum Schluss schien Elsie endlich begriffen zu haben, dass Inez sie wirklich aus dem Haus haben wollte. Da hatte sie schließlich das Bett gekauft und war ausgezogen. Ohne eine Leere zu hinterlassen.

Aber vielleicht war es ungerecht, so zu denken. Elsie hatte ja ganz unmerklich einen Teil von Inez' Arbeitsaufgaben übernommen, auch wenn nie jemand sie dazu aufgefordert hatte. Plötzlich hingen einfach alle Kleider gewaschen und gebügelt in den Schränken, alle Ecken des Hauses waren gesaugt worden, alle Möbel glänzten frisch poliert. Und die wenigen Male, genau gesagt, die drei Male, als Björn zu Hause war, da hatte sie sehr sorgfältig darauf geachtet, ihn nicht für sich allein zu beanspruchen. Sie verkehrten während der Mahlzeiten miteinander, nicht mehr und nicht weniger. Genau wie Inez. Auch sie verkehrte bei den Mahlzeiten mit Björn. Nie in irgendeinem anderen Zusammenhang. Nicht ein einziges Mal hatte er …

Nein. Nicht jetzt daran denken. Oder an die Tatsache, dass Susanne heute mit Björn im Bus mitfahren würde, dass sie mit ihren gerade erst fünfzehn Jahren auf einer drei Tage langen Tournee mitfahren und dann den Zug zurück nach Landskrona nehmen würde. Die ganze weite Strecke von Östergötland. Und das in Gesellschaft dieser Eva Salomonsson, Björns … Was immer sie nun war. Nein. Sie wollte lieber an ihr neues Zimmer denken, das oben einsam und verlassen auf dem Dachboden nur darauf wartete, dass sie es zurechtmachte. An die Wände, die sie weiß streichen wollte, und wenn Birger noch so oft behauptete, es sei unmöglich, Tapeten direkt zu überstreichen. Heute Nachmittag wollte sie anfangen. Inez drehte sich um und guckte auf den Wecker. Jetzt war es fast sechs. Vielleicht sollte sie aufstehen. Vielleicht konnte sie schon schnell auf den Dachboden gehen, bevor sie die Hafergrütze aufsetzte, und sich umsehen … Ja, das wollte sie.

Sie schob die Decke zur Seite und stellte langsam ihre Füße auf den Boden, blieb einen Moment lang still sitzen und lauschte Birgers Atemzügen. Sie waren nicht zu hören. Sie stand auf und griff nach dem Morgenmantel, der auf seinem Stuhl lag, öffnete dann äußerst vorsichtig die Tür und schlich auf den Flur, schloss sie ebenso vorsichtig hinter sich und ging zur Bodentür. Die ließ sich vollkommen lautlos öffnen und fiel mit einem freundlichen leisen Knacken hinter ihr zu.

So. Jetzt war sie in ihrer eigenen Welt. Auf dem Weg in ihr eigenes Zimmer.

Niemand in der Familie wusste, dass es in ihrem Kopf bereits vollständig eingerichtet war, niemand ahnte, dass sie die anderen jederzeit verlassen konnte, wenn sie es wollte, und dass sie das auch tat, immer mal wieder, dass dieses hier der Ort war, an den sie sich hundertmal am Tag träumte, wenn sie Essen kochte, wenn sie abwusch, wenn sie zur Arbeit und wieder nach Hause radelte, dass es nur so aussah, als säße sie mit den anderen zusammen am Küchentisch, während sie in Wirklichkeit die Treppe hinaufhuschte in ein Zimmer, in dem die Bücher ordentlich aufgereiht in den Regalen standen und die kleine weiße Lampe ein freundliches gelbes Licht verbreitete, ein Zimmer mit einem neu bezogenen alten Korbsessel – der stand tatsächlich schon draußen auf dem Speicher bereit, sie strich mit der Hand über den blau karierten Baumwollstoff, als sie vorbeiging – und einem unglaublich schönen Schreibtisch, auf dem die frisch gespitzten Stifte in Reih und Glied lagen. Ihr Zimmer.

Sie drückte die Türklinke hinunter und öffnete die Tür, blieb dann auf der Schwelle stehen und betrachtete den Raum, wie er wirklich aussah. Nicht ganz so ansprechend wie in ihrer Fantasie. Noch nicht. Aber heute würde die Verwandlung beginnen. Sie wollte die braune Tagesdecke von Elsies Bett abziehen und ein großes Bündel mit alter Bettwäsche packen, sie wollte den Teppich zusammenrollen – ein unechtes abgenutztes Stück aus Birgers Elternhaus –, und dann wollte sie endlich diese geblümten Gardinen abnehmen und in die Mülltonne schmeißen. Anschließend wollte sie alle Möbel aus dem Zimmer schaffen, Zeitungen auf dem Boden ausbreiten und anfangen, die graugrüne alte Tapete zu überstreichen. Sie hatte Farbe von guter Qualität gekauft, dick und breiig, eine Farbe, die garantiert jedes Detail in diesen Blumen aus den Vierzigern überdecken würde. Das Zimmer sollte weiß werden. Rein weiß.

Und dann würde Elsie kein Zimmer mehr in Inez' Haus haben. Nie mehr.

Sie trat über die Schwelle und ließ sich auf die Bettkante sinken, schaute sich um. Die Birke vor dem Fenster zeigte erste Knospen, kleine, schmale grüne Blättchen glitzerten im Morgenlicht. Das war ein Willkommensgruß. Inez zog die Beine unter ihren Körper, lehnte sich an die Wand und spürte, wie ihre Schultern nachgaben. Ein eigenes Zimmer. Zum ersten Mal in ihrem ganzen Leben hatte sie jetzt ein Zimmer ganz für sich allein.

Birger hatte natürlich versucht, sie aufzuhalten. Er hatte zustimmend genickt und war anfangs ganz ihrer Meinung gewesen, nur um dann langsam ein Problem nach dem anderen zu konstruieren. Zog es nicht vom Fenster? Und wie stand es eigentlich um die Isolierung da oben? Würde es nicht zu kalt werden? Oder zu warm? Und war es nicht furchtbar unpraktisch, da oben auf dem Dachboden zu hocken? Wenn nun das Telefon klingelte, dann musste sie zwei Treppen hinunterlaufen, um heranzugehen. Wäre es nicht besser, sie hätte ihre Bücher in einem Regal im Flur und säße dann am Küchentisch, um zu lernen? Nur als Beispiel. Und wenn es unbedingt notwendig war, dass sie einen Schreibtisch hatte, dann konnte sie doch seinen mit ihm teilen … Dagegen hatte er absolut nichts. Nicht das Geringste. Und warum machte sie sich so viel Mühe, diesen alten Korbsessel neu zu beziehen? Es gab doch drei viel bequemere Sessel im Wohnzimmer. Warum konnte sie nicht dort sitzen und lernen, wenn sie nun unbedingt in einem Sessel sitzen musste?

Sie hatte ihm Kontra gegeben. Zum ersten Mal. Sie hatte Birger nicht mit Worten und Argumenten besiegt, sondern allein mit der Kraft ihrer Gleichgültigkeit. Sie hatte ihm den Rücken zugekehrt, wenn er mit seinen Einwänden am Küchentisch saß, hatte sich über ein Buch gebeugt, wenn er lauter wurde, gelächelt und mit den Schultern gezuckt, wenn er ihr nörgelnd folgte. Und schließlich hatte er tatsächlich aufgegeben und war verstummt, seit drei Wochen hatte er kein Wort mehr über ihr neues Arbeitszimmer gesagt. Was nicht unbedingt bedeutete, dass er sich damit abgefunden hatte. Sondern wahrscheinlich nur, dass er über eine neue Strategie nachdachte. Was wiederum bedeutete, dass es lebenswichtig war, dass er nichts von dem Geld erfuhr. Elsies Geld.

Inez schlang sich die Arme um den Leib und verzog das Gesicht. Hatte sie gestohlen? Konnte das als Diebstahl angesehen werden, dass sie Elsies Geld in ein Extrafach in ihrer eigenen Brieftasche gelegt hatte? Das Essensgeld, das Elsie meinte zahlen zu müssen, wenn sie bei Inez und Birger wohnte. Nein. Das konnte man nicht als Diebstahl ansehen. Schließlich war es ja Inez, die während der vier Monate jede Kartoffel gekauft und jede einzelne Frikadelle geformt hatte, sie war es gewesen, die den Sonderangeboten nachgejagt war und angefangen hatte, Brot zu backen, damit das Haushaltsgeld reichte. Außerdem hatte sie tatsächlich einiges von ihrem eigenen Gehalt gespart. Ganz zu schweigen davon, dass sie in ihrem alten, abgetragenen Mantel herumgelaufen war, statt sich einen neuen zu kaufen, sie war sogar in ein Geschäft gegangen und hatte sich den Mantel angeguckt, den sie gekauft hätte, wenn sie nicht hätte sparen wollen, hatte sich den Preis gemerkt und den ganzen Betrag in ihr Geheimfach in der Brieftasche gesteckt.

Sie hatte in der kleinen Toilette gestanden und ihr Geld gezählt. Und sich damit wie ein Dieb benommen. Ein ehrlicher Mensch hätte am Küchentisch gesessen, einen Hunderter auf den anderen und einen Zehner auf den nächsten gelegt, voll sichtbar auf die Tischdecke. Doch das konnte sie nicht. So weit reichte ihre Gleichgültigkeit nicht. Denn sie wusste, dass dieses Geld in dem Moment, in dem Birger es erblicken würde, ihm gehörte, nicht, weil er das irgendwann einmal formuliert hatte, ganz im Gegenteil, es waren ja ihre gemeinsamen Ersparnisse, das musste sie doch verstehen, aber sie musste auch verstehen, dass sie sich nun wirklich keine teuren dänischen Lampen und antiken Schreibtische leisten konnten. Und Gardinen? Was war denn so verkehrt mit den Gardinen, die bereits in dem Dachbodenzimmer hingen. Bitte? Sie wollte schließlich da oben lernen, nicht sich die Einrichtung angucken.

Feige. Das war sie. Und schäbig. Eine feige Person, die sich schäbig verhielt, log, sich versteckte und Geheimnisse hatte, eine, die so tat, als wäre sie glücklich, offen und vertrauensvoll, aber im Grunde genommen ängstlich, verschlossen und misstrauisch war. Sie schloss die Augen. Jetzt nicht daran denken. Nein, sie wollte lieber daran denken, wie schön es hier drinnen werden würde. Mit dem Schreibtisch, den sie in einem Antiquitätenhandel gesehen und mit einem Hunderter angezahlt hatte. Und mit der teuren dänischen Lampe mit gefälteltem Schirm, die sie bereits gekauft und ganz diskret hinter ein paar alte Stühle oben auf dem Dachboden gestellt hatte. Die Vorhänge wollte sie in Kopenhagen kaufen, wenn die Sommerferien anfingen. Sie würde ins Magasin du Nord gehen und einfach nur zeigen ... Zweieinhalb Meter von diesem hier, bitte!

Sie war schon einmal dort gewesen. Während der Osterferien hatte sie Elsie an einem Tag mehr oder weniger genötigt, mit ihr nach Kopenhagen zu fahren. Das war ein Tag gewesen, der ziemlich trübsinnig mit grauem Himmel über dem Öresund begonnen hatte, fettigen Käsebroten auf der Fähre und einem Schweigen zwischen Inez und Elsie, das mit jeder Minute zu wachsen schien, einer Stille, die Elsie schließlich dazu brachte, wegzuschauen, und Inez dazu, draufloszuplappern. Sie hatten nie über das Allerwichtigste reden können, folglich hatten sie einander auch nichts zu sagen, also musste sie über Belangloses reden, und das tat sie, bis die Worte mitten auf einer Rolltreppe zu Ende waren. Elsie hatte zunächst gar nicht gemerkt, dass sie verstummte, sondern hatte dagestanden, ihre Tüte mit den Vorhängen unter dem Arm, und zur Seite geschaut, dann jedoch ihrer Schwester schnell einen Blick zugeworfen.

»Wollen wir was zu Mittag essen?«

Inez nickte. Sie war so erschöpft von all dem Reden, dass sie nicht einmal mehr Ja sagen konnte.

»Ich lade dich ein«, sagte Elsie.

Sie hatten einander schweigend im Restaurant gegenübergesessen, aber nur Sekunden, nachdem die Kellnerin ihre Sandwiches vor sie hingestellt hatte, hatte Elsie mit erhobenem Besteck innegehalten, aufgeschaut, Inez in die Augen gesehen und sie gefragt:

»Was glaubst du, wie es ihm geht? Wirklich?«

Inez hatte nicht gleich antworten können, eine gewisse Zeit lang hatte sie nach einer freundlichen Lüge gesucht, einer Lüge, die Elsie verletzen und daran erinnern sollte, dass, auch wenn sie Björns biologische Mutter war, Inez auch seine Mutter war, auf eine andere, tiefere Art und Weise, aber sie fand die Worte nicht, saß nur da und starrte vor sich hin.

»Ich weiß nicht«, sagte sie schließlich. »Ich habe nicht die geringste Ahnung.«

Und das stimmte immer noch. Man konnte über Björn in jeder Zeitung lesen, außerdem rief er jede Woche an, er besuchte sie ab und zu, und er schlief jetzt gerade in einem Zimmer direkt unter ihr, dennoch hatte Inez, die doch seit seinem vierten Lebensmonat seine Mutter gewesen war, überhaupt keine Ahnung, wie es ihm ging. Sie schüttelte den Kopf. Sie sollte nicht mehr daran denken. Sie sollte nie wieder daran denken.

Sie sollte lieber an ihr Zimmer denken. Das Zimmer ganz für sich allein.

Björn stand in der Küchentür und rieb sich mit der geballten Faust das rechte Auge. Wie ein Kind. Ein sehr kleines Kind.

»Morgen«, brummelte er.

Birger grunzte etwas hinter seiner Morgenzeitung, während Inez sich umdrehte, bereits angezogen und fertig, und dieses ganz besondere Lächeln lächelte, das nur Björn galt.

»Guten Morgen! Möchtest du etwas frühstücken?«

Sein Haar war zerzaust, er trug nur T-Shirt und Unterhose unter dem offenen Bademantel, war ganz offensichtlich ungewaschen und nicht geduscht, aber das kommentierte sie nicht. Etwas anderes wäre es gewesen, hätte Susanne versucht, sich ungewaschen an den Frühstückstisch zu setzen, nur in Nachthemd und Morgenmantel. Dann hätte es Zetermordio gegeben. Aber Susanne war natürlich nicht Björn, sie durfte nicht damit rechnen, auf die gleiche Art und Weise wie er behandelt zu werden, nicht daheim und auch sonst nirgends.

»Morgenmuffel?«

Björn streckte die Hand aus und strich Susanne rasch über den Kopf, während er sich an den Küchentisch setzte. Sie machte eine schaukelnde Bewegung, wie um auszuweichen.

»Hör auf!«

Er lächelte kurz. Das war eine Belohnung, eine Art Dank dafür, dass sie ihn immer noch wie einen normalen großen Bruder behandelte. Aber sie durfte nicht zu weit gehen, ihn nicht ernsthaft verärgern, also erwiderte sie ebenso rasch sein Lächeln. Inez tauchte mit dem Topf mit Haferbrei und einem strahlenden Lächeln an Björns Seite auf.

»Du willst doch Brei, oder?«

Seinem leicht angeekelten Gesichtsausdruck nach zu urteilen, wollte er das nicht, trotzdem nickte er.

»Ja, bitte. Und eine Tasse Kaffee.«

Sie lächelte noch breiter.

»Kommt gleich.«

Meine Güte, was war sie wieder munter. Überglücklich über Björns Anwesenheit natürlich. Vollkommen aus dem Häuschen. Aber nicht sie war es, die heute mit ihm fahren würde. Sondern Susanne. Susanne und Eva würden im Bus der Typhoons mitfahren, zuerst nach Nässjö, dann nach Mjölby und Linköping und schließlich nach Norrköping. Auf Tournee. Zwar nur eine kleine Tournee, ganze drei Tage, aber trotz allem eine Tournee.

Es hatte sie einen Monat Betteln und Bitten gekostet, bis Inez und Birger nachgegeben hatten, aber natürlich war es nicht ihr Bitten und Betteln, das schließlich den Ausschlag gegeben hatte, sondern die Tatsache, dass Björn sich dazu aufgerafft hatte, als ihr Fürsprecher aufzutreten. Sie hatte neben Inez draußen auf dem Flur gestanden und seine Stimme am Telefon gehört, die wie ein feines kleines Rinnsal aus dem Hörer geplätschert war, ein kleines Rinnsal, das sie selbst, Birger und Elsie, dazu gebracht hatte, ganz still dazustehen, während sie Inez betrachteten, die den schwarzen Hörer fest ans Ohr gepresst hielt. Björn klang sehr überzeugend. Es war klar, dass er auf sie aufpassen würde. Selbstverständlich. Und natürlich gab es weder Schnaps noch Haschisch im Tourneebus. Wenn sie sich so schreckliche Sorgen machten, wie es Susanne an diesen popeligen drei Tagen erging, dann müssten sie sich um ihn ja viel größere Sorgen machen, und das hatte er nun wirklich noch nie bemerkt…

Er beendete den letzten Satz nicht, was sehr effektiv war. Das hatte Inez dazu gebracht, sich auf einen Stuhl sinken zu lassen, während sie Birger mit dem Blick suchte, ihn mit einer ganz merkwürdigen Miene ansah, mit ganz feuchten Augen, und ein paar Sekunden lang stand auch er mit einem abwesenden Blick da, bevor er schnell den Kopf drehte und Elsie betrachtete, eine steife, erstarrte Elsie, die offenbar nur mit allergrößter Anstrengung nicken konnte, ein Nicken, das dann an Birger weitergereicht wurde und schließlich als Antwort bei Inez landete.

»Ja«, sagte diese mit dünner Stimme. »Natürlich vertrauen wir dir, Björn. Das ist doch klar. Na gut, dann darf sie mitfahren.«

Aber Susanne vertrauten sie nicht. Das war offensichtlich. Birger wie auch Inez hatten die ganze letzte Woche damit verbracht, auf sie einzureden. Dass du ja nicht rauchst! Und nicht trinkst! Und – *ähem, ähem* – mit niemandem aufs Zimmer gehst! Was dachten sie denn von ihr? Dass sie sich als eine rauchende, schwangere Alkoholikerin in den Zug von Norrköping setzen würde? So dumm war sie ja nun auch wieder nicht.

Birger faltete die Landskrona-Posten zusammen und schaute auf seine Uhr. Das war das Signal, jeden Morgen das immer gleiche Aufbruchsignal Richtung Schule. Susanne hob ihre Tasse mit Kakao und trank sie aus, holte dann tief Luft, suchte nach einem anderen Tonfall als dem, den sie sonst um diese Tageszeit zu benutzen pflegte.

»Meine Tasche steht draußen am Eingang«, sagte sie. »Vergiss sie bitte nicht ...«

Das klang flehend. Viel zu flehentlich. Björn schaute von seinem halb aufgegessenen Haferbrei auf und sah sie etwas verwirrt an.

»Was?«

Eine Sekunde lang vibrierte die Welt. Er hatte es vergessen. Er hatte vergessen, dass er ihr und Eva erlaubt hatte, mit ihm auf Tournee zu gehen. Und jetzt durften sie doch nicht mit. Jetzt würde er sich gleich eine Ausrede einfallen lassen ...

»Ach so, ja, natürlich«, sagte Björn. »Klar. Ich habe nur nicht dran gedacht.«

Susanne saß mit kerzengeradem Rücken da und starrte ihn an. Versuchte ihn mit Blicken zu bezwingen.

»Viertel nach zwölf. Vor der Schule. Eva kommt dort hin.«

Er griff nach der Zeitung und nickte, sah sie aber nicht an.

»Klar. Der Bus wird da stehen.«

Susanne ließ ihn nicht aus den Augen, sie heftete ihren Blick an ihn und versuchte ihn sich mit bloßer Willenskraft gefügig zu machen.

»Sicher?«

Björn verzog irritiert das Gesicht.

»Sicher. Immer mit der Ruhe.«

Birger ging zuerst, wie üblich. Er stand auf und zog sich die Jacke an, gab Inez einen Pflichtkuss auf die Wange und legte Björn kurz die Hand auf die Schulter, bevor er den Fahrradschlüssel hervorholte und ging. Inez flatterte durch die Küche und deckte ab, ängstlich redend. Ob Björn so gut sein könnte und den Käse in den Kühlschrank stellen, wenn er so weit war? Und könnte er außerdem Susannes Bahnfahrkarte an sich nehmen, damit die nicht wegkam? Vielleicht könnte er auch ihr Geld verwahren, damit auch das nicht wegkam, und wenn es trotz allem passierte, dann könnte er wohl so gut sein und für sie auslegen. Ach du meine Güte, war es denn schon so spät? Sie musste sich beeilen, und Susanne musste sich auch beeilen. Und dann verschwand sie durch die Tür.

Aber Susanne war noch nicht fertig mit Björn, sie kam in die Küche zurück, während sie den Reißverschluss ihres Parkas zuzog.

»Viertel nach zwölf«, sagte sie noch einmal. »Du vergisst es doch nicht?«

Björn wühlte in den Taschen seines Bademantels nach den Zigaretten, zog ein zerknittertes Päckchen John Silver hervor und fischte darin herum. Wollte er drinnen rauchen? In Inez' Küche?

»Mach dir keine Sorgen«, sagte er und steckte sich die Zigarette in den Mund. »Bleib ganz locker.«

Dann strich er ein Streichholz über die Reibefläche und zündete seine Zigarette an.

Draußen hatte sie ein Gefühl wie Samstag, obwohl doch erst Donnerstag war. Susanne packte ihre Schultasche und ging los, blinzelte in die Morgensonne und senkte dann den Blick auf ihre eigenen Füße. Die Schuhe mit Kreppsohle waren abgetragen und staubig. Wenn sie im Bus war, würde sie sie ausziehen und stattdessen die weißen Stiefel anziehen, diese weißen Stiefel, die sie selbst bezahlt hatte von dem Geld, das sie verdient hatte, indem sie jeden Samstag ein paar Stunden im Laden von Frau Salomonsson gearbeitet hatte. Sie waren schick. Und modern. So modern, dass sowohl Inez als auch Birger die Augen verdreht hatten, als sie sie ihnen gezeigt hatte.

Sie warf schnell einen Blick auf die Uhr. Zwanzig vor acht. In fünf Minuten musste sie an der Telefonzelle sein, damit sie es noch schaffte, sich zu schminken. Dort hielt sie immer auf dem Weg zur Schule an, um ein Gesicht hervorzuzaubern, wie es sich für die Schwester eines Rockstars gehörte. Das war ebenso wichtig, wie die Hausaufgaben perfekt zu haben. Niemand sollte sagen können, dass sie nicht *in* genug war, um Björns Schwester zu sein, aber niemand sollte auch behaupten können, sie wäre so in, dass sie die Schule vernachlässigte. Ganz im Gegenteil. Am Ende dieses Halbjahres würde sie in allen Fächern bessere Noten haben als Ingalill. Sogar in Mathe und Chemie.

Sie hatten seit fast fünf Monaten kein Wort mehr miteinander gewechselt, obwohl sie doch in dieselbe Klasse gingen. Susanne ignorierte Ingalill, tat so, als existierte sie gar nicht, ließ den Blick möglichst schnell über sie hinweggleiten, und auch Ingalill schaute schnell weg, wenn sie aus Versehen Susannes Blick begegnete. Es war etwas still um Ingalill geworden, um es vorsichtig auszudrücken. Um bei der Wahrheit zu bleiben: Sie war vollkommen vereinsamt. Keines der anderen Mädchen stellte sich in den Pausen zu ihr, sie stand ganz allein hinten am Zaun, die Nase in einem Buch, und tat so, als läse sie äußerst konzentriert; niemand setzte sich freiwillig in der Kantine neben sie, und niemand drängte nach der Turnstunde in die gleiche Dusche wie sie. Andererseits gab es aber auch niemanden, der ihr gegenüber offen gehässig war, niemand ärgerte oder verhöhnte sie, und wenn sie mal etwas zu jemand anderem in ihrer Klasse sagte, dann bekam sie ein höfliches Lächeln als Antwort. Und das Gesicht wurde erst verzogen, wenn sie sich umgedreht hatte.

Vielleicht betrübte es sie. Das war schwer zu sagen. Susanne hatte Ingalill Stunde um Stunde von hinten studieren können, sie saß ja zwei Reihen hinter ihrem Rücken, und hatte die Zeichen registriert. Ingalills Nägel waren so weit heruntergekaut, dass die Fingerspitzen ganz geschwollen aussahen, sie hatte zugenommen und Rettungsringe angesetzt, und außerdem ließ sie sich nicht mehr die Haare schneiden und wusch sie auch nicht mehr. Zumindest sah es so aus; es kam vor, dass sie mit so fettigen Haaren zur Schule kam, dass man die Spuren vom Kamm sehen konnte. Ansonsten wirkte sie nicht besonders niedergeschlagen. Ganz im Gegenteil. Sie trug keine Röcke mehr, so wie früher immer, sondern hatte sich eine Jeans besorgt. Anfangs war sie jeden Montag frisch gewaschen und gebügelt, sie hatte sogar eine Bügelfalte, was zu Grinsen und hochgezogenen Augenbrauen hinter ihrem Rücken führte. Was sie offenbar bemerkt hatte, denn am nächsten Montag war die Jeans sauber, aber nicht gebügelt. Und letzte Woche hatte sie ihren hässlichen alten Wintermantel abgelegt und war in einem Militärparka aufgetaucht. Grün natürlich, und ganz offensichtlich per Post aus der Kleiderkammer des Heeres bestellt, was wiederum bedeutete, dass ihr Vater seine Dürreperiode wieder überwunden und erneut zu trinken angefangen hatte. Der Parka wäre absolut korrekt gewesen, hätte ihn jemand anderer getragen, jemand, der schlau genug gewesen wäre, die Schnur unten zusammenzuziehen, sodass er diese Ballonform bekam, aber das hatte Ingalill natürlich nicht kapiert. Dagegen trug sie einen FNL-Button am Parka, eine ziemlich große Metallmarke mit einem gelben Stern und dem Text *Mit FNL für das vietnamesische Volk*. Wo immer sie den auch herhaben mochte. Es gab in anderen Städten FNL-Gruppen, darüber hatte Susanne in der Zeitung gelesen, aber keine in Landskrona. Sie hatte draußen auf dem Flur die Augenbrauen wegen des Buttons hochgezogen und eine kleine, ironische Kopfdrehung zu Maggan hin gemacht, einem der Mädchen, die immer hinter ihr herliefen, aber Maggan hatte nur den Button angestarrt und nichts kapiert. Wie sich herausstellte, wusste sie nicht, was die FNL war, und Susanne hatte nun weiß Gott keine Lust gehabt, ihr das zu erklären. Sie hatte sich nur umgedreht und war ins Klassenzimmer gegangen. Danach war Maggan den ganzen Tag um sie herumscharwenzelt. Als hätte sie Angst. Lächerlich.

Susanne seufzte und holte ihren kleinen Spiegel aus der Schultasche, stellte ihn routiniert auf das kleine Regal vor sich und drückte sich Grundierungscreme auf die Fingerspitzen. Oliv. Eine neue Farbe. Ein Glück, dass es Eva gab. Und ein Glück, dass sie so großzügig mit den Gratispröbchen aus dem Laden war. Susanne hätte es sich nie leisten können, Make-up und

Lidschatten zu kaufen, Eyeliner und Wimperntusche, Lippenstift und Puder, aber sie musste das alles haben. Sie konnte doch nicht unter all den anderen Mädchen mit ihrem normalen Gesicht herumlaufen, sie war gezwungen, hübsch zu sein, hübsch, hübscher, am hübschesten, wo sie doch Björns Schwester war. Oder jedenfalls Cousine. Ungeschminkt im Alltag herumzulaufen, das hätte den Bann gebrochen, der ihn umgab, und damit auch sie, der manchmal sogar bei Birger und Inez zu erahnen war. Ganz zu schweigen von Elsie. Sie war vollkommen darin eingehüllt, er war wie ein Glitzermantel, der über ihren Schultern hing und die ganze Stadt dazu brachte, sich nach ihr umzudrehen und sie anzustarren. Was kein Wunder war. Schließlich war sie ja Björns Mutter. Seine leibliche Mutter, nicht nur ein Ersatz wie Inez.

Susanne trat einen Schritt zurück, schüttelte leicht den Kopf und betrachtete ihr Spiegelbild. Rosa Lippen. Schwarz angemalte Augen, mit einem feinen Kleopatra-Strich, der zur Schläfe hin führte. Geglättete Haut, die leicht gelbbeige geworden war. Süß. Tatsächlich richtig süß. Sie klappte den Spiegel zusammen und schob die Gratisproben in die Tasche, drehte sich um und drückte die Tür der Telefonzelle auf. Blieb mit der Tür in der Hand stehen.

Ingalill ging gerade vorbei. Eine Ingalill, deren Mund sich langsam zu einem höhnischen Grinsen öffnete, ein schwarzer Strich in ihrem weißen Gesicht. Eine Ingalill, die nicht grüßte, die nur ihren Blick über Susanne hinweghuschen ließ, bevor sie schnell einen Doppelschritt machte und versuchte, den Jungen einzuholen, der vorher neben ihr gegangen war, jetzt aber bereits zwei Schritte vor ihr lief.

Henrik. Dieser Typ aus der Parallelklasse. Dieser schmuddelige Langweiler, der sich noch nie den Oberlippenflaum abrasiert hatte. Dieser …

Jetzt hatte Ingalill ihn eingeholt. Jetzt lief sie mit großen Schritten an seiner Seite. Jetzt wandte sie sich ihm zu und ließ ihre Augen funkeln, sagte etwas und lächelte. Für den Bruchteil einer Sekunde warf sie Susanne einen Blick über die Schulter zu, bevor sie sich wieder vorbeugte und etwas flüsterte, ein

Flüstern, das Henrik schnell den Kopf drehen und ihrem Blick folgen ließ, bevor er mit den Schultern zuckte und auflachte.

Susanne blieb reglos vor der Telefonzelle stehen und schaute ihnen nach. Ingalill hatte die Haare gewaschen, ihre weißblonden Locken leuchteten wie ein Heiligenschein um ihren Kopf. Und jetzt lachte sie. Jetzt lachte sie richtig laut und schrill.

Ein Klacken der Tür. Und dann war sie weg. Alle drei waren endlich weg.

Björn ließ sich auf den Stuhl zurücksinken, richtete seinen Blick auf die grauen Küchenschränke und ließ die Stille sich ausbreiten. Kein Auto fuhr draußen auf der Straße vorbei. Kein Radio spielte im Hintergrund Musik. Niemand lachte. Es war einfach nur still.

Wenn er die Augen schloss, konnte er sich für eine oder zwei Sekunden einbilden, dass alles anders war, dass er ein ganz normaler Schüler des letzten Jahrgangs war, mit kurz geschnittenen Haaren, der in einer ganz normalen Küche saß, ein alltäglicher Typ, der bald eine Treppe hochgehen und sich seine Cordhose anziehen würde, einer, der allein bei dem Gedanken an eine Hose mit Schottenkaro peinlich berührt lachen würde, ein höchst normaler Gymnasiast, der bald, in knapp einem Monat, eine weiße Mütze als Belohnung für drei Jahre emsiger Mühe ernten würde und dann weitergehen würde zur …

Er öffnete die Augen und nahm einen tiefen Zug von der Zigarette. Nun ja, wohin wäre er gegangen, wenn er tatsächlich dieser kurzhaarige Junge gewesen wäre, der immer seine Hausaufgaben gemacht hatte? Das beantwortete er sich selbst mit einem Schulterzucken. Keine Ahnung. Nicht die leiseste. Und so war es ja immer gewesen. Er hatte nie gewusst, was er wollte. Nur gewusst, was er nicht wollte.

Und in diesem Augenblick wusste er genau, was er nicht wollte. Er wollte nicht nach oben gehen und duschen. Er wollte sich nicht seine Pophose mit Schottenkaro anziehen. Er wollte nicht seine Tasche packen. Er wollte nicht vom Tourneebus der Typhoons abgeholt werden. Er wollte nicht, dass Eva und Susanne im Bus mitfuhren. Er wollte nicht Tommys Stimme hören müssen und möglichst auch nicht Peos, Bosses und Niclas'. Er wollte sich nie wieder mit den anderen in diese enge blöde Umkleidekabine hinter einer Freilichtbühne quetschen müssen. Und am allerwenigsten wollte er auf der Bühne stehen müssen und Abend für Abend immer die gleichen Lieder singen müssen...

Die Begeisterung der ersten Monate war vorüber. Die Tourneen waren zum Alltag geworden, und noch dazu einem ziemlich grauen Alltag. Es war nicht mehr so wunderbar, Björn Hallgren zu sein, es lag keine Verlockung darin, überall immer wiedererkannt zu werden, kein Genuss im Geschrei der Mädchen, kaum noch ein Anflug von Lust dabei, unter ihnen aussuchen zu können. Trotzdem tat er es, trotzdem riss er nach fast jedem Konzert ein Mädchen auf, nahm es mit in den Bus oder ins Hotelzimmer und zog eine Nummer mit ihr ab. »Aufreißen« war genau das richtige Wort. Trotzdem tat er es, Abend für Abend, Nacht für Nacht, und wenn nur, um Tommy zu ärgern und damit auch Bosse, Peo und Niclas, um diesen grünen Schimmer von Neid in Tommys blauen Augen zu sehen, wenn Björn sich an das hübscheste aller hübschen Mädchen, die sich um sie scharten, wandte und sein unwiderstehliches Lächeln aufsetzte. Er war immer derjenige, der zuerst aussuchen durfte. Denn er war schließlich Björn Hallgren. Nur er und sonst keiner.

Mittlerweile herrschte ziemlich miese Stimmung im Bus. Tommy beklagte sich über alles und jeden, und da Tommy meckerte, schimpften auch Bosse, Peo und Niclas. Es war zu heiß oder zu kalt. Zu weit zwischen den Rastpausen. Zu schlechte Hotels, ganz zu schweigen von den Bühnen, auf denen sie auftreten mussten. Eine LKW-Ladefläche am Stora torget in Alingsås. Hallo? Und irgend so etwas Selbstgebasteltes in einer Turnhalle in Arvidsjaur. So schwankend, das man fürchten musste, zwischen den Planken durchzufallen. Ganz zu schweigen von dem neuen Song, den Karl-Erik ihnen aufgezwungen hatte, der so unglaublich kitschig klang. Wie konnte er sich nur einbilden, dass die Typhoons-Fans wirklich einen schwedischen Text hören wollten? Hä? Es war Zeit, sich zusammenzureißen. Und zwar musikalisch. Denn das machten sie doch wohl nicht nur des Geldes wegen, auch wenn man das glauben konnte, wenn man sah, wie bestimmte Leute …

Björn sagte nichts mehr, wenn Tommy meckerte. Stattdessen kehrte er ihm den Rücken zu und guckte aus dem Busfenster, saß schweigend und reglos da, ohne jemandem sein Gesicht zu zeigen. Er tat so, als würde er gar nicht zuhören, obwohl er natürlich jedes einzelne Wort hörte und jeden feinen Nadelstich registrierte, versuchte sich selbst aber zu zwingen, an etwas anderes zu denken, ohne dass ihm das gelang. Es war schwer, überhaupt zu denken bei all dem Getöse, den Stimmen, dem ganzen Lärm, der jeden Versuch gleich ertränkte. Nur wenn es manchmal ganz still wurde, konnte er sich mit sich selbst befassen.

Wie geht es dir?

Nicht besonders.

Ich weiß.

Nichts macht mehr Spaß. Alles ist nur ein einziger endloser Dienstag.

Ja.

Und Tommy hat ja recht. Nicht, dass ich es jemals in seiner Hörweite zugeben würde, aber ich bin wirklich nicht besonders musikalisch. Ich kann singen, aber ich höre die Musik nicht so, wie Tommy sie hört. Verstehe sie nicht. Nicht auf die Art wie er.

Nein. Aber das ist vielleicht gerade der Punkt.

Wieso?

Du bist vielleicht so wie die, die euch zuhören. Die sind doch sicher auch nicht besonders musikalisch. Da sie euch zuhören. Dir zuhören.

Öh.

Und eigentlich ist es doch egal, ob du musikalisch bist oder nicht. Das ist doch nicht der Grund, warum du bei den Typhoons bist.

Sei nicht gemein.

Du bist der sußeste Junge in ganz Schweden. Das stand in einem Leserbrief in der Vecko-Revyn.

Na toll. Oh, Scheiße.

Aber Caroline ist nie gekommen. Obwohl du doch so süß bist.

Hätte das etwas geändert, wenn sie gekommen wäre?

Nein. Wohl kaum.

Du sehnst dich nicht einmal nach ihr.

Tue ich doch.

Nein. Du willst nur das haben, was du nicht kriegen kannst. Wie immer.

Okay. Ich sehne mich nicht nach Caroline. Aber ich sehne mich nach einem ganz normalen Alltag. Zur Schule gehen. Ein Buch lesen. Mit den Moonlighters proben.

Das ist vorbei. Du hast mit der Schule aufgehört. Und Bücher … Versuch es nur. Und sieh zu, ob du dann die Kommentare im Bus erträgst. Außerdem wollen die Moonlighters nicht mit dir proben. Sagen sie jedenfalls.

Ich weiß. Der Neid.

Nicht nur. Es kann ja auch daran liegen, dass …

Björn schüttelte den Kopf, um die Stimme zu vertreiben, und drückte die Kippe tief in den halb aufgegessenen Brei. Verrückt war er nicht. Nur ein wenig einsam. Seufzend schaute er sich in der Küche um. Er war sicher müde. Musste sich wohl einfach zusammenreißen, tief durchatmen und all die Vorteile aufzählen, so wie er es immer tat. Er hatte schließlich eine eigene Wohnung, zwar nur eine Ein-Zimmer-Wohnung mit Dusche und Kochnische auf der Rückseite von Karl-Eriks Villa in Solna, aber trotz allem eine eigene Wohnung mit Möbeln, die er von seinem eigenen Geld gekauft hatte. Und wie viele Neunzehnjährige in Schweden hatten schon eine eigene Wohnung? Fast keiner. Außerdem hatte er ein Sparbuch, das Birger verwaltete, und der Betrag darauf wuchs mit jedem Auftritt und jeder verkauften Platte. Bald, hatte Birger erst gestern erklärt, bald würde Björn über fünf Jahre lang studieren können, ohne ein Stipendium zu benötigen, und der hatte zur Antwort genickt und gesagt, wie schön, nein, das war mehr als schön. Das war fantastisch. Obwohl es doch eigentlich eine Art Lüge war, das wusste er schon, als er es sagte. Denn der Tag, an dem er wieder anfangen musste zu lernen, das war ein Tag der Niederlage, ein Tag, an dem er vor sich selbst und allen anderen zugab, dass er kein Popstar mehr war. Und was ist ein abgesetzter Popstar? Ein Ehemaliger. Und bald war er der jüngste Ehemalige der Welt. Denn es hatte schon angefangen, es ging bergab. Bis jetzt kaum spürbar, aber er wusste es. War sich vollkommen sicher. Sie würden nie wieder an der Spitze der Top Ten stehen. In einem Jahr würde es mit den Typhoons zu Ende sein. Vorbei. Nur noch eine Erinnerung.

Er wusste schon jetzt, wie zwiespältig er sich an diesem Tag fühlen würde. Nicht, weil er diesem Leben als Idol nachtrauerte. Ganz im Gegenteil. Er hatte es so satt. War es leid, dass die Leute ihn anstarrten. War es leid, dass eine Horde verrückter Teenagerbräute an ihm zog, zerrte und riss, genau wie er ihr Gekreische satthatte. War die kichernden kleinen Mädchen leid, die erröteten und aussahen, als würden sie gleich in Ohnmacht fallen, wenn sie ihn um ein Autogramm baten, und ebenso leid war er es, mit Mädchen zu schlafen, die hinterher nichts zu sagen hatten, Mädchen, die er nicht nur ausgesucht hatte, um Tommy zu ärgern, sondern auch, weil er von diesem Whisky und den Joints, die laut ungeschriebener Gesetze für Popidole nach jedem Konzert konsumiert werden mussten, ganz groggy war. Er war Fotografen leid, die ihm erklärten, wie er den Kopf halten und die Hände anwinkeln sollte. Er war den ganzen Mist von Herzen leid.

Andererseits hatte er Angst vor der Scham. Vielleicht würde sie ihn fertigmachen. Die Scham darüber, dass niemand mehr glotzte. Die Scham darüber, dass die Fotografen sich andere Motive suchten. Die Scham darüber, dass neue kleine Mädchen ihn ansehen würden, ohne ihn wiederzuerkennen, und die älteren Mädchen das Gesicht verzögen, wenn sie seinen Namen hörten. Björn Hallgren! *Yesterday's news*. Die Scham darüber, dass kein Mädchen, nicht ein einziges vernünftiges Mädchen mit einem Ehemaligen zusammen sein wollte, der nicht einmal Abitur hatte. Ein Ehemaliger, der vielleicht sogar auf einer Abendschule landen würde mit lauter Bräuten, die in der Schulzeit ein Kind gekriegt hatten, und vereinzelten Idioten, die an Bildung als den Schlüssel zum Paradies glaubten. Na, besten Dank auch … wundervolle Aussichten!

Und dann diese Eva.

Björn schüttelte den Kopf und stand auf, griff nach seinem Teller und deckte ab. Sie würde natürlich verschwinden, wenn die Berühmtheit sich in Rauch auflöste, aber das war nun eigentlich nichts, worüber er traurig wäre. Manchmal bekam er fast Angst vor ihr, ohne jedoch richtig zu verstehen, warum...

Scheiße, wie war es nur dazu gekommen, dass sie glauben konnte, sie wäre mit ihm zusammen? Hatte er etwas gesagt oder getan, dass sie sich das einbilden konnte? Nein. Er hatte am Anfang ein paarmal mit ihr geschlafen, kurz nachdem die Typhoons auf der englischen Topliste gelandet waren, und seitdem klebte sie wie ein Pflaster an ihm. Holte ihn vom Bahnhof ab, wenn er mit dem Zug aus Stockholm kam, ohne ihm jemals zu verraten, woher sie wusste, dass er genau mit diesem Zug kam. Rief ihn in Hotels oder Pensionen weit oben in Norrland an und lachte nur, wenn er sie fragte, woher sie wusste, dass er dort war. Ganz zu schweigen von dem Tag im Februar, als sie an seine Tür draußen in Solna klopfte, an einem ganz normalen, spielfreien Montagnachmittag einfach dort stand und ihn mit absolut leerem Gesichtsausdruck ansah, als er öffnete, um nur eine Sekunde später in ein breites Lächeln auszubrechen und ihm mit Glucksen in der Stimme zu erklären, dass sie ihn unbedingt besuchen musste, jetzt, wo sie sich zufällig sowieso gerade in Solna aufhielt. Sie musste für das Geschäft einkaufen, aber jetzt hatte sie ein paar Stunden Zeit. Ob sie hereinkommen dürfte?

Er hatte ein paar Monate gebraucht, um herauszufinden, woher sie ihre Informationen bekam. Von Karl-Eriks Sekretärin, die einmal im Monat eine Liste mit allen für die Typhoons geplanten Auftritten und Hotelbuchungen an Inez und Birger schickte, eine Liste, die dann am schwarzen Brett in der Küche hing, wo Susanne, die kleine Schwester, die nicht mehr so klein aussah, sie problemlos abschreiben und an Eva weitergeben konnte. Wenn Eva nicht selbst in Susannes Begleitung ab und zu in die Küche huschte und sich in aller Eile Orte und Telefonnummern notierte.

Gleichzeitig musste er sich eingestehen, dass er sie vielleicht auch ermuntert hatte. Ein wenig. Oder ihr zumindest nicht offen und ehrlich gesagt hatte, dass er nicht mehr so sehr an ihr interessiert war; er hatte sich damit begnügt, etwas von Bildjournal und Karl-Erik zu murmeln und dass er keine Freundin haben durfte, die öffentlich zu sehen war, und sie hatte zur Antwort nur gelacht und erwidert, das sei schon okay, solange sie wisse, was sie wisse, und das hatte ihn verstummen lassen. Was war das, was wusste sie? Aber statt nachzufragen, hatte er sie an sich gezogen und mit einem Kuss zum Schweigen gebracht und dann noch eine Nummer abgezogen, eine Nummer, bei der er sich heimlich rächte, indem er Eva wegfantasierte und stattdessen Caroline, die immer gleich magische Caroline seiner Träume, ihren Platz einnehmen ließ.

Er nahm den Wischlappen vom Wasserhahn und fuhr damit kurz über den Küchentisch, blieb dann stehen und schaute aus dem Fenster. Die Sonne schien, dennoch war es so still draußen, dass der knospende Garten fast wie ein Bild aussah. Nichts rührte sich. Kein Vogel flog vorbei. Kein Wind flüsterte in der Birke. Kein Schmetterling flatterte umher und suchte nach Blumen, die es noch nicht gab.

Er wusste nicht, woher das Kirchenlied kam. Es war einfach da.

»*Morgen zwischen den Bergen*«, sang er. »*Hört, wie Bach und Fluss …*«

Dann brach er ab, schmunzelte über sich selbst und hängte das Tuch zurück über den Hahn, bevor er tief Luft holte und weitersang.

»*Plätschernd zwischen Felsen …*«

Er lächelte beim Singen, musste über sich selbst und das Lieblingskirchenlied seiner Kindheit lächeln, über die Erinnerung, wie er sich als Achtjähriger gemeldet und erklärt hatte, dass er genau dieses Lied singen wollte, als die Lehrerin fragte, ob jemand ein Kirchenlied nach dem Morgengebet vorschlagen könnte. Nummer 521. Und die Lehrerin hatte leise geschmunzelt und genickt und sich dann gleich an die Orgel gesetzt.

Er sehnte sich zurück. Er wollte wieder ein magerer kleiner Junge sein, auch wenn er wusste, was das kostete, denn auch damals war nichts einfach und selbstverständlich gewesen. Trotzdem wollte er genau dorthin, zu Inez' lächelnden Augen und zu Birgers beruhigendem Brummen, in diesen Klassenraum und zu diesem dünnen kleinen Kerl, dem es nie gelang zu verstehen, wie die anderen Jungen dachten … Dann fuhr er sich schnell mit der Hand über das Gesicht und blinzelte. Was bildete er sich eigentlich ein? Er verstand doch heute noch nicht, wie die anderen dachten. Weder Jungs noch Mädchen. Weder Inez noch Birger. Weder Eva noch Susanne. Ganz zu schweigen von Elsie. Die so verdammt unbegreiflich war. Denn wie ist ein Mensch wohl beschaffen, der vor seinem eigenen Kind davonläuft?

Sie war für ihn zerbrochen, seit sie aus London nach Hause gekommen waren. Alle seine kindlichen Träume von ihr waren zusammengefallen und geplatzt. Dass sie hier in seiner Nähe war, dass sie in diesem Haus herumlief, während der Mahlzeiten mit am Tisch saß, nur im Morgenmantel vom Dachboden zum Frühstück herunterlief, das hatte sie in seinen Augen schrumpfen lassen. Er war ihr doch vollkommen gleichgültig, das war ja sonnenklar, sie saß einfach nur am Küchentisch und lächelte ihr blasses Lächeln, ohne jemals etwas zu sagen. Fragte nie, wie es ihm ging oder was er machte. Kam nie in sein Zimmer, setzte sich nie an seine Bettkante, um zu reden. Schlug nie vor, dass sie, nur sie beide, Mutter und Sohn, einen Tag die Fähre nach Kopenhagen nehmen sollten, wo er wie ein normaler junger Mann herumlaufen konnte, ohne einen Haufen johlender Mädchen hinter sich herzuziehen. Bat nie, ihn in Solna besuchen zu dürfen, und lud ihn natürlich auch nie in ihre eigene neue Wohnung ein. Huschte nur umher wie ein hohles, lächelndes Gespenst, ein Gespenst, dass so einiges zu erklären hatte, das aber nie ein Wort über das verlor, was er wissen wollte. Wie? Zum Beispiel. Wer? Und warum? In erster Linie: Warum?

Er blieb stehen, lehnte sich gegen den Küchentisch, fiel leicht in sich zusammen, bevor er sich rasch wieder aufrichtete. Sie ekelte ihn an. Das war die Wahrheit. Er war angewidert von dieser Alten. Er schluchzte auf und fuhr sich mit dem Handrücken unter der Nase entlang, rieb sich dann fest die Augen. Scheiße, wie die brannten. Vielleicht wurde er ja krank. Einen Moment lang sah er sich selbst im Bett in seinem alten Kinderzimmer liegen, mit Fieber und Erkältung, sah jemanden mit dem Fuß die Tür aufschieben und mit einem Tablett in den Händen hereingleiten. Elsie? Nein. Inez. Nein. Eine andere Frau, ein Wesen, das sowohl Inez als auch Elsie war …

Nie im Leben!

Er hieb mit der Faust auf den Küchentisch und stand auf, schob den Stuhl unter den Tisch und füllte die Lungen. Fing wieder an zu singen. Dieselbe Melodie. Dasselbe Kirchenlied.

Denn er wollte den Gedanken abschütteln. Und er wollte Elsie loswerden. Er wollte Inez loswerden. Er wollte alle und alles hier los sein. Er wollte zurück an einen Ort, den es nie gegeben hatte und den es nicht mehr gab.

Elsie schien in dem Moment zu erstarren, als sie die Hand auf die Pforte legte, blieb ein Weilchen reglos stehen und sah ihre weißen Finger das schwarze Metall anfassen, bevor sie es entschlossen hinunterdrückte. Schließlich gab es keinen Grund, hier stehen zu bleiben und zu zaudern. Sie hatte ja wohl jedes Recht der Welt, in das Haus ihrer eigenen Schwester zu gehen, auch wenn die Schwester selbst gerade nicht zu Hause war. Elsies Sohn war ja da. Und wer wollte behaupten, dass Elsie nicht das Recht hatte, ihren eigenen Sohn zu besuchen?

Der Garten vor ihr kokettierte in der rosa Morgensonne. Die Forsythienknospen waren prall gefüllt, einige bereits aufgeplatzte entblößten einen schmalen Streifen Gelb, während der Rhododendron seine Knospen noch fest geschlossen hielt. Ein paar Schneeglöckchen neigten ihre Köpfe in den Beeten, aber hinter ihnen reckten sich violette Krokusse dem Licht entgegen und machten sich bereit, ihre Blütenblätter zu öffnen. Das Gras schimmerte hellgrün, und die Erde in den Beeten glänzte schwarz von der Feuchtigkeit. Es war Frühling. Endlich war es Frühling geworden.

Die Pforte klapperte, als sie hinter Elsie ins Schloss fiel, und wieder blieb sie stehen. Hör jetzt auf, sagte sie rasch zu sich selbst. Bis vor wenigen Wochen habe ich schließlich noch selbst hier in diesem roten Ziegelhaus gewohnt...

Aber jetzt wohnte sie nicht mehr darin. Sondern in einer grauen kleinen Ein-Zimmer-Wohnung in der Sankt Olovsgatan, Wand an Wand mit ihrer Mutter. Ihrer sehr leisen Mutter. Jeden Abend hatte sie still dagesessen und auf Geräusche aus Lydias Wohnung gelauscht, ohne je etwas zu hören. Keine Rundfunkstimmen. Keine Musik. Nicht einmal ein Absatzklappern auf dem Parkett... Trotzdem hatte sie sich nicht getraut aufzustehen, ins Treppenhaus zu gehen und an der Tür ihrer Mutter zu klingeln, sondern war im Gegenteil selbst immer stiller und starrer geworden. Gestern hatte sie gar nichts gemacht, weder gelesen noch gewaschen noch gekocht, nur vollkommen still auf der Bettkante gesessen und auf die Stille gelauscht, während die Dämmerung sich langsam senkte und in Dunkelheit überging. Ja, sie hatte sich nicht einmal ausgezogen oder die Zähne geputzt, als es Nacht geworden war, hatte nur die Schuhe ausgezogen, war unter ihre Bettdecke gekrochen und eingeschlafen …

Das war nicht gut. Sie wusste das schon, während sie dort saß. Schließlich gab es genug zu tun. Briefe an Reedereien zu schreiben beispielsweise und anzufragen, ob sie möglicherweise irgendwo eine Funkerin brauchten. Ein erstes Bild an die Wand hängen. Etwas in einem ihrer vielen Töpfe und Pfannen zubereiten. Sie hatte das geplant und hatte es auch tun wollen, aber bis jetzt war nichts daraus geworden. Sie hatte nur dagesessen und die Wand vor sich angestarrt.

Vielleicht war sie deshalb am Morgen mit einem Ruck aufgewacht und hatte sofort beschlossen, dass das nicht wieder passieren durfte. Sie konnte das nicht zulassen. Also hatte sie sich rasch ausgezogen und war nackt ins Bad geeilt, hatte sich unter eine Dusche gestellt, die so kalt war, dass ihre Zähne anfingen zu klappern, und war dann ihrem eigenen herrischen Blick im Badezimmerspiegel begegnet. Zieh dich an. Koch Kaffee. Trinke ihn. Geh raus. Sprich mit Björn, bevor er auf Tournee geht. Erzähle ihm alles. Komm zurück. Schreibe Briefe an diese Reedereien. Sieh zu, dass etwas passiert. Etwas Schönes. Etwas, das den Bann bricht. Etwas, das dich wieder zu der macht, die du einmal warst, die du sein solltest, die du eigentlich bist.

Sie war eine andere geworden. Das war die Wahrheit. Im Laufe der zehn Tage, die vergangen waren, seit sie in ihre eigene kleine Hölle gezogen war, hatte die Einsamkeit sie verdreht, gelähmt und verwandelt. Nach dem Willkommensessen am ersten Abend in Lydias glänzender, frisch renovierter Küche hatte sie ihre Mutter nur dreimal getroffen. Einmal im Treppenhaus. Einmal, als sie Lydia gebeten hatte, ihr die Zeitung zu leihen.

Ein drittes Mal, als sie an der Tür ihrer Mutter geklingelt hatte, um zu fragen, ob sie etwas für Lydia mitbringen sollte, als sie für sich selbst einkaufen gehen wollte. Das war nicht nötig, hatte Lydia gesagt. Sie zog es vor, ihre Einkäufe selbst zu erledigen, und sie hoffte, Elsie würde das verstehen. Schließlich waren sie erwachsene Menschen. Selbstständig. Unabhängig.

Als sie anschließend in den Laden ging, war ihr Rücken krumm, aber sie hatte es erst bemerkt, als sie in einer Fensterscheibe ihr eigenes Spiegelbild sah. Sie hatte dieser gebeugten Gestalt einen verächtlichen Blick zugeworfen, bis ihr aufging, dass sie das ja tatsächlich selbst war. Und dennoch hatte es noch eine Weile gedauert, bis sie genug Kraft gesammelt hatte, um sich aufzurichten. Zur See, hatte sie gedacht. Ich muss wieder zur See fahren… Aber es war ihr nicht gelungen, diesen Gedanken festzuhalten, er war ihr wieder entglitten, noch bevor sie zu Hause angekommen war, und als sie dann endlich wieder in ihrer Küche saß, war er gänzlich verschwunden. Eine orangefarbener Tetrapak mit Milch stand auf der Arbeitsplatte, aber es hatte fast eine Stunde gedauert, bis sie in der Lage gewesen war, aufzustehen und ihn in den Kühlschrank zu stellen.

Aber heute war es anders. Heute hatte sie das gemacht, wozu sie seit mehreren Tagen nicht in der Lage gewesen war. Geduscht. Kaffee gekocht. Ihn getrunken. Und war von zu Hause weggegangen, ohne einen ängstlichen Blick auf Lydias Tür zu werfen, ja, ohne auch nur auf die Uhr zu sehen, um zu überprüfen, ob Lydia bereits gegangen war. Und heute wollte sie sich Björn in Inez' Küche gegenüber setzen und eine ganze Weile mit ihm allein sein, längere Zeit, als sie je zuvor mit ihm allein gewesen war. Sie würden miteinander reden. Sie wollte endlich auf die Fragen antworten, die er nie gestellt hatte. Und das würde schön werden. Richtig schön.

Voller Schwung nahm sie die drei Stufen zur Tür; während sie sich die Handschuhe auszog, streckte sie schon die Hand zur Klingel aus, zögerte dann aber. Warum klingeln? Vor ein paar Wochen war sie hier nach Belieben ein und aus gegangen. Die Hand sank und legte sich auf die Türklinke, diesen schweren, schwarzen Türgriff, dessen runde Form sie immer gemocht hatte, ohne es sich selbst je einzugestehen und ohne es je einem anderen zu erzählen. Sie drückte ihn hinunter und öffnete. Die Tür glitt auf, und sie öffnete den Mund, um ein fröhliches Hallo zu rufen, blieb aber mit offenem Mund stehen. Horchte.

Er sang. Björn stand in der Küche und sang. Und zwar ein Kirchenlied.

»Hallo!«

Sie rief es laut, fand, es klänge ziemlich alltäglich und fröhlich, blieb aber eine Spur länger als nötig vorne an der Garderobe stehen. Jetzt war es vollkommen still im Haus, nichts rührte sich mehr in der Küche. Ein Fantasiebild huschte vorbei: Björn war zu Boden gesunken, er lag dort und hauchte sein Leben aus. Sie richtete sich auf – *was für ein Quatsch!* – und schob das Bild beiseite, während sie sich rasch mit der Hand über das Haar fuhr. Sie gab sich alle Mühe, diese Bewegung so weich wie möglich auszuführen, wie um sich selbst davon zu überzeugen, dass sie vollkommen entspannt war, machte dann den Schritt auf den Flur hinaus. In dem Moment tauchte Björn in der Küchentür auf, die Hände tief in den Taschen seines weinroten Morgenmantels vergraben, und blinzelte sie überrascht an.

»Du hier?«

Elsie rückte ihre Handtasche zurecht, die über ihrer Schulter hing, und versuchte zu lächeln.

»Ja.«

Einen Moment lang schwiegen beide, lange genug, dass Elsie die unausgesprochene Frage hören konnte. Was hast du hier zu suchen? Björn war derjenige, der sich zuerst besann, etwas funkelte in seinem Blick, aber er verbarg es schnell, zog den offenen Morgenmantel zu und knotete den Gürtel, versuchte sie dann einigermaßen höflich und wohlerzogen anzusehen. Als wäre sie eine Fremde.

»Möchtest du einen Kaffee?«

Elsie nickte, sagte aber nichts. Björn schob die Hände wieder in die Taschen seines Morgenmantels und ging zurück in die Küche. Elsie folgte ihm geräuschlos. Meine Schritte sind nicht zu hören, dachte sie. Ich hätte mir vielleicht ein Paar Schuhe mitbringen sollen, Schuhe mit festen Sohlen, anstatt hier so auf Strumpfsocken herumzuschleichen …

Inez' Küche war so ordentlich aufgeräumt wie immer, obwohl das Frühstücksgeschirr in der Spüle stand. Die Pelargonien prunkten in Reih und Glied auf der Fensterbank, eine Zinnschale mit roten Äpfeln stand auf einer frisch gebügelten Leinenserviette auf dem Küchentisch. Und hinten an der Pinnwand hing wie üblich Björns Tourneeprogramm neben Susannes Stundenplan und einer alten Ansichtskarte, die sie selbst einmal aus Jamaika geschickt hatte. Elsie räusperte sich leise.

»Ich wollte mich nur verabschieden«, sagte sie.

Björn drehte sich nicht um. Er war vollauf damit beschäftigt, Kaffeewasser in den Kessel laufen zu lassen.

»Fährst du wieder zur See?«

Seine Stimme klang wie immer, und dennoch irgendwie anders. Sie hatte etwas Neues an sich, aber sie kam nicht drauf, was es war. Sie zog einen Stuhl unterm Küchentisch hervor und setzte sich.

»Nein. Noch nicht. Aber du gehst doch auf Tournee.«

Er stellte den Kessel auf den Herd, hatte ihr immer noch den Rücken zugekehrt.

»Ja, schon. Aber das sind ja nur drei Tage.«

»Aber anschließend kommst du doch sicher nicht wieder her?«

»Nein, natürlich nicht. Wir haben in der nächsten Woche ein paar Auftritte in Stockholm. Und dann fangen wir an, für die nächste Platte zu proben. Willst du etwas essen?«

»Nein, danke.«

Wieder wurde es still. Elsie beugte sich vor und zupfte ein wenig an einem kleinen Riemen ihrer Tasche, er musste irgendwann feucht geworden sein, denn jetzt war er steif und bog sich nach außen. In dem Versuch, ihn wieder gerade zu bekommen, rollte sie ihn fest in die andere Richtung ein. Plötzlich schlug Björn mit so viel Kraft eine Schranktür zu, dass sie aufschaute, den Riemen immer noch fest zwischen Daumen und Zeigefinger gepresst.

»Ist alles in Ordnung?«

Irgendwo draußen krächzte eine Krähe, aber ansonsten war es still. Björn antwortete nicht, obwohl er sie doch gehört haben musste. Er drehte ihr nur den Rücken zu und war mit dem Kaffee beschäftigt. Elsie wiederholte die Frage, aber dieses Mal in ängstlicherem Tonfall:

»Wie geht es dir? Ist alles in Ordnung?«

Er drehte sich um, und einen kurzen Moment sahen sie einander in die Augen. Björns Blick war dunkel und leuchtend, die Gesichtshaut glatt und elfenbeinweiß, und sein glänzendes Haar berührte den Bademantelkragen. Wie hübsch er ist, dachte Elsie schnell. War Jörgen auch so hübsch? Eilig blinzelte sie diesen Gedanken fort.

»Danke«, sagte er. »Alles ist ganz hervorragend.«

Der neue Ton in seiner Stimme war jetzt ausgeprägter. Er kehrte ihr wieder den Rücken zu und holte eine Kaffeetasse, stellte sie dann mit einer so energischen Geste vor sie hin, dass die Tasse auf der Untertasse klirrte. Sie saß reglos da und wartete, dass er auch für sich eine Tasse holen würde, doch das tat er nicht, griff nur nach der Kaffeekanne und schenkte ihr ein, während er fragte:

»Milch?«

Sie schüttelte den Kopf. Björn stand einen Moment lang reglos an ihrer Seite, die Kaffeekanne in der Hand, drehte sich dann um und stellte sie auf den Herd zurück. Er lehnte sich gegen die Spüle und verschränkte die Arme vor der Brust. Sah sie eine Weile mit schmalen Augen an, bevor er plötzlich das Kinn hob und fragte:

»Wolltest du irgendetwas?«

Jetzt erkannte sie, was das Neue in seiner Stimme war. Kälte. Distanz. Misstrauen. Elsie wich seinem Blick aus. Ihre Stimme klang fast weinerlich, als sie sie endlich unter Kontrolle bekam:

»Willst du keinen Kaffee?«

Er bewegte sich ein wenig, pflanzte die Beine breiter auf, um einen sichereren Stand zu haben. Niemand sollte ihn umschubsen. Das war zu sehen. Nichts würde ihn zu Fall bringen.

»Nein.«

Es gab keine Möglichkeit, um irgendeine Form von Verwandtschaft oder Zusammengehörigkeit zu bitten, keine Hoffnung, er könnte Mitleid mit ihrer Nervosität empfinden oder sie aus keinem anderen Grund trösten, als dass er der Einzige war, der sie trösten konnte. Er hatte seine Position eingenommen, deutlicher als je zuvor. Elsie hob ihre Kaffeetasse und trank einen Schluck, ließ einen Zeigefinger über den Saum der frisch gestärkten Serviette gleiten, hob die Tasse erneut und nahm noch einen Schluck. Björn ließ sie nicht aus den Augen, sein Blick hielt sie fest, als er wiederholte:

»Wolltest du irgend etwas?«

Die Stimme zitterte ein wenig. Vor Ungeduld. Oder Wut. Elsie senkte den Kopf etwas, um seinem Blick auszuweichen, und schaute auf ihre rechte Hand, die auf dem Küchentisch lag.

»Ja. Also... Ich habe gedacht, du möchtest vielleicht...«

Einen Moment lang blieb es still.

»Ich möchte was?«

Elsie schaute nicht auf. Stattdessen sah sie zu, wie sie ihre eigene rechte Hand hob und mit ihr über den linken Handrücken strich. Wer hat das beschlossen? Ich nicht, dachte sie. Die Hand hat es selbst so gewollt, sie wollte trösten...

»Entschuldige. Aber was hast du gedacht?«

Elsie schloss eine Sekunde lang die Augen. Das geht so nicht. Ich muss mich konzentrieren. Sie hob den Kopf und begegnete Björns Blick.

»Nun, ich habe gedacht, dass du vielleicht mehr über die Umstände um deine Geburt herum erfahren möchtest.«

So konnte man es auch formulieren. Lächerlich. Ihr Blick wich wieder aus, aber nur kurz, dann zwang sie sich, Björn erneut in die Augen zu schauen. Er bewegte sich ein wenig, als wollte er entkommen, blieb aber dann doch stehen, wo er stand, breitbeinig, die Hände über der Brust verschränkt. Elsie nahm noch einen Anlauf.

»Wer dein Vater ist. Und so.«

Er presste sich fester gegen die Spüle.

»Und warum sollte ich das wissen wollen?«

Seine Stimme klang jetzt anders. Der Ton war offen feindlich.

»Alle Kinder wollen doch wohl...«

Er unterbrach sie:
»Ich bin kein Kind.«
»Aber du bist mein Kind. Immer noch.«
»Ach ja?«
Elsie holte tief Luft.
»Natürlich bist du das. Wie alt du auch bist, du wirst es immer sein …«
Björn richtete sich noch gerader auf. Er hatte feuchte Augen bekommen.
»Ich bin ja wohl nie dein Kind gewesen.«
Der kühle Ton in seiner Stimme war fort, sie war heller geworden, fast schrill. Elsie hielt ihren Blick immer noch auf ihn gerichtet und fühlte eine vertraute Kälte den Rücken hinuntergleiten. Die Waage war zu ihrem Vorteil gekippt. Er wird schwächer, dachte sie. Während ich stärker werde. Ja. So ist es. Jetzt, in diesem Moment, bin ich stark.
»Du bist immer mein Kind gewesen.«
»Davon habe ich aber nichts gemerkt!«
Das reichte. Die Stärke war eine Lüge, eine Sinnestäuschung, eine Illusion, das wusste sie in dem Moment, als sie von ihr wich. Und Björn wusste es auch, das war ihm anzusehen, er sog sie in sich auf und presste seine verschränkten Arme fester an seinen Körper. Der Glanz in seinen Augen war fort.
»Ich bin bei Inez und Birger aufgewachsen. Sie haben sich um mich gekümmert. Sie waren meine Eltern. Sie sind meine Eltern. Und das reicht.«
Elsie presste sich die Handtasche an den Bauch.
»Aber …«
»Du hast dich einen Scheißdreck um mich gekümmert. Schon immer.«
»Bitte, Björn …«
»Du bist eine gewesen, die hin und wieder zu Besuch gekommen ist. Einmal im Jahr. Oder jedes zweite Jahr. Es hat sich gar nicht gelohnt, sich was aus dir zu machen.«
Elsie schloss die Augen, aber Björns Stimme ließ sich nicht aussperren.
»Es ist gut möglich, dass du mich geboren hast. Aber du bist

nie meine Mutter gewesen. Denn du wolltest mich nicht haben. Nie, niemals.«

»Das wollte ich, aber …«

»Ich weiß, was ich weiß! Und das genügt.«

Elsie holte tief Luft und machte einen Versuch, sich zu verteidigen:

»Aber du weißt doch gar nicht, wie es war …«

»Mir doch scheißegal, wie es war!«

Seine Stimme kippte und wurde schrill, er fuhr herum, drehte ihr den Rücken zu und hielt sich an der Spüle fest. Elsie sank ein wenig in sich zusammen, bezwang den Impuls, noch weiter zu sinken, sich einfach nach vorn fallen zu lassen, mit der Wange auf die graue Resopalplatte des Küchentischs, und so sitzen zu bleiben, bis Hunger oder Durst sie vernichteten – sicherheitshalber hob sie ihre Arme und stützte den Kopf in die Hände. Das wollte sie ihm nicht antun. Wenn sie sterben sollte, dann an einer Krankheit oder durch einen Unfall, nichts, worin er verwickelt war. Einen Atemzug lang zog vor ihrem inneren Auge ein Bild vorbei, sie sah ihren eigenen Kopf in einem grauen Meer auftauchen, aber nur ganz kurz, so kurz, dass sie es nicht einmal schaffte, den Mund zu öffnen und um Hilfe zu rufen, bevor die Kälte nach ihr griff und sie wieder unter die Wasseroberfläche zog, hinunter in das große Schweigen, das dem großen Schweigen gerade jetzt hier in der Küche so ähnlich war. Und nach dem Schweigen kam die Dunkelheit …

Sie blinzelte und schob den Gedanken beiseite. Blödsinn. Fantasien. Schließlich holte sie erneut Atem und fing noch einmal an:

»Ich wollte ja nur …«

Wieder unterbrach er sie, aber ohne sich umzudrehen und ohne sie anzusehen:

»Ich will nichts hören. Kannst du das nicht begreifen? Ich will deinen Mist wirklich nicht hören!«

Die Stimme bremste sie. Das war eine alte Stimme, müde und resigniert. Sie blieb eine Weile reglos sitzen und schaute seinen weinroten Rücken an. Er stand vollkommen still da, atmete kaum. So alt und dennoch so jung. Erst neunzehn Jahre.

Bald zwanzig. Genauso alt, wie sie gewesen war, als sie zur Funkerausbildung nach Kalmar kam, und ebenso empfindlich, vielleicht noch empfindlicher. Entschlossen schob sie die Wut beiseite, die sich plötzlich in ihr regte, diese kleine Schlange mit gespaltener Zunge, die sie wortlos daran erinnerte, was er sie damals gekostet hatte, die Schlange, die von Scham und Angst flüsterte, von Schmerzen und Einsamkeit, um anschließend ihr kleines Reptilienlächeln zu zeigen und sie an alles zu erinnern, was ihm in den Schoß gefallen war. Berühmtheit. Erfolg. Geld. Sie holte tief Luft und zwang sich, die Vernunft anzuwenden. Das war doch nicht wichtig. Hier ging es doch nicht darum, was die Welt mit einem von ihnen gemacht hatte. Sondern darum, was sie mit ihm gemacht hatte.

»Verzeih mir«, sagte sie schließlich, doch ihre Stimme klang trocken. Als meinte sie das gar nicht.

Er antwortete nicht. Vielleicht hatte er sie gar nicht gehört. Er stand immer noch reglos da und kehrte ihr den Rücken zu. Sie blieb eine Zeit lang ebenso reglos sitzen, bis sie plötzlich aufstand und den Stuhl unter den Küchentisch schob. Es war unmöglich. Es brachte nichts. War sinnlos. Björn wollte sie weder ansehen noch mit ihr reden. Ganz leise glitt sie über den Küchenfußboden, blieb dann aber an der Tür stehen und warf ihm einen letzten Blick zu. Immer noch reglos. Sein glänzendes Haar fiel nach vorn und verbarg sein Gesicht. Sie konnte ihn nicht sehen. Nicht wirklich. Dann trat sie über die Schwelle und ging lautlos auf den Flur.

VERDAMMTE SCHEISSE!

Er riss sich ein Blatt Haushaltspapier ab und putzte sich die Nase, krümmte sich dann über der Spüle, als die Tränen erneut hochkommen wollten. So eine Scheiße! Er durfte nicht zulassen, daran zu denken. Er durfte überhaupt nicht denken!

Er schloss die Augen und suchte nach seiner Wut. Bekam sie zu packen. Blies sie auf. Ließ sie gären und anschwellen. Diese verfluchte Alte! Diese verdammte Hexe! Das half. Er stand einen Moment lang reglos da und zwang die Tränen zurück. Verbarg sie. Vergaß sie. Beugte sich dann vor und drehte den Wasserhahn auf, füllte seine gewölbten Hände mit kaltem Wasser und spritzte es sich ins Gesicht. Stand eine Weile reglos da und ließ es auf den Morgenmantel tropfen. Verscheuchte alle Gedanken. Registrierte, dass ein kleiner Teil von ihm vollkommen unberührt war und ein anderer nur Platz für Sehnsucht hatte. Aber er sehnte sich nicht nach Caroline, nicht nach Elsie, nicht nach Erfolg, nicht einmal nach Geld. Er sehnte sich nach nichts. Nach Ruhe an einem Ort, den es nirgends gab.

»Ich werde mich nicht betrauern«, sagte er laut.

Die Worte brachten ihn dazu, sich schnell umzublicken. Aber das war ja lächerlich, niemand hatte ihn gehört. Er war wieder allein. Vollkommen sicher und allein. Er griff noch einmal nach dem Haushaltspapier, riss ein Stück ab und wischte sich sorgfältig über das Gesicht. Öffnete die Tür unter der Spüle, warf das Papier weg und drehte sich dann um. Schaute sich in der Küche um.

So. Jetzt war er wieder er selbst.

Björn Hallgren. Der Popstar.

»Nicht möglich! Ist das wirklich Elsie Hallgren?«

Auf dem Asphalt vor der Telefonzelle lief eine Bachstelze spazieren, deren Schwanzfeder wippte. Elsie drückte sich den Hörer fester ans Ohr und richtete sich unschlüssig auf.

»Ja. Natürlich bin ich das …«

Die Frau von der Reederei brach in Gelächter aus.

»Manchmal glaubt man ja wirklich, dass es einen Gott gibt.«

»Wie bitte?«

»Ach, Entschuldigung. Ich wollte nicht … Es ist nur so, dass wir gerade über Sie gesprochen haben.«

»Tatsächlich?«

»Ja, wir haben versucht, Ihre Telefonnummer herauszufinden.«

»Ich habe noch kein Telefon.«

»Aber das macht jetzt ja nichts mehr. Denn jetzt haben Sie angerufen. Gerade als wir Sie anrufen wollten. Die Funkerin auf der Anastasia ist nämlich krank geworden. Und sie will noch heute Abend abmustern. In Malmö. Können Sie ihren Posten übernehmen?«

»Was? Ich weiß nicht …«

Die Frau hörte gar nicht zu.

»Warten Sie. Hier kommt Arne.«

Einen Moment lang blieb es still. Elsie schloss die Augen. Gab es einen Gott? Vielleicht ja doch. Denn jetzt würde sie verschwinden können. Noch heute würde sie wegfahren können.

»Elsie!«

Sie hörte das Lächeln in seiner Stimme. Und den vertrauten Göteborgdialekt.

»Arne«, sagte sie und sah, wie die Bachstelze draußen plötzlich anhielt, eine Sekunde lang reglos dastand, bevor sie die Flügel ausbreitete und aufflog.

»Stimmt es, ihr braucht eine Funkerin?«

»DA SIND SIE!«

Evas Stimme bebte leicht, schwankte zwischen dem üblichen Enthusiasmus und einer Art von Furcht. Susanne warf ihr einen schnellen Blick zu. Was war mit ihr los? Aber sie kommentierte das natürlich nicht, zeigte nur eine einigermaßen erwartungsvolle Miene und sah in Evas Blickrichtung. Björn sagte natürlich auch nichts, saß mit geschlossenen Augen da und stellte sich schlafend, schlief aber nicht, das wusste Susanne. Das war an seinem Atmen zu erkennen. Puff, puff, puff. Viel zu schnell. Als wäre er wütend, als glaubte er, er könnte jemanden umbringen, nur indem er die Augen aufschlug und ihn ansah. Wenn sie gewusst hätte, dass er so schlecht gelaunt sein würde, sie wäre niemals mit auf Tournee gekommen. Nie im Leben.

Er war bereits abweisend und unfreundlich gewesen, als der rote Bandbus vor der Schule von Landskrona vorfuhr. Hatte sich geweigert, herauszukommen und all den Mädchen, die dort warteten, Autogramme zu geben. Allesamt ihre Schulfreundinnen, aber das war ihm natürlich gleichgültig gewesen! Er hatte nur durchs Fenster gestiert und dann eine Gardine vorgezogen, damit er nicht mehr zu sehen war. Hatte sie und Eva kaum begrüßt. Direkt feindlich dreingeschaut, als Eva sich näherte, war weder aufgestanden noch hatte er sie umarmt oder geküsst. Nur einsilbig geantwortet, als sie gefragt hatte, welchen Weg sie nehmen würden. Zuerst zum Flughafen Ängelholm. Weil der Rest der Band dort landete. Und ja, es war eilig. Verdammt eilig, wenn sie sich jetzt also endlich hinsetzen könnten …

Selbst Hasse, der Roadie, der den Bus fuhr, merkte, wie mürrisch er klang, und versuchte das zu übertünchen, indem er ein paar ziemlich alberne Herrenwitze erzählte. Was Eva die Gelegenheit gab, sich weiter vorn im Bus hinzusetzen und ihn mit ihrem Lachen zu bezirzen. Was natürlich ausgezeichnet lief, und jetzt saß sie dort in der ersten Reihe und starrte kurzsichtig aus dem Fenster. Und da kamen sie auch wirklich. Bosse, Peo und Niclas bildeten ein Trüppchen, das sich lachend und johlend näherte. Tommy ein paar Schritte dahinter. Er lachte und johlte nicht, sah tatsächlich fast genauso sauer aus wie Björn, aber nur einen Moment lang. Dann wandte er sich plötzlich lächelnd nach rechts, streckte seinen Arm aus und klopfte einem Jungen neben sich auf den Rücken. Es war ein kleiner Typ, ziemlich mager, aber mit genau der passenden modischen Kleidung. Hemdkrause. Schwarze Seemannsjacke. Rot karierte Hose mit so weitem Schlag, dass sie bei jedem Schritt zur Seite wippte und den Blick auf ein Paar schwarze Schuhe mit viereckiger Schnalle freigab. Susanne hatte solche Schuhe im Bildjournal gesehen, ihr fiel aber nicht mehr ein, wie sie hießen. Man konnte sie nicht in Schweden kaufen. Nur in London.

Hasse drückte auf einen Knopf, sodass die Tür aufglitt, stand dann auf und sprang fast hinaus. Er kannte diesen Jungen offenbar auch, denn er breitete die Arme aus, als wollte er ihn umarmen, senkte dann jedoch den linken und gab ihm eine Art Zwischending zwischen Umarmung und Schulterklopfen. Die Haare des neuen Jungen fielen ihm über die Wangen, als er sich zu Hasse vorbeugte. Sie waren aschblond, eine Farbe, so nichtssagend, dass sie eigentlich gar keine Farbe war. Eigentlich sah er nicht besonders gut aus, aber etwas, vielleicht die Kleider oder die Frisur, ließ ihn trotzdem gut aussehend wirken. Oder zumindest *in*. Und das war wichtig. Nichts war für einen Typen wichtiger, als *in* zu sein.

Tommy sagte etwas, und Hasse warf einen kurzen Blick zum Bus, als er antwortete. Jetzt erzählt er von Eva und mir, dachte Susanne. Und Tommy gefällt nicht, dass wir mitfahren. Der aschblonde Typ sagte etwas, und einen Moment lang sah Tommy überrascht aus, dann fing er an zu lachen. Die Gefahr schien vorbei zu sein. Tommy behielt ein Lächeln auf dem Gesicht, als er mit ein paar großen Schritten zum Bus ging, blieb dann aber stehen, trat einen Schritt zurück. Sagte erneut etwas zu dem fremden Jungen, bekam eine Antwort und lachte noch lauter als zuvor. Peo, Bosse und Niclas lachten auch. Und Hasse beugte sich schnell vor und schlug dem Fremden noch einmal auf den Rücken. Ein richtiger Spaßvogel war er offenbar. Susanne schloss die Augen und zwang sich, das Richtige zu denken. Ein netter Junge. Der gute Laune verbreitete. Vielleicht konnte er Björn auch aufmuntern. Sie warf diesem einen kurzen Blick zu. Er hielt die Augen immer noch geschlossen, lauschte jedoch intensiv, das war ihm anzusehen. Atmete kaum noch.

Eva hatte sich vom Fenster zurückgezogen und saß jetzt mit übereinandergeschlagenen Beinen und im Schoß gefalteten Händen da, den Blick nach vorn gerichtet. Susanne konnte ihr Gesicht nicht erkennen, aber sie war sich absolut sicher, dass sie lächelte. Vielleicht hatte sie sogar das Licht in ihren Augen eingeschaltet, dieses kleine Licht, das sie ein- und ausschalten konnte, ganz wie sie wollte. An einem Samstag im Winter hatte sie Susanne gezeigt, wie sie es machte, sie hatten nebeneinander in der kleinen Kammer hinter der Parfümerie gestanden und sich im Spiegel angeschaut.

»Guck mal«, hatte Eva gesagt, und Susanne guckte. Sie hatte gesehen, wie Eva ohne eine Miene zu verziehen plötzlich richtig glücklich ausgesehen hatte, ein wenig begierig dazu und sehr fröhlich. Sie konnte nicht anders, musste sie einfach anlächeln, aber das war ein Lächeln, dass ebenso schnell wieder erlosch, wie es gekommen war. Denn anschließend, nur eine Sekunde später, sah Eva genauso aus wie immer, wenn zu viele Teenagermädchen auf einmal in den Laden kamen. Mit schwarzen Augen, unwillig und sauer. Sekunden später blitzte wieder dieses kleine Licht in ihren Augen auf, und sie wirkte erneut begierig und verspielt.

»Wie machst du das?«, fragte Susanne.

Eva strich sich mit der Hand übers Haar, sie hatte eine neue Frisur, einen langen, glatten Pagenkopf, nur ganz wenig, fast überhaupt nicht toupiert, und strich sich oft mit der Hand darüber. Lächelte.

»Ich kann das gar nicht sagen. Es ist, als würde ich auf einen Knopf drücken. Dann kommt das einfach so.«

»Aber …«

Eva zuckte mit den Schultern.

»Das ist einfach ein Talent. Ich weiß nicht, wie es funktioniert. Ich mache es einfach.«

»Als würdest du ein kleines Licht anzünden«, sagte Susanne. »Und dann wieder ausschalten.«

Eva lachte und schüttelte dabei ihr Haar. Es schien, als genieße sie das Gefühl, wie es weich ihre Wangen und ihren Hals berührte, ganz anders als diese kräftig mit Haarspray bearbeiteten Frisuren, die sie all die Jahre gehabt hatte. Oder aber es war Susannes Antwort, die sie genoss. Was wohl eher der Fall war, denn sie war später noch mehrere Male darauf zurückgekommen. Erst vorhin, als sie vor der Schule gewartet hatten, hatte sie Susanne angelächelt und gefragt:

»Na, ist das Licht eingeschaltet?«

Susanne hatte sich gerade gebückt, um sich ihre weißen Stiefel anzuziehen, aber jetzt wartete sie damit, stand gekrümmt da und blinzelte zu Eva hoch. Sie sah kein Licht, aber das konnte sie natürlich nicht sagen. Stattdessen lächelte sie nur und ließ den Blick wieder zurück zu den Stiefeln wandern.

»Na klar«, sagte sie.

Eva veränderte ihr Gleichgewicht, trippelte ein wenig. Also die richtige Antwort. Susanne zog sich den anderen Stiefel an und richtete sich auf. Hinter ihr standen die Mädchen, eine Gruppe in ihrem Alter und jünger. Es gefiel ihr, dass sie hier standen. Das machte sie stärker. Ließ sie sich fast ebenbürtig mit Eva fühlen. Denn wie viele Mädchen ihres Alters durften schon mit einer Band wie den Typhoons auf Tournee gehen? Praktisch keine. Jedenfalls nicht hier in Landskrona.

Gleichzeitig prickelte es ein wenig vor Unruhe in ihr. Konnte es nicht sein, dass Björn wieder einmal vergaß, dass er sie abholen sollte? Und dann müsste sie hier mit der Enttäuschung der Mädchen stehen. Ganz allein mit der Verantwortung, ohne dass jemand sie mit ihr teilte. Denn Eva würde keinerlei Verantwortung übernehmen, das wusste sie. Eva hatte nie die Schuld, an nichts. Alles Gute war ihr Verdienst, alles Schlechte lag an den anderen, das hatte Susanne bereits gelernt. Um ehrlich zu sein, so war sie nicht gerade eine gute Freundin. Andererseits waren sie vielleicht ja auch gar keine Freundinnen. Sie waren wohl eher Schwägerinnen. Zumindest sprach Eva sie gern so an:

»Hallo, kleine Schwägerin …«

Susanne verzog das Gesicht. Ja, Eva klang lächerlich, wenn sie so redete, aber das durfte sie nicht einmal denken! Sie zwang sich zurück in die Wirklichkeit. Björn hatte ja nicht vergessen, sie abzuholen. Und hier war sie also. Im Tourneebus der Typhoons mit einem mürrischen Björn eine Reihe weiter links von ihr und mit einer kerzengeraden Eva ganz vorn im Bus. Und draußen stand der Rest der Band, unterhielt sich und lachte. Plötzlich durchfuhr sie eine Welle von Heimweh, denn eine Sekunde lang sah sie ihr Zimmer vor sich, ein Zimmer in der Dämmerung, in dem sie selbst an ihrem Schreibtisch saß und in ihr Tagebuch schrieb. Sie schloss die Augen und verscheuchte das Bild, beugte sich dann vor und legte beide Hände auf die Rückenlehne vor sich. Jetzt sah sie etwas, was sie vorher nicht bemerkt hatte. Eva betrachtete sich im Spiegel. Über der großen Windschutzscheibe im Bus war ein kleiner Spiegel befestigt, und in ihm sah sie Evas Gesicht, dieses glatte, weiße Oval mit zwei sehr schwarz geschminkten Augen. Eva hatte ihr Licht eingeschaltet, und sie ließ es eingeschaltet, als sie den Kopf zur Bustür drehte. Peo, Bosse und Niclas waren auf dem Weg herein. Und draußen warteten Tommy, Hasse und der durchgestylte Typ.

Er sollte auch mitfahren.

Wie klingt Jubel?

Das war eines der Worte, mit denen Susanne gekämpft hatte, als sie Tagebuch schrieb, eines von denen, mit denen sie versucht hatte, ihre kindlichen Vorstellungen abzulegen. Jetzt wusste sie es. Jubel war kein albernes Glucksen in Falsett, sondern all das hier. Es war das Geräusch von Evas hellem Lachen, gemischt mit Hasses dunklem, es war Niclas' eifrige Stimme und Bosses nicht ganz so eifrige, es waren Peos Hände, die in einem Trommelsolo auf der Rückenlehne vor ihm flatterten, und Tommys Glucksen, irgendetwas zwischen Lachen und Reden. Und all das wegen Robban. Der den Jubel verursachte. Der gute Laune mitbrachte. Der Typ, der mit in den Bus eingestiegen war und alle – natürlich außer Björn – zum Lachen gebracht hatte.

Obwohl er doch sofort zu Björn gegangen war, als er in den Bus gestiegen war, sich vor ihn hingestellt und sich mehrere Male laut und künstlich geräuspert hatte, so künstlich, dass alle anderen einfach lachen mussten, und damit hatte er Björn schließlich gezwungen, die Augen zu öffnen. Robban hatte sofort eine ironische Verbeugung hingelegt und gesagt:

»Man hat zu danken.«

Björn blinzelte.

»Wofür?«

»Dafür, dass du meinen Platz in der Band eingenommen hast. Danke.«

Björns Blick wurde unruhig:

»Dann bist du also …«

»Ich bin Robban. Meine Eltern sind dir auch auf ewig dankbar. Denn in einem Monat mache ich Abitur, und das machen die anderen nicht …«

Björn richtete sich auf, wusste aber nicht so recht, wo er hingucken sollte. Robban fuhr lächelnd fort:

»Wenn du nicht gekommen wärst und meinen Platz in der Band eingenommen hättest, dann wäre ich immer noch …«

Er lächelte, beendete den Satz jedoch nicht. Hinter ihm stand Tommy mit breitem Grinsen.

»Wir haben gedacht, Robban könnte doch ein paar Tage mitkommen. Genau wie deine Schwester und deine Braut.«

Björn zuckte mit den Schultern.

»Das ist nicht meine Schwester. Und auch nicht …«

Tommy lachte: »Nicht deine Schwester und nicht deine Braut. Oh, Scheiße. Habt ihr das gehört, Jungs? Es ist nicht seine Schwester und nicht seine Braut!«

»Ich meinte nur …«

Björn zog sich zur Hälfte hoch, ließ sich aber gleich wieder auf den Sitz sinken. Vielleicht war er Evas Blick begegnet, einer Eva, die sich umgedreht hatte und ihn anstarrte ohne jedes Licht im Blick, eine blasse Eva mit schmalen, schwarzen Augen, eine Eva, die alles sah, hörte und registrierte.

»Ach«, sagte Robban. »Ist doch scheißegal. Jetzt gibt's hier Party!«

Und Sekunden später gab es wirklich eine Party. Robban ging nach vorn und gab Eva einen Handkuss, sie lachte, entzündete das Licht in ihrem Blick und ließ es zu, er ließ sich in dem Moment neben ihr auf den Sitz sinken, als Hasse startete und der Bus auf die Landstraße rollte. Tommy setzte sich auf den Sitz hinter ihr und stellte seinen tragbaren Plattenspieler an. Eva drehte sich augenblicklich halb um und ließ ihren Blick zwischen den beiden wandern, zuerst Robban, dann Tommy, dann wieder Robban. Mick Jaggers Stimme dröhnte. *»I can't get no ...«* Niclas und Bosse ließen sich auf der anderen Seite des Mittelgangs nieder und sangen mit, während sich Peo auf den Sitz neben Susanne plumpsen ließ und sie anlächelte, er lächelte so warm und intensiv, dass ihre Muskeln weich wurden und sie sein Lächeln einfach erwidern musste. Sie vergaß Björn und dachte erst wieder an ihn, als sie mehr als zehn Kilometer gefahren waren, da drehte sie sich mitten in einem Lachen um und sah, dass er noch genau wie vorher dasaß, mit geschlossenen Augen, die Arme vor der Brust verschränkt. Er machte nicht mit bei der Party.

Aber sie. Susanne machte tatsächlich auf der Party der Typhoons mit. Und zwar zusammen mit Peo.

»Stillgestanden!«

Robbans Stimme durchschnitt die Luft. Es wurde gekichert, gelacht und gegackert, aber Björn dachte gar nicht daran, die Augen zu öffnen und zu sehen, was da passierte, er wollte mit geschlossenen Augen sitzen bleiben, bis die anderen den Bus verlassen hatten.

»Ganze Abteilung: Vorwärts, marsch!«

Eva lachte am lautesten von allen. War natürlich am fröhlichsten. Und hilfsbedürftigsten.

»O mein Gott, Hilfe!«

Er konnte nichts dafür. Die Augen öffneten sich von allein. Er sah, wie Eva das Gleichgewicht verlor und schwankte, wie sie gegen Tommy fiel, der direkt hinter ihr stand, sah, wie sie nach seinem Arm griff und gleichzeitig Björn einen Blick zuwarf, einen eiskalten Blick, der klar besagte, dass sie sich von ihm so im Stich gelassen fühlte, dass sie das Recht zu haben meinte, wen auch immer zu verführen, und ganz besonders und allen voran seinen ärgsten Feind. Und Tommy schien nichts dagegen zu haben, ganz im Gegenteil, er streifte Evas Hand nur ab, um beide Arme um sie zu legen und sie fest an sich zu drücken. Ihr Rücken gegen seinen Bauch. Ihr Po gegen seinen Schritt. Kurz darauf wippte er mit dem Unterleib, rieb ihn fest gegen ihren Po und drehte sich dabei um, warf auch Björn einen Blick zu, aber nur ganz kurz, und lächelte dann Peo und Susanne zu, die hinter ihm standen.

»Alles in Ordnung?«

Susanne nickte, lächelte aber nicht. Peo legte ihr eine Hand auf die Schulter, nahm sie aber gleich wieder herunter.

»Ruhe im Glied!«, rief Robban von der Tür her.

Eva kicherte.

»Im Gleichschritt, meine Herren!«, rief Robban. »Im Gleichschritt, marsch!«

Björn schloss die Augen wieder.

Die Tür musste offen stehen. Und draußen musste sich wohl eine Raststätte mit Tankstelle befinden. Oder eine Tankstelle mit Würstchenbude. Der schwere Duft von Pommes frites mischte sich mit den Benzinschwaden. Er hatte diesen Geruch schon immer gemocht, fand, es roch ein wenig wie der Traum von seinem Leben, wenn auch nicht wie das Leben, das er tatsächlich lebte. Aber er hatte absolut keinen Hunger. Wollte nichts essen. Wollte nichts trinken. Wollte nicht einmal die Augen öffnen.

Aber er musste es. Trotz allem. Um nicht vollkommen vom Dunkel geschluckt zu werden.

Er schaute sich um. Alles sah aus wie immer. Ein einziges Durcheinander. Überfüllte Aschenbecher. Eine Lederjacke auf dem Boden. Eine halb offene Tasche auf dem Tisch ganz hinten, diesem Tisch, den Karl-Erik unbedingt in den Bus eingebaut haben wollte, an dem aber nie jemand saß. Zeitungen und Coca-Cola-Flaschen, Pullover und leere Chipstüten überall auf den roten Sitzen verstreut. Plus Tommys tragbarer Plattenspieler natürlich. Eine kaputte Papiertüte mit signierten Plakaten auf der Gepäckablage. Sie war umgekippt, und die Plakate hatten Eselsohren gekriegt, fast alle waren an den Rändern eingerissen. Eine leere Flasche Whisky lag dahinter.

Björn blieb eine Zeit lang reglos sitzen, dann stand er langsam auf und reckte sich. Draußen auf dem halb leeren Parkplatz lief die ganze Band immer noch in kunstvollen Kreisen und Kringeln herum. Robban führte sie an, schmiss die Beine wie ein deutscher Soldat und schrie irgendetwas. Hinter ihm kamen die anderen, dicht nacheinander in perfektem Gleichschritt. Linker Fuß, rechter Fuß, linker Fuß ... Wie in einem Film von Richard Lester. Nur das Publikum fehlte. Eine Frau auf dem Weg aus dem Rasthof lächelte zögerlich über sie, eilte dann aber schnell weiter, und ein junger Mann in blauem Overall schaute aus einer Tür heraus, die wohl zu einer Werkstatt führte. Er lächelte nicht, starrte sie nur an und wischte sich dann die Stirn ab. Ein Mann mittleren Alters, der sein Auto betankte, drehte sich demonstrativ weg, sodass er mit dem Rücken zu ihnen stand.

Und da, gerade in dem Moment, als Robban noch einmal da draußen ein Kommando brüllte, da geschah es. Die Welt zerbrach. In zwei Teile. Björn konnte sehen, wie Robban und die anderen weiterhin auf die Glastür des Rasthofs zumarschierten, und gleichzeitig sah er etwas anderes. Sein Leben. Einen Atemzug lang sah er seine gesamte Existenz wie einen Fächer vor sich ausgebreitet, jeder Tag, jede Stunde, jede Minute, die er bereits gelebt hatte, und jeder Tag, jede Woche, jedes Jahr seines Lebens, die er noch leben würde. Das war nach kürzester Zeit vorbei, und Sekunden danach konnte er sich nicht mehr genau daran erinnern, was er gesehen hatte. Dunkle und helle Tage. Erfolge und Niederlagen. Ein Anfang und ein Ende. Das war alles.

Er ließ sich wieder auf seinen Sitz zurückfallen und schloss die Augen. Kurz versuchte er sich auszumalen, wie er jemandem davon erzählte, einem Pfarrer, einem Lehrer oder einem Kumpel, wenn er denn so jemanden gekannt hätte, einen Priester, einen Lehrer oder einen Menschen, den er als seinen Kumpel bezeichnen könnte, aber im nächsten Moment wusste er, dass das etwas war, was er niemals jemandem würde beschreiben können.

Alle müssen sterben, dachte er.

Die Stimme in seinem Kopf antwortete augenblicklich.

Du musst sterben.

Alle müssen sterben. Elsie und Inez, Eva und Tommy, Karl-Erik und Robban …

Du auch.

Ja. Der letzte Tag wird kommen. Unausweichlich. Warum mühen wir uns dann überhaupt mit dem Leben ab?

Ja. Erklär mir das. Warum lebst du?

Ich lebe, weil ich lebe.

Nein. Du lebst, weil Elsie einen Fehler gemacht hat. Du bist ein Fehler.

Das stimmt nicht.

Du bist ein Fehler. Denk daran.

Ich will nicht.

Ach, du willst nicht.

Ich lebe, weil ich lebe. Das reicht.

Strohdumm. Das bist du. Dämlich. Einfältig. Sogar noch dümmer als Robban.

Ja, aber ich habe zumindest eine eigene Wohnung.

Ja, toll. Mit roten Tapeten und gelbem Fußboden.

Ich dachte, das würde schön aussehen.

Und, sieht es schön aus?

Nein. Ich weiß, aber …

Gibt es eine Entschuldigung für schlechten Geschmack?

Nein, aber …

Schlechter Geschmack ist entlarvend. Er sagt etwas darüber aus, wer man ist. Wer bist du?

Ich weiß nicht.

O doch. Du weißt es.

Ich bin ein Typ mit schlechtem Geschmack.

Mehr als das. Du bist vulgär. Und bald bist du ein vulgärer Ehemaliger.

Das muss ja nicht so kommen …

Willst du nicht mehr vulgär sein? Das kannst du nicht.

Ich brauche ja kein Ehemaliger zu werden.

Ach nee. Und wie willst du das vermeiden?

Es steht immer noch in jeder Ausgabe des Bildjournal etwas über mich.

In der nächsten nicht.

Woher weißt du das?

Ich weiß es eben. Und dann wirst du einsam sein. Alle werden sich von dir abwenden. Genau wie Eva.

Ich kann es wiedergutmachen! Das mit Eva.

Ach. Und wie?

Ich kann …

Ja? Schieß los!

Ihr ein Geschenk kaufen.

Oh! Ich bin beeindruckt. Das ist die richtige Lösung für einen vulgären Kerl.

Sie ist auch ziemlich vulgär. Und sie mag Geschenke.

Und warum willst du mit einem vulgären Mädchen zusammen sein?

Um dir das Maul zu stopfen!

Aber mir kannst du doch nicht das Maul stopfen. Ich stecke doch in dir drin. Immer.

»Björn!«

Eine leichte Berührung an seiner Schulter. Fast wie eine Liebkosung. Es hätte Eva sein können, aber die Stimme gehörte zu Susanne. Er zwang sich, die Augen zu öffnen. Es war Susanne, eine stark geschminkte Susanne. Jemand sollte ihr sagen, dass dieser weißrosa Lippenstift ihre Zähne gelb wirken ließ. Er öffnete den Mund, schloss ihn jedoch gleich wieder. Er nicht.

»Willst du nichts essen?«

Er schüttelte den Kopf.

»Alle anderen essen jetzt. Und Hasse hat gesagt, dass das hier die letzte Raststätte auf dem Weg ist.«

»Nein. Ich will nicht.«

»Aber in Nässjö kannst du nicht essen gehen. Da wirst du niedergetrampelt.«

»Ich will nicht.«

»Aber hier sind keine Mädchen. Nur die zwei, die das Essen kochen. Die sind ziemlich dick. Die werden nichts tun. Ich verspreche es dir.«

Er schloss die Augen. Die Stimme in seinem Kopf hallte: *Wie vulgär!*

»Aber kein Ehemaliger!«

Er hatte es laut gesagt. Geantwortet. Das hatte er nicht gewollt. Und jetzt konnte er Susannes Erstaunen aus ihrer Stimme heraushören.

»Was?«

Er öffnete wieder die Augen.

»Nichts.«

»Was meinst du?«

»Ich meine gar nichts.«

»Verdammt, bist du eklig!«

Susanne fluchte. Zum ersten Mal in seinem Leben hörte er Susanne fluchen. Er öffnete den Mund, um das zu kommentieren, kam jedoch nicht so weit.

»Du benimmst dich so schlimm, dass es einem peinlich sein muss. All die anderen haben einen Riesenspaß, nur du hockst hier und grummelst vor dich hin. Was ist eigentlich mit dir los?«

Ohne die Antwort abzuwarten, drehte sie sich um und lief aus dem Bus. Björn blieb eine Weile reglos sitzen, stand dann auf und fuhr sich mit der Hand durch die Haare.

Also musste er wohl etwas essen gehen.

Inez trat einen Schritt zurück und betrachtete die Wand vor sich. Sie war weiß, eindeutig weiß, obwohl die Blumen noch zu sehen waren. Weiße Blumenranken auf weißem Untergrund. Es sah gut aus.

»Na? Wie läuft es?«

Die Stimme ließ sie zusammenzucken, und während des Bruchteils einer Sekunde, den sie brauchte, um sie als Birgers zu erkennen, geriet ihr Körper regelrecht in Panik. Die Angst breitete sich unkontrolliert aus, ihr sträubten sich die Härchen auf den Armen.

»Meine Güte! Wie du mich erschreckt hast!«

Birger war auf der Türschwelle stehen geblieben und wich ihrem Blick aus. Er trug noch seinen Schlips, hatte ihn jedoch etwas gelockert und den obersten Hemdknopf geöffnet. Samstagskluft.

»Entschuldige. Das wollte ich nicht. Ich wollte nur mal sehen, wie es vorangeht.«

Inez reckte sich und ließ ihren Blick über die weiße Wand wandern.

»Es geht gut. Es geht ganz ausgezeichnet.«

Birger folgte ihrem Blick.

»Aber man sieht die Blumen noch.«

»Schon. Aber das macht nichts.«

Einen Moment lang blieb es still, während Inez sich bückte und die Rolle in den Farbeimer tauchte. Sie hörte mehr, als dass sie es sah, wie Birger einen Schritt ins Zimmer machte.

»Brauchst du Hilfe?«

Die Farbe tropfte von der Rolle auf die Zeitungen auf dem Boden, und sie trat einen Schritt vor, drückte die Rolle gegen die Wand neben der Tür.

»Ich habe nur eine Rolle.«

Das hörte sich abweisend an. Gut. Sie wollte ihn abweisen. Er hatte ein eigenes Arbeitszimmer.

»Ach so.«

Er klang eingeschüchtert, und einen Moment lang plagten sie Schuldgefühle und Mitleid, dann ließ sie die Rolle über die Wand gleiten. Er überlegte sicher, wie er sie bremsen konnte. Aufhalten. Sie wieder runter in die Küche zwingen. Also gab es keinen Grund, ihn zu bemitleiden. Trotzdem versuchte sie die Wogen zu glätten.

»Siehst du, wie hell es hier drinnen wird?«

Er steckte die Hände in die Hosentaschen und nickte, antwortete aber nicht. Sie warf einen schnellen Blick auf seine Füße.

»Pass auf, dass du nicht auf Farbflecken trittst.«

Er ging einen Schritt zurück, landete wieder auf der Schwelle. Gut. Dort konnte er stehen bleiben. Sie tunkte die Rolle erneut ein, genoss ein wenig diesen eigentümlichen Duft von Farbe, die eigentlich gar nicht gut roch, aber auf irgendeine sonderbare Art und Weise dann wieder doch. Ein neuer Streifen Weiß. Licht. Luft. Befreiung. Sie musste sich zusammenreißen, um nicht laut loszulachen. Streichen machte so einen Spaß. Viel mehr Spaß als irgendetwas, was sie seit vielen Jahren gemacht hatte.

»Was für Kleider hast du da eigentlich an?«, fragte Birger.

Es war am Ton zu hören, dass er ganz genau wusste, was für Kleider das waren. Ein altes Kopftuch ums Haar, sorgfältig im Nacken geknotet. Eines von Birgers alten Hemden, mit hochgekrempelten Ärmeln. Björns alte Hose aus blauem Cordsamt, aus der er herausgewachsen war. Und an den Füßen ein Paar Holzschuhe. Alles bereits mit weißer Farbe bespritzt und fleckig. Tatsache war, dass sie sich trotzdem hübsch fühlte. Sie hatte sich unten auf dem Flur im Spiegel betrachtet, als sie die Malerkleidung angezogen hatte, und sich plötzlich zehn Jahre jünger gefühlt. Wenn sie in Malmö oder Kopenhagen gewohnt hätte, hätte sie ausgehen können. Sie sah modern aus. Oder *in*, wie Susanne gesagt hätte. Aber davon ließ sie sich natürlich nichts anmerken.

»Nur abgelegte Sachen.«

»Das ist doch mein Hemd, oder?«

Sie warf einen lässigen Blick auf das Hemd, während sie sich über den Farbeimer beugte und die Rolle abstreifte.

»Das *war* deins. Aber du hast es ja weggeworfen, weil es am Kragen zerfranst ist.«

Sie konnte fast hören, wie es in seinem Kopf knarrte und knackte, wie er verschiedene fantasievolle Gründe suchte, warum sie gerade dieses Hemd von allen abgelegten Hemden, die unten im Keller lagen, nicht hätte nehmen dürfen, doch er sagte nichts. Ahnte wohl, dass sie jedes Argument, das er vorbrachte, an sich reißen und vernichten würde. Womit er auch recht hatte.

»Hm«, sagte er nur und wippte auf der Schwelle hin und her. Eine ganze Zeit lang blieb es still, eine so lange Zeit, dass Inez zwei ganze Streifen mit der Rolle malen konnte, vom Boden bis zur Decke. Dann räusperte sich Birger.

»Was gibt es zu essen?«

Inez hielt mitten im Streichen inne, stand plötzlich vollkommen reglos da und starrte auf die feuchte weiße Fläche, spürte, wie die Wut in ihr zu glühen begann. Was gibt es zu essen? Es war doch gerade einmal zwei Uhr nachmittags, er hatte vor nicht einmal zwei Stunden sein Mittagessen bekommen. Sie war, so schnell sie konnte, von der Schule nach Hause geradelt und hatte diesem Mann vor weniger als zwei Stunden Bauernfrühstück serviert mit Eiern und eigenhändig gezogener und eingelegter Roter Bete!

»Tja, das kommt ganz darauf an. Was hast du denn vor zu kochen?«

Die Antwort rutschte ihr einfach heraus, ohne dass sie zum Nachdenken kam. Sekunden später schrie es vor Begeisterung in ihr – *Ja! Ja! Ja!* –, aber sie war natürlich sorgsam darauf bedacht, ihr Gesicht ausdruckslos erscheinen zu lassen und ihn nicht direkt anzusehen.

»Ich?«

Er klang ehrlich überrascht. Als wäre er nie auf die Idee gekommen, dass er jemals gebeten werden könnte, Essen zu kochen. Sie machte sich ganz klein und strich zuunterst noch einmal drüber.

»Ja.«

»Soll ich Essen machen?«

»Ja, warum nicht? Ich streiche doch. Und nur wir beide sind zu Hause.«

»Aber ich kann doch nicht kochen …«

»Na, du kannst es dir sicher anlesen. Im Flurregal stehen mehrere Kochbücher.«

Jetzt drehte sie sich lächelnd zu ihm um, achtete aber gleichzeitig darauf, die Rolle vor sich zu halten. Das war eine Drohung. Wenn er sich ihr nähern sollte, würde sie sie heben, ihm dicht vors Gesicht halten, und wenn er nicht ganz weiß in der Visage werden wollte, dann …

Er verstand, was sie meinte, sie sah es seiner Miene an, und wurde sofort wütend, das sah sie ebenso deutlich. Aber gleichzeitig wusste sie, dass er nichts machen konnte. Höchstens krank werden. Sie war bereit, einen Fünfer darauf zu wetten, dass er es so machen würde, dass er binnen einer Stunde Fieber oder Halsschmerzen oder irgendwelche Magenkrämpfe bekommen würde. Aber darum würde sie sich nicht kümmern. Sollte er sich doch selbst um sein blödes Fieber, den dummen Hals oder Bauch kümmern. Wie sie es tat, wenn sie krank wurde.

»Du bist ja nicht ganz gescheit«, brummte Birger, drehte ihr den Rücken zu und ging zur Treppe.

Doch, genau das bin ich, dachte Inez. Gescheit, gescheiter, am gescheitesten. Aber sie sagte es nicht laut. Stattdessen beugte sie sich vor und rief ihm hinterher:

»Ich habe mir einen neuen Schreibtisch gekauft. Einen richtig schönen. Antik. Ich werde ihn nächste Woche abholen.«

Sie ließ ihre Stimme noch lauter ertönen und das Lächeln deutlich hören:

»Hast du gehört, Birger? Ich habe mir meinen neuen Schreibtisch tatsächlich in einem Antiquitätenladen gekauft!«

DER JUBEL HATTE sich gelegt. Jetzt war es still im Bus. Nur das Motorengeräusch war zu hören. Tommy und Eva unterhielten sich leise, mit so gedämpften Stimmen, dass man nichts verstehen konnte. Alle anderen schliefen oder saßen zumindest wie Susanne mit geschlossenen Augen da und dösten. Das war schön. So schön, dass sie gar nicht die Augen öffnen und sich umsehen wollte.

Peo schlief. Dessen war sie sich fast sicher. Er atmete, als schliefe er, und manchmal, wenn die Straße eine Kurve machte, konnte sie spüren, wie sein gesamter Körper der Busbewegung folgte und sich schwer gegen sie lehnte. Das gefiel ihr. Sie genoss es, einen warmen, ruhenden Menschen so dicht neben sich zu haben, in Reichweite seines Körpers zu sitzen. Während der letzten Monate war sie viermal von vier verschiedenen Jungs geküsst worden, aber keiner von ihnen war weich oder warm gewesen. Im Gegenteil. Sie waren hart und eckig gewesen, mit langen Fingern, die sie festhalten und sich überallhin vortasten wollten. Peos Finger waren nicht lang, sondern breit und knubbelig. Er hatte große Hände, aber einen sehr zarten Griff. Das hatte sie gespürt, als er nur kurz ihr Knie getätschelt hatte und dann gleich, fast noch in derselben Sekunde, die Hand wieder zurückgezogen und ein zaghaftes Lächeln aufgesetzt hatte.

Sie öffnete halb die Augen, nur so viel, dass sie seine Hand ansehen konnte, die weit geöffnet dalag, auf seiner schwarzen Jeans ruhte. Wie ein kleines Vogelnest. Einen Moment lang sah sie sich selbst in diesem Nest liegen, in Embryonalstellung zusammengekauert, die Hände unter der Wange, dann schlug sie beschämt über sich selbst die Augen auf. Zog sich hoch, bis sie ordentlich saß, und schaute sich um. Es stimmte, Peo schlief. Genau wie Bosse und Niclas. Aber ein paar Reihen weiter vorn saßen Tommy und Eva, die Köpfe so dicht zusammengesteckt, dass es aussah, als würden ihre Stirnen gleich zusammenstoßen. Eva redete. Es war kaum zu hören, aber zu sehen, ihr Kopf bewegte sich auf und ab, die Augen wurden aufgerissen, und jetzt hob sie die Hand, als wollte sie ihr eigenes Lachen verbergen, merkte aber offenbar, dass die Hand dann zwischen Tommys Mund und ihrem eigenen liegen würde, und senkte sie wieder. Schlug die Augenlider nieder. Tommy lächelte und beugte sich ein wenig weiter vor, kam ihr so nah, dass ihre Ponys sich berührten. Susanne wandte den Blick ab, drehte den Kopf, schaute schräg über die Schulter zu Björn. Er schlief nicht. Er saß mit weit offenen Augen und starrte geradeaus vor sich hin. Ohne etwas zu sehen. Offenbar vollkommen desinteressiert an dem, was zwischen Eva und Tommy passierte, und ebenso desinteressiert an ihr und Peo. Sie nahm ihn einen oder zwei Augenblicke lang ins Visier, wollte ihn zwingen, sie anzusehen, ihre Existenz zu bestätigen, zuzugeben, dass sie ein Teil seines Lebens war, ein Teil, den er nicht einfach ignorieren konnte, doch das nutzte nichts. Er saß reglos da und starrte vor sich hin, nichts sehend und nichts hörend.

Was war mit ihm los? War er krank?

Nein. Nicht krank. Er sah ja nicht krank aus. Und er war schließlich doch noch gekommen und hatte etwas gegessen, nachdem sie mit ihm geschimpft hatte. Seufzend wandte sie ihren Blick ab, drehte sich zum Fenster um und schaute hinaus. Gerade jetzt fuhren sie durch einen kleinen Ort. Rote und weiße Häuser. Ein Konsum. Eine Tankstelle. Dann war es vorbei. Ein paar rotbraune Kühe grasten auf einer Weide, dahinter standen einige Birken und reckten ihre kahlen Zweige in die Luft, dann kam wieder Wald, dieser fast schwarze Nadelwald, der ganz Småland zu bedecken schien. Bald würden sie da sein.

Peo knurrte an ihrer Seite, schlug dann die Augen auf und lächelte. Sie erwiderte sein Lächeln. Er hatte zerzaustes Haar, dieses lockige schwarze Haar, das glatt zu bekommen fast unmöglich zu sein schien. Genau wie ihres. Sie hatte am Morgen fast eine halbe Stunde gekämpft, um die Krause wegzubekommen.

»Guten Morgen.«

Peo reckte sich, spreizte seine knubbeligen Finger, sah sie an und schloss dann die Hände zu Fäusten.

»Hast du auch geschlafen?«

Sie schüttelte den Kopf.

»Nein. Nur gedöst.«

Er warf einen Blick auf seine Uhr.

»Wir sind bald da.«

Sie nickte wieder.

»Ja. Bald sind wir da.«

Die Stadt wirkte fast verlassen. Menschenleer. Ein paar Autos, ein paar Kinder, die auf einem Kiesplatz Fußball spielten, und vereinzelte Paare, die spazieren gingen, das war alles, was sie sahen, als sie zum Hotel fuhren. Der Stora torget lag verlassen da, trotzdem prickelte es in Susannes Bauch vor Erwartung, als sie ausstieg und sich umsah. Hier würde sie also wohnen. In einem ganz neu gebauten Hotel. Wie eine Erwachsene.

Drinnen glänzte alles. Der frisch gebohnerte Fußboden. Der Tisch aus Glas und Messing, der vor den Ledersofas in der Lobby stand. Und das strahlende Lächeln der Dame am Empfang, als sie Björn erblickte. Susanne konnte sehen, wie sie zitterte, dass ihre Hand tatsächlich vor Nervosität und Begeisterung zitterte, als sie ihm ein Formular hinschob, in das er sich eintragen sollte. Er erwiderte ihr Lächeln, aber nur ganz kurz, drehte ihr dann den Rücken zu und ging zum Fahrstuhl, wartete nicht, dass die anderen nachkamen, stieg einfach ein und verschwand.

Susanne und Eva mussten sich ganz hinten in den Fahrstuhl zwängen, als sie so weit waren, damit auch Tommy und Robban noch hineinpassten. Beide scherzten mit Eva, und Eva lächelte zurück. Susanne selbst stand schweigend da und betrachtete ihr Spiegelbild. Sie sah gut aus. Doch. Wirklich.

Das Zimmer war groß und hell. Ein kleiner Tisch zwischen zwei Betten. Graue Tagesdecken, aber ein türkisfarbener Sessel am Fenster. Aussicht auf das Rathaus und den leeren Marktplatz. Eva schaute sich um und sah zufrieden aus.

»Im Badezimmer sind hellblaue Kacheln«, sagte sie und nickte anerkennend.

Susanne traute sich kaum zu antworten. Eva hatte sie ignoriert, seit sie aus dem Bus gestiegen waren. Hatte nicht ein Wort zu ihr gesagt, weder in der Rezeption noch im Fahrstuhl.

»Ja«, sagte sie nur. Eva warf ihr schnell einen Blick zu und ließ sich dann aufs Bett sinken, zog ihre weißen Stiefel aus und massierte sich die Füße.

»Du hast doch noch gar nicht geguckt«, sagte sie sauer.

Susanne drehte sich schnell um und eilte zur offenen Badezimmertür. Schaute hinein, drehte sich um und lächelte.

»Schön!«

Sie bekam keine Antwort. Eva hatte ein Päckchen Zigaretten herausgeholt und wollte gerade eine anzünden, wobei sie Susanne einen verächtlichen Blick zuwarf, legte sich dann auf den Rücken und ließ eine kleine Rauchwolke zur Decke steigen. Rauchen im Bett. Nichts war gefährlicher, als im Bett zu rauchen, das wusste Susanne, das hatte sie tausendmal im Radio gehört. Trotzdem sagte sie nichts, stand nur schweigend da und trat von einem Fuß auf den anderen, während ihr langsam klar wurde, dass sie es war, die für Björns schlechte Laune würde bezahlen müssen.

»Nun?«, fragte Eva schließlich.

Susanne holte Luft. Sie durfte sich nicht erlauben nachzugeben, also lehnte sie sich gegen die Wand und zog sich auch die Stiefel aus, während sie erwiderte:

»Was – nun?«

»Was ist mit Björn los?«

Susanne gab nicht sofort eine Antwort, zuerst nahm sie ihre Stiefel und stellte sie ordentlich nebeneinander unter den Kleiderständer. Zwei weiße Stiefel, kerzengerade, die Zehenspitzen einen Zentimeter von der Wand entfernt. Auch eine Art, das Chaos zu bekämpfen. Die Stiefel fest im Blick, antwortete sie:

»Ist was mit Björn?«

Eva zog an ihrer Zigarette, während sie sich aufsetzte, runzelte dann die Stirn.

»Entschuldige mal, aber bist du total bescheuert?«

Susanne konnte spüren, wie in ihr die Röte aufstieg, wie ihre Wangen heiß wurden und die Augenlider herunterfallen wollten. Trotzdem sagte sie nichts, blinzelte nur kurz und ging an Eva vorbei zu dem anderen Bett. Eva sollte gezwungen sein, aufzustehen und sich umzudrehen, um ihr Gesicht sehen zu können. Nein. Sie sollte gezwungen sein, ans Fenster zu treten, denn dort stellte Susanne sich hin. Sie schaute hinaus. Der Himmel hatte sich zugezogen.

Eva bewegte sich hinter ihrem Rücken. Sie stand offenbar auf, ging zu dem Tischchen und streifte die Asche ab. Dann blieb sie schweigend zwischen den Betten stehen, sagte nichts, zog nur an ihrer Zigarette. Es roch schlecht. Stank.

»Und wo willst du heute Nacht schlafen?«, fragte Eva schließlich.

Susanne drehte sich so schnell um, dass sie fast das Gleichgewicht verlor.

»Hier natürlich.«

Eva schaute sie an, musterte sie langsam von oben bis unten, dann wieder von unten bis oben, ehe sie langsam den Kopf schüttelte.

»Nein, das ganz bestimmt nicht.«

Susanne hielt sich an der Fensterbank hinter sich fest.

»Ja, aber …«

Eva unterbrach sie.

»Du wirst nicht hier schlafen. Denn ich erwarte Besuch.«

»Aber …«

Eva beugte sich vor und drückte ihre Kippe aus.

»Du kannst ja mal sehen, ob du bei Peo schlafen kannst. Oder bei Björn. Denn hier wirst du nicht schlafen.«

Elsie hielt ihren eigenen Schlüssel in der Hand, als sie bei Lydia klingelte. Die Absätze ihrer Mutter klapperten über den Flurfußboden, dann wurde ein Schlüssel im Sicherheitsschloss umgedreht, und sie öffnete. Sah überrascht aus.

»Du trägst Uniform?«

Elsie nickte und lächelte ein wenig.

»Ja. Ich fahre wieder zur See. Ich bin auf dem Weg nach Malmö.«

»Nach Malmö?«

»Das Schiff liegt dort. Es soll noch heute Abend auslaufen. Nach Rotterdam und dann …«

Lydia fasste sich und machte den Rücken gerade, hob die rechte Hand und kontrollierte, dass sich kein Härchen aus ihrer Hochsteckfrisur gelöst war. Was natürlich nicht der Fall war.

»Und wann kommst du zurück?«

Elsie lächelte noch ein wenig.

»Ich weiß es nicht. Das kommt darauf an. Aber ich habe es mit der Bank so geregelt, dass die Miete bezahlt wird. Und ich wäre dir sehr dankbar, wenn du für mich auslegen könntest, wenn die Stromrechnung kommt.«

Lydias Blick wurde unstet.

»Nun, ich weiß ja nicht …«

Elsie seufzte vernehmlich. Zum ersten Mal in ihrem Leben seufzte sie vor Ungeduld über Lydia so laut, dass Lydia es selbst hören konnte.

»Dann gib sie Inez. Und bitte sie auszulegen. Es kann ja nicht viel sein.«

Lydias Blick wich ihr wieder aus:

»Ich habe ja nicht gemeint …«

Elsie stellte sich taub.

»Ich rufe sie vom Schiff aus an. Dann brauchst du dich nicht darum zu kümmern. Aber ich wäre dir sehr dankbar, wenn du so lange meinen Schlüssel nehmen könntest. Und den Briefkasten leeren. Oder Inez darum bitten.«

Lydia streckte die Hand aus, sagte aber nichts. Elsie ließ den Schlüssel hineinfallen.

»Vielen Dank«, sagte sie dann und schob ihre Schiffsmütze zurecht. »Das nächste Mal werde ich all das mit Post und Bank vorher regeln.«

»Ja«, sagte Lydia. Ihr Gesicht war vollkommen leer. Weiß und leer. »Dann alles Gute.«

»Dir auch.«

Elsie trat einen Schritt zurück und griff nach ihrer Tasche, aber Lydia machte keine Anstalten, die Tür zu schließen. Sie stand nur kerzengerade da und starrte ihre Tochter an, bis sie plötzlich blinzelte und wiederholte:

»Ich habe ja nicht gemeint …«

Elsie antwortete nicht, schaute nur weg und ging zur Treppe, leicht gebeugt, da die Tasche schwer war.

»Das Taxi wartet«, sagte sie und hob die Hand zum Gruß. »Grüß die anderen. Wenn du sie siehst.«

Und damit war sie fort.

Der Folkets Park in Nässjö.

Aha.

Susanne stand ganz still da und schaute sich um. Obwohl sie noch nie zuvor auf so einem Vergnügungsgelände gewesen war, hatte sie genau gewusst, dass es so aussehen musste. Es war nur etwas leerer, als sie es sich vorgestellt hatte, denn noch waren die Eingangstore abgesperrt und die Tickethäuschen geschlossen. Die Tanzfläche lag verlassen da, die roten, blauen und gelben Glühlampen hingen ausgeschaltet an schlaffen Kabeln. Die Losbude war geschlossen. Der Kiosk versteckte sich hinter einer Klappe aus Sperrholz. Die Freilichtbühne lag leer und dunkel da, auf den Bänken unter dem schwarzen Dach gab es noch kein Publikum, und niemand lehnte sich an das blaue Geländer drum herum. Nicht ein Mensch war zu sehen, nur ein Wald, der zwischen den Gebäuden fast heranzukriechen schien. So konnte man es sich zumindest vorstellen. Wenn man ein bisschen Fantasie hatte. Und das hatte man schließlich. Oder hatte man zumindest gehabt.

Hingegen hatte ihre Fantasie nicht ausgereicht, sich vorzustellen, dass sie an diesem Tag, an dem sie zum ersten Mal in einem Volkspark stand, so vollkommen anders sein würde. Doch das war sie. Sie war ein neuer Mensch geworden. Hässlicher. Schlechter. Blöder als je zuvor. So blöd, dass sie selbst nicht richtig begriff, was eigentlich passiert war. Oder wie es dazu hatte kommen können.

Eine Stunde waren sie im Hotel Högland gewesen. Eine Stunde hatte Eva gebraucht, um Susannes gesamtes Selbstbild zu zerstören, sie zu vernichten, sie von einem ziemlich erfolgreichen Mädchen in ein Nichts zu verwandeln. Eine, die nichts vorzuweisen hatte. Eine, die sich ja nichts einbilden sollte. Eine, die den Mund nicht aufmachen konnte, ohne sich lächerlich zu machen. Und zwar verdammt lächerlich. Eine, die schließlich in einem verzweifelten Versuch, ihrer eigenen Lächerlichkeit zu entkommen, nachgegeben und sich darauf eingelassen hatte, nicht in dem Hotelzimmer zu schlafen, das ihre Eltern bereits zur Hälfte bezahlt hatten. Nicht, dass das etwas genutzt hätte. Eva hatte trotzdem kein Wort mehr mit ihr gewechselt, seit sie das Zimmer verlassen hatten, und ihr Blick war äußerst ungnädig und verächtlich geworden, sobald er Susanne gestreift hatte.

Es hatte angefangen zu nieseln, einige eiskalte Tropfen trafen sie im Gesicht und brachten sie dazu, die Parkakapuze aufzusetzen, dann die Hände in die Taschen zu stecken und die Schultern hochzuziehen. Sie zitterte ein wenig. Jetzt musste sie sich entscheiden. Sollte sie gehen? Zum Bahnhof gehen und sich in den nächsten Zug Richtung Süden setzen, nach Hause fahren und versuchen, Inez und Birger alles zu erklären? Sie konnte jetzt schon deren Stimmen hören, Inez' scharfen Ton und Birgers unzufriedenes Grummeln. Was war passiert? Warum hatte sie es zugelassen, dass diese Eva sie einfach hinausgeworfen hatte? Und was hatte Björn getan, um ihr zu helfen? Was hatten die anderen Jungs gesagt? Und so weiter.

Das Problem war, dass sie es Inez und Birger nicht würde erklären können. Das war unmöglich, es gab nicht genügend Wörter in der schwedischen Sprache, damit sie es verstehen könnten. Wie sollte sie ihnen erzählen, dass Björn nur verächtlich geschnaubt hatte, als sie versuchte, sich im Bus neben ihn zu setzen, um ihm zu berichten, was passiert war, dass er gezischt hatte, er brauche seine Ruhe vor dem Auftritt, worauf sie zurückgewichen und verstummt war? Und wie hätte sie den anderen etwas sagen können? Was hatte sie von Bosse und Niclas, Tommy und Robban zu erwarten? Besorgtes Bedauern? Oder eher Hohngelächter und offene Verachtung? Und hätte sie – ohne ohnmächtig zu werden oder auf der Stelle tot umzufallen – Peo erzählen können, dass Eva ihr vorgeschlagen hatte, sie könne doch in seinem Zimmer schlafen? Wäre das nicht eine direkte Einladung, und wäre es nicht gleichbedeutend mit der Todesstrafe, sich so anzubieten, wenn man die Tochter von Inez und Birger war? Noch dazu so einem wie Peo, einem Jungen, der zwar sehr nett war und der sich neben sie setzte, sobald er aus dem Hotel in den Bus kam, der aber im nächsten Augenblick eine Dose Bier herausgeholt und geöffnet hatte. Ohne Weiteres. Er hatte einfach den Bierdosenöffner in das blanke Metall gedrückt, zwei dreieckige kleine Löcher gemacht und ihr dann lächelnd die Dose hingehalten. Es hatte etwas gedauert, bis sie begriff, dass er ihr davon anbot; erst hatte sie nur mit offenem Mund dagesessen, dann hatte sie den Kopf geschüttelt und das Gesicht verzogen. Peo zuckte mit den Schultern, setzte die Dose an den Mund und trank in großen, geräuschvollen Schlucken. Da wurde ihr klar, dass alle tranken. Es war erst sechs Uhr, der Nachmittag war kaum zu Ende, der Abend hatte kaum angefangen, aber alle saßen schon da und tranken. Bosse und Niclas. Tommy und Robban. Und Eva, denn genau in dem Moment streckte sie einen weißen Pappbecher vor und ließ sich von Robban etwas Bernsteinfarbenes aus einer kleinen Flasche einfüllen. Einer Flasche, die er anschließend sorgfältig wieder zuschraubte und in seiner Innentasche verbarg.

Sie tranken Schnaps. Sie soffen. Genau wie Ingalills Vater.

Susanne hatte sich umgedreht und versucht, Blickkontakt zu Björn aufzunehmen, was aber natürlich unmöglich war. Er saß mit geschlossenen Augen da und verweigerte jeden Kontakt. Außerdem hielt er genauso eine Bierdose in der Hand wie die, aus der Peo gerade eben getrunken hatte. Das hätte jemand mal versuchen sollen, Inez und Birger zu erklären. Jemand, der sich traute.

Und derselbe Jemand, wer auch immer, aber garantiert nicht Susanne, konnte ja das mit den Mädchen auch gleich zu erklären versuchen, diesen Mädchen, die vor dem Eingang zum Vergnügungspark standen, als der Bus ankam. Sie hatten nicht geschrien, standen nur da und glotzten, während der Veranstaltungsleiter das Tor öffnete. Robban hatte ein Lüftungsfenster geöffnet und etwas herausgerufen, hatte Handküsse geworfen und sich so aufgeführt, dass Tommy und Eva hinter ihm vor Lachen fast zusammenbrachen, und in dem Moment war Susanne klar geworden, dass sie weggehen musste, dass sie nicht hierbleiben konnte. Denn diese Mädchen waren ja wie sie. Sie waren sie. Das gleiche Alter. Die gleichen Frisuren. Die gleiche Kleidung. Also war sie es, die Robban verhöhnte und über die Tommy und Eva lachten. Sie hatte gespürt, wie ihr die Röte in die Wangen stieg, während der Bus wieder startete und aufs Gelände fuhr, wie peinlich es ihr war, sie zu sein, und wie die Scham ihr die Tränen in die Augen treten ließ. Sie hatte sich abgewandt, in diesen verwunschenen Wald gestarrt, der aus irgendeinem Grund Park genannt wurde, während die Röte und die Tränen langsam zurückwichen. Als der Bus hinter der Freilichtbühne anhielt, war es vorbei. Sie konnte aufstehen und aussteigen wie alle anderen, obwohl es doch ganz klar war, dass alles anders geworden war. Aber sie war nicht mitgegangen, um den Raum backstage anzusehen, sie hatte sich nur umgedreht, war hinausgegangen und hatte sich hier auf die Kiesfläche gestellt. Wo sie immer noch stand. Musste eine Entscheidung fällen.

Sie umfasste ihr Portemonnaie in der Tasche, dieses alberne Portemonnaie aus kirschfarbenem Kunstleder, das sie gekauft hatte, um Eva zu imponieren, und dachte über den Inhalt nach. Ein Fünfziger, den sie von Inez bekommen hatte, als Birger nicht zu Hause war. Geld, das abgerechnet werden musste. Sieben Kronen im Münzfach. Ein Zehner und ein Fünfer im Geheimfach, Geld, das sie gespart hatte, um einen Grundstock für ein schwarz-weißes Kleid mit Op-Art-Muster zu haben. Wozu auch immer sie das brauchte. Plus eine Bahnfahrkarte, ein kleines Stückchen festen Kartons, das sie von Norrköping nach Landskrona bringen sollte. Vielleicht konnte sie damit auch von Nässjö aus fahren. Das Problem war nur, dass sie nicht wusste, wie man von hier zu Fuß zum Bahnhof kam. Sie hatte keine Ahnung. Und genauso wenig wusste sie, ob überhaupt noch Züge in den Süden fuhren. Schließlich war Walpurgisnacht, vielleicht verkehrten da gar keine Züge …

Sie drehte sich um und schaute zum Bus. Hasse war aufgetaucht und hatte den Gepäckraum an der Seite geöffnet, war dabei, einen großen Verstärker auf einen Rollwagen zu hieven. Ein erwachsener Mann half ihm. Susanne wusste nicht, wer das war. Keiner von ihnen schaute in ihre Richtung. Sie arbeiteten beide konzentriert, schleppten und hievten. Der Regen hatte zugelegt, und Hasses Jacke war bereits nass auf dem Rücken.

Susanne seufzte, rückte ihre Kapuze zurecht und ging zur Freilichtbühne. Sie ballte die Fäuste in der Tasche, als sie den Fuß auf die erste Stufe setzte, ging äußerst langsam die fünf Stufen hinauf zu der Tür, die zu dem Raum hinter der Bühne führte.

Es gab nur einen Umkleideraum, und in ihm saßen sie alle zusammen. Björn vor dem Spiegel, mit dem gleichen ausweichenden Blick, den er schon den ganzen Tag aufgesetzt hatte. Eva auf einem Stuhl neben ihm, ihm halb den Rücken zukehrend, ihr Lächeln auf Tommy gerichtet. Der saß auf dem an der Wand festgeschraubten Tisch, der die ganze Stirnseite entlanglief, und ließ seine rote Gitarre auf dem Schoß ruhen, während er rauchte. Niclas stand hinter Björns Rücken und betrachtete sich im Spiegel, hob vorsichtig seine Mähne und schüttelte dann den Kopf, um zu sehen, wie das Haar fiel. Bosse hatte sich auf einem Holzstuhl zurückgelehnt und nahm noch einen Schluck Bier. Peo strich mit der Hand über seine Drumsticks und ließ den Blick zur Tür schweifen. Und dort, genau neben Susanne, stand Robban, an die Wand gelehnt, während er den Verschluss von seiner kleinen Flasche abschraubte.

»Na so was«, sagte er. »Hier kommt die Schwester, die gar keine Schwester ist. Oder wie das noch mal war.«

Susanne versuchte zu lächeln, aber das ging nicht so gut. Die Mundwinkel zitterten, und einen Moment lang schauten sie alle an, sahen und begriffen, dass sie mit den Tränen kämpfte. Björn schaute verwundert drein, Bosse und Niclas beugten sich ein wenig vor, als wollten sie besser sehen, Peo sperrte überrascht den Mund auf, Robban zog die Augenbrauen hoch, und Tommy warf Eva einen Blick zu und zügelte ein Grinsen. Und Eva selbst hob langsam den Kopf und warf Susanne einen äußerst kühlen Blick zu, einen Blick, der sie zur Salzsäule erstarren ließ. *Untersteh dich*, sagte er mehr als deutlich. *Untersteh dich!*

Der Leiter des Freizeitparks war ihre Rettung. Er legte ihr plötzlich eine Hand auf die Schulter, und instinktiv trat sie einen Schritt zurück, machte sich hinter seinem Rücken unsichtbar. Er stellte sich auf die Türschwelle und räusperte sich, als wollte er eine Rede halten, um dann in breitem småländischem Dialekt zu verkünden:

»Also, Jungs, wenn ihr pinkeln müsst, dann macht das jetzt, und beeilt euch. Denn hier haben wir nämlich keine Toiletten, die liegen in dem Haus unten am Hang. Und in zehn Minuten öffnen wir die Tore, wenn ihr also nicht niedergetrampelt werden wollt, dann beeilt euch jetzt.«

Er wippte ein wenig auf der Schwelle, steckte die Hände in die Hosentaschen und schaute sich um. Björn war bereits aufgestanden, Tommy legte ganz vorsichtig seine Gitarre auf den festgeschraubten Tisch. Der Veranstaltungsleiter nickte ihnen zu und schloss:

»So viel dazu.«

Endlich zu Hause.

Elsie lehnte sich leicht an die Rückenlehne ihres Stuhls, schaute sich in der Funkkabine um und legte die Hände auf den Schreibtisch. Ließ sie einfach dort liegen, weiß und entspannt, während sie aus dem Fenster schaute. Graue Dämmerung. Graues Meer. Grauer Himmel. Und Dänemark ein Stück entfernt, ein schwarzes Dänemark, das bereits seine Lichter angezündet hatte.

Begrüßte man den Frühling auch in Dänemark? Vielleicht. Sie wusste es nicht, und eigentlich interessierte es sie auch nicht. Sie wollte nur hier sitzen und noch eine Weile aufs Meer hinausschauen. Sich zu Hause fühlen, obwohl sie nie zuvor auf diesem Schiff gewesen war. Anastasia. Getauft nach der jüngsten Tochter des letzten Zaren. Diejenige, die eventuell – aber nur eventuell – die Schüsse des Exekutionskommandos überlebt hatte und jetzt als Anna Anderson in den USA lebte. Elsie schmunzelte über sich selbst. Illustriertenwissen. Das sie sich im Wartezimmer beim Zahnarzt angeeignet hatte.

Nein. Zeit, sich nützlich zu machen.

Sie öffnete das Schiffstagebuch und überflog die letzten Aufzeichnungen. Ihre Vorgängerin war offenbar vor einer Woche krank geworden, aber dennoch hatte jemand sorgfältig Buch geführt. Sie griff nach dem Stift und schrieb: 1845 GMT FM MALMOE BND ROTTERDAM. TEST RCVRS XMTRS AUTO-ALARM OK. BATTERIES ACID 1.27. Was bedeutete, dass die Anastasia den Hafen von Malmö um 18 Uhr 45 mit Kurs auf Rotterdam verlassen hatte, dass Radioempfänger, Sender und der automatische Alarm kontrolliert waren und funktionierten und dass die Batterien im Notsender geladen waren. Sie schaltete den Funksender ein und nahm Kontakt mit dem Land auf.

BND ROTTERDAM QRU? Habt ihr ein Telegramm für mich? Die Antwort kam umgehend. NIL. Nichts.

Alles war wie immer. Wie es sein sollte. Und sie selbst hatte nur noch eine Sache zu tun, bevor sie Schweden und Landskrona hinter sich lassen konnte. Sie ging zum Funktelefon. Die Verbindung war laut und deutlich, es klang wie ein normaler Telefonanruf, als die Klingeltöne in Inez' und Birgers Haus ankamen. Als jemand schließlich den Hörer abnahm, beugte sie sich über den Tisch vor. Als wollte sie vertraulich sprechen.

»Inez?«

»Elsie? Hast du dein Telefon gekriegt?«

Inez' Stimme klang ungewöhnlich hell. Fast fröhlich. Elsie zögerte einen Moment mit der Antwort.

»Nein. Ich fahre wieder zur See. Wir sind im Augenblick im Öresund.«

»Was?!«

»Die Funkerin auf diesem Schiff ist krank geworden. Deshalb bin ich als Vertretung für sie eingesprungen.«

Inez war einen Moment lang still. Überlegte vielleicht, wie die Reederei denn mit Elsie hatte Kontakt aufnehmen können, fragte aber nicht danach. Sie räusperte sich nur, und ihre Stimme klang etwas gedämpfter.

»Ja. Aber vielleicht ist das ja auch nur gut so. Dass du wieder rauskommst, meine ich.«

Elsie atmete aus. Inez klang weder kritisch noch beleidigt, nur nett und verständnisvoll. Sie schluckte schnell und erwiderte:

»Ja. Das denke ich auch.«

Wieder wurde es still, aber das war ein freundliches Schweigen. Ein Schweigen unter Schwestern.

»Ich habe Lydia die Wohnungsschlüssel gegeben«, erklärte Elsie schließlich. »Aber ich glaube, es ist fast besser, wenn du sie nimmst.«

Inez seufzte leise. Verstand.

»Das glaube ich auch.«

»Könntest du das Geld für die Stromrechnung auslegen, wenn sie kommt?«

»Ja, natürlich.«

Einfach so. Ja, natürlich. Inez wurde offenbar eine andere. Vielleicht konnte Elsie dann auch eine andere werden. Wenn nur Björn ... Der Gedanke zog einen weiten Kreis.

»Hast du dein Zimmer schon gestrichen?«

Sie konnte hören, wie Inez lächelte, dort auf ihrem Flur.

»Ja. Und es ist so schön geworden. So hell und schön. Ich werde mich dort wohl fühlen.«

Elsie erwiderte das Lächeln, in ihrer Funkkabine.

»Prima.«

Inez wurde leiser.

»Und jetzt kocht Birger das Essen. Zum ersten Mal in seinem Leben.«

Elsie musste kichern.

»Nicht schlecht!«

Und dann, ohne dass sie richtig wusste, wie es dazu kam, beugte sie sich noch tiefer über den Tisch und flüsterte fast:

»Ich habe heute mit Björn gesprochen. Über seinen Vater.«

Es wurde still. Inez antwortete nicht. Aber Elsie konnte ihren Atem hören. Zuerst ein tiefer und dann drei kurze, flache Atemzüge. Sie machte einen neuen Versuch.

»Ich dachte, er hat das Recht ... Aber er wollte nicht zuhören. Er hat gesagt, er wolle es gar nicht wissen.«

Die Tränen stiegen plötzlich auf und hinderten sie am Weitersprechen. Inez schwieg immer noch auf ihrem Flur, schwieg und lauschte dem Schluchzen ihrer Schwester. Elsie zog die Nase hoch und versuchte es noch einmal:

»Er hat gesagt, dass ich nicht seine Mutter bin!«

Vielleicht atmete Inez genau in diesem Moment aus. Vielleicht hätte Elsie es gehört, wenn ihr eigenes Weinen nicht die anderen Laute übertönt hätte. Aber sie hörte, wie Inez schließlich das Wort ergriff und erklärte:

»Aber das hast du doch gewusst.«

Sie klang immer noch wie eine Schwester. Eine betrübte, mitfühlende Schwester. Und Elsie meinte ihr besorgtes Gesicht vor sich sehen zu können, als sie weitersprach:

»Ich habe wirklich geglaubt, das wäre dir klar gewesen.«

Es klang wie immer vor einem Auftritt. Ein Stimmengewirr, das sich in den Umkleideraum drängte, hie und da vereinzelte Rufe, schrilles Lachen, das die anderen Geräusche durchschnitt. Die Menschenfresser sammeln sich, dachte er, rief sich aber gleich selbst zur Ordnung und zwang sich, seinem eigenen Blick im Spiegel zu begegnen. So nicht. Niemals so. An dem Tag, an dem du anfängst, dir das Publikum als Menschenfresser vorzustellen, ist es gelaufen. Dann traust du dich nicht mehr raus auf die Bühne.

»Scheiße auch«, sagte er laut und sah im selben Moment ein, dass das ein Fehler war.

»Was?«, fragte Niclas, der hinter ihm stand und in den Spiegel schaute. Er schaute immer in den Spiegel.

»Nichts«, sagte Björn.

»Du hast doch was gesagt. Das habe ich gehört.«

»Nur laut gedacht…«

Niclas zuckte mit den Schultern.

»Kann ich deine Bürste leihen?«

Björn schaute auf die Bürste, die er in der Hand hielt, reichte sie dann Niclas, stand auf. Es war eng hier drinnen. Viel zu eng. Tommy probierte direkt neben ihm seine Gitarre aus, Bosse saß mit geschlossenen Augen und ausgestreckten Beinen neben ihm und sah aus, als schliefe er, Robban und Eva drängten sich hinten in der Ecke, und draußen auf dem Flur stand Peo mit dem Rücken zu ihnen und schlug mit den Drumsticks gegen die Wand. Susanne war nicht da. Sie war sicher rausgegangen und hatte sich ins Publikum gesetzt.

Warum hatte sie vor Kurzem ausgesehen, als wäre sie den Tränen nahe? Und warum war er selbst damit einverstanden gewesen, dass sie mitkam? Er schüttelte den Kopf. Machte sich wie üblich selbst was vor. Denn er war ja nicht nur einverstanden gewesen, er selbst hatte Inez überredet. Warum, wusste er nicht. Fiel ihm nicht mehr ein. Vielleicht hatte es mit Eva zu tun, vielleicht hatte er sich an dem Tag nach jemandem gesehnt. Sich einsam gefühlt und geglaubt, dass Eva und Susanne ihm helfen würden, sich weniger einsam zu fühlen. Das war dumm. Direkt bescheuert. Aber andererseits hatte er schließlich nicht wissen können, dass Elsie sich ausgerechnet diesen Tag aussuchen würde, um...

Nein! Verboten. Daran durfte er nicht denken.

Der Gedanken verzog sich, während Eva den Kopf drehte und ihn ansah. Ihr Gesicht war vollkommen leer, drückte kein einziges Gefühl aus, nicht einmal, als sich ihre Blicke trafen; es schien, als wäre er ein Fremder, jemand, an dem sie zufällig auf der Straße vorbeiging. Sie sah ihn nur kurz an, dann drehte sie den Kopf und schenkte Robban ein strahlendes Lächeln. Er erwiderte es und beugte sich vor, als wollte er ihr näher kommen. Eva lächelte weiter, zog sich aber um ein paar Zentimeter zurück. Robban folgte der Bewegung, kam noch näher. Dieser blöde Scheißkerl. Als ob er eine Chance hätte.

Hasse tauchte in der Türöffnung auf.

»Seid ihr so weit?«

Björn nickte und schloss die Augen, machte sich bereit, in seine Rolle zu schlüpfen, Björn Hallgren zu werden. Der ewig Glückliche, dem alles glückte. Es war nicht so leicht wie sonst, er war gezwungen, die Augen noch einmal zu öffnen und tief einzuatmen, bevor er diese Leichtigkeit einströmen fühlte, mit der sich seine Adern füllten. *Yeah!* Hier kam er. Und er war noch kein Ehemaliger.

Verdammte Scheiße! So durfte er auch nicht denken. Er hielt mitten im Schritt an, machte auf dem Absatz kehrt und zwang sich, noch einmal seinem eigenen Spiegelbild in die Augen zu sehen. Da war er. Björn Hallgren. Kein Ehemaliger. Nicht einmal ein werdender Ehemaliger. Er musste daran glauben. Er war gezwungen, es zu glauben.

Die anderen Jungs waren bereits auf dem Weg aus der Garderobe, und er beeilte sich, sie einzuholen, ging durch den engen Flur mit seinen Bretterwänden und dem gedämpften Licht, stellte sich anschließend in die Kulisse. Hasse stand ganz vorn und winkte sie auf die Bühne hinaus. Tommy mit festem Griff um den Hals seiner roten Gitarre, Bosse und Niclas lächelnd und winkend, Peo, die Sticks in Siegerpose erhoben. Björn wartete ein paar Sekunden, wollte Tommy die Chance geben, sich einzustöpseln und Bosse und Niclas die Möglichkeit, sich ihre Gitarren umzuhängen, bevor er selbst auf die Bühne trat und das Gejohle da draußen – das Gejohle der Menschenfresser – zu einem einzigen Schrei anschwellen ließ. Tommy warf ihm einen sauren Blick zu und spielte den ersten Akkord, einen vorsichtigen, etwas zögerlichen Akkord, bevor er sich zum Mikrofon vorbeugte und sagte:

»Und hier kommt er! Björn Hallgren!«

Im nächsten Moment setzte die Musik ein. Sie wurde sofort vom Schreien des Publikums übertönt.

Er war Björn Hallgren. Er konnte immer noch Björn Hallgren sein.

Der Gedanke fuhr ihm durch den Hinterkopf, als er zu singen anfing, er schob ihn beiseite und versuchte sich auf den Text zu konzentrieren. *Tonight's the night I've waited for…* Aber das ging nicht so recht, die Worte schienen in seinem Kopf regelrecht zu zerplatzen, und für den Bruchteil einer Sekunde fürchtete er, er hätte sie vergessen, er hätte sogar vergessen, welchen Song er singen sollte, bevor ihm aufging, dass es *Happy Birthday, Sweet Sixteen* war, denn sie fingen immer mit *Happy Birthday, Sweet Sixteen* an. Ihre Erkennungsmelodie. Er bekam den Text wieder in den Griff und lächelte. Das Publikum gröhlte immer noch. Sie hatten nicht gehört, dass er ein paar Worte vergessen hatte. Er konnte sich entspannen und sie genauso ansehen, wie sie ihn ansahen.

Es war natürlich gerammelt voll. Die Leute saßen nicht nur auf allen Bänken, sie standen vor und hinter dem Gitter, einige so weit draußen, dass sie nicht mehr durchs Dach vor dem Regen geschützt wurden. Ein Mädchen hatte einen blasslila Regenschirm aufgespannt, und aus irgendeinem Grund erschien ihm das wie ein Gruß, es war, als schickte sie ihm eine Botschaft – *Hier bin ich! Your own sweet sixteen –*, und seine Gedanken streiften kurz Caroline, sie, die niemals gekommen war, dann blinzelte er und sang weiter. Ein ziemlich hässliches Mädchen in der ersten Reihe hatte die Hände wie zum Gebet gefaltet und starrte ihn an, suchte intensiv nach seinem Blick. Zwecklos. Er ließ ihn nur über sie hinweggleiten zu einer Bank weiter hinten, auf der eine Gruppe von Jungs mit extrem hohen Hemdkragen saß und leicht skeptisch dreinschaute. Auch egal. Er wiederholte die letzte Strophe, genau wie er sollte, breitete dann die Arme aus und schrie:

»Hallo, Nässjö!«

Sekunden später bekam er Angst. Und wenn sie jetzt gar nicht in Nässjö waren? Wenn er alles falsch verstanden hatte und sie in Vetlanda, Värnamo oder in Kleinkleckersdorf waren, aber die Reaktion des Publikums beruhigte ihn. Sie waren in Nässjö. Auf jeden Fall. Sonst hätten sie nicht so glücklich zurückschreien können, und das Mädchen mit dem lila Regenschirm hätte ihn nicht zum Gruß geschwenkt. Tommy schlug hinter seinem Rücken einen neuen Akkord an, immer noch verbiestert und unwillig, wie anzunehmen war, da die ersten vier Stücke bei jedem Konzert Songs waren, die er verachtete. Scheiß drauf. Sie würden noch rechtzeitig zu ihren eigenen Hits kommen, und dann konnte Tommy eines seiner so unglaublich genialen Soli bringen.

Aber Susanne? Wo war sie geblieben?

Diesen Gedanken konnte er sich jetzt erlauben, während er *Corinna, Corinna* sang. Der einfachste Text der Welt, es ging nur darum, den Namen neunundzwanzigmal zu wiederholen, und wenn es dreißig oder achtundzwanzig Male wurden, dann war es auch gleich. Nicht, dass es jemals dreißig oder achtundzwanzig gewesen wären. Schließlich war er Björn Hallgren, und Björn Hallgren machte keine solchen Fehler. Aber Susanne war immer noch verschwunden. Er streifte das gesamte Publikum mit seinem Blick – *Co-o-rinna, Co-o-rinna –*, sah sie aber nirgends. Sie stand wohl irgendwo eingeklemmt. Zeit für die nächste Strophe – *Oh, little darling, where've you been so long?* – und plötzlich spürte er, dass er wirklich da war, tatsächlich da stand und das sang, was er sang, dass er tatsächlich Björn Hallgren war, und dass Björn Hallgren kein Ehemaliger war. Nein! Er würde nicht einmal ein Ehemaliger werden. Stille Freude breitete sich in jeder Zelle seines Körpers aus, und er umfasste mit beiden Händen das Mikrofon, streichelte es, hielt es ganz nah an seinen Mund und genoss seine eigene Stimme, genoss die atemlose Stille, die sich plötzlich unter dem Publikum ausgebreitet hatte. Noch eine kleine Weile. Nur einen Moment während der siebenundzwanzigsten, der achtundzwanzigsten und neunundzwanzigsten Wiederholung des Namens. Und dann: *I love you so …*

Sie liebten ihn. Er konnte es spüren. Er konnte fühlen, wie ihre Liebe in ihm vibrierte, als der Applaus und die Schreie schließlich über ihn hereinbrachen, ihn einhüllten, verschlangen.

»I'm all yours«, rief er und breitete die Arme aus.

Und dann passierte es. Mitten im dritten Song.

Zuerst bemerkte er es kaum. Glaubte, es wären nur diese Mädchen, die er genau in dem Moment anguckte, als sie nicht auf ihn schauten, ja, nicht einmal zuzuhören schienen, die mit halb offenen Mündern dahockten und auf etwas hinter seinem Rücken gafften. Tommy vermutlich. Es gab einzelne Mädchen, die Tommy vorzogen, das wusste er. In der Regel waren sie einen Kopf größer als alle anderen Mädchen. Wenn sie nicht verrückt waren. Ein Teil der Mädchen war ziemlich verrückt.

Das erste Lachen überraschte ihn. Er kam für ein oder zwei Sekunden aus dem Takt, suchte das Publikum verblüfft mit Blicken ab. Warum lachten sie lauthals? Das war ja nun nicht gerade ein urkomischer Song. *Crying In The Chapel.* Eigentlich war es ein ziemlich bescheuerter Song, aber er hatte trotzdem darauf bestanden, ihn ins Repertoire zu nehmen. Er hörte sich gern selbst, wenn er genau wie Elvis klang, ja, fast noch besser …

Nun lachten sie wieder. Dieses Mal noch lauter. Aber jetzt kam er nicht mehr aus der Fassung, jetzt sang er einfach weiter und dachte schnell an Pekka Langer, der in irgendeiner Sendung den Song als *Geflenne in der Kapelle* tituliert hatte. Vielleicht lachten sie deshalb, und der Gedanke ließ ihn einen Atemzug lang schmunzeln, bevor er die nächste Strophe begann: *Every sinner in the chapel …*

Jetzt johlten die Jungs mit den hohen Kragen vor Lachen, einer von ihnen stand halb auf und wedelte mit dem rechten Arm, ein anderer wischte sich mit der Hand unter den Augen entlang, der dritte schlug sich auf die Knie und hielt sich dann den Bauch. Und weit entfernt, am Rande des Publikums, wackelte der kleine Regenschirm. Sie lachte auch, seine *sweet sixteen …* Sogar das hässliche Mädchen, das eben noch mit gefalteten Händen dagesessen hatte, als betete sie ihn an, lachte laut mit offenem Mund. Aber sie schaute ihn nicht an. Er holte tief Luft und ließ den Blick über die Reihen schweifen. Ja. Es stimmte. Niemand sah ihn an. Alle guckten auf etwas hinter seinem Rücken.

Nächste Strophe. *Meet your neighbour in the …* Jetzt war er nicht mehr zu hören. Aber er dachte noch nicht daran, klein beizugeben, er sang weiter und drehte sich dabei langsam um, stellte sich ins Profil – nie dem Publikum den Rücken zuwenden, predigte Karl-Erik in seiner Erinnerung, niemals –, um zu sehen, worüber sie lachten.

Robban.

Robban war auf die Bühne gekommen. Robban war dabei, hinter seinem Rücken eine Pantomime aufzuführen. Jetzt lag er auf den Knien und tat so, als schluchzte er herzzerreißend, während er ein Seil aus der Jackentasche zog, ein Seil mit einer Schlinge, die er sich um den Hals legte. Das Publikum johlte vor Begeisterung, ein Mädchen schrie so schrill, dass ihre Stimme das allgemeine Getöse übertönte: *Nein! Tu es nicht, ich liebe dich!* Robban zögerte einen Moment, legte sich beide Hände aufs Herz, doch dann tat er so, als schluchzte er auf, und schob die Hand in die andere Jackentasche. Holte eine Spielzeugpistole heraus. Packte mit der Linken das Seil um seinen Hals und tat so, als erhängte er sich, während er sich gleichzeitig die Spielzeugpistole an die Schläfe hielt. Wie so eine bescheuerte Comicfigur. Neben ihm stand Tommy und grinste, er spielte und grinste und ließ seinen Blick begierig zwischen Robban und Björn hin- und herwandern. Und hinten in den Kulissen stand Eva und lachte, lehnte sich gegen eine der schwarzen Wände und lachte aus vollem Hals.

Das Gefühl war weiß. Wie leuchtendes Weiß, das ihn blendete.

Spott. Mit Spott kannte er sich aus. Er war seit seinem ersten Schultag ausgelacht worden. Weil er so süß war. Weil Inez ihn zwang, seine Hausaufgaben zu machen. Weil er der Liebling der Lehrerin gewesen war. Weil er gern sang. Weil die Mädchen ihn mochten. Weil er keine Mama und keinen Papa hatte, nur eine Inez und einen Birger.

Und das, was Robban da aufführte, das war der blanke Hohn. Er verhöhnte Björn. Verhöhnte ihn, weil er wie Elvis singen konnte. Verhöhnte ihn, weil hässliche Mädchen die Hände falteten, wenn sie ihn anschauten. Verhöhnte ihn, weil Susanne nicht seine Schwester und Eva nicht seine Freundin war. Verhöhnte ihn, weil er seine eigene Mutter kaum kannte und weil er sich heute Morgen geweigert hatte zuzuhören, als sie ihm von seinem Vater erzählen wollte.

Ein Ehemaliger. Noch vor fünf Minuten war er das nicht gewesen, aber jetzt war er es. Er war Björn Hallgren. Das ehemalige Idol.

Er hörte auf zu singen und ließ das Mikrofon los, hörte, wie es in den Lautsprechern rasselte, als es über den Bühnenboden rollte. Die Musik lief weiter, aber unsicherer jetzt, fast zahm. Er blieb einen Moment lang still stehen, ging dann plötzlich drei Schritte vor und trat zu. Robban fiel auf den Rücken und blieb liegen, starrte verblüfft nach oben, bevor er sich an die Unterlippe fasste. Sie blutete. Er versuchte aufzustehen, doch bevor er hochkommen konnte, warf Björn sich wieder auf ihn. Er hörte, wie es knirschte, als sein Schuh noch einmal Robbans Mund traf.

Die Zähne, dachte er schnell. Ich habe dem Arschloch die Zähne ausgetreten. Und das ist herrlich, es ist so verflucht herrlich, endlich …

Die Musik verstummte. Björn beugte sich über Robban und schlug zu. Zum ersten. Zum zweiten. Und zum dritten Mal.

Chaos.

Er wurde hin und her geschubst, jemand hielt seine Arme fest, drehte sie ihm auf den Rücken, Tommy brüllte vor ihm etwas, versuchte sich vorzustrecken und ihn bei den Kleidern zu packen, ein Mädchen drängte sich dazwischen und schrie etwas Unartikuliertes, eine andere rief hysterisch seinen Namen: *Björn! Björn! Björn!* Der Mann hinter ihm trat ihm in den Hintern, und er schlug lang hin, erreichte aber nie den Boden, sondern landete mit dem Gesicht in einem roten Kleid, einem sehr kurzen roten Kleid, und atmete kurz den Duft eines Frauenschoßes ein, bevor er plötzlich spürte, wie der Griff um seine Handgelenke sich lockerte, und hörte, wie der Mann hinter ihm aufschrie – *Beißt du etwa, du verfluchte Göre!* – und wie jemand anderer Sekunden später etwas dahingehend rief, dass der Rettungswagen unterwegs sei, aber er kümmerte sich nicht darum, hielt sich keine Sekunde länger auf, zwängte sich durch die Menschenmenge hindurch, und während er das tat, stellte er zu seiner Überraschung fest, dass die Bühne voller Leute war, sah, wie Tommy von einigen Mädchen immer weiter weggedrängt wurde, sah Niclas mit offenem Mund dastehen und Bosse lachen, als sich plötzlich eine Gasse zwischen den Mädchen auftat. Eine von ihnen winkte ihm äußerst energisch – *Hier lang!* –, und er überlegte gar nicht erst, sondern rannte einfach weiter, ließ zu, dass sie seine Hand ergriff und ihn in die Kulissen zog, lief hinter ihr durch den dunklen Flur, hielt immer noch ihre Hand, als sie die Tür öffnete und fluchte. Dahinter stand eine kleine Gruppe von Teenagern, Jungs und Mädchen, die sie verblüfft mit offenen Mündern angafften, aber nichts unternahmen, nur zuguckten, wie sich das Mädchen umdrehte, die Tür abschloss, den Schlüssel in die Hand steckte und schrie:

»Macht Platz, verdammt noch mal!«

Und sie machten Platz, bildeten eine schmale Gasse, durch die er hindurchlief, und Sekunden später holte das Mädchen ihn ein und nahm erneut seine Hand, zog ihn mit sich über den offenen Platz auf den Wald zu, rannte direkt ins Gebüsch hinein, fluchte wieder und änderte die Richtung, fand einen schmalen kleinen Pfad, so schmal, dass er ihn nie gefunden hätte ohne sie, und zog ihn hinter sich her zum großen Gunnebozaun. Der sah unüberwindlich aus, war er aber nicht. Mit geübter Hand packte das Mädchen zu und öffnete ein Loch, ein Loch, das immer größer wurde, und Sekunden später, im gleichen Moment, in dem er die ersten Sirenen hörte, ob nun vom Krankenwagen oder von der Polizei, war er aus dem Nässjö Folkets Park heraus und stand auf einer ruhigen Vorortstraße.

»Hier lang«, sagte das Mädchen wieder und ging los.

Björn schaute auf seine Füße. Sie bewegten sich nicht.

»Nun komm schon!«

Das Mädchen hatte die Hände in die Seiten gestemmt. Sie sah sehr entschlossen aus. Nicht besonders hübsch. Blass und aschblond. Pickel am Kinn. In weißer Hose und mit hellblauer Jacke. Sie kaute Kaugummi. Er trat einen Schritt vor.

»Schön«, sagte das Mädchen. »Und jetzt komm.«

Björn holte tief Luft, suchte seine Stimme.

»Wohin gehen wir?«

Sie zuckte mit den Schultern.

»Du wirst schon sehen.«

Schweigend gingen sie eine Ewigkeit nebeneinander her. Überall kleine Einfamilienhäuser. Brennende Straßenlaternen. Zunehmender Regen. Das Mädchen glotzte in den Himmel, als könnte sie die Wolkendecke zwingen aufzureißen, aber das nutzte natürlich nichts. Also zog sie nur die Schultern hoch und machte sich ein wenig krumm. Ging mit großen Schritten weiter. Nach einer Strecke, die sich nach etlichen Meilen anfühlte, bog sie auf einen Kiesweg ab. Hier gab es keine Wohnhäuser mehr, aber die Straßenlaternen verbreiteten ein sanftes Licht. Wald rechter Hand. Wald linker Hand. Björn blieb stehen und schnappte nach Luft, suchte in der Tasche nach seinen Zigaretten, zog ein halb volles Päckchen heraus und zündete sich eine an. Die Finger waren steif. Er fror und schlug den Kragen seiner Jacke hoch. Die dünn war. Viel zu dünn. Das Mädchen stand vor ihm, die Hände in den Taschen, mit einem schiefen Lächeln.

»Bietest du keine an?«

Er gab keine Antwort, sog nur den Rauch ein, während er ihr die Zigarettenschachtel hinhielt. Sie schüttelte den Kopf.

»Ich rauche nicht.«

»Ach. Und warum soll ich dir dann eine anbieten?«

»Aus Höflichkeit.«

»Wie heißt du?«

Ihr Lächeln wurde noch breiter.

»Britt-Marie.

»Ich heiße Björn. Oder ich hieß so.«

Sie schnaubte.

»Willst du mich auf den Arm nehmen?«

Er schüttelte den Kopf. Brachte nichts mehr heraus. Sie schaute ihn an, musterte ihn von Kopf bis Fuß. Er erwiderte ihren Blick. Ihr Haar wurde nass, ein kleiner Tropfen lief ihr vom Pony die Nase hinunter. Sie wischte ihn mit einer verärgerten Geste weg.

»Warum hast du ihn geschlagen?«

Björn schüttelte den Kopf, ohne eigentlich zu wissen, was das bedeuten sollte. Sein Haar war auch nass, er konnte fühlen, wie es leicht an seiner Wange klebte. Er konnte nichts sagen, konnte nichts erklären, zuckte nur leicht mit den Schultern. Erinnerte sich nicht mehr genau, hatte nur noch die vage Erinnerung, dass er früher einmal Björn Hallgren gewesen war. Vor weniger als einer halben Stunde. Vor mehr als einem Leben. Aber das war ein Irrtum gewesen. Alles um diesen Björn Hallgren herum war ein Irrtum gewesen, doch auch das konnte er nicht sagen. Oder dass es jetzt endlich stimmte. Endlich.

Britt-Marie schaute ihn noch einen Moment lang an, dann drehte sie sich um und ging los. Er hob langsam seinen rechten Fuß vom Boden, stellte ihn vor den linken. Ging. Es verblüffte ihn außerordentlich, dass er ging. Er ging tatsächlich einen kleinen Waldweg vor Nässjö entlang, zusammen mit einem Mädchen namens Britt-Marie.

»Wohin gehen wir?«, fragte er schließlich.

Sie drehte sich nicht um, als sie antwortete.

»Zu einem Schuppen. In dem kannst du heute Nacht schlafen.«

Er musste sich durch den Wald durchtasten, rutschte auf seinen dünnen Sohlen über glatte Steine, stolperte über Wurzeln und lose Äste, während Britt-Marie sicher vor ihm herlief und ganz genau zu wissen schien, wo sie ihren Fuß bei jedem Schritt hinsetzen musste. Plötzlich blieb sie stehen, reglos, und lauschte einen Moment lang, bevor sie den nächsten Schritt machte. Wich zur Seite und breitete einen Arm aus, wie um es ihm vorzustellen:

»Hier ist es.«

Es dauerte eine Weile, bevor er sah, was sie ihm zeigen wollte. Die Dämmerung ging bereits in Dunkelheit über. Aber da lag es, eine kleine Behausung mitten im Wald. Ein alter Schuppen. Er versuchte sich aufzurichten und cool zu geben, doch das klappte nicht besonders. Dazu fror er zu sehr. Also kauerte er sich wieder zusammen und nickte bloß.

»Ah ja.«

Er konnte ihr Gesicht kaum noch erkennen, sah aber ihre Umrisse, und als sie ihm wieder den Rücken zuwandte, beeilte er sich, ihr zu folgen. Er wollte sie nicht verlieren. Nicht jetzt, wo die große Finsternis ihn plötzlich umhüllte.

»Die Vierzehnjährigen benutzen das als ihren Knutschplatz«, sagte Britt-Marie und suchte nach etwas. »Aber du brauchst keine Angst zu haben. Sie sind um diese Zeit nicht hier …«

Es rasselte, als sie die Tür öffnete. Drinnen erwartete sie eine noch tiefere Finsternis. Britt-Marie drehte sich zu ihm um.

»Streichhölzer«, sagte sie.

Sie verschwand, er blieb reglos stehen und schaute ihr nach, konnte sie aber erst wieder entdecken, als sie ein brennendes Streichholz vor sich hielt. Sie beugte sich vor und zündete eine kleine Kerze an, die in einem angelaufenen Messingständer auf der Erde stand. Lehmboden. Er trat einen Schritt vor und schaute sich in dem flackernden gelben Lichtschein um. Eine gestreifte Matratze in einer Ecke. Ein kleiner Haufen altes Heu in einer anderen. Er ließ sich auf einen Stein sinken und hörte sich selbst tief seufzen.

Britt-Marie stand plötzlich breitbeinig vor ihm.

»Also«, sagte sie. »Willst du mich gar nicht küssen?«

Nur das hatte sie gewollt. Von dem geküsst werden, der einmal Björn Hallgren gewesen war. Sie legte sich steif auf die Matratze in der Ecke, blieb dort reglos und mit geschlossenen Augen liegen, bis er sich neben sie legte, öffnete ihre Lippen nur ein wenig, als seine Zunge ihre suchte, aber als er pflichtschuldigst nach ihrer Brust griff, entwand sie sich ihm, zog seine Hand weg, schmiegte sich dann aber wieder dicht an ihn und ließ sich immer und immer wieder küssen. Schließlich blieb sie auf dem Rücken liegen und schaute zum Gebälk hoch. Seufzte leise.

»Das glaubt mir keiner«, sagte sie dann. »Ich wünschte, ich hätte einen Fotoapparat dabei.«

Sie zog sich hoch, stützte sich auf die Ellbogen, schaute zuerst auf ihre Uhr, dann auf ihn.

»Morgen bringe ich einen Fotoapparat mit.«

Dann stand sie auf und zupfte ihre Jacke zurecht. Ging zur Tür. Drehte sich um und hob die Hand zum Gruß. Öffnete die Tür und huschte hinaus. Zog sie hinter sich zu und war weg. Und er blieb allein zurück.

Die Kerze flackerte noch ein paarmal, schwarze Schatten huschten über die Wände, dann erlosch sie. Björn blieb einige Minuten lang reglos liegen, starrte ins Dunkel, spürte, wie sich jeder einzelne Muskel in seinem Körper anspannte. Der Regen tickte auf das Dach. Der Wind atmete draußen. Irgendwo in weiter Ferne bellte ein Hund.

Ein Hund?

Jagte die Polizei ihn mit Hunden? Er setzte sich auf und lauschte erneut. Nichts. Doch, Hundegebell. Weit entfernt war tatsächlich Hundegebell zu hören.

War Robban gestorben? Einen Atemzug lang huschte ein Bild vorbei, das Bild von Robbans blutigem Gesicht, und Björn schloss schnell die Augen, zog sich in sein eigenes Dunkel zurück. Das konnte nicht wahr sein. Aber …

All das Blut, sagte die Stimme in seinem Kopf.

Björn erwiderte nichts. Öffnete nur die Augen und schaute in das andere Dunkel. Das äußere.

Mörder, sagte die Stimme.

Björn tastete nach der Streichholzschachtel, ließ seine Finger über die trockene Erde gleiten, strich mit der Handfläche über einen Stein. Einen kalten Stein.

Ein Fehltritt und ein Mörder. Genau das bist du.

Endlich. Er zog die Streichhölzer heran, fummelte ein wenig, bekam aber schließlich doch eines angezündet. Die Kerze war bis auf den Docht heruntergebrannt, und er hörte sich selbst laut seufzen. Das Streichholz erlosch. Er zwinkerte ein paarmal mit den Augenlidern. Es hatte keinen Sinn. Die Dunkelheit um ihn herum war noch tiefer geworden.

»Mörder«, hörte er sich selbst sagen. »Fehltritt.«

Er ballte die Fäuste und öffnete sie gleich wieder. Stand auf. Blieb einen Moment lang schwankend stehen, bevor ihm einfiel, dass er ja noch mehr Streichhölzer hatte. Strich ein weiteres an, schaute sich um und ging zur Tür.

Er sah sich gezwungen abzuhauen. Zu verschwinden.

Die Tür knarrte beim Öffnen. Er schaute zum Himmel auf. Genau über ihm funkelte ein einsamer Stern. Er holte tief Luft, überschritt die Schwelle und ging hinaus in die Dunkelheit.

Es hatte aufgehört zu regnen. Susanne stand vor dem Polizeirevier in Nässjö und schaute zum Himmel auf. Ein Stern. Zumindest sah sie einen Stern. Und das war wohl das einzig Gute, was man von diesem Abend sagen konnte.

Eva stand schluchzend hinter ihr. Lehnte wahrscheinlich ihren blonden Kopf an Tommys Brust und tastete nach seiner Hand. Posierte.

»Nur noch ein Foto«, sagte der Pressefotograf. Es war ein junger Typ, fast im gleichen Alter wie die Jungs aus der Band. Neben ihm stand die Journalistin, ein ebenso junges Mädchen mit kurzem Rock und zerzaustem Haar, und sah etwas verwirrt aus. Susanne trat ein paar Schritte zur Seite, drehte sich dann halb um, sodass sie Tommy und Eva sehen konnte, achtete aber genau darauf, selbst nicht mit aufs Bild zu kommen. Nicht, dass das etwas ausgemacht hätte, denn weder der Fotograf noch die Journalistin schauten in ihre Richtung. Sie wussten gar nicht, wer sie war.

Es wurde nicht noch ein Foto. Es wurden vier.

»Was hat die Polizei gesagt?«, fragte die Reporterin.

Tommy zuckte mit den Schultern.

»Dass sie nach ihm suchen natürlich. Und ihn einlochen, wenn sie ihn finden. Diesen verdammten Idioten!«

Eva schluchzte auf. Sie zog den Rotz nicht hoch. Schluchzte nur. Ihre Stimme klang zerbrechlich, als sie erklärte:

»Es war meine Schuld. Er war so unglücklich …«

Die Reporterin hob ihren Block, witterte eine Neuigkeit:

»Dann bist du seine Freundin? Björn Hallgrens Freundin?«

Eva drückte sich noch fester an Tommy, flüsterte fast:

»Ja. Aber ich habe heute Schluss gemacht. Weil ich jemanden kennengelernt …«

Die Journalistin trat einen Schritt vor:

»Erzähl!«

Der Fotograf hob wieder die Kamera. Susanne verzog angewidert das Gesicht, drehte sich um und ging.

Der dicke Polizist hatte ihr erklärt, wie sie zum Hotel Högland kam. Über den Södra torget. Die Storgatan entlang. Dann immer geradeaus. Und schließlich hatte er ihr die Hand auf die Schulter gelegt und leicht geklopft. Es würde schon alles gut werden. Ihre Eltern würden ja morgen früh mit dem ersten Zug kommen, und bis dahin hätten sie Björn bestimmt gefunden. Sicherlich würde es Vernehmungen und eine Untersuchung geben, aber sie brauchte sich keine Sorgen zu machen. Denn dieser Robban war ja nicht schwer verletzt. Eine geplatzte Lippe, ein bisschen Nasenbluten und ein lockerer Zahn, das war alles. Wahrscheinlich würde es mit dem Skandal etwas schlimmer werden, aber ihr Bruder oder Cousin oder was er nun immer war, der würde das schon schaffen. Und sie selbst sollte am besten ins Hotel gehen und sich aufs Ohr legen.

Tommy und Eva hatten mit einem anderen Polizisten geredet. Hinterher waren sie sich auf dem Flur begegnet, aber sie waren einfach an ihr vorbeigegangen, hatten sie ignoriert, so getan, als gäbe es sie gar nicht, als hätte es sie nie gegeben. Und sonderbarerweise hatte sie sich genauso verhalten. Hatte ihnen nur einen kurzen Blick zugeworfen und sich dann umgedreht. War vor ihnen durch die Tür des Polizeigebäudes hinausgegangen, ohne sie ihnen aufzuhalten, hatte nur geahnt, dass sie so dicht hinter ihr gewesen waren, dass einer von ihnen – vermutlich Tommy – sie gerade noch hatte auffangen können, ehe sie ihm vor der Nase zugeschlagen wäre. Dann war sie auf den Bürgersteig getreten und hatte sich mit dem Rücken zu ihnen hingestellt, hatte mehrere Male tief Luft geholt und versucht, zu sich selbst zu kommen. Zu ihrer Verwunderung, ihrer Trauer, ihrer Besorgnis, ihrer Wut, was auch immer sich in ihr befand. Es war ihr nicht gelungen. Sie war eiskalt und ruhig gewesen. Rational. Hatte gedacht, aber nicht gefühlt.

Obwohl das nicht so ganz stimmte, dachte sie, während sie

den Marktplatz überquerte. Etwas hatte sie auf jeden Fall gefühlt. Verachtung. Sie hatte gesehen, wie Eva sich bereits im Folkets Park aufplusterte, dass ein Hauch von Berechnung dahintersteckte, als sie dafür gesorgt hatte, dass die Polizei – und damit auch der Fotograf mit seinem schwarzen Blitzlichtgerät, dieser dicke Onkel von der Lokalzeitung – erfuhr, dass sie eine wichtige Zeugin war, vielleicht sogar die Hauptperson in dieser Geschichte. Und vor dem Polizeirevier hatte sie das Kunststück vor den beiden vom Aftonbladet oder Expressen noch einmal wiederholt. Denn hier hatte sich natürlich ein Eifersuchtsdrama abgespielt. Da war Björns Eifersucht auf Robban. Oder auf Tommy. Susanne schnaubte verächtlich. Wie wollte Eva die Fäden zusammenführen?

Jetzt war sie an der Storgatan angekommen. Irgendwo schlug eine Uhr, und sie blieb einen Moment lang stehen, versuchte die Schläge zu zählen. Sinnlos. Es blieb bei einem. Also war es schon ein Uhr nachts. Sie sah sich um. Kein Mensch zu sehen. Nicht ein Lebewesen. Die Stadt lag genauso leblos da wie vor nicht einmal zehn Stunden, als sie angekommen waren. Björn könnte die Straße entlanggehen, vollkommen offen. Niemand würde ihn sehen. Niemand würde ihn aufgreifen. Hoffnung keimte in ihr, aber nur eine Sekunde lang. Früher oder später würde er auftauchen und gefasst werden.

Denn kein Mensch konnte einfach so verschwinden. Sich in Luft auflösen. Sich vernichten lassen.

Eine Welt außerhalb der Welt

Eine Ewigkeit des Schweigens. Dann räuspert sich Anders:

»Ich war mit ihr verheiratet.«

Es ist das erste Mal, dass er das sagt. Er war. Nicht, er ist. Susanne reißt die Augen auf:

»Du bist mit Eva verheiratet gewesen?«

Er spürt, wie ihm der Schweiß auf die Oberlippe tritt, und fährt schnell mit der Hand darüber, um ihn wegzuwischen. Wie ein schuldbewusstes Kind. Wie ein Junge, der nach Ausflüchten sucht. Deshalb bleibt ihm nur noch ein Wort übrig:

»Ja.«

»Aber wie um alles in der ...«

Sie bricht mitten im Satz ab. Sieht wohl ein, dass die Frage unverschämt wäre. Trotzdem gelingt es ihm, sie anzulächeln:

»Das frage ich mich auch manchmal ...«

Ihr Blick irrt umher, sucht offenbar nach Worten. Weniger unverschämten. Sie findet sie und sieht ihm in die Augen:

»Ich habe dieses Foto gemacht.«

Erst jetzt merkt er, dass er die Reste des Fotos fest in der Faust verschlossen hält. Er öffnet die Hand und guckt auf die Schnipsel.

»Dann hättest du es vielleicht gern gehabt?«

Susanne richtet sich auf, legt sich die Hände auf den Rücken und sieht ihn direkt an.

»Nein. Auf keinen Fall.«

Wieder bleibt es eine Weile still, dann lächelt er. Sie erwidert sein Lächeln rasch, es ist ein Licht, das plötzlich entzündet wird und ebenso schnell wieder erlischt.

»Björn war mit drauf«, sagt sie dann. »Er stand neben Eva auf dem Bild, als ich es aufgenommen habe.«

Anders zieht die Augenbrauen hoch.

»Björn Hallgren? Dein Bruder?«

Sie weicht seinem Blick aus. Als hätte er sich aufgedrängt. Oder etwas Unpassendes gesagt.

»Cousin eigentlich. Aber wir sind wie Geschwister aufgewachsen.«

Er nickt stumm. Weiß nicht, was er sagen soll, sucht nach der passenden Replik, bevor er tief Atem holt und fortfährt:

»Sie muss ihn abgeschnitten haben. Bevor sie mir das Foto geschenkt hat.«

Ihr Lächeln ist wieder unsicher.

»Gut.«

Warum ist das gut? Er hält in letzter Sekunde diese Frage zurück, lächelt stattdessen erneut, wenn auch ein bisschen weniger herzlich, und sagt:

»Aber ich glaube bestimmt, dass sie den anderen Teil aufbewahrt hat. Eva hat sich nie unnötig von Sachen getrennt.«

Susanne wendet den Blick ab.

»Mit Menschen verhält es sich anders.«

Dem könnte er zustimmen, aber er sagt nichts, neigt nur den Kopf und betrachtet erneut die vier Papierfetzen in seiner Hand.

»Wie lange seid ihr schon geschieden?«

Ihre Stimme klingt zögerlich. Vorsichtig. Er antwortet nicht, sieht sie nicht einmal an, schließt nur die Hand und tritt ein paar Schritte nach rechts, lässt die Überbleibsel des Fotos in einen Papierkorb fallen.

»Nein«, sagt er dann, ohne recht zu wissen, was er eigentlich verneint. »Jetzt werde ich erst einmal frühstücken.«

Dann dreht er sich um und geht zur Messe.

Es dauert eine Weile, bis auch Susanne dort erscheint. Zu diesem Zeitpunkt hat er sich bereits an den am weitesten entfernten Tisch gesetzt, genau gegenüber dem Eingang. Er hat den Platz mit Sorgfalt ausgesucht. Er will so sitzen, dass er Ulrika sehen kann, wenn sie kommt, sodass er ihr zulächeln kann, so, wie sie ihm zugelächelt hat, als sie gegen vier Uhr morgens seine Kabine verlassen hat.

»Zeit, um Proben zu entnehmen«, hatte sie gesagt, während sie sich anzog. Er selbst lag stumm und reglos in seiner Koje, sah sie an und versuchte zu begreifen, dass es tatsächlich passiert war. Mit ihnen. Mit Ulrika und Anders. Und dass es ihn verändert, ihn zu einem anderen gemacht hatte, nachdem er es zuvor geschafft hatte, sich selbst davon zu überzeugen, dass er nie, niemals wieder mit einer Frau schlafen würde und dass das keineswegs einen Verlust für das weibliche Geschlecht bedeutete, höchstens für ihn selbst. Denn er war ja ein lausiger Liebhaber. Erbärmlich im Bett. Ein übel riechender, behaarter Kerl, der Eva jahrzehntelang nur dazu gebracht hatte, sich zunächst zu versteifen und dann resigniert zu seufzen, wenn er sich ihr näherte. Einer von der hölzernen, tollpatschigen Sorte, der – wie sie erklärt hatte – nie und nimmer würde begreifen können, wie er auf ein wirklich fühlendes Wesen wirkte, ein Wesen, wie sie es war, das sich seine Sensibilität bewahrt und sie gepflegt hatte.

Aber letzte Nacht hatte er also mit Ulrika geschlafen. Und sie war nicht zusammengezuckt, als er sie berührt hatte. Sie war weich, warm und anschmiegsam gewesen. Sie hatte ihn mit offenem Mund geküsst. Ihre Brustwarzen waren steif geworden. Ihr Geschlecht war feucht geworden. Und sie hatte gezittert, kurz bevor er kam, gezittert und gestöhnt, und er hatte spüren können, wie sich ihre Scheide um ihn schloss und eine Welle von etwas Warmem, Feuchtem …

Über dem Frühstückstablett schneidet er sich selbst eine Grimasse. Falsch gedacht. Das, was er mit Ulrika erlebt hat, muss vorsichtig behandelt werden. Es ist nichts, woran er sich einfach am Frühstückstisch erinnern kann, nur um noch einmal zu erleben, wie dieses Prickeln durch sein Nervensystem braust. Davon nutzt sich die Erinnerung ab. Er lächelt leise über den nächsten Gedanken: Dass ist etwas, das er in seinem Herzen bergen muss. Ungesagt. Ungedacht. Und trotzdem meint er genau das. Denn es geschah ja irgendwo weit jenseits aller Worte. Es gibt keine Worte für das Gefühl, wenn alle Schwere weicht, wenn man plötzlich so leicht ist, dass man fliegen könnte, und dabei gleichzeitig so stark, dass man den ganzen Erdball stemmen könnte, ihn hochheben und …

Stop. Er starrt auf sein Ei und seufzt leise. So geht es auch nicht. Es gibt Bezeichnungen für diese Art von Gefühlsausbrüchen, und die sind nicht besonders schmeichelhaft. Schon gar nicht für Ärzte. Es sind Begriffe, die er in Krankenakten und auf Überweisungen schreibt, Worte, vor denen man sich hüten muss, wie er weiß. Also ermahnt er sich, richtig tief Luft zu holen, dann den Löffel zu nehmen und sein Ei aufzuklopfen, die dünne Schale abzupellen, während er sich umschaut.

Die meisten sind bereits mit Frühstücken fertig. Nur vereinzelt sitzen noch einige an den grauen Tischen. John brütet ein paar Tische weiter mit finsterer Miene über seinem Kaffee und zupft zerstreut an den Blättern einer kleinen Plastikblume, die in einem Krug vor ihm steht. Roland sitzt an einem anderen Tisch, er liest etwas, beugt sich so kurzsichtig über seine Papiere, dass Anders die Stirn runzelt. Ist dem Mann nicht klar, dass er eine Brille braucht? Gleich darauf hat er die ganze Sache vergessen, denn von einem dritten Tisch schallt Gelächter herüber. Jemand hat einen Scherz gemacht. Robert vermutlich, denn er ist der Einzige dort drüben, der nur schmunzelt, wenn auch äußerst zufrieden, während die anderen – Vincent und Eduardo und zwei amerikanische Forscherinnen – ihn ansehen und laut lachen. Anders windet sich ein wenig auf seinem Stuhl. Es ist immer unangenehm, wenn Leute lachen, ohne dass man weiß, worüber.

In dem Moment betritt Susanne die Messe. Sie wiederholt ihr Kunststück vom Tag zuvor, lässt den Blick nur über ihn hinweghuschen und nickt gleichgültig, als wäre er sonst wer, nicht ein Mensch, dessen Lebensweg ganz offensichtlich den ihren gekreuzt hat, und geht dann zum Frühstücksbüfett. Nimmt sich eine Tasse und eine halbe Grapefruit, Brot, Butter und …

»Hallo.«

Ulrikas Stimme durchfährt ihn, und es dauert den Bruchteil einer Sekunde, bis er sich erinnert, wer sie ist, wer er selbst ist und warum plötzlich eine Woge von Wärme über ihn hinwegspült, dann kommt er zu sich und lächelt sie an.

»Hallo! Alles in Ordnung?«

»O ja. Möchtest du allein hier sitzen oder …?«

»Nein, nein. Auf keinen Fall. Nein!«

Die Antwort kommt etwas zu hastig und klingt ein wenig zu eifrig. Ulrika schaut etwas zögerlich drein, dann nickt sie nur und geht zum Büfett. Stellt sich neben Susanne und grüßt sie, ihr Gruß wird erwidert, sie unterhält sich mit ihr. Bekommt eine Antwort. Sucht sich Brot aus und redet wieder, während sie einen kurzen Blick über die Schulter wirft, weil erneutes Lachen von Roberts Tisch zu hören ist, nickt dann Susanne zu, die ihr die Thermoskanne hinhält und einschenkt. Und dann geht sie mit dem Tablett los, bleibt nur kurz stehen, um John durchzulassen, der missmutig ihren Weg kreuzt. Grüßt lächelnd, ohne eine Erwiderung. Setzt ihren Weg fort. Auf Anders' Tisch zu. Aber immer noch im Gespräch mit Susanne, einer Susanne, die ihr auf den Fersen folgt und offensichtlich auch auf dem Weg zu Anders' Tisch ist.

Verdammter Mist.

Er muss sich zusammenreißen. Seine Mimik kontrollieren. Die Enttäuschung nicht sehen lassen und auch nicht seinen Eifer. Seine Neugier in Schach halten, jetzt, wo Susanne neben ihnen sitzt, darf keine Fragen stellen, die er bis jetzt nicht gestellt hat. Darf seine Freude nicht offen zeigen. Niemandem zeigen – nicht einmal Ulrika selbst –, dass er verliebt ist und innerlich wie ein Fünfzehnjähriger bebt.

Früher war das einfacher. Als er jung war. Er ist nie mit einer ins Bett gegangen, ohne genau zu wissen, mit wem er es zu tun hatte. Er hatte alles über alle vier Mädchen gewusst, die seine gesamten erotischen Erfahrungen ausmachten, bevor er Eva kennenlernte, hatte ihre Eltern und Geschwister getroffen, ihre Ferienhäuser besucht und war mit ihnen auf die Spielplätze ihrer Kindheit gegangen, hatte dafür gesorgt, dass seine eigenen Eltern sie zum Essen einluden, und nachsichtig zugesehen, wie sie mit seiner Schwester gekichert und geflüstert hatten, bevor er überhaupt auf die Idee kam, ihnen die Kleider vom Leib zu fummeln. Das hier ist eine vollkommen neue Erfahrung. In ein Labor gelockt und von einer lächelnden Professorin verführt zu werden, über die er nichts weiß. Beispielsweise, ob sie verheiratet ist oder ob sie Kinder hat…

Er hebt seine Tasse und nimmt einen Schluck, gerade als sie den Tisch erreichen. Der Kaffee ist lauwarm, er ist abgekühlt, während er hier saß, aber das ist nur gut so. Der bittere Geschmack zwingt ihn, sein Gesicht unter Kontrolle zu halten. Er schließt kurz die Augen, während die beiden Frauen je einen Stuhl ihm gegenüber herausziehen, öffnet sie dann und lächelt freundlich. Ist wieder ganz er selbst. Anders Jansson. Der vernünftige praktische Arzt.

»Alles in Ordnung?«, fragt er noch einmal lächelnd.

Ulrika wirft ihm einen kurzen Blick zu, bevor sie sein Lächeln erwidert.

»Na klar. Alles bestens.«

Susanne nickt, sagt jedoch nichts. Ein paar Atemzüge lang bleibt es still.

»Ich habe heute Morgen einen Eisbären gesehen«, erzählt Ulrika dann. »Als ich die Proben entnehmen wollte.«

»Oh!«, macht Susanne.

»Ein Weibchen mit zwei Jungen. Nur fünfzig Meter entfernt.«

Anders räuspert sich leise.

»Hast du Fotos gemacht?«

Sie lächelt noch breiter und wirft ihm einen koketten Blick zu. Doch. So müsste man ihn beschreiben. Kokett. Ihn durchfährt ein Glücksgefühl, und er erwidert ihr Lächeln. Ist plötzlich wieder fünfzehn Jahre alt.

»Nein«, antwortet Ulrika. »Ich hatte keinen Fotoapparat dabei. Ich wollte ja Proben entnehmen.«

»Wie schade«, sagt Susanne.

Es wird wieder still, aber jetzt ist es eine andere Stille. Neu. Ruhiger. Anders trinkt noch einen Schluck seines kalten Kaffees, beschließt dann aufzustehen und sich eine neue Tasse zu holen, kommt aber gar nicht erst dazu, sich zu erheben, als Ulrika sagt:

»Ihr beide habt also gemeinsame Bekannte …«

Er hält inne, lässt sich unmerklich auf den Stuhl zurücksinken. Spürt, wie groß seine Verwunderung ist. Und wie ihn das gleichzeitig erleichtert.

»Ja«, sagt Susanne und schaut von ihrer Grapefruit auf. »Mein Bruder war mit Anders' früherer Frau zusammen. Vor langer, langer Zeit. Ein paar hundert Jahren.«

Ulrika lächelt kurz, nicht, weil sie meint, das wäre besonders witzig gesagt, eher als allgemeine Ermunterung.

»Wir wohnen in einem kleinen Land«, sagt sie. »Jeder kennt jeden.«

Anders sitzt immer noch schweigend da, lässt nur seinen Blick hin- und herwandern. Sieht zunächst Ulrika an, dann Susanne, dann wieder Ulrika. Die gerade ihre Tasse anhebt und einen Schluck Kaffee trinkt.

»Was ist eigentlich mit ihm passiert?«, fragt sie dann. »Habt ihr das jemals erfahren?«

»Manchmal glaube ich, dass er immer noch lebt …«

Susanne hört sich das selbst sagen und ist verblüfft. Sie redet sonst nie über Björns Verschwinden. Vielleicht über ihn als Kind, als Bruder, Cousin oder Rockstar, aber nie darüber, wie er sich auflöste und in eine Erinnerung verwandelte. Und jetzt sitzt sie hier mit zwei flüchtigen Bekannten, dieser netten Professorin für Ozeanografie und dem nicht ganz so netten Arzt, dem Mann, der einmal ein so lausiges Urteilsvermögen besaß, dass er Eva geheiratet hat, und sagt, was sie noch zu keinem gesagt hat. Keinem einzigen Menschen.

Sie bricht sofort ab und versucht alles zurückzunehmen.

»Aber das stimmt natürlich nicht. Er ist tot. Er muss bereits in der Nacht damals gestorben sein. Oder kurz danach.«

Anders nickt zustimmend. Als ob das selbstverständlich wäre. Ulrika sieht ungläubiger aus.

»Aber man hat ihn nie gefunden?«

Susanne schaut nach unten auf ihre Grapefruit und schüttelt den Kopf. Das sollte reichen. Dieses Signal müsste deutlich genug anzeigen, dass sie nicht mehr darüber reden möchte. Doch Ulrika ist nicht aufzuhalten.

»Damals habe ich angefangen, Zeitungen zu lesen«, sagt sie. »Als dein Bruder verschwunden ist. Ich war elf Jahre alt, und bis dahin hatte es mich nie interessiert, was in den Zeitungen stand. Aber da fing ich an. Ich habe jeden Artikel über sein Verschwinden verschlungen.«

Susanne nickt stumm. Ulrika lächelt kurz.

»Ich habe sie im ersten halben Jahr alle ausgeschnitten und in einem Schuhkarton gesammelt. Ich glaube, den gibt es sogar noch irgendwo. Ich erinnere mich, dass es da eine Geschichte mit einem Mädchen aus Nässjö gab …«

»Britt-Marie Samuelsson?«

Susanne ist wieder genauso verblüfft. Sie spricht weiter über Björns Verschwinden. Sie nennt den Namen dieser schrecklichen Person. Und dabei gelingt es ihr, wie ein normaler Mensch zu klingen. Vielleicht ist es einfach an der Zeit. Schließlich sind seitdem fast vierzig Jahre vergangen.

»Ja«, sagt Ulrika. »Kann sein, dass sie so hieß. Die sagte, sie habe ihm geholfen abzuhauen.«

Susanne nickt.

»Ja«, bestätigt sie. »Ich habe auch über sie gelesen. Aber ich weiß nicht, was ich glauben soll.«

Was nur zum Teil stimmt. Denn sie hat nicht nur über Britt-Marie Samuelsson gelesen, sie hat sie auch getroffen. Erinnerungen ziehen vorbei. Sie sieht sich selbst, eine zittrige und ziemlich aufgewühlte Ausgabe ihrer selbst, an einem kleinen Tisch am Tag des Buches in Jönköping sitzen und ihren ersten Krimi signieren. Sie weiß nicht, ob sie stolz darauf ist oder es als peinlich empfindet, schließlich ist es ein Erfolg, eine einzigartige Leistung, und hinter ihrem Rücken reibt sich der Verleger die Hände, aber gleichzeitig schämt sie sich, weil es so leicht verdienter Ruhm ist, es war so einfach zu schreiben. Trotzdem lächelt sie natürlich freundlich und signiert ein Exemplar nach dem anderen, lässt niemanden erahnen, dass sie eine gescheiterte Lyrikerin vor sich haben, eine Frau, die eine ganze Serie gescheiterter Projekte hinter sich hat, dass sie eine Tochter ist, die anstelle ihres Bruders hätte verschwinden sollen, eine Ehefrau, die ihren Mann keine drei Monate nach der Hochzeit verlassen hat, eine Psychologin, die nie ihre Zulassung erhalten hat, eine Schriftstellerin, die ihren ersten Roman verbrannt hat, obwohl er gut war, obwohl er das einzige wirklich wichtige Buch war, das sie jemals geschrieben hat, und stattdessen diesen wertlosen Krimi verfasst hat, und sie sieht, wie sich die Schlange vor ihrem Tisch bis weit auf den Flur hinaus erstreckt und dass ihre Schlange länger ist als die jedes anderen Autors.

Darum dauert es eine Weile, bis sie die Frau sieht, die neben ihrem Tisch steht, eine Frau in ihrem eigenen Alter mit hennagefärbtem Haar und grauem Gesicht. Der geduldige Typ, der sich nicht vom Fleck rührt, der dort fast eine Dreiviertelstunde lang steht, ohne Susanne aus den Augen zu lassen. Als die Signierstunde zu Ende ist und Susanne aufsteht, tritt die Frau einen Schritt vor, legt ihre Hand auf Susannes Jackenärmel und sagt:

»Ich bin Britt-Marie Samuelsson. Wir müssen miteinander reden.«

Der Name weckt eine dunkle Erinnerung. Vage und unangenehm. Susanne zieht ihren Arm zurück.

»Tut mit leid, aber ich muss ...«

Sie versucht zurückzuweichen, doch das geht nicht, sie hat nur noch die Wand hinter ihrem Rücken. Also drängt sie sich höflich lächelnd durch das Gewühl vor dem Tisch, redende Frauen, lächelnde Frauen, lachende Frauen und vereinzelte ernste Männer, aber die hennagefärbte Frau gibt nicht auf, sie folgt ihr auf den Fersen, ununterbrochen redend.

»Du musst mir zuhören. Die Polizei hat mir nie zuhören wollen, die haben geglaubt, ich würde lügen. Nun ja, ich habe sie zumindest so weit gebracht, dass sie mit mir zu der Scheune gegangen sind, aber das haben sie nur gemacht, um mich zum Schweigen zu bringen, denn sie sind nur reingegangen und gleich wieder umgekehrt. Es gab nichts, was darauf hinwies, dass er dort gewesen ist, haben sie gesagt. Es lagen ein paar Kippen auf dem Boden, aber die hätten ja auch später dorthin kommen können, deshalb haben sie sich nie drum gekümmert, und übrigens ...«

Susanne hat es bis in die Räume der Damentoilette geschafft und weiter in einen kleinen Toilettenverschlag, wo ihr endlich einfällt, wer Britt-Marie Samuelsson eigentlich ist. Sie hat Elsie einen Brief geschrieben und Inez angerufen, sie hat sich beim Gedächtnisgottesdienst aufgedrängt und dort so laut geschluchzt, dass es keinen Raum mehr für die Tränen der anderen gab. Und jetzt steht sie, immer noch redend, vor Susannes Toilettenverschlag. Susanne überlegt einen Moment, sieht ein, dass es keinen Fluchtweg gibt, also öffnet sie schließlich die Tür und geht hinaus, sieht der Frau ins Gesicht. Das also ist Britt-Marie Samuelsson. Die einmal ein Mädchen war, das dem Aftonbladet ein

Interview gegeben hat und anschließend jeder einzelnen Illustrierten. Jetzt ist sie kein Mädchen mehr. Ein krankhaft blasses fünfundvierzigjähriges Gesicht. Falten um die Augen. Schmale Wangen. Graue Augen. Ein Blick, der – Susanne zögert – etwas wild wirkt. Doch, ja. Leider. Es gibt keinen anderen Begriff dafür. Ein wilder Blick.

»Entschuldigen Sie«, sagt sie und hört selbst, wie kühl das klingt. Fast arrogant. »Aber ich verstehe nicht recht, wovon Sie reden.«

Was natürlich eine Lüge ist. Aber eine Lüge, die Britt-Marie Samuelsson schluckt, sie seufzt schwer, und es scheint, als verließe sie alle Luft; wie ein kaputter Luftballon fällt sie in sich zusammen und wird klein, schlaff. Sie sieht Susanne ins Gesicht, schlägt dann die Augen nieder.

»Ich rede von Björn«, sagt sie. Ihre Stimme ist jetzt gedämpfter. »Ihrem Bruder.«

»Meinem Cousin«, sagt Susanne und tritt einen Schritt vor ans Waschbecken, pumpt ein wenig Seife heraus und wäscht sich die Hände.

Die Frau zuckt hinter ihrem Rücken mit den Schultern. Ihre Blicke begegnen sich im Spiegel.

»Nie hat mir jemand geglaubt … Niemand wollte mir zuhören.«

Das ist eine Lüge, und das wissen beide. Die Zeitungen haben ja zugehört. Aber Susanne greift nach einem Papierhandtuch und dreht sich um, sieht der Frau direkt in die Augen und sagt:

»Ich höre zu.«

Britt-Marie Samuelsson schaut auf, mustert sie zögernd.

»Also«, sagt Susanne. Sie lässt sich auf einen kleinen Hocker sinken. Nach kurzem Zögern setzt sich Britt-Marie auf den Hocker daneben.

»Ich habe es mein Leben lang bereut«, sagt sie. »Dass ich einen ganzen Monat lang gewartet habe, bis ich zur Polizei gegangen bin. Aber ich war ja erst sechzehn …«

Langsam und umständlich sickert der Bericht aus ihr heraus. Sie war ein Scheidungskind. Ihre Mutter arbeitete in der

Schuhfabrik, sie selbst war Kindermädchen bei einem Studienrat von der Oberschule in Nässjö und träumte von einer Zukunft weit weg, ganz woanders. Sie war immer im Folkets Park, wenn die angesagten Rockbands auftraten, schlich sich meistens durch das Loch in dem Gunnebozaun, sie konnte es sich ja nie leisten, eine Karte zu kaufen für einen Sitzplatz und so …

Susanne wird ungeduldig, windet sich. Ja, und Björn? Was hat sie über Björn zu sagen?

»Na ja«, sagt die Frau. »Sie waren ja da. Das habe ich in der Zeitung gelesen. Sie haben ja gesehen, was auf der Bühne passiert ist.«

Susanne nickt. Sie erinnert sich noch ganz genau, an jede Sekunde, jede Bewegung. Wie sie dastand und sich an das hintere Geländer lehnte. Ihre eigene Verwunderung, als Robban auf die Bühne kam und mit seiner Pantomime anfing. Ihr leicht schuldbewusstes Lachen, das in ihrer Kehle aufstieg, als sie sah, dass Peo lachte, und wie es ihr plötzlich im Hals stecken blieb, als Björn sich umdrehte und das Mikrofon fallen ließ …

»Ich war wohl als Erste oben auf der Bühne«, sagt Britt-Marie und schnieft. Sie redet jetzt ganz schnell, sucht nicht nach den Worten, es scheint, als sage sie etwas auf, das sie auswendig gelernt hat. Wie das halbe Publikum ihr plötzlich gefolgt ist. Und wie dieser dumme Ordner, Svensson hieß er, sich über Björn geworfen und ihn von Robban weggerissen hat, obwohl doch alle fanden, dass es dem, also Robban, nur recht geschah, dass er nur kriegte, was er verdiente, und wie ihre Freundin Agneta den Svensson in die Hand biss und wie Britt-Marie anschließend …

Susanne schließt die Augen. Sie erkennt die Geschichte wieder. Kann sie auch fast auswendig. Hat sie sowohl im Aftonbladet als auch in Året Runt und in Allers gelesen. Zuerst einmal im Jahr. Dann etwa alle zehn Jahre. Björn war verschwunden, und das hatte Britt-Marie Samuelsson einen Lebensinhalt gegeben. Hatte sie zu jemandem gemacht. Und jetzt schnieft sie. Hat eine belegte Stimme, wenn auch keine Tränen in den Augen.

»Aber ich bin ja erst einen Monat später zur Polizei gegangen«, sagt sie jetzt. »Und die hat mir nicht geglaubt. Ja, zu dem Schuppen sind sie ja mitgegangen …«

Sie hebt gerade die Hand, um sich den Pony aus dem Gesicht zu streichen, und macht sich bereit, die Geschichte zu wiederholen, noch einmal das zu sagen, was sie bereits gesagt hat, aber Susanne steht auf und sieht sie an, steht stocksteif und gerade vor ihr und bringt sie durch ihr eigenes Schweigen zum Schweigen. Britt-Marie bleibt mit offenem Mund sitzen und wartet, und Susanne lässt sie warten. Sie mustert sie gründlich, von den ungeputzten Stiefeln bis zu dem zerzausten Haar, schüttelt dann langsam den Kopf und sagt:

»Igitt!«

Und geht weg.

Hinterher hat sie über dieses Wort nachgedacht. Was es eigentlich bedeutete. Verachtung natürlich, eine berechtigte Verachtung, da sie Lust wie auch Berechnung in Britt-Maries Gefühlsausbruch zu spüren meinte. Zu dem Zeitpunkt waren fast dreißig Jahre seit den Ereignissen vergangen, aber Britt-Marie war eine Sechzehnjährige geblieben, denn das Wichtigste, was ihr jemals zugestoßen war, das war passiert, als sie sechzehn war; sie hatte nach dem Ruhm gegriffen, ihn angefasst, ihn umschlungen und nicht im Traum daran gedacht, ihn wieder loszulassen. Und dennoch: Unter Susannes Verachtung lag noch etwas anderes. Ein Gefühl der Schuld. Mitleid, wenn nicht Mitgefühl. Mit welchem Recht verachtete sie Britt-Marie Samuelsson, die doch nie das bekommen hatte, was Susanne selbst bekommen hatte? Auf der einen Seite. Auf der anderen Seite gab es eine weitere Schicht unter der Schuld, eine noch tiefere Schicht der Verachtung. Wie kann man so dumm sein, dieselbe Geschichte sein ganzes Leben lang herzubeten? Und wie kann man einen so schlechten Geschmack haben, sich die Haare fast blaurot zu färben? Und welche Armut ist so allumfassend, dass man nicht einmal seine Stiefel putzen kann?

Dennoch war auch das nicht die Antwort. Das sah sie jetzt ein. Es war nicht ihre Verachtung, die sie hatte »Igitt« sagen lassen. Nicht die Rücksicht auf Björns Gedächtnis. Sondern das, was sie unter Britt-Maries auswendig gelernten Phrasen wiedererkannte. Die Bosheit. Die Boshaftigkeit der Underdogs, die wie eine Katzenkralle hervorschnellen und tiefe Risse schlagen konnte, sowie sich ihr die Gelegenheit dazu bot. Eine Boshaftigkeit, ähnlich der Ingalills.

Igitt.

Sie schüttelt sich. Ist zurück in der Messe der Oden. Sitzt neben Ulrika, die keinerlei Ansatz von Boshaftigkeit zu haben scheint, gegenüber Anders, der aussieht, als könnte er seine Ansätze gut in Schach halten. Zumindest meistens. Sie reden jetzt miteinander, und ihre Augen strahlen. Susanne kann nicht anders, sie muss über sie lächeln. Aha. Verliebt. Sie hebt ihre Kaffeetasse und prostet ihnen stumm zu. Viel Glück.

»Was für ein herrlicher Tag«, sagt Ulrika. »Also, ich gehe jetzt raus an Deck.«

»Ja«, sagt Anders atemlos. »Ich auch.«

Ulrika sieht Susanne an, zögert kurz:

»Du entschuldigst uns?«

Susanne lächelt sie an:

»Aber natürlich. Wir sehen uns später.«

»Ja«, wiederholt Anders prompt. »Später.«

Und es ist wirklich ein herrlicher Tag, vielleicht der letzte herrliche Sommertag auf dem Eis überhaupt. Einige Minusgrade. Strahlende Sonne. Blauer Himmel. Und eine Unendlichkeit von ungebrochenem Eis zu beiden Seiten der Oden, weißes Eis mit schmalen türkisen Streifen. Anders überfällt der heftige Impuls, über diese weißen Flächen hinauszuschreien, aber er tut es natürlich nicht. Er geht nur an den Bug vor und stellt sich dicht neben Ulrika auf den Fußtritt, lehnt sich wie sie über die Reling und schaut sich um.

»Siehst du!«

Ulrika zeigt auf ein kleines Loch, einen türkisen kleinen Fleck in der weißen Unendlichkeit, und einen Moment lang sieht er zwei Fische wie schwarze Yin- und Yang-Zeichen im Schmelzwasser liegen, dann wälzt sich die Masse der Oden über sie, und sie werden unter den Schiffsrumpf gesogen, vom Wasser geschluckt und verschwinden.

»Polardorsche!«

Ulrika klingt richtig glücklich. Er sieht sie an, erwidert ihr Lächeln.

»Meinst du, die kommen durch?«

Sie lacht. Ihre Zähne leuchten weiß.

»Natürlich kommen sie durch. Aber es ist ganz ungewöhnlich, sie zu sehen. Letztes Jahr hatten wir einen Typen dabei, der ausgerechnet an Polardorschen interessiert war. Er stand stundenlang da und hat hinausgespäht, jeden Tag, aber er hat nicht einen gesehen ... Und dann sehen wir gleich zwei. Einfach so.«

»Wir haben eben Glück.«

Sie sieht ihn lächelnd an, legt dann den Arm um ihn und reibt ihre Wange an seiner Brust, streicht damit über seine blaue Jacke.

»Ja«, sagt sie. »Das glaube ich auch. Ich glaube wirklich, du und ich, wir beide haben Glück.«

Er pfeift, als er seine Kabine betritt. Er kann gar nicht anders, er muss pfeifen, obwohl er weiß, wie albern das ist, und obwohl er weiß, dass er vollkommen unmusikalisch ist. Allerdings … Plötzlich hört er auf, bleibt ganz still stehen. Wer hat gesagt, dass es albern ist zu pfeifen? Und wer hat ihm eingeredet, er sei unmusikalisch?

Eva. Aber jetzt ist er von Eva befreit. Jetzt kann er pfeifen, so viel er will. Und sich freuen, so oft er mag.

Ulrika ist Witwe. Sie ist schon seit fünfzehn Jahren Witwe. Sie hat außerdem einen Sohn, einen Jungen von neunzehn Jahren, der gerade angefangen hat, Medizin zu studieren. Plus ein Elternpaar, das ihr geholfen und sie unterstützt und sich an jedem Tag ihres Lebens über sie gefreut hat. Sie ist ruhig und zufrieden, verantwortungsvoll und gewissenhaft. Glücklich. Der erste wirklich glückliche Mensch, der ihm begegnet ist. Und sie wird ihn mit ihrem Glück anstecken, das weiß er. Das kann er jetzt schon spüren.

Sie haben sich draußen auf dem Vorderdeck umarmt. Standen einander gegenüber und haben sich in den Arm genommen, haben der ganzen Welt gezeigt, oder zumindest jedem Menschen, der es sehen wollte, von der Brücke aus oder vom Platz der Vogelbeobachter, durch ein Bullauge in der Küche oder ein Fenster irgendeines Containers, dass sie sich umarmen. Dass sie sich mögen. Dass sie zusammengehören.

Anders pfeift immer noch, als er sich an den Computer setzt. Zeit, Jonas diese Mail zu schicken. Dem Mann, der ihm die Freiheit geben soll.

Er ist erstaunt, wie schnell es geht, eine Antwort zu bekommen. Keine zwei Stunden. Nach seinem Vormittagsschlummer wacht er auf und lächelt die Decke an, erinnert sich vage an einen munteren, lustigen Traum, setzt sich dann auf und blinzelt ein paarmal. Geht hinüber zum Schreibtisch und kontrolliert seine Mailbox. Und da ist sie. Die Antwort.

»Mein Lieber! Danke für deine Mail. Sie kam genau zur rechten Zeit. Denn kurz zuvor habe ich einen Telefonanruf von deiner zukünftigen Ex bekommen und ihr zu erklären versucht, dass ich nichts von dir gehört habe und folglich nichts von der Sache weiß. Sie war sehr zufrieden, als ich sie wieder angerufen habe und ihr mitteilte, dass du dich gemeldet hast, aber etwas weniger zufrieden, als ich ihr erklärte, dass es keine Scheidung geben könne, bevor du wieder zu Hause bist. Schließlich musst du die Papiere selbst unterschreiben. Sie klang ein wenig bestürzt, als ich ihr mitgeteilt habe, dass du das Haus verkaufen willst. Ich hatte den Eindruck, ihr wäre es lieber, wenn du drin sitzen bleibst und auf ihre eventuelle Rückkehr wartest.

Ich werde alle Formalitäten regeln, bis du zurück bist. Ich freue mich schon, dich wiederzusehen. Jonas«

Anders schmunzelt und reckt sich, aber mitten in der Bewegung meldet sich der Computer. Noch eine Mail. Von Bengt Bengtssons Computer.

»Anders! Habe gerade mit diesem Anwalt gesprochen, den du hinzugezogen hast. Er behauptet, du hättest ihn gebeten, einen Makler zu kontaktieren, um das Haus zu verkaufen. Entschuldige mal, das ist nun wirklich nichts, was du so ohne Weiteres tun kannst. Schließlich gehört es zur Hälfte mir. Außerdem haben wir in diesem Haus mehr als dreißig Jahre lang gewohnt. Es ist voll mit Erinnerungen, zwar nicht immer besonders glücklichen, aber trotz allem Erinnerungen. So ein Haus kann man doch nicht einfach abstoßen. Ich werde dem Verkauf also keinesfalls zustimmen. Nur damit du das weißt. Bleib du nur hübsch darin wohnen. Und das ist nur mehr als recht und billig bei dem Gedanken, dass du meine Hochzeit in Paris hast platzen lassen, indem du dich auf diese vollkommen verantwortungslose Art und Weise einfach davongemacht hast. Eva.«

Dieses Mal legt er den Kopf nicht schräg. Er denkt nicht einmal nach. Legt nur die Finger auf die Tastatur und antwortet:

»Dann zahl mich aus. Und du kannst das Haus behalten. Sonst bleibt es beim Verkauf. Anders.«

Er schaltet den Computer aus und dehnt sich noch einmal. Vor dem Fenster strahlender Sonnenschein. Keine Wolke am Himmel.

Die Oden stampft weiter durch den vollkommenen Tag. Legt sich auf die glatte weiße Oberfläche und zerbricht sie, entblößt kurz das türkisfarbene Innere, ehe sie das Eis unter den Bug drückt, befreit einen oder zwei Polardorsche in einer kleinen Pfütze aus Schmelzwasser vom Hunger und bietet ihnen den Überfluss des Meeres an Nahrung und Möglichkeiten, an Genüssen und Gefahren. Ein paar Küstenseeschwalben schweben um das Schiff herum, und Göran im Container ruft so laut, dass Lars, der Vogelkundler, draußen an Deck das Gesicht verzieht und verärgert seinen Kopfhörer ein wenig lüftet. Danke, er hat sie gesehen. Aber es sind doch nur Küstenseeschwalben, kein Grund also, sich so aufzuregen.

»Aber es gibt noch etwas. Ein paar *Love-birds* beispielsweise. Die ich kürzlich gesehen habe. Over.«

»*Love-birds?* Hier? Over.«

»Äh … Was ist mit dir los? Der Doktor und Ulrika. Die standen auf dem Vorderdeck und haben sich umarmt. Over.«

»Ach so. Ist mir doch scheißegal. Over.«

»Na, dann nicht. Over.«

Oben auf der Brücke lächelt der sonst immer so saure Sture, als er dem nicht weniger mürrischen Leif Eriksson ein Satellitenfoto gibt, und nach kurzem Zögern beschließt Leif Eriksson zurückzulächeln, wenn auch nur ganz kurz. Das ist ein außergewöhnlicher Augenblick, und anschließend wird es ganz still um sie herum, zwei Besatzungsmitglieder und drei Forscher starren sie ein paar Sekunden lang überrascht an, bis Leif Eriksson seine Zähne entblößt und etwas vernehmen lässt, das in erster Linie wohl einem Knurren ähnelt. Die Besatzungsmitglieder wenden sich ab, und die drei Forscher konzentrieren sich wieder auf ihre Computer, nur um die Köpfe erneut zu heben und verwundert zu gucken, als der saure Sture summend an ihnen vorbeigeht. Es stimmt tatsächlich: Der saure Sture summt, und er summte Beethoven. *Für Elise*. Es klingt erbärmlich.

Vincent und Eduardo stehen mit ihrer Kamera auf dem vierten Deck. Eduardo hat sie aufs Stativ geschraubt, jetzt beugt er sich vor und stellt die Schärfe ein. Etwas Graues ist draußen auf dem Eis zu erahnen, er zoomt es heran, und die Konturen eines äußerst zufriedenen kleinen Seehunds treten hervor, der neben seinem Eisloch auf dem Rücken liegt und den Tag genießt.

»Guck mal«, sagt er zu Vincent und richtet sich auf. Vincent beugt sich vor und schaut durch das Objektiv, lächelt ein wenig.

»Den nehmen wir. Die Leute lieben Seehunde.«

Eduardo beugt sich wieder über die Kamera. Filmt. Und der Seehund bleibt mehrere Minuten dort liegen, es sieht aus, als posiere er, er klopft sich leicht mit der Flosse auf den Bauch, bewegt den Kopf, hält ihn etwas schief. Und als Eduardo zufrieden ist, dreht sich der Seehund um und robbt zu seinem Eisloch, taucht hinein und schickt einen letzten Gruß, indem er mit der Schwanzflosse winkt.

»Perfekt«, sagt Eduardo.

»Schön«, sagt Vincent und zündet sich eine Zigarette an.

Im Labor wird Viktor verziehen. Neue Messungen haben ergeben, dass der Quecksilbergehalt gleich hoch geblieben ist, ob er nun im Container war oder nicht. Also kann er nicht schuld an den hohen Werten sein, es muss einfach so sein, dass der Quecksilbergehalt im Meereswasser in gerade mal einem Jahr gewaltig angestiegen ist.

»Das müssen wir überprüfen«, sagt Ulrika mit ernster Miene. »Du musst dich wohl darauf einstellen, dass du bei weiteren Expeditionen dabei sein wirst.«

»Natürlich«, nickt Viktor. »Selbstverständlich.«

Dann dreht er sich um und beugt sich über einige Instrumente, nur um zu verbergen, dass er innerlich bebt. Nicht vor Begeisterung, das betont er sich selbst gegenüber. Auf keinen Fall. Niemand weiß besser als er, was Quecksilber für Folgen haben kann. Aber er wird in einem Jahr promovieren, und Ulrikas Satz kann nur eines bedeuten. Eine feste Anstellung anschließend. In ihrem Institut. Außerdem ist es einfach fantastisch, auf Expedition zu sein. Und jetzt darf er bei weiteren dabei sein.

Frida beugt sich vor und öffnet die Herdklappe, ein Duft von frisch gebackenem Brot breitet sich in der Kombüse aus. Sofia bleibt stehen und wischt sich die Hände an einem rot karierten Handtuch ab, schnuppert, saugt den Duft ein und genießt ihn einen Moment lang, bevor sie sich das Handtuch in den Hosenbund steckt und sagt:

»Weißt du, was ich gesehen habe?«

Frida stellt gerade das heiße Blech auf eine Edelstahl-Arbeitsfläche, Metall klappert gegen Metall.

»Nein.«

»Den Doktor und Ulrika. Sie haben sich draußen auf dem Vorderdeck geküsst.«

Frida fährt sich mit der Hand über die Stirn.

»Ach. Wie schön für sie.«

»Und dabei habe ich gedacht, der Doktor wäre verheiratet …«

Sofia fährt noch nicht so lange zur See. Dafür aber ihr Martin, den sie bald heiraten will. Frida kehrt ihr den Rücken zu, lässt nur ihr Lachen hören, als sie antwortet:

»Schon. Aber das zählt ja nicht, wenn man an Bord ist.«

Und dann ist es Zeit, das Mittagessen zu servieren.

Im Laufe des Nachmittags ziehen Wolken auf. Susanne schlägt ihren Jackenkragen hoch, als sie an Deck geht, trotzdem überläuft sie ein Schaudern, als sie die Handschuhe auszieht und eine Zigarette anzündet. Das ist eine neue Art von Kälte, eine feuchte, beißende Kälte, die sich unter die Haut der Finger schleicht und die Adern so schnell zusammenzieht, dass es fast wehtut. Sie beeilt sich, die Handschuhe wieder anzuziehen, stellt sich dann auf das Trittbrett am Bug und schaut sich um.

Die Welt verändert sich. Sie kann dabei zusehen.

Zuallererst erlischt die Sonne, sie gleitet hinter ein paar Wolken, und plötzlich ist das Licht nicht mehr weiß. Das Eis antwortet sofort, es wird grau, zunächst leuchtend hellgrau, dann immer matter, im Einklang mit den Wolken am Himmel, die immer dunkler werden. Die türkisfarbenen Schmelzwasserflecken werden auch dunkler, nehmen einen tieferen Farbton an, fast Dunkelblau, um dann binnen weniger Sekunden schwarz zu werden. Zeitgleich verschwindet der Horizont, Nebel und Dämmerung verdrängen den schwachen Strich am Rande der Welt, Sekunden später fängt es an zu regnen, nein, zu schneien, es ist ein bitterkalter Schneefall mit kleinen harten Körnern, der plötzlich alle anderen Sinneseindrücke verdrängt, ein Schneefall, mit dem heftige Windböen einhergehen. In nicht einmal einer Minute schrumpft die Welt zusammen. Das Einzige, was noch übrig ist: ein Meter Deckfläche.

Susanne kauert sich zusammen und lässt ihre Zigarette in das weiße Unbekannte fallen, dorthin, wo eben noch das Eis lag und wo es hoffentlich immer noch liegt, setzt sich dann ihre Kapuze auf und eilt zur Tür zu ihrem Flur. Der Wind zerrt an ihrer Jacke, lässt sie an ihrem Rücken flattern, und ein paar Sekunden lang hat sie das Gefühl, er werde sie gleich hochheben, sie übers Deck fliegen lassen, über die Reling, auf das Eis hinaus, sie irgendwo weit draußen in der weißen Unendlichkeit fallen lassen, aber das passiert natürlich nicht. Der Wind zerrt an ihr, knufft und schubst sie, aber er schafft es nicht, sie hochzuheben. Sie steht da, wo sie steht, und versucht die schwere Tür zu öffnen, aber das geht nicht, obwohl sie den Türgriff mit beiden Händen umklammert und ihn mit ihrem gesamten Körpergewicht herunterdrückt. Es gelingt ihr nicht, weil der Wind dagegenhält, er lacht höhnisch und hält die Tür geschlossen, sosehr sie auch an ihr zieht und zerrt.

Sie gibt fast augenblicklich auf, drückt sich dicht an die Wand der Oden und trippelt mit ganz kleinen Schritten zur Leiter ein Stück weiter, packt das Geländer mit beiden Händen und schwört sich selbst einen heiligen Eid, nicht loszulassen, was der Wind auch mit ihr tun möge, denn hier hat er freie Bahn, hier ist er schlimmer als sonst überall, hier kann er sie leicht packen, sie umwerfen, herunterfallen lassen und sie gegen die scharfen Kanten der Stufen schmeißen. Sie wird das nicht zulassen, auch wenn die Kapuze herunterweht, auch wenn ihr Nacken der Kälte schutzlos ausgesetzt ist, die zuerst zwickt und dann zubeißt, auch wenn tausend kleine Eiskörnchen sie zwingen, die Augen zusammenzukneifen. Sie denkt gar nicht daran aufzugeben, nie im Leben, wie ein kleines Kind geht sie seitwärts die Leiter hinunter, ein Fuß, der andere Fuß, ein Fuß, der andere Fuß, und hält sich eisern am Geländer fest, hält nicht einmal an, als die Tränen zu fließen beginnen, kauert sich nicht mehr zusammen, achtet nur darauf, dass sie schließlich, nach einer Ewigkeit, die Füße auf das untere Deck setzen kann. Nur noch fünfundzwanzig Meter bis zur nächsten Tür, und hier gibt es auch eine Wand, an die sie sich pressen kann, mit dem Rücken, an der sie sich mit den Fingern vorantasten kann, denn auch wenn sie nichts sieht, auch wenn sie die Augen nicht offen halten kann, wird sie sich nicht auf Abwege locken lassen, sich verlaufen und in diesem Unbegreiflichen verschwinden …

Und da ist endlich die Tür. Sie dreht sich um und zerrt an ihr, zieht mit beiden Händen, doch es nutzt nichts. Der Wind hält wieder dagegen, der Wind lehnt sich lässig gegen die Tür aus

Glas und Metall und verhöhnt ihre Anstrengungen, hebt ihr nasses Haar hoch, lässt die Kälte mit einer Hand über eine Haarsträhne streichen und verwandelt sie in Eis, lacht dann richtig laut, als sie mit beiden Händen gegen das Glas hämmert, lacht so laut, dass er ihre Rufe übertönt, und dreht sich erneut der Kälte zu und bittet …

In dem Moment wird die Tür geöffnet, jemand drückt sie von innen auf, und Susanne stolpert hinein, zitternd und bebend. Der Wind streckt eine Hand hinein und versucht nach ihr zu greifen, aber das gelingt ihm nicht, Sekunden später ist die Tür geschlossen, und der Sturm tobt vor Wut draußen weiter, während Susanne sich gegen eine Wand lehnt und zu Atem kommt.

»Meine Güte!«, sagt sie und blinzelt. Es tropft von ihrem Pony. Sie zieht einen Handschuh aus und streicht sich über die Stirn.

»Was ist passiert?«

Es ist John. Er steht vor ihr und zieht seine grauen Augenbrauen hoch, schaut verwundert und besorgt drein. Susanne blinzelt.

»Sturm ist aufgekommen. Ich war draußen, um eine zu rauchen, und dann war der Sturm da. In null Komma nichts.«

»Hast du denn die Warnung nicht gesehen?«

»Welche Warnung?«

»Auf dem Bildschirm. Am Treffpunkt.«

Susanne schüttelt den Kopf, während sie sich die Stiefel auszieht.

»Nein. Aber vielen Dank, dass du mir aufgemacht hast. Ich hätte es allein nicht geschafft.«

Er zuckt mit den Schultern.

»Wollen wir ins Raucherzimmer gehen?«

Susanne unterdrückt ein Seufzen. Sie will nicht ins Raucherzimmer gehen. Sie will nicht dasitzen und sich unterhalten. Sie will in ihre Kabine gehen und unter die Bettdecke kriechen, sich daran erinnern, was passiert ist, und es dann vergessen. Aber John hat ihr die Tür geöffnet. Er hat sie wieder in Sicherheit gebracht. Und heute Morgen sah er so unglaublich geknickt aus, als sie nicht mit ihm frühstücken wollte …

»Ja«, sagt sie. »Ja, klar.«

Es ist leer am Treffpunkt und ebenso leer im Raucherzimmer. Nirgends ein Mensch zu sehen.

»Wo sind alle?«, fragt Susanne, während sie sich die Jacke auszieht, sie auf den einen Sessel legt und sich in den anderen setzt. John zögert kurz, einen Moment lang sieht es aus, als wollte er sie bitten, sich umzusetzen, zu ihm aufs Sofa, aber dann sieht er ihr in die Augen, lässt sich aufs Sofa fallen und zuckt mit den Schultern.

»Es ist Samstagnachmittag. Wer nicht arbeitet, ruht sich sicher aus. Oder sie sind oben auf der Brücke und gucken sich das Unwetter an.«

Sie nickt. Seufzt schwer.

»Ich bin total erledigt …«

John hält ihr seine Zigaretten hin, und sie nimmt eine, lässt sich von ihm auch noch Feuer geben.

»Ist das immer so?«, fragt sie dann und schaut auf die Glut.

»Was?«

»Dass der Sturm in Sekundenschnelle hereinbricht.«

Er zuckt wieder mit den Schultern.

»Das kommt vor.«

»Und wie geht es dann mit dem Fisch?«

»Wir haben ihn hochgezogen und in den Container gestellt. Die Geschwindigkeit war zu hoch und das Eis zu dick. Er wäre kaputtgegangen.«

»Dann hast du momentan keine Ergebnisse vorzuweisen.«

»Doch, schon. Am Lomonossow-Rücken wird es wieder gehen. Da können wir das Tempo drosseln und die gleiche Strecke mehrmals abfahren. Damit das Eis richtig gebrochen wird. Im Augenblick geht es ja eigentlich nur ums Vorwärtskommen.«

Aha. Vor dem Fenster heult der Wind, aber ansonsten ist es still. Nur das schwere Motorenhämmern der Oden pulsiert im Hintergrund. Susanne nimmt einen tiefen Zug, schließt die Augen. Hat keine Eile. Muss nirgendwohin. Doch das ist ein Gedanke, gegen den ein anderer Teil ihres Selbst sofort heftig aufbegehrt.

»Ich glaube, ich gehe und nehme eine heiße Dusche.«

»Ja«, nickt John.

»Nochmals vielen Dank, dass du mir die Tür geöffnet hast.« Er lächelt.

»Keine Ursache. Kommst du heute Abend auch zum Fest?«

»Ist heute Abend ein Fest?«

»Es ist doch Samstag.«

Sie bleibt einen Moment lang schweigend sitzen, erinnert sich an das Gewummer von der Bar am letzten Samstag, als sie in ihrer Koje lag und las. Da hatte auch ein Fest stattgefunden. Aber es wäre ihr im Traum nicht eingefallen, hinunterzugehen und mitzumachen. Etwas anderes war es mit dem Fest zur Polarkreistaufe gewesen, da hatte es sich selbstverständlich ergeben. Ich sollte wohl, denkt sie unsicher. Um zu sehen, wie es zugeht. Und wenn es nur um des Buches willen ist.

»Doch, ja«, sagt sie also. »Natürlich komme ich zum Fest hinunter.«

Und doch bricht John zuerst auf, er schaut auf seine Uhr und murmelt etwas, verschwindet dann, nachdem er sich seine Jacke geschnappt hat. Als sie zum Treffpunkt kommt, ist er schon fort, sie steht ganz allein dort und schaut sich um. Auf dem Monitor blinkt ein roter Text: *Sturmwarnung! Nur im äußersten Notfall an Deck gehen!*

Susanne zieht vor lauter Unbehagen die Schultern hoch. Aha. Da ist also die Warnung. Sie hat sie nach dem Mittagessen übersehen, weiß noch, dass sie nicht einmal auf den Monitor geschaut hat, als sie aus der Messe kam, dass sie den Treffpunkt nur auf dem Weg zur Treppe überquert hat, unterwegs zu ihrer Kajüte und ihrem Computer. Und dass sie anschließend am Computer gesessen und eine Weile geschrieben hat, eine ziemlich lange Weile, aber zum Schluss aufschaute und sich wohl oder übel eingestehen musste, dass das, was sie geschrieben hatte, schlecht war, dass es albern war, unter aller Kritik. Kurz gesagt, das Übliche.

»Du sollst nicht so gemein zu dir selbst sein«, hatte Elsie ihr ins Gedächtnis eingeprägt, und deshalb war sie sogleich aufgestanden, hatte sich die Jacke angezogen und war aufs Vorderdeck gegangen, um zu rauchen und Elsie zu vertreiben. Und der Sturm hatte sie wirklich vertrieben, sie hatte nicht einen Gedanken mehr an Elsie verschwendet, seit die Sonne hinter den Wolken verschwunden war.

Aber jetzt ist Elsie wieder da. Jetzt steht Susanne am Treffpunkt plötzlich ganz still und sieht Elsie in ihrem Bett im Pflegeheim von Landskrona liegen. Zehn Jahre sind seither vergangen, und trotzdem passiert es immer wieder. Es ist nicht das erste Mal. Nicht einmal das hundertste. Vielleicht ist es das tausendste Mal. Elsie betrachtet die damalige Susanne mit Mitgefühl, obwohl sie selbst doch im Sterben liegt, und darum ist auch sie es, die Susannes Hand nimmt und sie streichelt, nicht Susanne die ihre, deshalb ist sie diejenige, die tröstende Worte flüstert.

»Du sollst nicht so gemein zu dir selbst sein«, sagt sie. »Du hast keine Schuld. Nichts von dem, was passiert ist, lag an dir. Nicht das, was mit Björn passiert ist, nicht das, was Inez passiert ist, nichts davon. Ich schwöre es. Es ist einfach nur passiert.«

Susanne nickt, sieht Elsie jedoch nicht an. Sie schaut stattdessen auf ihre Hand, die in Elsies Hand liegt, und sie sieht, wie Elsies andere Hand darüberstreicht. Blaue Adern bilden ein Muster. Die Haut ist schlaff und grau. Aber ihre Stimme ist plötzlich wie früher. Jung und kräftig.

»Hör auf, dich selbst zu bestrafen, Susanne. Du lebst, und du sollst leben. Genieß es ein wenig. Freu dich. Denn du lebst, und schon in wenigen Tagen wirst du die Einzige von uns sein, die lebt. Dann bist du allein übrig. Dann bist du frei.«

Und ich lebe, denkt Susanne jetzt. Das stimmt wirklich. Elsie ist tot, Inez ist tot, Birger ist tot, Lydia ist tot und vielleicht auch Björn … Aber ich lebe. Und es spielt keine Rolle, ob ich eine miserable Krimiautorin bin, ich bin immerhin ein lebendiger Mensch, der das alles erlebt hat, ich durfte durchs Eis reisen, ich habe Eisberge gesehen, ich war sogar in einem richtigen Polarsturm draußen …

Sie blinzelt, dort, wo sie steht, plötzlich besorgt, sie könnte laut gesprochen haben oder irgendwie merkwürdig aussehen, und schaut sich rasch um, aus Angst, jemand könnte sie gesehen haben. Aber es ist niemand da, es ist immer noch menschenleer auf dem Treffpunkt. Und endlich, nach zehn langen Jahren, ist es Elsie gelungen, sie zu überzeugen. Sie darf leben. Zumindest in diesem Augenblick.

Sie schmunzelt vor sich hin und schaut auf ihre Arme. Darin hält sie die blaue Polarjacke. In der rechten Hand ihre Stiefel. Draußen tobt immer noch der Sturm, aber er kann sie nicht erreichen. Sie ist sicher, sie ist geschützt und geborgen hinter den Metallwänden der Oden. Und jetzt wird sie still und ruhig in ihre Kabine gehen, sich unter die Dusche stellen und warm und sauber werden. Sich ein bisschen hübsch machen für den Abend. John zuliebe und sich selbst zuliebe.

Ein blau gekleideter Mann lächelt, als sie am Büro des Maschinisten vorbeigeht, und sie erwidert sein Lächeln, hebt sogar die Stiefel zu einer Art Gruß, bevor sie die Treppe hinaufgeht. Zählt die achtzehn Stufen bis zu ihrem Stockwerk, zuerst neun und dann noch einmal neun, biegt dann nach rechts ab, um auf ihren Gang zu gelangen, und steckt gleichzeitig die Hand in die Tasche, um den Schlüssel herauszuholen …

Was war das?

Sie bleibt stehen und blinzelt, versucht zu begreifen, was sie gesehen hat. Eine Bewegung. Etwas Schwarzes oder Dunkelblaues, das schnell um eine Ecke am anderen Ende des Korridors verschwunden ist.

Wer war das?

Sie bleibt noch einen Moment lang stehen und lässt die Möglichkeiten Revue passieren. Das konnte ja jemand sein, der auf dem Weg in den anderen Gang war und der eine Abkürzung genommen hat, jemand, der sie nicht hat kommen sehen und deshalb nicht stehen geblieben ist, um sie zu grüßen. Oder jemand, der eine heimliche Liebesaffäre hat. Auf diesem Flur. Und der deshalb nicht gesehen werden möchte.

Wenn es nicht jemand war, der gerade in ihrer Kabine gewesen ist.

Susanne verzieht das Gesicht über sich selbst. Nicht feige sein. Zieht den Schlüssel heraus und geht zur Tür. Macht sich bereit, sie zu öffnen.

Sie lebt. Noch lebt sie.

Die Oden könnte das einzige Schiff auf der ganzen Welt sein.

Die Oden ist das einzige Schiff auf der ganzen Welt.

Die Menschen an Bord könnten die einzigen Menschen sein.

Sie sind die einzigen Menschen.

Der Sturm könnte nur über ihnen heulen. Das Eis liegt hart gefroren in der Erwartung, niedergedrückt und genau von diesem Schiffsrumpf gebrochen zu werden. Seehunde und Eisbären könnten reglos auf das Zeichen für ihren Auftritt warten.

Die Oden könnte ein eigenes Universum sein.

Die Oden ist ein eigenes Universum.

Eine Welt auf dem Weg in eine ganz andere Welt.

Als Anders aus der Dusche kommt, wirft er einen Blick aus dem Fenster. Bleibt stehen und schaut verblüfft, tritt dann ein paar Schritte näher und greift nach seiner Uhr, die auf dem Tisch neben dem Computer liegt. Guckt auf sie. Es ist erst halb sechs. Und trotzdem herrscht draußen Dämmerung. Trotzdem sieht es draußen aus, als wäre es bereits Nacht.

Er schlägt den Kragen seines Bademantels hoch, zögert einen Moment, doch dann tritt er näher, fährt mit dem Ärmel über das Fenster in einem unbewussten Versuch, die Dämmerung wegzuwischen, redet sich jedoch gleichzeitig ein, dass es der Dunst ist, auf den er es abgesehen hat, dieser Dunst, der vielleicht, möglicherweise, eventuell aus dem Badezimmer gedrungen ist, als er die Tür öffnete und dann wieder hinter sich schloss, weiß aber zugleich, dass das eine Lüge ist. Es war die Dämmerung, die er wegwischen wollte. Und jetzt, während er dicht am Fenster steht, begreift er auch, warum.

Sie haben die Welt verlassen.

Sie sind irgendwo anders. Nicht auf der Nordwestpassage. Nicht auf der Erde.

Anderswo.

Die Landschaft draußen sieht aus, wie er sich eine Landschaft auf einem anderen Planeten vorstellt. Vielleicht auf dem Mars. Oder der Venus. Das glatte weiße Eis ist buckelig und braun geworden, es sieht steinig aus, wie Erde, Klippen und Felsbrocken, und es hat tiefe schwarze Risse und Löcher wie von Meteoriten. Und der Himmel darüber ist nicht blau und nicht grau. Er ist eher hellllila. Fast fliederfarben. Ein Himmel von einem anderen Planeten.

Anders schluckt und richtet sich auf. Natürlich handelt es sich nicht um Erde, Klippen und Felsbrocken. Selbstverständlich nicht. Es ist Eis. Sie fahren immer noch durch das Eis, denn die Oden bewegt sich vorwärts, das sieht er, das kann er spüren, und kein Schiff, nicht einmal die Oden, könnte sich durch eine Wüstenlandschaft vorwärtsbewegen. Das Braune ist etwas anderes, eine Art Moos vielleicht…

Er muss es fotografieren. Natürlich. Er öffnet das Fenster ein wenig, horcht auf den Sturm, hört aber nichts anderes als das dumpfe Hämmern der Motoren, dann holt er seinen Fotoapparat, schlägt das Fenster weit auf, lehnt sich an den Rahmen und stellt die Schärfe ein, macht das erste Bild. In dem Moment klopft es an die Tür.

Draußen steht Ulrika. Eine für den Samstagabend zurechtgemachte Ulrika. In sauberen Jeans, weißer Bluse, einen blauen Pullover über den Schultern. Sie hat auch einen Fotoapparat in der Hand, sie lächelt und klingt geradezu glücklich, als sie sagt:

»Hast du's gesehen? Hast du die Eisalgen gesehen?«

SUSANNE BLEIBT STILL liegen, als sie aufwacht, schlägt nur die Augen auf und heftet den Blick an die Decke. Etwas ist mit der Decke. Etwas Neues. Eine andere Farbe. Sie ist immer noch weiß, aber nicht normal weiß. Bei ihrem nächsten Gedanken muss Susanne ein wenig schmunzeln. Unnormal weiß. Oder genauer gesagt ein ungewöhnlicher weißer Farbton. Fast grau, wenn da nicht der leichte Braunstich in dem Weiß wäre. Merkwürdig.

Sie wirft einen Blick auf die Uhr, es ist bereits halb sechs. Du liebe Güte. Sie hat verschlafen; schnell steht sie auf, bleibt einen Moment lang schwankend neben der Koje stehen, bevor sie noch einen Blick auf die Uhr wirft. Stimmt. Halb sechs. Sie hat zwei Stunden geschlafen. Und das aus purer Erleichterung. Niemand ist in ihrer Kabine gewesen, sie ist herumgelaufen, sobald sie die Tür hinter sich geschlossen hatte, und hat systematisch jeden Schrank geöffnet, jede Wand abgesucht, sogar das Bettzeug aus ihrer Koje herausgerissen und geschüttelt, nur um sich zu vergewissern, dass es wirklich stimmte. Und es stimmte. Slips und Strümpfe lagen da, wo sie hingehörten. Die andere Kleidung hing an ihren Bügeln. Niemand hatte etwas in die Kulturtasche gelegt. Die Wände waren sauber und rein, genau wie sie sie hinterlassen hatte. Nichts lag versteckt unter dem Bettüberzug und auch nichts unter der Matratze. Der Laptop war nicht geöffnet worden, niemand hatte sich eingeloggt und sabotiert, was sie bereits geschrieben hatte. Die Reisetasche war genauso leer, wie sie sein sollte.

Kurzum, alles war in Ordnung gewesen. Deshalb hatte sie sich in ihre Koje gelegt und vor Erleichterung geseufzt. Und dann die Augen geschlossen und sich für mehr als zwei Stunden von der Welt verabschiedet.

Aber jetzt ist Eile geboten. In einer halben Stunde muss sie es schaffen zu duschen und die Haare zu waschen, sich ein Gesicht auf die Vorderseite des Kopfes zu malen, wie ein alter Freund es einmal ausdrückte, und sich anzuziehen. Sie zieht sich den Pullover über den Kopf, hält aber mitten in der Bewegung inne. Wie merkwürdig. Das Eis vor dem Fenster ist ganz braun. Als hätte jemand Erde daraufgestreut. Das gibt einen sonderbaren Effekt, wie ein Negativ, als wäre das Eis Erde und die Erde Eis. Und der Himmel hat eine ganz eigentümliche Farbe. Graulila. Daher die merkwürdige Farbe an der Decke.

Merkwürdig. Aber dafür wird sie sicher beim Essen eine Erklärung erhalten. Ulrika oder einer der anderen alten Polarfüchse weiß sicher, was das ist.

Aber als sie eine halbe Stunde später in die Messe tritt, in ihrer allerschönsten Bluse, hat sie die ganze Sache vergessen, sie bleibt in der Tür stehen und schaut sich um. Samstagsparty heißt an Bord der Oden tatsächlich Samstagsparty, das sieht sie und bereut augenblicklich, dass sie sich in der vorigen Woche davon ferngehalten hat. Die Mädchen aus der Küche haben weiße Tischdecken aufgelegt und die Servietten außergewöhnlich schön gefaltet, alle in der Essensreihe sind frisch gewaschen und haben sich zurechtgemacht, zumindest den Umständen entsprechend. Jenny trägt sogar einen Rock und Ulrika eine frisch gebügelte Bluse, die zwar bereits auf bestem Wege ist, aus der Jeans zu rutschen, aber dennoch von einer Art munterer Ambition zeugt, diesen Abend zu einem ungewöhnlich netten Abend werden zu lassen.

Susanne stellt sich hinten an und schüttelt ihr Haar etwas auf. Es ist immer noch feucht auf der Kopfhaut und wird vermutlich ziemlich kraus sein, bevor der Abend zu Ende geht, aber darum kümmert sie sich nicht. Denn ausnahmsweise ist sie bereit, nach außen und nicht nach innen zu schauen. Sie nimmt ein Tablett und langt nach dem Besteck, stößt dabei Viktor an, der vor ihr steht. Er dreht sich lächelnd um, es sieht so aus, als hätte auch er sich entschieden, seine schüchterne Selbstgenügsamkeit abzulegen.

»Entschuldigung«, sagt Susanne.

»Kein Problem«, erwidert Viktor mit breitem Lächeln. Dann holt er Luft und scheint sich zu entschließen, räuspert sich und fragt:

»Sie schreiben doch diese Krimis, oder?«

»Ja«, nickt Susanne, auch lächelnd. »Das stimmt.«

»Ich habe gestern eine Mail von meiner Mutter bekommen. Ich hatte ihr erzählt, dass Sie mit an Bord sind, und sie hat geschrieben, ich solle Ihnen ausrichten, dass sie Ihre Bücher so gern liest. Ich selbst habe zwar nie eines gelesen …«

Susanne gibt sich alle Mühe, das Lächeln beizubehalten, ohne zu kichern.

»Danke. Grüßen Sie zurück und danken Sie ihr bitte.«

»Und meine Großmutter auch«, erklärt Viktor ernst. »Meine Großmutter findet sie auch richtig gut.«

Susanne beugt sich über die Salatschüssel und saugt die Wangen ein, sie kämpft darum, das Lachen zurückzuhalten. John rettet sie. Plötzlich steht er hinter ihr, und sie zwinkert. Wie ist das möglich? Stand nicht Eduardo hinter ihr, als sie sich das letzte Mal umgedreht hat?

»Hallo«, sagt John lächelnd.

Sie lässt ein kurzes Lachen vernehmen und antwortet:

»Selber hallo.«

»Manchmal geben sie einem das Gefühl, als wäre man tausend Jahre alt«, erklärt sie eine Weile später. John schaut sie verwirrt an.

»Wer?«

»Die jungen Wissenschaftler. Viktor da hinten hat mir erzählt, dass seine Mutter und seine Großmutter meine Bücher so gerne mögen. Da habe ich mich uralt gefühlt.«

John zuckt mit den Schultern.

»Er ist ja auch noch keine dreißig. Und heutzutage ist man ja höchstens zwanzig, wenn man dreißig wird, wenn du verstehst, was ich meine. Mein Sohn …«

»Du hast einen Sohn?«

»Ja. Und eine Tochter.«

»Wie alt?«

Er schmunzelt:

»Sechsundzwanzig und neunundzwanzig.«

»Mein Gott. Manchmal bilde ich mir ja selbst ein, dass ich sechsundzwanzig wäre. Oder neunundzwanzig. Zumindest fühlt es sich so an.«

»Nicht, wenn man Kinder in dem Alter hat. Das kannst du mir glauben.«

Sie lächelt:

»Ich glaube dir.«

Eine Weile bleibt es still, John hebt sein Weinglas und prostet ihr zu, Susanne tut es ihm gleich. Kurz darauf lacht Ulrika, und Anders lächelt ihr zu, Jenny schließt halb die Augen und sieht Ola an, er streichelt sie mit dem Blick. Susanne unterdrückt einen Seufzer. Vielleicht hätte sie doch lieber in ihrer Kabine bleiben sollen, genau wie letzten Samstag.

»Bist du verheiratet?«, fragt John plötzlich, und sie muss zwinkern. Versucht Zeit zu gewinnen.

»Wer? Ich?«

»Ja«, sagt John und schaut ernst drein, ernster als nötig. »Du.«

»Nein.«

Schnell wischt er sich mit der Serviette den Mund ab, greift dann wieder nach seinem Weinglas. Redet ganz abgehackt, in bemüht beiläufigem Ton.

»Gewesen?«

Susanne beugt sich über ihren Teller. Doch. Sie hätte heute Abend in ihrer Kajüte bleiben sollen. Dann richtet sie sich auf und schaut John ins Gesicht, sagt, wie es ist.

»Kaum.«

Er verzieht das Gesicht.

»Und wie ist man kaum verheiratet?«

»Dann ist man drei Monate lang verheiratet. Vor fünfundzwanzig Jahren. Und du selbst?«

Er lächelt:

»Drei Jahre. Vor einer Ewigkeit.«

Schweigen kommt zwischen ihnen auf, eine Ewigkeit an

Schweigen. Schließlich räuspert sich John und sagt in gedämpftem Ton:

»Ich bin wahrscheinlich nicht für die Ehe geschaffen.«

Susanne spürt, wie sich ihre Rückenmuskeln entspannen, wie sie plötzlich in der Lage ist, den Nacken zu bewegen. Und jetzt kann sie ihn ansehen, sie sieht ihn an und lächelt ihm ohne Vorbehalt zu. Er ist nicht hinter ihr her. Er will keine Beziehung haben. Will vielleicht einfach nur mit ihr schlafen. Und dagegen hat sie nichts.

»Gut zu wissen«, sagt sie. »Denn das bin ich wahrhaftig auch nicht.«

Hinterher, nachdem das Dessert gegessen und der Wein ausgetrunken ist und sie sich die Jacken überziehen, um an Deck zu gehen, denkt sie kurz an Inez und Birger. Warum haben die beiden eigentlich geheiratet? Weil Inez jemanden brauchte, der ihr beim Reden zuhörte? Damit sie nicht mehr mit sich selbst reden musste? Weil Birger eine Aufwartefrau brauchte? Damit nicht so ein verwahrloster Junggeselle mit zerknitterten Hemden und ungeputzten Schuhen aus ihm wurde.

Leider, denkt sie und zieht das Haar aus dem Kragen, war es wohl so. Sie nahmen, was sie kriegen konnten, und sie kriegten nicht viel. Keiner von beiden.

»Jetzt wollen wir uns die Algen angucken«, sagt Ulrika und zieht ihren Reißverschluss zu.

Das Licht ist immer noch sonderbar. Grau. Braun. Violett. Eine Farbe, die es eigentlich nicht gibt, die aber zugleich real ist und Susanne an andere Welten denken lässt, an Märchenwelten. Der Himmel hängt tief, das Eis ist übereinandergeschoben und bildet Wälle, braune Wälle mit leichten weißen Spuren darin. Die türkise Farbe ist weg. Nirgends mehr zu sehen.

Sie zündet sich eine Zigarette an, während sie sich umschaut, hört dabei, wie Ulrika hinter ihrem Rücken einen kleinen Vortrag hält. Sie versteht so gut wie gar nichts. Ulrika doziert über Fluorkohlenwasserstoffe und die Ozonschicht, über Salzgehalt des Wassers und UV-Strahlung, unbekannte Organismen und das Alter des Eises. Aber das ist nicht so wichtig, dass sie es nicht getrost Ulrika überlassen könnte, es zu verstehen, und sich selbst damit begnügen, draußen auf dem Vorderdeck der Oden zu stehen und zu genießen, die Wärme von John neben sich zu spüren, zu betrachten, wie fasziniert Anders Ulrika ansieht, wie Jenny ihre Hand nach Ola ausstreckt und gleichzeitig mit den Stiefeln aufstampft, weil sie in ihrem Samstagabendrock eindeutig friert.

Menschen, denkt Susanne. Ich bin ein Mensch. Und ich stehe mit anderen Menschen auf einem Schiff, das durch die Nordwestpassage fährt.

Sie schließt die Augen, um diesen Gedanken zu verbergen, aber ihr Lächeln kann sie nicht verbergen.

Es gibt sie, denkt sie. Und es gibt mich. Es gibt mich, und es darf mich geben.

DAS DISCOGEWUMMER VON der Bar ist nur ein Schatten. Der Schatten eines Geräuschs. Wirklich zu hören ist Ulrikas Stimme, wie sie von den Eisalgen und ihrem Effekt auf die Ozonschicht berichtet, wie die Daten, die sie bei der vorherigen Expedition gesammelt hat, mit denen übereinzustimmen scheinen, die sie jetzt sammelt, und wie faszinierend diese Algen sind, dass sie tatsächlich eigene Welten in dem Eis bilden, dass man natürlich glauben könnte, es handle sich nur um gefrorenes Wasser und sonst nichts, sich darin jedoch Gänge und Höhlen befinden mit einer ganz eigenen Flora und Fauna, einer Flora und Fauna, die keiner anderen auf der Welt gleicht…

Anders spürt, dass er lächelt, und beeilt sich, rasch wieder ernst zu werden. Er will ja nicht beschuldigt werden, herablassend zu erscheinen, aber als er sich umsieht, merkt er, dass auch noch andere lächeln. Jenny, die mit den Füßen stampft, um die Kälte zu vertreiben. John, der zustimmend nickt. Und Susanne, die ihren Blick irgendwo nach draußen auf das mit Algen übersäte Eis gerichtet hält und die plötzlich richtig glücklich aussieht. Mit einem Glanz in den Augen. Geröteten Wangen.

»Und jetzt habt ihr sicher alles verstanden«, sagt Ulrika und lacht auf. »Wollen wir dann reingehen und tanzen?«

Sie hakt sich bei ihm unter. Denn sie sind ein Paar. Sie gehören zusammen. Sie tun einander gut.

Das Wummern wird tiefer und lauter, wächst sich zu einem Dröhnen aus, als sie sich der Bar nähern. Es ist voll auf dem Tanzboden, sie müssen sich drängeln und schlängeln, um zum Bartresen durchzukommen. Anders stößt aus Versehen Vincent an, der vor Amanda steht, einer der amerikanischen Forscherinnen, und in einer Art Travolta-Stil tanzt, er bittet um Entschuldigung, bekommt aber keine Antwort, denn Vincent ist viel zu sehr in seinen Tanz vertieft. Anders lächelt, als er den Song wiedererkennt. *Good Luck Charm* mit Elvis Presley.

Ulrika dreht ab und steuert einen Tisch an, ihre Bluse leuchtet weiß in dem Halbdunkel. Susanne folgt ihr. Anders ruft ihnen laut nach:

»Was wollt ihr trinken?«

Ulrika schreit zurück:

»Weißwein!«

Der Song ist zu Ende, als Anders und John die Bar erreichen. Sie bekommen jeder sein Bier und sein Glas Weißwein, drängen sich dann zu dem Tisch durch, an den Susanne und Ulrika sich gesetzt haben. Es ist ein guter Platz, etwas versteckt, und sie müssen alle vier in einer Reihe nebeneinandersitzen, was aber gleichzeitig bedeutet, dass sie alle vier auf die Tanzfläche sehen können. Es gibt jetzt nur noch ein Paar dort. Vincent und Amanda stehen dicht beieinander und warten auf den nächsten Song. Sofia und Martin kommen gerade auf die Tanzfläche, sie gehen Hand in Hand, und Sofia lächelt, aber sie lächelt nicht Martin zu, sondern Frida, die auf einem Ledersessel ein Stück weiter sitzt. Es ist ein sonderbares Lächeln, fast triumphierend, und es sitzt noch auf ihrem Gesicht, als die Musik wieder einsetzt. Noch ein Elvis-Song. *Heartbreak Hotel.* Robert kommt soeben zur Tür herein, er bleibt einen Moment lang stehen, lässt seinen Blick über Vincent und Amanda gleiten, verharrt einen oder zwei Atemzüge lang reglos, wendet sich dann den Ledersesseln zu, entdeckt Jenny, die dort sitzt, und macht einen Schritt in diese Richtung. In dem Moment steht Jenny auf und reicht Ola ihre Hand. Der erhebt sich und folgt ihr auf den Tanzboden.

»Es ist ein bisschen wie auf der Ålandfähre«, sagt Susanne.

Nicht, dass Anders jemals mit der Ålandfähre gefahren wäre, aber er ist bereit, ihr zu glauben.

»Oder wie beim Dorfschwof«, sagt Ulrika und nickt zustimmend.

Vincent und Amanda lassen nicht voneinander. Sie bleiben weiter auf der Tanzfläche, auch als *Heartbreak Hotel* zu Ende ist, jetzt noch dichter beieinander. Sehen einander in die Augen. Reden mit ganz leiser Stimme. Vincent hebt plötzlich seine Hände und umschließt damit eine Hand von Amanda.

Genau da setzt der nächste Song ein. *Yesterday*. Jemand johlt aus Protest, aber da ist es bereits zu spät. Vincent und Amanda haben schon angefangen zu tanzen, und plötzlich tauchen auch Jenny und Ola auf, gleiten aus den Schatten hervor, in denen sie gestanden und gewartet haben, und fallen einander in die Arme. Und hinter ihnen kommt Robert. Allein. Ohne Tanzpartnerin.

Zuerst steht er reglos mitten auf dem Tanzboden, sein Verband leuchtet weiß, dann fängt er plötzlich mit einer Pantomime an. Er tut so, als müsste er schluchzen und weinen. Schlägt sich die Hand vors Herz. Er sinkt auf die Knie nieder und tut so, als flössen die Tränen immer heftiger.

Eine Zeit lang ist es vollkommen still in der Bar, die Leute starren verwundert Robert an, sogar Jenny und Ola. Sie bleiben stehen und weichen zur Seite aus, als wollten sie ihn nicht stören, aber dann ist da jemand, der lacht, und Sekunden später lachen alle. Nur Vincent und Amanda tanzen weiter, beide mit geschlossenen Augen, keiner von beiden scheint das Lachen zu hören. Robert legt die Hände aneinander und streckt sie flehend Amanda entgegen, wird mit einer enormen Lachsalve belohnt, doch Amanda hört es nicht und sieht ihn nicht, sie ruht mit geschlossenen Augen in Vincents Armen. Robert tut so, als wischte er sich die Tränen ab, steckt dann seine gesunde Hand in die Hosentasche, holt einen Schlips hervor und zieht ihn sich über den Kopf, hält das eine Ende hoch und tut so, als würde er sich aufhängen, streckt sogar die Zunge heraus …

Jemand packt Anders beim Arm. Fest. So fest, dass es weh tut. Es ist Ulrika. Er wendet den Kopf und schaut Susanne an. Sie ist aufgestanden, steht mit leichenblassem Gesicht direkt neben ihm und starrt Robert an. Sie sagt etwas, zunächst kann er es nicht verstehen, er muss aufstehen, während er vorsichtig Ulrikas Griff um seinen Arm löst.

»Das ist er«, flüstert Susanne. »Das ist er!«

Ein anderer Herbst,
ein anderer Winter

Die Vertretungslehrerin stand am Pult und umklammerte mit beiden Händen ihre Aktentasche, hielt sie wie einen Schild zwischen sich und die Klasse. Sie lächelte unsicher.

»Ja, wie ihr vielleicht schon gehört habt, ist Studienrat Lundberg krank geworden. Ich bin seine Vertretung. Ich heiße Ingrid Gunnarsson und …«

Ein Raunen ging durch die Klasse, kein Kichern, kein Lachen, nur ein Raunen, vielleicht vor Verwunderung, vielleicht vor Begeisterung darüber, dass Lundberg schließlich aufgegeben hatte, doch das genügte, um die blonde Vertretung verstummen zu lassen. Kurz darauf ergriff Henrik das Wort:

»Und was für eine Ausbildung hast du?«

Sie errötete. Alle konnten es sehen, Susanne auch. Henrik hatte eine Lehrerin geduzt und sie infrage gestellt, doch diese Lehrerin protestierte nicht, sie errötete nur und umklammerte ihre Tasche noch fester, machte dann einen unsicheren Versuch, sich zusammenzureißen.

»Darauf wollte ich gerade kommen. Ich werde mein Lehrerexamen im Frühling machen. In Geschichte und Politik.«

Henrik wippte auf seinem Stuhl hin und her und verschränkte die Arme vor der Brust. Ingalill übernahm:

»Dann hast du also eigentlich noch gar keine Ausbildung?«

In ihrem Tonfall lag ein leises Lachen verborgen, und jemand kicherte versuchsweise schon einmal hinter ihr, ohne dass sie aber mitgemacht hätte. Ingalill hielt ihre Mimik unter Kontrolle. Sie schaute Ingrid Gunnarsson ernst an, die einen Moment ganz still stehen blieb, ehe sie ihre Aktentasche öffnete und das Geschichtsbuch herausholte.

»Ich habe fünf Jahre an der Universität von Lund studiert, also …«

»Warum hast du dann noch kein Examen?«

Ingrid Gunnarsson errötete erneut, machte aber noch einen Versuch.

»Nun ist es ja nicht meine Ausbildung, mit der wir uns befassen wollen. Sondern eure. Aber ich denke, zuerst möchte ich einmal alle aufrufen.«

»Warum das denn?«

Das war Lasse, der neben Henrik saß. Ganz vorn links natürlich. Auch er hielt beide Arme vor der Brust verschränkt und wippte auf seinem Stuhl.

»Damit ich weiß, wie ihr heißt.«

»Warum willst du wissen, wie wir heißen?«

»Damit ich eure Leistungen beurteilen und euch Noten geben kann.«

Ingalill fing an zu lachen, und kurz darauf fielen mehrere Schüler ein. Was Ingrid Gunnarsson überraschte, das war zu sehen. Sie geradezu erschreckte. Susanne senkte den Blick auf die grüne Laminatplatte in ihrem Pult, um die ängstlichen Augen nicht sehen zu müssen. Aber sie konnte sich nicht die Ohren zuhalten. Sie musste sich anhören, was gesagt wurde.

»Und warum willst du uns Noten geben?«, fragte Henrik. Seine Stimme war jetzt leise, fast freundlich.

»Weil ich eure Lehrerin bin und weil wir ein Schulsystem haben, in dem ...«

»Wo stehst du politisch?«

Jetzt war Henriks Stimme schärfer geworden. Aber Ingrid Gunnarsson hatte nicht vor, so schnell aufzugeben; sie ignorierte ihn, holte stattdessen das Klassenbuch heraus und schlug es auf.

»Bengt Adolfsson?«, fragte sie und hob ihren Stift, als wäre das ein ganz normaler Aufruf. Bengt kroch auf seinem Platz in sich zusammen, schaute zuerst Henrik, dann Ingrid Gunnarsson an, öffnete den Mund und schloss ihn wieder. Antwortete nicht. Es wurde ganz still in der Klasse. Siebenundzwanzig Personen befanden sich im Raum, aber niemand rührte sich, nicht einmal ein Atmen war zu hören.

»Henrik hat eine Frage gestellt«, sagte Ingalill plötzlich und merkte nicht, wie Henrik das Gesicht verzog. Vielleicht hatten sie verabredet, keine Namen zu nennen. Ingrid Gunnarsson richtete sich auf und tat, als hörte sie nicht.

»Bo Berggren?«

Bosse Berggren schaute grinsend zur Decke. Ingrid Gunnarsson sah ihn an.

»Bist du Bo Berggren?«

Kurzes Schweigen. Henrik räusperte sich leise.

»Entschuldigung«, sagte er dann. »Aber ich habe eine Frage gestellt, und ich habe keine Antwort gekriegt. Wir wollten wissen, wo du politisch stehst.«

Ingrid Gunnarsson ignorierte ihn erneut und trat ein Stück weit ins Klassenzimmer, stellte sich an Bosse Berggrens Pult und durchbohrte ihn mit ihrem Blick. Er grinste wieder unsicher, wich dann ihrem Blick aus und zupfte am Ärmel seines Pullovers. Das Bündchen war kaputt, ein kleiner Faden hing heraus. Er nahm ihn und wickelte ihn sich um den Zeigefinger.

»Also!«

Ingrid Gunnarsson beugte sich über ihn. Bosse Berggren schaute zu ihr auf, warf dann Henrik einen kurzen Blick zu, schaute schließlich auf seinen Tisch hinunter und gab auf.

»Ja.«

»Lumpenproletarier!«

Henriks Stimme war glasklar. Ingrid Gunnarsson drehte sich um.

»Was hast du gesagt?«

Henrik zögerte einen Moment, sein Blick irrte kurz umher. Dann richtete er sich auf.

»Lumpenproletarier«, wiederholte er.

»Aha«, sagte Ingrid Gunnarsson. »Und was meinst du damit?«

Henrik straffte die Schultern.

»Ich meine damit, dass Bosse Berggren zu der Sorte des Proletariats gehört, die ihrer Klasse keinen Nutzen bringt. Ein Lumpenproletarier ist laut Marx zu arm und unterdrückt, um das eigene Beste zu erkennen. Er begreift nicht, wie wichtig es ist, eine geschlossene Front zu bilden. Wir anderen aber schon, und deshalb werden wir bestimmt nicht auf irgendwelche Fragen antworten, solange du unsere nicht beantwortet hast.«

Ingrid Gunnarsson errötete erneut.

»Meine politische Ansicht ist meine Sache. Das geht dich nichts an.«

Henrik stand auf. Er war im letzten Halbjahr sehr gewachsen, er war größer als Ingrid Gunnarsson, so groß, dass er auf sie hinabsehen konnte.

»Deine politische Ansicht ist nicht deine Sache«, sagte er ganz ruhig. »Nicht, wenn du vorhast, uns in Geschichte zu unterrichten. Wir müssen wissen, wo du stehst, um deinen Unterricht beurteilen zu können.«

»Setz dich«, sagte Ingrid Gunnarsson. »Setz dich sofort wieder hin!«

Ihre Stimme war schrill geworden. Viel zu schrill.

Sie hatte natürlich nicht die geringste Chance. Niemand hatte noch eine Chance in dieser Klasse, weder Schüler noch Lehrer. Man tat, was Henrik sagte, sonst war man geliefert. Wenn man nicht sowieso schon von Anfang an geliefert war. Wie Susanne.

Es war still um sie geworden. Vollkommen still. Ihr Leben war zu einem Spiegelbild von Ingalills Leben vor einem Jahr geworden. Was natürlich eine gewisse Art von Gerechtigkeit bedeutete, das sah sie ein, das konnte sie sich selbst gegenüber auf diese neue, kühle Art und Weise eingestehen, aber das machte es auch nicht leichter. Andererseits war es auch nicht leicht gewesen, im Mai in die Schule zurückzukehren, gleich nach Björns Verschwinden. Da hatten sich die Mädchen zwar weiterhin um sie geschart, sie in den Arm genommen, bedauernde Worte geflüstert und ihr über die Wange gestrichen, aber sie hatte Schwierigkeiten gehabt, ihr Mitleid anzunehmen. Es juckte. Fühlte sich aufdringlich und unangenehm an. Doch als das Winterhalbjahr anfing, war es vorbei. Sie war zu einer Unperson geworden. Nicht existent. Alle schienen sie und Björn im Laufe des Sommers vergessen zu haben. Vielleicht lag es daran, dass sie älter geworden waren. Oder daran, dass sie auf dem Gymnasium anfingen. Susanne hatte den naturwissenschaftlichen Zweig gewählt, weil ihre Zensuren dafür ausreichten, aber das war vielleicht doch nicht so vernünftig, wie es schien. Die neue Klasse ähnelte in keiner Weise der alten. Die meisten Jungs waren zwar genauso picklig und tapsig wie die Jungs in der alten Klasse, aber einige waren anders. Henrik. Lasse. Erik Östberg. Und noch weitere. Lang und schlaksig. Messerscharf. Frisch gebackene und äußerst linientreue KFML-Mitglieder. Genau wie Ingalill. Und jetzt konnte niemand, der nicht in der kommunistischen KFML war, noch ein Wort sagen. Peter, der bei den Jungliberalen war, war ausgelacht und verhöhnt worden, bis er nach nur einer Woche den Zweig gewechselt hatte. Jetzt ging er auf den altsprachlichen Zweig und behauptete, so ging das Gerücht, er wollte Pfarrer werden. Und Marie-Louise, die bei den Sozialisten war, obwohl ihr Vater auf der Werft arbeitete, was sie per definitionem als Klassenverräterin stempelte, brach in Tränen aus, als Erik sie über den ganzen Flur verfolgte und von ihr verlangte, ihm zu erklären, warum die deutschen Sozialdemokraten Rosa Luxemburg verraten hatten. Sie wusste doch nicht einmal, wer Rosa Luxemburg war.

Susanne war keine Klassenverräterin. Sie war etwas viel Verächtlicheres. Ein Kind der Bourgeoisie, das nicht begriffen hatte, wie unumgänglich die Revolution war. Lehrertochter. Schwester eines Rockstars. Und falls dieser Rockstar nun möglicherweise tot war, so war das noch lange kein Grund, mit hängendem Kopf herumzulaufen. Absolut nicht. Bereits zu Anfang des Halbjahres hatte Ingalill nach einem kurzen Blick in Susannes Richtung klargestellt, dass es keinen Grund gab, um Leute zu trauern, die hier in Schweden starben, da die allermeisten doch an natürlichen Ursachen und in hohem Alter starben. Alles andere waren Einzelfälle, die nicht zählten. Hingegen sollte man im Kopf behalten, dass in Vietnam mehrere Hunderttausende – Junge Menschen! Helden! – im Krieg getötet worden waren, dass über tausend oder noch mehr in nur einer Woche sterben konnten, dass sie vielleicht gerade jetzt, in diesem Augenblick an Napalm verbrannten …

Susanne hatte nicht widersprochen, sie sagte sowieso nichts mehr zu ihren Mitschülern, doch das half nichts. Ingalill kam immer wieder darauf zurück, wie besessen von der Rechenaufgabe, wie viele Menschen jede Stunde, jeden Tag, jede Woche, jeden Monat in Vietnam starben. Und es ekelte sie an – ja, es ekelte sie richtig! –, wie Leute hier in Schweden herumlaufen und Trübsal blasen konnten, nur weil …

»Susanne Hallgren?«

Ingrid Gunnarsson schien den Tränen nahe. Fast niemand hatte auf ihren Aufruf geantwortet. Aber Susanne, die sich bereits unter den Verdammten befand, schaute auf und antwortete:

»Ja.«

Das Leben ging weiter. Es veränderte, drehte und wand sich um sich selbst, aber es ging weiter. Niemand dachte mehr an Björn Hallgren, nicht einmal die Journalisten. Sie hatten ihre Wochen gehabt, vielleicht einen Monat oder etwas darüber hinaus, in denen sie in Björns Leben das Unterste zuoberst gekehrt und alle, die ihm jemals begegnet waren, interviewt hatten. Eva war genauso berühmt geworden wie die Jungs der Typhoons. Robban ebenso. Nur die Familie hatte sich auf ganz rätselhafte Art und Weise abgeschottet und sich geweigert, auf Fragen zu antworten, doch das änderte nichts. Die Sachlage war ja klar. Björn Hallgren hatte Robban niedergeschlagen und war verschwunden. Das war das Einzige, was man wusste, zumindest bis zu dem Tag, an dem Britt-Marie Samuelsson hervortrat, ihr verweintes Gesicht auf den Titelseiten zeigte und von ihrer Rolle in der Geschichte berichtete, aber der Neuheitswert verpuffte rasch wieder. Die Polizei hatte eine halbherzige Mannschaftssuche um diesen Schuppen herum durchgeführt, aber nichts gefunden. Und langsam versank Björn Hallgrens Name, wurde vergessen und verschwand. Es gab schließlich andere Dinge, die im Frühling passierten, Krawalle in Paris, die Besetzung des Studentenzentrums in Stockholm, die Auflösung – oder Vernichtung, wie Henrik es ausdrückte – der Protestbewegung. Ganz zu schweigen von allem, was in Vietnam passierte. Oder in der Tschechoslowakei. Oder in China.

Susanne seufzte und warf einen Blick über den Klassenraum.

Wie immer hatte Ingalill ihr Exemplar von Maos kleinem roten Buch ganz oben rechts auf ihr Pult gelegt. Dort lag es wie ein kleines Gesangbuch oder ein Katechismus, damit sie leicht danach greifen und damit wedeln konnte, wenn zufällig maoistische Sprechchöre in der Klasse entstehen sollten. Dem war zwar nie so, Ingalill hatte ein paarmal den Versuch gemacht, aber es war ihr nie geglückt, Henrik und die anderen mitzuziehen. Dennoch lag es da. Wie eine Waffe. Bereit.

»Erik Östberg?«, fragte Ingrid Gunnarsson. Es kam keine Antwort. Natürlich kam keine Antwort. Henrik lächelte. Ingalill lächelte. Und Erik Östberg saß stocksteif da und starrte stur vor sich hin.

Schniefend klappte Ingrid Gunnarsson das Klassenbuch zu und nahm ihre Aktentasche. Verließ dann den Klassenraum und knallte die Tür hinter sich zu.

Bombay am Morgen. Elsie konnte die Düfte bereits registrieren, bevor sie die Augen aufschlug, diese ganz speziellen indischen Düfte, die durch die offene Lüftung in ihre Kabine drangen. Kräftige Gewürze. Dichte Abgase, schwer wie Blei, die ihr bald diese speziellen Kopfschmerzen verursachen würden. Und – sie schnupperte – ein Hauch von Orangen.

Gleich darauf fiel ihr ein, wer sie war und warum sie hier war. Die Düfte verschwanden. Oder wurden zumindest bedeutungslos. Trotzdem öffnete sie nicht die Augen und schaute sich nicht um, fiel nicht auf die Knie nieder und kroch über den Boden, wand sich nicht als die Schlange, die sie war, zur Toilette und zur Dusche. Sie blieb nur liegen, mit geschlossenen Augen, hörte noch einmal auf ihren inneren Ankläger, der jeden Morgen mit seiner Klageschrift begann. Und sie antwortete wie immer. Gestand.

Ja. Sie war eine schlechte Mutter gewesen. Geradezu erbärmlich.

Ja. Sie hatte ihren Sohn im Stich gelassen, indem sie ihn verlassen hatte und zur See gefahren war.

Ja. Ganze Tage waren vergangen, an denen sie nicht einmal an ihn gedacht hatte.

Nein. Sie hatte nicht gewusst, wie es ihm daheim bei Inez und Birger ergangen war. Nicht genau.

Nein. Sie hatte keine Ahnung gehabt, was er dachte und fühlte.

Nein. Sie hatte ihn eigentlich überhaupt nicht gekannt. Obwohl er doch ihr eigener Sohn war.

Ja. Sie hatte ihn in den Tod getrieben, indem sie versucht hatte, sich ihm zu nähern, als es bereits zu spät war. Und außerdem hatte sie sich plump verhalten.

Vorausgesetzt, dass er tatsächlich tot war. Vorausgesetzt, dass er nicht einfach nur verschwunden war. Dass er auf irgendeine magische Art und Weise von Engeln oder Vögeln aufgehoben, aus dem Folkets Park in Nässjö weggetragen und dann irgendwo anders abgesetzt worden war. In Norwegen vielleicht. Oder irgendwo am Amazonas. Oder in Kapstadt. Oder Bombay.

Elsie schlug die Augen auf. Gerade jetzt war sie ja in Bombay. Und sie hatte einen ganzen Tag frei. Vielleicht würde sie ihn finden... Sie schloss erneut die Augen. Sofort ergriff der Ankläger wieder das Wort.

Wo ist dein Sohn verschwunden?

In Nässjö.

Und wo suchst du nach ihm?

In Bombay.

Ist das besonders klug?

Nein.

Sie schmunzelte über ihren inneren Ankläger. War er jetzt zufrieden? Würde er dafür sorgen, dass sie endgültig in die Klapse eingewiesen wurde?

Nein. Es war kein Verbrechen, eine schlechte Mutter zu sein. Eine, die ihren Sohn im Stich ließ.

Dennoch war es das schlimmste Verbrechen, das ein Mensch begehen konnte. Das äußerste Verbrechen. Das einzige.

Sie setzte sich in ihrer Koje auf, schaute sich um. Schluckte die morgendliche Übelkeit herunter. Stellte fest, dass ihre Uniformjacke auf einem Bügel hing, und gratulierte sich selbst. Großartig. Wenn man bedachte, dass ihr Rock in einem zerknitterten Haufen auf dem Boden lag, die Bluse über den Schreibtisch geworfen war, die Unterhose, diese eklige weiße Unterhose mit der bleichen, rostbraunen Erinnerung an alte Menstruationen, auf dem Sessel ausgebreitet lag. Und vor dem Sessel stand die leere Flasche Gin. Öliger, ekliger Gin, der nach Badesalz roch und dennoch das einzige Schlafmittel war, das noch funktionierte.

»Ich muss«, sagte sie laut und begrub gleichzeitig ihren Kopf in beiden Händen. Was musste sie? Eine Weile blieb sie reglos sitzen und versuchte ihre eigene Mutter zu werden, aber das ging natürlich nicht. Man kann sich nicht selbst das geben, was man seinem eigenen Kind verweigert hat. Aber sie war nicht nur Mutter. Sie war auch Funkerin. Ordentlich und zuverlässig. Hinter ihren Händen musste sie lachen. Ja. So war es. Nicht wahr? Eine äußerst ordentliche und zuverlässige Funkerin, die abends in ihrer Kajüte saß und Gin trank, bis sie ins Bett fiel und einschlief.

Es klopfte an ihre Tür, und Sekunden später trat die Verwandlung ein. Sie richtete sich auf und stellte fest, dass sie nackt war, trat die vier Schritte an ihren Schrank und holte den Morgenmantel heraus, wickelte ihn um sich und fragte:

»Ja?«

Ihre Stimme war vollkommen klar. Sie klang wie immer.

Draußen stand Maria, ein lächelndes, etwas schüchternes Mädchen, das in der Messe arbeitete. Ein Mädchen, das ihre erste Reise machte und oft – vielleicht zu oft – Anschluss an Elsie gesucht hatte. Da sie nun mal die einzigen beiden Frauen an Bord waren. Und da Elsie schon so viele Jahre zur See fuhr und alles über die geschriebenen und ungeschriebenen Regeln, die hier an Bord herrschten, zu wissen schien.

Jetzt stand sie mit rosigen Wangen übereifrig vor der Tür und fragte, ob Elsie heute vielleicht rausgehen und sich Bombay anschauen wollte und ob Maria dann eventuell mit ihr kommen könnte. Es gab noch Reste vom Frühstück, sie könnte sie auftragen, während Elsie duschte, und dann könnten sie …

Eine Welle von Müdigkeit überspülte Elsie. Nein, wollte sie sagen. Lass mich in Ruhe, ich will nicht. Aber sie hatte zu oft Nein gesagt und war ein wenig zu lange in Ruhe gelassen worden, als dass das akzeptiert würde. Der Ankläger übernahm. Er zwang sie zu lächeln und zu sagen, aber sicher, selbstverständlich, natürlich können wir zusammen in die Stadt gehen. In zehn Minuten würde sie unten in der Messe sein, sie würde vorher nur rasch eine Dusche nehmen.

Sie musste sich jede Bewegung befehlen. Geh in die Dusche.

Dreh das Wasser auf. Seif dich ein. Öffne die Shampooflasche. Wasch die Haare. Spül dich ab. Und trockne dich ab. Trotzdem versuchte sie ihrem Spiegelbild auszuweichen, schaute weg, bis sie sich die Haare kämmen musste. Da sah sie sich selbst in die Augen und begegnete einem Schlangenblick in einem Menschenantlitz. Sie zog die Oberlippe hoch und entblößte die Zähne, zischte ihr Spiegelbild hasserfüllt an, bis sie plötzlich merkte, was sie da tat, und den Blick abwandte. Sich zwang, sich normal aufzuführen, den Kamm durch das feuchte Haar zu ziehen und die Haare hinter die Ohren zu streichen, zog dann ein sauberes Baumwollkleid an, das im Schrank gehangen hatte, seit sie aus Göteborg abgefahren waren, und schlüpfte mit den Füßen in ein Paar Sandalen. Sammelte die herumliegenden Kleider auf und stapelte sie auf den Sessel. Achtete darauf, dass der Rock ganz oben landete, dass er wie eine blaue Haut über dem Schmutz und der Unordnung darunter lag. Holte tief Luft und öffnete die Tür zum Gang. Wurde Elsie Hallgren. Funkerin. So ordentlich und zuverlässig, dass es gar nicht erst erwähnt werden musste.

»Nun?«, fragte sie Maria, nachdem sie den letzten Schluck Kaffee getrunken hatte. »Bist du so weit?«

Maria nickte so voller Begeisterung, dass es ihr fast die Sprache verschlug.

Und es war wirklich überwältigend. Elsie war schon früher in Bombay gewesen, zweimal sogar, dennoch blieb sie auf dem Kai stehen und blinzelte. Der Himmel hing grau und schwer von Wolken über ihnen, das Meer hinter ihnen glitzerte stahlgrau, dennoch musste sie die Augen zusammenkneifen, dennoch konnte sie es nicht zulassen, all diese Geräusche und Stimmen, all diese Farben, all diese Düfte auf einmal in sich aufzunehmen. Das hätte sie vernichtet. Aber sie war natürlich gezwungen, sich wie ein normaler Mensch zu benehmen. Maria zuliebe.

»Dann wollen wir zusehen, dass wir ein Taxi kriegen«, sagte sie und hob ihren linken Arm etwas an, als stumme Aufforderung, sich einzuhaken. Maria schob ihren Arm unter Elsies, sagte jedoch nichts, sah sie nicht einmal an. Elsie folgte ihrem Blick. Maria schaute auf einen schrecklich mageren Mann, der tief gebückt unter einem riesigen Bündel lief. Er war so gut wie nackt, hatte sich nur ein Stück Stoff um die Hüften geknotet. Vermutlich war das die einzige Kleidung, die er besaß. Ein weißes Stück Stoff, sonst nichts.

»Das sieht aus wie eine Windel«, sagte Maria atemlos.

»Ja«, nickte Elsie. »Das stimmt.«

Das Taxi sah aus, als hätte es gebrannt. Körnig und fleckig. Die Fahrertür ließ sich nicht schließen, der Fahrer hatte eine Hand am Steuer, die andere hielt er aus dem heruntergekurbelten Fenster, hielt die Tür damit nonchalant an Ort und Stelle. Dort, wo das Handschuhfach sitzen sollte, klaffte ein schwarzes Loch, aber er selbst war äußerst sauber und ordentlich, mit hellblauem Turban und einem weißen kurzärmligen Hemd, so frisch gebügelt, dass es aussah, als wäre er soeben einer Wäscherei entstiegen. Er lächelte ununterbrochen und redete ununterbrochen, aber sein Englisch war so unbegreiflich, dass Elsie nur etwas als Antwort murmelte. Maria sagte nichts, saß nur kerzengerade da und schaute sich um, musterte verblüfft das Innenleben des Autos, ließ ihren Blick auf dem Schaltknüppel ohne Knopf ruhen, schwenkte ihn dann weiter zum Boden und schnappte nach Luft, als sie direkt vor ihren Füßen ein Loch sah, groß wie eine Handfläche, schaute wieder hoch und Elsie an, die diskret den Kopf schüttelte. Sag nichts. Kommentiere nicht den Zustand des Autos, nicht einmal auf Schwedisch. Maria schluckte und ließ ihren Blick noch eine Runde drehen. Jemand hatte neue Sitzbezüge aus Baumwollstoff genäht, dunkellila mit Goldmuster. Die Federn des Sitzes drängten sich bereits durch das dünne Gewebe, und Maria fummelte immer wieder an einem kleinen Loch, piekste mit dem Zeigefinger hinein, bis Elsie ganz einfach ihre Hand nahm und wegzog.

»Oh«, sagte Maria und blinzelte, als wäre sie gerade aufgewacht. »Entschuldigung.«

Elsie lächelte nur als Antwort, drehte sich dann um und schaute aus dem Fenster. Das Auto fuhr sehr langsam, so langsam, dass sie bequem daneben hätte hergehen können, aber das machte nichts. Es war sogar schön. Sie fuhren ganz langsam durch Bombays Hafenviertel, aber die Glasscheibe des Autos schützte sie vor der Welt draußen, vor all den tausend oder zehntausend Menschen, die sich auf den Straßen drängten, vor allen Männern mit weißen kurzärmligen Hemden und unzufrieden gerunzelten Stirnen, vor allen Frauen in schimmernden Saris in Kirschrot und Türkis, in mattem Grün und verlockendem Violett, in rostroten Farbtönen und glühendem Orange, vor all den Hütten und Verschlägen, die ihre Behausungen waren, vor all den mageren, schmutzigen Kindern, die sich aufrichteten und sie einen oder zwei Momente lang anstarrten, während sie schnell überlegten, ob sie dem Wagen hinterherlaufen sollten, bis sie ihrem Blick begegneten, mit den Schultern zuckten und ihre Spiele weiterspielten.

Das Taxi hielt an einer Straßenkreuzung. Auf dem Bürgersteig saß ein Mann mit einem kleinen Korb vor sich, er stand schnell auf und lief sofort zum Auto, zog den Deckel von seinem Korb und lächelte sie stolz an. Maria schrie, als die Kobra ihren Kopf hervorstreckte.

Buße, dachte Elsie und zwang sich, dem Blick der Schlange zu begegnen, während sie in ihrer Handtasche nach ein paar Münzen suchte.

Der Fahrer wollte sie nicht gehen lassen. Er folgte ihnen mit dem Wagen, nachdem sie ausgestiegen waren und ihn bezahlt hatten, kroch langsam neben ihnen her, als sie durch die Innenstadt bummelten, hielt an, wenn sie in einen Laden gingen, um sich Seidenstoffe anzusehen, blieb dort stehen und wartete, wenn sie herauskamen, streckte lächelnd den Arm nach Marias Paket aus. Sie hatte drei glänzende Saris gekauft, blendend schön, und mochte sich kaum von ihnen trennen, gab sie aber dann doch dem Fahrer, als Elsie nickte.

»Lunch?«, fragte der Fahrer, und Elsie nickte wieder.

Sie krochen wieder auf die Rückbank. Jetzt hatte Maria sich daran gewöhnt, jetzt reagierte sie gar nicht mehr auf den Zustand des Autos. Ihre Wangen glühten rot, und der Schweiß stand ihr auf der Oberlippe, als sie sich lächelnd Elsie zuwandte:

»Was für Farben! Noch nie in meinem Leben habe ich so fantastische Farben gesehen ...«

Elsie erwiderte ihr Lächeln, sagte jedoch nichts.

»Du hättest auch etwas kaufen sollen«, sagte Maria. »Hundert Kronen für drei Saris! Das ist ja lachhaft wenig.«

Nein, dachte Elsie. Das hätte ich nicht. Das verdiene ich nicht.

Der Fahrer brachte sie zur Strandpromenade und fuhr vor einem der großen Hotels vor, lächelte und ließ sie aussteigen, versicherte ihnen so laut, dass alle anderen Taxifahrer es hören konnten, dass er auf sie warten werde, während sie aßen. Elsie und Maria betraten das Restaurant und waren plötzlich zurück in Westeuropa. Ein Oberkellner in dunklem Anzug führte sie zu einem Tisch auf der Terrasse, ein Kellner reichte ihnen die Speisekarte, ein anderer Kellner eilte mit der Weinkarte herbei. Sie bestellten und atmeten aus. Schauten sich um. Indische Männer am Tisch nebenan. Elegante Sikhs in dunklen Anzügen und Turbanen in Grau, Weinrot und Dunkelblau, einige weniger elegante Brahmanen mit weißen Hemden, dunklen Hosen und runden Bäuchen. Stahlgraues Meer vor ihnen. Das weiße Hochhaus des Hotels links. Und rechts etwas, das wie eine verlassene Baustelle aussah, eine Betongrube mit kahlen Armierungseisen, die gen Himmel aufragten. Jemand hatte ein Tuch über einige von ihnen gespannt, ein gestreiftes Stück Baumwollstoff, das leicht im Wind wehte. Ein Dach. Ein Schutz über einem Heim. Und davor saß eine dunkle Frau in einem rosa Baumwollsari in der Hocke und wusch einen ebenso dunklen kleinen Jungen, einen weinenden kleinen Jungen von etwa drei Jahren, der ganz offensichtlich nicht gewaschen werden mochte. Der weiße Seifenschaum bedeckte seinen ganzen Körper, und als er die Hand hob und sich damit die Augen rieb, wurde sein Weinen noch lauter. Die Mutter reagierte nicht, es schien, als hörte sie ihn gar nicht, sie nahm nur einen Eimer Wasser und kippte ihn über ihm aus, drehte sich dann um und packte ihre

Sachen zusammen. Der Junge schrie hysterisch, doch die Mutter reagierte nicht, schien es nicht einmal zu bemerken. Ganz vorsichtig legte sie die Seife in ihre offene Handfläche und betrachtete sie. Schaute dann in den Eimer, um zu sehen, ob noch etwas Wasser darin war, ging dann unter das gestreifte Dach, legte die Seife ab und stellte den Eimer auf den Beton, kam wieder heraus und gab dem weinenden Jungen eine Ohrfeige. Er kauerte sich zusammen und schrie noch lauter. Seine Mutter blieb einen Moment lang still stehen, kerzengerade und unbeweglich, den Blick irgendwo in die Ferne gerichtet, ging dann vor ihm in die Hocke sinken und schlug ihn noch einmal. Wartete einen Moment, ob er aufhörte zu weinen. Als das nicht geschah, beugte sie sich vor und schlug ihn ein drittes Mal, so fest, dass er schwankte.

»Mutterliebe«, sagte Maria und griff nach dem Brot.

Elsie nickte stumm.

»Ja«, sagte Maria. »Wahre Mutterliebe. Wie manche von uns empfinden.«

Inez sang. Sie stand in ihrer duftenden Küche und sang, während sie altmodisch Kakao kochte, dafür Kakao, Zucker und einen Schuss Sahne miteinander verrührte. Wie es sich gehörte. Richtig. Die Milch stand bereits auf dem Herd und mischte einen fast unmerklichen Hauch von Dampf in den Duft der Wecken. Sie hatte sie im Blick, während sie im Becher rührte, bereit, sofort den Topf von der Platte zu ziehen, wenn sie anfangen würde zu kochen, überlegte kurz, ob sie die Platte schon ausschalten sollte, und entschloss sich dann dazu. Die Milch war jetzt heiß genug, sie würde im nächsten Moment aufkochen, innerhalb der wenigen Sekunden, die es brauchte, bis er zur die Tür hereinkam…

»*Pfingsten kam mit grünem Laub*«, sang Inez und lachte, als sie feststellte, dass sie tatsächlich Tränen in den Augen hatte. »*In Blütenpracht stehn Feld und Wald…*«

Als Björn klein war, liebte er dieses Lied, er wollte immer auf ihrem Schoß sitzen und hören, wie sie von dem kleinen Mädchen im Krankenhaus sang, das niemals zu seiner Mutter nach Hause durfte. Inez verzog das Gesicht, hörte auf zu singen. Nun ja. Später hatte er andere Lieder gemocht. Sogar Kirchenlieder. *Morgen in den Bergen*, zum Beispiel. Und *Schön ist die Erde*. Einmal war er sogar in Tränen ausgebrochen, als sie das gesungen hatte, und sie hatte so einen Schreck bekommen, dass sie zu singen aufgehört, ihn in die Arme genommen und gefragt hatte, was denn falsch war. Aber es war gar nichts falsch, hatte er gesagt. Es war nur so schön.

Fünf Jahre war er damals alt gewesen. Erst fünf. Es hatte ihr fast das Herz gebrochen vor Glück und Anteilnahme. Es war einzigartig, wie empfindsam er war, das würde ihn groß und überwältigend machen, fantastisch und einmalig, das wusste sie. Und gleichzeitig wusste sie, dass es ihn viel kosten würde. Unendlich viel. Denn man kann nun mal unmöglich so dünnhäutig in einer Welt wie dieser herumlaufen, dieser elenden, jämmerlichen, widerwärtigen … Nein. Sie wollte nicht daran denken. Sie hatte oft genug daran gedacht.

Inez schaute sich in der Küche um. War alles bereit? Ja. Der Kaffee war frisch gekocht. Die duftenden Heißwecken warteten unter gestärkten und gemangelten Geschirrtüchern. Der Kakao war so gut wie fertig. Die Sahne, die als Häubchen obendrauf liegen sollte, stand steif geschlagen in ihrer Schale. Sie warf einen Blick auf die Uhr, runzelte dann die Stirn. Viertel nach drei. Und er war immer noch nicht da. Merkwürdig.

Sie zögerte einen Moment, ging dann aber mit entschlossenem Schritt in den Flur, warf einen Blick durch das Fenster auf die Treppe und den Garten. Doch da war er nicht. Sie öffnete die Tür und ging hinaus, lief in bloßen Pantoffeln den Gartenweg hinunter bis zum Zaun, schaute erst nach rechts und dann nach links, sah jedoch nichts. Es war bereits dunkel geworden, es war schon eine ganze Weile dunkel, und das machte sie nervös. Richtig unruhig.

Und wenn ihm nun etwas passiert war? Wenn ihn auf dem Heimweg von der Schule ein Auto überfahren hatte? Wenn ihn irgendwelche gemeinen Jungen auf Abwege gelockt und dann alleingelassen hatten, einsam und verlassen, ohne die Möglichkeit nach Hause zu finden? Doch nein. So war es natürlich nicht. Er war sicher nur zu irgendwelchem Freund mit nach Hause gegangen. Um dessen neue Dinky Toys anzugucken beispielsweise. Einen Moment lang zog ein anderes Bild vorbei, das Bild von Björn als fast Erwachsenem, langhaarig und schlaksig, ein junger Mann, der mit einem Mikrofon in der Hand auf der Bühne stand, es dicht an seinen Mund hielt und zu singen schien, aber das war ein so merkwürdiger Gedanke, dass sie ihn sofort beiseiteschob. Blödsinn. Björn war doch erst neun Jahre alt. Ging in die dritte Klasse. Und bald, ganz bald, würde er von der Schule nach Hause kommen, würde seinen Ranzen im Flur auf den Boden werfen, obwohl sie ihm mindestens tausend Mal gesagt hatte, er solle ihn an den Haken hängen, den sie nur für seine Schultasche an der Wand angebracht hatte, und dann würde er in die Küche kommen, auf der Schwelle stehen bleiben, lächeln, sein wunderbares, etwas scheues Lächeln, wenn ihm klar wurde, dass sie Heißwecken gebacken und Kakao für ihn gekocht hatte. Mit Schlagsahne. Und dass nur sie beide, Inez und Björn, gleich zu zweit am Küchentisch sitzen und sich unterhalten würden.

Lächelnd schlug sie sich die Arme um den Leib, stellte auf einmal fest, dass sie tatsächlich fror und dass es regnete. Sie hielt eine Hand hoch, die Innenfläche zum Himmel gewandt. Doch ja. Es regnete. Welch ein Glück, dass Björn seine Regenjacke mithatte, weil sie dafür sorgte, dass sie jeden Morgen ordentlich zusammengerollt ganz unten in seiner Schultasche lag. Sie selbst konnte so ein bisschen Regen gut vertragen. Das war überhaupt kein Problem.

Um sie her war es vollkommen still, wie ihr nun auffiel. Absolut still. Niemand ging den Bürgersteig entlang und knirschte mit den Schuhen auf Kies. Kein Auto brummte weiter hinten. Und die Häuser in der Straße standen dunkel da, kein Mensch außer ihr hatte Licht eingeschaltet. Die Nachbarn waren wohl immer noch bei der Arbeit. Aber die Straßenlaternen brannten, gelb und freundlich beugten sie sich über den glänzenden Asphalt und bestrichen ihn mit Gold. Wenn Björn kam, würde er also auf einer Straße aus Gold kommen. Was nicht mehr als recht und billig war. Ganz gleich, was die Leute auch sagten.

Sie schüttelte den Kopf und verzog ärgerlich das Gesicht. Die Leute! Die Leute waren nicht recht gescheit, das war alles. Boshaft. Eklig. Fast verrückt. Besonders Birger, dieser verdammte Idiot, der ganz und gar aufgehört hatte, mit ihr zu reden, nur weil sie aufgehört hatte, mit ihm zu reden. Ganz zu schweigen von Susanne, die mit wippendem Busen und saurer Miene herumlief und so tat, als wäre sie ein Teenager. Ein kleines Mädchen. Lächerlich! Oder Elsie, die inzwischen überhaupt nichts mehr von sich hören ließ, nicht einmal mehr den Unterhalt schickte. Ja. So war es. Björns Ersparnisse wuchsen nicht mehr, weil seine leibliche Mutter die Unterhaltszahlungen eingestellt hatte. Ein Skandal, das war der richtige Begriff. Es gab kein anderes Wort für eine Mutter, die sich irgendwo in der Weltgeschichte herumtrieb und so tat, als hätte sie keinen Sohn mehr.

»Scheiße!«, sagte sie laut. »Verdammte, verfluchte Scheiße!«

Einen Moment lang blieb sie stehen und schaute sich um. Hatte jemand sie gehört? Stand einer der Nachbarn in seinem dunklen Haus auf der Lauer und hörte, wie sie fluchte? Was sie nicht wundern würde. Oder irgend so ein widerlicher Typ, der sich in den Schatten weiter die Straße hinunter versteckte? Ein Fremder, der es merkwürdig fand, dass sie an ihrem Gartenzaun stand und fluchte?

Sie warf den Kopf zurück. War ja auch egal. Sie wusste schließlich, wer sie war und was sie tat, warum sollte sie sich darum scheren, was andere Leute dachten. Außerdem hatte niemand sie gehört. Es war immer noch still um sie herum. Keine Schritte. Kein Motorengeräusch. Nur still und dunkel, genau wie es an einem Mittwochnachmittag im November sein sollte.

Sie zwinkerte. November. Das Wort ließ einen Traum in ihr aufsteigen, den sie vor langer Zeit einmal geträumt hatte, zu der Zeit, als sie noch schlief. Noch schlafen konnte. Mädchen in einer kleinen Traube vor dem Haus. Ein Trupp schmachtender, sehnsuchtsvoller Mädchen in äußerst merkwürdiger Kleidung, die dort standen und zum Küchenfenster spähten … Sie schüttelte den Kopf. Ein dummer Traum. Vielleicht war es gar nicht ihr eigener. Wahrscheinlich war es Elsies. Doch, das konnte stimmen. Elsie war der Typ, der so etwas Dummes träumen konnte. Weil sie selbst so dumm war. Verdreht. Einfältig. Gaga, wie Björn sagen würde, sollte er es wagen, so etwas Gemeines über seine Mutter zu sagen. Was er aber natürlich niemals tun würde. Er war nicht so einer. Er war ein lieber Junge, viel lieber als manch anderer …

Wieder schlang sie sich die Arme um den Leib. Fror. Fror heftig, und trotzdem hatte sie das Gefühl, gar nicht zu frieren. Als läge das Gefühl außen, als wäre es jemand anderer als sie, der fror. Einen Moment lang schlug sie die Augen nieder, schaute auf ihre eigenen Arme und stellte fest, dass sie nackt und bloß waren. Sie hatte eine Gänsehaut bekommen, und der dünne weiße Flaum, der ihren Arm bedeckte, stand plötzlich zu Berge.

Sie schaute weiter an sich herunter und sah, dass sie ein Nachthemd trug. Nachthemd und Schürze. Merkwürdig.

Inez löste den Griff um sich selbst, schwankte einen Moment und fasste dann einen Entschluss. Sie würde nach ihm suchen. Die Pforte quietschte, als sie sie öffnete. Sie würde zu seiner Schule gehen und ihn nach Hause holen. Denn er musste doch nach Hause kommen. Björn musste ganz einfach nach Hause kommen!

»Stockholm radio, Stockholm Radio«, sagte die Telefonistin.

Susanne sackte auf den Stuhl neben dem Telefon, biss auf einen Fingernagel und schaute sich auf dem Flur um. Alles sah aus wie immer. Fast wie immer. Der rote Wilton-Teppich lag etwas schief, das niedrige Bücherregal war mit einer dünnen Staubschicht bedeckt, genau wie die beiden verblichenen Drucke darüber, die Drucke, die dort seit dem Tag hingen, an dem sie geboren wurde. Vielleicht sogar noch viel länger.

Es knackte ein wenig im Hörer, jemand sagte weit entfernt etwas auf Englisch, aber sie konnte es nicht verstehen.

»Hallo«, versuchte sie es, aber niemand antwortete; das Einzige, was zu hören war, das war erneut leises Knacken. Sie fiel ein wenig in sich zusammen und schaute sich noch einmal die Drucke an. Wo war der Pudel geblieben? Es hatte doch auf einem der Bilder einen Pudel gegeben, einen kleinen schwarzen Pudel, der auf einem grauen Bürgersteig neben einem grauen Menschen durch eine graue Stadt ging! Jetzt war er weg. Vollkommen verschwunden. Da waren nur noch ein grauer Bürgersteig, ein grauer Mensch und eine graue Stadt.

Sie verzog verächtlich das Gesicht. Wahrscheinlich hatte sie den Pudel nur erfunden. Ihn ins Bild hineingeträumt. Denn es konnte doch nicht sein, dass sich der Pudel in Atome aufgelöst hatte und verschwunden war. Oder dass er aus dem Bild gehüpft war, sich auf der Rückseite des Rahmens hindurchgezwängt hatte und sich jetzt hinter dem Bücherregal versteckt hielt. Diese Art von Logik überließ sie liebend gern Inez. Besten Dank. Sie selbst hatte noch alle Tassen im Schrank. Oder wie das nun hieß.

»Hallo«, rief jemand weit entfernt, und einen Moment lang

stieg in ihr die Panik auf, das blanke Entsetzen darüber, dass sie gezwungen sein würde, alles zu erzählen. Hätte sie sich vorbereiten müssen? Vielleicht. Wenn sie jemand anderer gewesen wäre. Aber sie war nun einmal Susanne, und Susanne konnte sich nicht vorbereiten, zumindest nicht auf so etwas wie das hier. Sonst würde sie nur über die Worte stolpern und aus dem Konzept kommen. Falsch klingen. Alles durfte passieren, nur das nicht. Sie durfte es sich nicht erlauben, falsch zu klingen.

»Elsie«, rief sie und drückte den Hörer fester ans Ohr. »Elsie, bist du es?«

»Inez?«

Es war Elsies Stimme. Offensichtlich. Klar und deutlich, nur mit einem leichten Echo hinter diesem einen Wort.

»Nein. Ich bin es, Susanne.«

Elsies Stimme zitterte, schwankte zwischen Hoffnung und Furcht.

»Haben sie ihn gefunden?«

Susanne schluckte.

»Nein. Das ist nicht der Grund, weshalb ich anrufe.«

Elsie war ein oder zwei Atemzüge lang still, seufzte dann, und das Echo ihres Seufzers flog von der Stelle auf einem Meer in weiter Ferne, wo sie sich im Augenblick befand, in den Flur in einem roten Haus in der Svanegatan in Landskrona.

»Weshalb dann?«

Susanne schloss die Augen.

»Es ist wegen Inez ...«

»Ja?«

»Sie ist krank. Sie ist krank geworden.«

Einen Moment lang wurde es still, und hinter geschlossenen Augenlidern konnte Susanne Elsies Gesicht vor sich sehen. Die gerunzelte Stirn. Den zusammengekniffenen Mund. Ihre Blässe. Genauso hatte sie den Monat lang ausgesehen, als sie schweigend an Inez' Küchentisch gesessen und auf eine Nachricht gewartet hatte, die nie kam, bevor sie eines Tages aufgestanden war und im Telegrammstil mitgeteilt hatte, dass sie weggehen würde. Mit einem Schiff von Göteborg nach Bombay fahren. Um das Kap der Guten Hoffnung, jetzt, wo der Suezkanal geschlossen war. Ein Kap voller guter Hoffnung. Und dann hatte sie gelacht, ein trockenes leises Lachen, das erst aufhörte, als Inez sie anschrie.

Vielleicht war sie auch gaga. Genauso gaga wie ihre Schwester.

»Ist es was Ernstes?«

Susanne öffnete die Augen und betrachtete die Druckgrafik vor sich. Immer noch ohne Pudel.

»Ich weiß nicht …«

»Ist es Krebs?«

Susanne kippelte vor lauter Verwunderung ein wenig mit dem Stuhl.

»Nein. Das nicht. Sie hat sich am Arm verletzt, aber …«

»Am Arm?«

»Ja, aber …«

»Liegt sie im Krankenhaus?«

»Ja. Sie ist erst einmal hier in Landskrona im Krankenhaus, aber …«

Sie verstummte. Wand sich. Wusste nicht so recht, wie sie das sagen sollte.

»Aber was?«

Elsies Stimme klang scharf. Fast wie die von Inez. Eine leichte Wut flammte in Susanne auf, erlosch gleich wieder, hinterließ nur einen Brandgeruch.

»Sie wollen sie heute Nachmittag ins Sankt Lars einweisen.«

Es wurde still in der Leitung. Ganz still. Susanne wartete einen Augenblick, dann fuhr sie sich mit der Hand unter der Nase entlang und sprach laut und deutlich.

»Hallo! Bist du noch da?«

Ein Atmen war alles, was sie als Antwort erhielt. Keinen Seufzer, nur ein Atmen, als hätte jemand das ganze Elend seines Lebens in einen einzigen resignierten Atemzug gepackt. Danach kehrte wieder das Schweigen ein, eine langes Schweigen.

»Dann ist sie also verrückt geworden«, sagte Elsie schließlich. Ihre Stimme klang müde. Erschöpft.

Susanne nickte schweigend.

»Wegen Björns Verschwinden?«

Susanne gab einen leisen Ton von sich, nahm sich dann zusammen und antwortete.

»Ich nehme es an.«

»Du nimmst es an?«

Die Stimme klang feindlich. Fast wie Inez' Stimme, als sie … Jetzt nicht daran denken. Ruhig bleiben. Erwachsen sein.

»Ich weiß es nicht genau. Man kann nicht viel verstehen von dem, was sie sagt.«

Obwohl ein Teil wohl zu verstehen war. Gewisse Dinge waren ausgesprochen gut zu verstehen gewesen. Viel zu gut. Sie schloss die Augen, um die Erinnerung auszusperren, doch das half nichts. Inez lag unter ihren Augenlidern und schrie mit hassverzerrtem Gesicht, und ihre Schreie waren so schrill, dass Susanne sich bei der bloßen Erinnerung daran zusammenkrümmen musste. *Du! Du! Du bist es nicht wert zu leben! Warum warst du nicht diejenige, die verschwunden ist? Du, du verdammtes kleines Luder …*

Susanne öffnete wieder die Augen, starrte auf das Bild mit dem verschwundenen Pudel. Wenn sie den kleinen Hund hinter dem Bücherregal fand, würde sie ihn zertreten. Nein. Sie richtete sich erneut auf. Sie würde ihn in die Hand nehmen und mit dem Zeigefinger streicheln. Er hatte ja nichts getan. War nur verschwunden.

»Wird sie wieder gesund werden?«

Elsie klang immer noch feindlich. Soll sie doch, dachte Susanne und stand auf, drehte den Bildern den Rücken zu, stand ganz aufrecht da und sah, wie ihr eigener Zeigefinger ein kleines B in den Staub auf dem Telefontischchen schrieb. Sie würde später Staub wischen. Staub wischen und Staub saugen. Aber kein Essen kochen. Sie wollte von Wecken leben. Es gab so viele süße Wecken in der Küche, wie man sich nur wünschen konnte. Inez musste die ganze Nacht gebacken haben.

»Ich glaube schon. Der Arzt hat gesagt, dass man es in ungefähr einem Monat wissen wird.«

»Und bis dahin soll sie im Sankt Lars bleiben?«

»Ja.«

Wieder war es eine Weile still, dann holte Elsie tief Luft.

»Ich werde in einem Monat nach Hause kommen.«

»Aha.«

Susanne hörte selbst, wie gleichgültig das klang. Fast gelangweilt. Und Elsie hörte das auch.

»Und wie geht es dir?«

Was denkst du denn? Die Antwort fuhr ihr schnell durch den Kopf, aber Susanne schluckte sie hinunter, starrte stattdessen auf die Tapete. Eine graue Tapete. Richtig hässlich.

»Ganz gut.«

»Müsstest du nicht jetzt in der Schule sein?«

»Ich habe mir heute freigenommen.«

»Und Birger?«

»Er ist in der Schule.«

Wieder war es still. Susanne hob die Hand und drückte auf eine Verbindungsnaht der Tapete, umfasste sie mit Daumen und Zeigefinger, machte sich bereit, sie herunterzureißen, bremste sich dann im letzten Moment. Sie war nicht wie Inez. Sie würde keine Tapeten zerreißen. Sie hatte alle Tassen im Schrank.

»Wie ist es passiert?«, fragte Elsie.

»Tja«, antwortete Susanne und wünschte plötzlich, sie hätte ein Kaugummi, ein großes rosa Kaugummi, das sie zwischen den Schneidezähnen halten und dann so herausziehen würde, dass es einen Faden bildete, einen langen, zähen Faden zwischen ihrem Mund und ihren Fingern. Das würde zu ihrem nonchalanten Ton passen. Ihrem gleichgültigen Ton. Dem unberührten Ton.

»Die Polizei hat heute Morgen um halb fünf angerufen. Sie haben sie vor der Tuppaschule gefunden. Sie lag da offenbar nur in ihrem Nachthemd. Auf dem Asphalt. Und hat geheult.«

»Geheult?«

»Geschrien. Gekreischt. Wie du willst.«

»Ja …«

Elsie klang nicht mehr ganz so sauer. Eher verängstigt. Susanne lächelte die graue Tapete an. Das geschah ihr nur recht.

»Und sie hat geblutet. Denn sie hatte ein Fenster eingeschlagen und sich ziemlich heftig den Arm geschnitten. Sie mussten es mit über dreißig Stichen nähen. Aber es hat eine Weile gedauert, bis sie nähen konnten, denn sie war nur schwer zu bändigen …«

»Nur schwer zu bändigen? Inez?«

Susanne fuhr sich mit der Hand durch den Pony, konnte die Arroganz in ihrer Stimme kaum zügeln.

»Ja. Inez. Deine Schwester. Deine Zwillingsschwester. Sie hat auch geflucht. Und eine Krankenschwester so gebissen, dass die geblutet hat. Und Birger einen verdammten Idioten genannt. Und mich ein – *äh* – verfluchtes Luder.«

»Lieber Gott!«

Susannes Lächeln wurde breiter. Sie genoss es. Je mehr Elsie sich aufregte, desto mehr genoss sie es. *Deine Zwillingsschwester*, sang es in ihr. *Deine Kopie! Dein zweites Ich!*

»Drei Polizisten waren nötig, um sie festzuhalten. Drei Stück. Aber als sie sie endlich am Boden überwältigt hatten, konnte der Arzt ihr ja eine Spritze geben.«

Das Bild zog vorüber. Sie sah ihre Mutter oder das blutige Wesen, das zumindest so tat, als wäre es ihre Mutter, zu Boden gezwungen, sie sah drei ausgewachsene Männer darum kämpfen, sie festzuhalten. Einer hielt ihren rechten Arm, der rot war von Blut, mit klaffender Wunde, wie ein Lächeln oder ein höhnisches Grinsen, die erst aufging und dann geschlossen wurde, ein dunkelrotes Rinnsal von Blut lief zur Hand. Nein, nicht eins. Zwei. Drei. Der andere Polizist hielt ihren linken Arm und setzte ihr gleichzeitig ein Knie auf den Rücken, ein dritter griff mit beiden Händen um ihre Schienbeine. Und die ganze Zeit schrie Inez, schrie nach Björn, rief seinen Namen und huldigte ihm, spuckte dann nach Susanne, schrie, sie sei es nicht wert zu leben, und verfluchte sie, versuchte mit blutigen Zähnen nach Birger zu schnappen, sie schrie und fluchte, spuckte und biss, bis der Arzt, der neben ihr kniete, die Nadel aus ihrem entblößten Hintern zog und aufstand. Sekunden später fiel Inez' Kopf mit einem Rums auf den Boden, und es wurde ganz still im Raum. Die Polizisten blieben in ihrer Haltung, außer Puste und abwartend, blickten dann den Arzt an, der sie ansah und nickte. Sie ließen los. Inez' Arm fiel zu Boden. Zwei Krankenpfleger hoben sie hoch, legten sie auf eine Trage, und wenig später war sie weg. In einen Operationssaal gerollt, um ihre dreißig Stiche zu bekommen. In ein weißes Nachthemd und eine geblümte Schürze gekleidet. Die Pantoffeln waren weg. Verschwunden. Hatten sich in Luft aufgelöst. Wie das eine oder andere oder eher der eine oder andere sich zuvor bereits in Luft aufgelöst hatte.

»Ich bin in einem Monat zu Hause«, sagte Elsie. »Das verspreche ich.«

Susanne schloss die Augen.

»Ja, ja«, sagte sie, und es gelang ihr, den lässigen Ton beizubehalten, der Elsie so erfolgreich vermittelte, dass es nicht nötig war, dass es eigentlich gar keinen Unterschied machte, ob sie kam oder nicht. »Aber ich muss jetzt aufhören. Das wird sonst zu teuer. Also, tschüs dann.«

Und dann legte sie auf, ohne Elsies Antwort abzuwarten.

Inez flog hoch über den Wolken. Ihre Flügel waren riesig, es rauschte laut im Himmel, wenn sie sie bewegte.

Sie konnte ein Schwan sein, der gerade vom Wasser aufflog.

Ein Seeadler, der nach Beute suchte.

Oder ein Engel.

Ja, sie war ein Engel. Ein Engel mit dunkelblauem Gewand und elfenbeinfarbenen Flügeln. Ein Mutterengel, der einen kleinen Cherub an seiner Brust hielt. Eine Madonna auf dem Weg ins Paradies mit ihrem schlafenden Sohn. Gott hatte den Menschen verziehen, er musste seinen eingeborenen Sohn nicht mehr opfern, er hatte eingesehen, dass er seinen Jungen mehr liebte als seine Schöpfung.

Das war richtig.

Das war in Ordnung.

Alles war endlich, wie es sein sollte.

Susanne sah Eva schon von fern, aber Eva sah sie nicht. Sie überquerte gerade den Rådhustorget, ging so zielstrebig geradeaus, dass sie sich auf jeden Fall begegnen mussten. Eine Sekunde lang war Susanne versucht, sich unsichtbar zu machen, in eine der kleinen Gassen um den Markt herum zu schlüpfen, dort atemlos stehen zu bleiben und zu warten, bis Eva verschwunden war, doch dann ging sie, von wilder Entschlossenheit gepackt, weiter geradeaus. Ging mit energischen Schritten in die gleiche Richtung wie vorher. Auf Eva zu.

Eva sah aus wie immer. Fast. Sie toupierte sich nicht mehr die Haare und hatte sich ihren blonden Pagenkopf etwas kürzer geschnitten, war aber immer noch äußerst modisch gekleidet. Ein Paar große orange Ohrringe aus Plastik schaukelten an ihrem Hals, ihr kurzer Mantel hatte genau die gleiche Farbe, und die braune Handtasche hatte drei orange Knöpfe in einer Reihe. Sie ging sehr aufrecht, aber mit halb geschlossenen Augen, als müsste sie sich vor den Blicken der anderen Landskronabewohner schützen. Was möglicherweise eine richtige Einschätzung war. Die Leute drehten sich nach ihr um, schauten ihr hinterher. Eva Salomonsson! Die in der Zeitung gewesen war. Oder in allen Zeitungen.

Vielleicht drehten sie sich ja auch nach Susanne um. Die Schwester. Oder Cousine. Sie hatte es selbst nie bemerkt, aber es kam ziemlich oft vor, dass andere Menschen ihren Blick einzufangen versuchten, sie eine Spur zu lange ansahen, sie anstarrten, als könnte ihnen allein schon ihre Art zu gehen, die Schultasche zu halten, die Hände in die Parkataschen zu schieben etwas darüber verraten, was mit Björn und Inez passiert war. Was nicht der Fall war. Sie hatte keine Ahnung, was mit Björn passiert war, und an Inez wollte sie nicht denken. Nie wieder.

Deshalb hatte sie sich eine vollkommen undurchdringliche Außenhülle zugelegt, einen Panzer aus Kälte und Gleichgültigkeit, und deshalb begegnete sie den starrenden Blicken so kalt und abschätzig, dass es den meisten Menschen unangenehm wurde und sie ihrem Blick auswichen. Der Panzer scheuerte, aber sie konnte sich nicht von ihm befreien. Und deshalb schaute sie Henrik und Ingalill gar nicht mehr an, ganz gleich, was sie auch sagten, was sie auch taten, und deshalb saß sie Abend für Abend hinter ihrer geschlossenen Zimmertür und sprach mit Birger nur das Nötigste. Nicht, dass das einen Unterschied gemacht hätte. Er sprach auch nicht mehr als das Notwendigste mit ihr. Rief nur, wenn das Essen fertig war, aber kommentierte nicht die Tatsache, dass sie selten herunterkam, um mit ihm zu essen, ließ nur ihren Teller auf dem Tisch stehen, nachdem er gegessen hatte, und stellte seinen eigenen gründlich vorgespülten Teller in die Spüle. Susanne kümmerte sich ums Abwaschen und Putzen. Birger kaufte ein und kochte. Das war nichts, was sie diskutiert hatten. Es hatte sich einfach so ergeben.

Aber heute musste sie für sich selbst kochen, denn Birger war nach Lund, nach Sankt Lars, gefahren. Ins Irrenhaus. Er hatte sie nicht einmal gefragt, ob sie mitkommen wollte, mittlerweile fragte er nie, ob sie mitkommen wollte. Jeden Samstag zog er nur sein vergilbtes Nylonhemd an, streifte sich den Schlips über den Kopf, murmelte einen Abschiedsgruß und verschwand. Er sagte auch nicht viel, wenn er nach Hause kam, lief nur umher und tat, als wäre er in einem ganz normalen Krankenhaus gewesen und hätte dort jemanden besucht, wo er doch in Wirklichkeit den ganzen Tag in einem Irrenhaus in Gesellschaft seiner geisteskranken Frau verbracht hatte. Er murmelte nur etwas in der Richtung, dass Mama grüßen ließe, eine Behauptung, die Susanne zu bezweifeln sich erlaubte. Warum sollte Inez jemanden grüßen, von dem sie meinte, er sei es gar nicht wert zu leben?

Sie selbst dachte gar nicht daran, nach Sankt Lars zu fahren. Nie im Leben. Denn sie dachte nicht daran zu verzeihen. Wollte es nicht einmal.

Jetzt erblickte Eva sie, sie blieb für den Bruchteil einer

Sekunde stehen, warf dann den Kopf zurück und ging geradeaus weiter. Susanne hielt sie mit dem Blick fest, verspürte vor Angst eine leichte Übelkeit im Magen, aber das machte nichts, das war nicht zu sehen, ihr Panzer war intakt, ihr Blick eiskalt. Eva würde nicht entkommen.

Die Leute um sie her benahmen sich, als ob nichts wäre, sie standen an den Ständen und beugten sich über Möhrenbündel und Kohlrabi, suchten in ihren Einkaufskörben nach Portemonnaies und Brieftaschen, lächelten und nickten Nachbarn und Bekannten zu, aber wer genau beobachtete – und Susanne beobachtete sehr genau –, konnte sehen, dass sie die Augen offen hielten, dass sie Susanne und Eva aus den Augenwinkeln interessierte Blicke zuwarfen und sich fragten, was wohl passierte, wenn sie aufeinandertrafen.

Eva hatte ihre Augen weit geöffnet, jetzt sah sie Susanne mit einer Art Verwunderung an, ging immer langsamer, als versuchte sie herauszubekommen, was diese stahlgraue Gleichgültigkeit, die in Susannes Blick lag, wohl zu bedeuten hatte. Sie warf einen raschen Blick nach links, dort stand ein Bauer aus Skåne hinter einem Berg von Kartoffeln, dann nach rechts, wo eine Frau mittleren Alters, angetan mit einem auffällig eleganten Kopftuch aus rosa Seide, Äpfel übereinanderstapelte; dann schaute sie wieder geradeaus und begegnete Susannes Blick. Lächelte. Es war ein hastiges Lächeln, fast schüchtern, ein Lächeln, das Susannes Herz schneller schlagen ließ. Björns Gesicht huschte vorbei, sein lächelndes Gesicht, als er eines Abends vor einem Jahr – war das wirklich erst ein Jahr her? – vor dem Haus in der Svanegatan stand und zu ihr hinaufschaute. Mit Eva an seiner Seite ...

Jetzt trennten sie nur noch drei Schritte. Eva lächelte erneut, eine Spur weniger scheu dieses Mal, eher ein wenig traurig. Raffiniert. Sehr raffiniert. So würde sie jeden einwickeln können, ob Mädchen oder Junge, jung oder alt. Aber Susanne hatte nicht vor, sich manipulieren zu lassen. Dieses Mal nicht. Nie wieder.

»Susanne«, sagte Eva.

Susanne blieb stehen, maß ihr Gegenüber mit Blicken, antwortete jedoch nicht. Sagte gar nichts.

»Ich habe das von deiner Mutter gehört«, sagte Eva und klimperte mit den Wimpern. »Wie tragisch. Wie furchtbar traurig.«

Susanne sagte immer noch nichts, doch Eva schien das nicht zu bemerken. Sie schaute auf die Pflastersteine und seufzte.

»Es ist wohl zu viel für sie gewesen. Es ist ja für viele von uns zu viel gewesen. Ich und…«

Sie führte ihren Satz nicht zu Ende. Das war ein perfekter Abbruch, man konnte fast die drei Pünktchen, die dem abgebrochenen Satz in schriftlicher Form folgen würden, aus ihrem Mund herausschweben und langsam zu Boden segeln sehen. Jetzt konnte jeder, der sie hörte, den Satz selbst beenden. Am besten in Illustriertensprache: *Ich und Tommy sind uns in die Arme gefallen und haben geweint.* Oder: *Ich und Tommy können nicht einmal darüber reden.* Oder: *Ich und Tommy, wir haben den Schmerz einfach nicht mehr ertragen können, deshalb mussten wir uns schließlich trennen.* Aber Susanne dachte gar nicht daran, den Satz zu beenden, schon gar nicht in Illustriertensprache, sondern stand stumm und reglos vor Eva und beobachtete sie, ließ ihren Blick von dem sorgfältig geschminkten Puppengesicht mit tiefschwarzen Augen über den sehr effektvoll hochgeschlagenen Mantelkragen bis hinunter zu den braunen Wildlederstiefeln und wieder zurück wandern. Ließ ihren Gesichtsausdruck dabei vollkommen unverändert, änderte nur ein wenig die Haltung, verlagerte das Körpergewicht weiter auf die rechte Hüfte und schaute Eva erneut in die Augen, ohne etwas zu sagen. Sie wusste plötzlich nicht einmal, ob sie etwas hätte sagen können, ob sie überhaupt noch eine Stimme hatte. Doch das war auch gleich. In den letzten Monaten hatte sie einiges über die Macht des Schweigens gelernt, und jetzt war sie bereit, sie auszuüben, sie zum ersten Mal so bewusst anzuwenden, wie sie nur konnte.

Eva beugte sich vor, legte ihre braune Handschuhhand behutsam auf Susannes Ärmel und fragte:

»Und wie geht es dir?«

Susanne sah ihr in die Augen, schaute dann auf die braune Hand auf ihrem Parka und sah wieder auf. Das half. Eva zog ihre Hand zurück, ließ sie hochschnellen und schnell den Kragen zurechtrücken, der in keiner Weise zurechtgerückt werden musste, lächelte dann und sagte:

»Ich habe an dich gedacht. Oft.«

Aha. Und was sollte Susanne darauf antworten? Wurde von ihr erwartet, dass sie zusammenbrach, Eva in die Arme fiel und Gott dafür dankte, dass überhaupt jemand an sie dachte? Wohl kaum. Sie zog nur die Augenbrauen hoch und ließ den linken Mundwinkel etwas in die Höhe schnellen. Wenn das ein Lächeln gewesen wäre, dann ein Hohnlächeln, aber es dauerte eine oder zwei Sekunden, bis Eva das begriff. Sie war schon immer etwas schwer von Begriff gewesen, wenn nicht sie diejenige war, die die Bedingungen vorgab. Und jetzt war nicht sie am Ruder. Sondern Susanne.

»Also, ich ...«

Jetzt kam Eva vollkommen aus dem Konzept, das war ein ganz anderer abgebrochener Satz als vorhin. Ihr Blick wurde unstet, sie suchte eilig nach einer Möglichkeit zu entkommen, fand jedoch keine. Zu beiden Seiten drängten sich die Menschen an den Ständen, und Susanne stand kerzengerade, stumm und unerschütterlich direkt vor ihr. Evas Hand flog hoch an ihre Kehle, wo sie wie ein unzureichender Schutz auf ihrem schmalen weißen Hals lag. Dann klappte sie die Augen auf und zu, überwand sich und sagte:

»Ich weiß, dass ich damals nicht so nett zu dir gewesen bin. In Nässjö. Bevor das passiert ist. Aber ich war ja frisch verliebt, weißt du. Total verknallt. Und da kann man schon mal ...«

Schon mal was? Susannes Augenbrauen rutschten hoch, aber sie senkte sie rasch wieder. Wie dumm konnte man eigentlich sein? Glaubte Eva tatsächlich, dass Susanne herumlief und sich wegen etwas grämte, was einer anderen Person in einem anderen Leben zugestoßen war, in einer ganz anderen Welt? Begriff Eva nicht, dass sie danach andere Verbrechen begangen hatte? Schlimmere. Und zwar in den Zeitungen. In einem Interview nach dem anderen. Diebstahl ihres Bruders. Schwere Sachbeschädigung ihrer Erinnerung.

Eva richtete sich auf, sah Susanne an und lächelte erneut:

»Ich werde im Geschäft aufhören. Soll mit einer englischen Band auf Tournee gehen. Der Sänger mag mich, er sagt, er könnte nicht ohne mich ... Nun ja, du weißt schon. Das wird fantastisch, die haben eine ganz andere Klasse als die Typhoons. Ja, nichts für ungut, aber ...«

Susanne konnte nicht an sich halten, trat unwillkürlich einen Schritt zurück und grinste böse. Schaute dann weg, steckte die Hände in die Taschen ihres Parkas und drängte sich vorbei. Ging los, ging mit großen Schritten und großer Zielstrebigkeit, wusste, dass sie es auch nicht eine Minute länger ertragen würde, Eva anzusehen, sich ihre Stimme anzuhören. Aber sie hörte sie, sie hörte, wie Eva mit ihrer allerglockenreinsten Stimme über den ganzen Marktplatz rief:

»Aber Susanne! So warte doch! Bitte, Susanne, bleib stehen!«

Aber Susanne blieb nicht stehen, es war schlicht und einfach unmöglich, stehen zu bleiben, sie ging in ihrem zerknitterten alten Parka über den Markt, sah plötzlich ein, dass er zu dünn für die Jahreszeit war, und wurde sich ebenso plötzlich bewusst, dass sie weder einen Schal noch Handschuhe trug, dass sie sich morgens weder ordentlich gekämmt noch geschminkt hatte. Sie war ganz einfach hässlich. Hässlich, unmodern und lächerlich. Und die Leute starrten ihr nach, das spürte sie, auch wenn sie es nicht länger sah, weil sie den Kopf nicht mehr anheben konnte, sie lief zusammengekauert und vor Scham gebeugt ...

»Ja, Susanne! So bleib doch stehen«, rief eine andere Stimme. Ingalills Stimme. Und Susanne wusste, obwohl sie es nicht sehen konnte, dass Ingalill mit den anderen KFMLern in der Ecke auf dem Rathausmarkt stand, genau in der Ecke, die sie stets vermied, um sie und ihre roten Banderolen nicht sehen zu müssen, die sie jeden Samstagmorgen ausrollten, bevor sie mit ihren Sammelbüchsen klapperten. Und Ingalill ließ sich die Gelegenheit nicht entgehen, sie griff gierig danach und wiederholte höhnisch Evas Ruf, ein ums andere Mal:

»So bleib doch stehen, Susanne! Bleib stehen!«

Sie konnte das Kichern der anderen KFMLer hören, ein leises, höhnisches Lachen der jungen Männer, die nach Macht strebten, die der Ansicht waren, kraft ihrer Begabung dazu berechtigt zu sein, die es als ihr Geburtsrecht betrachteten, und von den jungen Frauen, die sich nach einer Revanche sehnten, die es der ganzen Welt heimzahlen wollten. Und deshalb rief Ingalill immer und immer wieder:

»Aber bleib doch stehen, Susanne! Bleib stehen!«

Doch Susanne blieb nicht stehen. Sie ging. Sie hastete davon. Sie lief mit großen Schritten und schaute sich nicht einmal um, als sie über die Straße rannte.

»Du musst entschuldigen«, sagte Elsie. »Aber ich verstehe nicht.«

Susanne zuckte trotzig mit den Schultern. Dann eben nicht!

Ein Monat war vergangen, seit sie miteinander telefoniert hatten. Elsie hatte abgemustert, und jetzt saß sie am Küchentisch in der Svanegatan und schaute ihre Nichte an. Die ziemlich kläglich aussah. Aschfahl im Gesicht. Dunkle Ringe unter den Augen. Ihre Haare mussten dringend gewaschen werden. Ein junger Mensch, der ganz offensichtlich mit einer gewissen Vorsicht behandelt werden musste.

»Kannst du nicht versuchen, es mir zu erklären? Warum hast du dich so darüber aufgeregt, dass Eva mit einer englischen Band auf Tournee fahren wird?«

Susanne seufzte. Zupfte ein wenig an ihrem grauen Pullover und versuchte, die geballte Faust im Ärmel zu verstecken.

»Das war ja nicht deshalb …«

Birger stellte den Fernseher im Wohnzimmer lauter. Er wollte wohl nicht riskieren, etwas von dem Gespräch in der Küche zu hören, etwas, das ihn zwingen könnte, aus seinem Kokon des Schweigens herauszukommen. Elsie unterdrückte einen Seufzer und beugte sich ein wenig vor, legte ihre Hand auf die graue Oberfläche des Küchentisches. Die weiße Serviette, die als Deckchen diente, war zerknittert und schmuddelig. Die Zinnschale war leer, bis auf einen weißen Apfelsinenkern und ein paar alte Stiele von Weintrauben. Und im Fenster standen die toten Pelargonien in Reih und Glied und spreizten ihre nackten Zweige.

»Was war es dann?«

Susanne warf ihr kurz einen Blick zu. Sie hatte feuchte Augen. Sehr feuchte.

»Dass Björn ihr nichts bedeutet hat.«

Elsie schwieg, wusste nicht, ob sie es wagen sollte, etwas zu sagen. Susanne sackte auf der anderen Tischseite noch mehr in sich zusammen und schob auch die andere Hand in den Pulloverärmel. Schniefte.

»Ich war so dumm. Ich habe tatsächlich geglaubt, dass sie ihn mochte. Richtig. Und mich. Dass sie mich auch mochte… Jedenfalls bis zu jenem Tag. Aber so war es ja gar nicht. Sie war doch nur an ihm interessiert, weil er prominent war. Und an mir war sie nur interessiert, weil ich die Schwester von einem Promi war.«

Sie schaute auf, sah Elsie kurz an und ergänzte:

»Oder Cousine halt.«

Elsie nickte nur. Das war nicht wichtig. Das sollte Susanne wissen.

»Und jetzt will sie mit einer englischen Band los«, sagte Susanne. »Weil die schicker sind, eine englische Band ist immer schicker als eine schwedische. Und mit den Typhoons ist es ja zu Ende, deshalb hat sie sicher Tommy fallen lassen, aber das kann mir ja gleich sein, nicht das interessiert mich, sondern… Sondern… Nein, ich weiß nicht, was eigentlich! Sie ist nur grässlich. Gruselig!«

Jetzt weinte sie endlich. Elsie stand auf und holte etwas Küchenpapier, schob es über den Tisch Susanne zu.

»Ich fühle mich so ausgenutzt«, sagte Susanne und putzte sich die Nase. »Ich bin ausgenutzt worden. Sie hat mich benutzt, um an ihn heranzukommen, und ich habe es zugelassen. Denn ich war so dämlich, dass ich überhaupt nichts kapiert habe. Es gab ja welche, die das gesehen haben, die gesagt haben, was los war und wie es kommen würde, aber ich habe nicht auf sie gehört. Habe mich einfach geweigert zuzuhören. Und jetzt habe ich keine Freunde mehr. Keinen einzigen. Ich bin einsam, und Björn fehlt mir, er fehlt mir so sehr. Björn. Mein Bruder. Nicht der Rockstar. Ich denke Tag und Nacht an ihn, aber ich habe niemanden, dem ich das sagen kann. Mein Vater redet nicht mit mir, und meine Mutter… Meine Mutter…«

Sie zitterte. Elsie reichte ihr die Hand, aber Susanne ergriff sie nicht, hob stattdessen ihre rechte Hand und legte sie sich über die Augen, versteckte sich, als schämte sie sich, als hätte sie etwas getan, wofür sie sich schämen müsste. Ihre Stimme wurde dünn wie ein seidener Faden, aber jetzt schluchzte sie nicht mehr. Jetzt klang es nicht einmal mehr wie Weinen.

»Und meine Mutter meint, ich sei es gar nicht wert zu leben«, sagte sie mit dieser dünnen Stimme. »Das hat sie gesagt. Sie hat es mir gesagt, als sie verrückt wurde. Und manchmal glaube ich, sie hat recht. Ich bin es nicht wert zu leben.«

Sie brauchte fast eine Stunde, um Susanne ins Bett zu bringen, und als diese Stunde vorbei war, war Elsie vollkommen erledigt. Sie schloss Susannes Zimmertür mit einem Seufzer, lehnte sich dann gegen die Wand und schloss die Augen. Versuchte sich zu konzentrieren. Nachzudenken. Sich wie ein erwachsener, verantwortungsbewusster Mensch zu benehmen.

Sie war um zwölf Uhr mittags in Göteborg an Land gegangen und hatte sich sofort in ein Taxi gesetzt, war zum Bahnhof gefahren und hatte nach nicht einmal einer Stunde schon im Zug gesessen. In Helsingborg hatte sie in einen Regionalzug umsteigen müssen, einen Zug, der an jeder Milchkanne anhielt und die Söhne und Töchter wohlsituierter schonischer Bauern hinausließ, kichernde, plappernde und fast schreiende Jugendliche, die auf dem Heimweg von der Schule waren. Sie hatte sie sehr genau beobachtet, ihre Kleidung und ihre Bewegungen gemustert, ihren Stimmen und Gesprächen gelauscht, unauffällig nach ihren Düften geschnuppert und war verwundert. Keiner von ihnen roch noch nach Stall. Sie rochen nach Seife und Schweiß, nach Axxe und – misstrauisch schnupperte sie noch einmal – nach Chanel No. 5. Außerdem waren sie besser gekleidet als alle anderen Jugendlichen, die sie je gesehen hatte, sogar besser als die Jugendlichen, die bei Björns Fernsehauftritt in England im Publikum gewesen waren. Alle Pullover sahen aus, als wären sie aus Lambswool oder Shetlandwolle. Einige Mädchen trugen Blusen, die aus reiner Seide sein mussten, und einige Jungen hatten weiße Hemden und Krawatten. Alle Steppjacken waren neu und wulstig. Alle Dufflecoats und Lederjacken waren so neu, dass sie aussahen wie frisch von der Stange. Niemand sah mehr arm aus. Aber ihr Dialekt war noch genauso breit wie eh und je, kein einziger Vokal kam allein über ihre Lippen, sie hingen stets mit anderen zusammen: *io, ae, ou.* Doch der Ton war anders. Er war härter geworden. Gröber. Boshafter.

Sie waren gleichaltrig mit Susanne. Ihre Schulkameraden. Ihre Welt. Elsie überlief ein Schauder.

Sie ging die fünf Schritte zum Bad, trat hinein und musterte sich im Spiegel. Die Schlange war nicht da, ihre Augen waren ihre eigenen, und das machte sie nur noch entschlossener. Susanne musste geschützt werden. Jemand musste ihre Existenz bestätigen und ihr den Schutz geben, den sie brauchte. Elsie spritzte sich ein wenig kaltes Wasser ins Gesicht, schaute sich nach einem Handtuch um, um sich abzutrocknen, musste jedoch feststellen, dass nur zwei kleine, ganz schmutzige Handtücher an den Haken hingen. Sie riss ein Stück Toilettenpapier ab, tupfte sich damit das Gesicht ab und fuhr sich dann mit dem Kamm durchs Haar. Einen Moment lang huschten ihre Gedanken in ihre eigene Wohnung, die dunkel in der Sankt Olofsgatan auf sie wartete, sie sah sich selbst draußen im Treppenhaus stehen und zögern, so wie sie im Frühling vor Lydias Tür gezögert hatte, dann zuckte sie mit den Schultern und legte den Kamm hin. Lydia war ihre geringste Sorge. Ein altes Gespenst. Ein Geschöpf, das Angst vor dem Leben und den Lebenden hatte. Vielleicht wusste sie nicht einmal, dass Elsie nach Hause gekommen war. Was sie nicht verwundern würde. Niemand in dieser Familie schien ja überhaupt noch mit dem anderen zu reden.

Sie hielt sich am Handlauf fest, während sie die Treppe hinunterging. Gelbes Licht sickerte aus der Küche, aber das Wohnzimmer, in dem Birger saß, lag im Dunkel. Sie blieb in der Türöffnung stehen, schaute ihn an, wie er dort saß. Ein müder Mann im blauen Fernsehlicht. Verschlossen. Einsam.

»Können wir ein Licht anmachen?«, fragte sie.

Birger drehte ihr den Kopf zu, gab jedoch keine Antwort, schaute sie nur einen Moment lang an, während er sich nach der Stehlampe neben sich streckte und sie einschaltete, dann wandte er den Blick wieder dem Fernsehbildschirm zu. Ein dunkler Mann sprach, und Birger hörte sehr aufmerksam zu. Es handelte sich um Fußball. Soweit Elsie wusste, war Birger nie an Fußball interessiert gewesen.

»Du könntest nicht vielleicht den Fernseher ausschalten?«

Es zuckte um Birgers Mund, als wollte er etwas sagen, könnte es jedoch nicht. Als hätte ihm jemand den Mund zugenäht. Als hätte ihm jemand mit dem Tacker die Lippen zusammengeheftet. Aber Elsie wollte sich nicht damit abfinden. Sie wurde lauter:

»Ich möchte mit dir reden.«

Sein Blick irrte umher, er murmelte etwas.

»Wie bitte?«, fragte Elsie.

Er sprach lauter, ohne dabei jedoch den Fernseher aus den Augen zu lassen.

»Da gibt es nichts zu reden.«

Elsie spürte, wie ihr die Wut durch den Körper schoss, und sah sich gezwungen, die Augen zu schließen und tief durchzuatmen, damit er nichts davon mitbekam, als sie weitersprach.

»Susanne«, sagte sie. Ihre Stimme war ganz klar, doch sie klang nicht wütend, es war ihr tatsächlich nicht anzuhören, wie es in ihr brodelte. Birger bewegte sich immer noch nicht. Er saß nur stocksteif in seinem hart gepolsterten Sessel aus den Fünfzigerjahren, mit starrem Blick auf den Fernseher. Gab keine Antwort.

»Wir müssen über Susanne reden«, sagte Elsie noch einmal. »Es geht ihr nicht gut.«

Birger zuckte mit den Schultern, ohne vom Fernseher wegzusehen. Der dunkle Mann verschwand, jetzt starrte Birger auf eine Uhr. Intensiv. Als wäre es ein unglaublich wichtiger Countdown, nicht nur die Pause zwischen zwei Sendungen.

»Sie leidet doch wohl keine Not«, sagte Birger schließlich. »Sie hat etwas zu essen und Kleidung. Sie kann zur Schule gehen. Worüber hat sie sich zu beklagen?«

Der Boden schwankte unter Elsie, sie konnte geradezu spüren, wie sich eine Welle von der Tür durch das ganze Wohnzimmer fortsetzte, wie sie gegen die gegenüberliegende Wand prallte und zurückrollte. Sie griff nach dem Türrahmen, krallte sich daran fest, um das Gleichgewicht nicht zu verlieren.

»Sag mal, bist du nicht ganz bei Trost?«, fragte sie dann. Ihre Stimme zitterte.

Birger antwortete nicht. Sah sie nicht an. Umklammerte nur eisern die Armlehnen seines Sessels und starrte intensiv auf den Bildschirm. Elsie kehrte ihm den Rücken und ging die Treppe hinauf.

Björns Zimmer sah aus, als hätte er es erst vor Kurzem verlassen. Ein Pullover war aufs Bett geworfen worden, ein schwarzer Lambswoolpulli, und sie setzte sich daneben, nahm ihn ganz vorsichtig hoch und presste ihr Gesicht hinein. Versuchte Björns Duft zu spüren, musste sich aber mitten in der Bewegung eingestehen, dass sie versuchte, sich selbst zu belügen. Wie sollte sie seinen Duft wiedererkennen? Sie wusste doch gar nicht, wie Björn roch. Wie er gerochen hatte. Sie ließ die Hand mit dem Pullover auf den Schoß sinken, blieb dann sitzen und starrte vor sich hin. Seufzte.

Björn hatte ein schönes Zimmer gehabt. Er hatte ein schönes Zimmer. Vielleicht das schönste im ganzen Haus. Das Fenster ging auf die Svanegatan hinaus, und unter dem Fensterbrett stand sein Schreibtisch, ein richtig schöner Schreibtisch in Teak und schwarzem Lack, den sie selbst gekauft hatte. Ein Geschenk, als er auf die Oberschule kam, ein Geschenk, das von Inez jedoch nicht gutgeheißen worden war. Nach der Anlieferung war sie eine ganze Woche lang sauer gewesen und war erst wieder zufrieden, als sie eine sehr schöne Decke mit der Signatur von Viola Gråsten gefunden hatte, die sie als Tagesdecke auf sein Bett legen konnte. Behauptete, sie sei im Preis herabgesetzt gewesen, es sei zweite Wahl, aber das glaubte Elsie nicht. Weigerte sich, das zu glauben. Denn es war ja kein Fehler an dieser Decke zu entdecken, nichts, was auf zweite Wahl hindeutete, immer noch lag sie auf dem Bett und schimmerte in verschiedenen Blautönen. Inez hatte sicher ein hübsches Sümmchen dafür hingeblättert. Unterschlagenes Geld von ihrem eigenen Gehalt. Sich Birgers Kontrolle entzogen.

Bei dem Gedanken an Birger schüttelte sie den Kopf. Kein Wunder, dass Inez verrückt geworden war. Absolut kein Wunder.

Er stand draußen auf dem Flur, als sie herauskam, wie ein dunkler Schatten auf dem dunklen Flur neben der offenen Tür zum Dachboden, das Licht der Bodentreppe im Rücken.

»Komm«, sagte er und drehte ihr den Rücken zu, ging dann die Treppe hinauf. Er humpelte, und es dauerte einen Moment, bis Elsie sich an die Sache mit seinen Füßen erinnerte, dass der eine so viel größer war als der andere. Das merkte man kaum, wenn er Schuhe trug, aber jetzt lief er nur auf Strümpfen, und da humpelte er.

Der Dachboden sah ungefähr aus wie vorher. Gelbes Licht von einer nackten Glühbirne an der Decke. Ungehobelte Fichtenbohlen, auf denen sie sich oft genug Splitter eingetreten hatte. Alte Möbel in einer Ecke gestapelt. Einige mehr als das letzte Mal, als sie hier war, das konnte sie jetzt sehen. Da stand das Bett, das vorher in dem kleinen Zimmer gestanden hatte, in dem sie immer schlief. Da stand die schwere Lampe, die schon in Inez' und ihrem Kinderzimmer gestanden hatte, als sie noch klein gewesen waren. Und da hinten stand ein Sessel, den sie nur von den Umrissen her wiedererkannte. Neu bezogen. Hatte Inez ihn bezogen?

Birger ging vor und öffnete die Tür zur Kammer, steckte eine Hand hinein und schaltete die Deckenlampe ein. Auch hier eine nackte Glühbirne.

»Guck's dir an«, sagte er und trat einen Schritt hinein. »Guck dir das hier ruhig an!«

Elsie stellte sich in die Türöffnung und schaute sich um, schnappte dann nach Luft und trat einen Schritt zurück. Wollte nicht hineingehen.

»Komm«, sagte Birger. Er reichte ihr die Hand, aber sie wich zurück. Wollte nicht von ihm angefasst werden.

»Du musst hereinkommen«, sagte Birger. Er klang nüchtern. Gefasst. Erwachsen. Sie musste sich auch nüchtern, gefasst und erwachsen verhalten. Also überschritt sie die Schwelle und ging hinein.

Inez hatte die Wände weiß gestrichen, der Boden war immer noch mit den Zeitungen bedeckt, die sie zum Schutz ausgelegt hatte. Sie vergilbten langsam. Und auf die frisch gestrichenen

Wände hatte jemand immer und immer wieder den gleichen Namen geschrieben. *Björn! Björn! Björn!* Mal mit Bleistift. Mal mit Tinte. Ein paarmal mit rotem Filzstift. Aber immer derselbe Name, stets in derselben, unglaublich ordentlichen Handschrift geschrieben, bedeckte die Wände vom Boden bis zur Decke.

»Sie hat gesagt, sie würde lernen«, sagte Birger. »Aber sie hat nie irgendwelche Bücher gekauft. Hat das hier oben nie eingerichtet. Dann hat sie wohl ganz einfach gelogen. Sie hat sich auch nie an der Universität eingeschrieben.«

Elsie erwiderte nichts, drehte sich nur langsam um die eigene Achse und betrachtete die Tausende und Abertausende von kleinen Namen. *Björn! Björn! Björn!* Es war ein Gefühl, wie in einem Schrei eingeschlossen zu sein. Einem stummen Schrei.

»Sie muss auf einen Stuhl geklettert sein, um ganz oben schreiben zu können«, sagte Birger. »Und hat sich wohl platt auf den Bauch gelegt, um ganz unten zu schreiben. Ich weiß nicht, wie sie es gemacht hat, ich habe es erst entdeckt, als sie schon krank war. Vorher bin ich nie hier hochgekommen. Ich habe gedacht, sie will hier allein sein. Dass sie das braucht. Aber das war ein Fehler, das sehe ich jetzt ein.«

Elsie nickte stumm. Birger sah sie einen Moment lang an, steckte dann die Hände in die Hosentaschen und schaute sich um.

»Andererseits glaube ich nicht, dass es so einen großen Unterschied gemacht hätte. Ihr war ja doch egal, was ich gesagt oder getan habe. Seit Björn verschwunden ist. Da war ich ihr vollkommen gleichgültig. Und Susanne auch. Wir waren ihr scheißegal. Das hier war alles, was sie im Kopf hatte. *Björn! Björn! Björn!* Immer nur *Björn! Björn! Björn!*«

Seine Stimme schwankte. Eine schreckliche Sekunde lang fürchtete Elsie, er könnte in Tränen ausbrechen. Aber das tat er nicht. Er schloss nur eine oder zwei Sekunden lang die Augen, öffnete sie dann wieder und schaute Elsie an.

»Sie hat für Björn gelebt. Ihn hat sie geliebt. Nur Björn. Björn war der Grund, warum sie mich geheiratet hat, denn er sollte einen Vater haben. Nur Björns wegen sind wir verheiratet geblieben. Björn zuliebe war sie einverstanden, Susanne zu kriegen. Denn Björn sollte ein Geschwisterchen haben. Das war ihr einziger Grund. Leider.«

Er zuckte mit den Schultern und wandte sich ab, humpelte zur Tür, drehte sich dort wieder um und schaute Elsie über die Schulter an.

»Du sagst, Susanne geht es schlecht. Das glaube ich gern. Mir geht es auch schlecht. Und Inez geht es am schlechtesten von uns allen. Es gibt nicht viel, was ich daran ändern kann. Es gibt nicht viel, was irgendwer von uns daran ändern könnte. So ist es nun einmal.«

Dann löschte er das Licht und ging hinaus auf den Dachboden, ließ Elsie zurück, ohne sich noch einmal umzusehen.

Björn hinterliess Nachrichten.

Manchmal waren sie ziemlich kryptisch, aber Inez verstand sie dennoch. Wie jetzt, als ein rotes Auto draußen vor dem Krankenhaus vorbeifuhr und jemand – Björn selbst natürlich – auf dem Rücksitz die Hand hob, sie hochhielt, ohne eigentlich zu winken. Es war wichtig, dass er nicht winkte. Niemand durfte sehen oder auch nur ahnen, das sie miteinander in Kontakt standen. Denn sie waren ja von Feinden umgeben. Die ganze Zeit. In jeder Sekunde. Inez nickte stumm vor sich hin, schaute sich dann hastig um und kontrollierte, ob jemand gesehen hatte, wie sie nickte.

Es schien nicht so. Karin Lundström war die einzige Patientin auf dem Flur, und sie ging wie üblich mit geschlossenen Augen umher und tat so, als wäre sie blind. Völlig übergeschnappt. Aber das konnte natürlich nur Schau sein, so zu tun, als wäre sie gar nicht interessiert, während sie insgeheim genaue Notizen machte... Ja, gut möglich. Und Schwester Siv, die ihr mit einem Lächeln entgegenkam, die sie jetzt anhielt und den Arm um sie legte, sie konnte diejenige sein, die die Informationen entgegennahm und dann weiterschickte. An den Oberbefehlshaber. Oder an irgendeinen Politiker. An wen auch immer, der voller Bosheit war. An wen auch immer, der voller Neid und Missgunst auf Björn war.

Aber Inez würde nicht diejenige sein, die Björn verriet. Nie im Leben. Sie hatte so allmählich raus, wie der Hase lief auf dieser Station. Hin und wieder lächelte sie einem der Feinde, die sich hier eingemietet hatten, etwas blass zu. Tat so, als wäre ihnen ihr Plan geglückt, sie zu brechen, als begriffe sie nicht, womit sie sich abgaben. Und jetzt würde sie nie wieder damit anfangen, zu schreien und Krach zu schlagen, wie sie es anfangs getan hatte. Beispielsweise in dem Moment, als sie im

Waschraum der Station Björns Zahnbürste gefunden hatte. Sie stand einfach in einem Zahnputzbecher da, neben den anderen Zahnbürsten in ihren Bechern. Blau und durchsichtig. Schön. Sie ähnelte Björn so offensichtlich, dass es selbst den Feinden eindeutig klar sein musste, auch wenn sie lieber so taten, als wenn nichts wäre. Das war eine ganz deutliche Botschaft von Björn, ein so offensichtlicher Hilferuf, aber als sie das sagte, als sie Schwester Siv und den anderen erklärte, wie es sich verhielt, weigerten sich diese, ihr zuzuhören. Stattdessen banden sie sie am Bett fest und ließen sie mehrere Tage festgebunden da liegen. Und kaum war sie aus ihrem Spanngurt herausgekommen, da hatte sie seinen schwarzen Lambswoolpullover gefunden, seinen Lieblingspulli, den er so oft trug, er hing über einem Stuhl im Aufenthaltsraum. Noch ein Hilferuf. Und wieder einige Tage in Fesseln für sie.

Danach war sie vorsichtiger geworden. Und raffinierter. Ebenso listig wie ihre Feinde. Sie sagte fast nichts mehr, nicht einmal Birger, der jeden Samstag kam und stundenlang bei ihr saß, lauernd, darauf wartend, dass sie sich verplappern würde. Sie hatten ihn geworben. Das war schlimm, aber es war die Wahrheit. Sie hatten Björns eigenen Stiefvater geworben, um Informationen über ihn zu beschaffen.

»Schrecklich«, sagte sie laut und schüttelte den Kopf.

Schwester Siv reagierte natürlich sofort. Richtete sich auf, ließ Karin Lundström los und wandte sich Inez zu. Lächelte ihr durch und durch falsches Lächeln.

»Was haben Sie gesagt?«

Inez wartete einen Moment ab, dann schüttelte sie erneut den Kopf.

»Schreckliches Wetter.«

Schwester Siv warf einen Blick aus dem Fenster.

»Nun ja. Etwas bedeckt. Aber sonst geht es doch.«

Inez lächelte schmallippig.

»Mir fehlt die Sonne«, sagte sie. Das müsste ja wohl jeder verstehen, was das bedeutete. Was sie eigentlich sagte. Aber diese dämliche Schwester Siv lächelte nur ebenso falsch wie zuvor und erwiderte:

»Sicher. Aber schließlich haben wir Dezember. Da kann man nicht so viel Sonne erwarten. Aber dafür steht Weihnachten vor der Tür, das ist ja auch ein Trost.«

Bedeutete das, dass sie zu Weihnachten etwas mit Björn vorhatten?

O ja. Genau das bedeutete es.

Die Frage war nur, was sie tun wollten. Und wie. Und wann.

Inez musste es herausfinden. Sich bereit machen. Damit sie Björn verteidigen konnte. Irgendjemand musste ihn schließlich verteidigen.

Sie saß über eine Stunde reglos auf ihrem Bett und dachte über die Sache nach. Bewegte sich nicht. Sagte nichts. Saß nur vollkommen stumm und starr da und versuchte auszurechnen, welche Pläne die Feinde mit Björn hatten, rührte sich nicht einmal, als Schwester Siv den Kopf durch die halb offene Tür hereinsteckte. «Ich habe eine Überraschung«, sagte sie lachend.

Inez fröstelte. Sie mochte keine Überraschungen. Und schon gar nicht Schwester Sivs Überraschungen.

»Kämmen Sie sich eben und kommen Sie dann mit«, sagte Schwester Siv. »Damit Sie sehen können, wer gekommen ist, um Sie zu besuchen.«

Inez spannte den ganzen Körper an, zum Kampf wie zur Flucht bereit, ließ sich aber nichts davon anmerken. Sie ging nur ein wenig langsamer als sonst und umklammerte mit festem Griff die Laufstange an der Wand, blinzelte ein wenig und versuchte durch die Glaswand zu erkennen, wer da draußen im Besucherzimmer auf sie wartete. Es dauerte eine Weile, bis ihr Körper begriff, was die Augen sahen. Sie blinzelte erneut. Sandfarbenes Haar. Wie ihr eigenes. Goldkettchen. Wie ihr eigenes. Sehr blasse Wangen. Wie ihre eigenen. Hatten sie eine Kopie von ihr gemacht? Eine Gummipuppe, die gehen, stehen und reden konnte? Wollten sie sie umbringen und die Puppe an ihre Stelle setzen? Sollte die Puppe den Verrat begehen, den Inez niemals selbst begehen würde?

Sie blieb auf der Schwelle stehen, konnte sich nicht zum

Schritt ins Besucherzimmer überwinden. Wer sollte Björn verteidigen, wenn sie weg war? Wer?

»Das ist doch Ihre Schwester«, sagte Schwester Siv und gab ihr einen kleinen Knuff in den Rücken. »Ihre eigene Schwester.«

Inez konnte nicht dagegenhalten. Jetzt stellte sie einen Fuß auf das Linoleum des Besucherzimmers. Jetzt sah sie diese zweite Version ihrer selbst, die Kopie, die Fälschung, die Verräterin, wie sie aufstand, etwas unsicher lächelte und mit ausgebreiteten Armen sagte:

»Inez! Hallo. Meine liebe Inez!«

Es war vorbei. Alles war vorbei. Und die Welt wurde weiß von ihrem Schrei.

Lydia musste hinter ihrer Tür gestanden und gelauscht haben, denn sie öffnete sofort, als Elsie den Schlüssel in ihr Schloss steckte.

»Elsie«, fragte sie. »Bist du es?«

Elsie brachte es kaum fertig, sich umzudrehen, sie wandte nur den Kopf um und nickte.

»Ja«, sagte sie. »Ich bin es.«

Eine Weile blieb es still. Elsie drehte den Schlüssel. Griff nach der Klinke. Ließ sie wieder los. Sie konnte nicht einfach hineingehen und die Tür hinter sich schließen, wie gern sie es auch getan hätte.

»Ich dachte ich hätte dich letzte Nacht gehört«, sagte Lydia. »Aber ich war mir nicht sicher.«

Sie klang kleinlaut. Als wäre sie ausgeschimpft worden oder hätte eine Ohrfeige bekommen. Elsie drehte sich um. Versuchte ein Lächeln hinzukriegen, ein sicheres, freundliches, verlogenes Lächeln, das Lydia versichern sollte, dass alles in Ordnung war. Wie sie Lydia ihr ganzes Leben lang angelächelt hatte.

»Ich bin gestern Abend erst sehr spät nach Hause gekommen«, sagte sie. »Deshalb habe ich nicht bei Ihnen geklingelt. Ich war zuerst in der Svanegatan. Und heute Morgen musste ich schon ganz früh losfahren ...«

»Fahren?«, fragte Lydia ängstlich. »Wohin bist du gefahren?«

»Nach Lund«, erklärte Elsie. »Ins Sankt Lars.«

»Ach«, machte Lydia, und ihre Hand fuhr hoch, landete schützend oberhalb ihrer linken Brust. Ein wenig Wut machte sich in Elsies Bauch breit, aber sie schluckte rasch, um sie zu verbergen. Nichts von dem, was passiert war, war Lydias Schuld. Einerseits. Andererseits gab es das eine oder andere, woran sie tatsächlich schuld war, wofür sie zur Rechenschaft gezogen werden sollte. Aber was für einen Sinn hätte das? Lydia würde es doch nicht verstehen. Konnte es nicht verstehen. Alles, was sie ihren Kindern angetan hatte, war ja auch ihr selbst angetan worden, nur noch heftiger und schlimmer. Dennoch erlaubte sich Elsie eine kleine Bosheit.

»Ich habe Inez besucht«, sagte sie, und ihre Stimme klang trocken. »Im Sankt Lars. Sind Sie schon dort gewesen?«

Die Antwort auf diese Frage kannte sie nur zu gut, dennoch stellte sie sie. Genoss es. Lydias Blick glitt ab.

»Ich hatte keine Zeit«, sagte sie schnell. »Birger fährt ja jeden Samstag zu ihr, und da will ich doch nicht stören. Und an den Sonntagen ist es schlecht. Aufsätze müssen korrigiert werden und so. Die nächste Woche vorbereitet. Zu Weihnachten, habe ich mir gedacht … In den Weihnachtsferien.«

»Ach so«, sagte Elsie und zeigte ein schiefes Lächeln. »Obwohl es wohl auch nicht so wichtig ist.«

»Wie meinst du das?«

»Sie wird Sie sowieso nicht wiedererkennen. Allem Anschein nach hat sie mich heute auch nicht wiedererkannt.«

Lydia schluckte. Panik war in ihrem Blick zu erkennen.

»Sie hat dich nicht wiedererkannt?«

»Nein. Jedenfalls schien es nicht so. Die meiste Zeit hat sie geschrien.«

Wenn Lydia nicht so wohlerzogen gewesen wäre, dann hätte sie wohl auch angefangen zu schreien. Aber sie war ja wohlerzogen. Jetzt war sie so bestraft worden, dass sie nur dastand und ihre Tochter anblinzelte, sich zwang anzuhören, was ihre Tochter über ihre andere Tochter erzählte.

»Sie hat geschrien?«

Ihre Stimme war nur noch ein Flüstern.

»Ja«, bestätigte Elsie und verzog das Gesicht, um die Tränen zurückzuhalten. »Sie hat ziemlich lange geschrien. Aber dann haben sie ihr eine Spritze gegeben, und dann wurde sie ruhig.«

Die Wahrheit war, dass Inez überhaupt nicht ruhig geworden war. Sondern bewusstlos. Als es den Pflegern schließlich gelang, dieses wild starrende Wesen einzufangen, von dem behauptet wurde, es wäre ihre Schwester, dieses schreiende, fauchende und fluchende Wesen, da hatten sie sich einfach auf sie gesetzt und ihre eine Spritze in die rechte Pobacke gedrückt. Sekunden später war sie bewusstlos.

Elsie hatte anschließend mit einer Ärztin sprechen können, einer Psychiaterin mit tiefen Ringen unter den Augen und einer ziemlich müden Stimme. Sie würden es mit einem neuen Medikament versuchen, hatte sie gesagt, und sie hatten ziemlich große Hoffnungen, dass es helfen könnte. Jedenfalls nach einer Weile.

»Das ist eine sehr langwierige Psychose«, sagte sie. »Aber soweit ich verstanden habe, hat sie auch einen großen Schmerz durchmachen müssen.«

Elsie nickte schweigend. Die Ärztin beugte sich vor und verschränkte die Hände unter dem Kinn, schaute Elsie tief in die Augen.

»Das wird vorübergehen«, sagte sie. »Früher oder später wird es vorübergehen.«

Elsie blinzelte. Ihre Mutter stand etwas gebeugt an ihrer eigenen Tür, tadellos wie immer. Ihre weiße Seidenbluse sah ganz frisch gebügelt aus. Ihre schwarzen Schuhe glänzten frisch geputzt. Das Haar war sorgsam hochgesteckt, nicht eine einzige Haarsträhne hatte sich gelöst. Trotzdem sah sie ärmlich aus, müde, erschöpft und ärmlich, und plötzlich durchströmte Elsie eine Woge von Mitleid. Sie trat einige Schritte vor und legte ihre Hand auf Lydias Wange, spürte zu ihrem Erstaunen, dass Lydia sich nicht zurückzog und keinen Widerstand leistete, wie Elsie es immer erwartet hatte, wenn jemand sie berührte. Stattdessen seufzte Lydia und ließ ihren Kopf noch schwerer auf Elsies Hand sinken, ließ ihn dort ruhen, schwer und voller Vertrauen. Als würde sie Elsie vertrauen. Als würde sie wirklich glauben, dass Elsie es gut mit ihr meinte.

»Inez«, sagte sie und seufzte noch einmal. »Meine kleine Inez …«

»Mach dir keine Sorgen, Mama«, sagte Elsie vorsichtig. »Sie

wird wieder gesund. Ich habe mit einer Ärztin gesprochen, und sie hat versprochen, dass Inez wieder gesund wird.«

Ihre eigene Stimme beruhigte sie. Ließ sie ruhiger werden. Nichts hatte sich gelöst, nichts war besser geworden, vielleicht würde es sich nie lösen, vielleicht würde es nie wieder ganz gut werden, trotzdem spürte sie plötzlich eine vollkommene Ruhe. Ich bin ein Mensch, dachte sie. Ich bin nur ein Mensch unter anderen Menschen. Ich muss nicht mehr fliehen. Ich trage meine eigene Schuld. Ich ertrage es.

»Komm«, sagte sie zu Lydia und legte den Arm um sie. »Komm mit rein zu mir, wir trinken eine Tasse Tee.«

Lydia sah sie einen Moment lang an, nickte dann. Elsie lächelte ihr zu, lächelte ein durch und durch echtes kleines Lächeln. Jetzt wusste sie, was sie tun musste. Und wie es zu tun war. Die Buße hatte begonnen.

Sie waren ganz allein im Waggon. Vollkommen allein. Das gedämpfte Licht war schmutzig gelb, die Sitze waren steif und mit diesem braunen Plüsch bezogen, mit dem jahrzehntelang alle Sitze in schwedischen Zügen bezogen worden waren. Die neue Generation hatten Bezüge in rotem Stoff. Also war es kein moderner Zug. Es war ein altmodischer Zug, ein Zug, dessen Einrichtung allein schon die Reisenden zurechtzuweisen schien. Was bildeten sie sich ein? Glaubten sie wirklich, dass die Eisenbahngesellschaft es ihnen gestatten würde, an einem Abend wie diesem die neuen Bezüge abzuwetzen? An einem Silvesterabend, an dem alle vernünftigen Menschen ihre Reisen beendet hatten, an dem alle Frauen, junge wie alte, reiche wie arme, vor dem Spiegel standen und ihre Frisur richteten, an dem alle Männer ihre Krawatten banden, an dem keiner ohne zwingenden Grund eine Reise antreten würde.

Bis auf sie beide. Elsie und Susanne.

Vor dem Fenster war es dunkel, nur ab und zu blitzte das Licht eines Fensters eines Autos oder einiger Straßenlaternen in einer Wohnstraße irgendwo auf. Das war angenehm zu sehen, zu wissen, dass es da draußen Menschen gab, die nicht von Sorgen niedergedrückt wurden, Menschen, die ohne Trübsal lebten und die sich bereit machten, wieder einmal Silvester zu feiern, aber es war noch angenehmer zu wissen, dass man selbst nicht mitfeiern musste. Dass man das Recht hatte, es sein zu lassen. Dass man befreit war.

Elsie war diejenige, die Susanne befreit hatte. Denn Elsie hatte begriffen, dass Susanne sich vor Silvester mit all seinen Erwartungen fürchtete und deshalb diese Reise vorgeschlagen hatte. Und Elsie war es auch, die bezahlte. Genau wie sie all das Essen am Heiligabend bezahlt hatte. Und den Tannenbaum, den sie gekauft und neben Birgers Fernseher gestellt hatte, trotz seiner missbilligenden Blicke. Ganz zu schweigen davon, dass sie den Boden unter dem Baum mit Paketen vollgestellt hatte. Ein Buch für Birger. Ein Päckchen Duftseifen für Birgers Mutter. Ein Seidentuch für Lydia. Und fünfzehn – fünfzehn Stück! –, fünfzehn Pakete für Susanne, Pakete, die Bücher und Pullover enthielten, Parfüms und Schallplatten, eine Bluse und eine Tasche.

Susanne hatte diesen Überfluss mit Freude und Staunen betrachtet, aber sie hatte nicht so recht gewusst, was sie als Dank sagen oder wie sie es sagen sollte. Doch das regelte sich. Sie hatte gar nichts sagen müssen, Elsie hatte nur gelacht und geredet, hatte Seemannsgeschichten erzählt, bei denen Lydia rot wurde, Birgers Mutter kicherte und Birger selbst überrascht aufgluckste. Er verstummte gleich wieder, blieb ein Weilchen reglos sitzen und starrte vor sich hin, bis Elsie zu einer neuen Geschichte ansetzte, die ihn erneut erwartungsvoll lächeln ließ. Nach einer Stunde war alles fast wie üblich, fast so, wie es immer gewesen war an den Heiligabenden in dem roten Haus in der Svanegatan.

Bis auf die Tatsache, dass Inez und Björn fehlten. Was wiederum bedeutete, dass doch nichts so wie immer war.

Dennoch schien die Weihnachtsfeier alle geweckt zu haben. Als hätten sie alle geschlafen und Albträume gehabt, aus denen sie jetzt aber erwachten, sich umschauten und einsahen, ja, leider war ein Teil von dem, was sie geträumt hatten, nicht nur ein Albtraum, es war auch ein Teil der Wirklichkeit des wachen Lebens, es war Trauer, es war Angst, es war Einsamkeit, aber trotzdem hatte das wache Leben einen Trost zu bieten, einen Trost, den es im Traum nie gab. Hoffnung. Es gab die Möglichkeit, dass es besser wurde. Es konnten Zeiten der Freude, des Vertrauens, der Gemeinsamkeit kommen. Und Elsie war diejenige, die sie alle das sehen ließ, es verstehen und spüren ließ, obwohl sie natürlich kein Wort darüber verlor. Sie lächelte nur, während sie dasaß, lächelte und schaute jeden Einzelnen freundlich an.

Aber jetzt saß sie mit geschlossenen Augen vor Susanne und wippte leicht im Takt mit dem Rütteln des Zuges auf den Gleisen. Schlief wahrscheinlich. Vielleicht träumte sie auch, denn sie murmelte plötzlich etwas, aber mit so leiser Stimme, dass nicht zu verstehen war, was sie sagte. Susanne reckte sich, lehnte dann die Stirn gegen das Fenster und versuchte hinauszuschauen. Es war sehr dunkel; das Einzige, was sie sehen konnte, waren die Lichter ihres eigenen Waggons. Blassgelbe Vierecke huschten über den Schnee draußen. In einem von ihnen sah sie ihren eigenen Schatten. Sie hob die Hand und winkte.

»Was machst du?«

Elsie war aufgewacht und hatte ein Lächeln in der Stimme. Susanne erwiderte das Lächeln.

»Ich winke meinem Schatten.«

Elsies Lächeln wurde breiter.

»Schön«, sagte sie. »Sehr schön.«

Eine Weile blieben sie schweigend sitzen, dann schaute Elsie auf ihre Uhr.

»Wir sind in zwanzig Minuten da.«

Susanne nickte.

»Wie viel Zeit haben wir?«

»Zweieinhalb Stunden«, sagte Elsie. »Das heißt, wenn wir nicht dort übernachten wollen.«

»Nein«, sagte Susanne. »Ich will nicht dort übernachten.«

»Schön«, sagte Elsie wieder. »Dann fahren wir mit dem nächsten Zug zurück.«

Nichts war noch so wie damals. Bis auf das hohe Hotel, das wie ein Ausrufungszeichen neben dem Bahnhof stand. Die Stadt war weiß. Sie glänzte und glitzerte vor Schnee. Gewaltige Schneemengen. Die Straßen lagen weiß und glatt da, fast alle Bürgersteige waren von hohen Schneewällen bedeckt, und Eiszapfen hingen wie lange Speere von den Balkonen und Dächern.

Susanne und Elsie blieben vor dem Bahnhof stehen und schauten sich um, versuchten alles in sich aufzunehmen, was so anders war als der neblige Regenwinter, aus dem sie kamen.

»Wie still es ist«, sagte Elsie.

Susanne nickte. Ja, es war still. Es war ebenso still, wie es an dem Frühjahrstag gewesen war, an dem sie das letzte Mal hier gestanden hatte. Doch nein, nicht vollkommen still. Irgendwo in weiter Ferne war ein Auto zu hören, jemand fuhr durch diese verschneiten Straßen auf dem Weg zu einem Fest irgendwo. Ein bisschen Sehnsucht regte sich in ihr, aber nur ganz kurz, nur eine oder höchstens zwei Sekunden lang.

»Ist es das Hotel, in dem ihr gewohnt habt?«

Elsie klang sachlich. Susanne nickte wieder.

»Also von dort wollte diese Eva dich rausschmeißen?«

Susanne nickte zum dritten Mal.

»Merkwürdige Person«, sagte Elsie trocken.

Susanne lachte, fand plötzlich ihre Stimme wieder.

»Komm«, sagte sie. »Wir gehen zum Marktplatz.«

Der Stora torget lag leer und verlassen da, bis auf einen geparkten Bus und eine Würstchenbude. In ihr saß ein dick eingemummter Mann, der eine blaue Mütze tief in die Stirn gezogen hatte und seine Schürze über einer grauen Daunenjacke trug. Als sie über die Straße gingen, öffnete er die kleine Glasluke, stand dann erwartungsvoll da, die Hände unter der Schürze, während sie sich näherten.

»Ein Würstchen?«, fragte Susanne.

Elsie zögerte.

»Wollen wir nicht lieber versuchen, ein Restaurant zu finden?«

Der Mann in der Würstchenbude lachte auf und beugte sich weiter vor, sprach mit lauter Stimme und singendem småländischem Dialekt.

»Ho ho! Es ist doch überall geschlossen, bis auf das Hotel und Folkets hus. Und dort hättet ihr schon vor Monaten einen Tisch bestellen müssen. Habt ihr das? Habt ihr einen Tisch bestellt?«

Elsie sah etwas verwirrt aus.

»Nein, natürlich nicht, aber …«

Der Mann richtete sich auf.

»Dann also Würstchen. Ihr habt gar keine andere Wahl. In ganz Nässjö ist sonst nichts zu kriegen.«

So standen sie also schließlich jede mit ihrem Würstchen mit Soße vor seiner Bude und schauten sich um, aßen stumm und ohne einander anzusehen. Die Kälte zwickte in Susannes Ohren, und ihre Zehen wurden taub, trotzdem wurde sie mit einem Mal vollkommen ruhig.

»Willst du zum Folkets Park fahren?«, fragte sie. »Ein Taxi nehmen?«

Elsie stand einen Augenblick lang schweigend da.

»Nein«, sagte sie dann. »Ich glaube nicht. Du?«

»Nein. Das hier genügt mir. Und außerdem ist es da sicher auch geschlossen.«

»Ja.«

Wieder schwiegen sie. Ein kleiner Klecks Senf fiel von Elsies Wurst auf die Straße, und sie trat schnell einen Schritt zurück. Gleichzeitig fing Susanne an, mit den Füßen zu trampeln.

»Es ist kalt«, sagte sie.

»Ja«, stimmte Elsie zu. »Sehr kalt. Wir müssen uns bewegen ...«

Als sie dem Mann in der Würstchenbude zunickten, starrte er sie mürrisch an, ohne den Gruß zu erwidern. Sie gingen um den Marktplatz herum. Ganz am Ende stand ein Mülleimer, dort blieben sie stehen, stopften die letzten Reste ihrer Würstchen in sich hinein und entsorgten das Papier. Gingen weiter. Schließlich holte Susanne tief Luft. Beschloss, die schwerste aller schweren Fragen zu stellen:

»Glaubst du, dass er tot ist?«

Elsie blieb nicht stehen. Brach nicht in Tränen aus. Drehte sich nicht um und gab Susanne eine Ohrfeige. Sie ging einfach weiter, zögerte aber etwas mit der Antwort.

»Ja«, sagte sie schließlich. »Leider glaube ich das. Ich traue mich fast nicht, es zu sagen, aber es ist so. Ich glaube, dass Björn tot ist. Dass er in jener Nacht gestorben ist.«

Susanne schloss die Augen.

»Ich will nicht«, sagte sie atemlos. »Ich will nicht, dass er tot ist.«

»Ich weiß«, sagte Elsie.

»Manchmal habe ich das Gefühl, ich sehe ihn. Dass er draußen auf der Straße oder in der Schule kurz auftaucht, aber das ist ja nie er. Sondern immer ein anderer. Und dann werde ich so wütend auf ihn. Rasend vor Wut. Weil er einfach so gegangen ist, verschwunden, sich in nichts aufgelöst hat... Mich verlassen hat.«

Elsie sagte nichts darauf.

»Und ich habe Fantasien, die ich nicht steuern kann. Sie tauchen ganz von allein auf, wann auch immer, in der Schule, oder wenn ich ins Bett gehe, und manchmal merke ich das gar nicht, ich werde sozusagen in sie hineingezogen... Ich meine, ihn sehen zu können, wie er durch einen Wald geht. Oder wie er irgendwo auf einem Kiesweg steht. Oder auf einem Zaun sitzt und auf jemanden wartet. Und dann entdeckt er mich. Es ist immer das Gleiche, er entdeckt mich, und dann sagt er: *Ich verzeihe dir! Du bist meine kleine Schwester, und ich verzeihe dir...*«

Sie schniefte und wischte sich mit dem Handrücken die Nase.

»Aber warum soll er mir verzeihen? Das frage ich mich. Bedeutet das, dass es mein Fehler war? Wie könnte es mein Fehler gewesen sein? Ich war es doch nicht, die auf die Bühne gekommen ist und sich wie ein Idiot aufgeführt hat. Ich war es doch nicht, die die Schlägerei angefangen hat. Und ich bin doch auch nicht weggelaufen und verschwunden. Warum also ist es mein Fehler? Verstehst du das?«

Elsie schüttelte schweigend den Kopf und legte einen Arm um Susanne, drückte sie an sich, als wollte sie ihr Einhalt gebieten, aber diese redete weiter. Die Worte strömten nur so aus ihr heraus.

»Aber vielleicht meint er ja etwas anderes. Dass er mir etwas anderes verzeiht. Nur was? Ich weiß es nicht. Dass ich neidisch auf ihn war? Denn das war ich. Ich war schrecklich neidisch auf ihn, als ich klein war.«

Jetzt waren sie wieder an der Würstchenbude angekommen. Sie waren einmal um den Marktplatz herumgegangen. Der Würstchenverkäufer schaute sie an, als sie vorbeigingen, sagte jedoch nichts. Elsie sagte auch nichts. Ging nur einfach weiter.

»Das ist so lächerlich«, schniefte Susanne. »Aber als ich klein war, habe ich immer geglaubt, dass Björn etwas Besonderes an sich hätte. Dass er ein vertauschter Prinz war oder so. Und ich war ja nur ein ganz normales Kind, ich hatte nichts Besonderes an mir. Das war ja in ihren Augen zu sehen. Sie hatte einen speziellen Blick, wenn sie Björn ansah. So hat sie mich nie angesehen. Niemals! Nicht ein einziges Mal.«

»Inez?«, fragte Elsie. Ihre Stimme war so gedämpft, dass es klang, als hätte sie Angst, jemand könnte sie hören.

»Ja«, sagte Susanne. »Inez. Meine Mutter. Dabei habe ich ja nie gespürt, dass sie meine Mutter war. Auf gewisse Weise war ich genauso elternlos wie Björn. Noch elternloser als er!«

Sie hielt mitten im Gehen an, machte sich aus Elsies Arm frei, rieb sich schnell mit dem Handschuh über die Wange.

»Entschuldige. Ich wollte ja nicht …«

Elsie nickte.

»Ist schon okay. Ich verstehe, was du meinst.«

»Wirklich?«

»Wirklich.«

Sie gingen weiter, im Gleichtakt, und schwiegen eine Weile, betrachteten ein Auto, das die Storgatan entlangfuhr. Kamen noch einmal an dem Mülleimer vorbei.

»Ich glaube«, sagte Elsie schließlich. »Ich glaube, dass man sich früher oder später einfach damit abfinden muss, dass Dinge so sind, wie sie sind. Auch traurige Dinge.«

Susanne gab einen leisen Laut von sich, sagte aber nichts. Hörte einfach zu.

»Inez hat Björn geliebt. Sie hat ihn vom ersten Augenblick an geliebt. Er ist der Einzige, den sie jemals geliebt hat. Das ist traurig, aber so ist es nun einmal. Wir können nichts daran ändern. Aber das bedeutet ja nicht, dass du es nicht wert wärst, auch geliebt zu werden. Das bedeutet ja nicht, dass du nicht geliebt wirst. Björn hat dich geliebt. Ich liebe dich. Und Birger liebt dich.«

»Birger?«

Das klang wie ein Schnauben. Elsie lächelte.

»Ja. Birger liebt dich auf seine Art. Das glaube ich. Davon bin ich überzeugt. Er weiß nur nicht, wie man das zeigt. Aber das ist nicht das Wichtigste. Am wichtigsten ist, dass du irgendwann lernst, dich zu verteidigen.«

Susanne ballte die Fäuste in ihren Handschuhen.

»Ich mich verteidigen? Wie soll ich mich denn verteidigen können?«

Elsie blieb wieder stehen. Drehte sich zu Susanne um, steckte die Hände in die Manteltaschen und sah sie an.

»Du musst dich verteidigen. Du bist es wert, verteidigt zu werden.«

Susanne blieb einen Moment lang stumm, schluckte dann und schüttelte den Kopf.

»Nein. Ich bin es nicht wert, verteidigt zu werden. Ich bin es nicht einmal wert zu leben. Das hat Inez gesagt. Meine Mutter.«

»Inez liegt im Sankt Lars. Du nicht.«

Susanne blickte auf. Schaute sich um. Sah plötzlich den großen Weihnachtsbaum mit seinen Hunderten von Lichtern, der mitten auf dem Stora torget in Nässjö stand. Sah, wie der Schnee im Licht der Straßenlaternen glitzerte. Sah ein Auto vor dem großen Hotel vorfahren und ein junges Mädchen aussteigen. Ein junges Mädchen im Abendkleid. Das könnte ich sein, dachte sie schnell. Ja. Ich könnte ein junges Mädchen in einem langen Kleid sein. Nächstes Jahr werde ich das sein.

Sie lächelte Elsie an.

»Ich werde mich verteidigen«, sagte sie. »Du musst mir beibringen, wie man das macht.«

»Ich werde dir das wenige beibringen, was ich kann«, sagte Elsie.

Björn war fort. Verschwunden. Verschluckt von einem småländischen Wald.

Trotzdem kam er hin und wieder zu Elsie. Schlich sich in ihre Gedanken und tauchte in ihren Träumen auf, lief dicht hinter ihr, wenn sie allein war. Sie ließ ihn kommen. Leistete keinen Widerstand. Ließ alles geschehen, was geschehen sollte.

Jetzt stand er hinter Elsies Rücken in Inez' Küche und schaute wie sie auf die Svanegatan. Es war ein bedeckter Tag. Regen hing in der Luft. Der Garten sah müde und nackt aus. Es war immer noch Winter, aber bald, sehr bald würde es Frühling werden.

»Das hast du schön gemacht«, sagte Björn.

Elsie lächelte, antwortete jedoch nicht. Aber er hatte recht. Sie hatte es schön gemacht. Inez' Küche sah wieder aus wie zu der Zeit, als Björn noch hier wohnte. Neue Pelargonien standen auf der Fensterbank, blank polierte Äpfel lagen in der Zinnschale, und die weiße Serviette, die als Deckchen diente, lag gestärkt und frisch gebügelt darunter. Und hinten auf der Arbeitsplatte wartete ein Blech mit frisch gebackenen Heißwecken darauf, dass Inez zurückkam, dass sie sich an den Küchentisch setzen und eine Tasse Kaffee trinken würde, wie schon tausend Male zuvor.

»Du hättest nicht sterben dürfen«, sagte sie.

Björn seufzte hinter ihrem Rücken, hauchte seinen kalten Atem über ihren Nacken.

»Woher weißt du, dass ich tot bin?«

»Du hättest es nicht wollen dürfen.«

»Woher weißt du, dass ich es so wollte?«

Elsie ging nicht darauf ein.

»Du hättest uns zumindest ein Grab geben können, zu dem wir gehen können. Nicht meinetwegen. Aber für Inez.«

»Inez hat ein Grab, zu dem sie gehen kann. In sich.«

Elsie schnaubte.

»Jetzt bist du gemein.«

»Nein«, widersprach Björn. »Das bin ich nicht.«

Sie warf den Kopf in den Nacken und wandte sich ab.

Die Tür zu Susannes Zimmer stand weit offen. Der Stuhl am Schreibtisch war halb herausgezogen, ansonsten war der Raum in perfektem Zustand. Die Tagesdecke auf dem Bett leuchtete weiß und frisch gewaschen. Auf dem Nachttisch lag ein Buch mit rotem Umschlag ordentlich zugeschlagen. Im Fenster blühte ein Usambaraveilchen. Keine Kleider waren über die Möbel geworfen, keine Zeitung lag halb aufgeschlagen auf dem Boden, keine kaputten Strümpfe hingen halb aus dem Papierkorb.

Der Raum sah aus wie ein Zimmer aus einem Möbelkatalog. Unbewohnt.

Susanne hatte angefangen, sich zu verteidigen. Auf ihre Weise.

Das Schlafzimmer war nicht ganz so ordentlich. Jemand hatte auf der geblümten Tagesdecke gesessen und sie danach nicht wieder glatt gestrichen. Eine zerknitterte Hose lag über der Armlehne eines Sessels, und ein Paar Schuhe, ein großer und ein kleiner, standen auf dem Fußboden davor und zeigten mit den Zehen zueinander. Und an der Schranktür hing Inez' neues Kleid, das Kleid, das Birger vor über einem Monat gekauft hatte, das Kleid, das ihr Willkommensgeschenk sein sollte, wenn sie nach Hause kam. Es war nicht besonders hübsch. Eigentlich ziemlich langweilig. Dunkelblau, mit weißem Kragen. Trotzdem hatte sie Birger den Gefallen getan und es anprobiert, war wie ein Mannequin vor ihm auf und ab gegangen und hatte den Rock in seine Richtung schwingen lassen, als sie sich umdrehte, gelächelt und gesagt, das sei eine ausgezeichnete Wahl.

Er hatte das Lächeln erwidert. Ganz schnell. Aber dennoch. Birger hatte Elsie angelächelt, und das bewies, dass es noch Hoffnung auf der Welt gab.

Die Tür zu Björns Zimmer war geschlossen. Sie ließ sie geschlossen, eilte nur vorbei und öffnete die Tür zum Dachboden, huschte die Treppe hinauf und streckte wie gewohnt die Hand nach dem Lichtschalter aus. Knipste das Licht an. Schaute sich um. Alles sah aus, wie es sein sollte. Der neue alte Schreibtisch, von dem Inez erzählt hatte, als sie wieder zu sich fand, stand vor der Tür zur Dachkammer. Elsie hatte ihn gekauft. Sie war in diesen Antiquitätenladen gegangen, hatte die Ausstände ihrer Schwester beglichen und hatte dann den Transport in die Svanegatan organisiert. Und jetzt stand der Schreibtisch vor der Tür zu Inez' Arbeitszimmer. Wartete darauf, dass Inez selbst ihn hineintragen würde.

Elsie öffnete die Tür zum Arbeitszimmer. Die Wände glänzten weiß. Nirgends war noch zu sehen, dass jemand einmal einen Namen auf sie geschrieben hatte.

Sie ging in die Knie und sammelte die Zeitungen auf, die noch auf dem Boden lagen. Sie hatte ziemlich viel gekleckert beim Streichen. Viel mehr als Inez.

Sie stand draußen an der Mülltonne und war dabei, die Zeitungen wegzuwerfen, als sie das Taxi kommen hörte. Sie hörte, sah aber nicht, wie Birger aus dem Wagen stieg. Hörte ihn bezahlen. Hörte ihn die Tür zum Rücksitz öffnen und Inez locken.

»Komm, Inez! Komm jetzt! Elsie hat für dich Kaffee gekocht, sie wartet drinnen.«

Es kam keine Antwort. Es war vollkommen still auf der Straße. Björn seufzte hinter ihrem Rücken.

»Schuld«, flüsterte er. »Buße.«

Elsie schloss die Augen und holte tief Luft. Strich dann mit beiden Händen ihren Rock glatt, richtete sich auf und ging zur Vorderseite des Hauses. Sah ihre Schwester, sah ihre sehr blasse Schwester vor der Pforte stehen und sich umschauen. Lächelte. Beeilte sich, zur Pforte zu kommen und sie zu öffnen.

»Inez!«, sagte sie. »Willkommen daheim.«

Jemand

Nichts hat sich verändert. Trotzdem ist plötzlich alles anders.

Um sie her geht das Fest weiter wie zuvor. Robert bekommt seinen Applaus, er verbeugt sich mit feierlicher Ironie vor dem Publikum, wirbelt herum und lässt den Schlips, der ihm lose um den Hals hängt, baumeln, dreht sich nach rechts und nach links und schließlich, als der Applaus langsam abebbt, Amanda zu. Verneigt sich erneut und macht eine elegante Geste. Und sie kann ihm den nächsten Tanz nicht verwehren, jetzt nicht mehr, nachdem alle gesehen haben, dass er sie auffordert. Sie lächelt und lässt sich von ihm in den Arm nehmen. Er lächelt und schließt sie in seine Arme. Die Musik setzt wieder ein. Robert zeigt Vincent über Amandas Schulter eine Fratze und drückt sie noch fester an sich, lässt seine Finger durch ihr langes blondes Haar gleiten.

Susanne lässt sich wieder auf ihren Platz sinken. Greift nach ihrem Weinglas. Nimmt einen Schluck. Blinzelt.

»Was hast du gesagt?«, fragt Anders neben ihr. »Hast du gesagt, dass er es war?«

Sie schüttelt den Kopf, kann noch nicht antworten. John legt den Arm um sie.

»Was ist los? Geht es dir nicht gut?«

Susanne schüttelt noch einmal den Kopf, kann nicht sprechen, will auch gar nicht sprechen, macht sich frei und steht auf. John folgt ihren Bewegungen, aber sie schüttelt nur den Kopf und hebt die Hand, macht ein Stoppzeichen. Er lässt sich zurücksinken und nickt. Anders und Ulrika sehen sie an, sagen jedoch nichts, versuchen nicht, sie aufzuhalten. Sie lassen sie gehen.

Sie muss den Weg über die Tanzfläche nehmen, um zur Tür zu gelangen. Muss an ihm vorbeigehen. Und ohne weiter nachzudenken, hebt sie ihre rechte Hand, legt die Fingerspitzen an ihre Schläfe, versteckt sich, versucht ihr Gesicht zu verbergen. Gleich darauf wird ihr bewusst, was sie da tut, und sie lässt die Hand sinken. Warum sollte sie sich verstecken müssen? Was hat sie getan? Doch die Angst ist größer, die Angst, die nur ein Gefühl ist, kein Gedanke, und sie bringt sie dazu, den Kopf zu drehen, ihr Profil nach rechts zu wenden, damit Robert, der links von ihr tanzt, sie nicht sieht, sie nicht wiedererkennt, sich nicht an sie erinnert. Aber mitten in der Bewegung erhascht sie doch einen Eindruck. Robert tanzt eng mit Amanda. Er hat die Augen geschlossen. Er scheint es zu genießen.

Sie geht hinaus aufs Seitendeck. Ohne Jacke und Stiefel. Drückt nur die Tür auf und geht hinaus, lässt den Eiswind ihr Haar packen und ihre Bluse am Rücken schütteln, geht vorsichtig über das eisglatte Deck, bis an die Reling. Beugt sich vor, verbirgt ihren Kopf in den Armen und lässt die Gedanken eindringen. Wird sich klar über alles.

Das ist er. Robert. Robban. Natürlich ist er das. Der ewige Spaßvogel. Der lebensgefährliche Narr. Natürlich. Und trotzdem hat sie ihn nicht wiedererkannt, bis zu diesem Abend nicht begriffen, wer er ist. Erst als er den Schlips aus der Tasche zog und so tat, als wollte er sich aufhängen.

Vierzig Jahre seit dem letzten Mal. Und trotzdem ist ihm nichts Besseres eingefallen.

Sie hebt den Kopf ein wenig. Starrt einen Moment lang auf die riesigen Eisblöcke, die erzürnt ihr türkisfarbenes Inneres direkt neben ihr gen Himmel kehren, die rotieren und sich drehen, die versuchen, sich den Wolken entgegenzurecken, aber kein Glück damit haben und ins Meer hinuntergedrückt werden, die gepresst und eingezwängt werden, die geschoben werden und sich sperren und von anderen riesigen Eisblöcken hinuntergedrückt werden.

Susanne richtet sich auf, kehrt dem zerschlagenen Eis den Rücken zu, wühlt in ihren Taschen nach den Zigaretten. Zündet sich mit zitternder Hand eine an. Steckt die Hände in die Taschen. Spürt, wie sie friert, aber belässt es dabei. Leistet keinen Widerstand. Genießt stattdessen, kälter zu werden, zu erkalten, kühl und eisig zu werden, denkt kurz, dass sie wirklich so leben könnte, dass sie den Rest ihres Lebens an Bord und auf Deck der Oden verbringen könnte, nur in eine dünne Bluse gekleidet, auch wenn es sicher nicht so lange dauern würde. Sie lächelt ein wenig über ihre eigenen Gedanken, nimmt dann einen tiefen Zug und dreht sich wieder um, betrachtet noch einmal die dröhnende Eismühle der Oden. Sie könnte töten. Sie könnte ein Menschenleben in Sekundenschnelle vernichten. Sie könnte Sehnen und Muskeln zerreißen, Schädel und Skelett zermalmen …

Unfug. Sie muss denken. Nicht nur fühlen.

Robban ist also an Bord der Oden. Er ist ein ziemlich betagter Dozent der Chemie geworden, was, wenn man sein Alter bedenkt, wohl als keine glänzende Karriere zu betrachten ist. Selbst sieht er sich offenbar immer noch als einen coolen Typ. Er hat langes Haar, einen Pferdeschwanz, obwohl er ihm nicht steht, obwohl sein Haar dünn und grau ist. Er hat Falten im Gesicht, und er kann nicht verhehlen, dass er schönere Männer beneidet, jüngere Männer, Männer, die erfolgreicher sind als er. Und er versucht immer wieder Frauen zu verführen, die kaum geboren waren, als er seine fünfzehn Minuten herostratischer Berühmtheit hatte.

Das ist Robban. Robert. Ein ungewöhnlich fieser kleiner Teenager im Körper eines alten Sacks. Der Mann, der Björn in den Wald getrieben hat. Der Mann, der einst Susannes Leben geformt hat, indem er in Nässjös Folkets Park eine Pantomime aufführte. Der Mann, der die Freude in Inez' Leben zerstört und Elsies zu einem Bußgang hat werden lassen. Und jetzt ist er hier. In Susannes Reichweite. Und sie ist in seiner Reichweite.

Sie hält mitten in einem Zigarettenzug inne. Starrt vor sich hin. Hustet. Sieht und versteht das, was sie schon viel früher hätte sehen und verstehen müssen. Er ist es tatsächlich. Natürlich. Es ist Robban, der immer wieder in ihre Kabine eingedrungen ist. Es ist Robban, der ihre Kleider herausgerissen hat, an die Wände pisste und FOTZE auf den Spiegel geschrieben hat. Es ist Robban, der das Bild einer toten Frau in ihre Koje gelegt hat, er ist es, der sich darübergebeugt und sorgfältig einen Ledergürtel um einen unsichtbaren Hals gezurrt hat.

Er hasst sie. Er weiß, wer sie ist, und er hasst sie. Und er hasst sie, weil sie einmal einen Bruder hatte.

Sie nimmt einen tiefen Zug von ihrer Zigarette und spürt plötzlich den Tabakgeschmack. Eklig. Widerwärtig. Abstoßend. Sie schnipst die Kippe über die Reling, sieht, wie sie zwischen zwei Eisblöcke rutscht und sofort vernichtet wird. Sie steckt die Hand in die Tasche, holt das Zigarettenpäckchen heraus und wirft es hinterher. Sie hat vor, nie wieder zu rauchen.

Aber ansonsten weiß sie ganz genau, was sie noch vorhat.

Sie lässt ein paar Tage verstreichen. Und einige Nächte. Zeit ist das Einzige, was sie hat. Plus, natürlich, ein paar alte, etwas abgenutzte Verführungskünste.

Anfangs kommt sie sich etwas lächerlich vor, als sie John diesen Künsten aussetzt, doch sie tröstet sich damit, dass er gern mitmacht, dass er mit so einem Schwung in ihren Armen landet, dass sie fast umgeworfen wird. Sie windet sich ein wenig unter seinen ersten Küssen, es ist ihr etwas peinlich, dass sie so berechnend ist, aber sie kann nicht mehr zurück, und nach einer Weile in seiner Koje verschwindet die Scham. Das Herz schlägt schneller, ein Kloß kommt ihr in den Hals, und sie vergisst, worauf sie aus war, lässt nur ihre Lippen und Hände über seinen weichen Hals, seinen warmen Rücken, seinen behaarten Bauch fahren, presst sich dicht an ihn und will unter seine Haut gleiten … Lächelt danach, als er dicht neben ihr eingeschlafen ist, liegt schweigend lächelnd da und kann im Zwielicht seiner Kabine sehen, dass er seine Kleidung in einem unordentlichen Haufen auf den Boden geworfen hat. Welch ein Glück, dass er nicht heiraten will. Und welch ein Glück, dass er sie trotzdem hierhaben will, dicht bei sich, jede Nacht.

Als der Morgen kommt, gehen sie gemeinsam hinunter in die Messe, lassen alle sehen und begreifen, dass sie ein Paar geworden sind. Setzen sich beim Frühstück einander gegenüber. Wie auch beim Mittag- und Abendessen. Bekommen immer häufiger Gesellschaft von Anders und Ulrika, die sich als das zweite ältere Paar an Bord etabliert haben. Von den jüngsten Frauen aus der Forschergruppe kassieren sie das eine oder andere gerührte Lächeln, aber mit dieser Erniedrigung kann Susanne leben. Ulrika hingegen ist nicht ganz so nachsichtig, und nach ein paar scharfen Kommentaren ihrerseits ist Schluss mit den gerührten Blicken.

Abends sitzen John und Susanne in der Bar und trinken ein Glas Wein. Oder vor dem Video und sehen einen Film. Drehen zum Abschluss eine Runde auf dem Schiff, gehen Arm in Arm vom Seitendeck nach achtern, bleiben dort ein, zwei Minuten lang stehen und betrachten die Eiswälle, die sich hinter dem Schiffsrumpf aufbauen – John seufzt schwer und erklärt die Probleme, die der »Fisch« hat –, gehen dann weiter das andere Seitendeck entlang, die Treppe hinauf und stellen sich jeder auf einen Tritt am Bug. Schauen sich um. Sehen die kleinen braunen Inseln und die weißen Eisflächen, halten das Gesicht in den abendlichen Wind oder Nieselregen, legen schließlich die Arme wieder umeinander und gehen hinein. Manchmal lehnt Susanne ihren Kopf an Johns Brust, wenn sie am Labor vorbeigehen. Damit Robert auch wirklich sieht und begreift, dass sie auf dem Weg in Johns Kajüte sind, zu einer weiteren Liebesnacht.

Ihre eigene Kajüte bleibt unbewohnt. Ab und zu geht sie hinein, um zu duschen, die Kleidung zu wechseln und ein wenig auf ihrem Computer zu schreiben. Wenn sie wieder hinausgeht, macht sie jedesmal in der Tür kehrt und schaut sich um, prägt sich alles genau ein. Wie die Koje aussieht, wo der Computer steht, wo das Buch liegt, das sie vorgibt zu lesen. Wenn sie zurückkommt, wird sie wieder hier stehen bleiben und vergleichen. Hat jemand die Koje berührt? Den Computer bewegt? Das Buch umgedreht? Aber bisher ist es nicht passiert. Noch ist er nicht gekommen.

Robert folgt ihr mit Blicken, das weiß sie jetzt. Er hat nachgedacht über die Ähnlichkeit zwischen einer Pantomime, die er vor Kurzem aufführte und einer, die er vor langer, langer Zeit vorgeführt hat, und er fragt sich, ob sie wohl begriffen hat, wer er ist. Wenn sie morgens am Konferenztisch des Kapitäns sitzt, wandert sein Blick die ganze Zeit zu ihr. Sie tut so, als merkte sie es nicht. Wenn sie sich beim Treffpunkt entgegenkommen, jeder aus seiner Richtung, lächelt sie ein unverbindliches kleines Lächeln und nickt, als wäre er ein Fremder, wer auch immer, lässt ihn nicht im Geringsten ahnen, dass sie seinen Schritten lauscht und weiß, dass er gleich stehen bleiben, sich umdrehen und ihr nachschauen wird. Und wenn sie sich auf dem Gang begegnen, auf dem Flur, an dem sie beide ihre Kabine haben, dann schlüpft sie nur vorbei und macht eine nichtssagende Bemerkung über das Wetter, lässt ihn nicht erahnen, dass sie weiß, dass er gleich stehen bleiben und hinter ihr herstarren wird. Manchmal versucht er sie anzulächeln, doch das gelingt ihm nicht so gut. Das gelingt ihm eigentlich überhaupt nicht.

Alles ist, wie es sein soll. In der Zeit des Wartens.

Am vierten Abend erklärt sie John, dass sie lieber allein schlafen möchte, und versucht ein Lächeln zu unterdrücken, als sie sieht, wie erleichtert er ist, wie er buchstäblich aufatmet.

»Wir müssen mal richtig ausschlafen«, sagt sie und legt den Arm um ihn, als sie draußen an Deck stehen. »Alle beide.«

»Ja«, sagt er und fährt sich müde mit der Hand über die Stirn. »Ja. Das stimmt wirklich.«

»Aber wir können doch vorher noch in die Bar gehen, oder?«, fragt Susanne. »Und rasch ein Glas Wein trinken.«

»Auf jeden Fall«, stimmt John zu. »Das machen wir.«

Susanne weiß, dass Robert in der Bar sitzt, sie hat ihn hineingehen sehen, als sie sich die Jacke anzog, um an Deck zu gehen. Er hat mit schnellen Schritten den Treffpunkt der Oden überquert, nur einen hastigen Blick in ihre Richtung geworfen, aber weder gelächelt noch genickt, und ist hinter Vincent und Amanda hergeeilt, die gerade in den Korridor zur Bar hin einbogen. Noch hat er nicht aufgegeben. Er versucht immer noch, die unnahbare Amanda mit dem blonden Haar zu erobern, obwohl sie fünfundzwanzig Jahre jünger ist, obwohl sie wunderschön ist, obwohl sie ganz offensichtlich Vincent ihm vorzieht.

Er steht am Tresen, als John und Susanne hereinkommen, steht dort zwischen all den anderen, die sich hier drängeln, unterhalten und lachen. Vincent und Amanda haben sich ein Stück zurückgezogen, aber Robert lässt nicht locker, er versucht sich näher heranzudrängen, will Amanda verführen und Vincent vernichten. Jetzt. Sofort. Augenblicklich. Alle Lust und Gehässigkeit sind seinem Gesicht anzusehen, sie liegen nackt und bloß da. Vollkommen offen, für jeden erkennbar.

Susanne geht nicht an die Bar. Sie setzt sich an einen Tisch, an dem Ulrika und Anders bereits sitzen, und überlässt es John, sich durchzuzwängen. Sie beobachtet Robert aus den Augenwinkeln, sieht, wie er John entdeckt und sofort mit Blicken die Bar absucht, um sie selbst zu finden, sie findet und sich damit zufriedengibt. Selbst lässt sie den Blick scheinbar gleichgültig über ihn hinweggleiten, wendet sich dann Ulrika zu und fragt:

»Alles in Ordnung?«

»O ja«, sagt Ulrika lächelnd. Anders sitzt neben ihr und hat einen Arm um ihre Schulter gelegt. Auch er lächelt, sieht zufriedener aus, als sie ihn je erlebt hat. Entspannt. Glücklich.

»Und du?«

Susanne greift nach dem Glas, das John ihr in dem Moment reicht.

»Aber ja. Auch alles bestens.«

Dann sitzen sie eine Weile da, schweigend und vollkommen zufrieden mit der Stille. Sie ist freundlich und wohlwollend. Erwachsen. Keiner von den anderen dreien weiß etwas von Susannes Warten, sie hat zu niemandem ein Wort darüber gesagt, was sie tun will. Sie hat John von den Besuchen in ihrer Kabine berichtet, aber das in einem ganz entspannten Ton, nicht um zu lügen oder ihn auf eine falsche Spur zu locken, sondern weil sie sich momentan wirklich ziemlich entspannt fühlt. Anders und Ulrika haben sich auch entspannt, es scheint, als hätten sie ihre Besorgnis und ihr Unbehagen gegenüber dem, was Susanne zugestoßen ist, vergessen. Seit mehreren Tagen hat keiner von ihnen mehr eine Frage hinsichtlich des Besuchers gestellt. Susanne ist ja mit John zusammen, warum sollen sie sich also Sorgen machen?

Ja, warum sollen sie sich Sorgen machen, denkt Susanne und schaut sie an, während sie ihr Glas hebt. Sie haben schließlich nichts mit der Sache zu tun. Es gibt nur zwei Personen, die mit dieser Sache etwas zu tun haben.

Robert steht jetzt neben Amanda. Er legt seine bandagierte Hand dicht neben ihre. Sie macht eine leicht unwillige Bewegung, rutscht ein wenig näher an Vincent heran. Er legt den Arm um sie, wendet sich Robert zu und sagt etwas. Robert antwortet nicht, versucht nur überlegen auszusehen, was ihm jedoch nicht so recht gelingen will. Er verzieht das Gesicht und wendet sich ab, geht hinter den Bartresen und schenkt sich Rotwein in ein Glas ein – ein großes Bierglas! –, das er austrinkt. Er trinkt mit großen Zügen und während er trinkt, merkt er, dass er wieder einmal ein Publikum bekommen hat. Ein paar Seeleute und Forscher lehnen über dem Tresen, sie lachen begeistert. Robert senkt das Glas, wischt sich mit dem Verband den Mund ab und sieht sie an. Zeigt sein breitestes Lächeln. Schenkt sich das Bierglas noch einmal mit Rotwein voll.

Es ist so weit. Susanne weiß es. Heute Nacht wird es geschehen.

Sie beugt sich vor und legt John eine Hand auf den Arm. Sein Hemdsärmel ist hochgekrempelt, sein graues Haar kitzelt in ihrer Handfläche.

»Jetzt bringe ich dich nach Hause«, sagt sie.

Er leert sein Bierglas und schüttelt langsam den Kopf.

»Manchmal bist du wirklich ein merkwürdiger Mensch, Susanne.«

Sie steht auf und hält ihm lächelnd die Hand hin. Er fasst sie an. Und so gehen sie Hand in Hand zur Tür. Wie ein Paar auf dem Weg in dieselbe Kabine. Susanne dreht sich kurz um, als sie über die Schwelle treten, sieht, wie Robert ihnen nachschaut.

Ja. Heute Nacht ist es so weit. Heute Nacht kommt er.

DENNOCH KOMMT SIE sich ziemlich lächerlich vor, als sie in der Besenkammer hockt und versucht, das Gleichgewicht zu halten. Was gar nicht so einfach ist. Sie hat einen hellblauen Plastikeimer umgedreht und sich auf ihn gesetzt, aber er will nicht stillstehen. Er rutscht die ganze Zeit zur Seite, folgt den Bewegungen des Schiffes, nicht viel, aber es genügt, dass sie die ganze Zeit aufpassen muss. Im Dunkeln tastet sie nach dem Nirosta-Waschbecken. Es war doch ein Waschbecken hier drinnen? Doch, ja. Sie weiß es. Sie kann sich erinnern. Und tatsächlich, da ist es endlich. Jetzt kann sie sich im Sitzen am Waschbecken festhalten. Dann rutscht sie nicht mehr. Dann wird sie nicht umfallen.

Um sie herum ist es ganz schwarz. Vollkommen dunkel. Nicht ein einziger Lichtstrahl vom Gang draußen dringt herein, nicht das kleinste Photon glänzt und leuchtet. Die Augen werden sich nicht an diese Dunkelheit gewöhnen, ihre geweiteten Pupillen werden nichts vom Innenleben der Besenkammer erkennen können. Die Finsternis ist verschlossen. Abgesperrt. Lautlos. Und in dieser Finsternis sitzt sie auf einem umgedrehten Eimer und wartet auf Robban. Auf den Mann aus der Vergangenheit. Den Mann, der regelmäßig in ihre Kajüte eindringt und sich wie ein Idiot benimmt. Den Mann, der sie außerdem dazu gebracht hat, sich selbst wie ein Idiot zu benehmen.

Trotzdem steht sie nicht auf. Trotzdem öffnet sie nicht die Tür und tritt nicht auf den Flur hinaus. Trotzdem geht sie nicht die vier kleinen Schritte bis zu ihrer Kabine. Nein, sie bleibt auf ihrem Eimer sitzen, hält sich an dem Stahl-Waschbecken fest und lauscht. Das Herz der Oden schlägt langsam und deutlich. Bum. Bum. Bum. Das ist das Einzige, was sie hört. Sie kann nicht das Brechen und Knacken des Eises da draußen hören, nicht die Musik unten aus der Bar, keine Stimmen, kein Lachen von Leuten, die auf der Treppe aneinander vorbeieilen, auf dem Weg zur Brücke hinauf oder von ihr hinunter. Nur das. Bum. Bum. Bum.

Doch halt. Jetzt hört sie etwas. Schritte. Jemand geht mit schweren Schritten über den Flur. Bleibt stehen. Öffnet eine Tür. Geht hinein. Schließt die Tür. Kurz darauf hört sie Musik. Sie atmet auf. Das muss Magnus oder Ola gewesen sein. Ihr steigen vor Erleichterung fast Tränen in die Augen. Magnus oder Ola, zumindest einer von ihnen wird in der Kabine sein, wenn er kommt.

Sie werden kommen, wenn sie ruft. Dessen ist sie sich ganz sicher. So gut wie sicher.

Das Schiff krängt. Wodurch sie fast wieder die Balance verliert, schnell steht sie auf, aber ohne das Waschbecken loszulassen, klammert sich weiter daran fest. Sie schüttelt den Kopf, als sie sicher steht, blinzelt und fährt sich dann mit beiden Händen über das Gesicht. Ist sie eingeschlafen? Ja. Sie muss eingeschlafen sein, sie muss auf dem umgedrehten Eimer sitzend eingeschlafen sein, aber sie weiß nicht, wie lange. Vermutlich nur ein paar Minuten, aber trotzdem …

Vielleicht sollte sie aufgeben. Sie ist müde und durstig, traurig und möchte nichts lieber als aufgeben, sie tastet schnell nach dem Waschbecken, während sie überlegt, Für und Wider abwägt, findet das kühle Metall. So soll das Leben nicht sein, denkt sie schnell. Das darf man nicht tun! Ihre Hand sucht nach dem Wasserhahn, findet ihn, während sie sich selbst antwortet. Das ist mein Leben, das ist traurig, aber wahr, und wenn ich jetzt nichts tue, dann wird er nur immer so weitermachen, und weiß Gott … Sie greift nach dem Hahn, macht sich bereit, ihn aufzudrehen, sich vorzubeugen und die Hände mit kalter Nässe zu füllen. Zu trinken. Bis der Durst gelöscht ist.

Da hört sie es. Das Geräusch vorsichtiger Schritte auf dem Flur, das Geräusch, das von der Musik aus der Nachbarkabine fast übertönt wird. Stocksteif steht sie da und lauscht. Hört, wie jemand einen Schlüssel in ihre eigene Tür steckt. Hört, wie jemand ihn umdreht. Hört, wie die Tür geöffnet und in der nächsten Sekunde wieder geschlossen wird.

Er ist drinnen. Er ist in ihre Kabine gegangen.

Sie schiebt die Hand in die Tasche und umfasst Björns Springmesser. Oder – wenn man so will – Björns Nagelfeile.

»Hallo, Robban«, sagt sie. »Machst du kein Licht an?«

Genau wie erwartet. Genau wie sie es geplant hat.

Sie drückt mit der Hüfte die Tür auf, schiebt sie in die Halterung. Geht nicht hinein, sondern bleibt auf der Schwelle zu ihrer Kabine stehen, weil sie ihm bestimmt nicht die Chance geben will, entweder die Tür zu schließen oder zu verschwinden. Jubelt leise innerlich. Er ist hier! Sie hat ihn gefangen! Dann streckt sie die Hand aus und schaltet die Deckenbeleuchtung ein. Wartet, bis sich das gelbe elektrische Licht mit dem Grau der Nacht mischt, dem Grau, mit dem Robban sich hatte begnügen wollen. So ist es besser. Viel Licht. Alles Licht auf Robban.

»Du musst doch sehen, was du machst«, sagt sie lächelnd. »Was machst du?«

Er ist ganz grau im Gesicht geworden. Graubleich. Die Schultern hängen. Eine Haarsträhne hat sich aus seinem Pferdeschwanz gelöst und hängt ihm über die Wange. Der Mund steht offen. Er ist wirklich überrascht. Ziemlich betrunken und ziemlich überrascht.

»Mach den Mund zu«, sagt Susanne. »Sonst verschluckst du noch eine Fliege. Und das willst du doch nicht, oder? Du willst doch keine Fliege verschlucken?«

Er schließt den Mund und versucht sich größer aufzurichten, versucht außerdem höhnisch zu gucken.

»Es gibt keine Fliegen hier«, sagt er. »Wir befinden uns schließlich in der Nordwestpassage.«

»O doch«, erwidert Susanne und lehnt sich an den Türpfosten. »Ich habe eine eigene kleine Fliegenzucht. Unter der Koje.«

Er reagiert, wie alle Männer reagieren, wenn Frauen sie auf den Arm nehmen. Hält das für ausgeschlossen. Für den Bruchteil einer Sekunde wandert sein Blick unter die Koje, in der nächsten Sekunde sieht er ein, dass das ein Fehler war. Und schaut schnell wieder auf.

»*Got you!*«, sagt Susanne und lächelt wieder. »Und was hast du da in der Hand? Ein Geschenk für mich?«

Er schaut auf das, was er in der Hand hält, eine Art weißer Stoffball mit schwarzen Strichen oben. Es dauert einen Moment, bis sie versteht, was das vorstellen soll: lange schwarze Haare. Die Augen sind schwarze Punkte. Der Mund genauso schwarz, nur größer. Eine hingekritzelte kleine Note darin. Singend. Robert hat also offenbar einen singenden Mund auf diesen Kopf gemalt. Die Wut durchfährt Susanne, doch sie ignoriert sie. Will nicht, dass er auch nur das Geringste davon mitbekommt.

»Hast du eine Puppe gebastelt?«, sagt sie nur. »Und wen soll sie darstellen?«

Robban schwankt, einen Moment lang fürchtet sie, er könnte umfallen, sich auf ihrem Boden erbrechen und alles kaputt machen. Doch er bekommt sich in den Griff, hebt seine gesunde Hand und starrt auf den Kopf. Grinst.

»Was glaubst du wohl?«

»Vielleicht jemanden, der singen kann«, sagt Susanne. »Oder?«

Robban lässt den Kopf los, er rollt über den Boden. Stößt gegen die Wand und bleibt liegen. Susanne sieht Robban an. Wartet. Legt schließlich den Kopf schräg.

»Also kein Selbstporträt.«

Er antwortet nicht, starrt nur auf den Kopf und schaut dann Susanne an. Aus zusammengekniffenen Augen. Das ist eine Drohung. Wenn er nüchtern wäre, bekäme sie vielleicht Angst. Doch er ist nicht nüchtern, er ist sogar ziemlich angetrunken. Sie könnte ihn mit dem Zeigefinger umschubsen. Vielleicht sollte sie das sogar tun. Die Musik aus der Kabine nebenan verstummt in dem Moment, als ihr der Gedanke durch den Kopf schießt, und plötzlich herrscht Stille. Nur das Herz der Oden schlägt irgendwo weit entfernt. Bum. Bum. Bum.

»Mach die Tür zu«, sagt Robban. »Mach die Tür zu und komm rein.«

Susanne lächelt erneut. Wohl kaum. Sie legt die Hand auf den Türpfosten.

»Warst du genauso betrunken, als du das letzte Mal hier warst? Als du diese erwürgte Frau auf mein Bett gelegt hast?«

Er blinzelt. Versucht sich zusammenzureißen.

»Ich weiß nicht, wovon du redest.«

»O doch, Robban. Du brauchst es gar nicht erst zu versuchen. Das war doch ein gelungener Schabernack.«

Er blinzelt, schiebt die gesunde Hand in eine Tasche seiner Jeans. Sucht nach einem Ausweg.

»Entschuldige«, sagt er dann. »Ich verstehe nicht, wovon du redest. Und was machst du in meiner Kabine?«

Susanne lacht auf.

»Raffiniert. Sehr schlau. Deine Kabine! Das ist die richtige Einstellung. Angriff ist die beste Verteidigung.«

Er schaut sich um. Schwankt extra auffällig.

»Natürlich meine Kabine! Verdammt, ich bin doch in meiner Kabine.«

Susanne schnalzt mit der Zunge.

»Schon gut! Nicht übertreiben. Sonst macht man alles kaputt.«

Er hört sofort auf zu schwanken. Räuspert sich ein wenig, dreht sich dann zu ihr um. Sieht sie an. Sie erwidert seinen Blick mit höflich-distanziertem Lächeln.

»Was willst du?«, fragt er schließlich.

Susanne antwortet nicht sofort, sie muss erst nachdenken. Einen Atemzug lang schließt sie die Augen, erkennt aber gleich darauf, dass das ein Fehler war, öffnet sie wieder und sieht ihn an.

»Ich würde dich am liebsten schlagen«, sagt sie dann. Es wundert sie selbst, dass ihre Stimme so normal klingt, dass sie vollkommen fest und sicher ist. Sie weint nicht. Die Vokale zittern nicht. Sie redet in normalem Gesprächston mit Robban. »Am liebsten würde ich dich von diesem Schiff stoßen, aufs Eis hinaus. Ich möchte, dass du zermalmt wirst, wie das aufgebrochene Eis zermalmt wird. Ich möchte sehen, wie du erfrierst, von einem Eisbären zerrissen wirst, aufgefressen. Das würde mir gefallen.«

Er ist einen Schritt näher an sie herangetreten. Nimmt Witterung auf wie ein Hund. Glaubt vielleicht, dass sich die Balance zwischen ihnen verändert hätte, stellt sich vor, Susannes plötzlicher Ernst wäre Ausdruck ihrer Schwäche. Susanne steckt eine Hand in die Tasche und packt das Springmesser. Ihre Stimme klingt tiefer und leiser, als sie weiterspricht.

»Ich glaube, du bist der Meinung, du wärst ungerecht behandelt worden«, sagt sie. »Dass Björn dir deinen Ruhm gestohlen hätte, dein Leben als Star. Aber das hat er nicht. Das weißt du. Tief in dir drin weißt du das.«

Robban kommt noch einen Schritt näher. Seine Augen sind wieder schmale Schlitze. Susanne holt das Springmesser aus der Tasche, legt es sich auf die Handfläche.

»Hier, sieh her«, sagt sie. »Das ist Björns Messer. Es funktioniert immer noch. Noch einen Schritt weiter, und ich lasse es aufschnappen.«

Robban starrt einen oder zwei Atemzüge lang das Messer an. Dann tritt er einen Schritt vor. Einen sehr kleinen Schritt. Susanne drückt auf den Knopf, und das Feilblatt springt heraus, sie hält es vor sich, auf Robban gerichtet. Schnell weicht er einen Schritt zurück. Susanne lächelt wieder. Plaudert.

»Was machen sie jetzt eigentlich? Die Jungs von den Typhoons?«

Robban zuckt mit den Schultern.

»Woher soll ich das wissen ...«

Susanne lacht auf.

»O doch. Natürlich weißt du das. Ein Junge aus Täby ist doch wohl auf dem Laufenden, was die anderen Jungs aus Täby machen. Erzähl.«

Robban senkt den Kopf. Schaut zu Boden.

»Nur wenn du das Messer wegnimmst, du alte Vettel.«

Susanne muss wieder lachen. Laut.

»Alte Vettel? Das sagst du? Du bist doch vier Jahre älter als ich.«

»Nur drei. Und das ist auch was anderes.«

Susanne ist kurz davor, das Messer sinken zu lassen. Ist es etwas anderes, weil er ein Mann ist? Wie dumm kann man eigentlich sein? Hat es überhaupt einen Sinn, mit so einem verstockten Typen zu reden? Dann fällt ihr ein, warum sie hier steht, und blinzelt. Packt das Springmesser fester. Macht einen Schritt in den Raum hinein und richtet es direkt auf ihn.

»Erzähl! Was machen die anderen Jungs?«

Sein Blick irrt umher, er weicht etwas zurück. Physische Feigheit. Deshalb antwortet er.

»Tommy arbeitet bei einer Plattenfirma. Macht denen die Buchführung. Peo ist in einer Tanzband. Von Bosse und Niclas weiß ich nichts. Das ist die Wahrheit.«

Plötzlich sind irgendwo Stimmen zu hören. Susanne geht einen Schritt zurück, stellt sich erneut auf die Türschwelle. Die Stimmen kommen näher. Amanda und Vincent biegen auf den Flur ein, sie heben beide eine Hand, um Susanne zu grüßen, die ein Stück entfernt steht, ehe sie sich Amandas Tür zuwenden.

»*Good night*«, ruft Amanda.

»*Good night*«, antwortet Susanne.

Sie steht schweigend da, bis die beiden in der Kabine verschwunden sind. Sieht Robban an. Er ist in sich zusammengesunken. Lässt den Kopf hängen. Sieht erbärmlich aus.

»Du Ärmster«, sagt Susanne. »Du armer Teufel …«

Er hebt den Kopf, wirft ihr einen wütenden Blick zu.

»Ich bin kein armer Teufel!«

Susanne muss wieder lächeln.

»Doch«, sagt sie. »Genau das bist du. Ein armer Teufel.«

Eine Weile bleibt es still. Reglos stehen sie da und sehen einander an, das Springmesser zwischen sich. Schließlich seufzt Susanne.

»Ich habe mir so viel überlegt, was ich dir sagen wollte«, erklärt sie. »Darüber, was es wohl über einen Menschen aussagt, wenn er an die Wände anderer Leute pisst. Beispielsweise. Darüber, was meine Eltern und Björns Mutter haben durchmachen müssen. Was ich durchgemacht habe, damals. Aber ich will nicht behaupten, dass sein Tod deine Schuld ist, denn das glaube ich wirklich nicht, ich wollte dich nur daran erinnern, dass du definitiv keinen Grund hast, ihn zu beneiden. Björn ist vor vierzig Jahren gestorben, und du lebst immer noch. Du lebst. Du hast genau jetzt deinen kleinen Lichtkegel in dem großen Dunkel, aber das ist dir scheißegal …«

Sie verstummt. Verzieht das Gesicht.

»Ach was. Ich habe keine Lust, mit dir zu reden. Eigentlich habe ich dir überhaupt nichts zu sagen.«

Sie seufzt und verstummt, lässt die Hand mit dem Springmesser etwas sinken, sieht im nächsten Moment, wie Robban den Rücken aufrichtet. Sie hebt es wieder und zeigt damit auf ihn.

»Du hast zwei Alternativen«, sagt sie. »Vielleicht sogar drei, wenn wir die Alternative mit einberechnen, dass du dich auf mich wirfst und versuchst, mich zum Schweigen zu bringen. Aber das ist ja keine richtige Alternative, das wissen wir alle beide. Deine Hand ist verletzt, und das weiß ich, also werde ich als Erstes nach dieser Hand greifen und hineinbeißen. Außerdem werde ich schreien können. Was du auch versuchst, ich schreie vorher. Bleiben also zwei Alternativen. Wir können dafür sorgen, dass der Kapitän kommt. Ich schreie, und aus der Kabine nebenan werden Ola und Magnus stürmen, sowie der eine oder andere Matrose oder Maschinist aus anderen Kabinen. Wie auch Vincent und Amanda weiter hinten auf dem Flur. Ich werde erzählen, dass ich dich in meiner Kabine gefunden und bei etwas Verdächtigem überrascht habe. Dieser Kopf, du weißt schon. Das wird nicht gut für dich aussehen. Okay. Jemand wird den Kapitän alarmieren, die anderen halten dich fest. Für den Rest der Expedition wirst du eingesperrt werden, und wir sehen uns dann vor irgendeinem Gericht, wenn wir wieder zu Hause sind.«

Robban kräuselt die Oberlippe und versucht trotzig dreinzuschauen. Er stellt sich wahrscheinlich weitere fünfzehn Minuten im Rampenlicht vor. Susanne seufzt leise.

»Ich werde diejenige sein, die interviewt wird«, sagt sie. »Und ich werde nicht diskret sein, was das Pissen an meine Wand oder deine Beziehung zu Amanda betrifft. Nur dass du das weißt. Das könnte einen Einfluss auf deine Position an der Universität haben.«

»Und die dritte Alternative?«, fragt Robban. Mit einem Mal wirkt er nüchtern.

Susanne seufzt erneut.

»Die dritte Alternative besteht darin, dass du mir den Schlüssel gibst. Ich weiß nicht, woher du ihn hast, und ehrlich gesagt interessiert es mich auch nicht besonders. Aber wenn du mir den Schlüssel gibst und mir nicht wieder unter die Augen kommst, dann werde ich vergessen, dass ich dich jemals gesehen oder auch nur deinen Namen gehört habe. Was wirklich eine Befreiung wäre. Du wirst eine Unperson für mich sein. Nicht existent. Wie klingt das?«

Robban bleibt eine Sekunde lang reglos stehen und starrt vor sich hin, ehe er zu einem Entschluss kommt. Er steckt die Hand in die Tasche und zieht einen Schlüssel heraus, wirft ihn Susanne zu. Es ist ein ganz genau berechneter Wurf, der Schlüssel trifft sie nicht, sondern landet direkt vor ihren Füßen. Susanne sieht ihn an, hebt dann den Kopf.

»Heb ihn auf«, sagt sie. Ihre Stimme ist eiskalt. Sie hört es selbst.

Robban sieht ihr in die Augen, vorsichtig lächelnd. Er geht die fünf Schritte zu ihr, kniet sich hin, hebt den Schlüssel auf und hält ihn ihr hin. Spielt Theater. Sehnt sich nach Publikum. Weitere Strähnen sind aus seinem Pferdeschwanz gerutscht, eine dicke Haarsträhne hängt ihm übers rechte Auge. Das reizt Susanne. Es bringt sie schier zum Wahnsinn. Sie beugt sich vor, ergreift die Strähne und wickelt sie sich um die freie Hand, zieht fest daran. Robban schreit auf, es ist ein kurzer, schriller Schrei. Er hebt die Hände, um sich zu schützen, lässt sie dann sinken, kniet mit geschlossenen Augen vor ihr.

»Halt die Schnauze«, sagt Susanne. Sie hört sich selbst und ist erstaunt. Hat sie ihm wirklich gesagt, er solle die Schnauze halten? Ja, das hat sie. Und sie genießt es, sie genießt es, ihn zur Unterwerfung zu zwingen. Einen Moment lang steht sie still da, lauscht auf den Flur hinaus. Alles ist wie immer. Das Herz der Oden schlägt. Bum. Bum. Bum.

»Eins noch«, sagt sie dann und öffnet die Schranktür neben sich, ohne den Griff um sein Haar zu lockern. Tränen laufen ihm über die Wangen, aber er schluchzt nicht, er weint nicht. Es ist der Schmerz der Kopfhaut, der seine Tränen hervorbringt.

Er muss dort sehr empfindlich sein. Gut. Einen Moment lang kann sie selbst spüren, wie weh es ihm tut, aber das bringt sie nicht dazu, den Griff zu lockern. Ganz im Gegenteil. Sie zieht noch fester an seinem Haar, während sie mit dem Springmesser in der Hand im Schrank herumstochert. Schließlich findet sie, was sie sucht. Holt eine Plastiktüte hervor und schüttelt sie vor Robban auf, Messer und Plastiktüte in derselben Hand haltend.

»Hier«, sagt sie. »Das ist eine Plastiktüte. Und jetzt wirst du mit ihr über den Boden kriechen. Ich gehe neben dir und halte dich am Haar fest, also keine Sorge. Ich werde nicht verschwinden. Und wenn wir an Björns Kopf angekommen sind, bei dieser hübschen Puppe, die du aus Björns Kopf gestaltet hast, dann steckst du sie in die Plastiktüte. Und dann knotest du sie fest zu und gibst sie mir. Denn ich will deine DNA haben. Ist doch logisch. Und dieser Kopf da ist ja wohl voll mit deiner DNA. Oder? Und wenn mir etwas zustoßen sollte, dann wird er auftauchen. Darauf kannst du dich verlassen!«

Er jammert, während er kriecht. Er schluchzt, als er angekommen ist. Aber er tut wie geheißen, und Susanne geht die ganze Zeit neben ihm, packt ihn fest an seinem langen grauen Haar. Führt ihn dann zur Tür. Nimmt ihm die Tüte ab. Lässt ihn über die Türschwelle kriechen. Lässt sein Haar los, als er draußen auf dem Flur ist, dreht sich um und schlüpft sofort in ihre Kabine zurück, schlägt die Tür zu. Schließt ab.

Lehnt sich gegen die Tür und bricht in Tränen aus.

Wer ist sie? Was ist aus ihr geworden?

Sie traut sich natürlich nicht zu schlafen. Kauert stundenlang auf ihrer Koje; die eigenen Beine umschlungen, Björns Springmesser in der Rechten haltend, lauscht sie ängstlich auf den Flur hinaus. Draußen ist es still. Es scheint, als wäre sie der einzige lebende Mensch an Bord der Oden. Sie legt die Stirn auf die Knie und versucht sich zu erinnern, will erzwingen, dass jede Sekunde von dem, was sich soeben zugetragen hat, auf ewig in ihrem Gedächtnis bleibt. Aber es will ihr nicht gelingen. Andere Bilder drängen sich ihr auf. Inez, die sie voller Verachtung ansieht, sagt etwas in der Richtung, dass sie aussehe wie eine geschminkte Leiche. Birger stolpert die Treppe in der Svanegatan hinunter, er fällt zum hundertsten Male die Treppe hinunter und verstreut die blauen Schreibhefte seiner Schüler auf dem Boden. Björn steht auf einer Bühne und singt, doch plötzlich verschwindet er, plötzlich sitzt sie selber da, mit offenem Mund, unter dem Rock eines anderen Mädchens. Eva wirft ihr einen verächtlichen Blick zu. Und Elsie steht auf dem Stora torget in Nässjö, schaut Susanne an und sagt es. Das Allerwichtigste.

Susanne hebt den Kopf. Sie hat tatsächlich gelernt, sich zu verteidigen. Was das Leben nicht unbedingt einfacher macht, aber dennoch weiß sie, dass sie niemals aufgeben wird. Sie wird sich bis zu ihrem letzten Atemzug verteidigen. Denn wenn sie sich nicht verteidigt, dann kann sie nicht leben. Dann ist ihr Leben kein Leben mehr.

Sie öffnet die Hand und schaut Björns Springmesser an. Lächelt. Dann schaut sie sich um, sieht, dass die Sonne scheint, dass sie einen funkelnden Goldstrahl durch ihr Fenster schickt. Es ist immer noch Nacht, aber die Photonen sind gekommen.

Susanne steht auf und greift nach ihrer Jacke. Jetzt wird sie an Deck gehen und es genießen, am Leben zu sein.

LEIF ERIKSSON RECKT und streckt sich, blinzelt, versucht die Schläfrigkeit abzuschütteln.

Das ist die schlimmste Zeit der Nachtwache. Kurz nach drei Uhr. Dann werden die Augenlider schwer, der Schlaf versucht das Regiment zu übernehmen, das ist die Zeit, in der er manchmal anfängt zu träumen, obwohl er wach ist. Das ist nicht gut. Vielleicht sollte er noch eine Tasse Kaffee trinken.

Er schaltet den Autopiloten ein und steht auf, geht zur Kaffeemaschine, sieht aber schon von Weitem, dass die Kanne leer ist. So ein Mist. Dann muss er neuen Kaffee kochen. Noch bevor er angekommen ist, streckt er die Hand aus, dreht den Wasserhahn auf, lässt Wasser in die Kanne laufen. Blinzelt noch einmal, holt die Kaffeedose hervor und zählt sorgfältig sieben Löffel ab. Er braucht heute Nacht starken Kaffee. Richtig starken Kaffee.

Etwas gleitet draußen vor dem Fenster vorbei, und es braucht einen Moment, bis er begreift, dass es eine Küstenseeschwalbe ist, ein einsamer Vogel, der um die Brücke fliegt. Er geht ans Fenster und schaut ihm hinterher, sieht, wie er zum Deck weiter unten segelt, fast ans Dach des Labors stößt und dann wieder nach oben zieht, wie er auf seinen weißen Schwingen immer höher steigt und weit übers Eis fliegt.

Wunderschön. Hätte man wohl gesagt, wenn man eine Frau wäre.

Auch das Wetter ist wunderschön, das kann er jetzt erkennen. Die Sonne scheint. Der Himmel wölbt sich blau über die Welt, etwas heller am Horizont, aber weiter oben intensiv frostig hellblau. Nicht eine Wolke ist zu sehen. Das Eis ist voll mit türkisfarbenen Pfützen, vielleicht etwas mehr als üblich, vielleicht sind sie auch ein bisschen tiefer. Ja, leider. So ist es nun einmal. Auch hier oben wird es wärmer. Das ist nicht zu leugnen. Vielleicht ist Leif Eriksson einer der letzten Menschen in der Weltgeschichte, der mit einem Eisbrecher durch die Nordwestpassage fährt. Der Gedanke lässt ihm Tränen in die Augen steigen, und als er das bemerkt, wird er wütend. Schnell wischt er sich die Augen. Was für ein verfluchter Blödsinn! Er ist einfach nur müde, viel zu müde. Jetzt braucht er wirklich seinen Kaffee.

Er umfasst den Becher mit beiden Händen und geht langsam auf der Brücke hin und her, spürt, wie das Koffein in seine Adern dringt, wie sein Rücken sich streckt, die Augen nicht mehr blinzeln, das Gehirn langsam wieder das alte wird. Er träumt nicht mehr. Denkt nicht mehr jede Menge albernen Mist. Er ist ein zuverlässiger, vernünftiger Steuermann, sogar einer der besten seines Fachs, ein ehrlicher Kerl, der seinen Mann steht und übers Eis schaut. Er lässt sich nicht dazu verlocken, das Ganze von oben zu sehen, sich vorzustellen, er säße rittlings auf einem Satelliten und führe durch das Weltall, während er auf die Erde hinabsähe, diesen blauen Planeten mit seiner kleinen weißen Mütze …

Oh, Scheiße. Er nimmt noch einen Schluck Kaffee, einen großen Schluck, und tritt ans Fenster, lehnt die Stirn an das kühle Glas. Er späht weit in die Ferne, versucht jedes Detail auf dem Eis bis zum Horizont zu erkennen. Es kann ja sein, dass sie auf dem Weg in ein Gebiet mit offenem Wasser sind. O ja. Da hinten, ganz weit hinten ist es sehr blau. Er stellt seinen Becher ab und dreht sich um, geht schnell zum Steuerpult, um sein Fernglas zu holen, bleibt aber dann stehen. Eine Bewegung. Da ist doch jemand an Deck.

Und tatsächlich, da ist sie. Da taucht sie vor dem Labor auf.

Es ist dieselbe Frauensperson wie beim letzten Mal. Diese Blasse. Die mit den Kraushaaren. Aber heute Nacht ist sie ordentlich angezogen, hopst nicht im bloßen Nachthemd herum wie letztes Mal. Blaue Jacke, blaue Hose, feste Stiefel. Aber keine Handschuhe und keine Mütze, ihr Haar wird vom Wind hochgehoben, sie muss es sich aus dem Gesicht halten.

Was macht sie jetzt schon wieder da draußen? Will sie wieder Müll loswerden? Schläft diese Person eigentlich nie?

Sie steigt auf das Trittbrett ganz vorn am Bug, beugt sich über die Reling und schaut aufs Eis hinab, dann hoch zum Himmel. Eine ganze Weile steht sie vollkommen still da und schaut nach oben, dann lässt sie plötzlich die Reling los und breitet die Arme aus. Es sieht aus, als wollte sie fliegen. Oder die ganze Welt umarmen.

Leif Eriksson sieht sie an. Er denkt nichts, er fühlt nichts, steht nur vollkommen reglos da und betrachtet sie. Dann breitet auch er ganz langsam die Arme aus. Plötzlich will auch er fliegen. Plötzlich will auch er die ganze Welt umarmen, diese makellose, einzigartige Welt, in der er lebt. Er muss schmunzeln. Lächelt etwas zögernd, ein unsicheres Lächeln. Ja. Er lebt. Er hat sein ganzes Leben genau in dieser Welt gelebt.

Dann blinzelt er, erinnert sich daran, wer er ist und wo er ist, nimmt das Fernglas, hebt es hoch und betrachtet stumm und ernst das offene Meer.